사미라에게
장미를

사미라에게 장미를

초판 1쇄 찍은 날 2012년 10월 10일
초판 1쇄 펴낸 날 2012년 10월 12일

지 은 이 | 노원
펴 낸 이 | 서경석
편 집 장 | 권태완
디자인 | 이혜정

펴 낸 곳 | 도서출판 청어람
등록번호 | 제1081-1-89호
등록일자 | 1999. 5. 31
어람번호 | 제10-0016호

주소 | 경기도 부천시 원미구 심곡2동 163-2 서경B/D 3F (우) 420-822
전화 | 032-656-4452 팩스 | 032-656-4453
E-mail | chungeoram@chungeoram.com
HOMEPAGE | http://www.chungeoram.com
NAVER CAFE | http://cafe.naver.com/goldpenclub

ⓒ 노원, 2012

ISBN 978-89-251-3025-5 03810

GOLDPEN CLUB NOVEL 012

WHO IS SAMIRA?

사미라에게 장미를

노원 장편소설

그들이 오늘 격돌한다. 추적자는 베일에 가린 이슬람 최고의 여전사,
'사미라 살라메' 역 추적자는 프랑스 대테러기관의 보스 '시몬느 비올레' 두 적수의 치열한
추격전을 그린 리얼 액션 드라마! 최고는 최고에 올인한다.

황금펜 클럽
GOLD

CONTENTS

앙드레 지드와 앙드레 말로는 추리소설 애호가.

이렇듯 추리소설을 즐겨 읽었던 이른바 고급독자들의 사례를 들자면 끝이 없습니다. 링컨 대통령에, 루즈벨트 대통령에, 클린턴 대통령…….

요즘 어떤 스타일의 추리소설이 유행하고 있을까요? 미스터리 드라마를 포함해서요.

아마도 Three Female[여성] 시대인 듯싶습니다. 여류작가에 의한, 여성독자를 겨냥한, 여전사가 등장하는 드라마틱한 이야기들 말입니다. 특히 '솔트'의 안젤리나 졸리, '킹덤'의 제니퍼 가너 같은 히로인들의 활약이 눈부십니다.

괴테가 말했던가요, 여성이 인류를 구원한다고.

나는 나의 아홉 번째 추리소설 〈바람의 여신〉 시리즈에서 우리나라 최초의 여자 수사반장, 최선실 경위에게 화려한 활동 무대를 제공했습니다. 열 번째 작품인 〈사미라에게 장미를〉에선 그녀에게 보다 불가사의한 미스터리를, 보다 전율스런 악몽의 세계를, 보다 리얼한 액션무대를 마련하려 애썼습니다. 그러나 추리소설의 가장 중요한 요소는 두 말 할 것도 없이 결말의 의외성입니다.

　라스트신의 충격적인 엔딩! 추리소설의 하이라이트지요

　자, 이제 여러분은 수수께끼로 가득 찬 〈사미라에게 장미를〉 앞에 서 있습니다.

　엘러리 퀸이 언제나 그러 했던 것처럼 나도 여러분의 뛰어난 지혜에 도전하려 합니다.

　누가 아름다운 시몬느를 저격했을까요?

　그리고 베일에 가린 테러리스트 사미라의 정체는?

　사람들은 끊임없이 권태라는 위대한 신비의 지배를 받는다고 합니다.

　잠시나마 〈사미라에게 장미를〉이 여러분을 그 지배의 굴레에서 해방시켜 줄 것입니다.

노 원

프롤로그

4월의 첫 주말, 서울은 오후 2시 30분.

프랑스 대테러리스트 기관인 국토감시국의 보스, 시몬느 비올레가 차에 탑승하려는 바로 그 순간, 느닷없이 총소리가 울렸다.

설마했는데, 방금 위험지대에선 벗어났다고 생각했는데 회색 도시의 장막을 가르며 들려오는 한 발의 총성! 그건 어김없는 총소리였다. 그 여운이 가시기도도 전에 내가 깨달은 것은 저격수의 총탄이 검은 메르세데스 벤츠의 유리창을 관통한 자국이었다. 거미집과도 같은 문양의 잔해!

누군가가 우릴 향해, 아니 시몬느를 겨냥해 방아쇠를 당긴 것이다. 그런데 첫 번째 사격에선 실패한 듯했다. 그렇다면 저격수의 두 번째 총탄이 한순간의 망설임도 없이 날아올 것이다. 세 번째 총탄도 네 번째 총탄도. 그건 필연이었다. 보다 신중하게, 보다 정확하게, 보다 잔혹하게.

나는 본능적으로 도약했다. 아무 생각 없이, 아무 망설임 없이. 나는 혼신의 힘을 다해 시몬느를 차 안에 밀어 넣고 몸을 날려 그녀를 덮쳤고, 내 몸으로 그녀를 감쌌다.

'이건 미친 짓이야!'

분명히 이성의 경고가 있었으나 나는 그 경고를 무시했다.

"경호원에게 필요한 것은 총이 아니오. 몸을 날려 지키려는 일념뿐이오."

다만 내 귓전을 스친 것은 차갑게 들려오는 이 말뿐이었다.

내가 시몬느를 감쌌다고 생각하는 순간, 내 생각에 한 치의 오차도 없이 두 번째 총성이 울렸다. 나는 그 총성을 분명히 들었다고 생각했다. 그리고 길 건너 편 주차타워에서 섬광이 번쩍인 것도 보았다고 생각했다.

그러나 어디에선가 큰 쇳덩어리가 날아와 나의 등을 부수고 있다는 느낌이 보다 빨리 찾아왔다.

'어쩜 이럴 수가!'

두 번째 총격은 분명히 나에게 명중했고, 나의 심장을 갈기갈기 찢고 있을 것이다. 다음 순간 누군가가 나를 덮쳐 감싸는 느낌이 들었다. 아니 나와 함께 시몬느를.

'아, 시몬느의 수석경호원이 우릴 살리려 하는구나.'

그러나 그 느낌은 아주 짧은 순간이었다.

내가 마지막으로 머리에 떠올린 상념은,

'오늘 마침내 스물아홉의 나이에, 서울 종로 네거리의 스산한 바람이 휘젓는 아스팔트길에서. 최선실이라는 이름의 한 여인은 가는 것인가!'

하는 것이었다. 그리고 막이 내리고 있다는, 객석이 어두워지고 있다는, 정적만이 찾아오고 있다는 그런 느낌이 들었다. 오직 정적과 암흑의 세계! 그리고 절대 고독의 순간!

"이건 아냐, 이건 악몽이야, 악몽!"

1

'오늘은 어떤 하루가 나를 기다리고 있을까.'

3월의 마지막 주말. 여느 사람들에게는 즐거운 하루가 될 것이었으나, 나한테는 아마도 우울한 하루가 될 것이다. 그것도 참을 수 없을 만큼 우울한 하루가.

아침에 눈을 뜨며 문득 머릴 스친 상념이었다.

나는 조용히 침실을 벗어나 거실의 불을 밝히며 습관적으로 텔레비전부터 켰다. 그리고 시원한 물 한 컵을 마시러 주방으로 걸음을 옮기는데, 전화벨 소리가 시끄럽게 울렸다. 그 히스테릭한 벨소리를 들으며 나는 오늘따라 유별나게 미신적으로 몸을 떨었다.

나는 천천히 발걸음을 돌려 수화기를 집어 들었다. 거실의 벽시계는 아침 6시 5분 전을 가리키고 있었다.

"최선실 경위?"

나의 존재를 확인하려는 그 목소리는 낯익은 음성이었다.

국가정보원의 중동담당팀장인 박찬우 소령. 야성의 숨결을 느끼게 하는 늠름한 청년 장교.

그가 꼭두새벽에 종로경찰서 강력계 팀장에게 전화를 할 이유라곤 없을 것이었다. 혹시 내가 여자라는 이유로? 비록 그에게 호감을 갖고 있다고 해도 우리 사이에 특별한 사연이라곤 없다. 나는 수화기를 든 채 침묵했다.

"나, 박찬우요."

"알아요. 그쪽이 박찬우 소령이라는 것을."

"……"

"NIS로 알려진 비밀첩보기관에서 잘 나가시는 분이라는 것을요."

"……"

"근데, 이건 좋은 습관은 아녜요. 여자가 잊었다 싶으면 아무 때나 전화를 해서 사람을 헷갈리게 하는 습관. 아세요? 이건 악취미에요, 악취미."

"최 경위, 어서 텔레비전을 켜요."

박찬우는 더는 수다스런 여자의 말을 귀담아 들으려 하지 않았고, 그가 하려는 말을 내뱉는 것이었다. 그의 목소리엔 조급함이 배어 있다.

"텔레비전? 켰어요. 벌써요."

나도 덩달아 얼른 대꾸했다.

"채널은?"

"KBS, 9번."

"CNN방송의 인터내셔널 채널로 돌려요."

"무슨 일인데?"

"어서 돌리라니깐!"

"무슨 일이냐고요?"

"불길한 소식이 당신을 기다리고 있을 게요."

"불길한 소식이 나를?"

국가정보원의 사내한테서 걸려온 전화는 대꾸도 없이 금세 끊겼다. 그가 지금 허둥대고 있다는 느낌이 들어 나는 지체 없이 CNN 인터내셔널로 채널을 맞추고 벽시계를 흘끔 쳐다보았다. 시계바늘은 어느새 아침 6시를 향해 치닫고 있었고, CNN은 언제나처럼 시시각각의 뉴스를 실시간으로 제공하려 했다. 요즈음 모든 뉴스가 거의 '속보'다. 그나저나 내가 CNN을 볼 수 있는 영어 실력이 있다는 것을 사내가 용케도 기억하고 있다. 미국은 지금 몇 시쯤이나 되었을까 하고 생각하면서 나는 화면에 시선을 집중 시키며 기다렸다.

"맙소사!"

6시 정각. CNN 인터내셔널의 아나운서는 한 시간 전부터 영국을 비롯한 4개국에서 동시다발 테러가 발생했다는 뉴스를 긴급 속보로 전하고 있었다. 긴급 뉴스에 따르면 영국 런던의 히드로 공항 제4터미널이 제일 처음 공격을 받았고, 이어서 프랑스 파리의 샤를 드골 공항 제2터미널 E청사 입국장에다가, 이스라엘 텔아비브 공항과 미국 뉴욕의 존 F 케네디 공항이 공격을 받고 있다고 했다. 그런데 테러리스트들의 공격목표는 5개국이라고 했고, 나머지 1개국은 아시아권이 될 것이며 일본의 나리타 공항 아니면 한국의 인천국제 공항이 그 가능성이 높다는 것이었다.

"저런! 이게 웬일이니."

나는 나도 모르게 찬탄 비슷한 소리를 토했다.

일본 아니면 한국이라니!

그런데 언제나 적중하기 마련인 나의 육감은 다섯 번째 공격 목표는 필경 일본이 아닌 한국이 될 거라고 일깨우고 있었다. 지난 동계올림픽에서도 우린 일본을 제치고 세계 5위의 반열에 올랐었다. 더구나 우린 탈레반의 강력한 경고를 무시하고 아프가니스탄에 파병도 하고 있는 처지다. 심심하면 한국군 주둔지에 로켓 포탄이 날아온다고 했었고.

'그래, 이젠 마음을 놓아서는 안 돼. 우리도 당할 수 있어.'

CNN이 연이어 전하는 소식은 가장 치열한 총격전이 펼쳐진 나라가 프랑스라고 했다. 그건 뜻밖의 소식이었다. 으레 미국일 가능성이 컸다. 아니 이스라엘의 텔아비브 공항일 것이었다. 일본 적군(赤軍)파의 공격을 비롯해서 역사적으로 그랬으니까. 일본 적군을 전 세계에 전율스런 존재로 명성을 떨치게 한 사건이 바로 1972년 5월 30일의 텔아비브 공항 습격사건이다. 적군의 세 명의 전사들은 무모하게도 칼라시니코프 자동소총을 들고 공항에 난입해서 무차별 사격을 감행했었다. 두 명은 현장에서 사살되고 한 명은 포로의 신세가 되었다고 했는데, 그 당시 사살된 리더의 나이는 스물여섯! 그들 모두가 광포한 인격의 소유자들이고, 한결같이 권력에 대한 반역의 피를 이어받았다고들 했다.

'그런데도 프랑스에서 불꽃 튀는 총격전이 전개되었다면 이번엔 프랑스가 주요 공격 타깃이었을까?'

비록 새로 집권한 극우파 국민전선[FN]이 반(反) 이민, 반 이슬람의 기치를 높이 들긴 했어도, 극단적인 이슬람 세력에 대한 전쟁을 시작해야 한다고 선포하긴 했어도 꼭 그렇지만은 않은 것 같았다.

"아무래도 프랑스는 사전에 정보를 알고 환영준비를 한 것 같군요. 그래서 선제공격을 감행할 수 있었을 겁니다. 충격전도 어떤 나라보다 치열했고요."

CNN 파리 특파원의 견해였다. CNN은 현지 특파원과 연결해서 상황을 전하고 있었는데, 지네 소식은 제쳐놓고, 아니 어렵잖게 물리쳤다고 간단하게 다루곤 파리 소식을 전하는데 경황이 없다. 하긴 서브 머신 건을 손에 들고, 머리채를 휘날리며 달려온 여자 테러리스트가 포함된 테러범들과 밤안개가 자욱하니 깔린 드골공항에서 화려한 총격전을 펼쳤다지를 않은가.

파리는 지금 밤 10시.

그러니 공격은 밤9시쯤에 시작되었을 게다.

"이번에도 DST로 세계에 널리 알려진 프랑스 대테러기관이 진가를 발휘한 것 같네요. 프랑스 6개 정보 보안 기관 중에서도 가장 규모가 크고 강력한 보안기관인 DST의 수장(首長)은 시몬느 비올레라는 여성입니다."

특파원은 그 자신도 여성이었는데, 친절하게도 그 사이 베일에 가려 있었던 DST수장의 정체를 까발리고 있었다. 역사적으로 비밀정보기관의 수장 중에서 철저하게 베일에 가려 있었던 대표적인 인물은 서독의 BND[연방정보국]의 라인하르트 게렌 장군! 그는 '얼굴 없는 사나이'로 불려 왔었다.

'그나저나 정보 보안기관의 수장이 여성이라니, 이래저래 남성우월주의 시대는 사라져가는 거네.'

나는 그 사실에 까닭 모를 흐뭇함을 느꼈다.

한편, 샤를 드골 공항을 공격한 테러리스트 7명 중에 6명은 현장에서 사살되고, 1명은 생포되었으며, 생포된 전사는 여성 테러리스트로, 놀랍게도 테러리스트 그룹을 이끄는 지휘관, 이른바 코맨더 중의 한 사람이라고 했다.

그 이름은 라니아 살레[Saleh]!

"라니아 살레는 국제무대에 혜성처럼 나타난 젊은 여자 테러리스트라고 합니다. 그 사이 흔히 스콜피언으로 불리는 체코제 Vz61 기관단총을 손에 들고 숱한 테러에 참여해, 그 성가를 올렸다고 하는군요. 그래서 미술학도가 피카소를 알듯이 대테러업무에 종사하는 사람들에게는 잘 알려진 인물이라고 합니다. 하지만 이번엔 운수 사납게도 DST의 덫에 다가선 것 같네요."

그런 탓이었을까, 함께 움직였던 사랑하는 남자도 프랑스 국가헌병대소속 특수부대 지젠느[GIGN]에 의해 현장에서 무참히 사살되었다고 했다. 그 전사의 이름은 아바시 살레! 그가 휴대한 무기는 테러범들이 애용하는 칼라시니코프 자동소총. 아바시와는 결혼한 사이고 어린아이도 있다고 했다. 그건 비극이었다.

"충고하는데, 오늘을 잘 기억해야 할 것이고, 내 이름을 잘 기억해야 할 것이다. 내일은 반드시 보복할 테니까."

라니아는 머리채를 잡혀 질질 끌려가면서도 하늘을 우러러보며 맹세하고 울부짖었다고 CNN은 전했다.

그런데 프랑스가 투입한 12명으로 구성된 지젠느의 1개 타격대의 지휘관도 여자로, 그 이름이 잔느 지루. 현역 중위라고 했다.

잔느 지루!

프랑스 지젠느의 특출한 여전사로, 타격대의 탁월한 리더이기도 하지만편집광적인 저격수로 더 악명이 높다고 했다. 지젠느의 도살자라나. 바로 그 여자에게 보기 좋게 걸려들었다는 것이다. 미모의 엽기적인 스나이퍼, 잔느 지루가 즐겨 사용하는 소총은 케네디 암살에 사용되어 유명해 졌다는 카르카노 M38소총. 그것도 M38카빈 저격소총이라고 전하고 있었다.

그런데 여느 공항과는 달리 샤를 드골 공항은 테러리스트와의 치열한 총격전 신을 뉴스 말미에 생생하게 동영상으로 보여주고 있었다. 그것도 방송국 카메라로 포착한 것을.

'그래, 맞아. 프랑스는 사전에 정보를 입수하고 있었고, 국빈을 맞듯 미리 공항에서 대기하고 있었던 게야. 지젠느 저격수에 방송국 카메라맨에.'

그나저나 총격전 자못 현란했다. 백병전을 연상케 할 만큼 엄청 치열하게 격돌하고 있었는데, 승패는 금세 갈렸다. 승리의 세레모니를 펼친 쪽은 프랑스! 매복하고 기다린 프랑스 측의 일방적 승리였다. 테러범을 냉혹하게 다루기로 소문난 프랑스 대테러 부대원들의 기민한 움직임과 가차 없는 총격. 특히 잔느 지루의 정확한 조준사격 앞에 차례차례 쓰러지는 테러범들. 그건 일종의 살육이었고 도살이었다. 생각보다 잔혹했고 무자비했다. 심지어 저항을 포기하고 필사적으로 도주하려는 마지막 한 사람까지 끝까지 추적해서는 처형하듯 확인사살을 하는 게 아닌가. 피도 눈물도 없는 참혹함의 극치! 그건 일종의 사냥이었다. 그것도 인간 사냥이었다. 투항경고 같은 것은 애당초 없었다. 아무래도 지난달 극단적인 이슬람주의자에 의한 프랑스 남서부 툴루즈에서 발생한 연쇄총격사건에 대한 보복적인 성격이 짙었다.

'아무리 그렇다고 해도 생포를 할 수도 있었을 텐데, 남자들은 모조리 사살하다니. 인간이 저토록 잔인할 수가 있는 걸까. 저건

페어플레이가 아냐.'

그러니 살아남은 여인이 골수에 사무쳐 울부짖고 있는 것이다. 오늘을 기억하라고! 반드시 보복한다고!

CNN의 파리특파원은 마지막으로 하나의 충고를 곁들였다.

"알카에다이든, 탈레반이든 무릇 테러범들은 프랑스 지젠느의 저격수 잔느 지루의 이름을 잘 기억해야 할 것입니다. 그 여자와 다시 만나는 일이 없도록. 프랑스는 라니아 살레를 절대로 석방하는 일이 없어야 할 것입니다. '블랙 팬더'처럼 날렵하고 표독하며 집요하다고 합니다. 바스티유에 지하 감옥이라도 남아 있으면 단단히 수갑을 채워 수감하고요. 석방하는 날엔 누군가의 제삿날이 될 것입니다."

CNN이 끝으로 전한 뉴스는 이번 테러집단이 알카에다도 아니고, 탈레반도 아닐 거라고 했다. 방금 전에 남부 레바논의 베카 계곡에 거점을 둔 팔레스타인의 가장 전투적인 과격집단인 '국제 이슬람 해방 전선[FIS]'이 자신들 소행이라는 성명을 발표했다는 것이었다. 세계 동시 혁명을 위한 공격은 앞으로도 계속 이어질 것이라나. 아직은 모든 상황이 매우 초기단계라서 신빙성이 불분명하고, 정확한 정보는 좀 더 시간이 필요할 거라고도 하면서, 특히 아시아권에서 최종 공격 목표가 어느 나라가 될 것인지 초미의 관심사라고도 했다.

'이것 봐라. 이거 보통 일이 아니네.'

나는 재빨리 우리나라 공영방송으로 채널을 돌렸다. 우리의 대응이 궁금했다. KBS는, 내가 가장 신뢰하는 방송인데, 한가롭게도 오늘의 날씨에 대해서 자상하게 보도하고 있었다. 여느 때 같으면 매우 고마운 일이긴 했으나 오늘은 너무나도 무신경하다. 채널을 돌리는 찰나적인 순간에 다른 우주 공간으로 순간 이동했다는 느낌마저 들었다. 그것도 평화만이 지배하는 우주공간으로. 그나저나 오늘의 날씨가 말이 아니었다. 아침나절엔 영하를 맴돌거라고 했고, 진눈깨비마저 흩날릴 거라고 했다. 오후엔 기온이 얼마간 상승해서 찬비로 바뀔 거라나. 아직은 3월이지만, 내일모레면 꽃피는 봄을 상징하는 4월로 접어들 것이다. 올해는 춥고후진 날씨가 길어도 너무 길다.

"정말, 싫다고 싫어!"

밖은 구름이 낮게 깔린 탓인지 아직 어둡고, 농밀한 정적이 감돌고 있었다.

태풍 전야의 고요일까.

아니나 다를까, KBS가 갑자기 정규 방송을 중단하고 긴급 뉴스를 전한다고 했다. 그들은 이제야 국제적인 동시다발 테러사건에 대해 보도하려 했다. 나는 뉴스를 두 번 되풀이해서 듣지 않는다. 이미 그건 뉴스가 아니었으니까. 나는 텔레비전을 끄려다 멈칫했다. 방금 일본의 하네다 국제공항을 테러범들이 덮쳤다고 전하고 있다. 나리타가 아닌 도쿄의 하네다공항을!

"세상에."

나의 알량한 예감이 보기 좋게 빗나가는 순간이었다. 한국은 애당초 그들의 공격 타깃이 아니었던 것이다. 아무려나 나는 긴 안도의 한숨을 내쉬었다. 이제부터는 강 건너 불구경 하듯, 방관자의 위치에 놓이게 된 것이다.

그런데 테러범들은 무엇 때문에 공항을 집중적으로 공격하는 것일까?

아마도 다양한 인종들이 집결하는데다가, 홍보 효과도 크고, 탈출을 위한 항공기 납치가 쉬운 탓일 게다.

뭐니 뭐니 해도 질질 끌려가며 울부짖던 여인의 초상이 나의 망막에 하나의 잔혹한 영상으로 오래도록 각인될 것 같다. 차마 눈을 뜨고 볼 수 없는 그 정경. 그토록 그 영상은 참담했다.

헝클어질 대로 헝클어진 머리카락 한 올, 한 올. 그 모습을 알아볼 수 없을 만큼 눈물과 피멍으로 얼룩진 얼굴. 그리고 너덜너덜해진 옷매무새. 형장으로 끌려가는 사형수처럼 울부짖던 처절한 몸부림.

그 이름이 라니아 살레라고 했던가.

혜성처럼 나타났다고 하더니, 혜성처럼 사라지는 것일까.

2

잠시 후, 나는 언제나처럼 혼자 아침을 들기 시작했다. 나의 가장 외로운 순간이다. 어둠도 채 걷히기 전에, 독신자 아파트에서, 나이 스물아홉의, 아니 우리 나이로 어느새 서른을 넘긴 여자가 짝도 없이 홀로 아침을 준비한다는 것은 여간 삭막한 게 아니었다. 비록 노릇하게 구운 토스트에 이즈니 가염 버터를 듬뿍 바르고, 스크램블드에그에 베이컨 두 쪽을, 신선한 우유 한 컵에, 그리고 사과 한 쪽, 인스턴트 시대에 어울리는 맥심의 아라비카 커피믹스로 마지막을 장식했지만, 나는 어쩔 수 없이 아침을 때운다는 생각밖에 없었다. 미국식 아침식사를 고집하는 것은 미국 시카고의 기독교봉사단체에서 봉사활동을 합네 하면서 햇수로 5년이라는, 아니 만3년이라는 세월을 보낸 탓도 있었지만, 무엇보다도 간편하다는 게 그 이유였다. 짝만 있다면야 아침부터 따끈한 된장국을 끓임 네 하고 부산을 떨 것이었다. 그나저나 나의 로미오는 있기나 한 걸까.

비록 비상이 걸리지 않았어도 나는 아침 출근을 서둘렀다. 나는 옷장 앞에 서며 잠시 멈칫했다. 다시금 오늘은 나에겐 무척 우울한 하루가 될 거라는 상념 때문이었다. 지금 나의 머리를 짓누르는 것은 국제적인 동시다발테러보다는 백지영 경위의 결혼식 소식이다.

나의 영원한 라이벌 백지영!

가증스럽게도 백지영은 나한테 결혼 청첩장을 보낸 것이다. 범도일 경위와 오늘 정오에 결혼한다는 청첩장을. 내가 범 경위를 사랑했었다는 사실을 뻔히 알면서도.

그 얼마나 짓궂은 행위인가. 상처에 소금을 뿌리는 것 같은 그 행위가. 그 심보가 몹시 미웠다.

그들이 이미 사랑하는 사이라는 것을, 그리고 결혼할 처지라는 것을 알지 못하고, 내 얼굴 생김새가 빼어나다는 사람들의 말만 믿고, 그들 사이를 헤집고 끼어들려했던 내 잘못이 크긴 하다. 한때는 나더러 최진실을 닮았다고 했고, 요즈음은 황당한 스캔들에 휘말린 중국 여배우 장쯔이(章子怡)를 닮았다고 하니, 비록 설익은 사내들의 말이라고 해도, 인물 하나는 반반하다 할 것이었다.

그나저나 그들이 얼마나 깔깔대며 비웃었을까.

그들의 조롱의 대상이었다는 사실을 알았을 땐, 또 얼마나 비참했던가.

종로경철서 형사과 강력계 강력 1팀장 최선실 경위!

어제까지는 찬란한 광채를 내뿜는 별이었는지 몰라도 오늘은 영락없이 날개를 잃고 에게해에 추락한 이카루스 신세다.

'그래, 당해도 싸지, 싸.'

강원도 정선에서 올라온 촌년이 분수도 모르고 허망한 꿈을 꾸었다니, 그런 나도 미웠으나, 상처 입은 여인에게 청첩장을 보내는 여자의 심보는 더욱 미웠다. 백지영은 그럴 수 있다 쳐도 남자마저도 나를 업신여긴 것은 참을 수가 없었다. 나는 적어도 그의 생명의 은인이라고 할 수 있었다.

'하긴, 넘볼 것을 넘봤어야지.'

아무려나 더 비참해지지 않으려면 그들의 초청에 모르는 척 할 수는 없다. 나는 그 어느 때보다도 의연함을 잃지 않아야 하지만, 오늘의 그 길고도 긴 까마득한 시간을 어떻게 감내할 수 있을 지가 걱정이었다. 하지만 너무 속상해 하지 말자. 솔로몬의 말이 아니어도, 오늘하루가 비록 즐거운 날이 되거나, 괴로운 날이 되더라도 다 지나가기 마련 아니던가.

나는 옷의 색깔도 스타일도 수수하고 단순함을 애써 강조하기로 했다. 그래서 미국에 머물렀을 적에 시카고 교외의 아울렛에서 100불로 건진 회색 재킷에 바지를, 그리고 코트도 회색으로 선택했다. 그러나 스카프만큼은 엄마한테서 물려받은 쌈박한 에르메스를 목에 둘렀다. 여자들이란 남자들로부터 관심을 끌기 위해서라기보다는 다른 여자들보다 나아보이기 위해 옷치장을 한다고 했었다. 하지만 오늘은 아무리 치장을 한다고 해도 신부의 치장만 할까.

나는 울적한 마음을 달래며 이윽고 내가 세 들어 사는 종합청사 뒤쪽에 자리 잡은 나의 보금자리, 내자아파트를 뒤로 했다. 고물딱지 코란도를 몰고.

기상대가 예보한대로 동이 튼 거리엔 진눈깨비가 추적거렸다.

"아, 정말 짜증나!"

내가 일찌감치 서에 출근해 보니 벌써 적지 않은 동료들이 출근해서 부산하게 움직이고 있었다.

"좋은 아침."

하며 미국식 인사를 건네는 싱거운 사내들도 있었으나 오늘 아침이 좋은 아침일 수는 없었다. 모두가 한결같이 5개국 동시다발 테러사건을 화제로 삼고는 있었으나, 방관자의 위치에 서 있음에 틀림없었다. 상황은 끝났다는 것이 지배적인 견해였고, 다행이 비행기 납치사고 같은 것은 없다고도 했다.

그럭저럭 아침 10시쯤 되었을까, 며칠 전에 새로 부임한 브론즈 마스크에 호방한 성품의 서장이 나를 호출한다고 했다.

나는 괜히 가슴이 철렁했다.

'하필이면 나를? 계장도 과장도 있는데.'

나는 재빨리 옷매무새랑 화장을 고치기 시작했다. 머리는 얼굴 윤곽이 잘 드러나게 포니테일 스타일로 바꾸고, 눈썹은 좀 더 진하게 그리고, 아이라인은 갈색 새도우로 정리하고, 볼터치는 연한 살구 색으로 바꾸었다. 그게 좀 어려 보인다. 마지막으로 입술은 조금은 도발적으로 새로 칠하고, 스카프도 돋보이게 목에 걸쳤다. 사무실에서 신고 다니던 운동화도 벗어 던지고 굽이 있는 구두로 갈아 신었다. 여자란 그 헤어스타일에다가 세련된 의상과 화장에서 그리고 안경을 비롯한 액세서리에서 많은 메시지를 사내들한테 전달한다.

"어디 선보러 가요?"

우리 수사팀의 선임하사격인 서림이라는 이름의 고참(古參) 경사가 나를 빤히 쳐다보며 어처구니 없어하더니 핀잔을 주는 것이었다.

"이게 선보러 가는 거나 뭐가 달라요? 새로 왔는데, 게다가 처음으로 호출되어 가는데, 요즈음 세련된 이미지 메이킹이 얼마나 중요한데요."

나는 나의 개성을 살려야 했고, 밋밋하게 보이긴 싫었다.

"이걸 아셔야 해요. 사람이 누구랑 만날 때, 말의 재주보다는 시각적 청각적 요소가 훨씬 중요하다는 것을요. 그러니 얼굴이래도 가꾸어야죠. 남다른 재주가 없다면요."

나는 말을 이었고,

"얼굴이야 어디 나무랄 데가 있나. 미인으로 소문났는데. 성질이……."

서 경사의 핀잔도 이어졌다.

"내 성질이 어때서요? 지랄 같은가요?"

"잘 아시네. 어서 올라가 봐요. 서장이 기다리다가 역정 내시기 전에. 허구 스카프는 풀고 가요."

서 경사는 나의 시도를 여러모로 불안스러워 했다.

"알았어요."

사실 나도 스카프는 약간 오버인 듯싶었다. 나는 스카프를 풀어 책상 위에 던져 놓고 재빨리 서장실을 향해 걸음을 재촉했다.

'그나저나 서장이 나를 왜 찾는 걸까?'

전임 서장이라면 그 이유를 열 개라도 댈 수가 있다. 나를 미워했으니까. 그러나 신임 서장이 나를 부를 만한 이유는 하나도 찾을 수가 없다. 나는 서장실 도어 핸들을 돌리며 일순 생각에 잠겼다. 의연함을 잃으면 업신여김을 받을 것이고, 여성스러움을 잃으면 삐칠 것이었다. 어떻게 잘 조화할 것인가.

'어렵다, 어려워.'

서장 부속실에 들어서니, 부속실 여순경이 밝게 웃음 지으며 나를 반겼다. 그 웃음을 보며 나는 이유 없이 가슴을 쓸어 내렸다. 여순경이 가슴에 단 명패엔 이름이 김서영이라고 적혀 있다. 키도 늘씬하니 크고 이목구비도 반듯한 게 제법 미인이다. 요즈음 어딜 가나 서구적인 마스크의 여인네들과 부딪치게 되는데, 정복도 썩 어울린다. 그러니 부속실에 갖다 놓았을 테지. 스물셋 정도는 되었을까,

"기다리셔요. 어서 들어가세요."

부속실 김서영 순경이 채근했다.

"날 왜 부르셨지? 하필이면."

내가 묻자, 부속실 아가씨는 다만 입가에 웃음을 띨 뿐이다. 나는 더는 지체하지 않고 서장실에 들어섰다.

김범호라는 이름의 신임서장은 눈길을 내리깐 채 우리의 곰처럼 방 안을 서성이고 있었다. 그 이름처럼 호랑이 서장으로 이름나 있다.

"최선실 경위입니다."

나는 비록 음전하게 머리를 조아렸으나, 의젓하게 인사했다. 금세 허리는 곧추 세웠으나, 얼굴에 부드러운 미소를 띠우는 것을 잊지 않았다. 처음 보는 사람 앞에서 실실거려서도 안 되지만 잔뜩 쫄아서 입술을 꼭 달면 그것도 문제다. 사람의 제스처란 하나의 시그널이다. 신뢰감을 주던가, 아니면 불쾌감을 주던가.

"최선실 경위, 어서 오게."

완강한 체격에 어울리지 않는 나긋한 목소리. 허스키하면서도,

그 저음의 목소리의 톤이 듣기가 좋았다. 서장은 고개를 들어 나를 빤히 쳐다보는 것이었다. 그 눈빛은 마치 고가의 미술품이라도 감상하는 눈길이었다. 그런 그가 일순 고개를 갸웃거렸다. 뜻밖이었을까. 그의 눈앞에 립스틱을 짙게 바른 도발적이고도 섹시한 여자가 서 있는 것이다. 섹시하다는 것은 여자에겐 가장 큰 칭찬이라고 했었다. 그건 활기차고 건강하다는 뜻이다. 프린스톤 대학의 어떤 교수의 말이라고 했던가, 사람의 첫 인상은 0.1초 사이에 결정된다고 했었는데, 나의 첫 인상이 어땠는지 아리송하다.

서장은 아직은 50대 중반으로 생각보다 젊어 보였는데, 운동으로 단련한 것일까, 그 체구는 건장했고, 얼굴은 구리 빛으로 빛나고 있다. 야전의 지휘관으로 어울릴 법한 남자. 하긴 지금까지 경호경비분야에서 주로 활동 했었다.

그나저나 그 성품이 소문처럼 호탕한 지, 까다로운지는 아직 알 수가 없다.

"앉지."

서장은 창가의 소파 세트를 가리키며 말했다.

"괜찮습니다."

나는 제법 조신하게 대꾸했다.

"앉으라고!"

서장의 옥타브가 한결 높았다. 나는 더는 망설이지 않고 소파의 구석진 자리를 찾아 앉았다. 입가엔 애써 상냥한 미소를 머금고는 두 손을 반듯하게 무릎 위에 올려놓은 것은 물론이다. 편안한 자세에, 밝은 표정, 그리고는 애써 서장과 눈을 맞추려 했다. 첫 번째 인상은 눈빛으로 결정된다. 눈은 부드럽게, 얼굴빛은 온

화하게. 그리고 고개를 들어 똑바로 쳐다보는 자세가 아니라 고개를 살짝 돌려 바라보는 자세로 말이다. 여자는 무엇보다도 그 자세가 중요하다고 했다. 그 자세에 따라 인상이 달라지기 때문이다. 너무 똑똑하고 자신을 드러내는 여자는 오래가지 못한다. 당당하되 겸손하게.

서장은 아직도 방안을 서성이고 있다.

잠시 침묵의 시간이 흘렀다. 서장이 뚜벅뚜벅 걷는 구두 소리와 고르지 못한 숨소리만이 방안의 고요를 흔들 뿐이다. 나는 나중에야 삼수갑산을 갈지언정 시작은 일단 양호하다는 느낌이 들었다. 그러나 그것도 잠시였다.

"자네, 듣기와는 다르군."

서장이 불쑥 내뱉은 대사! 엄청 많은 뜻을 내포하고 있는 듯한 그 말에 나는 다만 웃음지어 보였다. 가능한 한 신비롭게.

'이거, 골 때리네.'

서장의 나에 대한 선입관이 나쁘다는 것은 우선 확인한 셈이었다. 어떤 사내가 고자질 했는지는 모르지만, 필경 현상금 사냥꾼에다가 공명심만 앞세우는 상종 못할 여자라고 했을 것이다. 설마 전임 서장은 아닐 테지. 입으론 내 앞날을 걱정도 했었으니까. 암튼 모든 사내들을 적으로 생각하면 마음 편할 것이다.

"제법 미모를 타고났으나, 싸가지가 없다든가……."

서장이 연이어 가시가 담긴 말을 했으나, 나는 다만 침묵했다. 그것이 나의 반응이라면 유일한 반응이었다. 그런데 서장은 여간 직설적이지가 않다.

"……근데, 여간 조신하지 않고, 여간 다소곳하지가 않군. 하지만 모르지. 그 아름다운 마스크 뒤에 어떤 마스크가 감추어져 있는지는. 아, 이건 그냥 조크야."

나는 속으로 하나도 재미라곤 없는 조크라고 생각했다. 세상에 이중의 가면을 쓰지 않는 사람이 어디 있던가. 아무려나 서장이 나한테 소탈하게 다가서고 있다는 사실을 확인하는 느낌이었다. 어설프게나마 조크라도 던질 생각을 하고 있으니 말이다. 나는 나도 모르게 모진 한숨을 내쉬었다.

서장은 천천히 다가오더니, 나와 마주 앉았다.

"자네, 국정원에 아는 사람이 있나?"

서장의 뜻하지 않은 질문에 나는 공연히 찔끔했다. 국정원에 박찬우를 비롯해서 아는 사람이 한둘은 있다.

"네에."

나는 애매모호하게 대꾸했다.

"방금 국정원의 해외공작 담당 국장이라는 사람이 전활 주었는데, 이름이 유덕화라고 하더군. 그게 제10국이라던가."

"아, 네. 유 국장요. 압니다. 조금요. 어떤 사건에서 함께 움직인 일이 있었습니다."

"그 어떤 사건이라는 게, 모사드가 개입한 암살사건이라면서?"

서장이 선택한 화제가 남다르다. 남달라도 보통 남다른 게 아니다.

"네, 그렇습니다. 그것도 도심 한복판의 호텔에서. 놀랍게도 단 한 발의 총격으로 깔끔하게 일을 마무리하더군요. 저희가 철통같이 경호경비를 하고 있었습니다만……."

나는 내가 아는 대로 얼른 대꾸했다. 그토록 멋스럽고 담대한 암살 극은 일찍이 유례가 없을 것이다. 이스라엘 비밀정보기관

모사드의 무서운 솜씨라니!

"팔레스티나의, 아니 팔레스타인이라고 해야 하나, 암튼 그곳 과격 무장단체에 막대한 자금을 지원하는 아랍무기상을 대상으로 한 암살사건이었습니다. 그게."

나는 말을 이었다.

"자네가 암살범을 검거한 걸로 아는데…. 그런가?"

서장이 물었다.

"아닙니다. 그건 절대로. 우리 종로경찰서가 국정원과 힘을 합쳐서요."

"이제 보니 겸손하기까지 하군."

"아닙니다."

나는 아닙니다, 라는 말을 앵무새처럼 반복했는데, 그 사이 많은 시련을 겪었고, 지혜로워졌다고 할 수가 있다.

"그 사건이 꽤나 센세이셔널 했었다고 들었는데 말이야……."

서장은 그 당시의 사건에 대해 대충 설명을 바라는 눈치였고, 나를 굳이 부른 오늘의 주제이지 싶기도 했다. 하긴 오늘 동시다발 테러를 일으킨 팔레스타인 과격 무장단체와 관련된 이야기다.

"오마르 하산 샤르한! 국제적인 무기상이자, 엄청 돈이 많은 아랍세계의 거물입니다. 서장님 혹시 들어 보신 적 있으세요?"

나는 주섬주섬 말하기 시작했다. 내가 예전에 겪은 사건에 대해서, 그리고 서장이 관심을 보인 암살사건에 대해서. 서장은 조용히 고개를 주억거렸다.

"꿈같은 얘긴데요, 파리와 뉴욕에 있는 초호화 아파트에다가, 케냐엔 개인 사냥터에, 샬레풍 별장을 갖고 있다고 합니다, 7천만 달러를 호가하는 초호화판 요트! 자가용비행기는 물론이고요.

그게 600억 원 상당의 보잉737 쌍발 제트 항공기라지 뭡니까. 그리고 네 명의 아름다운 아내들. 제1부인은 보는 순간 숨을 멈출 정도로 매력적인 러시아 여인."

"흐음."

나는 조금은 신명이 나서 말했고, 서장은 귀 기우리기만 했다.

"훈제연어에, 냉동시킨 바다가재, 작은 참새우로 채운 아보카드에, 철갑상어 캐비아를 들며, 돔 페리뇽 샴페인을 마시는 생활! 그리고 영화배우들을 불러 밤마다 펼치는 주지육림의 향연! 한마디로 아라비안나이트에서나 꿈꿀 수 있는 그런 얘깁니다."

우리와는 다른 세계의 다른 무대에서나 펼쳐질 법한 화제다. 가끔 할리우드 영화 속에서나 볼 수 있는 그런 장면들.

"잠깐."

서장은 잠시 나의 말을 멈추게 하고는 부속실의 여순경, 김서영을 불러서는 차를 갖고 오라고 이르는 것이었다. 서장은 나한테 차를 대접하려 하는 것이다. 나는 그 사실에 까닭모를 흐뭇함을 느꼈다.

잠시 후, 김서영 순경은 두 잔의 녹차를 들고 왔는데, 나는 커피가 소원이었으나 불평은 하지 않았다. 그런데 돌아서는 김서영이 아리송한 미소를 띠고 있었는데 그게 묘한 여운을 남겼다.

"그런 오마르 하산을 모사드가 제거하려고 서둘고 있었습니다. 악명 높기로 치면 둘째가라면 서러워 할 암살기관이요. 팔레스타인 과격단체에 막대한 자금을 공급하고 있다는 이유로."

나는 말을 이었고, 서장은 녹차를 홀짝거렸다.

"한 마디로 돈 줄을 끊으려 했던 겁니다."

"그래서?"

"아시죠. 임페리얼 호텔을요. 우리나라에선 보기 드문 초고층 호텔."

"알지."

"오마르 하산은 서울에 오면 늘 그 호텔에 묵곤 했습니다. 맨 위층을 통째로 차지해서요. 알고 보니 자주 왔더라고요."

"무엇 때문에 서울엔?"

"잘은 모르겠지만, 제주도 관광 사업에 관심이 있었나 봅니다. 특히 카지노 사업에. 겉으로는."

"그럼 또 다른 이유라도?"

"서울에 좋아하는 아가씨가 있었습니다. 어리고 가냘프고 아름다운 동양 여성에 매료되었다고 하더라고요."

"흠, 그래."

우린 어느새 오순도순 이야기를 나누다 보니, 상하간의 대화라기보다는 허물없는 사람들 사이의 대화처럼 느껴졌는데, 나는 경계를 해야 한다고 생각했다. 언제 까탈스런 상전께서 이맛살을 찌푸릴 지 알 수 없는 일이었다.

"우린 용케도 모사드가 오마르 하산을 서울에서 암살하려 한다는 정보를 사전에 입수하고 있었어요. 그래서 철통같은 경비를 섰습니다. 우리 경찰과 국정원이 힘을 합쳐서요. 물 샐 틈 없이. 오마르 하산이 데리고 온 경호원들과 함께. 그들 경호원들은 어떻게 보면 고도로 훈련된 그리고 실전에서 단련된 이슬람 전사들이라고 할 수 있었습니다. 좋게 말해서."

나는 말을 이었다.

"나쁘게 말하면?"

서장이 빙긋했다.

"한 마디로 잔혹한 테러리스트들이라고 할 수 있지요. 언제나 그렇듯이 팔레스타인 해방을 위해 소총 하나 달랑 들고 국제공항에라도 뛰어드는 전사들 말입니다. 오늘아침의 동시 다발 테러처럼요. 암튼 우린 만반의 대비를 했습니다."

"그럼에도 불구하고 오마르 하산은 암살되었다는 얘기가 아냐? 임페리얼 호텔에서."

"네, 그렇습니다."

"놀랍군."

"서장님, 그건 가히 예술적인 솜씨라고 할 수 있었습니다. 찬탄할만한."

"이스라엘의 모사드가? 실패라곤 모르는……."

"네, 모사드가요. 비밀정보기관으로는 세계에서 유일하게 살인 기술 전문가들을 엄선해서 암살팀을 공식적으로 운영하고 있다고 듣고 있습니다. 그들이 선호하는 주요 무기는 22구경 베레타 권총. 주로 귀밑과 머리를 쏘고요."

"그래서?"

"그 사건은 자칫 잘못하면 미궁에 빠질 수도 있었습니다. 너무나도 지능적이고, 아주 교묘해서요. 우린 모사드를 과소평가하는 치명적인 실수를 범했던 거죠. 그들이 아주 냉혹하다는 점두요."

나는 내가 당면했던 사건이 얼마나 어려웠던 사건인지 애써 강조하려 했다. 나는 줄곧 겸손을 가장하고는 있었지만 나를 드러낼 수 있는 기회를 놓치지 않으려 했다.

"그게 영구미제사건으로 마무리될 듯하자, 오마르 하산의 제1부인이 대뜸 현상금을 걸더군요. 범인을 반드시 색출하라며."

나는 사무적으로 말을 이었다.

"얼마나?"

서장도 사무적으로 물었다.

"30만 불입니다."

"엄청나군,"

"엄청나죠. 하지만 그 여자들한테는 별로 아깝지도 않은 푼돈이었을 겁니다. 굴러들어 올 막대한 유산에 비해서는요. 난 처음엔 그 여자들이 남편을 죽이려 뜻을 모았을 거라는 생각을 다 했습니다. 네 명의 아내들이요. 모사드의 이름을 빌려서."

"근데, 자네가 감추어진 암살범을 찾아냈다며? 국정원도 찾지 못한 것을."

"아닙니다. 다들 그렇게 말은 하지만요. 그 당시 국정원의 중동담당팀장인 박찬우 소령의 도움을 많이 받았습니다. 그 사람의 협력이 없었다면 쉽지가 않았을 테지요."

나는 내 자신을 적당히 추겨 세우기도 하고 낮추기도 했다. 지금까지는 밸런스를 잘 맞추고 있다고 할 수가 있었다. 그리고 어쩐지 박찬우를 드러내고 싶었다. 잘 생긴데다가 늠름하고. 그의 첫 인상은 그랬다. 그러나 나는 그 당시 그를 공연히 업신여겼다. 단지 너무 젊다는 이유로.

"그래, 암살범은?"

"알고 보니, 모사드가 엄선한 킬러는 바로 오마르 하산이 가장 신임했던 수석 경호원이었습니다. 소라야 안사리라는 이름의 전설적인 여전사죠."

"저런!"

서장의 조금은 과장된 찬탄의 소리.

"그건 측근 경호원만이 가능한 암살이었습니다. 저는 그 당시 하나의 교훈을 얻었어요. 측근이라고 해서 믿어서는 안 된다는 교훈을요. 그들이 비록 피로 맹세한 동지라고 해도요. 시저도 '브루투스, 너마저'라고 했고, 예수님도 '나와 함께 먹는 자가 나를 팔리라', 했습니다."

"흐음."

"그러니 원수는 집안에 있었다는 얘기죠. 교과서대로에요."

"으음."

"아, 글쎄, 사랑하는 남자가 이스라엘 감옥에 있었다지 뭡니까. 사형을 앞두고요. 살려준다는 모사드의 미끼에 보기 좋게 물린 겁니다. 소라야가. 저라고 한들 어쩌겠어요? 사랑하는 사람이 그 지경이라면요. 백 번인들."

"하지만 팔레스타나로선 큰 손실에 큰 타격이었겠군. 돈줄이 끊겼으니까."

"그렇습니다, 서장님."

"모사드로선……."

"이슬람 무장단체에 자금을 제공하려는 사람들에게 강력한 경고메시지를 전달한 하나의 모델케이스였습니다. 그 암살은요."

"그래, 모사드는 한다면 하는 기관이지. 그 게 암살이든, 납치든."

서장의 다 듣고 난 뒤의 촌평이었다. 조금은 감회 어린 표정마저 짓고 있었는데, 나는 나의 브리핑을 그런대로 잘 마무리했다고 생각했다. 차까지 대접 받고.

"그래서, 범인을 검거했다고 자네한테 훈장을 준다고 했었나? 팔레스타나에서?"

서장은 말을 이었다.

"네, 그리고……."

"그리고?"

"저한테 돌아온 현상금 30만 불을 팔레스타인 난민들을 돕는데 쓰라고 고스란히 돌려보냈습니다. 특히 폭격에 신음하는 아이들에게 쓰라고요. 팔레스타인은 누가 뭐래도 지금은 눈물의 땅입니다."

"흠, 이제 보니 갸륵하기까지 하군."

"갸륵하긴요. 싹수없이 그걸 넙죽 받아먹었으면 크게 체했을 겁니다."

"자네, 이제 보니, 좀 엉뚱하네."

"네. 사람들이 그렇게 말하곤 합니다. 저더러 좀 황당하다고. 하지만 돈다발 끼고 불면증에 걸리면, 그거 뭡니까."

"그래저래 훈장을 주려는 건가?"

"글쎄요. 아마도."

"흐음, 정이 많은 건가, 좀 모자라는 건가……."

서장은 우물거리더니, 말문을 닫은 채 한동안 나를 빤히 쳐다보고만 있었다. 세상에 별 희한한 여자, 다 본다는 그런 모습이었다. 그러더니 문득 생각난 듯이 부속실의 여순경을 불러 차 한 잔씩 더 갖고 오라고 이르는 것이었다. 이번엔 고맙게도 나한테 무슨 차를 들겠느냐고 물었다.

"커피요."

그래서 우리 두 사람은 김서영 순경이 새로 날아다 준 향긋한 커피를 함께 들게 되었다. 보다 고즈넉한 분위기 속에서. 이번에도 부속실의 김서영은 뜻 모를 미소를 머금고는 조용히 사라지는 것이었다. 서장은 전임 서장과는 달리 좁쌀영감처럼 굴지 않고, 소탈하고 대범하게 다가서고 있어, 나는 한결 마음의 여유를 찾고 있었다.

"저기⋯⋯."

나는 일순 미소 짓고는,

"저에 대한 선입관념이 몹시 나쁘신 것 같은데, 저를 싫어하시지요?"

하고 불쑥 물었다.

"아냐. 그건 자네 생각일 뿐이야. 우리 딸아이도 알고 보니 자네 팬이던걸."

서장은 손사래를 쳤다.

"제가 뭐 연예인도 아닌데⋯⋯."

"연예인 뺨치게 매스컴을 탄다고 하든걸. 오늘 날 모두의 우상이라나."

"세상에, 별말씀을 다⋯⋯."

"내말이 아냐. 내 딸애 말이지. 자네 때문인지는 몰라도 경찰지망생이 되더니, 하라는 공부는 안하고 지난해에 끝내는 경찰관이 되더군. 나는 여자직업으로는 별로라는 생각이야."

"네에. 별론데."

나는 장단 맞추듯 말했다.

"근데 자네 고향은?"

서장은 이젠 내 사생활에 대해 물으려 했다.

"제 고향은요, 강원도 정선입니다. 어머니가 그곳에서 오랜 동안 자그마한 식당을 하시면서 근근이 사셔요."

나는 애써 나의 처지를 낮추려 했다.

"그럼, 아버지는?"

서장은 여전히 덤덤한 어조로 묻고 있었다.

"몇 해 전에 돌아가셨습니다. 산에서 조난을 당해서요. 설악산의 공룡능선에서. 그렇게 산을 좋아하실 수가 없었는데. 덕분에 저도 산을 좋아하지만요."

나는 아버지가 그래도 서울에서 미대를 나온 이름 있는 화가였었다는 것 하며, 어머니도 여류시인으로도 이름을 얻고 있었다는 따위의 이야기를 하고 싶었으나 참았다.

"근데, 자네 제법 영어를 유창하게 구사한다던데."

서장의 예상하지 못한 질문이었다.

"유창하긴요. 별롭니다. 그냥 조금. 시카고 뒷골목에서 익힌 거라서 고급 영어도 아닙니다."

"시카고는 왜?"

"학생 시절에 우리나라에 온 미국 기독교 봉사단체를 따라간 적이 있었습니다. 연수를 받을 목적으로요. 이래저래 꼬박 3년은 있었나 봅니다."

"그럼 자넨 기독교 신잔가?"

서장은 마치 선보러 온 사내처럼 꼬치꼬치 캐묻고 있었는데, 조금은 부담스러웠으나, 이것도 일종의 호의의 표시려니 하고 생각하려 했다.

"어머니는요, 독실하신 편입니다. 죄도 많이 지으신 데다가, 회개할 일도 많으신 것 같고. 저는 아직은……."

"회개할 일이 없다는 겐가? 하도 올곧은 생활을 하셔서."

"그런 뜻은 아니고요. 다만……."

나는 아차 싶기는 했으나 머쓱한 웃음을 흘리며 대충 얼버무릴 수밖에 없었다. 그나저나 이 양반, 독실한 크리스천이던가 아니면 되게 안티 크리스천일 것이었다.

내가 시카고에서 보낸 만 3년이라는 세월은 나한테는 매우 유익하고 소중한 하루하루였다. 이웃을 도와야한다는 자세는 키웠지만, 신앙심은 비례해서 성장하지는 못했다. 나로서는 큰 수확이 있었다면 하루도 우리말을 쓰지 못하는 환경 탓으로 살아있는 영어를 익힐 수 있는 기회를 얻었다는 점이었다. 그리고 그들이 빌려준 문고판 책도 열심히 읽었는데, 그 대부분이 추리물이었다. 어떻게 보면 그들 모두가 추리애호가라고 해도 과언이 아니었다. 처음엔 영어를 익힐 목적으로 열심히 읽었는데, 어느 날인가 눈을 떠보니 어느새 추리마니아로 변신해 있었다. 그것이 하나의 계기가 되어 경찰의 문을 두드렸는지도 몰랐다.

"근데 소문으로는, 자네 백지영이하고는 누구도 못 말리는 라이벌이라던데."

서장이 새로운 화제를 선택한 것은 좋았으나 결코 원하는 화제가 아니었다. 오늘만큼은 피할 수 있다면 피하고 싶었다.

"그건 말도 안 됩니다."

나는 펄쩍 뛰어올랐다.

"정선에서 올라온 촌년이 주제넘게도 어떻게 라이벌이라니요. 그건. 백지영 경위에겐 모욕입니다."

서장은 내가 아무리 강하게 반응해도 시큰둥할 뿐이었다. 그것이 그가 보인 유일한 반응이었다.

"잘 아실 겁니다. 백지영 경위는 경찰대학을 수석으로 졸업하고요. 아버지는 또 누굽니까. 서울청장이고요. 아, 참, 미국에서 명문으로 소문난 UC버클리에서도 공부를 했습니다. 저야 뭐 강원도 산골 구석의 이름도 없는 지방대학을, 비록 영문과를 지원했지만, 그것도 중퇴했고요 같은 저울에 다실 수는 없습니다. 전쟁도 안돼요."

나는 말하는 가운데 가슴이 뭉클했으나 꾹 참았다. 서장의 표정엔 끝내 아무 변화가 없었다.

잠시 방 안엔 숨이 막혀오는 고요가 감돌았다.

누가 먼저 이 고요를 허물 것인가.

무엇 때문에 서장이 나를 불렀는지 아직 모르겠으나, 남의 사생활이나 캐려는 것도 아닐 테고, 이젠 해방시켜 줘도 무방할 것만 같았다. 이윽고 방안의 칙칙한 고요를 허문 사람은 서장이었다. 그는 나와의 대화를 이어 가려 했다.

"근데, 자네 경력이 자못 화려하더군. 자네 말처럼 별로 실력도 없으면서 어떻게 햇수로 3년 만에 말단 순경에서 경위로 고속 승진할 수가 있었지? 공짜로 명성을 쌓을 수야 없지."

나는 조용히 새어나오는 한숨을 깨물었다. 이것도 내가 원하는 화제가 아니었다.

"운이 좋았을 뿐입니다."

나는 짧게 대꾸했다.

"운이 좋아?"

"우연도 겹쳤고요."

"흐음, 우연이라. 그 우연도 세 번씩이나 겹쳤다는 말이군."

"범인을 길에서 이삭 줍듯 주운 일도 있고, 제 발로 걸어온 명청한 친구도 있었고요. 운수 좋게도 그게 하나 같이 다 특진감이어서."

나는 다시금 운수타령으로 돌렸는데, 서장이 납득하건 안하건

상관할 바가 아니었다.

"재미없는 얘기일 테지만, 자네더러 동료애는 없고 공명심만을 쫓는 인물이라더군. 특진이나 바라고."

나는 서장의 가시 돋친 말에, 비록 그가 나를 도발한다는 것을 뻔히 알면서도, 마음이 상했다.

"억울합니다. 전 다만 열심히 뛰었을 뿐입니다. 심지어 총상까지 입으면서요."

"그 총상도 공명심 탓이라던데."

"모르시는 게 없으십니다. 할 말을 잃네요."

서장은 일순 빙긋했다. 팔딱거리는 여자를 상대하는 것이 취미인 걸까. 조금도 지루해 하는 표정이 아니다.

"근데, 말이야. 누가 하는 말인데, 자넨 지금 대통령과는 아주 가까운 사이라던데. 김시민 대통령하고는. 예일대 출신임을 자랑하는. 그래서 진작 자르고 싶어도 자르지 못한다고 하더군. 어떤 관계지?"

"어떤 관계라뇨? 아무 관계도 아닙니다. 누가 또 모함했네요."

나는 시침을 떼고 얼른 대꾸했다.

"그것도 모함이라고 말하는 걸까?"

"아무 쓸모도 없는 얘깁니다. 좋은 관계면 왜 이 고생을 하겠습니까?"

분명히 말해 대통령이 후보 시절에 도운 일은 있다. 그쪽에선 고마워하고 있는 지 알 수 없으나, 나는 내 책무를 수행한 것일 뿐이다. 그렇게 생각해야 마음이 편하다.

"허 참, 최선실이란 여잔 도대체 알 수가 없군."

서장은 탄식하듯 말했고

"알려고 하지 마세요. 빈 수레가 요란한 거니까요."

나는 그냥 우물거렸다.

이젠 서장이 물을만한 것은 다 물은 것 같았다. 그나저나 이 양반이 진짜 나를 누구한테 선이라도 보이려는 것일까? 하도 꼬치꼬치 캐물으니 하는 얘기다. 혹시 못난 아들이라도 있는 걸까.

부속실의 김서영 순경이 들락거리며 찻잔을 치우곤 하면서, 누가 기다리는 사람이라도 있는지 빨리 오늘의 회견을 끝내라는 눈치를 주고 있었다.

"근데 서장님. 아까 국가정보원의 해외공작 담당 유 국장님한테서 전화를 받으셨다고 했는데, 무슨 일입니까?"

나는 우리들 이야기를 본궤도로 돌리려 했다.

"아 참, 내 정신 좀 봐. 유 국장이 하는 말이 글쎄……."

서장은 비로소 우리들의 이야기가 삼천포로 빠진 것을 깨닫는 것 같았고, 오늘의 주제로 되돌아오려 했다.

"자네더러 팔레스티나로 한 번 가주면 좋겠다고 하더군. 훈장을 받으러."

"싫습니다."

나는 드물게 단호한 어조로 말했다. 그건 일종의 본능적이 반응이었다.

"훈장을 준다는데, 왜?"

서장은 조금은 의아해 했다.

"그곳이 어떤 곳입니까. 팔레스타인이. 오늘도 여러 나라에서 동시다발 테러를 일으키고 있습니다."

"흐음."

"이스라엘은 매일같이 항공기를 동원해서 공중 폭격을 하는가 하면, 다른 한 쪽은 로켓포로 응전하고 있고요. 그런데 저더러 그 험한 곳에."

"그건 이젠 옛날 애기 아냐? 팔레스타인과 이스라엘 사이에 평화협상도 진전되고 있고. 캠프 데이비드에선 미국대통령의 주선으로 양국 정상들이 회담도 하고. 잘 되고 있다는 말은 못 들었지만."

서장은 반격하려 했으나 그 목소리엔 자신감이 배어있지 않았다.

"옛날 애기라니요? 회담 이틀을 앞두고도 잔혹한 '처형 스타일'의 테러도 발생했는걸요. 예루살렘 곳곳에선 유혈충돌이 일고요. '하마스'는 분노의 날을 선포하고요. 무엇보다도 자치정부는 과격단체들을 통제하지 못하고 있어요. 오늘도 눈앞에서 보시면서."

나는 한결 목소리를 낮추어 말했다. 여자가 남자를 이기려한다는 인상을 줘서는 안 된다.

"정확하게 훈장을 준다는 데가 어떤 기관이지? 혹시 이번 테러와 관련이 있는 '국제 이슬람 해방 전선'은 아냐?"

서장이 물었다.

"훈장을 준다는 데는 정식으론 하마스라고 합니다. 하지만 이슬람 해방 전선은 하마스하곤 깊은 유대가 있을 겁니다."

"흐음, 하마스라."

"하마스는 잘 아시겠지만요, 헤즈볼라와 함께 팔레스타인 해방을 위해 무장 게릴라 활동을 펼치는 과격 무장단쳅니다. 급진 무장단체의 양대 산맥! 레바논에 있는 것은 시아파 무장조직인 헤즈볼라, 팔레스타인의 무장정파는 하마스. 그 지도자는 잘 모르겠고요. 자주 모사드에서 암살당하고 보니 비밀에 부치나 봅니다. 서장님, 팔레스타인은 아직은 위험지역입니다."

서장은 나의 말에 조용히 고개만을 끄덕였는데, 그것은 그도 잘 안다는 시늉처럼 보였다.

"근데 말이야, 국정원은 파이프라인이 필요한 것 같아. 그쪽하고. 허구 그쪽에서 자네가 오길 원하나 보더군. 자네의 갸륵한 뜻에 감사하고 싶다나. 이번에도 우린 그들의 테러대상에서 벗어나고 있다고. 갔으면 싶은데."

서장은 사뭇 달래는 어조로 말 했으나, 나의 대꾸는 한결같았다.

"싫습니다. 하지만 명령이시라면."

나는 한 번 더 싫다고 했으나, 순종적인 자세는 잃지 않으려 했다.

"흠, 강요할 수는 없지."

나는 다소곳하니 고개를 숙이고는 침묵했다.

"시기도 좋지 않고 말씀이야. 나도 국정원에 일단 그렇게는 말했었지."

"언젠가는 한 번 가보고 싶긴 합니다. 중동의 파리라고 하는 베이루트에도 가보고 싶고, 아, 그리고 있잖아요, '페트라'에도 가보고 싶어요. 빨간 장밋빛 도시라고 하는 요르단의 고대도시 페트라에요."

나는 조금은 떠들썩하게 말했으나 서장한테서는 아무 반응도 없었다. 그는 어느새 지루해 하는 표정을 지으며 나와의 회견을 마무리하고 싶어 했다. 그래서 나는 엉거주춤 자리에서 일어나 퇴장하려 했다.

"저, 이제 물러나도 되죠?"

서장은 조용히 고개를 끄덕이며 나의 행동을 묵시적으로 추인했다.

"서장님, 부탁이 있습니다."

나는 돌아서려다 말고 서장을 향해 말했다.

"무슨?"

"저에 대한 선입견을 지워 주셨으면 합니다."

"이미 지웠어. 걱정 말라고."

서장의 속내는 알 수가 없었으나 금세 명쾌한 대꾸가 뒤따랐다.

"고맙습니다."

나는 고개를 깊이 숙이고는 서장실을 뒤로 했다. 부속실 여순경 김서영은 복도까지 나와 나를 깍듯이 배웅했는데 여전히 까닭 모를 미소를 띠우고 있다. 나는 오늘 회견의 의미를 되새기며 천천히 나의 둥지로 발걸음을 옮겼다.

3

"서장께서 뭐래요?"

내가 강력 1팀 사무실에 들어서자 서 경사가 기다렸다는 듯이 물었다. 내가 전임 서장한테 시달려 온 사실을 아는 서 경사인지라 나를 걱정하는 마음이 앞서고 있는 것이다. 그는 이럴 땐 정이 많은 시골 숙부와도 같았다.

"별 일 아니에요. 걱정 않으셔도. 성품이 제법 호탕하시더라고요."

나의 표정이 밝아서일까, 서 경사는 마음을 놓는 듯했다.

"흠, 다행이네."

"근데 나더러 팔레스타인에 다녀오라지 뭐에요."

"팔레스타인으로? 그래서요?"

"그래서는 요. 못 간다고 했죠. 아무리 훈장을 준다고 해도. 거기가 어떤 곳이에요."

"잘하긴 했는데, 서장이 혹시 뿔나지나 않았는지 모르겠네."

"그렇지는 않았어요. 대범하시면서도 자상했어요. 살갑게 대해 주었고요. 뭐라고 해야 할까, 첫 미팅은 나쁘지 않았어요."

"흐음……."

서 경사는 내가 호랑이굴에서 무사히 빠져 나온 사실만은 인정하는 것 같았다. 그러면서도 미간을 모으고 있는 걸 봐서는 완전히 근심걱정에서 해방된 것 같지는 않았다. 그게 다 나이 들어가는 탓이지 싶었다.

그런데 사무실 분위기가 어쩐지 어수선하다는 느낌이 들었다.

"근데, 무슨 일이 있어요?"

내가 대뜸 묻자 일순 서 경사가 빙긋했다.

"좋은 소식과 나쁜 소식이 있는데, 어느 소식부터 듣고 싶어요?"

서 경사가 싱글거리며 물었다.

"나쁜 소식부터 듣죠. 좋은 소식은 디저트로 남겨 두고."

나는 알지 못할 불안이 살금살금 밀려오는 것을 느끼며 대꾸했다.

"내일 모래, 4월 1일 날짜로 여러 사람이 정기 진급한다는 소식은 알고 있을 테죠?"

"알죠, 근데요?"

"근데…, 너무 놀라면 안 되는데."

"에이, 어서요."

나는 다시금 불길한 예감이 회오리치는 것을 느끼며 채근했다.

"백지영 경위가 경감으로 승진했다는군."

서 경사는 마치 사슬이라도 끊듯이 말했다.

"뭐라고요?"

나는 비명 비슷한 소리를 질렀다.

"백지영이가……."

서 경사는 더는 말을 잇지 않았고, 나는 벌린 입을 닫지 못했다. 나는 일시에 낭패감이 쓰나미처럼 밀려오는 것을 느껴야 했고, 얼굴에서 핏기가 가시며 하늘이 노랗게 변하는 것을 느껴야 했다. 일종의 현기증을. 이무슨 날벼락이람.

"내가 뭐랬어요. 조만간 경찰대학 출신들이 우리 모두를 추월할 거라고."

서 경사가 연이어 시부렁거렸으나 이젠 나의 귀에 아무 소리도 들려오지 않았다. 나의 머리를 지배하는 것은 오직 하나였다. 그것은 이 상황에서 어떻게 대처해야 하느냐 하는 것이었다. 무슨 악연이 있는지 몰라도 백지영과는 자주 부딪쳤고, 그때마다 치열한 경쟁을 했었다. 좀 질 줄도 알고 그랬으면 잘 지낼 수도 있었을 텐데, 이미 때늦은 회한이었다. 한순간 백지영이 승리를 구가하며 화려하게 미소 짓는 모습이 서서히 떠올랐다.

"축하할 일이네."

내가 이윽고 숨을 고르며 뇌인 말이었다.

"말이야 그렇게 해야겠지. 하지만 배가 아프지 않다면 그게 거짓말이지."

"범 경위는요?"

나는 서 경사의 가시 돋친 말을 귓전에 흘리며 물었다.

"청장의 사윗감인데 누락할 리가 없지."

"……그럴 테죠."

나는 한동안 넋 나간 사람처럼 서 있기만 했다.

 '누가 이 상황에서 날 구제해 줄 사람은 없는 걸까?'

아무도 나의 시야 저편에 떠오르는 사람이 없다.

절대 고독의 순간!

요즘 걸핏하면 나를 찾아오곤 한다.

"우리 팀장은 그 사이 어땠어요?"

"어땠는데요?"

우리 대화는 이어졌다. 함께 상처를 입은 사람들끼리의 대화가.

"다 아는 이야기지만, 홍콩에서 파견한 트라이어드의 킬러를 총격전까지 펼치면서 검거했다고요. 어디 말해 봐요. 그 공로로 표창장 하나라도 받았었나. 허구, 모사드가 교묘히 잠입시킨 암살범도 단숨에 검거했어요. 막강한 국정원도 손을 들었는데. 다른 나라에선 훈장을 준다는데 이놈의 구석은 나 몰라라 하더라고. 인색한 사람들이라니. 시샘이나 하고, 뒤에서 손가락질이나 하고. 국제적인 록 스타 독살사건도 보기 좋게 해결했었고. 열거하자면 끝이 없네. 그 사이 총상마저 입었는데."

"그만 해요."

"사내들은, 나도 사내지만 그동안 뭘 했어요? 복지부동이나 하고 인맥이나 찾아 헤매고."

"그만 하셔요."

"백지영도 그래요."

서 경사는 마침내 백지영에게도 칼을 뽑으려 했다.

"그 여자에게 공적이 하나라도 있으면 내가 말을 안 하지. 남이 공들인 것 양보하니까 덥석 무는 뻔뻔함 말고 뭐가 있남. 경찰대학에, UC버클리면 다냐고? 팔등신이면 다냐고요?"

"혈압 높이지 마세요. 더구나 듣는 사람 아무도 없는데, 열변까지나."

어떻게 보면 서 경사는 자기 설움을 쏟는 것이기도 했으나, 뭐니 뭐니 해도 그가 나를 끔찍이도 아낀다는 것을 알 수가 있었다. 지금 나의 상한 마음을 달래려 무진 애를 쓰고 있다.

"근데, 좋은 소식도 있다 하셨는데 그건 뭐예요?"

나는 애써 웃음 지어 보이며 물었다. 아무래도 그는 따로 극적인 소식을 준비하고 있음에 틀림없었다.

"시경 하 경감도 승진했어요. 실로 오랜만에."

서 경사가 일순 빙긋했다. 좋은 소식을 전하게 되어 기쁘다는 표정이었다. 그런데 그건 나한테는 전혀 기쁜 소식이 아니었다. 나쁜 소식이었으면 나쁜 소식이었지. 나는 질이 좋지 않은 조크를 들은 것만 같았다.

"아니, 그 심술 사나운 영감이 늘 나를 괴롭혀 왔는데, 그게 어떻게 좋은 소식이에요? 염장이나 지르면서 야박하게만 굴었는데, 잘 알면서."

"요즈음 친해졌다면서요? 찾아다니기도 하구."

"나 원, 친해지긴요. 아니 조금 가까워졌나?"

"우리 팀장은 내가 알기로는 누가 뒤에서 밀어주는 사람 하나 없잖아요. 무슨 학연이 있나, 지연이 있나. 인맥이라곤 하 경감 정도 말고는."

"심술궂기로 치면 둘째가라면 서러워할 영감이 누굴 봐주긴 봐주어요? 헐뜯지만 않아도 어딘데."

"그래도 그 사람만큼 진국인 사람도 없지 싶네. 성미가 고약해서 그렇지, 괴팍하고 까탈스럽긴 해도, 속이 깊은 사람이오. 알고 보면."

"어머, 그러셔요?"

하긴 그럴 지도 모른다. 나와 엇서기만 한 것은 자기 의견과 달라서일 것이었고, 나를 마뜩찮게 여기고 미워하기까지 한 것은 내가 공명심에 날뛴 나머지 이기적으로 행동을 한다고 본 탓일 게다. 그래도 찾아가 도와달라고 했을 땐 흔쾌하게 도와주기도 했었다.

"물에 빠진 사람 지푸라기에도 매달리는데, 꽃이라도 사들고 가서 생긋 웃으며 아양이라도 떨었으면 싶구먼."

서 경사가 히죽이 웃으면서 던진 말이었다.

"에이 씨! 나더러 웃음을 팔며, 아양을 떨라고요? 구차하게 그 영감한테?"

나는 서 경사를 흘기며 말했다.

"까짓, 못할 것도 없지 싶구먼. 이것이 지금으로선 우리 팀장이 선택할 최선의 시나리오라고 할 수 있지. 게다가 청순하면서도 섹시하다는 말도 듣는 처지에. 그래서 장쯔이를 닮았다는 말도 듣는 형편에."

"나, 참, 별 소릴……."

"절세가인이 어디 따로 있남."

사내들은 절세가인 장쯔이와 하룻밤을 보내기 위해 18억 원이라는 돈을 기꺼이 던졌다고 했었다. 물론 그녀는 펄쩍 뛰었다.

"그만하셔요."

서 경사의 말이 아니어도 나는 지금 옴짝달싹 뛸 수 없는 상황이다. 허리를 낮추라고 하면 낮추어야 하고 기라고 하면 기어야 한다. 아양을 떨어야 한다면 떨어야 하고.

"아, 그리고 맹달수 형사 알죠? 시경의 맹 경사."

서 경사는 또 다른 불길한 소식을 전하려 했다.

"알죠. 하 경감의 수족. 빌붙어 사는 주제에, 아는 것 쥐뿔도 없으면서 공연히 으스대기나 하고, 촐싹거리기나 하고, 한 마디로 밥맛이에요."

시경에 있답시고 맹 형사도 하 경감만큼이나 나를 업신여기고 깔아뭉개려 애쓴 인물이다. 못 먹는 감 찔러나 본다는 심보인지 사사건건 부딪친 인물이다. 그리고 아첨하는 재주라니. 눈치 빠르게도 늘 백지영 편에 서서 나를 헐뜯으려 했었다.

"그 친구도 이번에 승진했다네. 하 경감과 함께. 이건 나쁜 소식인가."

서 경사가 빙글거렸다.

"세상에, 뭐 잘못된 거 아니에요."

"그 친구, 그래도 제대로 공부했고, 아는 게 많아요. 꾀부리지 않고 할 일은 제대로 하는 편이지. 그러니 하 경감이 신임하지."

"네, 나도 그 친구 실력은 대충 알아요. 문제는 제 분수를 모른다는 거죠. 닥터 왓슨 역할이나 해야 할 인물이 어쭙잖게도 셜록 홈즈 역할까지 하려 든다고요."

"그 친구, 우리 팀장한테는 되게 점수가 없네. 근데 이거 어쩌나. 그 친구가 공석인 우리 강력 4팀장으로 온다던데."

"빌어먹을. 오고 싶으면 오라죠."

나는 애써 머릿속에서 맹 형사를 지우려 했다. 그러지 않아도 머리 아픈 일이 한두 가지가 아니다. 오늘 일진은 영 좋지가 않다.

나와 서 경사가 이야기를 나누는 사이에도 시계바늘은 지체 없이 돌아가고 있었고, 어느새 11시를 향해 치닫고 있었다. 이제 그들의 결혼식에 가야 할 시간이었다. 백지영과 범도일 경위의 결혼식에.

'축복받은 사람들!'

피할 수 없는 굴욕의 시간이 나를 기다리고 있다. 나는 나도 모르게 다시금 비명 비슷한 소리를 흘렸다.

"아, 우울해!"

잠시 후 나는 나의 허름한 코란도를 강남의 신사동을 향해 발진시켰다. 예전엔 대통령을 배출한 바가 있고, 오늘은 백지영이 결혼한다는 소망교회로. 애당초 부자들이나 결혼식을 한다는 공항터미널인 줄 알았는데, 식장을 교회로 바꾼 듯했다. 하긴 공무원 신분인데, 단출하게 치러야 할 것이다.

그나저나 서장들도 초청하지 않은 결혼식에 무엇 때문에 나를 굳이 초대하는 걸까?

바야흐로 승리자 앞에 끌려가는 영락없는 패배자 신세다.

내비게이션의 아름다운 목소리의 여인의 안내에 따라 교회에 당도해 보니, 북새통을 이룰 거라는 생각과는 달리 교회의 널찍한 주차장은 한산했다. 아무래도 양가의 가까운 가족들과 절친한 친구들만 부른 듯하다.

그러니 나도 백지영의 절친한 친구인 걸까?

오페라 하우스와도 같은 화려한 대형교회일 거라는 선입관념과는 달리 소망교회는 낡아 보이는, 그래서 오히려 오랜 역사를 간직하고 있다는 그런 느낌을 주는 교회였다. 나는 이윽고 예식을 올리는 교회 별관인 선교관으로 발걸음을 옮겼다. 입구의 작은 로비의 리셉션 라인에 서 있는 오늘의 주인공이라 할 범 경위에게로 재빨리 다가가 축하 인사부터 했다. 만감이 교차되었으나 애써 밝은 웃음을 지어 보였다. 여전히 정갈한 마스크에, 늠름한 체구의 사나이. 그는 무덤덤하니 고개만을 끄덕여 보였다.

한 때는 끔찍이도 사랑했던 남자! 그도 나를 초청하고 싶었을까?

나는 그의 곁을 벗어나 신부대기실로 걸음을 재촉했다. 오늘 굳이 나를 초청한 신부에게로.

나로서는 지금 이 순간을 비켜 지나갈 수만 있다면 비켜 지나가고 싶었다. 그러나 나는 성큼 신부대기실에 한 발 들어섰고, 그곳에 백지영이 앉아 있었다. 순백의 드레스를 말끔하게 차려 입은 백지영은 누가 뭐래도 아름다웠고 매혹적이었다.

'어쩜!'

나는 나도 모르게 찬탄의 소리를 냈다. 그녀는 마냥 행복한 신부의 모습을 연출했는데, 늘씬한 키에, 서구적인 마스크. 그리고 지적인 친구들에 둘려 쌓여 화려하게 미소 짓고 있는 그녀는 어김없는 상류사회의 일원이었다.

"결혼 축하해요. 그리고 승진도요."

나는 애써 화사하게 미소 지으며 인사했다. 나는 주눅이 들어서도 아니 되었고, 괜히 떠들썩하니 굴어서도 아니 되었다.

"선실 씨, 이렇게 와주어 고마워."

백지영은 두 손으로 나를 맞잡으며 환영 했다. 그리고 이름을 불러 주는 것도 정겨움으로 다가왔다.

"점심도 먹고 가야 해."

그녀는 여러모로 나를 챙기려 했다. 그리고 그녀의 친구들도 소개하려 했다.

"너희들 알지? 최선실 경위야. 우리 경찰의 꽃이라고 할 수 있지."

"알지. 반가워요."

그녀들이 나에 대해서 무엇을 아는지 알 수는 없다. 나의 공적을 안다는 건지, 나의 이기심을 안다는 건지, 백지영이 나를 칭찬했는지 헐뜯었는지 그것도 알 수는 없다.

백지영은 그녀의 친구들도 두루두루 소개했는데, 한결같이 아이비리그 출신을 비롯한 명문대학 출신들이다. 그녀들의 소박한 옷매무새에 별로 화장기도 없는 얼굴 모습. 그 자신감이라니. 몸에 밴 교양과 알지 못할 기품, 그리고 유세부리지 않는 그녀들의 숨김없는 겸손한 자세. 비록 지나친 겸손은 오만의 다른 얼굴이라고 해도 말이다. 돈 없으면 부자처럼 행세하고, 돈 있으면 가난한 사람처럼 행세한다더니, 하나 틀리지 않은 말인 것 같았다. 백지영은 내가 어느 대학을 다녔는지 굳이 말하지는 않았다. '광야 대학의 고생과'를 다닌 사실을. 한 가지 확실한 것은 드물게 나이브한 모습의 그녀들은 나와는 완전히 다른 코드, 다른 세계의, 이를 테면 다른 행성(行星)의 사람들이라는 사실이었다. 그러니 나는 이곳에선 한낱 이방인일 뿐이었다.

'참 거지같은 날이네. 쪽 팔리게 이거, 뭐야!'

나의 서푼어치 자존심마저 무너지는 순간이었다. 그리고 한없이 작아지고 초라해지는 순간이기도 했다.

가지면 의인(義人)! 못 가지면 죄인(罪人)!

하나 틀리지 않은 말이었다.

그런데 백지영의 친구들 속엔 금발의 미국 여자도 하나 끼어있다. 우린 서양 사람을 보면 흔히 미국사람으로 단정하는 경향이 있는데, 아마 틀림없을 것이다. 백지영이 미국에서 공부했으므로.

"아, 그리고 얘는 버클리에서 사귄 친구. 이름은 크리스틴 카라. 지금은 CNN의 서울특파원이야. 선실 씨도 알아둬."

내가 눈길을 주어서일까, 친절하게도 백지영은 그녀의 미국친구도 소개했다. 특별히 소개할 만큼 자랑스러우리라.

크리스틴 카라!

우리랑 동년배인 듯싶은데, 제법 미모를 타고난 여인. 전형적인 금발에 녹색의 눈동자. 그런데 여간 까칠해보이질 않는다. 그 차가워 보이는 마스크에 뜻 모를 미소를 띠고 있었는데, 그게 나를 업신여기는 웃음 같기만 하다. 미스터리 영화 '디아볼릭'의 샤론 스톤을 연상케 하는 메마른 초상.

"최선실 경위, 내가 당신을 잘 알아요."

샤론 스톤이, 아니 크리스틴 카라가 이윽고 뱉은 뜻밖의 대사! 여전히 그녀의 입가엔 수수께끼 같은 웃음이 번지고 있다.

"엄청 팬이 많으시더군. 매스컴도 덩달아 춤추고."

"아, 네……."

나는 애매모호하게 대꾸하고는 금세 그녀의 시선을 피했다. 이 세상에서 내 정체를 잘 안다는 사람만큼 두려운 존재도 달리 없다. 냉큼 피하는 게 상책이다.

"우리 언제 한 번 만나요."

"뭐, 그러시던가."

나는 이윽고 그녀들에게 깊이 고개를 숙이고는 조용히 신부대기실을 뒤로 했다. 공연히 주눅이 들고 서글프다는 생각에 식장의 구석진 자리를 찾아 누가 볼세라 고개를 숙이고 몸을 낮췄다. 영락없는 루저의 모습.

모든 예식은 간소하게 그리고 품격 있게 진행되었다. 드물게 스마트하고 지성적인 느낌으로 다가오는 주례목사의 유머와 교훈을 곁들인 말씀도 살갑게 느껴졌다. 정숙하고 경건함마저 느끼게 하는 교회 결혼식. 그러나 피로연 자리에서 펼쳐진 케이크 커팅 순서만큼은 법석이었다.

하객들의 아낌없는 박수와 드물게 활짝 웃는 범 경위에 싱그럽게 미소 짓는 백지영!

오늘만은 그들에게 최고의 날이었다.

'그래, 너희들끼리 잘 먹고, 잘 살아!'

CHAPTER
4

나는 금세 소망교회를 뒤로 했다.

그리곤 얼마 후 경부고속도로를 질주하는, 그것도 무섭게 질주하는 나를 발견했다. 나는 한껏 액셀러레이터를 밟았는데, 나의 중고 고물차 코란도RV는 데드라인이 가까워 언제 그 심장의 고동을 멈출지 알 수 없는 그런 차였다. 콘솔박스의 속도계기의 바늘은 어느새 150킬로를 넘어서려 했다.

일순 나는 제임스 딘을 떠올렸다. 포르쉐의 굉음 속에 이 세상에서 순식간에 사라진 제임스 딘을. 가슴 아프게도 그때 나이 24세라고 했었다. 그나저나 그는 얼마나 밟았을까.

기상대가 예보한대로 진눈깨비가 찬비로 바뀌었을 뿐, 하늘은 여전히 먹구름이었다. 주말의 우울한 오후.

"정말이지, 이 세상, 사는 게 지겨워!"

나는 한동안 겁도 없이 자살적인 스피드로 달렸다. 나는 나의 운명의 여신과 레이스를 펼치고 있다는 생각을 지울 수가 없었다. 내가 패배할 확률은 적어도 50프로! 나는 위험하다는 경고 신호를 끝내 무시했다.

그렇게 얼마나 달렸을까?

막무가내로 달리긴 했어도, 세상에 갈 데가 없었다. 새도 둥지가 있고, 여우도 굴이 있다고 했는데. 내 신세가 너무나 한심하고 처량하다.

나의 시작은 초라했다. 강원도 정선에서 태어난 것부터가 불운이었을까. 그래도 정선에서나마 즐거운 여고 시절을 보냈었고, 간신이 강원도에 있는 지방대학의 문턱을 넘기도 했었다. 우물쭈물 한 2년은 다녔을 게다. 그리곤 산골짝 개천에 내동댕이친 것 같은 하루하루. 아무튼 나의 인생의 지평선은 언제나 먹구름이었다.

"이것아, 그만해도 넌 순탄한 출발이다. 위만 보지 말고 아래도 봐. 나락을 걷는 사람들이 얼마나 많은 지. 집이 없니? 밥을 굶니? 학교에 못 갔니? 누군들 사는 게 버겁지 않을 때가 있을까. 아무도 관 뚜껑을 닫기 전엔 행복하다고 장담을 못하는 법이야."

정선에서 국밥집을 차려 딸내미 하나를 키워 온 어머니한테서 귀 아프게 들은 푸념들. 어머니의 인생도 엉망진창이었는데, 닮고 싶지 않은 인생이 언제나 눈앞에 있었다. 결코 헤어날 수 없는 뒤웅박에 갇혀 허우적거리는 인생. 그러면서도 시냇가에 심은 나무처럼 살고 있다고 강변했었다.

나의 소박한 꿈은, 비록 자주 바뀌긴 했어도, 한 땐 오지 탐험

가라도 되어 아프리카 내륙으로의 길을 걷는 것이었는데, 어쩌다가 이 사회에서 첫발을 내디딘 것이 교통순경이었다. 하필이면 그 수많은 직업 중에서 경찰이라니. 결코 소망해서도, 계산이 있어서도 아니었다. 길거리 전봇대에서 우연히 순경 모집광고를 본 게 계기가 되어, 미련 없이 궤도를 틀었을 뿐이다. 스펙 위주의 우리 사회에서 내가 스스로 선택할 자리는 애당초 없었다. 그래도 그때부터 한 가지 꿈을 지니기는 했었다. 말단순경 처지에 야무지게도 강력계 수사반장이 되어 보자는 것이었다.

'새우잠을 자되 고래 꿈을 키워라!' 하지 않았던가.

종로경찰서 강력계 강력 1팀장!

마침내 미친년 널뛰듯 해서 쟁취한 오늘의 나의 직함이다. 촌년이 서울까지 올라와서 이만하면 출세한 것이다. 비록 질곡의 터널을 지나왔다고 해도 누가 봐도 너한텐 그것으로 족하다고 할 것이었다. 나도 그 것을 십분 인정한다. 그럼에도 불구하고 나는 오늘 절망한다.

고속도로의 푯말은 어느새 청주로 빠지는 길목을 예고하고 있었고, 나는 운명의 여신과의 경주를 포기하고 U턴할 기회를 찾았다고 생각했다. 세계 여러 나라는 아침의 동시다발 테러로 초긴장하고 있을 텐데, 한가롭게 싸구려 감상에 젖어 허위적 거릴 때가 아니었다. 나는 이윽고 서울로의 회항(回航)길을 재촉했다. 내가 돌아가야 할 마지막 항구로!

나는 차의 속도도 엄청 줄였다. 도중에 휴게소에 들려 처마 밑에 우두커니 서서 시름없이 낙숫물 소리나 들으며 커피를 드는 여유도 즐겼다. 하지만 주말의 오후에 혼자서 이 무슨 청승이람.

그런데 눈앞에 펼쳐지고 있는 광경을 무심하니 바라보고 있으려니, 어제나 오늘이나 한결같다.

차량들은 변함없이 고속 질주하고 있고, 계절에 따라 진눈깨비는 물러나고 찬비가 하염없이 내리고 있다. 그리고 언제나처럼 휴게소식당에선 흘러간 유행가 가락이 흘러나오고 있다. 그런데 하필이면 정미조의 '개여울'이라니! 돌아가신 우리 아빠가 그렇게 좋아하실 수가 없었던 노래. 차마 잊지 못할 아빠의 애창곡 개여울.

"개여울이라는 노래를 좋아하는 건지. 정미조라는 여자를 좋아하는 건지, 지겨워."

부뚜막에서 불을 지피던 엄마의 핀잔이었다.

오늘따라 정미조의 개여울은 가슴이 시리도록 안타깝게 흘러나오고 있다.

나는 '아빠! 아빠, 나, 좀 도와줘!' 하고 목메도록 소리 높여 울부짖고 싶은 울컥하는 충동을 겨우 억제했다. 나는 어제나 따돌림을 당하는 신세고 그래서 영원한 솔로가 아니던가.

문득 숭산 스님의 마지막 말씀이 떠올랐다.

"걱정하지 마라. 걱정하지 마라. 산은 항상 푸르고, 물은 흘러간다."

지혜의 왕 솔로몬도 말했었지.

"이 또한 지나가리라"

나는 내 스스로를 달래려 애썼다.

'그래, 가슴앓이만 하지 말고, 이 순간의 경이로움을 느끼며, 이 순간의 외로움을 즐기도록 하자.'

나는 잠시 후 애써 시름을 털어내며 휴게실을 뒤로했다. 그리곤 서울로 질주하는 차량의 물결 속에 파묻혔다. 고맙게도 카 오디오 세트에선 브리트니 스피어스의 최고 인기곡인, Baby One More Time이 흘러나왔다.

이래저래 나의 보금자리인 종로에 돌아왔을 땐 오후 4시쯤이었다. 그 사이 별 일은 없었을까 싶어 사무실에 들려보니 서 경사가 혼자서 자리를 지키고 있다.

"어딜 그렇게 싸다니다 이제야 오는 게요?"

서 경사는 아무래도 걱정스러운 마음으로 나를 기다리고 있었나 보다. 내가 처한 상황이 그가 보기에도 삭막했으리라.

"그냥 드라이브 좀 하고 왔어요. 하도 기분이 꿀꿀해서."

나의 맥 빠진 대사. 매갈 없이 우물거렸다.

그나저나 하도 속을 썩이고 긴장했던 탓인지 슬며시 피곤이 엄습해와 나도 내 자리를 찾아 앉았다. 한동안 아무도 허물 수 없을 것 같은 침묵의 시간이 흘렀다.

삶에 지친 두 사람이 얼마나 명청하니 그렇게 앉아 있었을까.

"오늘이 힘든 하루라는 건 알겠는데."

이윽고 주섬주섬 말문을 연 사람은 서 경사였다.

"인연이 아니니, 어쩔 건가."

서 경사는 나를 위로하려 했다.

"인연이라!"

"사람은 인연에 따라 살 수밖에 없는 것이거늘. 이런 말을 들어 보셨던가? 모든 것은 인연 따라 일어나고 인연에 따라 소멸한다."

서 경사는 독실한 불교신자로, 종로 네거리에 있는 청담사라는 절에 자주 드나들고 있었는데, 좌절된 인생이고 보니 남보다 훨씬 열성이다.

"허구, 세상 모든 일이 분수가 정해져 있는 것임을."

아마도 서 경사가 절에 다니면서 스님한테 귀 아프게 들은 말들이라.

"그러니 기다려 봐요. 최선실의 날도 올 테니까."

"맨 날 그 소리만 하시지. 지겨워."

"허허, 나 참."

"괜히 사무실에 들렸네."

오늘은 누가 뭐래도, 그게 아무리 좋은 가르침이어도, 나의 목마름과 빈 가슴은 채워질 것 같지가 않았다. 오직 홀로 감내해야 하고, 시간이 해결해 줄 것이라고 믿으며 나는 자리에서 일어났다. 게다가 인연이 아니라는데 발버둥 쳐 봐야 어쩔 건가.

"옛 사랑을 잊는 최선의 방법은 새로운 사랑을 찾는 게요 내 말 알아들어요?"

서 경사는 여러모로 타이르듯 말했다. 그 자신이 누구보다도 유경험자이리라.

"그것도 충고라고 하세요. 그깟 이치, 나도 다 아는데."

"허허."

"나, 집에 갈래요."

나는 자리에서 일어났고, 서 경사는 더는 뭐라 하지 않았다.

"아, 따분해!"

나는 독백 비슷한 소리를 흘리곤 서를 뒤로 했다. 그리고는 집으로 향해 차를 몰았다. 광화문 네거리에 이르렀을 땐 해가 설핏 기울어서일까, 회색의 거리에 벌써 어둠의 그림자가 깔리려 했고 외등도 하나 둘 밝혀지고 있었다. 사람들의 발걸음도, 차의 흐름도 땅거미가 지는 길을 따라 냇물의 흐름처럼 조용히 흐르기만

한다. 국제적인 소용돌이와는 아무 상관도 없다는 듯이. 나는 잠시 불가사의한 느낌에 사로잡혔는데, 예전의 흑백 무성영화의 어슴푸레한 신을 보고 있다는 생각이 들었다. 해질 무렵 도심 속에서 느끼는 온통 회색빛갈의 적막감이라니!

나는 집으로 돌아와서 정선의 탄광촌에서 홀로 사시는 어머니한테 전화를 했다. 지금이 어떤 때보다 엄마의 목소리가 그리운 때였다.

"무슨 일이 있니?"

엄마는 딸이 어쩌다 전화를 걸어도 그 목소린 살갑다고 할 수가 없다.

"무슨 일은."

내 목소리도 덩달아 무덤덤하다.

"그럼 끊어. 나, 지금 바쁘거든."

식당일을 하시는 엄마에겐 지금이 바쁜 시간인 줄 알지만, 그렇지 않을 때도 늘 바쁘신 엄마다. 하나밖에 없는 딸내미에게도 바쁘다고만 한다.

"엄마는……."

"이것아, 이젠 홀로서기를 해야지. 나이가 몇 인데, 언제까지 대책 없이 푸념을 늘어놓을 거니. 투정도 한두 번이지."

내가 지금 어떤 곤궁한 처지에 놓여있는지 본능적으로 직감하는 엄마였으나, 매몰차게 대하는 것이었다.

"알았어. 누가 뭐래?"

나는 힘없이 수화기를 내려놓았다. 엄마인들 뾰족한 도움을 줄 수가 없는 것이다. 그래, 홀로서기를 해야지. 성취도 홀로, 고통도 홀로 견디어야 한다. 나는 한동안 오만가지 생각에 휘둘린 채 멍청하니 앉아 있었다. '죽음이 외로움 보다는 덜 무섭다'고 한 프랑스의 샹송가수 에디트 피아프는 '하루에 10분만 행복하다'고 했는데, 오늘의 나의 하루는 단 1분도 행복한순간이 있었다는 기억이 없다.

그렇게 얼마나 시간이 흘렀을까, 갑자기 전화벨이 울렸다. 필시 짧은 통화가 마음에 걸린 엄마한테서 걸려온 전화일 것이었다. 그러나 이번에도 엄마는 나를 배신했다. 뜻밖에도 국정원의 박찬우 소령한테서 걸려온 전화였다. 꼭두새벽에도 전화를 걸어 불길한 소식을 전하더니 저녁엔 또 무슨 전화람.

"전화, 자주하네."

나는 얼마간 맥 빠진 목소리로 전화를 받았다.

"그 뭐냐면… 나하고 술 한잔 하지 않을래요?"

드물게 굼뜬 박찬우의 목소리. 나는 예상하지 못한 박찬우의 제의에 잠시 얼떨떨했다. 거실의 벽시계를 흘끔 쳐다보니, 시계바늘은 저녁 6시를 가리키고 있었다. 저녁 데이트하기에 안성맞춤의 시간에 박찬우는 전화를 걸었다고 할 수 있었다.

"어쩜, 나하고 술을 나누자고요? 내가 이 저녁에 그쪽을 만나 흥을 돋을 이유를 하나만이라도 있음 말 해봐요. 그럼 나가죠."

나는 사내의 제의에 다분히 냉소적인 어조로 반응했다. 그러나 입으로는 그렇게 말했어도, 뜻하지 않은 정겨움으로 다가 왔다. 외로움에 시달리고 있는데, 함께 동무하려는 사람이 느닷없이 출현한 것이다.

"하나만이라고요? 열 가지라도 댈 수가 있는걸."

박찬우는 기다렸다는 듯이 대꾸했다.

"열 가지는 다 필요가 없고, 한 가지만 말씀하시죠."

"그러죠. 한 가지만. 내가 그쪽에 특별한 감정이 있다면요."

"특별한 감정? 그게 무슨 소리에요?"

"최선실 씨, 내가 그쪽을 좋아한다면."

"저런, 고맙기도 해라."

"그대만큼 매력적인 여인이 또 어디 있을까."

"보긴 제대로 봤네. 하지만요……."

나는 더는 말을 잇지 못하고 일순 침묵의 늪으로 빠져 들었다. 너무나도 쉽게 내뱉는 말들. 아니다. 심사숙고한 끝에 나온 말일 게다. 박찬우가 나를 좋아하다니. 솔직히 말해서 나도 그를 좋아한다. 다만 그뿐이 아닐까. 그런데 무엇 때문에 갑자기 숨을 죽이며 긴장하는지 모르겠다.

잠시 전화선을 타고 고르지 못한 숨소리만이 전해 왔다. 내가 뭐라 반응할 차례여서 나는 그에게 조용히 말을 이었다.

"네에, 나도 박찬우 씨, 언제나 그쪽을 좋아했어요. 시시한 말처럼 들릴지 모르지만, 꽤 오래 전부터요. 그렇다고 해서, 부른다고 해서 쪼르륵 나가야 해요? 이 밤에? 그쪽이 나한테 일생을 베팅한다고 하면 또 모를까."

나는 일순 말하고는 마음에도 없는 말을 한다는 생각을, 그리고 또 하나의 기회를 놓치려 한다는 생각이 퍼뜩 들었다.

"그대라면 올인 베팅도 할 수가 있는데… 얼마든지."

금세 사내가 우물거리는 말이 되돌아왔다.

"근데요, 미안한데요, 모처럼의 제의지만, 오늘은 집에서 그냥 쉬고 싶어요. 오늘은 나한테는 힘든 하루였거든요."

나는 말해 놓고는 다시금 후회했다. 입술을 깨물기까지 하며. 그렇게까지 한 것은 사내의 마음의 일단을 엿본 듯만 싶어서이다.

"아, 그래요."

박찬우는 선선히 후퇴하려 했다.

"근데 있잖아요."

나는 사내가 금세 전화를 끊을 것 같아서 재빨리 말을 이었다. 갑자기 뜻하지 않은 행운이 찾아왔다는 사실을 새삼스레 깨달은 탓이다. 지금 내 머리 속을 휘젓는 생각은 오직 하나였다. 어떻게 해서든지 이 남자를 잡아야한다는 것이었다. 꿩 대신 닭이 아니다. 백지영이 차지한 남자보다 더 젊고, 더 핸섬하다. 더 늠름하고 더 야성적이다. 다만 나보다 젊고 눈이 높을 거라고 지레 짐작하고 체념했을 것이다. 그런데 지금 적극적으로 다가서려 하고 있다.

"근데요?"

박찬우가 앵무새처럼 되물었다.

"우리 팔레스티나로 가요!"

나는 가히 충동적으로 말했다. 일찍이 이렇듯 부르짖었던 일본 적군의 젊은 전사들처럼. 나로서는 화제를 바꾸는 가장 적절한 타이밍이고, 박찬우를 잡는 가장 적합한 제안이다.

"박찬우 씨, 예전에 당신이 했던 그 제의는 아직도 효력이 있나요?"

"그럼요."

박찬우가 하도 민감하니 반응해서 나는 매우 적절한 낚시 밥을 던졌다는 생각이 들었다.

"그 제의는 아직도 유효할 뿐만 아니라 가장 긴급을 요하는 제안이오. 알다시피 오늘도 우리는 그들과 맞닥뜨리고 있어요."

박찬우는 지체하지 않고 기회를 놓칠세라 말을 이었다.

"정말 도움이 될까요? 내가 뭔데."

"누구보다도 내가 당신을 높이 평가해요. 아니 우리 국정원이. 그런데 우리보다 당신을 더 평가하는 데가 있어요. 어딘지 알아요? 바로 팔레스타인이오. 그것도 팔레스타인 무장정파 하마스의 지도자요. 내 말 알아들어요? 그 사이 베일에 가려 있던 최고 지도자가 당신을 기다리고 있어요. 칼리드 마샤알이 당신을."

박찬우는 명색이 중동 담당이어서인지 하마스의 새 지도자를 비롯해서 뭐 아는 게 많다.

"어쩜, 나 같은 하찮은 사람에게."

"하찮다니? 당신처럼 헌신적으로 어려운 사람을 돕는 숙녀분이 어디 있다고. 그것도 어디 한 두 번이던가. 자랑스럽기만 한데."

"이제 보니 아첨할 줄도 아시네."

"내가 지금 그대에게 아첨할 일 말고 할 일이 뭐가 있겠소."

"좋아요. 까짓것 내일이라도 훌쩍 팔레스타인으로 떠나요. 훈장도 준다는데… 함께 가 주는 거죠?"

나는 한껏 들떠서 말했다.

"물론이오."

한순간도 지체함이 없는 대꾸가 돌아온 것은 여전했다

"조건이 하나 있어요."

나는 침착하게 또박또박 말했다.

"조건? 좋아요"

"……."

"뭐요? 어서 말해요."

"……."

"진급?"

"아뇨."

"국정원으로 오고 싶다면……."

"그건 싫어요."

"그럼?"

"당신, 나를 지켜줘야 해요."

"그야, 물론이오. 목숨을 걸고. 그것도 내 평생을요. 내 주님에게 다짐할 수도 있어요."

박찬우는 아무리 강조해도 지나치지 않다는 듯이 말했다. 그리고 매우 암시적이었는데, 평생을 걸쳐서라니. 그것이 여간 나를 들뜨게 하는 말이 아니었다. 그런데 주님이라니! 이 친구, 이제보니 크리스천이다. 그게 기쁜 소식인지 골치 아픈 소식인지 영 분간할 수가 없다. 아무튼 그는 나의 새로운 남자가 될 가능성을 내비친 것이다. 이번이 벌써 두 번째 시그널이다.

"으음."

나는 다만 무거운 신음 소리만을 흘린 채 입을 더는 열지 못했다. 그는 아마도 내 신음소리를 들으면서 속으로 빙긋하고 있을 것이었다.

"돌아오는 길에, 페트라에도 들려 구경할 수 있어요? 세계 7대 불가사의라고 하는……."

나는 무언가 얼버무리는 심정으로 재빨리 말했다.

"아암, 어렵지 않죠."

그의 대꾸는 여전히 거침이라고는 없었다.

"그리고 베이루트에도 들리고, 파리에도 들리고요. 센 강변을 함께 거닐 수도. 미라보 다리도 팔짱을 끼고요. 헤밍웨이가 사랑한 뒷골목 카페에도…….”

“원한다면.”

나는 환성이라도 지르고 싶었으나 용케도 참았다. 언제 절망감에 사로잡혀 허우적거렸나싶게 소망이 그것도 불꽃처럼 타오르는 소망이 생기는 것을 온몸으로 느낄 수가 있었다. 짝이 정해지고 신혼여행을 갈 곳도 정해진 거나 다름이 없다. 오늘 소망교회에 다녀온 것이 효험이 있는 걸까. 그것도 엄청 큰 효험이. 어쩌면 오늘이 행복의 시발점이 될 거라는 생각이 슬며시 밀려왔다.

그나저나 박찬우가 나의 인연이라니!

“나올 수 있어요?”

박찬우가 속삭이듯 말했다.

“미안해요. 오늘은 그냥 쉬고 싶어요.”

나는 한껏 지친 어조로 대꾸했다.

“알았어요. 그럼 쉬도록 해요.”

“네에, 그쪽도.”

“아 참, 텔레비전 뉴스를 켜요. 두 가지 중요한 뉴스가 기다리고 있을 게요.”

박찬우가 생각난 듯이 말했다.

오늘 내가 접할 텔레비전 뉴스란 뻔하다. 불길한 뉴스 말고 뭐가 있겠는가.

“제에발!”

나는 비명을 질렀으나 전화는 이미 끊긴 상태였다.

나는 어쩔 수 없이 박찬우의 말에 따라 텔레비전을 켰다. 방송국마다 주말저녁의 오락프로 시간대여서 새로운 소식을 접할 수는 없었다. YTN도 자잘한 끝마무리 뉴스를 전달하고 있어 아무래도 8시 정규 방송 시간을 기다려야 했다. 나는 그 사이 저녁을 들기로 했다. 그래서 나의 만찬을 준비하기 시작했는데, 주 메뉴는 풀무원의 바지락 칼국수였고, 거기에 종가집의 포장 김치도 끄집어냈는데, 인스턴트시대에 어울리는 식품들. 얼마나 발전했는지 맛은 훌륭했다.

잠시 후 나는 오리온의 짭짤한 감자 칩과 아사히맥주의 수퍼드라이 캔을 집어 들고 텔레비전 앞에 앉았다. '일본 맥주는 맛이 있다' 라는 평가를 나는 신뢰하고 있었다.

그나저나 과연 어떤 소식이 나를 기다리고 있을까?

8시가 되자 YTN은 두 가지 소식을 헤드라인 뉴스로 전하려 했다.

그 첫째가 새로 선출된 프랑스 대통령 일행이 아시아 순방길에 오른다는 것으로, 일주일 뒤에 우리나라를 비롯해서 일본과 그리고 중국을 각각 2박 3일 일정으로 방문할 것이라고 했다. 새로 선출된 프랑스 대통령의 이름은 올리비에 마르시아. 그는 극우파 국민전선 출신이다. 그런데 그는 샤를 드골 장군처럼 군인 출신이라는 게 특이하다면 특이하다고 했다. 그는 이혼을 해서 그런지는 알 수는 없으나 지금은 독신인데, 이번에 자신의 연인과 동행한다고 했다. 그건 조금은 색다르고 흥미 있는 뉴스거리로, 대통령의 연인의 이름은 시몬느 비올레라고 했다.

시몬느 비올레.

어딘지 모르게 귀에 익은 이름이었다.

그런데 YTN은 대통령의 이력을 소개하기보다는 대통령의 연인의 프로필을 소개하는데 열을 올리고 있었다. 그리고 그들의 사랑 이야기를 늘어놓는 것이다. 하긴 주말 저녁에 남의 사랑 이야기를 엿듣는 것보다 더 흥미로운 화제가 또 어디 있겠는가. 서울에 머무는 동안 하루는 청와대에서의 회담과 저녁만찬이 예정되어 있고, 이튿날에는 제주도 방문길에 오른다고 했다.

"이건, 뭐야. 놀러오는 거잖아!"

나는 나도 모르게 소릴 질렀다.

"하지만 이 사람들 너무 낭만적이네."

다음 순간 나는 어느새 찬탄의 소리를 흘렸다. 우리나라의 속 좁은 사내들 같으면 쪼잔하게 굴며 까칠하게 말도 많았을 텐데, 거침없는 그들의 행동이 부럽기만 하다. 하긴 프랑스 사람들이 아닌가.

시몬느 비올레는 전임대통령 부인과 여러모로 비교되기도 했는데, 비슷한 점은 장신의 특출한 미모, 남다른 패션 감각, 그리고 끊임없이 들려오는 스캔들, 두 사람 다 프랑스 사람들의 애정 어린 시선을 받는다는 점이었고, 다른 점은 한 사람은 일반대중의 사랑을, 그리고 다른 한 사람은 문학애호가들의 사랑을 받는 점이었다. 알고 보니, 시몬느는 작가였다. 시몬느는 유고내전의 치열한 전투현장을 몸소 체험하고 취재한 소재를 바탕으로 쓴 작품, '코소보로 가는 길'로 크게 이름을 떨쳤는데, 그 작품으로 공쿠르 상도 수상하고, 명성도 얻었다고 했다. 그런데 놀랍게도 시몬느 비올레가 대간첩업무와 대테러업무를 담당한 프랑스 보안 기관인 국토감시국의 수장이기도 하다는 것이다. 그 기관의 이니셜은 DST.

'맞아! 아침에 CNN이 보도했던 바로 그 여자야! 악명 높은

DST의 보스!'

모든 기억이 일시에 되살아났다. 그 사이 신비의 베일에 가려 있었다며 소개한 바로 그 여자. 프랑스에 침투한 테러리스트 그룹을 가차 없이 말끔하게 소탕한 바로 그 여자다. 시몬느 비올레는.

순수문학 작가가 테러범이나, 스파이들을 잡아들이는 이른바 방첩기관의 일원이라는 것이다. 좀처럼 믿기 어려운 얘기지만 첩보기관이나, 방첩기관에 저명한 문인들이 종사한 전례가 전혀 없는 것은 아니다.

미스터리 애호가로서 내가 아는 단편적인 지식으로는 노벨문학상 수상작가인 서머싯 모옴은 영국의 비밀정보기관 MI6의 요원으로, 제1차 세계대전 중에 스위스에서 실제로 스파이활동을 한 경험이 있고, 스파이소설에 선구적인 역할을 한 '아센덴'을 저술한 바가 있다.

잘 알려지다시피 20세기 문학의 거장으로 일컬어지는 그레암 그린은 정보부 고관의 비서로 일하는 누나, 엘리자베스의 소개로 MI6의 요원으로 채용되고 그 조직의 간부로까지 승진했었는데, 그가 저술한 '밀사(密使)'는 그 시대를 짊어진 새로운 타입의 스파이소설로 평가받았었다.

YTN이 전하는 두 번째 뉴스는 우리 시간으로 오늘 아침 5개국 동시다발 테러를 일으킨 국제 이슬람 해방 전선이 보복공격을, 특히 프랑스에 대한 보복을 감행할 것이라는 성명서를 발표했다는 내용이었다. 다른 나라들과는 달리 프랑스는 자비라고는 눈곱만큼도 없는 무차별 학살을 자행했다는 것이다. 오로지 팔레스타인 해방을 이상으로 투쟁하는 젊은 전사들에 대해서 말이다.

국제 이슬람 해방 전선으로서는 여간 분통이 터지는 일이 아니었을 것이다.

"프랑스 대통령은 경호원 수를 늘려야 할 것이고, 눈을 뜨거나 감으나 벌벌 떨어야 할 것이오. 우리의 다음 공격 목표는 프랑스 대통령, 바로 당신이오!"

'아니, 이 무슨 엄포람.'

나의 숨길 수 없는 첫 번째 느낌이었다. 그러나 결코 단순한 엄포에 공갈 같지만은 않아 보였다. 제법 구체적인 방법을 제시하고 있는 것이다.

"충고하는데, 아시아 순방은 취소하는 게 좋을 거요. 왜냐하면 우린 당신들을 뒤 쫓을 테니까. 그곳이 서울이든 도쿄든 아니면 베이징이든. 우린 지구 끝까지라도 당신들을 쫓아, 전율을, 죽음을 선사할 거요. 그러니 프랑스 대통령은 현명하다면 낮이나 밤이나 엘리제궁 깊은 곳에 꽁꽁 숨어있어야 할 것이오."

'어럽쇼, 이것 봐라! 잘못하면 서울에서 총격전이 벌어질 지도 모르겠네.'

나의 두 번째 소감이었다. 나의 이성은 그들의 엄포가 엄포로 끝나지 않고 현실로 닥칠 것임을 일깨우고 있었다.

프랑스에 대한 보복성명은 이슬람 해방 전선을 대표해서 사미라 살라메의 이름으로 발표되었다고 했다.

"사미라 살라메라뇨, 그 사람이 누구지요?"

뉴스를 전하는 앵커맨은 옆자리에 함께한 이슬람 전문가에게 우리 모두의 궁금증을 물었다. 이슬람 전문가라는 사람은 아랍—이슬람 학을 가르치는 대학교수로, 그의 이름은 탁용준. 50대 중반의 머리가 제법 희끗한 중후한 인상의 사람이었다.

"사미라 살라메! 이슬람의 전투적인 여전사의 한 사람이라고 할 수 있습니다. 그리고 이슬람 해방 전선의 수석 코맨더이기도 하고요."

탁 교수는 차분한 어조로 그가 아는 바를 토로했다. 얼마간 감상적인 목소리이기도 했는데 사미라에 대해서 제법 잘 아는 듯했다. 사미라는 아랍말로는 행복이라는 뜻이라나.

"테러리스트 그룹의 리더에 여성들이 적지 않습니다. 잘 아시다시피 일본 적군파의 코맨더 시게노부 후사코를 비롯해서 팔레스타인 인민전선의 레이라 칼레드! 머리에 아랍 식 두건이라 할 히잡을 두른 그 여자의 흑백사진을 혹시 보셨는지 모르겠습니다. 요르단의 훈련 캠프에서 찍은. 칼라시니코프 소총을 들고 활짝 웃는 아름다운 모습을요."

탁 교수는 그의 지식을 연이어 전했다.

"이런 말 들어 보신 적 있습니까? 남자는 방아쇠를 당기는 순간 잠시 멈칫하는데, 여자는 한순간도 망설이지 않는다는 말을요. 그래서 테러리스트들과 조우했을 때엔 여자를 먼저 쏘아야 한다는 말을요."

"네에."

"사미라는 오늘날의 새로운 영웅이라고 할 수 있습니다. 그 여자가 지금 이슬람 해방 전선을 실질적으로 이끌고 있습니다. 아마 이번의 동시다발테러도 그 여자가 계획하고 집행했을 겁니다."

탁 교수는 장담하듯 말했다.

"외신에 의하면, 이슬람 해방 전선의 최고사령관은 테러리스트 세계에서 '고독한 늑대'로 알려진 '압둘 하산 살라메'라고 하던데요. 모사드에 의해 추적 암살된 검은 9월단의 지도자 알리 하산 살라메의 형이기도 하고요. 어찌 된 겁니까?"

앵커맨도 한마디 했다.

"압둘 살라메는 이젠 노쇠했습니다. 실질적인 지휘관은 그의 후계자라 할 사미라 살라메라 할 수 있지요."

"네."

"한 가지 알아두셔야 할 것은 우린 절대로 그 여자를 적수로 돌려서는 안 된다는 사실입니다. 아시겠어요? 사미라하고는 어두운 뒷골목에서는 부딪치지 말아야한다는 얘기에요. 방첩기관에 종사하는 사람들치고 그 누구든지 사미라가 출현한다는 말만 들어도 오금을 펴지 못하고 전율한다지요, 아마."

"네에."

"생각나는 대로 말씀드리는 데요, 자카르타의 미국과 일본 대사관의 로켓포 공격을 비롯해서 다카공항의 일본 항공기 납치, 헤이그의 프랑스 대사관 점거, 벤구리온 공항에 대한 무차별 총격사건. 열거하자면 끝이 없습니다."

"아, 네."

"온 세계에 걸친 그 사건들 뒤엔 언제나 사미라 살라메가 있었어요. 사미라의 정체는 막상 아무도 모르고 있습니다. 누구도 지금까지 사미라의 진짜 얼굴을 본 사람이 없거든요. 언제나 그 얼굴을 베일에 가리고 출현하는 탓인가 봅니다. 그래서 사람들이 그 여자를 '레이디 M'이라고 호칭하지요. 미스터리[Mystery]에 쌓인 여인이라는 뜻이겠지요. 한 마디로 사미라는 불가사의한 존재에요. 불사신(不死身)에다가 신출귀몰(神出鬼沒)하는 인물. 우린 그 여전사의 이름을 잘 기억해야 합니다. 조심해야 하거든요."

탁 교수는 연이어 자신이 아는 전문적인 지식을 나열했는데, 이 기회에 자신의 이미지를 드러내려 했다.

"하긴 워낙 악명 높은 테러리스트라고 하니 조심해야겠지요."

앵커맨도 이젠 탁 교수와의 대화를 마무리하려 했다. 그런데 일순 탁 교수가 발끈했다.

"아니, 어떻게 악명이 높다느니 그런 말을 씁니까? 나름대로 이상을 추구하고 있어요. 그 사람들, 목숨을 걸고. 세계혁명과 자기 민족의 해방을 위해서 전 세계인민들과 연대해서 투쟁하고 있는 겁니다. 그건 일종의 봉기요, 저항입니다. 약자의 무기인 테러를 전술적으로 쓸 수밖에 없고요."

"아, 네, 하긴요."

앵커맨은 뭐라 항변도 하지 못한 채, 이슬람에 애정을 갖고 있는 듯싶은 탁용준 교수를 카메라 앞에서 해방시켜 주고 있었다.

연이어 앵커맨이 전한 소식은 이슬람 해방 전선의 성명에 대한 프랑스 측의 반응이었다. 충분히 예상한 것이지만, 1주일 뒤로 예정되어 있는 아시아 지역 방문은 연기되지 않을 거라고 했다.

"우린 어떤 위협에도 결코 굴복하지 않을 것입니다. 그들이 알카에다이든 팔레스타인이든, 그들의 도발엔 단호히 대처합니다. 우린 계획대로 서울에 갑니다. 베이징에도 도쿄에도."

프랑스 측에서 성명을 발표한 사람은 테러범 소탕 업무를 관장하는 DST 수장인 시몬느 비올레였다. 그녀의 성명은 짧막했고 명료했으며 또한 단호했다.

이제 한 가지 사실만은 분명했다.

그것은 중국의 베이징은 아닐 테고, 도쿄나 아니면 서울에서 필연적으로 이슬람 해방 전선과 프랑스 국민 전선이 격돌할 것이라는 사실이었다. 그러니 서울은 격전지가 될 절반의 가능성을 지니고 있는 것이다.

시몬느 비올레와 사미라 살라메!

한사람은 기독교 국가를 대표하고 다른 한사람은 이슬람 국가를 대표한다. 바야흐로 장구한 역사의 소용돌이가 재현되려 하고 있다.

이번엔 누가 과연 승자가 될 것인가?

CHAPTER

5

4월을 시작하는 월요일 아침.

나는 여느 때와는 달리 소망을 품고 출근했다. 어제 하루 종일 집에서 빈둥거리며 쉰 탓으로, 나의 몸은 가벼웠고, 머리도 덩달아 맑았다.

날씨는 아직도 쌀쌀했다.

'언제까지 갈 거람.'

그러나 여느 때처럼 짜증은 내지 않았다. 아마도 새로운 등불을 찾은 탓일 게다. 나는 가쁜 한 발걸음을 내딛었다. 사무실에 출근해보니, 4월의 정기진급에 따른 새로운 보직 소식들이 나를 기다리고 있었다. 사람들은 이 화제에 매달려 있었는데, 나로서는 이것이야 말로 짜증나는 이야기 거리였다. 오늘 하루도 결코 유쾌한 하루는 아닐 거라는 예감이 슬며시 밀려 왔다. 아니나 다를까. 경감으로 승진한 백지영이 종로서에 발령을 받았다고들 한다. 그것도 강력계장으로.

"세상에 맙소사."

나는 엄청 실색했다. 아니, 기겁했다는 것이 옳을 것이다.

'백지영이 나의 직속상관으로 부임하다니.'

그건 가히 기절초풍할 소식이었고, 나는 어김없이 등에 칼을 맞은 기분이었다. 이건 누가 뭐래도 상상할 수 있는 한에서 최악의 시나리오였다.

'사람이란 한 치 앞도 보지 못한다고 하더니, 이럴 수가.'

조금 전만하더라도 소망에 부풀러 있었는데, 한순간에 물거품처럼 스러지고 있다.

"소식 들었어요?"

서 경사가 새파랗게 질려 있을 나를 바라보며 다가오고 있었는데, 그는 얄밉게도 히죽이 웃고 있었다.

"뭐가 그렇게 즐거우세요?"

"이 상황이 즐겁지 않다면 그게 이상하지. 하지만."

서 경사의 얼굴에 피어났던 웃음기는 점차 사라지고, 진지한 표정이 되살아났다.

"하지만?"

나는 반사적으로 되물었다.

"기분이 좀 더럽네."

서 경사의 가식 없는 솔직한 표현.

"어쩌겠어요. 날 엿 먹이려는 속셈인가본데. 이젠 재빨리 줄행랑치는 방법밖엔 없을 것 같네요. 하루라도 빨리요."

"부딪쳐야지. 도망간다고 해결될 일도 아닌데. 참고 또 참고.

누군 참고 안 지낸 줄 아나보네."

"나 참, 부처님 같은 소릴 하시네. 근데 하필이면 종로서에요? 하필이면."

나는 어떻게 보면 물어보나 한 말을 던지고 있었다. 백지영은 서울 어디든지 좋은 델 골라 갈 수가 있다. 어디 서울뿐인가. 마음만 먹는다면야 경찰파견관으로 뉴욕에도 파리에도 갈 수가 있는 것이다. 백지영의 목적은 오직 하나, 내 위에서 자신의 우월성을 뽐내며 군림하려는 것이다. 이 무슨 악연이람.

"이거, 한 번 뒤집어질 소식이네요."

나의 충성스런 팀원들이라고 할 수 있는 세 명의 형사들도 마음이 상할 대로 상한 나를 둘러싸고 동정하는 눈빛으로 바라보고 있었다. 언제나 예리하고 날렵하게 움직이는 박종범 형사에, 둔중하나 뚝심이 강한 전석민 형사 그리고 느리긴 하나 우직한 노현진 형사. 나의 삼총사라고 할 그들의 얼굴을 가로지르는 것도 앞으로 닥칠 폭풍을 예측하는 어두운 그림자뿐이었다.

그렇게 숨 막히는 며칠이 지나갔다.

4월 3일 수요일 아침, 백지영이 머리채를 휘날리며 종로서에 모습을 나타냈다. 아마도 신혼여행을 끝내자마자 출근하는 것 같았는데, 그 어깨엔 그녀의 아버지인 서울청장이 달아주었을 성싶은 경감 계급장이 찬연히 빛나고 있었다. 그녀는 현대자동차가 자랑하는 제네시스를 몰고 나타났는데, 차 색깔은 나도 좋아하는 블루 사파이어! 새빨간 차를 몰고 나오지 않은 것은 아직은 눈곱만큼의 이성이라도 남아있다는 증표이리라. 아무려나 종로가 청담동 쇼핑거리도 아닐 바에야.

앞으로 백지영은 많은 바람을 몰고 올 것이고, 종로서로서도 바싹 긴장해야 할 것이다. 미주알고주알 아버지인 청장에게 일러바칠 것이므로. 서장도 비록 호탕한 성품이긴 해도 자신의 보신을 위해서 그녀 앞에서 굽실거리진 않더라도 겸손 온유해야 할 것이다.

얼마 후 백지영은 그녀 휘하 여섯 명의 강력팀장을 그녀의 방에 불러 모아 부임 인사를 했는데, 내 생각과는 달리 모두 환영 일색이었다. 곁불이라도 쬘 수 있을까 눈치를 살피는 사내들에, 볼썽사납게 호들갑을 떨며 아첨하는 사내놈도 있었다. 막상 그녀의 해맑은 인상과 따뜻한 말씨, 품위 있는 행동은 모두의 마음에 들기에 하나 손색이 없었다.

"명예와 공로는 모두와 나누고 책임은 홀로 지고."

흔히 시부렁거리기 마련인 인사이긴 했으나, 나한테는 뼈가 있게 들렸다. 나는 언제나 공로는 홀로 차지했고, 책임은 하나도 지지 않으려 했다. 이건 아마도 나더러 들으라는 이야기인 것 같았다. 그녀는 자기를 따르는 사람에겐 떡고물이라도 떨어지겠지만 자기를 업신여기는 사람은 국물도 없을 거라는 암시를 하는 것도 잊지 않았다. 출발선에 선 백지영은 누구의 추종도 불허하는 육상선수, 우사인 볼트만큼이나 자신감에 차 있었다.

백지영은 마지막으로 새로 부임한 강력 4팀장 맹달수 경위를 모두에게 소개했다.

"모두 잘 알죠. 시경 강력계에서 오래 활동하셨고, 그래서 수사엔 베테랑 중에서도 베테랑이죠."

베테랑은 무슨 베테랑! 얍삽하게도 하영구 경감의 꽁무니나 쫄쫄 따라 다니던 푼수가 아니던가. 남의 권세를 빌어 위세를 부리는 이른바 호가호위(狐假虎威)하는 대표적인 인물이다. 맹달수는 자리에서 일어나 두루 인사했으나, 나는 그에게 눈길도 주지 않았다.

"최선실 경위, 조금 남아 줄래."

모두가 썰물처럼 빠져 나가는데, 뜻밖에도 백지영이 나한테 말을 건넸다. 나는 엉거주춤 멈추어 서며, 그녀의 얼굴을 빤히 쳐다보았다.

"최선실, 우리 잘 해봐."

백지영은 승자의 도량을 보였는데, 나는 그 말에 오히려 발끈했다.

허위의 가면!

칼자루를 쥐고 있는 자의 우월의식을 교묘히 숨기고 있을 뿐이다.

"꼴값하고 있네. 이봐, 백지영, 너나 잘 해. 그럼 나도 잘 해!"

나는 거칠게 내뱉었다. 덩달아 혈압도 높아갔다. 켜켜이 쌓였던 불만과 분노의 도화선이 불붙는 순간이었다.

"뭐라고?"

백지영은 어이없어 했다.

"근데 말이야, 네가 여기 온 심보를 내가 알 수가 있거든. 날 엿 먹일 속셈인가 본데, 이것아, 가면을 쓰지 말고 얘기해. 너, 애당초 번지수를 잘못 찾았어. 넌 온실에서 자랐지만 난 삭풍이 부는 들판에서 자랐어. 잡초 같은 인생이라고. 이거 왜 이러셔?"

"최선실!"

백지영의 옥타브도 점차 높아 갔으나, 나는 아랑곳하지 않았다.

"너, 찧고 까불지 마. 넌 잃을 게 많지만 난 잃을 게 없거든. 성취하기는 어렵지만 망치는 건 쉽다는 말도 있어. 잘 들어. 난 너희 아버지 얼굴부터 먹칠할 수가 있어. 그러니 헛소리 하지 말고 처신 잘 해!"

나는 이미 브레이크를 걸 수 없는 상태에 있었고, 그래서 마냥 굴러가고 있다고 할 수가 있었다.

"너, 최선실, 막나가기야?"

"이판사판인데 두려울 게 뭐가 있어? 계급장을 떼고 경고하는데, 너, 조심해. 까불면 너, 먼저 죽을 수가 있어. 넌, 꼴불견에 왕 재수야. 가증스럽게 껄떡거리긴 어디서 껄떡거려!"

나는 이윽고 할 말을 잃은 채 나를 빤히 쳐다보는 백지영에게 등을 돌렸다. 막가파처럼 속 시원하게 행동하긴 했으나, 나는 금세 후회하고 있었다. 카타르시스를 불러오기는커녕 내 심정은 뭐라고 해야 할까, 오히려 참담했다. 그것도 참혹함의 극치였다.

나는 방안에 관객이 하나도 없을 것으로 생각했는데, 문가에 이르러 보니 그중 연만하고 눈치 하나 빠른 강력 5팀장 변강진 경위가 무슨 아첨할 일이라도 남았는지 눈앞에서 전개된 모든 광경을 지켜보며 그곳에 서 있었다. 종로서의 나팔수라고 자처하는 사람이. 자기는 소문을 퍼트리는 것이 취미라고 하는 사람이 말이다.

나는 옥상으로 올라가 찬 공기를 한껏 들이 마시며 찬바람을 쐬었다. 오만 가지 생각이 머릿속을 휘저었는데, 사표를 오늘 당장이라도 던져야겠다는 생각이 굴뚝같았다. 쪽박을 차고 구걸할지언정 자존심을 던지고 비루하게 빌빌거리며 얼쩡거릴 생각은 추호도 없었다. 바로 지금이 중대한 결단을 내려야하는 순간이었다. 그런데 인기척이 나서 뒤돌아보았더니 5팀장이 싱글거리며 다가오고 있었다.

"여기가 예배당인 줄 알아? 아옹다옹 싸우긴 왜 싸워?"

5팀장의 첫 마디였다.

"참, 어울리지도 않는 썰렁한 농담을 하시네."

나는 그가 나를 위로하기 위해 너스레를 떨며 다가서고 있다는 것을 본능적으로 깨닫고 마음을 놓았다.

"왜 이래? 고명하신 목사님의 조카라고. 교회가 자기반성을 해야 한다며. 뼈 있는 말씀이시지."

"어머, 그래요?"

"참아야지. 최 팀장, 속상한 건 이해하지만, 분명한 건 우린 참고 견뎌야 한다고. 유감스럽게도 이것이 우리들 정글의 법칙이기도 하지. 세월이 약이라는 생각으로 안달복달하지 말고. 내 말 알아들어?"

남자들은 서 경사를 비롯해서 한결같이 참으라고 한다. 남자들의 세계가 얼마나 가혹한지 새삼스레 실감하는 순간이었다. 누구 할 것 없이 그 장구한 세월을 잔인한 굴레에 얽매여 참고 또 참으며 살아오고 있는 것이다. 강자가 약자를 잡아먹는 정글의 법칙! 나는 일순 가슴이 뭉클해져 오는 것을 느꼈다.

"알았어요. 그렇게 할게요."

나는 순순히 그의 말에 따랐다.

"자, 알았으면 우리 내려갈까?"

참는데 이골이 난 사내가 말했다.

"그래야죠, 뭐."

4월 5일, 금요일 아침, 마침내 우리 모두가 기다리던 소식이 전해 왔다. 그것은 프랑스 대통령 일행이 아시아 지역 순방길에 올랐는데, 첫 방문 국이 우리나라라고 했고, 중국, 일본 순으로 순방한다는 것이었다. 우리나라에서의 일정은 도착하는 금요일 밤은 대통령과 그의 연인이라 할 시몬느 비올레는 신라 호텔에서 묵고, 경제 관료를 비롯한 여느 수행원들은 국내유수의 호텔에 분산해서 숙박할거라고 했다. 그리고 다음날은 오전엔 청와대에서의 정상회담이 있을 것이고, 점심은 플라자 호텔에서 유력 상공인들과의 오찬, 오후엔 헬리콥터 편으로 경주를 방문하는 길에 오른다고 했다. 저녁은 청와대에서의 국빈만찬. 그 이튿날은 제주도 방문이 예정되어 있고 말이다.

"이 사람들 봐라, 잘 짜인 신혼 여행길에 오르는 거잖아!"

나는 너무나도 부러운 나머지 나도 모르게 찬탄의 소리를 냈다.

프랑스 연인들의 신비스런 동양 여러 나라들로의 여행. 우리나라에선 경주와 제주도를 본다지만, 중국에선 진시황 능이 있는 서안과 계림을, 일본에선 교토와 나라를 본다고 했다. 그리고 명문가들의 별장이 즐비하다는 가루이자와 온천지에서 하룻밤을 보내고 말이다.

하지만 이 일을 어떻게 하랴. 죽음의 그림자가 쫓고 있는 것이다. 죽음의 천사라 할 사미라 살라메가 그녀 휘하의 테러리스트들을 이끌고 프랑스 연인들을 지구 끝까지 쫓는다고 했었다.

그렇다면 내일이면 우리가 초대하지 않은 '위험한 방문객들'이 서울로 몰려 올 것이다.

엘리제궁은 사미라의 충고에 따라 어느새 경호원수를 대폭 늘

렸고, 그것도 대테러부대에서 정예요원들만을 엄선했다고 했다. 서울에서도 비상이 걸린 것은 물론이다. 청와대 경호실을 비롯해서 우리들의 대테러부대에, 심지어 경찰에 이르기까지 경호경비에 동원된다는 것이다. 우리 종로서만 하더라도 토요일의 상공인들과의 오찬이 시청 앞 플라자 호텔에서 있을 예정이어서 톡톡히 한몫할 것 같았다.

4월6일의 토요일 아침의 팀장회의에 참석해보니 백지영은 아무 일도 없었다는 듯 쿨 한 표정을 짓고 있어, 나도 쿨 해지기로 작정하고 애써 공손하게 처신했다. 팀장들은 오늘 할 일들에 대해 보고했고, 나도 낮은 자세로 성실하게 업무보고를 했다. 우리들의 보고가 끝나자 백지영이 말문을 열었다. 언제나처럼 겸손을 드러낸 표정에 정중한 말씨로.

"모두 아시죠? 오늘부터 프랑스 대통령 일행의 공식 일정이 시작된다는 것을요. 경비과에서 하는 말이 우리도 경호에 참여해야 한다고 하네요. 일부 병력을 차출해야 한다고."

"플라자 호텔에 말입니까?"

5팀장, 변강진 경위가 모두를 대표해서 물었다.

"플라자 호텔은 아니고요. 낙원동에 있는 백합여자대학이에요."

"거긴 왜죠? 대통령 일정에 거긴 포함되어 있지 않은 걸로 아는데요. 여자대학 엔요."

여전히 물은 사람은 5팀장이었다.

"우리가 오늘 경호할 사람은 대통령이 아니고 시몬느 비올레에요."

"아, 네, 그 여자를요."

"그 여자는, 대통령의 연인이기 전에 프랑스 국토감시국의 보스에요. 지난번 동시다발테러에서도 큰 공을 세웠지요, 팔레스타인 측에서 보면 공격 대상 제1호라고 할 수 있다나 봐요. 진정한 타깃은 시몬느라는 거죠. 그러니 경호할 수밖에요."

"그래야겠네요. 근데, 그 여자 대학엔 왜 간다지요?"

5팀장은 그의 생리라고나 할까, 금세 윗사람의 말에 장단을 잘 맞추었다.

"그건요, 그 여자가 공쿠르 상까지 받은 소설가여서 대학의 불문과 학생들이 초청했나 봐요. 서울에 들린 김에 오시라고. 그걸 흔쾌히 수락한 거지요."

"네에."

"경비과에서는 별 일이야 있겠느냐며 우리더러 다섯 명 정도를, 그러니 1개 수사팀만을 차출해 달라네요. 그래서 하는 말인데, 좀 전에 들은 보고로는 강력 1팀과 3팀이 그다지 바쁘지가 않아 보였는데, 어때요? 두 팀 중에서 나가는 게."

백지영은 나와 3팀장인 왕영웅 경위를 번갈아 쳐다보며 말했다. 그녀는 포커페이스를 유지하며 말하긴 했으나 미운 오리새끼와도 같은 나더러 나가라고 말하고 싶을 것이었다. 나는 먼 산 쳐다보듯 하며 아무 반응도 보이지 않았으나, 별로 바쁜 일은 없습니다, 하던 3팀장이 대뜸 반응했다.

"저기요."

유도선수 출신의, 그래서 우람한 체격의 왕 경위는 어렵게 말을 뗀다는 표정으로 입을 여는 것이었다.

"말씀하세요."

백지영이 조용히 채근했다. 그러자 그는 그 사이 마약사범을 쫓고 있었는데, 아무래도 오늘도 잠복근무를 해야 하지 않을까 싶다고 했고, 굳이 나가라고 하시면 나가겠다고 덧붙이는 것이다.

　뱀댕이 속아지에, 쪼다 같은 친구라니. 덩치 값도 못하고 쪼잔하게 꽁무니를 빼려 한다. 더구나 불알 단 사내자식이 지가 나선다고 해야지, 옹졸하게도 이 쌀쌀한 날씨에 여자를 내몰려고 한다. 이름값도 못하는 친구다. 알고 보니 얌체에다가 좀팽이다.

　"그렇다면 어쩔 수가 없네요. 그럼 1팀이 나가주세요."

　백지영은 기다렸다는 듯이 지시하는 것이었다. 얄밉게도 아무 사심도 없다는 표정으로 무덤덤하니 말이다.

　"그러죠, 뭐."

　속내를 감추고 작심하고 하는 말인데 항변 해 받자였다. 보아하니 사내들도 나를 대신해서 나설 생각이 별로 없는 것 같았다. 새로 온 맹달수 경위는 그래도 일말의 양심은 남아 있는지 고개를 떨어뜨리고 있다. 이럴 때 구차하게 핑계나 늘어놓고 구질구질하게 놀면 스타일만 구길 뿐이다.

　나는 더는 지체하지 않고 자리에서 성큼 일어났다. 그리고 말했다.

　"이제 경비과에 가서 지시를 받으면 되죠?"

　"그래요 경비과장한테로 가세요. 구체적인 지시를 줄 겁니다."

　비록 오순도순 말하기는 했으나, 백지영의 얼굴에 보일 듯 말 듯 잔인한 만족감이 피어나는 것을 나는 놓치지 않았다. 그녀는 자신이 나의 직속상관이라는 것을, 그리고 명령을 내릴 수 있는 위치에 있다는 것을 오늘 확실히 보여주었다고 할 수 있었다. 그리고 어느새 나한테 등을 돌리고 앉아 있는 사내들.

나는 문을 열고 나서려다 말고 서서히 돌아섰다. 그리고 방안에 일종의 해방감에 젖어 앉아 있을 치사한 사내들을 향해서 차분한 어조로 말했다.

"선배님들! 당신들 내 선배 맞지요? 내일 모레면 시집보낼 딸들도 있는 거 맞지요? 그런데 이거 뭡니까?"

내가 입을 떼자 방 안엔 일순 긴장감이 팽배했다. 모두가 몸을 돌려 나를 빤히 쳐다보고 있었는데, 다음 순간 어떤 폭발이 있을 것을 예감하는 표정들이기도 했다.

"새로 온 사람은 뭘 모른다고 쳐요. 하지만 이건 아니잖아요. 이 일은 남자들이 몸을 날려 하는 일이에요. 그런데 추운 날에 여자를 내보내요? 사람이 이렇게 사는 게 아니죠. 특히 치사한 당신 말이야."

나는 마지막 순간 오리발을 내민 3팀장, 왕 경위의 얼굴을 둘째손가락으로 똑바로 가리키며 말했다. 이 순간 나는 폭발해야 했으나, 여전히 나긋한 목소리로 말했다. 물론 얼굴은 모멸에 가득 찬 모습이었을 테지만.

"이제 보니, 콩가루 집안이 따로 없군. 부끄러운 줄 알아야지."

나는 시원스레 마지막 대사를 토하곤 휑하니 방을 나섰지만, 밀려드는 것은 물리칠 수 없는 적막감이었다. 이 세상에 내 역성들어주는 사람이 하나 없는 것이다. 역성이 다 뭔가. 차제에 밟으려 한다. 그리고 밟을 때는 철저하게 밟는 법이다. 본래 나 아닌 남의 고통을 즐거워하는 것이 인간이다.

나는 이윽고 경비과장실을 노크했다.

방 안에 들어서니 조인걸 경비과장은 자신의 데스크에 앉아 어디에선가 걸려온 전화에 매달려 있었다. 나더러 잠깐 소파에 앉아 기다리라는 시늉을 지어 보여, 나는 소파로 자리를 옮겨, 그가 전화를 끝내길 기다렸다. 50대 초반은 되었을까. 그에게서 느끼는 것은 한껏 물오른 노련미 같은 것이었고, 또한 인생을 치열하게 살아온 강인함 같은 것이었다. 그는 이윽고 수화기를 내려놓더니 데스크를 돌아 나한테로 다가와 마주 앉으며 말을 붙이는 것이었다.

　"아니, 최선실이가 어떻게 왔지?"

　"제가 오면 안 되나요?"

　나는 싱긋 미소 지으며 대꾸했다. 사내들 앞에서는 그가 젊거나 나이 들었거나 상냥함을 잃으면 안 된다.

　"이건 아니지. 강력계엔 사내놈들이 씨가 말랐나? 최선실을 보내게. 성 차별하는 게 아냐. 이건 사내들이 몸을 던져 할 일이라고. 알아들어?"

　"모두 바쁜가 봐요."

　"바쁘긴. 눈치코치 없는 친구들, 밤낮 죽을 쑤면서."

　"그렇긴 하지만요,"

　"돌아가서 사내놈들을 보내라고 해. 백지영더러. 그 아이 이제 보니 숙맥이군."

　"숙맥은요."

　"아니면 싸가지가 없던가."

　경비과장의 백지영에 대한 선입관념은 별로인 듯했다. 하긴 하도 바람을 일으키는데다가, 그녀 편에 서려는 풍조가 마뜩찮을 수도 있을 것이다. 그래도 너무 그 표현이 직설적이다.

"돌아가라는데 두."

"싫은 데요. 명령에 불복종이나 하고, 앙탈이나 부리는 것 같고. 더구나 껄끄러운 사이인데."

"흐음."

"별일 있겠어요?"

"으음."

경비과장은 연이어 신음소리만을 흘리며 잠시 침묵했다.

"잘하면 사인을 받을 수도 있잖아요."

나는 애써 명랑함을 드러내 보이며 어색한 침묵을 허물려고 했다.

"사인? 누구의?"

"누군 누구겠어요. 시몬느 비올레죠. 프랑스 대통령의 연인!"

"그래. 하루 좋은 구경이나 하는 셈 치지. 아무나 얻을 수 있는 기회인가. 그 여자 그래도 누구나 알아주는 인물이라던데. 매우 지적이고, 당차고……."

경비과장은 더는 길게 말을 늘어놓지 않으려 했는데, 그도 눈 앞의 껄끄러운 화제에서 해방되고 싶은 듯했다.

"…게다가 섹시하고요."

나는 다시금 싱긋 미소 지어 보였다.

"이젠 한 물 갔지, 뭘."

"마지막 모닥불일수록 화려한 거 모르셔요."

"하긴 그렇다던가."

나는 어쩐지 경비과장하고는 죽이 잘 맞는다는 생각이 들었다. 화제를 나눌 대상으로 하나 손색이 없다.

"근데 거긴 몇 사람이나 데리고 갈 거지?"

경비과장은 이젠 구체적인 과제에 매달리려 했다.

"네 사람이요. 저까지 다섯 사람. 적은 건가요?"

"뭐, 그렇지도 않은데."

"경비과에서도 갈 거잖아요."

"우린 청와대에 차출됐어. 플라자 호텔로 가야하거든. 남대문 경찰서와 함께. 왜 가야 하는지는 알지?"

"네, 알아요."

"그쪽에서도, 대통령의 여자도 말이야, 자신의 경호원을 데리고 다닐 거야. 그러니 너무 걱정 안 해도 되지 싶군."

"네에."

"그리고 말이야, 강동빈을 자네한테 붙여 주려고 해. 자네, 강동빈 경사 알지?"

경비과장은 강동빈 경사는 으레 종로 서에 적을 두고 있는 사람이면 누구든지 알고 있을 거라는, 이를테면 형사과에 최선실이 있다면 경비과엔 강동빈이 있다는 그런 말투였다.

"조금요. 작년엔 3종 경기에도 출전했었지요."

"자네하고는 호흡이 잘 맞을 걸세. 어울리기도 하고 말이야. 젊은 친구가 패기도 있지만 무엇보다도 성실해."

어쩐지 경비과장의 말이 아리송했다. 일을 하는데 어울린다는 것인지 젊은 남녀로 어울린다는 것인지 분간하기가 어렵다. 강동빈이 강동원 만큼이나 잘 생겼다면 한 번 고려해 볼만도 하다.

"오늘 자네들이 경호 경비해야 할 곳이 어딘지는 알겠지? 백합여자대학 한 곳이야."

"알고 있습니다. 낙원동에 있는 대학."

"오늘 날씨가 추운데 고생 깨나 하겠군. 길거리에서 시간을 보내야 할 텐데, 사내놈들은 다 어디 가고. 쯧쯧."

경비과장은 여러모로 내가 나서는 것이 못마땅한 듯 했다. 나는 더는 아무 반응을 보이지 않았다.

"강 경사가 말이야, 미리 현장 답사도 했고 여러 문제점들도 점검했거든. 그 친구 머리회전도 빠르지만 아주 치밀한 친구야. 참다운 프로라고 할 수가 있지."

"그러니 뭐예요, 우린 그 방면의 전문가인 강 경사의 말에 따르면 되겠네요."

"그게 편하겠지. 그리고 이걸 명심하게. 옥상에서 총을 쏜 건 케네디! 경호원이 죽은 것은 레이건! 내 말은 건물옥상을 잘 살피고 내 몸을 잘 챙기라는 얘길세."

"알겠습니다."

"카르카노 M38 소총! 케네디를 저격한 소총으로 유명해졌지. 레이건을 쏜 총은 22구경 리볼버 권총! 총 성능은 별로야. 그래서 첫발이 명중했지만 살아남을 수가 있었다고. 자네, 요즘 테러리스트들이 무슨 총을 들고 다니는지 알아?"

"모르는데요."

알아도 모른다고 할 상황이다. 지금 뽐내고 있지를 않은가.

"칼라시니코프 소총이야. 기억해 두어. 러시아제 싸구려 소총."

"아, 네. 기억해 두죠."

"잘 해보게. 하지만 책임자는 어디까지나 자네일세. 알지?"

"그럼요."

나는 힘주어 말했다. 막상 억울한 점도 있지만 차제에 공명은 홀로 차지하고 책임은 회피한다는 인상은 불식시켜야 했다. 하지만 저희들이 나를 따돌렸지 내가 따돌렸나.

"최선실!"

과장이 일순 빙글거리더니 내 이름을 부르는 것이었다.

"네, 과장님."

"이제 보니, 최선실도 추락하는 날이 있군. 지금 완전히 바닥 아냐."

"그렇게 꼭 쐐기를 박아야 하시겠어요? 목이 간당간당한 사람한테."

"누군가는 일깨워야겠지. 맨날 나래를 펴고 비상하는 게 아니라는 것을."

"지금 울고 싶은 사람 뺨 때리는 거라는 걸 아세요?"

"이제 다시 도약할 일만 남았다고. 바야흐로 '아이 윌 비 백'을 읊을 때가 아닌가. 그렇게 생각하라고."

"그러죠, 뭐."

여러모로 경비과장은 나의 처지를 동정하고 격려하려 하는 것을 알 수가 있었다. 그러자 맺힌 마음이 조금은 풀렸다.

"근데요, 총은 갖고 가야 하나요?"

나는 어리석은 질문을 한다 싶었으나 불쑥 물었다.

"총? 누굴 쏘게?"

아니나 다를까, 아주 부정적인 말이 되돌아 왔다.

"그래도요."

"경호라는 게 원래 내 몸으로 하는 거라고. 특히 근접 경호는. 자네, 레이건 대통령이 저격당할 당시의 동영상을 본 적이 있나? 그 당시 미국대통령의 비밀경호기관이라 할 '시크릿 서비스'의 경호원들이 본능적으로 한 일이란 대통령을 에워쌓는 일이었어.

내 몸으로 인간 방호벽을 만드는 일이었다고. 경호원들은 물론 한 발도 응사하지 못했지. 알아들어? 그 당시 대통령은 용케도 목숨을 건졌지만 경호원의 한 사람인 팀 맥카시는 끝내 암살자 존 힝클리의 총탄에 목숨을 잃었어. 이게 경호원들이 하는 일인 게야. 내 몸을 던져 감싸는 일이."

경비과장은 말하는 가운데 그 얼굴에 자긍심을 가득히 드러내고 있었다. 말하자면 우리와는 차원이 다른 일에 종사하고 있는 것이다. 그런데 몸을 잘 챙기라고도 하고, 몸을 던지라고도 한다.

"그럼에도 불구하고 많은 사람들이 목숨을 잃었어요. 케네디를 비롯해서요."

나는 경비과장이 하도 뽐내는 어조로 말해서 한 마디 했다. 그러자 경비과장은 길게 탄식하는 어조로 말하는 것이었다.

"하긴 '암살자의 총탄에서 자신의 몸을 숨기는 방법이란 없다.' 라는 말도 있지."

6

경비과장실을 물러나 사무실에 돌아와 보니 강동빈 경사가 나를 기다리고 있었다.

강동빈 경사.

첫 인상이 좋았다. 무엇보다도 젊은 패기를 느꼈는데, 그 마스크는 준수했고, 그 체구 또한 강건했다. 소탈하면서도 예의 바르다. 자꾸 흘끔거리게 하는 남자였는데, 나무랄 데 없는 호남의 전형이라는 그런 느낌의 사내. 나보다는 서 너 살은 위인 듯 보였고, 경찰 경력도 아마 나보다는 선배이리라.

"어머, 강 선배, 오셨어요. 오늘 많이 도와 주셔야겠어요."

나는 깍듯이 강 경사를 맞이했다.

"아닙니다. 저희들이 도움을 받는 거죠."

강 경사는 앉은 자리에서 일어나 여자 상관에게 순종하려는 자세를 나타내 보였다. 그러나 막상 자기보다 어리고 여성인 상급자를 상대하는 것 보다 껄끄러운 일은 없을 것이다. 지금도 나에 대한 호칭을 생략하고 말을 붙이고 있다. 나는 '강 선배' 하며 아양을 떠는 데도 말이다.

"아시죠? 시몬느의 오늘 일정을."

강 경사는 더는 지체하지 않고 오늘의 과업에 대해 말문을 열었는데, 그가 매우 능률적인 인물이라는 것을 알 수가 있어 좋았다. 서 경사를 비롯해서 나의 세 명의 형사들도 그를 에워싸듯 하며 둘러섰다. 그들의 표정은 하나같이 어두운 편이었다.

"대충은요."

나는 짧게 대꾸했다.

"먼저 내곡동에 있는 국정원에 들립니다. 오전에요. 저희들 끼리끼리 노는 처지여서 자주 교류하나 본데, 점심도 그곳에서 먹는가 봐요. 오후엔 아시다시피 우리 관내의 백합여자대학에 들리고요. 정확하게 오후 두 시."

"그러니 뭐에요, 오늘은 대통령하고는 따로 노네요."

"그런 셈이지요."

"그럼?"

"오후 한 시까지 대학 정문 앞으로 나오시죠. 별일은 없을 듯싶지만 걱정되는 점도 있어요."

강 경사가 살짝 미간을 모으며 말했다

"뭔데?"

강 경사에게 반문한 사람은 서 경사였다. 그들 두 사람은, 서 경사와 강 경사는 평소 잘 알고 지내는 사이인 듯했다. 말도 놓고 말이다. 그런데 강 경사는 볼수록 잘생긴 사내였다. 총각인지 유

부남인지는 알 수 없지만, 강동원 만큼이나 준수한 이 사내를 극성스런 여자들이 아직도 총각인 채로 놔두지는 않았으리라.

"대학을 방문하는 스케줄이 신문에 났어요. 왜 그리도 시몬느에 관심들이 많은지. 그리고 말예요."

강 경사는 서 경사에게 말을 건넨다기보다는 우리 모두에게 말한다는 그런 모습이었다.

"그리고?"

서 경사가 물었다.

"나 혼자 생각인데, 이슬람 추적자들이 누굴 쫓는다면 대통령보다는 시몬느 비올레라고 봐요. 왜냐고요? 그 여자가 샤를 드골 공항의 학살 주범이니까요. 아시겠어요. 사미라 살라메에게 있어 증오의 대상 제1호는 시몬느라는 얘기죠."

"흐음, 예리하군."

"신경과민인지는 모르겠어요. 우리 속성이 늘 위험을 과장하기 마련이잖아요."

"암튼 경호는 완벽하게 해야죠. 이 이상 완벽하다고 할 수 없을 정도로 말예요."

내가 결론 비슷하게 말했다.

"그래야지요. 그럼 이따 뵙겠습니다."

강 경사는 나한테 거수경례까지 붙이고는 돌아섰다. 그러나 금세 돌아서서는 덧붙였다.

"저 말고도 경비과에서 두 사람을 더 데리고 나가겠습니다. 모두가 특전사 출신이에요. 믿음직할 겁니다."

그렇다면 경호 병력은 이래저래 1개 분대는 넘을 것이어서 여자 한 사람을 경호하는데 부족함이 없을 것 같아, 마음이 놓였다.

"아, 그것 좋네요."

"오늘 날씨가 제법 쌀쌀하군. 모두 옷들을 잘 챙겨 입으라고. 팀장도 오리털파카 있으면 걸치고."

강 경사가 물러나자 서 경사가 우리 모두를 둘러보며 말했다.

"그럴게요. 올 해 4월은 정말 유난스러워."

언제나 그러했지만 강력 1팀은 서 경사를 비롯해서 모두가 이만저만 고생이 아니다. 어쩌랴, 나와 잘못 엮인 것을.

나는 이윽고 나의 사물함이 있는 곳으로 걸음을 옮기며 잠시 생각에 잠겼다. 오늘의 나는 종로 뒷골목을 어정대며 조무래기 양아치나 쫓는 여형사가 아니라 국제적으로 명성을 떨치는 테러리스트를 상대하는 여전사의 한 사람이다. 그러니 여전사다운 차림을 해야 할 것이다.

나의 시야 저편에 첫 번째로 떠오른 여전사는 액션 스릴러의 거장 마이클 만이 제작하고 배우출신의 피터 버그가 감독한 영화 '킹덤'에서 죽음조차 두려워하지 않는 테러범들과 사투를 벌이는 FBI요원 제니퍼 가너의 화려한 액션 모습이었다.

사우디아라비아의 리야드에서 방탄조끼를 입고, 손에 권총을 움켜쥐곤 남자 FBI 특수요원들과 함께 납치당한 동료를 구하려 움직이는 그녀의 리얼리티 액션이 그렇게 매력적일 수가 없었다.

그래, 나도 방탄조끼를 걸치고 권총을 챙기자.

나는 지체 없이 방탄조끼를 찾아 걸쳤고, 소형 38구경 리볼버의 대명사라 할 M36권총을, 과연 소용에 닿기나 할까, 하는 생각을 하면서도 작은 등산용 배낭에 챙겼다.

내가 두 번째로 좋아하는 여전사는 영화 '툼레이더'에서 낙하산 배낭을 메고, 쌍권총을 두 손에 들곤 종횡무진 활약하는 안젤리나 졸리. 모두가 영화 속의 여전사들로 현실과는 동떨어진 이야기일 테지만 모방하려는 심리는 어쩔 수가 없었다.

후드가 달린 국방색 오리털 점퍼도 방탄조끼 위에 걸쳤고, '블랙 야크'의 등산용 캡도 눌러 썼다. 색안경도 끼고 싶었으나 그것은 참았다. 그리고 권총이 들어 있는 륙색을 한 쪽 어깨에 둘러메고 모두들 앞에 나섰다.

우린 점심을 일찌감치 후딱 들고는 서 경사가 엄청 헐값에 손에 넣었다고 강조하는 중고 SUV 베라크루즈에 몸을 실었다. 아무리 헐값에 산 중고차라고 해도 7인승에 245마력을 자랑하는 차로, 오늘같이 한 무리의 형사 진이 출동할 때엔 이 이상 안성맞춤일 수가 없다.

우리가 낙원동 길가의 백합여자대학의 정문 앞에 도착한 것은 정각 한 시.

4월의 첫 주말의 날씨는 아침나절부터 별로였다. 구름은 낮게 가라앉았고, 한낮인데도 쌀쌀했다. 전형적인 꽃샘추위 날씨. 거리도 비교적 한산했고, 사람들도 코드 깃을 세우고는 총총히 걸음을 옮기고 있었다. 우리 모두는 길 건너편 건물 앞에서 경비과의 강 경사를 기다리기로 했다. 그런데 처마도 없었고 변변한 바람막이가 될 만한 것도 없었다. 나는 싸늘한 바람에 노출된 채 서 성일 수밖에 없었는데, 백지영에 대한 원망이 새삼스레 치미는 순간이었다.

'거지발싸개 같은 계집애. 재수 옴 붙었네.'

나는 일순 이빨마저 뿌드득 갈았다. 경비과장의 말이 아니어도 나는 지금 추락할 대로 추락한 신세다. 내 신세가 말이 아니게 한

심하다. 하지만 마음을 바꾸어 생각하기로 하자. 전화위복이라는 말도 있지 아니한가. 조금만 참고 기다리면 국제적으로 명성을 떨치는 프랑스 대테러기관의 수장 시몬느 비올레를, 아니 공쿠르 상을 수상한 프랑스의 대표적인 지성을 만날 수가 있다. 이런 기회가, 이런 은총이 일생에 몇 번이나 있을 건가.

강 경사는 이미 와 있었고 분주하게 돌아다니고 있었다.

"우린 이제 찢어져서 놀죠."

우리가 무리지어 있는 곳으로 다가서는 강 경사의 첫 마디였다. 우린 강 경사의 조언에 따라 학교 정문과 본관의 현관문 그리고 길거리와 주요골목에 배치되었다. 모든 조치를 강 경사와 서 경사가 알아서 처리하고 있어, 내가 할 일은 별로 없었다.

눈앞의 백합여자대학은 오랜 역사와 전통을 자랑하는 명망이 있는 대학으로, 특히 여성 문학인을 많이 배출한 대학이다. 그래서 오늘도 불문학 학생 중심으로 시몬느를 초청한 것이다. 프랑스에서도 이른바 '문학 한류'가 조용히 불고 있어 서로 문화교류가 제법 있는 편이라고 했다. 그런데 일부 학생들이 시몬느의 대학 방문을 반대하고 나선다고 했다. 일종의 특무기관이라 할 국토감시국 수장의 방문에 생리적인 거부감을 드러내고 있다는 것이다.

그나저나 오늘 과연 내가 기대하는 신이 벌어질지가 의심스러웠다. 이곳이 '킹덤'의 무대인 사우디아라비아의 리야드도 아닐 바에야. 우리가 할 일이란 기껏해야 낙원동 길거리의 잡상인이나 군중을 정리하는 게 고작일 게다. 언제나 시골 냇가처럼 평온함만이 감도는 호젓한 낙원동 거리.

그런데 뜻밖에도 새로 부임한 강력 4팀장인 맹달수 경위가 검정 오리털 파카를 걸쳐 입고 경호 현장에 모습을 나타냈다. 고개를 숙이고 딴청을 피우던 사내가. 그는 수하의 건장한 형사 두 명을 대동하고 있었다. 그가 천천히 나한테로 다가왔다.

"나하고 교대하시죠. 이건 최 팀장 말처럼 남자가 할 일입니다. 내가 여길 지키겠습니다."

예상조차 하지 않은 출현에, 기대도 하지 않은 대사. 그걸 누구보다도 미운 털이 박힌 사내한테서 듣다니. 나는 일순 어안이 벙벙한 채 그를 마주 보기만 했다.

"구차한 변명 같지만, 새로 부임한 처지라서, 주제넘게 나서질 못했습니다. 하지만 이건 도리가 아니죠. 날씨가 꽤 쌀쌀합니다. 자, 이제, 나한테 일임하고 돌아가세요."

이럴 때 뭐라고 해야 할까? 고맙습니다, 하고 선선히 물러나야 할까. 그런데 이 사내의 진심을 헤아리기 어려웠다. 하 경감의 심복에 수족이기도 하지만, 백지영의 숭배자이기도 하다. 엊그제까지만 하더라도 그녀를 찬미했고, 그녀를 맹목적으로 따랐다.

그는 내가 못 미더워 하는 것 같아서일까, 보다 열정을 담아 말하는 것이었다.

"여긴 염려를 놓으셔도 될 겁니다. 서 경사가 있고 강 경사도 있지 않습니까. 나도 있고요. 애당초 내가 오려던 현장입니다."

맹 경위는 거듭 강조했다. 연륜도 쌓이고 진급도 해서일까, 쪼잔 하게만 보이던 어제의 그가 아니라는 느낌이 들었다.

"고마워요. 이렇게 도와주러 오시다니."

나는 그의 말, 그의 행동에서 진정성을 의심한 것을 후회했다. 아무도 나서 주지 않았는데 유일하게, 그리고 남자답게 나서주질 않았는가. 그것만으로도 감격할 일이었다. 그러나 나는 그의 성의만을 받아들이기로 했다.

"여긴 별 일 없을 거예요. 그리고 상황도 곧 끝날 거구요. 그러니 그냥 돌아가세요."

나는 잠시 품었던 긴장도 의혹도 풀고 그를 향해 밝게 미소 지어 보였다.

"아니에요. 여긴 내가 있을 자립니다."

그는 나를 위해 봉사할 수 있는 기회를 얻은 것만을 기뻐하는 것 같았는데, 예전엔 상상할 수 없는 일이었다. 그가 물러날 기색을 보이지 않아 나는 더는 실랑이를 하지 않기로 했다.

"그럼 함께 있어 주세요."

"그러죠."

그래서 그는 우리 일행과 합류하게 되었다.

두 시가 가까워 오자 신문사와 방송국 기자들이 하나둘 모습을 보이기 시작했다. 심지어 NHK도 카메라를 들쳐 메고 나타났는데, 시몬느의 인기를 실감하는 순간이었다. 내가 아는 얼굴은 지금으로서는 조선일보의 신승훈 기자와 동아일보의 홍신자 기자다. 경쟁상대일 텐데 잘도 붙어 다닌다. 어울리는 커플이라는 생각도 들었는데, 한 때는 나를 씹지 못해 안달했던 사람들. 그 사이 미운정도 쌓이고 해서 우린 손을 들어 서로에게 인사를 건네었다.

그런데 나에겐 별로 호의적이지 않아 보였던 CNN의 금발머리 여기자. 그 이름이 크리스틴 카라라고 했던가, 그녀도 영락없이 모습을 드러냈다. 홍 기자하고는 가까운지 담소를 나누고 있다.

"이건 아닌데…… 예감이 좋지가 않아."

강 경사가 불안을 느끼고 투덜거렸다. 그러나 그들을 내몰 수는 없다.

그런데 두 시가 되어도, 아니 시계바늘은 이미 두 시를 지나고 있는데도 시몬느는 그 아름다운 자태를 드러내지 않고 있었다.

어떻게 된 걸까?

점점 맥이 빠져 가고 있을 즈음에 내 휴대폰이 벨소리를 울렸다.

"최 팀장?"

조인걸 경비과장의 목소리였다.

"네, 과장님."

나는 얼마간 지친 목소리로 대꾸했다.

"거긴 취소됐어."

경비과장의 투박한 목소리.

"뭐라고요?"

"백합대학은 방문하지 않아."

"어머, 왜요?"

나는 재빨리 반문했다.

"일부 대학생들이 반대해서라고 해."

"저런."

"철수하게. 거긴."

경비과장이 명령했다.

"내, 그러죠. 근데 좀 김새네요."

"고생 않고 잘 된 거 아냐?"

"꼭 만나고 싶었는데. 사인도 받고 싶었고."

나는 나도 모르게 실망스러운 목소리를 토했다.

"그 소원 내가 못 들어 줄 것도 없지."

경비과장의 조금은 익살스런 목소리가 금세 뒤따랐다.

"어머, 어떻게요?"

"내가 시몬느를 만나게 해 주지. 어디에 있는지를 아니까."

"그 여자 지금 어디에 있는데요?"

"절에!"

"절이라니요? 그 무슨⋯⋯."

나는 경비과장의 생뚱맞은 소리에 당황스러움을 느끼고 반문했다.

"자네, 청담사라고 알아?"

경비과장은 내 반응엔 아랑곳하지 않고 자신의 말을 쏟아내고 있었다.

"청담사? 전 잘 모르지만 서 경사가 잘 알죠. 그 절의 신도거든요. 조계사에서 조금 떨어진 곳에 있다던가. 근데요?"

"방금 관할 지구대에서 전화가 왔어. 지금 그곳에서 차를 마시고 있다고 하는군."

"차요? 누구랑요?"

"누구긴. 거기 주지 스님이지. 작설차라든가. 그게 스님들의 웰빙 식품이라지. 아마."

경비과장의 지체 없는 대꾸였다.

"그것 참. 좀 혼란스럽네요.

"나도 헷갈리긴 마찬가지야."

시몬느 비올레와 청담사의 주지 스님!

처음엔 전혀 구도가 맞지 않는 그림처럼 느껴졌지만, 점차 그 어떤 수수께끼가 풀리는 느낌이 들었다. 두 사람 사이에 연결 고리 같은 것이 있는 것이다.

'오라! 파리의 소르본느 대학!'

서 경사가 늘 귀 아프게 자랑했었다. 지금 미국 햄프셔 대학의 교수로 있는 혜님 스님이 하버드와 프린스턴에서 공부를 하고, 현각 스님이 또한 예일대와 하버드에서 공부를 했다면, 청담사의 주지 스님인 청송 스님은 소르본느에서 수학한 고명하신 학승(學僧)이라고. 시몬느도 물론 소르본느 출신이다. 지금은 파리 제4대학이라고 한다던가.

"거길 가서 좀 경호하는 시늉이라도 하라고. 떠날 땐 차 문이라도 열어주고 말이야. 도어맨들처럼."

"그러죠 뭐."

잠깐의 침묵.

"어서 움직이라고. 그 여자를 만나고 싶다면 말이야."

"그럴게요."

"이봐, 소리 소문 없이 움직여야 해. 기자들 모르게."

"알았어요."

"거긴 상황 끝이야."

"알았다니까요."

나는 더는 지체하지 않았고 재빨리 움직였다. 우선 서 경사와 강 경사를 눈짓해서 불렀다. 물론 맹달수 경위에게도 손짓했다.

"철수하래요. 여긴 오지 않아요."

"어쩐지, 내가 그럴 줄 알았다니깐. 맥 빠지네."

앞뒤 사정을 잘 아는 강 경사의 반응이었다.

"그러니 맹 팀장님은 이쯤 해서 돌아가셔도 되겠어요. 좀 서운하지만요."

나는 맹 경위를 더는 따라다니게 하고 싶지 않았다. 그도 오늘은 바쁜 일이 있다고 했었다. 홍콩에서 잠입한 트라이어드의 조직원들과 저녁에 맞장 뜰 일이 있다고 했었다. 그럼에도 불구하고 사내 체면을 구기지 않기 위해 나와 줬던 것이다. 아니면 내가 갑자기 좋아지기 시작했던가.

"오늘 고마웠어요."

나는 그에게 다가가 손을 내밀고 마주 잡았다. 마음 같아서는 포옹이라도 해주고 싶었으나, 딴 마음을 먹을까봐 참았다.

"뭘요. 그럼 우린 이만 돌아갈 게요."

맹 경위가 순순히 내 말을 들어 주었다. 아쉽긴 할 것이었으나, 상황이 끝났다는 데야 어쩔 수가 없다. 그가 그의 일행과 함께 돌아가자 나는 우리 식솔들을 향해 돌아섰다. 그리곤 재빨리 말했다.

"우린 청담사로 가야 해요. 우리가 경호할 사람이 지금 그곳에 있어요."

"청담사라, 거긴 내가 다니는 절이네. 내가 앞장서지요."

서 경사는 청담사라는 말에 귀가 번쩍 뜨였던지 재빨리 움직이려 했다. 그래서 우린 다시금 서 경사의 베라크루즈에 몸을 실었다.

"잠깐만요."

나는 점화 스위치를 돌리고 액셀러레이터를 밟으려는 서 경사를 얼른 멈추게 했다. 그리곤 그 사이 많이 친해진 홍신자 기자를 손짓해서 불렀다. 저만치 가로수에 기대어 서 있는 홍 기자를.

"여기 상황은 끝났어. 무얼 취재하고 싶으면 날 따라와요. 시몬느가 지금 있는 곳을 아니까."

"어딘데?"

홍 기자가 눈을 빛내며 물었다.

"청담사. 종로 네거리에 있는 절."

"어머."

"아무에게도 말하지 말고."

"알았어."

우린 더는 지체 하지 않고 베라크루즈를 발진시켰다. 그러면서도 뭔가 나를 일깨우는 것이 있어 백미러를 흘깃 쳐다보았더니, 아니나 다를까, 홍 기자가 라이벌 신 기자의 소매 깃을 당기는 모습이 눈에 들어왔다. 연이어 NHK에다가 CNN의 크리스틴 카라와 귓속말을 나누는 모습도.

"환장하겠네. 아무에게도 말하지 말랬는데. 기자를 믿은 내가 잘못이지."

홍 기자를 나무라기 전에 나부터 나무라야 했다.

"입도 참 싸네. 여자들이란."

나로서는 소문이 모두에게 퍼지지 않기만을 바랄뿐이었다. 다행이라고 할까, 따라붙는 사람들이 그들 말고는 없는 듯했다.

갑자기 방향을 튼 시몬느 비올레.

1차 위기는 넘겼다고 봐야 할까? 백합여자대학이 1차 위기의 장소였다고 한다면 말이다.

10분쯤 달렸을까. 아니 그보다는 더 빨랐을 것이었다. 우린 모든 신호를 무시하고 달렸으니까. 우린 금세 청담사로 들어가는 골목길 앞에 당도했다. 청담사는 조계사에서 종로 네거리 방향으로 500미터가량 떨어진 골목 안 깊숙이 자리 잡은 자그마한 절로, 길거리에선 눈에 띄질 않는다. 골목 입구 길가에는 이미 세

대의 차가 나란히 대기하고 있었는데, 맨 앞에는 우리 경찰의 흔히 백차로 불리는 선도차가 경광등을 끈 채 대기하고 있었고, 그 뒤에 권위의 상징처럼 여기는 검은 색조의 메르세데스 벤츠 두 대가 주차해 있었다. 벤츠 주변엔 세 명의 외국인 사내들이 캐러멜 색 반코트를 걸치고 어정대고 있었는데, 그들 모두가 경호원들이라는 것은 한 눈에도 명확했다. 그리고 차 운전석에는 우리나라 사람들로 보이는 운전기사들이 언제든지 출발할 준비를 갖추고 대기하고 있는 것이 보였다. 현지 대사관에서 제공한 차이던가, 청와대에서 제공한 차일 것이다.

나는 세 명의 반코트를 걸친 사내들에게로 성큼 다가갔다. 그들 중 누가 팀장인지는 알 수가 없었으나, 키가 훤칠하니 크고 잘생긴 사내에게로 걸음을 옮겼다. 조금은 이국적인 모습. 순수 프랑스 혈통은 아니지 싶었다. 머릿결은 검고 피부색깔은 갈색을 띠고 있다. 이집트 알렉산드리아 출신인 왕년의 영화배우, 닥터 지바고의 오마 샤리프를 연상케 하는 그는 수염을 기르면 더 멋이 있을 거라는 생각이 들었다.

"나, 당신들을 돕기 위해 달려온 이곳 경찰입니다. 여긴 나의 동료들이고요."

나는 얼굴엔 화사한 미소를 띠우곤 나와 나의 동료들을 소개했다. 그나저나 나의 영어로 프랑스 사내와 의사소통이 제대로 될 수 있을지가 의심스러웠다.

"고맙소. 날씨도 이렇게 쌀쌀한데."

그는 씽긋 미소 지으며 유창한 영어로 손마저 내미는 것이었다. 아마도 자기에게 다가온 것이 마음에 들었나 보았다.

"나. 종로경찰서 강력계 최선실 경위요."

나는 이런 대사를 프랑스 사내에게 내뱉으리라고는 예전엔 미처 생각하지 못했던 일이었다. 내가 이름을 밝히자 그가 다시금 빙긋했는데, 조금은 신비롭다는 느낌으로 다가왔다. 그도 금세 자신의 이름을 밝혔다.

"내 이름은 크리스토프. 앙리 크리스토프."

그래, 앙리 크리스토프라! 아마 나로서는 잊혀 지지 않을 추억의 한 페이지의 이름이리라. 그리고 나머지 두 명의 사나이들. 보다 젊고 보다 패기가 있어 보였는데, 좋은 구경거리인양 빙글거리며 우릴 지켜보고 있었다. 그런데 그들에게서는 아무 위기의식도 찾아 볼 수가 없었다. 하긴 갑자기 아무도 모르게 행선지를 바꾸어 엉뚱한 곳에 감쪽같이 달려왔으니까.

나는 더는 앙리와 수다를 떨 이유도 없어 나의 임무에 충실하려 했다. 비록 별일은 없지 싶었으나 주변을 살피며 나의 동료들을 배치하려 했다. 차의 흐름도, 사람들의 행보도 언제나처럼 냇물의 흐름처럼 원활하기만 했다. 고만고만한 상가의 빌딩들. 그 중에서도 높아 보이는 것은 길 맞은편의 볼품없는 옥외 주차 빌딩. 아니 주차타워라고 호칭하던가. 그 주차타워가 신경에 와 닿았다. 케네디도 빌딩옥상에서 저격한 총에 맞았다고 했었다. 우리가 움직이려 하는 바로 그 순간 시몬느 비올레의 모습이 눈에 들어왔다. 어느새 절에서 퇴거하고 있는 것이다. 나는 기계적으로 나의 손목시계를 흘끔거렸다.

오후 2시 30분!

나에게는 운명적인 시간이었다.

시몬느는 주지 스님과 나란히 골목길을 나서고 있었고, 젊은 여신도들이 두 사람을 에워싸듯이 했다. 시몬느가 그 아름다운 자태를 드러내자 프랑스 경호원들이 움직이기 시작했고 따라온 기자들도 재빨리 카메라의 앵글을 그녀의 움직임에 맞추려 부산을 떨었다. 시몬느와 주지 스님은 골목을 벗어나자 서로 합장하며 작별인사를 나누고 있었다.

주지 스님의 첫 인상은 승복을 입었으니, 수도승이라는 이미지를 나타냈으나, 대학의 강단에라도 서면 영락없는 학자풍의 풍모를 드러낼 인물이었다. 나무랄 데 없는 지적인 마스크에, 인자스러움이 넘치는 온화한 미소가 얼굴에서 떠나지 않고 있다.

시몬느는 어느새 길가의 벤츠로 걸음을 재촉하고 있었다. 그녀의 경호원이 뒤따랐고, 그녀의 비서인지 통역인지 알 수 없는 우리나라 젊은 여성과, 늙수레한 수행원인 듯싶은 프랑스 남성도 뒤따르고 있었다. 턱수염을 기른 게 특징이라면 하나의 특징이었다.

수석 경호원인 앙리 크리스토프가 벤츠 뒷좌석의 문을 그의 여주인을 위해 열어 주려 준비하고 있었다. 나는 그에게 조용히 다가갔다. 그리고 말했다.

"나에게 기회를 주세요."

"기회? 무슨?"

앙리가 미간을 모으며 나의 진의를 헤아리려 했다.

"환송하는… 문을 열어주는… 나의 작은 봉사가 될 거예요."

나는 계면 적게 웃어 보이며 말했다. 앙리는 처음엔 내 말의 뜻을 이해하지 못하는 듯했으나 이내 밝은 낯빛이 되더니 한 발짝 물러나는 것이었다. 내가 무엇을 원하는지 깨달았고, 나의 요청을 기꺼이 받아들인 것이다.

"아, 그래요. 원한다면."

앙리는 한 발짝 더 물러났다. 나는 앙리를 대신해서 뒷좌석의

문가에 서서 시몬느가 다가오기를 기다렸다. 나는 나의 이러한 행동이 나의 운명의 치명적인 갈림길이라는 것을 그때만 해도 알지 못했다.

시몬느는 자기를 환송하는 젊은 여신도들에게 그리고 자신에게 카메라를 들이댄 기자들에게 마지막 인사로 손을 흔들고 있었다. 비록 소수이긴 하지만 기자들이 그것도 NHK에 CNN마저 나타난 것은 뜻밖일 것이었다.

시몬느는 이윽고 그녀가 탑승할 차로 아니 내가 기다리는 메르세데스로 다가왔다.

여자는 상대 여자를 외모로 판단하는데 단 몇 초밖에 걸리지 않는다고 했었다. 길어야 20초. 나는 순식간에 시몬느의 모습을 나의 머릿속에 입력했다.

시몬느 비올레!

그녀는 아름다웠고 교양이 넘쳐보였다. 그리고 무엇보다도 신비스럽다는 느낌으로 다가왔다. 신비한 그녀, '시몬느 시뇨레'처럼. 이브 몽땅의 구원의 연인!

40대 후반은 되었을 게다. 시몬느는 짙은 갈색 머리를 휘날리고 있다. 금발미인과 대조되는 이른바 전형적인 브루넷이다. 매혹적인 브루넷. 활짝 웃음 짓는 모습은 또 얼마나 도발적인가. 성큼 다가서는 그 걸음걸이는 또 얼마나 당당한가. 하긴 당당해지고 싶은 여성들의 열망이 프랑스 여자들을 통해 대변된다고 했다. 날씨가 쌀쌀한 탓일까, 클래식 디자인이지만 여자다움을 강조한 진주빛 물결의 트렌치코트를 멋스럽게 걸치고 있다.

나한테 다가선 그녀는 일순 나를 힐끔 쳐다보는 것이었다. 상냥하게 미소 지으며 문을 열어주려 서 있는 검은 눈동자의 동양 여성을. 한 발짝 물러나 빙글거리고 있는 그녀의 수석경호원의 모습도 말이다. 그녀의 눈빛은 이거 어찌된 거냐고 묻는 것 같았고, 앙리는 다만 양 어깨를 살짝 들먹여 보일 뿐이었다. 시몬느는 알아들었다는 표정으로 더는 망설임을 보이지 않고 밝게 웃음 지으며 나한테로 다가와 손을 내미는 것이었다. 나는 그 손을 마주 잡았다. 부드러웠고 따듯했다. 그녀는 나의 어깨마저 토닥거리곤 차에 오르려했다. 그녀와의 스킨십은 평생의 추억거리가 되리라.

내가 손잡이를 잡고 시몬느를 위해 문을 열려 하고, 시몬느가 탑승하려는 바로 그 순간에, 아니 그 찰나에 느닷없이 총소리가 울렸다.

설마 했는데, 방금 위험지대에서 벗어났다고 생각했는데, 하늘의 장막을 가르며 들려오는 한 발의 총성! 그건 가히 고막을 찢는 듯한 어김없는 총성이었다. 총알은 음속보다 빠르다는 선입관념 탓일까, 내가 보다 빨리 깨달은 것은 스나이퍼의 총탄이 메르세데스 벤츠의 유리창을 여지없이 관통한 자국이었다. 거미집과도 같은 문양의 잔해! 그러니 벤츠는 방탄차가 아니었던 것이다.

누군가가 우릴 향해, 아니 시몬느를 겨냥해 방아쇠를 당겼다는 사실이었다. 그리고 또 한 가지 분명한 것은 암살자의 첫 번째 사격은 실패했다는 사실이었다. 그렇다면 스나이퍼의 두 번째 총탄이 한순간의 망설임도 없이 날아 올 것이다. 그건 필연이었다. 보다 신중하게, 보다 정확하게, 보다 잔혹하게. 그에게 두 번의 실패는 없을 것이다.

나는 머리칼이 쭈뼛하게 곤두서는 전율을 느끼면서 본능적으로 도약했다. 아무 망설임 없이.

나는 우선 차문을 열었다. 그리고는 혼신의 힘을 다해 시몬느를 차 안에 밀어 넣고는 몸을 날려 그녀를 덮쳤고, 내 몸으로 그녀를 감쌌다.

'이건 미친 짓이야!'

죽음의 확률은 레이건의 경호원 팀 맥카시처럼 100프로! 나의 심장은 저격병의 총탄으로 갈기갈기 찢겨질 것이었다. 분명한 이성의 경고가 있음에도 불구하고 나는 그 경고를 무시했다.

'경호원에게 필요한 것은 총이 아니오. 몸을 날리려는 일념뿐이오.'

다만 내 귓전을 스친 것은 아침나절에 경비과장이 차갑게 웃음 지으며 들려준 이 말 뿐이었다. 그리고 또 한 가지, 내 머리에 떠오른 것은 길 건너편에 있는 옥외 주차타워였다.

내가 시몬느를 감쌌다고 생각하는 순간, 내 생각에 한 치의 오차도 없이 두 번째 총성이 울렸다. 나는 그 총성을 분명히 들었다고 생각했다. 그리고 주차타워에서 번쩍인 섬광도 보았다고 생각했다. 그러나 보다 빨리 느낀 것은 어디에선가 큰 쇳덩어리가 날라 와 나의 등짝을 부수고 있다는, 바로 그 느낌이었다. 나는 이런 느낌에 경험이 있다. 바로 총에 맞았을 때의 느낌이다. 또다시 범하는 치명적인 실수!

'오, 이럴 수가!'

두 번째 총격은 나한테 명중했고, 나의 심장을 파고 들 것이었다. 십분 예상한대로가 아닌가. 그럼에도 불구하고 도약하다니! 지금의 나의 심리상태를 어떻게 설명해야 할까.

다음 순간 누군가가 나를 덮쳐 감싸는 느낌이 들었다. 아니 나와 함께 시몬느를.

'아, 앙리가, 앙리 크리스토프가 우릴 살리려 하는구나.'

하는 생각이 머리를 스쳤다. 사방에서 일시에 아우성치는 소리들도 불협화음처럼 메아리치고 있었다. 그러나 그 소리들을 잠재우고도 남는 소리를 나는 또다시 들어야 했다. 세 번째 총성이었다. 그리고 네 번째, 다섯 번째 총성! 암살자가 가차 없는 총 세례를 퍼붓고 있는 것이다. 나는 천둥소리와도 같은 그 소리들을 분명하게 들을 수가 있었다. 환청이라고 하기엔 너무나도 크고 뚜렷했다. 그러나 그 의식은 단 1초도 안 되는 아주 짧은 순간이었다.

'오늘 마침내 스물아홉의 나이에 스산한 바람이 휘젓는 종로 네거리의 아스팔트길에서 나는 가는 건가!'

이승을 하직하는 나의 마지막 감상이었다. 그리고 막이 내리고 있다는, 객석이 어두워지고 있다는, 정적만이, 그것도 처마 끝에서 떨어지는 낙숫물 소리도 들릴 것 같은 정적이 찾아오고 있다는 그런 느낌이 찾아 들고 있었다. 오직 정적과 암흑의 세계! 그리고 절대 고독의 순간!

'이 순간을 다시 되돌릴 수는 없을까!'

얼핏 머릴 스치는 상념이었다. 그 해답은 불가능!

나는 잠시 우주유영(宇宙游泳)을 하고 있다는 느낌에 사로잡혔다. 그리고 얼마 시간이 지나지 않아서, 아니 찰나적인 시간이 흘렀다고 해야 할까, 시몬 베드로의 모습이 눈에 들어왔다. 한 쪽 손엔 열쇠를, 다른 손엔 두루마리를 들고 있는 영감 말이다. 천국의 수문장, 시몬 베드로 사도. 그렇다면 여긴 천국으로 들어가는 문일 게다.

천국의 문. 사람이면 누구나 끔찍이도 꿈꾸는 천국으로의 게이트!

"이거 얼마만이가. 때 묻지 않은 경찰관이 드디어 천국에 오셨구먼. 자, 어서 오시오. 내가 당신을 크게 환대하리다."

버선발로 뛰쳐나오며 나를 맞는 베드로 사도의 유별난 환영사를 듣는 순간 나는 그를 반겨야했으나, 성큼 한 발 물러나며 한껏 외쳤다. 아니 절규했다는 것이 옳을 것이었다.

"이건 아냐, 이건 악몽이야, 악몽!"

7

나는 얼마 동안이나 의식을 잃고 있었을까.

언제 끝날지 알 수 없는 콘서트의 시간의 흐름 같기도 했으나 차를 몰다가 설핏 졸았다는 느낌이 더 강했다. 내가 다시금 의식을 회복한 것은 나의 절규 때문인지 아니면 병원 환자운반용 카트에 옮기면서 덜컹 거려서인지는 알 수가 없다. 사람들이 외치는 소리들이 나의 귓전을 스쳤다. 우리나라 말에, 영어에 그리고 프랑스 말들이 어지럽게 교차되고 있었는데, 눈앞에 서울대병원 응급실을 알리는 빨간 표지도 눈에 들어왔다. 그러니 그 사이 얼마나 필름이 끊겨 있었는지 모르지만 나는 총탄의 세례가 퍼붓는 현장에서 안전한 병원으로 이송된 것이다.

그런데 눈앞의 상황은 혼돈의 극치를 나타내고 있었다. 흰 가운을 걸친 병원 직원들에, 반코트를 걸친 프랑스 경호원들, 그리고 우리 형사진들까지 어울려 이리 뛰고 저리 뛰고 난리들이다. 장터만큼이나 어수선한 분위기.

나는 카트에 실려 수술실로 직행하고 있는 듯했다.

"총알은 왼쪽 등짝에 명중했어요. 무슨 말인지 알죠? 심장을 향해 파고들었을 거라는 얘기에요. 살릴 수 있을까요?"

"모르지. 자네가 알아? 내가 알아?"

"이 여자 스물아홉이라던데······."

"빌어먹을! 그래서 어쩌라는 게야."

"의식을 회복했으니 잘 하면… 심장은 뛰고 있는 것 같은데······."

"달리기나 하라고!"

단편적으로 떠들어대는 짧고도 다급한 소리들에서, 나는 몇 가지 정보를 수집할 수가 있었다.

나는 어김없이 총상을 입었다는 것, 얼마간 의식을 잃었고, 수술실로 급하게 옮겨지고 있다는 것, 잘하면 살 수가 있다는 것이 그 첫 번째였다. 심장이 뛰고 있다지 않은가.

두 번째로 경호요원들이 시부렁거리는 말들에서 확인한 것은 시몬느가 상처 하나 입지 않고 무사하다는 것이었다. 그러니 암살자는 시몬느의 머리카락 하나 건드리지 못한 것이다. 내가 그 여자를 살린 것일까?

마지막으로 프랑스 수석경호원 앙리 크리스토프의 죽음 소식이다. 그는 자신의 몸을 날려 두 여인을, 나와 시몬느를 감싸다가 세 발의 총상을 입고 병원에 도착하기도 전에 숨을 거두었다는 것이다 어떻게 한순간에 인간의 운명을, 삶과 죽음으로 갈라놓을 수가 있는지 전혀 실감으로 다가오지 않았다. 그 멋스러웠던 청년이, 위트가 넘치고 밝게 웃음 짓던 젊은이가 숨을 멈출 줄이야!

나는 어느새 병원의 미로와도 같은 복도를 질주하고 있었다.

그런데 저격을 당한 레이건 대통령이 수술실로 밀려들어 가면서도 의료진에게 씽긋 웃음 지으며 농담을 던졌다고 했었다.

"당신들 모두가 훌륭한 공화당원이라는 것을 나에게 확신시켜 주시오."

하고 말이다.

나도 뭐라 역사에 남을만한 말을 해야 하는 거 아닐까. 하지만 조크에 익숙하지 않은 세계에 살아서인지 하나도 생각나는 말이 떠오르지 않았다. 게다가 그럴 기력도 없다.

그런데 언제부터인가 서 경사가 내 뒤를 따르고 있었다.

"마음 놔도 될 거야. 최선실은 살 수가 있어. 최선실이 누군데."

서 경사의 말엔 확신에 차 있었다. 그는 우리들의 선임하사가 아니라 지금은 나의 시골 숙부였다. 나는 말없이 손을 내밀어 그의 손을 마주 잡았다. 어느새 나의 볼을 타고 눈물이 주르륵 흘러내렸다.

나는 이윽고 수술대 위에 길게 뉘어졌다. 푸른 색조의 수술용 가운을 걸친 의료진이 나를 에워싸고 있었고, 어느새 마취주사도 놓았는지 정신이 다시 가물가물해지고 있었다.

"놀라지 마세요. X레이 검사를 해보니 총탄이 심장을 향해 곧장 파고들었지만, 7센티 앞에서 멈추었어요. 슬기롭다고 해야 할까, 이 여자경찰이 방탄조끼를 입고 있었어요."

"흐음, 방탄복이 이 여자의 목숨을 살렸네그려."

나의 의식의 밑바닥에서 들린 말들이었다. 나는 금세 어둠의 세계로 빨려 들어갔는데, 어둠의 세계 저편에 사미라 살라메의 모습이 아련히 떠오르고 있었다.

사미라 살라메!

차도르를 걸친 탓으로 그 모습을 잘 분간할 수는 없었지만 그녀는 필경 사미라 살라메일 것이었다. 한쪽 손엔 총을 들고 있다. 사미라는 나한테 손을 흔들어 보이고 점차 내 시야에서 사라졌다.

나는 얼마 후 수술실에서 회복실로 옮겨졌고, 정신이 들자 병실로 옮겨졌다. 그런데 병실이 알고 보니 12층의 특실이었고, 병실에선 서 경사가 홀로 나를 기다리고 있었다. 물론 간호사들이 링거 병을 걸며 부산을 떨고 있기는 했다.

"수술이 잘 됐다고 하네요. 탄알도 빼내고. 걱정했던 만큼 치명적이지도 않았고. 그러니 안심해도 돼요. 어김없이 이승에 돌아왔으니까."

서 경사는 무엇보다도 먼저 나를 안심시키려 했다.

"그런가 봐요."

조금 전에만 하더라도 천국의 문 앞에 서 있었는데, 나의 행성으로 무사 귀환한 것이다. 여기가 비록 소돔처럼 타락한 곳이어도 기쁨이 아니 환희가 여울처럼 솟구치고 있다.

니체가 말했던가.

"몇 번이라도 좋다. 이 끔직한 생이여, 다시!"

비록 정신병원에서 죽은 사람의 말일지언정 공감이가는 말이었다. 뭐니 뭐니 해도 영원히 잃을 뻔했던 사랑하는 사람 찬우 씨를 다시 만날 수 있게 된 것이다. 줄곧 나를 사로잡고 있었던 것이 무엇인지 새삼스럽게 깨닫는 순간이었다. 박찬우! 이젠 나에겐 절대적인 존재로 내 가슴속 깊은 곳에 자리하고 있는 것이다. 그러니 개똥밭에 굴러도 이승이 낫다는 말이 있는 것일 게다. 그런데 모든 게 꿈결 같은 한순간이 지났다는 느낌으로 다가왔다. 나는 잠시 방안을 두리번거렸다.

"근데 병실이 특실이네요."

내가 방안을 둘러보며 말하자 서 경사는 이 지경에 별거 다 신경 쓴다는 모습이었다. 어느새 세속적인 일들이 신경에 와 닿는 것이다. 사람이란 정말 못 말려.

"아, 뭐, 그래요. 근데 그냥 특실이 아니고, VIP를 위한 특실이라고."

"어머, 왜요?"

"병실이 없어 오늘 하루만 쓰라고 하데. 내일이면 일반 병실로 옮길걸. 실망스럽겠지만."

"실망스럽긴요. 다행이네."

삶의 신산스런 고비를 막 넘긴 사람들이 선택할 화제는 아니었으나, 아마도 어렵게 자란 속성 탓이지 싶었다. 12층의 특실은 하루에 80만원인가 90만원을 내야 한다고 했는데 이 특실도 그런지 알 수가 없다.

"나만 남고 모두 다 일찌감치 서로 돌아갔구먼. 암살범을 잡아야 하니까. 사미라 살라메를. 그 여자가 시몬느를 쫓는다고 선언했었다고. 서울이든, 베이징이든……."

서 경사가 말을 이었다. 그가 이야기를 당면한 주제로 돌리고 있는 것이다. 그런데 내 머리를 스치는 것은 그건 어림도 없다는, 엿장수 마음대로 되는 게 아니라는 생각이었다.

"이젠 알죠? 시몬느는 살고 앙리는 죽었다는 사실을."

서 경사는 서성이며 기름기라곤 없는 어조로 말을 이었다.

"네, 대충은요."

나는 지친 어조로 대꾸했다.

"팀장이 운이 나빴던 것은 총에 맞은 것이고 운이 좋았던 것은……."

서 경사는 이젠 내가 처했던 어기찬 상황을 이야기 주제로 삼으려 했다. 나는 그가 말을 잇기를 조용히 기다렸다.

"우리나라 외과 분야에서 최고 권위를 자랑하는 한주영 박사가 토요일 오후인데도 병원에 죽치고 남아 있었다더군. 그 뿐만 아니라 국제적으로 명성을 떨치는 프랑스의 흉부외과의사가 때마침 이곳 병원을 방문하고 있었다는 얘기더군. 프랑수아 로슈라는 이름의. 바로 프랑스 대통령을 따라온 주치의라나. 파리 5구에 발드그라스 군병원이라고 있다는데, 시라크 대통령에, 사르코지 대통령에 역대 대통령들이 애용한 병원이라고 하더라고. 바로 그 곳에서 집도하고 있다나. 암튼 두 사람은, 한 박사와 로슈 박사는 가까운 사이라는데, 뭐, 국제학술회의에서도 자주 만나고 했었다나. 그 인연으로 해서 오늘 서울대병원을 방문하게 되었다는 얘기더군. 사연인즉."

"네에."

나는 다만 호기심에 눈을 빛내며 경청했고 고개만 끄덕여 보였다.

"말하자면 환자들이 줄을 서서 진료를 받고 싶어 안달하는 두 명의 국내외 명의가 팀장을 기다리고 있었다는 얘기지. 내 얘기는."

"어쩜."

나는 다만 탄성을 울릴 뿐이었다.

"이거, 알고 보면 예사 일이 아니라고."

"그러니 뭐예요, 그 두 사람이 나를 기다리고 있다가 내 수술을 했다는 얘기네. 그 고명하신 분들이."

"그건 아니고."

서 경사가 한 마디로 부인했다.

"그럼?"

"팀장을 수술한 의사는 여기 젊은 레지던트라더군."

"뭐라고요?"

"그 젊은 친구 되게 못생겼더라고. 키는 짜리몽땅하고."

"그럼, 뭐에요? 한 박사니, 로슈 박사니 하며 길게 변죽을 울린 것은요. 국제적으로 명성을 떨친다며. 지금 날 놀리는 거예요?"

나는 나도 모르게 혈압을 높였다. 한 마디로 배신당한 것 같은 마음이 들어서일 것이다.

"놀리긴. 그 양반들이 비록 잠깐 동안이지만 수술에 입회한 것은 틀림없는 얘기야. 손수 손볼 것도 없다면서 옆에서 지켜봤다든가. 그것만이라도 쉽사리 누릴 수 없는 기회지."

"그래, 그걸 기뻐해야 하나요?"

"뭐, 슬퍼할 것도 없지 싶은데."

"아이고, 김새는 소리 하시네."

나는 이유 없는 비명을 질렀고 서 경사는 그냥 빙글거리기만 했다.

"내 말을 들어요. 총알은 심장을 향해 파고들었지만 등짝에 박혀 있었다는군. 그 방탄조끼라는 게 품질이 좋지가 않았던가, 아니면 총의 성능이 아주 좋았던가, 암튼 총알이 방탄복을 뚫었다고 하네. 하지만 결국 방탄복을 입은 덕은 톡톡히 본 겁니다. 심장엔 이르지 못했으니까."

서 경사는 나를 일깨우려했고, 나는 말없이 경청했다.

"그러니 수술 자체는 간단한 수술이었나 보더군."

서 경사의 결론 비슷한 말이었다.

"그러네요."

나도 선선히 수긍했다. 지금으로서는 어디 아픈 데는 없는 것 같았다. 치명상이 아니어서 일까, 아니면 강력한 진통제 덕이지 싶기도 했다. 지금은 누구보다도 엄마가 그리웠고 박찬우가 보고 싶었다. 아마 지금쯤 뉴스로 내 소식을 접했으리라.

"아, 참, 정선에 계시는 어머님에게도 좀 전에 연락드렸는데, 엄청 놀라시더군. 근데, 친엄마가 맞나?"

서 경사가 퍼뜩 생각난 듯이 물었다.

"왜요?"

나는 짚이는 게 있었으나 잠자코 물었다.

"미친년 널뛰듯 한다면서, 길길이 뛰시더라고."

미친년 널뛰듯 하다니! 너무나도 정곡을 찌른 표현이라고 생각되었다. 엄마는 명색이 시인이고 보니 어휘 하나는 잘 선택한다. 그래도 엄마인데 이 지경에 너무 직설적이다 싶었으나 이 세상에 누가 이토록 정직한 충고를 할 수가 있을까.

"딸내미 하나 있다는 게 하도 놀라게 하고 속 썩여서 그래요."

나는 그냥 쓴웃음을 지을 수밖에 없었다.

"그런가."

"근데, 제 배낭은요? 그 속에 총도 있는데."

나는 재빨리 화제를 바꾸었다.

"염려 마요. 다 챙겨 놓았으니까. 배낭은 총탄이 뚫고 지나간 자국이 선명해서 후손들에게 물려주어도 되겠더구먼. 그 자국은 하나의 훈장이나 다름없으니까."

"네, 훈장요?"

나는 자칫 새어나오려는 한숨을 깨물었다. 그게 나의 용감함을 나타내는 표지가 될 지 아니면 미련함을 드러내는 표상이 될 지 알 수가 없는 것이다. 하지만 죽으려고 환장하기 전에야 어떻게 그럴 수가 있을까. 지금은 후회만이 앞서고 있다.

"지금 소감이 어때요? 최악인 건 알지만……."

서 경사가 덤덤하니 물었다.

"끔찍해요. 어떻게 순식간에 사람이 그 목숨을 잃을 수가 있다니요. 너무 허망하다는 생각이 드는 거 있지요."

"흐음."

"그나저나 내가 뭔데 그 판에 뛰어 들었지요?"

"으음."

"모르겠어요. 왜 그랬는지… 위험을 알리는 벨소리가 시끄럽게 울렸었는데… 그 신호를 무시하다니… 죽으려고 환장하기 전에야… 삶이 아무리 고달프기로서니… 그러고 보니, 올해 나의 '4월은 가장 잔인한 달'이네. 정말이지, 겨울이 오히려 따뜻한 날들이었어요."

나는 무덤덤하니 나의 심경을 토로했다. 그러나 이내 옥타브를 높이며 말했다.

"하지만 왜, 하필이면 나죠, 나?"

"안타깝지만, 숙명일 게요. 그러니 우린 순응하고 포기할 줄 알아야겠지. 허구 고난은 신의 또 다른 선물이라고 했거늘."

하나도 위안이 되지 않는 서 경사의 공허한 말들.

"백지영, 그 여자가 미워요. 내 말 알아들어요?"

나는 불쑥 백지영을 우리들 화제에 올렸다.

"알고말고."

"내가 원수를 갚아야 한다면 그 원수는 사미라 살라메가 아니라 백지영이에요. 그 나쁜 계집애, 남자들도 많은 데 하필이면 나를 찍었어요. 나를 죽음으로 내몰다니. 지 아버지를 죽인 원수도 아닌데. 지 결혼식에도 참석했는데. 생각할수록 치가 떨리네."

나는 나도 모르게 이를 뿌드득 갈았다. 그런데 서 경사는 나의 푸념에 장단을 맞추기는커녕 다른 세계를 헤매고 있었다.

"사미라 살라메! 난 그 여자가 초능력을 지녔다고 해도 의심하지 않을 걸. 갑자기 그 여자를 만나보고 싶네."

서 경사가 새삼스럽게 선택한 화제엔 나도 전적으로 동감이었다. 사미라 살라메. 언젠가는 조우하리라. 차도르에, 부르카에 가렸을 그 모습을 나도 보고 싶다. 아마도 지혜로운 모습이 그리고 결의에 찬 모습이 나타나리라.

"어떻게 방탄조끼를 입을 생각을 다 했을까? 우린 아무도 걸치지 않았는데."

서 경사의 화제는 어느 방향으로 튈지 알 수가 없다. 아마도 지금 머릿속이 혼란스러우리라.

"아무래도 예전에 총상을 입은 탓이지 싶어요. 한 번 학을 뗀 사람 엄청 겁먹기 마련이잖아요."

나는 미국 드라마 탓이라고는 하지 않았고, 더구나 첩보드라마의 진수를 보여준 J.J.에이브람스감독의 앨리어스[ALIAS]에 등장하는 제니퍼 가너 탓이라고 말하지 않았다.

"저, 앙리 크리스토프는 죽은 게 맞나요?"

나는 프랑스 경호원에게로 화제를 돌렸다.

"이미 말했지만, 앙리는 죽었소. 그의 죽음은 프랑수아 로슈 박사가 확인 했고, 그 시신은 지체 없이 서대문에 있는 프랑스 대사관으로 옮겨졌고요. 내일 모레면 파리로 보내져 장례를 치를 거라고 하더군."

서 경사는 인간의 생사를 화제로 삼을 때는 매우 사무적이다. 일말의 감상도 없는 것일까. 아니면 나이가 들어서 달관이라도 했다는 것일까.

"어쩜, 믿을 수가 없네."

나는 서 경사처럼 사무적일 수만은 없었다. 앙리는 제3의 총탄에서 나를 지켜준 생명의 은인이다. 그리고 제4의, 제5의 총탄에서도.

"근데……."

서 경사가 일순 미간을 모았다.

"근데요?"

내가 채근했다.

"프랑스 대통령 주치의라는 사람 있잖아요, 마치 이 사태를 예측하고 이 병원을 찾아 온 사람 같아. 팀장이 총상을 입으리라는 것, 앙리가 총에 맞아 죽으리라는 것 하며. 절묘한 타이밍에 등장했더라고. 그 사람 혹시 점쟁인가?"

"에이, 설마."

"신경과민인가."

"어쩌면……."

"흐음. 그럴지도……."

"시몬느는요?"

나는 서 경사의 과민성 발언을 귓전에 흘리고 시몬느 비올레 대해서 물었다.

"시몬느는 지금 살아서 숨을 쉬고 있지."

시몬느가 살아서 숨 쉬고 있는 것이 매우 유감이라는 서 경사의 말투였다.

"네에."

"그래도 팀장의 수술 장면을 끝까지 옆에서 지켜보더라고. 의리 하나는 있더군. 암튼 팀장은 그 여자의 생명의 은인이라고 할 수 있지. 팀장 아니면 그 여잔 오래 전에 시체지, 시체."

서 경사의 시몬느에 대한 선입관념은 별로 인 듯했다. 하긴 오늘의 사태를 몰고 온 장본인이니까.

나는 이젠 대충 사태를 짐작할 수가 있었고 그래서 쉬고 싶었다. 나의 낌새를 챈 것일까, 서 경사도 돌아갈 채비를 했다.

"이런, 우리가 너무 오래 얘기했나. 자, 이젠 쉬어요. 한 잠 푹 자고."

"그럴게요. 선배님 고마워요."

서 경사는 몸을 돌려 문가로 걸음을 옮기려다 다시 돌아서고 있었다. 그리고는 불쑥 말하는 것이었다.

"그 친구 되게 안절부절 못하더군."

서 경사의 밑도 끝도 없는 말.

"그게 무슨 소리에요?"

나는 대뜸 가슴이 두근거려 오는 것을 느끼며 물었다.

"이 병원에 누가 맨 처음 달려 온지 알아요?"

이미 해답이 나와 있는 물음. 그러나 나는 되물었다.

"누군데요?"

"NIS의 박찬우 소령."

"네에."

나의 심장의 고동은 점차 억제할 수 없을 만큼 높아갔다. 그러나 한결 무심한 체했다.

"그 친구, 혹시 팀장을 좋아하는 거 아닌가?"

"글쎄요."

"난, 그 친구가 범 경감보다 훨씬 낫다고 보는데, 어떻게 생각하는지 모르겠네. 더 젊고 훤칠하고, 보다 늠름하고 패기에 넘쳐 있고. 전형적인 터프가이야. 내 말은 보다 남성적인 매력을 지녔다는 얘긴데."

"어머, 그래요."

그러니 사람 보는 눈이 비슷하다. 서 경사의 눈에도 박찬우가 터프하고 핸섬해 보이는 것이다.

"팀장을 좋아하나 보더군. 다급하게 달려 올 만큼, 안절부절못할 만큼. 그 청년을 잡아. 어딜 내놓아도 손색이 없을걸."

어떻게 보면 극찬이라고 할 수 있었는데, 나를 어서 시집보내려는 마음도 작용하는가 보다. 아무려나 나는 새로운 남자를 찾은 것이다. 그것도 매우 매력적인 남자를. 그러니 가슴 두근거림이 멈출 줄 모르고 있는 것이다. 두근거림이 다 뭔가. 설렘마저 몰려오고 있다.

이 설렘은 어디서 오는 걸까?

내 사랑이라고. 내 사람이라고 생각했을 때가 아닐까.

"그럼, 어디 다시 눈여겨 볼게요."

나는 빙긋 웃음 지으며 말했다.

그때 병실 도어가 노크소리도 없이 열리더니, 사복차림의 김서영이 냉큼 들어서고 있었다. 뜻밖에도 서장 부속실의 여순경이 꽃다발을 들고 모습을 나타낸 것이다. 키도 늘씬하고 얼굴도 곱상한데 제법 씩씩하다.

"어머, 김 순경이 어떻게?"

나는 그녀를 반겼으나 뜻밖이었다.

"어떻게 오긴. 마음이 내키니 왔지요. 그리고요, 나, 이번에 경장으로 진급했으니 그렇게 아세요."

"그래. 그럼 축하해야겠네."

"축하는요. 뭐 대단하다고. 이제 두고 보세요."

김서영 경장. 아무래도 포부가 큰 것 같다. 지금 한 발짝씩 착실하게 계단을 밟고 있는 것일 게다.

"서장님은 오늘은 못 오셔요. 지금 벌집 쑤셔놓은 것처럼 난리도 아니거든요. 시경도 검찰도 그리고 국정원도 엄청 북새통을 이루고 있나 봐요. 누구보다도 백지영 경감이 지금 혼줄 나고 있어요. 명색이 일선 수사 실무책임자인 걸요."

김서영은 몸이 어떠하냐. 하는 물음도 잊은 채 소식 전하기가 바쁘다. 그녀는 꽃병을 찾아, 들고 온 꽃을 꽂기도 하며 부산을 떨었는데, 꼭 언니의 병시중을 들려 병실을 찾은 여동생 같기만 하다.

연이어 흰 가운을 걸친 나의 주치의라 할 의사가 성큼 모습을 드러냈다. 명패엔 권선우라고 적혀 있다. 서 경사가 말 한대로 젊은 레지던트이긴 하나, 그다지 못생기지도 않았고 키도 작지가 않다. 젊은 레지던트가 입을 떼었다.

"육체적인 상처는 금세 치유될 겁니다. 하지만 정신적 치유는 시간이 걸리지요. 난 정신과의 도움을 받으라고 권유하고 싶네요."

나는 이 사람, 몹시 친절하다는 느낌도 받았고, 외국에서 공부를 했다는 느낌도 받았는데, 그쪽에서 으레 권유할만한 것을 조언하고 있다

"네에, 여러모로 고맙습니다."

나는 고개 숙여 깍듯이 인사했다.

"차제에 병원에서 좀 쉬었으면 해요."

그는 아무래도 나를 얼마 동안 병원에 묶어놓고 싶은 것 같았다.

나도 차제에 좀 쉬어야지 하는 생각을 했다. 인생이 꼬였을 때에는 오히려 모든 것을 내려놓고 한 박자 쉬는 지혜가 필요하다. 오죽하면 '힘들면 쉬어가세요' 하는 말이 널리 회자되고 있겠는가.

"자, 이제 잠을 좀 자도록 해요."

"네, 그러죠."

나의 주치의는 내 몸을 두루 살피고는 이내 물러났다. 그리고 나도 잠 속으로 빨려 들어갔다. 그런데 나는 밤새 언제 추락할지 알 수 없는 롤러코스터를 타는 꿈을 꾸어야 했다.

8

이튿날 아침.

내가 다시 눈을 떴을 때엔 아침 햇살이 블라인드 커튼을 헤집고 살며시 병실에 스며들고 있었다.

아침 햇살!

다시는 볼 수 없었던 햇살을 바라보는 순간, 일상에선 느껴보지 못한 경이를, 아니 전율을 느꼈다. 살아있다는 명확한 증표인 것이다. 그러니 오늘은 나에게 남은 인생의 첫 날인 걸까.

오늘은 4월 7일, 일요일. 청명한 날씨로 출발하려나 보다.

그나저나 얼마나 오랜 시간을 잠을 잔걸까.

그런데 엄마가 나를 내려다보며 눈앞에 서 있다.

"엄마, 언제 왔어?"

나는 울컥 치미는 것을 느끼며 물었다. 아마도 밤늦게 정선의 깊은 산골짜기를 굽이굽이 지나 서울에 도착했을 것이다. 하나뿐인 딸의 생사를 걱정하며. 내 곁에서 밤도 꼴딱 지새운 듯했다. 나는 와락 엄마의 품에 안기고 싶었다.

'하나님은 모든 곳에 계실 수가 없으므로 어머니를 창조했다.'

뼈저리게 실감하는 순간이었다.

"좀 됐어."

그런데 엄마는 엄청 메마른 어조로 짧게 대꾸하는 게 아닌가. 지금 얼마나 많이 화가 나 있는지를 짐작케 하는 엄마의 모습이었다.

"어떠니?"

엄마가 물었다.

"괜찮아. 아주 많이."

나는 엄마를 안심시키려 힘주어 말했다. 애써 밝은 미소를 지은 것도 물론이다.

"그럼 됐다."

그뿐이었다. 억장이 무너지며 말이 많을 것 같은 엄마가 이젠 입을 굳게 닫으려 한다. 딸과 말을 섞지 않으려는 엄마. 일순 침묵의 시간이 흘렀다. 엄마의 침묵이 그렇게 불안 할 수가 없어 나는 애써 부산스럽게 굴었다.

"엄마, 나, 배고파. 어제 저녁부터 한 술도 못 떴거든."

"좀 기다려. 시간이 돼야지."

여전히 단문 단답. 누가 보면 친 엄마라고 할 것 같지가 않다. 하긴 이번이 벌써 두 번째다. 그러니 울화가 터지지 않을 수 없을 것이다.

"상계동 이모는? 잘 지내지?"

"친구랑 여행 갔어. 일본에. 유후인이라는 온천 마을에."

"엄마도 따라 가지."

엄마의 대꾸는 없었다.

지금 50대 중반의 고개를 살짝 넘기고 있다.

그래도 엄마는 머리숱도 많고 검다. 살결도 희고 별로 주름도 없다. 어깨엔 울 소재의 회색 롱 카디건을 아무렇게나 걸치고 있었고 면바지의 색깔도 회색이다. 소박하고 심플한 옷차림. 그리고 검고 맑은 눈동자. 나이테는 아름답다고들 하는데, 순결한 기품을 잃지 않고 있다. 어떻게 촌구석 밥집 아주머니라고 하겠는가. 사람들은 내가 엄마를 쏙 빼어 닮았다고들 한다.

벽시계의 바늘은 어느새 7시에 가까워지고 있었다.

"엄마, 텔레비전 좀 켤래."

엄마는 나의 요청을 묵살했다. 나는 할 수 없이 침대에서 기어나오려 했다. 그때 김서영 경장이 부스스 한 모습으로 나한테 다가왔다. 그녀는 긴 소파에서 지금까지 잠을 자고 있었던 것이다.

"서영 씨, 텔레비전 좀 켜줘."

"알았어요. 근데, 언니 잘 자데."

"그래애……"

나는 김서영 덕에 아침 7시 뉴스를 볼 수 있게 되었다.

뭐라고들 할까?

아침 뉴스를 전하는 아나운서는 오늘 하루는 청명할 거라는 날씨 소식부터 전하더니, 오늘의 핫이슈라 할 우리들 피습 사건에 초점을 맞추어 뉴스를 전했다. 우선 피습 장면의 동영상을, CNN으로부터 제공받았을 테지만, 아무 해설 없이 내보내고 있었는데, 첫 신은 시몬느가 청담사 주지 스님과 골목길을 나란히 걸어

나오는 평화스런 장면이었다. 이어 두 사람이 작별하는 장면, 그리고 시몬느가 몰려 온 여신도들에게 손을 흔드는 장면이 빨리지나 가더니, 이윽고 벤츠 앞에서 나와 마주 서는 모습이 담겨지고, 우리가 손을 잡는 장면도 클로즈업되고 있었다. 시몬느의 얼굴 옆모습도 나의 프로필도 선명하게 드러났다. 나는 나의 옆얼굴이 내가 보기에도 그렇게 절묘한 선을 그리고 있다고는 예전엔 미처 생각하지 못한 일이었다. 멍청하게도 두 사람 다 한 치 앞도 알지 못한 채 밝게 웃음 짓고 있다. 게다가 시몬느의 도발적인 웃음의 화려함이라니.

그리고 느닷없는 한 방의 총성! 다음 순간 모든 것이 정지되어 버린 것 같은 시간의 흐름이 지나고 있었다. 마치 필름이 끊긴 순간의 광경과도 같았다. 그러나 연이어 모든 사람이, 구경꾼은 말할 것도 없고, 경호하러 온 사람들까지 납작 엎드리는 광경이 눈앞에 펼쳐졌다. 나만 빼고. 그때 나는 이미 과감하게 행동에 옮기고 있었다. 시몬느를 차 속에 밀치며 날렵하게 덮치고 있는 것이다. 그건 내가 보기에도 여간 슬기로운 행동이 아니었고, 여간 용감한 행동이 아니었다. 나의 그러한 희생적인 행동을 화면은 극명하게 보여주고 있는 것이다.

"저 장면, 밤새도록 열 번은 틀어 주었을걸요. 저거 모두 어젯밤의 동영상이에요."

서영은 마치 무슨 불만이라도 있는 사람처럼 말했다.

"그냥 그렇다는 얘기에요."

서영은 그냥 빙긋했다.

그 뒤의 동영상은 두 번째 총탄으로 내 배낭에 구멍이 뻥 뚫리는 신이었다. 나는 그 순간 몸서리치는 전율이, 머리끝에서 발끝까지 전류 흐르듯 흘렀다. 나는 재빨리 엄마를 쳐다보았는데, 엄마는 외면하고 있었다. 앙리 크리스토프가 총탄의 세례 속에서도 우리 두 여인을 몸으로 감싸는 장면에, 그의 등짝에 세 발의 총탄이 명중하며 그가 걸친 반 코드가 찢겨 나가는 광경이 선명하게 드러나는 것이었다. 나는 얼굴을 돌리며 눈을 감았다. 내가 다시 화면을 쳐다보았을 때엔 벤츠가 재빨리 현장을 벗어나는 광경이었다.

"오메, 불쌍해라. 저 사람 정말 안 됐다. 오마 샤리프처럼 잘생겼다던데."

서영은 앙리의 죽음을 몹시 안쓰러워했다. 젊은 청년이 이국땅에서 아름다운 상전을 위해 기꺼이 목숨을 던진 것이다.

뉴스를 전하는 아나운서는 저격은 길 건너편의 주차타워에서 이루어졌고, 암살자는 모두 다섯 발을 쏘았다고 밝혔다. 암살자는 이슬람 해방 전선의 수석 코맨더 사미라 살라메일 거라고 하면서, 그들이 최초로 선택한 표적이 시몬느 비올레라고 했다.

동영상은 연이어 내가 병원에 도착한 장면을 보여 주고 있다.

어느새 카메라 앵글은 나한테 초점이 맞추어져 있었는데, 검은 생머리는 헝클어질 대로 헝클어졌고, 입술은 갈라지고, 눈은 감았는데, 얼굴은 시신만큼이나 창백하고, 얼른 보면 숨을 쉬고 있는 것 같지도 않다. 언제 흘렸는지 볼을 타고 흘린 눈물자국이 선명하다.

그 참담한 몰골이라니! 천 길 낭떠러지 아래로 추락한 최선실의 극명한 모습이었다. 흰 시트 카버는 또 그렇게 눈에 아릴 수가 없다.

나는 저절로 가슴이 저려 오는 것을 느꼈는데, 세상 엄마들이 눈물겨워할 안성맞춤의 장면이었다. 흰 가운을 걸친 의료원들이 카트를 밀며 나를 살리려는 일념으로 필사적으로 뛰는 신도 인상적이었다.

"언니, 저 장면을 몇 번이고 보았지만 그때마다 가슴이 저려 오는 거 있지요."

서영은 해설자처럼 중간에 자주 끼어들곤 했는데, 언제부터인가 나를 언니 취급한다. 그게 하나도 싫지가 않다. 싫은 게 다 무언가. 정겹기만 하다.

"언니는 오늘날의 새로운 스타에요, 아니 영웅이에요, 영웅! 그 어떤 디바 못지않게 닮고 싶은 사람 영순위라고요."

서영이 힘주어 말했으나 엄마는 들은 척도 하지 않았다.

카메라는 어느새 앙리 크리스토프를 포착하고 놓지를 않는다. 얼굴까지 덮은 눈처럼 하얀 천. 그 흰 시트 위로 선혈이 배어 나와 빨갛게 물들이고 있다. 마치 흰 캔버스 위에 그린 화려한 빨간 꽃무늬처럼. 앙리 크리스토프의 주검을 내 눈으로 확인하는 순간이었다.

아나운서는 우리 경찰은 방탄복을 입었고 프랑스 경호원은 그것을 입지 않아서 두 사람의 운명이 갈렸다고 전했다. 그리고 연이어 덧붙인 아나운서의 말이 나를 감동시켰다.

한순간도 망설이지 않는 결단력, 누구도 따르지 못하는 용감하게 대시하는 자세, 그리고 자기 목숨도 돌보지 않는 희생적인 정신, 어쩌고 하며 극찬하고 있다. 그런데 그게 나를 칭송하는 게 아니라 앙리를 찬양하는 말이었다. 하긴 앙리는 칭송받아 마땅하다. 시몬느에게 있어 내가 생명의 은인이라면, 나에게는 앙리가 단연 생명의 은인이다.

"근데, 있지요……."

서영이 또 끼어 들려했다.

"외신이 전하는 걸 보면요. 프랑스는 언니를 치켜세우고 있다네요. 여자의 몸으로 시몬느를 살렸다면서요. 근데 우린 앙리를 더 치켜세워요. 나는 그게 좋다고 봐요."

"그럼 그게 좋지."

방안을 둘러보니 엄마의 모습이 어느새 보이질 않는다. 밖에 나가셨나본데 날씨도 좋은데 산책이나 하고 돌아오면 좋으리라.

그런데 어제 오후의 동영상은 눈물겨운 장면을 준비하고 있었다. 보다 쇼킹한 장면을. 보다 가슴 아픈 장면을.

언제 소식을 듣고 달려 왔을까.

앙리 크리스토프의 아내가 남편의 시신 옆에서 입술을 짓씹으며 소리죽여 오열하고 있다. UN 난민기구 요원이었던 그녀는 전형적인 파리지엔느. 이름은 이자벨 오떼유. 외인부대 출신의 앙리와는 유고내전 당시 코소보에서 만나 결혼했다고 한다. 지금은 시몬느의 수행 비서관. 피습 당시엔 다른 일을 보느라, 현장에 있지 않았다는 것이다. 남편을 졸지에 잃고 오열하는 여인의 애절한 모습만큼 비극적인 장면도 없지 싶었다.

이자벨 오떼유!

프랑스를 대표하는 최고의 연기파 여배우, 사랑에는 쿨하고 삶에는 열정적이고 자유분방한 여인 이자벨 위페르는 아니고, 우수에 찬 모습일 때의 하얀 피부와 블랙 헤어의 이자벨 아자니를 닮은 듯했다. 이자벨 오떼유는 머리카락만 금발일 뿐, 동양 여인만큼이나 작은 몸매에, 갸름한 얼굴, 바람만 불어도 휘청거릴 것 같은 자태를 드러내고 있다.

"딱하기도 해라. 어쩌면 저렇게 슬플 수 있을까. 대성통곡하는 것보다 더 가슴이 저려 오네. 맹세하건데, 난 절대로 시집은 안 갈 거네."

김서영의 가슴을 치며 하는 말. 내일은 어떻게 마음이 바뀔지라도 지금은 가슴에 와 닿는 말이었다.

뉴스는 마지막으로 어제 저녁에 종로서에 특별수사본부가 설치된 것을 알려주고 있었다. 수사본부장은 물론 서장으로, 브리핑 룸에서의 기자회견 장면을 보여주고 있었다. 늠름한 체구에 다부진 모습. 믿음을 주기에 충분한 서장의 모습이었다.

"저건 어젯밤에 못 봤는데."

서영이 바싹 긴장해서 바라보고 있다.

서장은 지금까지의 수사 결과와 앞으로 전개할 수사 방향에 대해 브리핑하고 있었다. 그는 특히 우리가 초대하지 않은 손님, 팔레스타인에서 온 테러리스트들의 은신처를 집중적으로 탐색할 것이라며, 그러자면 이슬람 입주민들의 협력이 절실하다고 했다. 서장의 브리핑에 이어 기자들의 질문이 쏟아졌는데 그 선봉에 선 사람이 동아일보의 홍신자 기자였고 그녀의 질문은 꽤나 신랄했다.

"서장에게 묻고 싶습니다. 종로서엔 남자 경찰이라곤 씨가 말랐습니까? 어쩌면 여자 경찰을 총탄이 빗발치는 차가운 아스팔트길로 내몰 수가 있지요? 아세요? 지금 사경을 헤매고 있어요. 어느 나라에서 그렇게 합니까?"

사경을 헤매다니, 그건 좀 과장된 표현이었으나, 홍 기자다운 인정사정없는 날카로운 일격이어서, 뱃심 좋은 서장도 주춤하지 않았다면 그건 거짓말이다. 홍기자의 지적에 서장은 이내 진솔하게 사과하는 것이었다.

"매우 사려가 깊지 못한 조처였음을 인정합니다. 그 점, 깊이 사과합니다."

서장은 진솔하니 사과했고 고개마저 숙여 보였다. 다행스러운 것은 홍 기자가 더는 물고 늘어지지 않은 점이었다.

"아이고, 저런, 우리 서장님을 욕보이네. 누가 그런 줄 뻔히 알면서 남의 염장을 지르네."

서영이 비명을 질렀다.

"백지영, 그 여자가 일 낼 줄 알았다고요."

서영은 씨근덕거리기조차 했다.

"미국까지 가서 공부를 했다던데, 유식한지 몰라도 염치없는 여자네. 진짜, 밥맛이야. 여자의 적은 여자라고요."

"그만 해요."

나는 서영을 만류했다.

"아버지가 서울청장이라던데, 자기 아버지 얼굴도 먹칠하는 거잖아요. 창피한 줄 알아야지. 쪽팔리게 이게 뭐야."

"서영 씨, 그만 하라는 데도."

엄마가 들어와서 우리 화제는 끊겼고. 마침 아침 밥상도 들어와서 우린 오순도순 모여 앉아 아침을 들게 되었다. 물론 엄마가 기도하고 나서다. 언제나 그러했지만 엄마의 기도는 짧아서 좋다. 텔레비전에서는 마지막 질문이 던져지고 있었다.

"근데 좀 이상하지 않아요? 저들이 말예요, 대통령에게 보복한다고 공개적으로 말하곤 대통령의 연인을 저격하려 했을까요?"

조금은 촌스럽게 생긴 어느 남자기자의 질문.

"저런 쑥맥 좀 봐. 궁금해 하는 것은 이해하는데, 그건 총을 쏜 사람에게 물어 봐야지. 왜, 우리 서장에게 물어봐? 그리고 이상 하긴 뭐가 이상해. 마음을 바꾼 게지. 바보잖아."

서영은 사사건건 시비다. 그녀의 서장을 향한 각별한 애정 탓이지 싶었다. 기자회견이 끝나서 우리도 텔레비전을 껐다.

우리가 한가로이 아침상을 물릴 즈음해서 불쑥 서장이 모습을 나타냈다. 오늘 첫 번째를 장식하는 방문객이다. 나는 침대 위에 서나마 재빨리 몸을 바로 했다.

"생각보다 좋아 보이는군. 사경을 헤맨다고 들었는데, 말짱하잖아."

서장의 첫마디였다. 그는 뭐가 즐거운지 빙글거리기도 했다. 썰렁하지만 조크도 즐길 줄 아는 서장.

"자네가 우리 종로서를 빛내 주었어. 아니, 우리나라 체면을 살려주었어. 하지만 난 뭐야, 졸지에 졸장부가 되지 않았겠어. 여자를 싸움터에 내보내고 방 안에서 난로나 쬐는…… 이거 어디 낯을 들고 다닐 수가 있어야지."

서장은 여전히 거침이라고는 없다.

"언제 서장님이 절… 서장님은 아시기나 했겠어요. 누가 절 보내는 지를요."

나는 애써 다소곳하게 말했다.

"누가 그랬건 다 내 책임이지. 하지만 차제에 버르장머리는 고쳐야 해. 종로서엔 최선실밖엔 없었나."

서장이 목소리를 높였다. 얼굴에도 핏기가 몰리고 있었는데, 왜 안 그렇겠는가.

"이젠 알겠더군. 왜, 최선실은 홀로 빛나는데 사내들은 죽을 쑤는지. 그래서 미움을 받은 게지. 옳은 일을 했으면서도."

"서장님, 과분하신 말씀입니다."

"난 이젠 못 와. 할 일이 많거든. 자, 그럼 쉬라고."

서장은 걸음을 옮기려다 어머니에게로 돌아서고 있었다. 그리고는 정중하니 인사하는 것이었다.

"훌륭한 따님을 두셨습니다."

"아, 네."

엄마는 고개 숙여 인사는 했으나 시인도 부인도 하지 않았다.

"야, 서영아, 우린 이젠 가자."

서장은 이윽고 부속실의 아가씨, 김서영 경장을 데리고 휭하니 떠나려 했으나, 그녀가 안 간다고 했다. 감히 서장의 말을 거역하다니.

"오늘 무지 일이 많을 거예요. 나, 여기 있을래요."

"그래? 그럼 그렇게 하렴."

서장은 선선히 서영의 의견을 따르곤 떠나는 것이었다.

"훌륭하긴! 등신이지!"

잠시 후, 엄마가 내뱉는 소리가 등 뒤에서 들렸다. 나는 일순 머쓱해지며 찍소리도 하지 못했다. 나는 한동안 엄마 앞에서 침묵 모드로 일관할 수밖에 없었다.

서장 다음으로 나를 찾아온 사람은 경비과의 강동빈 경사였다. 아침 8시경이었다. 잘생긴 청년이 나타나자 대뜸 엄마의 눈이 빛났다. 두 명의 특전사 출신 경찰관들도 함께였다. 그러자 이번엔 서영의 눈이 빛났다. 그런데 한 친구는 키도 크고 제법 잘생겼는데 뽐내는 기색이 슬쩍 묻어난다. 이름은 김진. 또 다른 친구는 중키에 우락부락하게 생겼는데 꼼꼼하고 성실해 보인다. 이름은 이범. 서영에게 선택하라고 한다면 누굴 선택할지 궁금하다.

"우리가 지켜드리지 못해 미안하고 죄송합니다. 총을 맞아도 우리가 맞아야지요. 이거 뭡니까. 명색이 사내 녀석들이 구경이나 하고 납작 엎드리기나 하고. 쥐구멍이라도 있으면 들어가고 싶은 심정입니다."

몹시도 미안해하고 죄스러워하는 강동빈 경사.

"어쩌겠어요. 내가 그날, 그 시각에, 그 자리에 있었는걸요. 다만 그 자리에 서게 한 백지영 경감이 밉지만요."

나는 애써 달래는 어조로 말했다.

"말은 바로 하죠. 잘나가시는 그 여자 분께서 그 시간에 무얼 했는지 아세요? 백지영 경감 말입니다. 하얏트 호텔에서 프랑스 요리를 즐기고 있었다지 뭡니까. 파리스 그릴에서요. 미국에서 온 친구들과 함께. 한 끼 식사 값이 얼마나 되는 줄 아세요? 6만 원은 된다지요. 포도주는 또 얼마나 비싸고요. 레드와인 한 잔 값이 2만 원은 한다나 봐요. 암튼 그 시간에 수하의 경찰은 총탄이 빗발치는 사선을 헤매는데 토요일 오후의 낭만을 즐겼어요."

강 경사가 백지영을 사뭇 신랄하게 헐뜯었는데, 제 딴엔 누리고 사는 사람들에 대한 분을 삭이지 못하고 있는 것이다.

"너무했네. 그 여자 정말 못됐다."

서영이 냉큼 끼어들었는데, 거침이라고는 없다.

"거기에 선무당이 사람을 잡는다며 입방아에 오르고 무안을 당하고 있어요. 그 여자분 지금 스타일을 구길 대로 구기고 있어요. 안 그렇겠어요. 가뜩이나 고운 시선으로 보지 않고들 있었는데. 총격전 소식을 듣고는 어마, 뜨거워라 했을 걸요."

강 경사가 신명이 나서 하는 말이다.

"그거 쌤통이네. 그 여자가 우리 팀장을 죽음의 길로 내몰았다고요. 그것도 일부러요. 아무리 라이벌이라고 해도 그렇지. 웬수가 따로 없다고요."

지체 없이 장단을 맞추는 김서영 경장. 저간의 사정을 잘 아는 듯했다.

"그만들 하세요. 내가 재수가 없었던 거죠, 재수가."

나는 속으론 고소했지만, 그래서 계속 나팔 불라고 하고 싶었지만, 입으로는 만류했다.

"지금 어떻게 됐지요?"

나는 수사가 어떻게 진전되고 있는지 그게 궁금해서 물었다.

"아직은 초동수사단계라서 모두가 오리무중을 헤매고 있지만, 그래도 우리 세 사람이 맨 먼저 주차타워로 잽싸게 뛰어 올라갔어요. 잘하면 범인을 잡을 수도 있겠다 싶어서요. 어디로 증발했는지, 그 꿈은 사라졌지만요. 우린 5층 창가에서 탄피 다섯 개는 주웠어요. 따끈따끈한 탄피를요. 나중에 벤츠에서 피 묻은 탄알도 수거해서, 재빨리 국립과학수사연구원으로 보냈더니, 아니나다를까, 발사 흔적을 살펴보곤 사용된 총이 칼라시니코프 자동소총이라네요."

강 경사가 자상하게 수사진척상황에 대해 브리핑하기 시작했다. 감정은 누르고 조리 있게. 나는 침대에 반듯하게 앉아 고개만을 끄덕여 보였다.

"아시죠? 칼라시니코프 자동소총. 그중에서도 칼라시니코프 AK—47 소총을."

강 경사는 서성이며 말을 이었다.

"조금요."

나는 짧게 대꾸했다. 막상 총 이름이나 겨우 알았지 하나도 모른다고 해도 과언이 아니다.

"미할일 칼라시니코프라는 러시아 무기설계자가 개발한 총인데, AK—47소총으로 더 잘 알려져 있어요. 소련군 보병들이 돌격용 소총으로 주로 사용해 왔는데, 북한도 이 총의 복제품을 사용하고 있다 네요. 그들은 아카보총이라 부른다나. 중국도 물론 사용하고 베트남전을 비롯해서 중동전쟁, 소말리아내전과 유고내전에서도 사용되었고요."

"네."

나도 경청했지만 서영은 더 열심히 귀 기울여 듣고 있다.

"단순함과 높은 신뢰성, 저렴한 가격으로 유명하고요. 단발과 연발도 가능하고요."

"네에."

"실은 짝퉁 AK—47 소총 때문에 러시아가 엄청 열을 받나 봐요. 아직도 보드카에 AK—47 소총이나 수출해서 돈벌이를 하고 있거든요. 엄청 빈축을 받으면 서도요. 아프리카 암시장에서는 10달러만 내면 살 수 있다니 아무나 지닐 수가 있지 뭡니까. 심지어 어린 아이들도 들고 다니고요."

"어쩜."

"세계에서 가장 많이 생산되고 가장 애용된 총이라는 말이 있습니다. 결점은요, 정밀도가 낮고 명중률이 낮다고 해요. 그래서 저격용으로는 어렵다는 말이 있더라고요."

강 경사의 자상한 설명. 그는 조용히 그의 브리핑을 이어갔다.

"지금까지 1억정 넘게 팔리고, 4000만 명이 AK—47소총에 맞아 죽었다지 뭡니까. 오늘 날에도 하루 평균 300명 이상의 목숨을 앗아가고요. 어제 서울에서도 그 통계에 숫자를 하나 보탰지만요. 역사상 가장 많이 사람을 죽인 소총이라네요. 핵무기보다 더 많은 목숨을 앗았고요. 악마의 총으로도 불리고 있어요."

"세상에."

나는 전혀 예상하지도 못한 통계 숫자에 다만 놀랄 뿐이다.

"근데 있잖아요, 요즘 칼라시니코프 자동소총하면 알카에다에, 탈레반에다가 이슬람 해방전선을 비롯한 중동 테러단체들이 주로 사용하는 총으로 부각되어 있다지 뭐예요. 그 상징적인 무기처럼요. 지난달 프랑스 남서부도시 툴루즈인근에서 발생한 연쇄총격사건의 이슬람 테러범도 칼라시니코프 소총에다가 우지기관단총에 수류탄으로 중무장했었다네요."

"네, 그렇군요."

"그러니 말에요, 어제 오후, 종로 네거리에서 발생한 저격은 팔레스티나 테러리스트 그룹의, 그것도 이슬람 해방전선의 소행인거죠. 두 말하면 잔소리지만."

강 경사의 말에 이어 서영이 냉큼 말참견했다.

"알죠? 그들의 코맨더 사미라 살라메가 시몬느를 지구 끝까지 쫓을 거라고 선언한 것을요. 그러니 어제의 저격은 그 여자의 솜씨에요. 우린 그 여자를 잡아야 해요. 생각할 것도 망설일 것도 없네요."

서영은 결코 그녀가 나설 적절한 타이밍을 놓치지 않는 재치를 지니고 있었다. 그리고 북치고 장고 치는 재주도 있다.

"제가요, 저격이 있었던 주차타워 5층 창가에서 바라보니, 검은 벤츠가 주차했던 곳이 넉넉잡아도 직선거리로 200미터는 넘지 않겠더라고요. 피사체도 정면을 똑바로 볼 수가 있어, 조준사격하기에도 그 이상 안성맞춤일 수가 없고요. 마치 사미라를 위해 밥상차려 놓듯 차려져 있었다는 게 제 생각입니다."

강 경사는 모두가 혼란 상태에 빠져 있을 때, 누구보다도 먼저 신속한 행동을 취했고, 여러모로 필수적인 상황을 재빨리 파악한 것이다. 그리고 그도 어제의 저격범으로 사미라를 지목하고 있다. 지금으로서는 가장 합당한 해답이리라.

"생각해 보세요. 어떻게 그토록 안성맞춤의 장소를 선정할 수 있으며, 어떻게 우릴 바싹 쫓을 수 있었으며, 사격술은 또 얼마나 놀라운지요. 그거 나도 해 봐서 잘 아는데, 절대로 쉬운 일이 아니에요. 특출한 재능과 고도의 훈련 없이는…….″

강 경사는 말을 이었는데, 마음속으로는 그의 적을 찬미하고 있음에 틀림없었다.

"그럼 우린 강적을 만난 셈이네요. 잘 됐네요, 뭐. 난 상대가 약한 건 싫더라."

겁 없는 아가씨의 말. 아직 위험을 겪지 않아 위험의 실체를 알지 못한다. 한 번 된통 혼나기 전에는 드라마의 세계와는 다르다는 것을 모를 것이다. 하지만 방금 서영이 뱉은 말엔 나도 전적으로 동감이다.

"근데요, 나, 진작부터 의심스러운 점이, 하나 있거든요. 그게 뭐냐 하면…….″

나는 줄곧 머리 한 구석에 자리하고 있었던 의혹에 대해 말문을 열었다. 강 경사는 다만 눈으로 뭐냐고 되묻고 있었다.

"사거리가 200미터쯤 된다고 했었지요?"

“네.”

“그런데 첫 발을 놓친다는 게 이해 안 되는 거 있지요, 프로는 첫 발을 실수하지 않아요.”

“하지만 너무 긴장했던가, 허둥댔던가. 아시잖아요. 방아쇠를 당기는 순간을요. 일시적인 호흡의 정지, 긴장의 이완, 치약을 짜는 것과도 같은 부드러움, 완벽한 집중력, 어느 하나라도 흐트러지면 안 되죠. 그러니 프로라고 해도 아차 할 때가 있지요.”

강 경사는 나의 의혹에 별로 비중을 두는 눈치가 아니었다.

총을 쏘다 보면 이럴 때도 저럴 때도 있지 않겠느냐 하는 그런 생각인 듯했다. 그래서 나는 더는 물고 늘어지지 않았다.

서영이 방문객들을 위해 커피를 대접하려 했다.

“커피 드시면서 얘기 나누세요.”

그녀는 어느새 준비했는지 남정네들을 위한 세 잔의 커피를 쟁반에 들고 왔다. 그리곤 말하는 것이었다.

“이거 우리 서장님한테만 드리는 커피거든요. 백 프로 아라비카 원두로만 블랜딩한, 맛좋고 향 좋은… 어서 드세요. 팀장님은 안 되고요.”

서영은 제법 생색 낼 줄도 안다. 그녀는 남정네들을 위해 서브하게 되어 기쁘다는 표정이었다. 그런데 알고 보면 인스턴트커피 믹스일 뿐이다. 그 이름만 근사하지, 설탕과 프림이 가득한 종점 다방 커피하고 뭐 다를 게 없다. 나는 오직 기억할 뿐이다. 스탠포드 대학이 자리 잡고 있는 아름다운 도시, 팔로 알토를 순례자처럼 지나다 처음 맛본 카페모카의 맛을.

“그럼 다른 사람들은 어떻게 활동하고 있죠? 서에선 말에요.”

서장이 즐긴다는 커피를 마시며 좋아하는 강 경사에게 연이어 던진 나의 물음. 나로서는 종로서 나름대로의 수사방향과 체계적인 활동이 궁금했던 것이다. 지금 우리 경찰은 국제적인 명성을 떨치는 테러리스트와 직면하고 있는 처지다.

"지금으로서야 사미라와 그 일당의 은신처를 찾는 일 말고는 무얼 할 수 있겠어요. 그래서 이슬람 사람들이 살고 있는 곳을 샅샅이 훑고 있어요. 전국적으로요. 아무래도 그 사람들 속에 숨어 있을 걸로 보는 거죠."

강 경사가 커피 잔을 내려놓으며 주섬주섬 말을 이어갔다. 그런데 별로 성과를 기대하지 않는 눈치였다.

"우리나라에 이슬람 사람들이 얼마나 사는지 아세요? 대충 15만 명은 될 거라고 해요. 대부분 근로자들이라고 하지만요. 근데 지금 급속도로 증가하고 있어, 10년 뒤엔 100만 명은 될 거랍니다."

"그 사람들 속에 숨어 있다면, 한강 백사장에서 바늘 찾기네."

강 경사의 말에 대뜸 맞장구 친 사람은 여전히 김서영이다.

"하지만 얼마 전에 국내에 밀입국한 탈레반 핵심요원 두 명을 검거하기도 했어요. 그러니 기다려 보죠."

내가 일깨우듯이 말했으나, 강 경사의 표정은 여전히 부정적이다.

"근데, 이거 아주 심각한 문제라네요. 이슬람 머니도 몰려오지만, 이슬람 사람들이 밀려오는 게 말예요. 놀라지 마세요. 지금 독일에는 400만 명 정도가, 프랑스에는 인구 10프로에 해당하는 600만 명이 몰려와 있다지 뭡니까. 파리는 무슬림으로 채워져 있고요. '프랑스는 이슬람이 정복하고 있다', 라는 말이 나올 정도로요. 유럽 전체로는 현재 약 5300만 명이 살고 있다네요. 언

150

젠가는 전 세계가 그렇게 될 거라네. 야세르 아라파트가 생전에 말했었지요. 여자의 자궁이 혁명기지라고.”

강 경사는 뭐 아는 게 많다. 공부하는 경찰관이라고 해야 할 것이다.

“근데 알고 보면 앙리 크리스토프도 이슬람사람입니다. ‘모하메드 와타르’ 라는 이름을 지녔던 알제리계 청년. 프랑스 외인부대에서 5년을 근무하면 프랑스 시민권을 주거든요. 그래서 우리나라 젊은 친구들도 더러 지원 하고 있어요. 나도 한 때는 그 꿈을 키웠지만요”

강 경사는 잠시 회상하는 모습을 짓고 있었다. 젊었을 적의 꿈. 아프리카의 용병이 되거나, 프랑스 외인부대원이 되어 밀림지대와 열사의 사막을 누비는 활동. 남성들이 추구하는 일종의 낭만이다. 잘하면 카스바의 여인을 만날 수도 있을 것이다.

강 경사는 대충 보고를 마쳤다고 생각을 하는지 자리를 뜨려했다.

“우리 과장님께서 안부 전하라고 하셨어요. 끝까지 만류하지 못한 것을 몹시 아쉬워하시더라고요.”

“네에. 고맙다고 전해 주세요.”

이윽고 세 사내들은 병실을 뒤로 했다. 김서영이 멀리까지 배웅한 것은 물론이다.

CHAPTER
9

"언니 좀 쉬어요. 피곤하겠다."

병실에 다시 들어선 서영의 첫 마디였다.

"그럴까."

나는 그다지 피곤함을 느끼지는 않았다. 하긴 깊이 째고 장기를 건드린 수술도 아니다.

"면회금지 푯말이라도 붙여야겠어요."

"뭐, 그렇게까지나."

"암튼 이제부터는 내가 알아서 통제를 해야겠어요."

그런데 서영이 통제할 수 없는 사람이 여러 사람을 데리고 들이 닥쳤다. 바로 주치의와 간호사들이다.

"잠은 잘 잤습니까?"

주치의가 밝게 웃음 지으며 물었다. 유명세를 타고 있는 여인을 직접 치료하게 되었으니 친절할 수밖에 없으리라.

"네, 푹 잤어요."

나도 침대머리를 세우고는 덩달아 빙긋 웃음 지으며 대꾸했다.

"좋군요."

그는 두루 상처를 살피고, 링거 병들도 점검한다. 식사는 했으며 약은 정시에 잘 챙겨 먹느냐를 묻기도 한다. 수술은 잘 됐으니 염려 말라고 이르기도 한다. 의사들이 으레 하는 말들일 게다.

"내일 퇴원해도 되지 않을까요. 상처 치료는 동네병원에서 하고요."

"그건 안 되지요. 내일부터는 정신과 치료를 받아야 합니다."

의사는 내 제의를 한 마디로 물리쳤다.

정신과 치료라니!

왜 나한테 정신과 치료가 필요한 것일까? 외상을 당한 뒤에 받는 정신적 장애, 이른바 '트라우마'에서 쉽사리 헤어나지 못한다고 보는 것일까? 아니면 내가 정서불안인 걸까? 하긴 무서운 집착에서도 헤어나지 못하고 있다. 물불을 가리지 않으니, 나부터, 아니 현대인 모두가 반성해 볼 일이다.

그런데 또다시 서영이 절대로 통제할 수 없는 사람이 병실 문을 노크하는 것이 아닌가. 놀랍게도 아침 9시, 나를 방문한 사람은 프랑스 국토감시국의 수장인 시몬느 비올레였다. 전혀 예상하지 못한, 아니 혹시나 하고 예측했을는지 몰라도 이렇듯 아침 일찍 찾아오리라곤 생각하지 못한 일이었다. 그녀는 밝게 웃음 지으며 다가왔다. 그녀는 오늘은 화려하지도 않았고 눈부시지도 않았다. 옷차림도 수수한 것이 면바지에 카키색의 티셔츠차림이다. 그리고 바람막이 점퍼를 걸쳤는데, 그 컬러만은 이번 시즌에 인기인 산뜻한 노란색. 손엔 색안경을 들고 있다. 그래, 오늘 일정이 제주도라고 했었지.

나도 놀랐지만 좀처럼 감정의 변화를 보이지 않는 엄마도 놀라움을 나타냈다. 그러나 누구보다도 놀라움을 표시한 사람은 서영이라고 할 수 있었는데, 그녀는 환성이라도 지를 것 같은 모습이었다. 주치의도 그리고 간호사들도 어정쩡하게 서서는 눈을 빛내고 있었다. 늙수레한 프랑스 남자가 그녀의 뒤를 따랐고, 금발의 젊은 여인도 그녀의 뒤를 따라 병실에 들어섰는데, 나는 텔레비전에서 본 일이 있는 그 여인을 맞으며 또 한 번 놀랐다.

이자벨 오떼유!

나는 비명을 지를 뻔했다. 앙리의 아내, 이자벨이 시몬느와 함께 나를 병문안하러 온 것이다. 나는 재빨리 침대를 벗어나 그녀에게로 다가가 감싸고는 그녀를 위로했다. 그런데 그녀가 오히려 나의 어깨를 토닥거리며 위로하는 것이었다. 여전히 창백하고 가냘픈 모습이긴 했으나 많이 기운을 차린 듯했다. 그녀는 이윽고 나를 시몬느에게로 돌아 세우고 있었다.

시몬느는 나한테로 한 발짝 더 다가와 나를 오랫동안 가슴에 보듬고는 나의 등을 정겹게 쓰다듬는가 하면 머리도 쓰다듬는다. 우리 엄마도 그렇게는 하지 않았었다.

"좀 어때요? 조금은 좋아 보이긴 하는데."

시몬느는 프랑스어가 아닌 유창한 영어로 말했다.

"괜찮습니다. 많이 좋아졌어요."

나는 공연히 울먹였다.

"어떻게 그렇게 용감할 수가 있을까. 한갓 외국여성을 위해."

나는 그냥 침묵했다.

"내가 최선실 경위에게 직접 전하고 싶은 게 있어요. 내가 쓴 책이에요."

그녀는 수행한 사내한테서 넘겨받은 두툼한 책을 나한테 건네어 주었다. 책은 그녀가 공쿠르 상을 받은 '코소보로 가는 길'이었다.

"고맙습니다. 잘 읽을게요."

나는 책을 받아 쥐었는데, 불문 판이어서 기념으로나 간직해야 할 것 같았다.

"우린 오늘 오전엔 예정대로 제주도에 갈 거지만 오후 다섯 시엔 중국에 가야 해요. 하지만 이 양반은 여기 서울에 쭉 남아 있을 겁니다."

시몬느는 내일 모레면 60대로 진입할 듯 보이는 늙수레한 사내를 나한테 소개했다. 키는 조금은 짤따랗고, 머릿결은 조금은 회색으로 바래고, 눈망울은 크고, 턱수염을 기른 것이 인상적이었다.

"에드와르 도메네크 경감이오. 잘 부탁하오."

그는 영어를 잘 못하는지 더듬거렸다. 그는 DST의 테러방지과에서 일한다고 했다. 그가 경험이 풍부하고 노련하고 그리고 엄청 유능할 거라는 것은 한눈으로도 알아볼 수가 있었다.

"이자벨도 우릴 따라가지 못해요. 무슨 연락할 일이 있으면, 이 두 사람에게 하세요."

시몬느는 다시 한 번 나를 포옹하고는 병실을 물러났다. 그녀의 일행과 함께. 서영이 그들 뒤를 바싹 따라 나선 것은 물론이다. 주치의도 모든 광경을 바라보고는 병실을 뒤로 했다.

엄마와 나는 잠시 서로의 생각 속에 잠긴 채 침묵의 시간을 보

냈다. 그러나 우리 침묵은 서영이 떠들썩하게 병실에 들어오면서
무너졌다.

"내 말 들어 보세요. 병원이 갑자기 대접이 달라지기 시작한
거 있지요? 이 VIP특실도 마음 내킬 때까지 무한정 쓰라지 뭐예
요."

"어머, 그래?"

나는 일순 내 귀를 의심했다.

"병원비도 안 받을는지 몰라요."

"설마……."

"언제 우리가 쓰겠다고 했나. 지네들이 쓰라고 해 놓고선 받겠
어요."

"글쎄, 어떨지."

우린 한동안 별 쓸데없는 한가로운 화제로 시간을 보냈다. 그
지없이 아늑한 시간의 흐름. 이렇듯 편안한 시간이 있었든가 싶
을 정도다. 그러나 언제까지 우릴 평온한 시간 속에 놓아두지는
않았다. 다시금 노크소리가 울리더니, 젊고 아름다운 우리나라
여성이 꽃다발을 들고 성큼 병실에 들어서고 있었다. 검은 눈동
자가 그렇게 맑아 보일 수가 없고, 싱그럽게 미소 짓는 얼굴이 그
렇게 정갈할 수가 없다. 베이지 색의 재킷에, 검은 새조의 블라우
스, 꽃무늬의 스커트에 심플한 쇠줄 목걸이에 매달린 펜던트.

"실례합니다."

목소리도 맑고 곱다.

"나, 손지아라고 해요."

손지아? 들어본 일이라곤 없고 본 일도 없다. 혹시 병실을 잘
못 찾아온 건 아닐까.

"나, 프랑스 대사관에서 근무해요. 통역 일을 맡고 있는데, 오늘은 올리비에 마르시아 대통령 시중을 들고 있어요. 이건 마르시아 대통령이 전해주라 하시네요. 빠른 쾌유를 빈다고요. 저도 빠른 쾌유를 빕니다."

손지아는 나한테 아담하게 포장한 꽃다발을 건네어 주고 있다. 나는 프랑스 대통령이 정성껏 보내준 꽃다발 보다는 손지아가 어디서 공부를 하고 얼마나 공부를 했기에 일국의 대통령 통역원이 될 수 있었는지가 궁금했다. 나이도 20대 후반 아니면 30대 초반이다. 손지아는 대통령을 따라 공항 가는 길에 들렀다며 서둘러 돌아갔다.

"참, 우리와는 다른 세계에 사는 사람도 많네."

서영이 길게 탄식하며 말했다. 그녀의 얼굴에 부러움과 시샘의 빛이 가득하다. 그러니 부모님 말 잘 듣고 공부라도 좀 잘하시지. 우린 서영이 풀죽은 모습으로 앉아 있어 한동안 멍청하게 앉아 있기만 했다.

그렇게 얼마나 시간이 흘렀을까. 노크소리가 다시 들렸다. 노크소리는 언제나 나에겐 불길하게만 들린다. 아마도 험한 세상을 살아온 탓일 게다.

이윽고 병실에 들어선 사람은 전혀 상상하지도 못한 사람이었다. 바로 청담사의 주지 스님이시다. 얼핏 보아도 신세대 수행자 타입의 스님은 몹시 미안스러워 했는데, 스님을 방문한 사람 때문에 내가 다쳤다고 보는 것이다. 스님은 침대머리로 다가와 말없이 내 손을 잡는 것이었다.

"스님, 고맙습니다. 앞으로 자주 찾아뵐게요."

나는 시몬느가 그렇게 했듯이 나도 불교의 진수도 접해 보고,

하이레벨의 지적인 교류를 하고 싶다는 엉뚱한 생각을 하곤 말했다. 그러자 스님은 좋아했으나 엄마가 대뜸 눈살을 찌푸렸다. 나는 재빨리 말을 돌렸다.

"시몬느 하고는 대학 동문이라시죠? 소르본느의."

"대학동문인 것 맞고요. 함께 공부한 건 아니오. 우리가 만난 곳은 프랑스 남서부 보르도라는 데서 얼마 떨어진 '플럼 빌리지'였어요. 이럴 때, 운명적인 만남이라고 해야 하는 걸까. 바로 틱낫한 베트남 스님이 운영하는 명상공동체였는데, 시몬느가 한참 불교에 심취하고 있을 때였소. 특히 티베트 불교에. 알죠? 티베트의 영적 지도자 달라이 라마에 열성적으로 추종하는 기독교 나라 사람들이 있다는 것을. 특히 유명한 영화배우들이. 리처드 기어에, 해리슨 포드, 샤론 스톤. 그 사람들에게서 볼 수 있듯이 서양 사람들이 동양의 정신과 철학을 배우려고 안달하는 일은 이젠 예삿일이오. 시몬느와 난 '플럼 빌리지'에서 함께 지내면서 가까워졌을 거요. 말이 통했거든."

스님이 비로소 시몬느와의 인연을 소상하게 설명 했다.

"나는 느낀다. 내가 살아 숨 쉬는 지금 이 순간이 가장 경이로운 순간임을! 틱낫한 스님의 말씀이죠. 나도 좀 알지요?"

내가 살짝 미소 지으며 뇌인 말에 스님은 다만 빙그레 웃기만 한다. 토막 상식을 입에 올리니 안 그렇겠는가.

"누가 최선실 경위를 힘들게 하는지 어렴풋하게나마 알아요."

스님이 자못 진지한 표정이 되더니 화제를 바꾸는 것이었다. 아마 서 경사한테서 들었으리라. 나는 순간 긴장했다.

"그 사람들 용서해요. 원수는 물에 새기고, 은혜는 돌에 새기라는 말도 있어요. 무엇보다도 우리가 날마다 만나는 사람이 부처요."

스님은 나를 위로하고 타이르려 했다.

"스님, 너무 걱정하지 마세요. 원수 같은 사람을 만나도 오늘 부처를 만나고 있구나 하고 생각할 게요. 잘 될는지는 모르지만."

"이런 말 들어 보셨던가? 생활이 그대를 속일지라도 슬퍼하거나 노하지 말라. 이제 곧 기쁨이 오려니."

스님이 다시금 빙긋했다.

"그건 푸슈킨의 시잖아요. 스님만이 아실까."

나는 몸소 병실을 찾아준 스님에게 고마움과 함께 친근감도 아울러 느꼈다.

"지금으로서는 가장 도움이 되는 말일 게요."

스님은 나의 상한 마음을 두루 어루만져 주곤 나한테도 엄마한테도 합장하며 돌아서는 것이었다. 엄마도 얼떨결에 합장하며 고개 숙였다. 그러니 현생에서 나와 인연이 있는 사람들이 줄줄이 찾아주고 있는 것이다. 그런데 나는 갑자기 떠오르는 생각이 있어 걸음을 옮기는 스님을 불렀다

"스님, 잠깐만요."

스님은 천천히 돌아섰다.

"한 가지만 여쭙고 싶은 데요. 시몬느와의 만남은 사전에 약속된 것이었나요? 파리에서부터. 아니면 갑자기?"

"갑자기 이루어졌어요."

스님은 선선히 대꾸했다.

"네에."

"시몬느가 하는 말이 대학생들과의 미팅이 취소되었다며, 잠

깐 들려도 좋겠느냐고 하더군. 그래서 좋다고 했지. 대환영이라고. 10분 전에야 연락이 왔었지.”

“알았어요. 왜 갑자기 절엔 들리나 했어요.”

“그럼 이젠 가도 될까.”

“네에, 조심해서 가세요.”

나는 스님을 돌려보내며 하나의 수수께끼가 풀렸다는 느낌은 들었지만 여전히 개운하지가 않았다. 그게 즉흥적인 발상이었을까?

“참, 언니는 배알도 없네. 어떻게 그 사람들을 용서한다는 게지. 설사, 가장 좋은 선물은 용서라고 해도, 난 절대로 그렇게 못해.”

스님이 돌아가기를 기다리기나 한 듯, 서영의 한순간도 지체하지 않는 면박이다. 못 말리는 김서영. 하지만 언제나 뼈 있는 말만 한다.

“하지만 언니, 언니가 뽀로통하면 그 사람들 덜 미안해 할 걸요. 이를 뿌드득 갈면요.”

서영은 이랬다저랬다 한다. 그러나 그것 역시 일리 있는 말들이다.

“언니, 이런 말 들어봤어요? ‘당신의 적을 언제나 용서하라. 그것만큼 그들을 짜증나게 하는 수법도 없다’ 어때요, 그럴 법하지요.”

“어머, 오늘 들은 말들 중에서도 그중 마음에 드네. 그 찝찝한 말 누가했지?”

“살로메의 작가, 오스카 와일드!”

“그 사람 참 냉소적인 데다가 재치가 번득이네.”

그러나 우리들의 가벼운 화제는 오래가지 못했다. 엄마가 개입해서다.

"너를 찾아오는 사람이 어떻게 스님이냐? 목사님은 아니 찾아오시고. 그리고 뭐야, 앞으로 자주 찾아뵙겠다고? 절에라도 다닐거니?"

엄마가, 좀처럼 나서지 않는 엄마가 가시 돋친 말을 하는 것이었다.

"엄마는… 하나의 종교만 알면 하나의 종교도 모른다는 말도 있어. 무얼 모르셔."

"그래, 난 모른다. 하지만 교회신도 한 사람 코빼기도 볼 수가 없는 걸 봐서는, 네가 교회엔 얼씬거리지도 않는 건 알 수 있겠구나."

"내가 좀 바빠야지."

나는 찔끔해서는 얼버무렸다.

"세상에, 그것도 핑계라고."

"시집을 가면……."

"시집은 언제 가는데?"

엄마가 말하는 순간 박찬우의 얼굴이 떠올랐다. 왜, 아직도 나를 찾아오지 않은 걸까? 눈 코 뜰 새 없이 바쁠 거라는 것은 예측되지만 몹시 기다려진다. 이럴 때 나타나 주어야 내 얼굴이 서는 게 아닐까. 사윗감이 왔노라고 하면서 넙죽 절하고 말이다.

우린 더는 찾아오는 사람이 없어 점심때까지는 편히 쉴 수가 있었다.

"서영아."

나는 어제부터인가 김서영 경장을 동생 부르듯 한다. 그만큼

친근해진 것이다.

"바로 위 13층 식당에 올라가면 돈가스도 먹을 수 있을 거야. 거기 가서 먹도록 해. 우리 엄마랑 함께."

하고 권했으나,

"난 싫다."

하고 엄마가 한 마디로 거절한다.

"저도 싫은 걸요."

이른바 포크커틀릿을 좋아할 서영이도 사양했다. 그래서 우리끼리 오순도순 점심을 들었다.

오후 두 시경에 홍신자 기자가 불쑥 찾아왔다. 오늘은 라이벌이자 단짝인 신승훈 기자를 따돌린 듯했다.

"좋아 보이네. 사경을 헤맨다고 했는데."

홍 기자는 들고 온 음료수 박스를 내려놓으며 말했다.

"한때는 의식을 잃고 그랬어. 그 충격이 얼마나 큰데."

나는 홍 기자에게 자리를 권하며 말했다.

"암튼 불행 중 다행이네."

"그러게 말이야."

"어때? 좀 더 혼내 줄까? 내일 아침 조간신문을 봐. 백지영이 기절초풍할걸. 그 아버지도 말이야."

"그래애."

나는 좀 더 혼내 줄 수 있으면 그렇게 하라고 말하고 싶었으나 참을 수밖에 없었다. 스님과 방금 약속한 처지였으므로. 약속은 으레 파기할 수 있는 거라고 해도 말이다.

잠시의 시간이 지나자 마침내 기다리던 박찬우가 헐레벌떡 모습을 드러냈다.

그는 감색의 블레이저를 아무렇게나 걸쳤고 속엔 옅은 잉크색의 폴로 티를 받쳐 입고 있었는데, 엄마에게 소개해도 하나 손색없을 만큼 멋스러웠다. 오늘 다시 보아도 선이 굵고 풋풋한 기상이 드러나는데다가 핸섬하다. 무엇보다도 야성의 순수함을 간직한 사나이. 엄마는 남자보는 눈이 누구보다도 높았는데, 지금 눈을 빛내고 있다.

"내가 명색이 중동 팀장이잖아요. 사람들이 어디 놓아 주어야 말이지. 겨우 빠져 나왔어요. 그래, 좀 어때요?"

박찬우는 변명부터 늘어놓았다.

"아주 좋아요. 밥도 잘 먹고 잠도 잘 자고."

나는 급하게 달려 온 사내를 안심시키려 했다.

"걱정 많이 했는데 다행이네."

"여러모로 고마워요."

"자, 그럼 이제 봤으니, 난 돌아갈게요."

성질도 급하다. 벌써 돌아가려 하다니. 엄마에게도 소개를 해야 했다. 그러나 먼저 다짐을 받을 게 있다.

"잠깐만요. 10분만이라도."

나는 얼른 사내를 부여잡았다.

"아, 천천히 해도 돼요. 시간은 있으니까."

박찬우가 일순 싱긋 미소 지었다. 오늘따라 그의 미소가 싱그럽기만 하다.

"지금 따로 사귀는 여자 있어요?"

나는 크게 숨을 몰아쉬며 불쑥 물었다. 심장도 갑자기 고동치기 시작했고 온몸의 근육도 긴장에 굳어져 갔다.

"없어요. 그런 여자는."

"그럼 장래를 약속한 아가씨는요?"

나는 이미 해답이 나와 있었으나 묻지 않을 수가 없었다. 나는 다시금 숨을 몰아쉬었는데, 지금까지 살아오면서 이 순간처럼 갈증을 느끼고 조바심을 일으켜 본 적도 없다.

"물론 없어요."

박찬우의 시원스런 대꾸가 머무적거리지 않고 되돌아왔다.

"당신, 나를 좋아한다고 했어요. 그렇죠?"

나는 말을 이었다. 다음 단계의 다짐이다. 나의 가슴은 아직도 뛰고 있었고 멈출 줄 모른다.

"그렇소. 지금도. 몇 번인들 다짐할 수 있어요."

"그럼, 당신 나하고 결혼해 줄 수 있어요?"

나는 혼신의 힘을 다 해 말했다.

"결혼?"

"네, 결혼요."

운명의 순간. 나는 지금이야 말로 그 어떤 때보다도 나의 운명의 순간이라고 생각했다.

"내가 따로 프러포즈하려 했는데, 근사하게. 정식으로."

박찬우는 금세 환성이라도 지를 것 같은 모습이었고 말도 더듬거렸다. 나도 마음속 깊은 곳에서 쾌재를 부르짖지 않았다면 그건 거짓말이다.

"그 말은 나하고 결혼할 뜻이 있다는 말이네."

"그렇소. 그것도 간절한 마음으로."

"어쩌면!"

나는 기쁨이 여울처럼 솟구치는 것을 느꼈다. 인생의 절정이 바로 이런 순간일까. 마음 같아서는 달려가 두 팔로 사내의 목이라도 감고 싶었으나 사람들 눈이 많고 보니 그럴 수도 없다.

"근데, 그쪽 나이는요?"

내가 생각하기에도 엉뚱한 질문이다. 그런데 갑자기 머리에 떠오르는 것이다.

"서른하나요. 우리나라 나이로는."

사내는 선선히 대꾸했다.

"어머, 다행이네."

나는 마음을 쓸어 뉘였다. 동갑인 것이다. 연하면 어쩌나 하고 염려했던 것이다, 그런데 병원 차트엔 내 나이가 생일이 시월 탓인지 아직도 스물아홉으로 기재되어있다. 내가 이승에서 살아온 진짜 햇수다. 그나저나 사내에 대해선 모르는 게 많다. 아니, 아는 게 전혀 없다. 고향도 출신도 부모와 형제에 대해서도.

"그럼 오늘은 이만 돌아갈게요."

박찬우는 마음이 급한지, 금세 황급히 돌아가는 것이었다. 물론 돌아서기 전에 아련히 서 있는 엄마를 알아보곤 꾸벅 고개 숙여 인사는 했었다. 이 모든 광경을 서영이도, 홍 기자도 흥미롭게 바라보고 있었다. 하도 절박한 나의 모습에 두 사람은 어이가 없는지 빙글거리기조차 한다. 웃고 싶으면 웃으라지.

"넌 어떻게 남자한테 먼저 청혼을 하니? 여자가 채신머리도 없이… 남들도 있는데. 이제 보니, 완전히 맛이 갔네."

엄마는 어처구니없어 했다. 내 딸이 이렇게까지 염치가 없으리라곤 예전에 미처 생각하지 못한 일인 것이다.

"내가 지금 자존심을 차리게 됐어? 방금 처녀귀신이 될 뻔했는데. 내 팔자에 그걸 가리게 됐느냐고요."

"칠칠하지 못하긴! 세상에, 정말 한심해. 언제쯤이면 철들래?"

"칠칠하지 못한 건 나도 잘 알아. 좀 뻔뻔한 것도. 하지만 뾰족한 수가 없을 바에야. 내가 어디 유세를 떨 처진가, 유세를."

"하긴 팔자 도망을 못 간다더니, 네 팔자나 내 팔자에."

엄마는 긴 한숨만을 몰아 쉴 뿐 더는 나무라지는 않았다. 그리고는 이내 무엇 하는 남자냐고 물으신다. 그래서 나는 두루 박찬우에 대해 설명했다. 터프하면서도 쿨하고 능력도 엄청 뛰어나다고. 그런데 박찬우가 하필이면 국가정보원에 다닌다는 말에, 현역군인이라는 말에 엄마는 대뜸 눈살을 찌푸렸다. 엄마는 딸이 평범한 남자를 만나 여염집 아낙네처럼 단출하게 살길 바랐던 것이다. 엄마가 시골학교 미술선생을 선택했던 것처럼.

아무려나 오늘만큼은 솔로몬이 일깨운 말을 소리 높여 부르짖고 싶었다. 비록 총상을 입고 병실에 갇혀 있어도.

"오늘이 가장 행복한 날입니다!"

박찬우가 돌아가고 세 시쯤 되었을까.

"언니, 언니! 지금 병원에 갑자기 경호원들이 쫙 깔렸어."

들락날락거리던 서영이 살며시 문을 열고 들어와서는 자기만이 아는 무슨 비밀스런 이야기라도 속삭이듯 말했다.

"누가 오시나."

나를 대신해서 엄마가 중얼거리듯 말했다.

"모르겠어요. 소리 소문 없이 움직이더라고요."

"누가 오면 왔지. 우린 연속극이나 마저 보자."

엄마는 일요일이면 으레 재방송하는 연속극에 매달려 있다. 속세의 잡다한 일에서 해방되는 하나의 방편이다. 홍 기자도 엄마와 함께 연속극에 넋을 놓고 있다.

"그러죠, 뭐."

그러나 누구도 연속극이나 보며 한가로이 시간을 보내게 내버려 두지는 않았다. 또다시 노크소리가 들리더니, 이쪽의 응답도 기다리지 않고 사람이 들어 닥치고 있었다. 바로 프랑스 대사관의 손지아가 앞장서서 다시 모습을 나타낸 것이다.

아니 아침나절에도 들렸던 사람이 무엇 때문에 또 모습을 보이는 것일까.

"어머, 어떻게?"

나는 의아해서 재빨리 물었다.

손지아가 대꾸도 하기 전에 그녀를 따라 성큼 들어선 허우대가 멀끔한 은발의 프랑스 노신사. 50대 후반은 되었을까. 얼굴의 선이 굵고 체구가 크다. '내가 바로 파리지앵의 카리스마'라고 큰소리 친 '블랙 스완'의 뱅상 카셀을 닮은 듯싶은 남성. 그 입가에 인자스런 웃음을 머금고 다가서고 있다. 기품 있는 귀부인이 동행하고 있었는데, 그녀는 바로 우아하기로 소문난 주한 프랑스대사였다. 그 이름이 브리지트 아탈리라고 했던가. 경호원들로 보이는 사내들이, 그리고 카메라를 들쳐 멘 기자들로 보이는 사내들도 우르르 따르고 있다.

"맙소사!"

나는 어느새 링거 줄을 줄줄이 매단 채 침대를 빠져나와 소리 죽인 비명을 질렀다.

"선실아, 왜 그래?"

엄마도 잰걸음으로 다가왔다.

"엄마, 프랑스 대통령이야!"

나는 확신에 차서 말했다. 물어 볼 필요도 없었고 확인 할 필요도 없었다. 그래도 손지아는 프랑스 대통령을 나한테 소개하는 영광을 누리려 했다.

"최선실 경위! 당신에게 프랑스 올리비에 마르시아 대통령을 소개합니다. 인사를 나누세요."

그래서 나는 한 발 앞으로 나섰다. 그가 대뜸 포옹하려 하려 하는 것 같아서 나는 일순 주춤했다. 그러자 그가 손을 내밀었다.

"중국으로 가는 길에 잠깐 들렀소."

대통령이 입을 떼었다. 그는 의당 프랑스 말로 했고 손지아가 지체 없이 동시통역을 했다.

"아, 네."

나는 바싹 긴장해서 그냥 엉거주춤하기만 했다.

"최선실 경위, 당신처럼 용감하고 희생적인 여인을 일찍 보지 못했소. 경의와 함께 감사를 하지 않고 여길 그냥 떠날 수는 없었소."

그저 그냥 의례적인 말일 테지만 누가 말하느냐에 따라 느낌이 다르다. 상대는 프랑스 대통령이다. 나는 감동한 나머지 얼어 있기만 했다. 이럴 때를 위해 평소 근사한 대사를 준비했어야 했다.

"그래서 하는 말인데, 최 경위에게 프랑스를 대표해서 훈장을 주고 싶은데, 받아주시겠소?"

"그럼요. 기꺼이. 별로 헌신한 일도 없는데, 크게 영광입니다."

나는 겨우 얼버무렸다. 대통령은 더는 지체 하지 않고 나의 환자복 가슴 위에 손지아가 건네어준 훈장을 달아주는 것이었다. 이 순간을 놓칠 세라 모든 카메라가 일제히 나를 향해 플랫시를 터트린 것은 물론이다. 홍 기자도 그 대열에 한몫 끼었다. 이 모든 광경을 바라보는 대통령의 입가에서 잔잔한 웃음이 떠나지 않았다.

"최 경위가 몹시 아름답다는 말을 들었는데, 하나도 틀리지 않은 말이구려. 거기에 슬기롭고 헌신적이기까지 하다니, 모든 것을 다 갖추었소."

"고맙습니다."

그냥 과찬인 줄 알지만 내 가슴은 뿌듯했다. 특히 프랑스 남자의 아름답다는 말이 내 마음에 들었다. 손지아가 우리말로 훈장의 성격에 대해 설명해 주었다.

"이건 프랑스 정부가 주는 최고 훈장이에요. '영광의 군단'이라는 뜻의 '레지옹 도뇌르' 훈장입니다. 그중에서도 '레지옹 도뇌르 코망되르'예요. 지휘관 훈장이라고도 해요."

영웅이 되는 순간! 바로 이 순간을 위해 사람은 목숨을 던지는 것일 게다. 가슴 뿌듯한순간이었다. 무엇보다도 누군가에 통렬한 복수를 하고 있다는 느낌이 강하게 다가왔다.

"지아 씨, 고마워요."

"무얼 나한테까지."

그나저나 매우 발 빠르고 센스가 넘치는 조치다. 부상당한 지 겨우 24시간이 지났는데, 그 사이에 파리에서 서울로 훈장을 공수한 것이다. 얼마나 기민하고 감각이 뛰어난가.

나는 이 경황 속에도 엄마를 대통령에게 소개하는 센스를 발휘했다.

"우리 어머니세요. 엄마, 인사해요."

나는 비로소 긴장을 풀며 애써 밝게 웃음 지어 보였다. 엄마가 엉거주춤 나서자 대통령도 다가섰다. 그리곤 한순간도 망설이지 않고 엄마의 손을 두 손으로 마주 잡는다.

"부인, 부인을 우리 엘리제궁으로 초대하고 싶소. 따님과 함께. 그 기쁨을 저에게 주실 수 있겠습니까?"

대통령이 대뜸 엄마에게 건넨 말이었다. 엄마로서는 전혀 기대하지 않은 말이었고 제스처였을 것이다.

"과분하신 말씀이십니다. 모든 게 부족한 딸인 데 영광스러울 따름입니다."

엄마는 예상 밖으로 침착했고 의연했다. 모든 사람 앞에 내세워도 그 미모에 있어서나 그 자태에 있어 하나 손색이 없으시다.

"따님의 아름다움이 어머니를 닮으셨습니다."

어머니에게는 최상의 찬사였을까, 엄마가 빙긋했다. 모든 카메라의 앵글이 일순간에 엄마에게 맞추어진 것은 물론이다. 엄마는 과연 눈앞의 상황을 즐기고 있을까?

엄마와 동년배인 듯싶은 대사도 다가와 나를 감싸 안았고, 엄마와 포옹하기도 했다.

그리고 잠시 후, 대통령 일행은 떠났다. 다만 한 사나이가 남아 방 가운데 우뚝 서 있었는데, 눈앞의 사나이는 인종이 달라보였다.

"나, 경호실장이오. 이름은 구스타브 클라비에."

그는 자기소개부터 했는데, 이를테면 그의 이름 석 자를 잘 기억해야 할 것이라는 귀족적인 오만스러움을 드러냈다. 40대 초반은 되었을까, 제법 매력적인 미남자라고 할 수 있다. 그런데 전형적인 냉혈한 타입의 사나이. 비록 그 마스크는 단정했으나, 조각의 상처럼 차갑고 메마르고 음습하다. 그 성깔도 녹록해 보이지 않는다. 운동으로 단련된 것이어서인지, 마른 몸매에, 체구는 강인해 보였다. 그런데 미스터리 무대에 매력적인 미남자가 등장하면 으레 그 사내가 손에 피를 묻힌 진범이다.

"앙리 크리스토프는 나의 절친한 친구요."

그는 제법 유창한 영어를 구사했다.

"우린 유고 내전 당시에 만났는데, 친 형제지간처럼 지내왔소."

난 다만 그래서요, 하는 표정을 짓기만 했다. 어떻게 장단을 맞추어야 할지 알 수 없는 화법으로 그가 다가서고 있는 것이다.

"난 앙리를 쏜 여자의 얼굴을 한시바삐 보고 싶은 게요. 내 말 알아들으시겠소?"

"아, 네, 최선을 다 하죠."

나는 처음으로 입을 떼었다. 그가 말 하고자 하는 진의를 비로소 깨달은 것이다.

"내 도움이 필요하면 언제든지 연락을 하시오. 베이징이거나, 도쿄이거나, 한 시간이면 달려 올 수가 있소."

"그러죠."

"아, 그리고 난 말이오, 한때 이곳 서울에 1년쯤 머문 적이 있소. 이 곳 대사관의 주재무관으로."

그는 그래서 서울의 인상이 좋았다든가 그런 말을 굳이 하지 않았다. 나도 물론 묻지도 않았다.

"어머, 그래요."

"그럼."

경호실장은 시종 웃지도 않았고, 병문안도 하지 않았으며, 무대 위의 연극배우처럼 자기가 할 대사만을 늘어놓곤 금세 휑하니 사라지는 것이었다.

구스타브 클라비에!

남다른 인상으로 각인 되는 사나이다. 매우 핸섬하고 매우 냉철하고, 그리고 매우 비정하리라는 인상을 주는 것이다.

프랑스 경호실장이 그렇게 떠나자, 잠시 알지 못할 고요가 병실을 지배했다. 모두가 흥분을 가라앉히고 숨을 고르고 있다.

"엄마도 들었지. 이거 프랑스 최고 훈장이래. 이게 웬일이야. 내가 엄마 가슴에 달아 줄까? 누구보다도 엄마가 누려야 할 영광 아냐."

나는 공연히 떠들썩하게 굴었다.

"정말 센스가 뛰어나고 멋진 사람들이네. 그 발 빠른 행동은 또 얼마나 본받을 만 해. 우린 꿈도 못 꾸지. 저 사람들 정말 일류에요, 일류."

나하고 장단을 맞춘 사람은 물론 서영이다. 그러나 우리들 말에 엄마가 발끈했다.

"이것아, 그 훈장, 나폴레옹이 만든 거라고. 그것 때문에 얼마나 많은 젊은이들이 전장에서 쓸쓸이 목숨을 잃었는지 알아? 그거 당장 쓰레기통에나 버려. 다시 총을 맞고 목숨을 잃지 않으려면. 그까짓 훈장, 깡통 조각으로 만들었을 뿐이고, 개나 소나 다 달고 다니는 것일 뿐이고."

엄마는 말하는 가운데 옥타브도 높였고 혈압도 높아갔다. 나는 아무 소리도 못했고 숨도 죽였다. 엄마가 바야흐로 폭발하려 하는 것이다.

"이 계집애야, 이걸 알아야 해. 너의 운세가 너를 두 번까지는 봐주었어. 세 번까지 봐 줄 줄 알아? 알겠어? 당장 내일이라도 경찰에 사표를 내. 그게 네가 살 길이야. 또다시 오지게 사고 치기 전에. 얼빠진 년, 정신 차려."

엄마는 참고 참았던 말을 쏟아내고 있었다. 예전 같으면 교회 다니는 사람이 웬 운세타령이냐고 타박했을 것이나 나는 찍소리도 못했다. 하도 엄마 기세가 등등해서다.

"넌 '천상천하 유아독존'이라는 말도 못 들어봤니! 그 심오한 뜻은 잘 모르겠지만, 대충 하늘 위와 하늘 아래에 오직 나 홀로 존귀하다는 말이 아니겠니. 너한테 시몬느가 뭐야? 훈장은 또 뭐냐고? 이것아, 목숨을 잃으면 이 세상을 다 잃어."

엄마는 여간해서 분을 삭이지 못한다. 지금 씨근덕거리기조차 한다.

"넌 지금 신 내린 무당처럼 홀로 춤을 추고 있어. 알아들어? 그래서 박수를 받고 있다고 생각하나 본데, 그건 착각이야. 이것아, 꿈 깨셔. 명성? 그건 내일이면 스러질 물거품에 신기루일 뿐이야. 내가 너한테 뭐랬어? 까불지 말랬지. 너한테 정말 실망이구나."

나는 여전히 꿀 먹은 벙어리인 양 말을 잃고 있을 뿐이다. 항변할 아무 건덕지도 없는 것이다. 나는 비로소 냉엄하고 가혹한 '진실의 문' 앞에 서 있다는 생각을 지울 수가 없었다.

"어째서 네 팔자가 이 모양이니? 아무래도 네가 내 대신에 벌을 받는가 보구나."

엄마는 이젠 오직 장탄식할 뿐이다. 나는 늘 엄마가 나 때문에 평생을 힘들게 살고 계시다고 생각하는데, 엄마는 내가 엄마 때문에 형극의 길을 걷는다고 보고 있다. 나는 일순 눈시울이 뜨거워지는 것을 느꼈다.

"엄마, 그건 본능이었어. 아무 계산도 없는 본능적인 행동. 단지 운이 나빴지. 하지만 미안해. 내일이라도 엄마가 시키는 대로

당장 사표를 낼게. 교회도 열심히 다닐 거고. 그러니 이젠 걱정을
안 해도 돼."

　나의 말이 채끝나기도 전에 서영이, 김서영 경장이 정색을 하
며 대뜸 내가 사표를 내려는 것에 반기를 드는 것이었다.

　"언니, 그건 안 되지. 추던 춤이야 마저 추어야 하는 거 아냐?"

10

일요일도 어느덧 저물어 나는 다시금 깊은 잠에 빠졌고, 눈을 뜨자 4월 8일, 월요일 새벽이 찾아왔다. 나의 처지와는 아랑곳없이 윤회의 수레바퀴는 여전히 회전하고 있는 것이다. 서영은 일찌감치 출근한 듯했고 엄마는 새벽 산책을 나간 것 같았다. 나는 병원 침대에 누워 있으려니 나 홀로 버려진 것 같아 슬며시 적막감이 밀려 왔다.

서영이 챙겨 놓은 것일까, 머리맡에 조간신문이 쌓여 있었다. 나는 그 중에서 홍 기자가 다니는 회사 신문을 집어 들었다.

"세상에!"

나는 나도 모르게 탄성부터 질렀다. 내가 프랑스 대통령한테서 훈장을 받는 장면이 실려 있는 것이다. 비록 우측 상단에 그다지 크지는 않았으나 1면에 실려 있다. 신문은 나를 나라를 빛낸 여성이라며 추겨 세웠고, 백지영을 신랄하게 헐뜯었다. 그녀의 아버지가 서울청장이라고 하는 것도 구태여 밝혔고, 그녀가 그 시각에 레스토랑에서 안심 스테이크를 썰고 있었다고 했다. 홍 기자가 너무 했지 싶었으나 고소했다. 그리고 신문은 프랑스에서 온 대통령 일행은 어른스럽게 병문안도 하고 훈장도 주는데, 우리네 어르신네들은 자기 딸이 다친 것이 아니어서인지 서장만을 빼곤 코빼기도 볼 수 없는 무신경함을 보였다고 꼬집었다. 내가 생각하기에도 그건 서운한 일이었다.

앙리 크리스토프의 아내 이자벨 오떼유가 남편의 시신 옆에서 슬픔을 감내하며 조용히 오열하는 눈물겨운 장면도 실려 있었는데, 가슴 저린 광경이었다. 신문은 앙리가 두 여인의 목숨을 살렸다며 그 용기를 극찬했고, 내일 모레면 프랑스의 국립묘지라 할 파리 5구에 있는 위인의 반열에 있는 사람들이나 모시는 팡테옹 납골당에 안장할 거라고 했다. 나는 더는 신문을 볼 수가 없어 저만치 밀쳐놓았다.

엄마가 산책에서 돌아와서 두 모녀는 아침식사를 함께 나누었다. 나는 마침내 신문에도 실렸다는 말을 하고 싶었으나 참았다. 무슨 핀잔이 돌아올지 알 수 없는 것이다.

아침 10시에 서 경사의 전화가 걸려 왔다.

"좋은 소식을 전하리다."

그는 안부도 묻지 않고 다짜고짜로 말했다.

"무슨?"

"하영구 경감이, 아니 이젠 하영구 경정이라고 해야겠네, 오늘 아침, 우리 직속 과장으로 부임했구먼. 종로경찰서 형사과장으로."

서 경사가 전해주는 소식에 나는 불길한 뉴스를 접했을 때만큼이나 가슴이 철렁했다. 그런데 좋은 소식이라니.

"아니, 어떻게 그 심술궂은 영감이 하필이면 종로경찰서에."

"그 양반 그래도 수사엔 남이 다 알아주는 베테랑이오 큰 사건이 터지고 보니, 경험이 풍부한 하 경정이 특별히 뽑혀 온 거지. 허구, 그 사람 원래 종로경찰서 출신이니 금의환향한 셈이지."

"백지영이 기뻐하겠네."

내가 보인 두 번째 반응이라면 반응이었다.

"왜요?"

"그 사람이 늘 그 여자 편에 섰다고요. 날 욱 지르기나 하고. 모르셨어요."

"이젠 그렇지 않다니깐. 찾아가니 손수 커피도 끓여 주었다면서 그러네."

"이걸 어쩌지?"

"어쩌긴? 아양이라도 떨라니까."

"아이고, 또 그 소리."

"그 양반 그래도 누가 실력이 있는지 다 알아요. 챙길 땐 챙긴다고. 그리고 내일 모레면 시집 갈 딸도 키우고 있는 처진데."

"알았어요."

나는 맥없이 대꾸했다. 체념할 수밖에 없는 노릇이었다.

"지레 걱정하지 말고, 좋은 소식일 수도 있으니까."

"알았다니까요."

서 경사와의 통화가 끝나자, 생각하지도 않은 사람이 병실을 노크했다. 뜻밖에도 엊그제 나를 돕기 위해 경호 현장에도 그 알량한 모습을 불쑥 드러냈었다. 강력계 팀장들 가운데 아무도 찾아오지 않았는데, 팀장 중에서는 유일한 방문객이라면 방문객이다. 오늘 그가 첫 손님인데다가 손엔 꽃다발마저 들고 있다. 늘 밉상이기만 하던 사내. 바로 맹달수 경위였다. 예전엔 하영구 경정의 한낱 졸개로 일 하면서 나를 업신여기던 사내. 그러면서 백지영 경감을 그렇게 숭배할 수가 없었던 사내. 그런데 엊그제와 오늘은 나를 감동시키고 있다. 시경 강력계의 하영구, 맹달수 콤비가 바야흐로 종로서에 입성한 것이다.

"어머, 이렇게 아침 일찍……."

내가 겨우 입에 올린 환영사였다.

"어떻게 나를 매정하게 따돌릴 수가 있지요? 서운했습니다."

맹 경위는 불만부터 털어 놓았다. 백합여자대학에서 상황이 끝났다며 일찍 철수시킨 것에 대한 불만이리라.

"몸은 어떠세요? 생각보다 좋아 보이는데."

병문안 오는 사람마다 던지는 말이다.

"괜찮아요. 많이 좋아졌어요."

나도 같은 대사를 되풀이해야 했다.

"잘 알죠. 범인은 늘 현장에 어떤 형태로든지 흔적을 남긴다는 사실을요."

그는 금세 우리들의 오늘의 주제에 파고들려 했다.

"그래서 어제 하루 현장을 두루 살펴보았어요. 저격이 있었던 주차타워를요. 그게 5층 빌딩이에요, 생각보다 CCTV가 그리 많이 설치되어 있지 않더라고요. 그래도 혹시나 번호판이라도 찍혔을까 해서 두루 체크하고 있어요. 저격범이 과연 차를 몰고 왔을까, 하는 건데, 그 가능성이 크다고 봐요. 총을 그냥 둘러메고 올 수도 없고, 차에 숨겨 왔으리라 짐작하는 거지요."

맹 경위는 차분하게 그리고 자상하게 설명을 이어갔다. 이 친구, 맹랑하기로 이름나고, 덜렁대기로 알려졌는데, 오늘은 그렇지가 않다. 인물도 보아하니 멀끔하고 잘 생겼다. 거기에 지적인 이미지마저 지녔는데, 다만 그걸 코에 걸고 다니는 게 문제라면 문제지만, 싹수가 전혀 없지는 않다.

"주차 빌딩이 좀 붐비는 편이어서 잘하면 목격자를 찾을 수도 있을 것 같아요."

"네에."

"지금까지의 이야기는 그냥 초보적인 이야기이지요. 하지만 색다른 걸 찾았어요."

"뭔데요?"

나는 애써 호기심을 얼굴에 드러내 보였다.

"주차장에 들어가면 출입 방향을 표시하는 흰색 화살표 표지가 있잖아요. 그걸 새로 바닥에 칠했더라고요. 보다 선명하게. 그게 토요일 점심께 라네요. 저격이 있었던 바로 그 시간대 직전이지요. 저격 장소인 5층에도요. 무슨 말을 하려는지 알죠?"

"네, 어쩌면……."

"그 시각에 출입한 차량의 타이어에 페인트가 묻을 수가 있었다는 얘기지요. 그러니 우린 그런 차들부터 찾아야 해요."

"그 차들의 임자 중에 한 사람이 바로 저격범이고요?"

"암요."

맹 경위는 두 말하면 잔소리라는 그런 낯빛을 지어 보였다. 그는 아무래도 어떤 단서를 찾았거나, 성과를 얻었기에 나를 찾은 것 같았다. 나름대로 관찰력에 분별력을 지닌 것이다. 그런데도 빛을 보지 못하는 것은 그보다 뛰어난, 말하자면 그를 능가하는 인물이 늘 눈앞에 어정거리고 있었기 때문일 것이다. 거창하게 표현하자면, 주유 앞의 제갈공명 같은.

주유가 한탄했다던가. '왜 하늘은 이 주유를 낳고 공명을 낳으셨습니까?' 하고.

"그래서 페인트의 종류와 제품회사를 지금 알아보고 있어요."

맹 경위가 말을 이었다.

"그래야겠지요. 중요한 단서가 될 테니까."

나는 장단을 맞추었다.

"주차타워마다 출입구에 주차권 발권기가 설치되어 있는 것도 알죠? 사람이 지키는 데도 있고, 없는 데도 있고요. 그런데 그 주차 빌딩은 무인 발권기만 있더라고요."

맹 경위가 이번엔 무엇을 말하려는 지도 짐작이 갔다. 저격이 있었던 시간대의 주차권만 회수할 수가 있다면, 출입한 인물의 지문을 채취할 수가 있고, 출입시간을 정확하게 알 수가 있다. 범인의 정체에 바싹 다가갈 수가 있는 것이다. 그러니 범인이 슬기롭다면 범행현장에 차를 끌고 가서는 안 되는 것이다. 오늘 날, 문명의 기기 앞에서 내 모습을 감추기란 어려운, 아니 프라이버시라곤 없는 세상이 된 것이다.

"우린 그 시간대의 주차권을 회수해 달라고 부탁했고, 곧 그걸 국과수에 보내 감식할 겁니다. 성과를 기대해도 좋을 걸요."

맹 경위의 자부심에 찬 말이었다.

"그럴 테지요."

나는 선선히 수긍했다. 그리곤 형식적인 질문을 하나 던졌다. 그게 열심히 이야기하는 사람에 대한 도리인 듯싶은 것이다.

"혹시 수거한 탄피에선 무얼 발견한 건 없었나요? 예컨데……."

"예컨데?"

"지문 같은 거요. 장전할 때 범인이 탄피에 자신의 지문을 남기거나, 엉뚱하게 조작된 지문을 남기거나 하죠. 현장에 탄피를 남겨 놓는 게 늘 마음에 걸리더라고요. 그걸 줍지 않는 게. 그럴 경황이 없을 수도 있을 테지만."

"좋은 착상인데요, 그런 흔적은 없었나 봐요."

"아, 네, 깨끗했군요."

나는 맞장구를 치면서도, 맹 경위의 열성과 치밀함에 새삼 감탄하는 심정이었다. 어쩌면 CSI 마이아미 시리즈의 '루테낭 호라시오'를 닮아 보였는데, 그의 트레이드마크라 할 선글라스를 끼면 더 어울릴 것 같다.

우리의 대화는 어느새 막바지를 향해 가고 있었다.

"내가 이 사건에서 좀 헷갈리는 게 하나 있거든요."

나는 자리를 뜰 채비를 하는 맹 경위에게 마지막으로 마음속에 품었던 의혹에 대해 조언을 구하려 했다.

"무엇 때문에 사미라 살라메는 칼라시니코프 소총을 사용했느냐, 하는 점이에요. 비록 그 총이 그들의 애용물이라고 해도 말예요. 맹 팀장도 알다시피 그건 돌격용 소총이지, 저격엔 결코 적합한 총은 아니거든요."

"사미라 살라메가 말예요, 자기가 초대받은 손님은 아니지만, 서울에 방문한 것을 알리기 위해서가 아닐까요? 일종의 경고죠."

맹 경위의 한순간도 망설임 없는 대꾸가 금세 되돌아왔다.

"우리더러 그렇게 알라고, 누군가가 그렇게 위장한 건 아닐까요?"

"한 차원 높으시군. 역시 날카로우셔."

맹달수 경위가 돌아가자 이내 나의 주치의가 병실에 들어섰다 그런데 오늘 아침엔 나이가 지긋해 보이는 두 명의 의사와 함께였다. 한 분은 병원장이고, 또 한 분은 나의 수술에 입회한 고명한 외과과장이라고 한다. 병원장은 말없이 나의 어깨를 토닥거리더니 머리마저 쓰다듬는다. 마치 자기 딸에게나 하듯 했다.
"어디 상처 한 번 볼까?"
외과과장은 내 상처를 손수 챙겨 보려 했다.
"흐음, 괜찮아 보이는 걸"
그 말에 나는 용기를 얻고 과장에게 말했다.
"내일이라도 퇴원하면 안 될까요? 열심히 통원 치료도 받을 게요. 정신과 치료도 받고요."
"으음, 괜찮겠지."
외과과장은 주치의의 눈치를 슬쩍 살피더니 선선히 동의했고, 주치의는 일순 눈살을 찌푸렸으나 마다하지는 못했다. 의료진이 물러나려 하자 엄마가 배웅했고 몇 번이나 고개 숙여 감사의 뜻을 표했다. 오늘은 별로 찾아오는 사람도 없어 나는 하루 종일 빈둥거릴 수가 있을 것 같아 좋았다. 방정맞은 소리지만, 가끔 병원에 입원해 있는 것도 나쁘지 않지 싶었다.

나는 오후 두 시께에 휴대폰 아닌 구내전화로 뜻하지 않은 남자로부터 한 통의 전화를 받았다. 꿈에도 생각하지 못한 인물이었다. 바로 팔레스타인 테러리스트 그룹의 악명 높은 전사의 한 사람이다.

"나, 아메드 아야시오. 루테낭 최! 나를 기억하지 못한다곤 말을 못할게요."

그 독특한 억양의 영어 발음, 그리고 언제나 즐겨 사용하는 못 말리는 대사.

"내가 어떻게 당신을 기억하지 못하겠어요. 베이루트의 도살자를."

나는 일순 바싹 긴장했다.

"오래간만이오, 친구!"

아메드 아야시가 그의 대사를 이었다.

"정말 오래간만이네. 하지만 하나도 반갑지 않은 친구네."

나도 금세 장단을 맞추었다.

아메드 아야시!

그는 베이루트의 도살자라는 닉네임에 어울리게 젊었을 적에 이미 270명이라는 많은 희생자를 낸 스코틀랜드 로커비 상공에서의 팬암기 폭파사건에도 한몫을 한 인물이다. 폭약 전문가이기도 한 그는 그 전후에도 서베를린 미군 나이트클럽 폭탄 테러 사건을 비롯해서 여러 테러사건에 참여했는데, 주로 수치스럽고 잔혹하고 비겁한 테러사건에 관여해 왔었다. 그러니 결코 조우하고 싶지 않은 테러리스트인 것이다.

내가 그를 안 것은 지난해 서울에서다. 그 당시 그는 국제적인 무기거래상, 오마르 하산의 경호원의 한 사람이었다. 그런데 이스라엘 모사드가 서울에서 감쪽같이 오마르를 암살하는 사건에 내가 관여하게 되어 경호원인 그를 알게 되었는데, 처음엔 나를 몹시 미워했으나 내가 모사드가 잠입시킨 암살범을 잡아주고, 거금의 현상금도 고스란히 팔레스타인 난민들을 위해 쓰라고 주었더니 나의 갸륵한 정성에 감동한 나머지 호감을 보이기 시작했었다. 심지어 나한테 훈장을 주어야 한다며 앞장서서 서둔 인물이다. 그러니 친구라고 호칭하는 것이다.

"이봐요, 당신이 나를 쏘았나요?"

나는 가장 궁금한 것부터 물었다.

"내가 미쳤나? 친구를 쏘게."

그는 한 마디로 부인했다.

"그 상황에서 나를 어떻게 알아볼 수 있겠어요?"

"우린 친구를 쏘진 않아요."

그가 고장 난 전축처럼 마냥 되풀이할 것 같아서 나는 화제를 돌렸다.

"당신 지금 소속은?"

"국제 이슬람 해방 전선!"

그는 시원하게 내뱉는 것이었다.

"이번에 5개국 동시다발 테러를 계획한……."

"그렇소."

한순간도 망설이지 않고 되돌아온 아메드 아야시의 대꾸.

"당신, 어느 도시를 공격했어요?"

"일본의 도쿄."

"용케 살아남았네."

"이거 미안하군. 살아남아서."

아메드 아야시, 사뭇 냉소적이다.

"당신, 서울엔 몇 사람이나 데리고 왔어요?"

나는 질문의 화살을 바꾸었다.

"질문이 많군."

"우린 알고 보면 친구가 아녜요?"

"그건 말할 수가 없군. 당신이 비록 나의 친구라고 해도."

"당신들의 사령관, 사미라 살라메는요? 지금 어디 있지요?"

나는 한 발짝 더 밀고 나아갔다.

"나, 참, 어처구니가 없군. 내가 돌기라도 했나? 우리 코맨더의 은신처를 고자질 하게."

아메드 아야시는 나의 기대를 결코 충족시키려 하지 않았다. 물론 나도 크게 기대는 하지 않았다. 그러나 그는 한 마디 덧붙이는 것이었다.

"하지만 조만간 만나게 될 거요. 우리의 사령관도 그걸 기대하고 있으니까."

"그것 참, 영광이네."

"아암. 근데 몸은 어떻소?"

"나, 원, 일찌감치도 묻네. 괜찮아요. 아메드 아야시, 당신한테 한 가지만 더 묻고 싶은 게 있어요. 쉬운 질문이에요."

"뭐요?"

"당신들의 진정한 표적은 시몬느에요? 아니면……."

나는 아메드와 통화하게 된 것을 하나의 호기로 생각했고, 그래서 가장 핵심적인 질문을 던졌다.

"시몬느요. 지금은 그 여자가 밉거든. 우린 그 여자를 지구 끝까지 쫓을 거요. 원수를 갚아야 하니까."

아메드의 거침없는 대꾸였다.

"저런."

이제 한 가지 해답은 나왔다. 샤를 드골공항에서의 학살극에 대한 보답이 이들의 당면한 소원인 것이다. 그래서 시몬느를 서울까지 쫓아온 것일 게다.

"이봐요 친구! 팔레스타인 전사로서 내가 당신한테 한 가지 정중히 부탁할 게 있어요."

"뭔데요?"

"우리가 결코 원수로 만나지 않길 바라오. 당신을 쏘면 내 가슴이 아플 테니까."

"그 말 유념할게요."

"근데 언제쯤이면 퇴원할 것 같소?"

"오늘 저녁이나 내일 아침에요."

"그럼 내일 정식으로 인사하리다. 오늘은 안부나 묻고."

아메드 아야시가 나와의 통화를 마무리하려 했다.

"잠깐만요."

나는 알지 못할 예감이 머릴 스쳐 그와의 통화를 이으려 했다.

"왜요? 오늘은 더 할 얘기가 없을 것 같은데."

"직업적인 흥미로 물어보는데, 당신 지금 어디에 있죠?"

나는 다급하게 물었다.

"서울대병원에!"

그는 별로 망설임을 보이지 않고 대꾸했다.

"아니, 서울대병원이라고요? 왜요?"

"잘 들어요. 여길 폭파하려면 C—4폭약이 몇 파운드면 되나 하고 측정하고 있어요. 그리고 몇 사람이나 저 세상으로 보낼 수 있나 하고. 깔끔하게 처리하려면 체코 산 폭발물 셈텍스 3파운드면 될 것 같기도 하군. 뭐라고 해야 할까. 사전 답사라고 해야겠지."

"맙소사!"

“…….”

“이것 봐요. 아메드 아야시!”

“…….”

내가 그 이름을 불러 보았으나 무정한 사내는 이미 전화를 끊은 상태였다.

나는 한시도 지체하지 않고 휴대폰을 집어 들고 서 경사에게 아메드 아야시한테서 걸려온 전화의 자초지종을 알렸다

“그들이 서울대병원을 폭파한대요? 설마.”

“모르겠어요. 암튼 윗분들에게 보고는 해야 하지 않겠어요.”

“그러죠.”

나는 금세 전화를 끊었다. 내가 할 일은 다했다고 본 것이다.

내가 다시 전화를 건 상대는 지금 국정원에서 바삐 돌아갈 박찬우 소령이다. 그의 목소리도 듣고 싶었으나 진작부터 나를 일깨우는 무언가가 있어서다.

“무슨 일이 있소?”

나한테서 전화가 걸려온 것을 아는 박찬우가 대뜸 물었다. 보고 싶어서 전화했다고는 차마 입을 떼지 못했다.

“한 가지 미심쩍은 것이 있어 전화 했는데요. 한 번 알아봐 줄래요?”

“그럴게요.”

그래서 나는 내가 꾸준히 지녀 온 의혹에 대해 박찬우에게 설명했다.

“말하자면요, 프랑스 대통령 일행 중에서 저격이 있었던 그 시각에 청와대를 떠나 있었던 사람에, 플라자 호텔 오찬에도 참여

하지 않는 사람을 알아보려는 거예요."

"흐음, 좀 시간이 걸리겠는걸."

"괜찮아요. 급한 일도 아닌데. 아, 그리고 또 한 가지."

"뭐요?"

"프랑스 대테러부대 저격수라고 할 수 있는데, 잔느 지루라고. 그 여자도 이번에 함께 왔는지."

"알았소. 그럼."

박찬우는 금세 전화를 끊었다. 좀 닭살이 돋더라도 사랑한다는 말은 못해도 보고 싶다는 말 정도는 해야 하는 거 아닐까. 그래도 사랑하는 사람이 병석에 누워있는데 좀 너무하지 싶다. 사내들이란 무뚝뚝하긴.

박찬우한테서 채 10분도 안 돼서 전화가 걸려왔다.

"프랑스 대통령 경호실장. 구스타브 클라비에!"

박찬우가 던진 말이라고 할까, 들려준 이름이라고 할까, 전혀 뜻밖이었다.

"어머, 그 사람 그 시간에 무얼 했대요? 대통령도 수행하지 않고."

"그건 모르겠소."

"네에."

"그리고 잔느 지루라는 여자는 수행원 명단에 없어요. 따로 입국했는지 몰라도. 그건 출입국관리국에 한 번 알아보겠소."

"그래 주시던가."

"나중에 시간 나는 대로 들리리다."

"그래요. 서둘지 말고요."

나는 전화를 끊으며, 사랑하는 사람과의 통화가 이렇게 뿌듯하리라곤 예전엔 미처 알지 못했던 일이었다. 나는 한동안 슬며시 밀려드는 충일감을 주체하지 못했다. 그나저나 나는 병석에 누워서 사건에 엉킨 실타래를 하나하나 풀고 있다고 할 수가 있었는데, 뜻밖의 윤곽이 서서히 드러나고 있다. 그러니 지금의 나는 네로 울프처럼 안락의자 형 탐정이라고 할 수 있다.

저녁때가 가까워지자, 김서영 경장이 떠들썩하게 병실에 모습을 드러냈다.

"치프! 나, 있잖아요, 오늘 날짜로 강력 1팀에 발령을 받았어. 어제까지는 서장을 모셨지만 오늘 부터는 최선실 경위를 따르게 되었다고요. 아시겠어요? 입에 발린 말이 아니라 오늘의 영웅을요."

서영은 신바람이 나서 말했다. 뜻밖의 소식엔 익숙해져 있었지만 이 뉴스도 뜻밖이다. 서영이도 화제를 몰고 다니는 여자라고 할 수가 있을 것이다.

"어머, 그래?"

나한테선 저절로 탄성이 흘러 나왔다.

"이제부터 남자들이 못한 걸 내가 할 거라고요. 밤낮 죽이나 쑤고 무얼 하는지 모르겠더라."

장차 사내들이 서영으로 인해서 꽤나 시달릴 것 같아 은근히 걱정스런 마음이 드는 것도 속일 수 없는 심정이었다. 그토록 서영은 똑똑하고 씩씩하다.

"우리 서장님은 내가 없으면 아무것도 못하셔. 훈장을 신청했나, 수사엔 한 발짝이라도 진전이 있나. 폼만 잡고는……."

서영의 서장에 대한 비평도 직설적이고 날카롭다. 그나저나 두 사람의 관계가 아리송하다. 제멋대로인 걸로 봐서는 부녀지간처럼 보이는가 하면 그렇지 않은 것 같기도 하다. 딸이면 말단 경찰을 시키겠는가. 경찰대학에 보내던가 아니면 유학이라도 보낼 테지. 백지영처럼.

"서영아. 나, 내일 아침엔 퇴원할 거야."

"그거 잘됐다. 모두들 목 빠지게 기다리고 있어요."

"얘는, 설마."

"설마가 아니에요. 어디 하나 잘 풀려야지. 언니가 나서야 한다고요."

"그래? 그럼 나서야지."

"언니."

서영이 사석에서 언니라고 호칭하는 거야 뭐 나무랄 건 없지만, 공사를 잘 구분할지가 걱정이었다.

"언니, 우리 집은 효자동이거든. 그러니 아침저녁으로 출퇴근 길에 들릴 테니까, 같이 움직여요. 언니와 같이 활약하는 거, 그 생각 늘 굴뚝같았어요."

"그래, 고맙다."

엄마는 언제나처럼 우리들이 나누는 말을 엿듣기만 한다. 하지만 지금쯤 엄마는 모든 상황으로 보아 내가 사표를 낼 생각이 손톱만큼도 없음을 깨닫고 있을 것이었다. 24시간도 채 지나지 않은 딸의 약속 파기. 딸은 엄마의 간절한 권고를 무시하고 앳된 서영의 의견에 올인하려 하고 있는 것이다.

누가 뭐래도 많은 관객이 나를 목 빠지게 기다리고 있는데 춤추는 것을 멈추고 무대에서 퇴장할 수는 없다. 세기의 무용수 이사도라 덩컨이나, 바슬라프 니진스키처럼 그 명성이 나의 집을 노크하지 않아도 말이다.

해질녘이 되어 마지막으로 나의 병실을 노크한 사람은 뜻밖에도 크리스틴 카라였다. 백지영과 함께 UC버클리에서 공부했었다는 CNN의 서울 특파원. 꽃은 물론이거니와 그 흔한 드링크제 하나 들지 않고 맨손으로 병실에 들어서고 있었다. 그녀에 대해서 내가 아는 것은 일종의 선입관념일 수도 있지만, 그녀가 나한테 비우호적이라는 것, 그리고 나를 업신여기고 있다는 것 따위다. 백지영 결혼식장에서 드러낸 첫인상이 그렇게 까칠할 수가 없었다.

"어머, 어떻게? 귀하신 분께서 나를 다 찾아오시다니."

나는 몸을 곧추세우며 의미 없는 환영사를 시부렁거렸다. 도무지 반갑지 않은 방문객이다. 지금으로선 비호감 1순위라고 할 수도 있다.

"나를 기억해요?"

도도하고 까탈스러워 보였지만 남다른 미모를 지닌 CNN기자의 첫 마디였다. 유창한 본토발음. 그녀는 기대 밖이라는 모습이었다.

"암요. 크리스틴 카라! 당신의 첫 인상은 남달랐으니까."

가슴에 비수를 품었을 샤론 스톤을 닮았다곤 말하지 않았다.

"좀 어때요?"

그녀는 침대머리로 다가서며 물었다. 그녀의 말엔 아무 감정도 실려 있지 않다. 서영이 잽싸게 의자를 권했으나 그녀는 손을 살짝 들어 보이며 사양했다. 아마도 살아 숨 쉬는 걸 확인하고는 금세 돌아갈 듯이 보였다. 베이지색 DONNA KARAN NEW YORK 소프트 레더 백을 어깨에 둘러메고 팔짱을 낀 채 내려다

보듯 하고 있다.

"흐음, 좋아 보이네."

그녀는 어쩐지 눈앞의 상황이 실망스러운 듯했다. 겉으로야 나의 지금은 초롱초롱한 눈망울에, 정갈한 마스크일 것이었다. 나는 그런 그녀에게 기대를 배반해서 죄송하다고 쏘아붙이고 싶었으나 참았다.

"나, 최 경위에게 부탁 하나 있어 왔어요."

그러니 병문안하러 온 것도 아니고 뭐, 인터뷰나 하러 온 게 아니다. 그런데 부탁하러 온 사람치고 빈손인데다가 매우 사무적이다. 아니, 고답적이기까지 했다.

그나저나 CNN기자가 나한테 부탁할 게 뭐가 있담. 뭐, 하나 머리에 떠오르는 게 없다.

"부탁? 기꺼이 들어주죠. 그쪽은 알고 보면 백지영의 친구니까."

나는 자칫 냉소적으로 흐르는 나를 애써 다독이며 말했다.

"내 친구이자 동료기자가 지금 탈레반 조직에 억류되어 있거든. 이름은 아이린 아이비! CNN의 아프가니스탄 특파원. 아프간 동부 코스트주 CIA비밀기지에서 납치되었다고. 그렇다고 CIA비밀요원은 아니고. 그 친구 석방을 위해 최 경위의 힘을 빌리고 싶네."

너무나도 황당한 이야기. 번지를 잘못 찾아와도 한참 잘못 찾아왔다. 종로 청진동 뒷골목에나 어정대는 여형사와 아프간의 탈레반이라니! 이 여자가 점심에 뭐 잘못 먹었나.

"그 무슨……."

나는 하도 어이가 없어 말도 제대로 잇지를 못했다. 눈앞에 잠시 헷가닥한 여자가 서 있는 것이다.

"내가 무슨 힘이 있다고, 무슨 연줄이 있다고? 당신 지금 말짱해요?"

"말짱하니 찾아왔지."

"기가 막혀."

나는 한숨마저 토하곤 말문을 닫았다.

우리 사이에 잠시 침묵이 흘렀다. 서영이도 어안이 벙벙한 모습으로 입을 닫고 있다. 엄마는 멀찌감치 앉아서 무슨 영문인가 하는 낯빛으로 우릴 바라보고 있다.

이윽고 침묵을 허문 사람은 크리스틴이었다

"이봐요, 루테낭 최!"

크리스틴이 일순 빙긋했다.

"내가 일찍이 당신을 잘 안다고 말한 적이 있는데, 기억해요?"

"아, 기억해요. 처음 만났을 때. 까칠한 말투로."

나는 순순히 대꾸했다.

"당신이 시골 구석에서, 그게 정선이던가. 구례던가, 서울로 올라왔을 즈음해서 나도 뉴욕에서 건너왔었지. 그래서 시시콜콜 당신의 활동상을 알게 되었고, 명성도 알게 되었다고 할 수 있을걸. 한국 매스컴이 요란 떨더군. 근데 당신은 당신 자신을 잘 모르는 것 같아."

크리스틴의 말이 칭찬인지 비아냥거림인지 알 수가 없다. 그러나 진실에 다가서고는 있다.

"그런 당신은 웬 큰 소리죠? 당신 자신을 얼마나 잘 알기에… 얼마나 밥맛이 없는데."

"나도 잘 알아. 오늘은 그냥 넘어가자고."

"그러지, 뭐."

"내가 하고 싶은 말은, 최 경위, 그쪽엔 놀랍게도 이슬람 친구들이 많다는 얘기예요. 이슬람 해방 전선을 비롯해서 하마스에다가… 내 말 틀리나?"

"이슬람 친구들이 많다고? 근데 엊그제 그들의 총을 맞아요?"

"어디에! 표적이야 시몬느였지, 최선실이었나."

"하긴. 그렇네."

"그들이 오늘 접촉을 시도한 걸로 아는데……."

"어쩌면……."

"우린 다각적으로 연줄을 찾아야 하거든. 최선실, 아무래도 당신이 든든한 연줄이 될 것 같은 예감이 드는 거 있지. 언젠가는 큰 도움이 될 거라는. 그날이 언제일지는 아직 알 수 없지만……."

"나를 업신여기는 줄로만 알았는데, 오늘은 엄청 과대 포장하네."

"자만하지 말아요. 당신을 평가하는 게 아니라 당신이 우연히 잡은 연결 고리를 평가하는 게지."

"어디 덧나나? 좋게 말하면… 같은 값에……."

그나저나 나한테 과연 연줄이 있기나 한 걸까?

조금 전에 아메드 아야시한테서 친구라며 병문안 전화가 걸려 오기도 했다. 이슬람 해방전선의 전사한테서다. 그것도 인연이 닿는 하나의 연결 고리일 수도 있을 것이다. 하지만 보잘 것 없는 가느다란 실오라기 같은 연결 고리다. 이 여자 친구 석방에 별 도움이 될 것 같지가 않다.

"자, 그럼 다음에 봐요."

크리스틴은 생각보다 일찍 자리를 뜨려 했다. 그녀는 백에서 흰 봉투를 하나 끄집어내더니 내미는 것이었다.

"병원비에 보태 쓰도록 해요. 한국 사람들이 병문안할 때 흔히 이렇게 하더군. 꽃은 안 된다고 하고. 4월의 아름다운 꽃을 한 아름 안고 왔는데… 그럼."

나는 얼떨결에 봉투를 받아 쥐었고. 그 사이 크리스틴에게 지녔던 비호감이 슬며시 사라지는 걸 느꼈다. 공연히 집적거린다는 느낌도. 근데 이 봉투는 아무래도 일종의 공작원 포섭비의 성격이 짙다.

혹시 이 여자 미 CIA의 앞잡이는 아닐까?

크리스틴은 더는 긴 말을 늘어놓지 않고 몸을 돌려 퇴장하려 했다. 그녀는 몇 걸음 옮기려다 말고 돌아서더니, 가히 충동적으로 말하는 것이었다.

"최선실, 다시는 죽으려 하지 마. 내가 보기엔 당신은 벌써 두 번씩이나 죽으려 시도했었다고."

어쩐지 이 여자는 예측할 수 없는 어법으로 다가서려 하고 있다. 그것도 일방통행 방식이다.

"충고하는데 이번 기회에 정신과 치료를 받는 게 좋을 거야. 여기 주치의도 권고한 걸로 알거든. 왠지 알아?"

"왜지?"

나는 우물거리며 겨우 입을 떼었다.

"당신의 정신이 지금 갈기갈기 찢겨 있다고. 내 진단이 대충 맞아떨어질 걸."

"그 무슨……."

"내 말을 잘 들어봐. 지난 주말, 당신은 경부고속도로를 가히 자살적인 스피드로 질주하더군. 스물넷에 죽은 제임스 딘처럼. 그는 포르쉐를 몰았지만 그쪽은 고물 코란도를 몰았지. 죽기로 작정하기 전에야. 나도 그날 백지영의 결혼식이 끝나자, 소망교회를 떠나 우연히 고속도로를 달리고 있었다고.”

“설사 그렇다고 해서…….”

“최선실, 당신은 엊그제 시몬느를 살리려는 일념으로 몸을 날린 걸로 모두가 알지. ‘시크릿 서비스’ 요원도 아닌데, 용감하게, 그리고 헌신적으로.”

“아니던가?”

“아니지.”

“아니라면?”

“그 짧은 순간 당신의 머릴 스친 생각은 오직 하나. 지금이야 말로 나의 인생의 클라이맥스를 장식할 절호의 찬스라고. 죽음으로. 아닌가?”

“드라마틱하네.”

“아암, 드라마틱하지. 비극적이고, 아름답고. 오랜 세월 사람들의 심금을 울리겠지. 나도 생생한 그 현장에 있었다고.”

“근데, 왜지? 왜 내가 스스로 목숨을 끊어야 하느냐고?

“서른 잔치는 끝나고, 내 인생은 여기까지다! 슬기롭게도 판단한 게지.”

“어쩜.”

“전혜린도 서른한 살에 스스로 목숨을 끊었었다고. 당대의 새로운 여성상으로 부각되었던. 알죠? 불꽃처럼 살아온 천재 전혜린을.

“당연히 알죠. 전혜린은.”

"위안이 될지 모르겠지만, 무릇 위대한 천재들이 그랬었다고. 어니스트 헤밍웨이는 아이다호에서 엽총으로 자살했었고. 버지니아 울프는 돌멩이를 코드 주머니에 잔뜩 집어넣고 우즈강물 속으로 걸어들어 갔었고,.. 휘트니 휴스턴의 갑작스런 죽음도 미스터리라고. 한 시절 현란한 스포트라이트를 아낌없이 받으며 화려하게 삶을 불태운 사람들일수록 그것이 꺼지고 난 다음의 허망함과 쓸쓸함을 못 견디는 법이라고."

"나, 참, 비교해도 너무 거한 사람들과 비교하네."

"그러고 보니, 그러네. 근데 말이야."

"근데?"

"당신은 끊임없이 불씨를 지피며 시도할 거라고. 서른여섯에 죽은 메릴린 먼로처럼. 여배우로서 최정상의 위치에 올랐으면서도 걸핏하면 수면제를 과다 복용했었지. 그 때마다 사람들에 의해 구조되곤 했었다고. 마지막 순간만을 제외하고. 당신도 지금 뾰족한 탈출구라곤 없거든. 이게 바로 당신 앞에 놓여있는 불편한 진실이라고."

"악담은… 어제까지라면 또 모르겠어. 사랑했던 사람은 다른 여자의 품으로 달려가고, 재능도 운세도 바닥이 나고. 추락할 대로 추락했었다고. 눈앞에 있는 거라곤 조명이 꺼진 오직 어두운 막다른 골목. 하지만……."

"하지만?"

"오늘은 새로운 등불이 밝혀졌는걸. 목숨을 걸어도 좋을 사랑하는 사람도 나타났고. 어제까지는 없었던… 나도 엠마처럼 외치고 싶은걸. '나는 사랑한다. 고로 나는 존재한다.' 고."

"제법 드라마틱한걸. 사랑을 나눌 사람까지 나타났다니. 하지만 라인 강에 뛰어든 로베르트 슈만에게도 사랑하는 클라라가 있었다고."

"자, 이제 그만해요. 당신의 말을 이해했으니까."

독선과 아집에 똘똘 뭉친 크리스틴의 말에도 일말의 진실이 있다는 것을 나는 굳이 부인하고 싶지는 않았다. 그 사이 상처 입은 영혼으로 인해서 불안과 불면을, 연민과 분노를 그리고 절망을 가슴에 안고 뛰어내릴 천길 벼랑 끝에 서 있었으니까.

"그럼. 정신과 치료를 받는 거죠? 당신은 이젠 나한테 소중한 존재거든."

"알았어요."

"한 가지만 더 당부할게."

"뭔데?

"지금 타고 다니는 고물차 있지? 그게 캔버스로 덮인 코란도던가. 멋스럽지도 않아. 그걸 당장 폐기처분하라고. 조금이라도 더 살고 싶다면."

"알았어요. 알았어."

"그리고 한 가지 더."

"무얼 또?"

"백지영을 상대로 경쟁하는데 목숨을 걸지 않는 게 현명할 거야. 꿈도 꾸지 말라고. 그건 황새와 뱁새의 레이스거든. 가당키나 한가."

크리스틴 카라의 정곡을 찌른 충고.

"희망을 품으면 미칠 수도 있어. 그러니 희망을 버리자고. 그냥 내일을 기다려."

그녀는 마지막 쐐기를 박듯 말하는 것이었다.

"그것 참……."

"왜, 내 말이 떫어?

"……"

나는 대응할 말을 잃고 웃을 수밖에 없었다. 크리스틴은 이윽고 살짝 손을 들어 보이더니 금세 우리 시야에서 사라졌다.

"별 썰렁한 여자 다 보네."

지금까지 잠잠하던 서영이 불쑥 던진 촌평. 그나저나 김서영, 이 아이 우리가 나눈 대화를 알아듣는 걸까? 서영은 말을 이었다.

"저 여자, 왜 저래? 완전히 또라이 아냐."

나는 저녁 7시에 언제나처럼 텔레비전 뉴스부터 챙겼다. 자질구레한 국내 뉴스가 끝나자, 해외 뉴스를 전하고 있었는데, 사우디아라비아에서 우리나라에 온 셰이크 사우드 알파이잘이라는 이름의 거물 경제인의 소식을 전하고 있었다. 그는 왕족의 일원일 거라고 했고, 세계적인 거부로 '아랍의 워런 버핏'으로 불린다고도 했는데, 대통령과의 면접과 오찬도 예정되어 있으며, 주요 경제 현안에 대한 논의가 있을 거라고 했는데, 아무래도 조선해양부문에 대한 5억 달러 상당의 투자 문제이지 싶다고 하면서, 대통령으로서는 몹시 소중한 손님이라고 했다. 그들 일행은 이번에 새롭게 단장한 플라자 호텔에 투숙할 거라고 했다.

그런데 나의 관심을 끈 것은 아내와 딸과 함께 타고 왔다는 자가용 비행기에 대한 비하인드 스토리였다. 비행기의 자태를 화면에 보여 주고 있었는데, 기종은 빌 게이츠도 타고 다닌다는 봄바디어 BD―700 글로벌 익스프레스. 봄바디어 비즈니스 제트기종 중에선 최고 상위의 기종이라나. 정원은 8명. 5만 피트 이상의 상공에서 6,500마일 비행 가능. 서울과 뉴욕을 비행할 수 있음을 의미한다고 했다. 고고한 학을 연상케 하는 백색동체의 날렵한 모양. 바로 하늘을 비상하는 꿈의 궁전이었다. 게다가 가족과 함께 라니!

아라비안나이트의 환상적인 이야기는 지금은 동화가 아니라 현실이었다.

이튿날 아침, 그러니 4월 9일, 화요일 아침이다.

엄마는 맑은 공기가 숨 쉬는 정선 산골짜기 호젓한 언덕배기집으로 다시 돌아가고, 나는 매캐한 매연이 가득한 나의 둥지 종로경찰서로 출근했다. 누가 뭐래도 나의 도성 서울은 내가 춤추어야 할 무대다.

서영이 그녀의 차로 나를 마중 나온 것은 물론이다.

"어머, 이거 새 차네."

나는 서영의 차에 오르며 말했다. 차는 현대자동차가 유럽시장을 공략하기 위해 만들었다는 중소형 신형 해치백 i30이다. 이거 국산차가 맞느냐는 질문을 자주 받는 차로 그 모양새가 폭스바겐 골프와 흡사하다.

"아빠가 사주었어요. 진급도 하고 영전했다며. 물론 전액 할부죠. 나도 푼돈일 테지만 보태기로 했고요."

글쎄, 진급은 몰라도 영전이라고 할 수 있을까. 앞으로 겪을 일을 생각하면 까마득하다. 어김없이 칼바람이 휘몰아치는 광야가 기다리고 있을 것이다.

"캡틴! 자, 이제 우리 당장 떠나요. 우릴 기다리는 '새로운 지평선'을 향해서!"

지평선 너머에 있는 것이라곤 한갓 신기루 뿐 인줄도 모르고 서영은 그녀의 현대 i30의 엔진 점화스위치를 돌리며 모험을 앞둔 탐험 대원처럼 힘차게 외쳤다.

"좋았어, 그래, 우리 어서 떠나자고!"

나도 금세 장단을 맞추었다. 서영의 말마따나 명색이 미지의 세계를 향해 출발하는 탐험대의 캡틴이 아니던가. 아무리 험난한 길이 가로놓여 있다고 해도 나는 발걸음을 떼어야 했다.

영화 '사운드 오브 뮤직'에서 수녀원장도 마리아에게 말했었지.

"산을 보느냐, 올라가라! 내를 보느냐, 건너가라! 무지개를 보느냐, 따라가라! 네 꿈을 찾을 때까지!"

우린 아침 9시 정각에 서에 도착했다. 정문을 통과해 보니 서는 생각과는 달리 조용했다. 아니 적막하기까지 했다. 그러나 현관문을 열고 로비에 들어섰을 때였다 요란한 박수소리와 함께 환성이 터지는 게 아닌가. 나를 환영하는 동료 경찰들이 로비를 가득 메우고 있는 것이다. 심지어 꽃다발을 들고 다가서는 사내도 있었다. 바로 마지막 순간 비겁하게도 꽁무니를 빼곤 나를 아스팔트길로 내 몬 형사계 강력 3팀장 왕영웅 경위다. 그는 꽃다발을 내밀면서도 잔뜩 울상을 짓고 있었다.

"이 꽃다발은 내가 받아야하는 거라고. 최선실, 알아들어?"

"안 되죠. 내가 받아야 하는 거라고요. 무얼 모르시나 본데, 냉큼 이리 줘요."

나는 너스레를 떠는 그에게 애써 밝게 웃음지어 보이며 말했다. 나는 이내 그에게 다가가 감싸고는 어깨를 토닥거렸다. 그리고는 덧붙였다.

"다 잊어요."

"고맙군. 최 팀장."

나는 그의 얼굴에서 비로소 해방감을 읽을 수가 있어, 기분이 좋았다. 그가 한 발 물러나자 백지영 장본인이 나한테 다가왔다. 아니 뛰어 왔다는 것이 옳을 것이다. 그녀는 많은 사람들이 지켜보는 가운데 나를 두 팔로 감싸며 포옹하는 것이다. 나는 마음 같아서는 와락 밀어 붙이고 소리 높여 매도하고 싶었으나 용케도 참았다.

"최선실, 미안해 정말 미안해. 낯을 들고 찾아갈 수가 있어야지. 그 사람도, 우리 아버지도. 날 용서해."

나는 백지영이 이렇듯 진솔하게 다가설 줄은 몰랐다. 그것도 여러 사람 앞에서 체면 불구하고 입 밖에 내다니, 그녀도 아픔이 컸을 것이다.

"그 무슨 그런 말을. 누군들 이렇게 되리라고 어떻게 상상이나 할 수 있을까? 나부터 그냥 구경이나 하고 온다고 생각했지. 다만 내 운수가 사나웠을 뿐이지. 신경 쓰지 마요."

나는 눈살을 찌푸리지도 이를 갈지도 않았다. 최대한 멋있는 여자라는 이미지를 연출했다.

"나를 너무 미워하지 마. 그건 실수였어. 그것도 최고의 실수."

"아니, 내가 오히려 누를 끼쳤어요. 청장님께도 잘 말씀 전해 주어요."

두 여인은 어떻게 보면 꽤나 착한 여인으로, 또 어떻게 보면 제법 고단수의 여인들로 보일 것이었으나 결과가 좋고 보니 나는 마음이 놓였다. 오늘부터는 마음의 평안을 찾을 수 있을 것이다.

혜민 스님의 말씀이던가. '내가 남을 공격하면 내게도 공격이 돌아오고, 내가 남을 위로하면 위로가 돌아온다.' 고.

나는 이윽고 가뿐한 발걸음을 뗄 수가 있었다.

"세상에, 청승은, 그런 청승도 따로 없네. 밸도 없으셔."

대뜸 빈정거리는 김서영.

"그럼, 나더러 어쩌라고?"

나는 서영을 흘겼다.

우린 이윽고 새로 부임한 우리들의 직속상관인 하영구 형사과장 집무실을 향해 발걸음을 옮겼다.

"언니, 휠체어라도 타고 올 걸 그랬어요. 얼굴은 그만하면 창백하긴 한 데."

나를 따라 걸음을 옮기며 서영이 걱정스레 말했다. 잔꾀도 많은 아가씨. 내가 좀 더 불쌍한 여인으로 보이게끔 연출할 필요를 느끼고 있는 것이다.

"그러게 말이야."

나도 서영의 말에 금세 동의 했다. 인생이 연극이 아닌 게 어디 있던가.

나는 이윽고 과장실 문 앞에 섰다. 하영구 경정! 둘째가라면 서러워할 심술궂은 영감. 나는 크게 심호흡하곤 문을 노크했다. 방에 들어서니 과장은 소파에 길게 앉아 조간신문을 훑고 있다. 여전히 번들거리는 대머리에 벌름 거리는 주먹코, 뜻 모를 웃음이 번지는 두툼한 입술, 살래살래 춤추는 실눈, 어느 한 구석도 심술기가 덕지덕지 붙지 않은 데가 없는 사나이가 눈앞에 있는 것이다. 그리고 이 양반, 유난히도 아름다운 여인에게 매몰차다. 그런데 오늘은 나를 환영하고 있다는 것을 나는 바로 감지했다. 그가 자리에서 일어나 나한테로 성큼 다가오고 있는 것이다.

"과장님!"

나는 낮게 부르짖으며 그에게로 달려가 그의 넓은 품에 안겼다. 그건 나로서도 전혀 상상하지 못한 충동적인 행동이었고 과장도 몹시 당황해 했다.

"이 무슨 인연이람."

과장이 겨우 내뱉은 말이다. 요즈음 만나는 사람마다 인연 타령이다. 하긴 과장하고는 보통 인연 아니다. 그것이 악연이라고 해도 말이다. 여러 해를 부딪쳐 오며 고운 정에 미운 정 다 들었을 것이다. 아니 미운정만 쌓였을는지 모른다. 그걸 지금 개탄하는 것일까. 그는 나의 어깨를 토닥거려 주기도 해서, 불연 듯 볼을 타고 눈물이 주르륵 흘러 내렸다. 우린 이윽고 소파에 마주 앉았다.

"과장님, 이 세상에 제가 기댈 사람이라곤 없습니다. 과장님 말고는요. 절 좀 지켜 주세요."

나는 볼을 타고 흐르는 눈물을 훔치며 말했다. 심지어 훌쩍이기까지 했다. 과장의 얼굴에 측은해하는 빛마저 감돌았는데, 난생 처음 보는 모습이었다. 그 사이 그는 도통 나한테는 마음의 문을 열어 주지 않았었다.

"걱정 말라고. 내가 있는 동안에 다시 이런 일은 없을 거야. 고얀 놈들!"

"고맙습니다, 과장님."

"그나저나 자네 이런 말을 들어보았든가? '비는 내리고 어머니는 시집간다.' 마오쩌둥(毛澤東)의 어록이라고."

과장의 느닷없는 말.

"아뇨."

"상황이 어쩔 수 없게 되었다는 뜻이라는데, 자네도 이번에 겪은 일은 하루빨리 잊는 게 좋을 게야. 어쩌겠나."

"명심할게요."

"근데, 이렇게 빨리 퇴원해도 되겠나? 좀 더 쉬지."

"매일 통원 치료하도록 하겠습니다."

"좋겠지."

나와 서영은 이윽고 형사과장실을 물러났다. 호랑이 굴에서 용케 벗어났을 때와도 같은 안도감을 느낀 것은 물론이다.

"이제 보니 언니 연극 솜씨가 보통은 넘네. 눈물까지 다 흘리고."

못 말리는 서영의 빈정거림.

"억울해. 내 서러움에 눈물은 흘린 거고. 내가 얼마나 직사하게 고생하며 힘들게 지냈다고."

"글쎄, 어떨지."

우리가 다음으로 걸음을 옮긴 곳은 경비과장실이었는데, 복도에서 우연히 마주쳤다.

"쯧쯧."

조인걸 경비과장은 대뜸 혀부터 찼다.

"과장님, 심려를 끼쳐 죄송합니다."

나는 고개부터 숙였다.

"내가 끝까지 말렸어야 했는데 말이야."

"과장님은 끝까지 말리셨어요. 제가 고집을 피웠지."

"암튼 좋아. 이제부터 어려운 일이 있으면 날 찾아오라고. 확실하게 힘이 되어 주지."

"고맙습니다. 그럴게요."

경비과장은 걸음을 옮겼고 우리도 서장실을 향해서 마지막 걸음을 떼었다.

"이제 보니, 언니를 이끌어 줄 멘토가 많아서 좋겠네."

서영의 시샘 섞인 말이다.

"하지만 서장님이."

"염려 마요. 서장님도 언니 편이니까."

"그럴까?"

"서장실엔 언니 혼자 들어가세요. 난 부속실에서 기다릴게요."

"왜?"

"그냥요."

"알았어. 그러지. 뭐."

나는 얼마 후 서장실을 홀로 노크했다. 버릇인 걸까, 서장은 언제나처럼 방안을 서성이고 있다. 그는 긴 말을 하지 않았다.

"서영이를 좀 챙겨 주어. 천방지축이라서, 나, 원."

"걱정 마세요. 동생처럼 잘 보살피겠습니다."

나는 금방 서장실을 물러나 부속실에서 기다리는 서영이와 함께 걸음을 옮겼다. 그녀는 그녀의 짐 보따리를 어깨에 둘러메고 있다.

나는 이윽고 강력 1팀 사무실의 문턱을 넘었다. 자칫 잘못하면 다시는 넘을 수 없는 문턱이었다. 나의 동료들이 나를 반겼다. 시골 숙부와도 같은 서 경사는 물론이고, 깡마른 박 형사에 인상파 전 형사 그리고 두루 뭉실한 노 형사, 모두가 제 식구 퇴원을 반기듯 했다. 나는 우선 김서영 경장을 모두에게 소개했다.

"모두 잘 알죠. 김서영 경장을. 오늘부터 우리와 함께 일하게 되었어요."

그런데 서영은 잘 부탁한다던가, 무엇 하나 아는 게 없으니, 잘들 이끌어 주시라고 한다든가 해야 할 텐데, 그러지를 않는다. 몸을 낮추기는커녕 다짜고짜 목소리를 높이기까지 했다.

"이게 무업니까? 정신 사납게. 방안이 이렇게 어지러우면 차분하게 일 할 수 있겠어요? 저건 뭐에요? 아침 먹은 그릇들도 아직 치우지 않았네. 팀장님도 퇴원하시는데."

말하자면 서영은 방안의 남정네들의 군기부터 잡으려했다. 사내들은 바싹 긴장은 하지 않았으나 서둘러 방안을 치우기 시작했는데, 서영의 말이 하나도 틀리지 않으니 어쩔 수가 없다.

"그나저나 내가 일할 자리는 어디죠? 내가 온다는 건 이미 잘 알고 있었을 텐데. 무신경하게도 책상 하나 갖다 놓지 않았네. 이거 너무 한 거 아녜요?"

서영의 나무람은 이어졌고 그 화살을 사내들의 우두머리격인 서 경사를 향하고 있었다. 아무래도 장수부터 잡을 요량이다.

"늘 이렇게 일처리를 요령 없이 해 왔나요? 그러니 뭐가 잘 되겠어요? 비전도 없는데다가 밤낮 술 냄새나 풍기고. 알코올중독자가 어디 따로 있나. 여태 들통 나지 않고 잘리지 않는 게 이상하네."

서 경사는 하도 어이가 없는지 입도 벙긋하지 못하고 있다.

"아시겠어요. 내가 있을 동안엔 이래서는 안 된다고요. 커피 심부름이나 하려고 온건 아니거든요. 정신들 차리시라고요."

서영은 쐐기를 박듯 말했다.

"아이고 내 팔자야. 상전 또 한 사람 모시게 됐네. 그것도 왈패나 다름없는."

드디어 서 경사가 비명 아닌 비명을 질렀다. 서영에게 반격을 시도하는 건 씨알도 안 먹힐 이야기처럼 보였다. 그러나 다행스러운 것은 서영이 센스가 있게도 그녀가 갖고 온 보따리 가방 속에서 커피포트에, 주스 믹서를 끄집어내는가 하면 큼직한 식빵에 여러 과일을 가득 담은 봉지도 끄집어내고 있었다. 거기에다가 참치 캔에, 오이피클 병에, 마요네즈까지 들고 온 것이다. 셀러리에 양파까지도. 온갖 살림살이를 가득 들고 왔는데, 잘하면 자판기 커피를 안 마셔도 되고 참치 샌드위치를 먹을 수도 있다. 그리고 신선한 주스도 말이다. 사내들이 눈을 빛내지 않았다면 그건 거짓말이다.

"있잖아요, 이거 다 서장님 실에서 쓰던 걸 깡그리 갖고 왔어요. 새것 사서 쓰라고 하죠, 뭐."

서영의 말에 감격하지 않았다면 그 또한 거짓말이다. 서장이 대접받은 대로 대접받을 것이므로. 오죽하면 사내들이 서영을 위한 책상이며 의자를 챙겨 놓느라고 부산을 떨겠는가.

잠시 후, 서 경사가 나한테 아침회의에 참석해야 한다고 일러 주었다

"특별수사본부가 우리 서에 설치된 건 알죠? 본부장에 서장이, 부본부장에 우리 형사과장이. 간사는 강력계장인 백지영 경감이

맡았고요. 매일 아침 10시에 모여 수사 정보를 교환하고 수사 방향을 결정하는데, 오늘은 가서 그냥 가만히 앉아 있어요."

"그러죠."

나는 손목시계를 기계적으로 훔쳐보며 대꾸했다. 10시가 가까워져 나는 서 경사와 함께 브리핑 룸이라 할 회의실로 걸음을 옮겼다. 김서영이 나를 부축한 것은 물론이다. 바야흐로 나의 수사 업무가 재가동하려 했다. 회의실에 들어서니 강력계 강력팀장들은 이미 타원형 테이블에 자리하고 있었고 백지영도 브리핑 준비를 하고 있었다. 나는 그 모두에게 공손히 고개 숙여 인사하고 말석에 자리했다. 금세 형사과장에 경비과장도 모습을 나타냈다.

시경에서도 참석했는데 한 때는 내가 짝사랑 했던 사내로, 지금은 백지영의 남편인 범도일 경감이었다. 그가 나한테로 다가와서, 나는 자리에서 일어나 그를 맞았다. 그가 예전에 총상을 입었을 때, 난 그를 부축하고 울부짖으며 병원으로 달려갔었고, 그의 수술을 지켜봤었다. 그러니 우린 총탄이 빗발치는 현장에서 함께 움직였던 사이다. 그런데도 문병도 오지 않다니. 단지 내가 자기 아내의 라이벌이라는 이유 하나만으로.

"좀 어떻소?"

그가 데면데면하게 물었다.

"괜찮아요."

나도 맨송맨송한 표정을 지으며 데면데면하니 대꾸했다 우리들의 대화는 친밀감이라곤 없었고 또한 어설펐다. 나는 고개를 돌려 자리에 앉았고 그도 등을 돌려 제자리로 걸음을 옮겼다. 그는 언제나처럼 '가까이 하기엔 너무 먼 당신'이었다. 그러나 나는 놓치지 않았다. 그의 얼굴에 처음으로 나를 향한 미안해하는 마음이 번지는 것을.

10시 정각이 되자 서장이 그 늠름한 자태를 드러냈고, 뜻밖에도 프랑스 방첩기관 DST의 테러방지과에 소속된 에드와르 도메네크 경감이 따라 들어서고 있다. 대사관의 똑떨어진 통역원 손지아를 데리고. 그러니 프랑스 측 수사관도 아침 수사회의에 참석하고 있는 것이다.

에드와르 도메네크 경감.

머리가 희끗하고 주름진 얼굴로 보아서는 60대 진입을 목전에 두고 있을 영감 같은데, 좋게 보면 매우 노련해 보이고 나쁘게 보면 엄청 간교해 보인다. 그런 점에서는 우리 하영구 과장을 쏙 빼어 닮았다고 할 수가 있는데, 두 사람이 친구라도 하면 어떨까, 싶을 정도다. 과연 프랑스 측을 대표해서 어떻게 처신할까?

모두가 자리 잡고 앉자 백지영이 재빨리 브리핑하기 시작했다.

"잘 아시는 바와 같이 우리의 수사 초점은 사미라 살라메의 은신처를 탐색하는 것이고, 대담하게도 서울 종로 네거리에서 총을 난사한 그 여자를 검거하는 일입니다. 그리고 그 여자의 졸개들을요."

그래서 나뭇잎을 숨기려면 숲속에 숨기는 게 좋듯이 이슬람주민 속에 꽁꽁 숨었을 사미라를 찾기 위해 어제도 오늘도 진력한다고 했다. 이슬람 주민은 대충 15만 명이라고도 하고 13만 5천명이라고도 하는데, 그중 10만 명은 무슬림 이주 근로자들로 그들을 고용한 기업체의 도움을 받아 샅샅이 훑는다고 했고, 순수무슬림 3만 5천명은 이슬람 사원의 협력을 얻어 탐색한다고 했다. 70년대부터 건설되기 시작한 이슬람 전통 모스크를 지칭하는 대규모 기도처가 30여 개, 소규모 기도처가 3천 개나 되는데

도움을 준다고 했다.

"근본적으로 이슬람 사람들은 그들의 문화를 전파하고 우리를 전도하려는 전도사일 뿐, 포교에 방해되는 테러요원들을 옹호하리라곤 생각되지 않습니다. 얼마 전에 밀입국한 탈레반 요원 두 사람을 잡은 일도 있고 하니 성과를 기대해도 좋지 않을까요."

백지영의 지나치게 나이브한 발상이다. 그녀의 말대로 된다면야 오죽이나 좋을까. 아무리 선한 무슬림이라고 해도 일단 유사시엔 이슬람 전사로 돌변하기 마련이다. 같은 이념, 같은 종교, 같은 혈통이다. 알라의 뜻이라면 무슨 일인들 못할까.

"근데 말씀에요, 사미라가 몇 사람이나 데리고 왔느냐 하는 것입니다. 지금까지 우린 세 사람을 밝혀냈습니다. 물론 더 있을 겁니다."

놀랍다고 해야 할까. 백지영은 그사이 적지 않은 성과를 올리고 있는 것이다. 백지영은 그 얼굴에 자긍심을 드러내고 있었고, 모두는 그러한 그녀를 대견스럽게 바라보고 있다.

"4월 6일, 토요일을 전후로 해서 입국한 이슬람 사람들을 집중적으로 체크했습니다. 블랙리스트와 대조하니 세 사람의 이름이 부각되었습니다. 그 첫 번째가 아메드 아야시. 어제 대담하게도 우리 최 경위에게 전화를 했고요. 두 번째가 알리 안드로스, 세 번째가 가싼 아마디. 블랙리스트에 그 이름과 지문 그리고 사진까지 오를 만큼 국제적으로 명성을 떨친 테러리스트들이라고 할 수 있는데, '블랙 캐츠'로 불리는 이슬람 해방 전선의 최정예 멤버들이라고 합니다. 고도로 훈련된 데다가 살쾡이처럼 사납고 표독스러움을 지녔고요. 위험지역엔 반듯이 그 검은 모습을 드러냅니다."

백지영의 브리핑은 매우 간결했고 또한 핵심을 찌르고 있었다. 역시 배운 사람은 뭐가 달라도 달랐다.

"다만 우린 사미라의 입국기록만큼은 찾아낼 수가 없었습니다. 사미라 살라메! 그게 일종의 코드 네임 같은 것이라고 합니다. 그러니 뭡니까, 본명이 따로 있다는 얘기지요. 그리고 꼭 팔레스타인 사람이라고 단정할 수도 없다고 합니다. 베카 계곡에서 일본적군의 테러를 지휘한 시게노부 후사코처럼요. 맨 처음 사미라라는 이름의 코드 네임을 사용한 여전사라고 합니다. 우리가 지금 확실히 말을 할 수 있는 것은 우리가 당면한 테러리스트 그룹 리더의 정체를 아무도 모른다는 사실입니다. 사미라의 정체를요."

모두는 백지영의 브리핑을 경청할 뿐 끼어들거나 하지 않았다. 손지아는 열심히 그녀의 상전 도메네크 경감에게 동시통역을 해주고 있었는데 프랑스 경감은 자주 고개를 끄덕여 보였다.

"문제는!"

백지영은 그녀의 브리핑을 이어갔다.

"우리가 초대하지 않은 팔레스타인 손님들이 무엇 때문에 아직도 서울을 떠나지 않고 있느냐 하는 겁니다. 출국한 아무 흔적이 없습니다. 의당 중국이나 일본에 가 있어야 하는 게 정상 아닙니까. 시몬느를 암살하기위한 암살 팀이라면, 시몬느를 쫓아야지, 왜 아직도 서울에 남아서 어정대느냐 하는 것이지요. 서울대병원이나 폭파한다며, 싱거운 소리나 하고."

그렇다. 백지영이 지적하지 않더라도 프랑스 대통령의 공식 일정이 중국방문에 이어 오늘부터 일본에서 시작한다. 그러니 시몬느를 쫓는 게 그들의 비즈니스라면 중국을 걸쳐 일본에 가 있어야하고 그곳에서 칼을 갈아야 한다.

"이것 보게, 백 경감, 서울대병원을 폭파할 거라는 그 얘기, 그걸 싱거운 소리라고 하면 안 되지. 다 치밀한 계산이 있는 행동이라고."

조인걸 경비과장이 처음으로 끼어들었다.

"자네 말처럼 신원은 노출되었겠다, 우리 감시는 강화될 대로 강화되었겠다, 어떻게 보면 꼼짝 달싹 할 수 없이 독안에 든 생쥐 꼴이지 뭔가. 그래서 그들이 대안을 마련한 거 아닐까. 환자들을 인질로 삼아서 무언가를 요구할거라고. 비행기를 내 놓으라든가."

경비과장의 지적은 매우 적절한 것이었다. 백지영도 경비과장의 말에 순순히 동의하는 낯빛을 지어보였는데, 잘나가다 삼천포로 빠진 꼴이 되었다.

"알겠습니다. 과장님. 오늘 부터라도 공항경비를 철저히 강화하도록 하겠습니다. 여객기 납치에도 대비해야 하고. 물론 항만경비도요."

백지영은 오늘의 그녀의 브리핑을 마무리하려 했다. 서장이 테이블에 둘러앉은 자신의 막료들을 둘러보며, 무엇 다른 의견이 없느냐는 제스처를 지어 보이자, 시경에서 파견된 범 경감이 입을 떼려 했다.

"두루 아시는 사실입니다만, 탈레반 핵심조직원으로 추정되는 인물들이 얼마 전에 어떻게 우리나라에 들어 왔느냐, 하면 곡물운반선 잡역부로 가장해서 입항했고, 새벽안개 속을 밧줄을 타고 상륙했습니다. 보안구역도 유유히 통과하고요. 소총 반입도 폭약을 반입하는 것도 화물선을 이용하면 보다 쉽겠지요. 로켓포라고 한들 어렵지 않을 겁니다. 그러니 우린 공항만 아니라 항만도 철저하게 감시를 해야겠습니다."

범 경감의 말엔 무게가 있었고 또한 신빙성이 있었다. 그리고 결정적인 포인트를 놓치지 않고 있었는데, 그의 말은 아내 백지영의 말을 뒷받침하는 것이기도 했다. 아니꼽게도 이 자리에서 아내를 거들다니, 잘났소이다.

가장 나이가 많은 강력 5팀장, 변강진 경위가 팀장들을 대표하듯 나섰다.

"신빙성은 장담할 수가 없지만, 오늘 아침에 목격자라며 제보가 한 건 있었습니다. 여잔데요, 토요일 오후 두 시 반을 전후로해서, 그러니 저격이 있었던 시간대입니다만, 주차타워의 비상계단에서 검은 차도르를 걸친 여인을 자기가 목격했다는 얘긴 데요, 총기를 수납했을 법한 가방을 둘러메고 있었다고 합니다. 얼굴엔 색안경을 끼었고요. 그 전에 총성도 분명히 들었다고 합니다."

"흐음, 그래."

모두가 그의 보고에 호기심을 나타냈으나 별로 미더워하는 분위기가 아니었다.

"믿기 어려운 것은 검은 차도르니 하는 얘깁니다만, 신문이라도 보고 상상이 만들어 낸 초상이 아닐까 하는 생각이 들기도 합니다. 하지만 그 시각에 검은 망토나, 판초를 걸쳤을 여인을 목격한 사실 자체를 부인하는 것은 또한 속단이 아닐까 하는 생각입니다. 참고로 하시지요."

변 경위는 애매모호하게 보고를 했으나, 그는 여인의 제보에 상당한 비중을 두는 것 같았다. 평소 썰렁한 농담이나 하는 그였지만 오늘은 사뭇 진지하다.

잠시의 시간이 지나고 나서 서장은 오늘의 브리핑에 대해 프랑스 경감에게 의견이 있으면 말해 달라고 정중히 부탁했다.

"아주 잘하고 계십니다. 이 이상 잘할 수 없을 정도로 말입니다."

그는 자세를 바로하며 아첨 성 발언부터 했다. 손지아가 그의 발언을 동시통역한 것은 물론이다.

"여러분이 지적한 것처럼 사미라 살라메는 지금 발이 묶인 형국입니다. 시몬느 비올레 국장을 쫓을 거라고 큰 소리는 치고 있지만요. 조만간 한국 경찰에 검거될 거라고 봅니다."

어떻게 보면 속마음은 감추고 아무 도움도 되지 않는 수사만을 늘어놓고 있다. 그런데 그가 이윽고 끄집어낸 화제는 우리로서는 조금은 뜻밖이었다.

"이건 지금 진행하고 있는 수사와는 직접적인 관련이 없는 얘기지만, 우린 아직도 앙리 크리스토프의 시신을 파리로 운구하지 못하고 있습니다. 알제리의 부모들이 반대하고 있어요. 그것도 아주 완강하게요. 고향 묘지에 묻어야 한다며 시신의 인도를 요구하고 있는 겁니다. 게다가 프랑스가 아들의 목숨도 지켜주지 못했다며. 감정적이기까지 해요. 처음부터 아들이 프랑스로 귀화하는 것을 반대를 하셨지요. 식민지시대의 사람들이라 프랑스에 감정이 좋지가 않아요. 더구나 앙리의 아버지가 한 때는 알제리의 반 프랑스 조직인 FLN의 투사였어요."

그럴지도 모른다. 우리도 해외로 떠돌아다니다가도 끝내는 고향으로 돌아와 고향 뒷동산에 묻히기를 소원한다. 거기에 아들이 프랑스를 위해 충성을 다 하다가 목숨을 잃었다면 원통도 할 것이었다.

"그러니 우리가 고집을 피워 프랑스로 운구할 수도 없고, 알제리로 보내자니 찜찜하고 해서, 이곳 서울 외국인 묘지에 묻을까 하고 생각합니다. 프랑스도 알제리도 체면을 구기지 않는 제3의 장소로요. 지금 우리 대사관에서 관계기관과 협의를 하고 있습니다."

그건 현명한 생각일 런지 몰랐다. 그리고 우리가 시시콜콜 이리 왈 저리 왈 할 문제도 아니다. 하지만 일말의 감상이 없는 것도 아니었다.

'젊디젊은 프랑스 청년이 아름다운 여주인을 위해 헌신하다 천리타향 이국땅에 묻혀야 하다니!'

CHAPTER

12

백지영의 브리핑은 그럭저럭 끝나고, 앞으로 수사는 어디에 초점을 맞추며, 어떻게 분담해서 진행시킬 것인가에 대해 본격적으로 토의할 시간이었다.

우리 형사과장인 하영구 경정이 입을 떼려 했다. 그것도 나를 향해서다. 나는 알지 못할 긴장감을 느꼈다.

"최선실 경위, 프랑스의 최고훈장을 받았다지. 사람들이 가슴 뿌듯해 하더군. 아니 그러겠나."

과장이 과찬하는 소리가 한편으로 기뻤고 한편으로 겁났다. 무슨 속셈을 감추고 있는지 알 수가 없다.

"아, 네, 고맙습니다."

"몸은 좀 괜찮은가?"

"견딜만합니다. 염려놓으셔도."

"흐음, 불행 중 다행이군."

잠시 흐름이 끊겼다고나 할까. 그런 시간이 흐른 다음 과장은 본론에 접어들려 했다.

"누구보다도 최 경위는 사건 현장에 있었다고. 그러니 체험하고 관찰한 게 많을 거야. 그래서 남다른 의견이 있을 것 같은데. 추리력도 남다르고 통찰력도 뛰어나고. 어디 한 번 자네 의견을 들어볼 수 있을까?"

과장의 속셈은 알 수가 없었으나 그의 과찬은 이어졌는데 나는 한결 조심하고 겸손해야겠다고 다짐했다. 그래서 나는 조용한 말씨에 낮은 자세로 주섬주섬 나의 의견을 피력했다.

"누가 뭐래도 사미라 살라메를 검거하는 일이 최우선 과제라고 생각합니다. 그 일당과 함께. 지금 서울에 남아서 무얼 할지 알 수 없는 일 아니겠습니까. 그런 점에서 우린 매우 현명하게, 매우 기민하게 활동하고 있다는 느낌을 받고 있습니다."

나는 모두를, 아니 나의 영원한 라이벌인 백지영을 우선적으로 칭송했다고 할 수가 있었다. 가슴 속에선 칼을 갈고 있어도.

"제가 하고 싶은 말은 우리가 첫 번째로 수사선상에 올릴 사람이 사미라 살라메라고 한다면 두 번째로 수사선상에 올려야 하는 인물도 있다는 얘깁니다. 구스타프 클라비에! 바로 프랑스 대통령의 경호실장입니다. 전 그 사람이 시몬느를 저격했다고 해도 의심하지 않을 겁니다. 사미라가 아니고요."

나는 비록 나긋한 말씨로 말했으나, 느닷없이 잽을, 아니 펀치 한 방을 날린 것 같은 효과를 나타내고 있었다. 모두가 어안이 벙벙해 하는 표정을 짓고 있다. 내가 총을 맞아 머리가 이상해져 헷갈려 있던가, 그들이 잘못 들었던가. 자다가 봉창을 두드리고 있다고 보는 것일 게다. 그러나 한 사람 만큼은 내 말을 분명히 이해했다. 나는 똑똑히 볼 수가 있었다. 에드와르 도메네크 경감이 눈이 휘둥그레지며 놀라는 모습을. 그는 손에 쥐고 있던 볼펜을 어느 결에 책상 위에 떨어트리고 있었다. 그 사실에 나는 만족했다.

"모두 잘 아실 겁니다. 시몬느가 갑자기, 변덕스럽다할 정도로 아주 갑자기 행선지를 바꾼 사실을요. 코스를 변경해서 대학 아닌 절로 우회했습니다. 하지만 이 사실을 우린 사전에 알지 못했습니다. 경비를 책임진 우리도 알지 못했는데, 사미라가 점쟁이도 아닐 바에야, 어떻게 알고 달려 올 수 있었겠습니까. 아무리 초능력을 지녔다고 해도요. 농담이라고 해도 그렇게 생각했다면 그건 좀 모자란 생각이죠. 스님도 10분 전에야, 연락을 받았다고 합니다."

내 말이 어렴풋하게나마 그들의 신경의 회로를 건드리는 무언가가 있을 것이었으나 아직은 말이 없다. 나도 침묵했다. 잠시 바늘 하나가 떨어져도 들릴 것 같은 고요가 방 안을 지배했다. 그 고요를 경비과장이 허물었다.

"하긴, 나도 지구대에서 연락을 주어서야 알았지. 그것도 두 시를 많이 지나서. 백합대학이라면 몰라도 청담사는 알 길이 없지. 사미라라고 해도."

경비과장이 내 말에 동조하고 나선 것이다. 그는 저간의 사정을 누구보다도 잘 아는 입장에 있다.

"제 말은, 목적지가 바뀌고, 코스가 변경된 것을 알 수 있는 사람만이 시몬느의 심장에 방아쇠를 당길 기회가, 아니 은총이 주어져 있었다는 얘깁니다."

이젠 얼마간 내 말을 가슴으로는 받아들일 수 없어도 머리로는 이해하는 사람도 있는 듯했다. 고개마저 끄덕여 보이는 사람도 있어, 나는 그런 모습에서 용기를 얻었다.

"생각해 보세요. 누가 코스 변경을 사전에 알 수 있었을까요? 그야 누구보다도 프랑스 대통령일 테지요. 그들은 내일은 몰라도 오늘은 연인 사이이니까. 여자대학에선 별로 반기지 않는다니까, 절에나 들르겠다고 아침식사를 나누며 말을 할 수가 있었을 겁니다. 그리고 최측근의 경호실장에 비서관일 테지요. 단언하건대 사미라는 알 수가 없지요. 한솥밥을 먹는 처지도 아닌데. 알라 신의 계시라도 있었다면 또 모를까."

나는 여전히 차분한 어조로 말했다. 명료하게 조리 있게. 모두가 납득할 수 있게 말이다

"이건 나와 함께 먹는 자의 범죄라는 얘깁니다."

"……."

"그리고 저격이 있었던 시간에 알리바이가 아리송한 인물의 범죄라는 것이지요.

"……."

"병원에 있으면서, 전, 국정원의 아는 사람에게 구원을 요청했습니다. 토요일 오후, 청와대 회담장소를 소리 없이 빠져 나간 프랑스 친구가 없었느냐고요. 아암, 있었지요. 바로 프랑스 대통령의 경호실장, 구스타브 클라비에입니다."

나는 시원하게 토해내듯 말했다. 아직은 나의 의견에 반기를 들고 나서는 사람은 없었지만, 필경 호시탐탐 기회를 노릴 것이다.

"그 시각에, 그는 아무도 모르게 홀로 차를 몰고, 서울 시내를

배회했습니다. 매우 암시적이죠."

나는 말을 이었다.

"그리고 또 한 사람, 죽은 사람의 아내, 이자벨 오떼유. 시몬느의 비서관인 그 여자도 그날 오후, 남편이 사살되는 시간대에 늘 우리 시야 밖에 있었습니다."

나는 두 사람의 용의자를 새로 소개했다고 할 수가 있다.

"그리고 두 사람에겐 하나의 공통점이 있습니다. 서울 지리를 잘 안다는 사실입니다. 한 사람은 교환 학생으로, 한 사람은 주재 무관으로 서울에 머문 적이 있더군요."

나는 나의 이야기를 대충 마무리하려 했다. 무엇보다도 힘에 겨웠다. 너무 무리하는 게 아닌가 하는 생각도 드는 것이다. 서영이 물 컵을 들고 와 권유하며 어깨를 토닥였다. 잘하고 있다는 뜻인지 무리하지 말라는 뜻인지는 알 수 없었다.

"그러니 뭐야, 자네 얘기는 우리더러 번지수를 잘못 찾았다는 얘기 아냐. 삼천포나 빠지고."

맨 먼저 기다렸다는 듯이 반격에 나선 사람은 우리 형사과장이시다. 심술궂기로 치면 둘째가라면 서러워 할 그가 어디 가만히 있을 사람인가. 지금도 그 실눈은 살래살래 춤추고 있다.

"그건 아닙니다. 사미라 살라메의 선을 어떻게 무시할 수 있겠습니까. 최우선 과제죠. 다만 이번 저격에선 사미라가 한 발 늦었고, 구스타브가 한 발 앞섰다는 이야기일 뿐입니다. 제 말을 오해하지는 말아 주십시오. 테러범들이 당장 서울대병원을 폭파하려 한다고 하질 않습니까. 그들은 우리에게 신호를 보내고 있습니다. 위험 신호를."

나는 변명 아닌 변명을 해야 했다. 아무래도 과장은 나의 말을 헐뜯기 위해서가 아니라, 나에게 부연 설명할 기회를 주려는 것 같았다.

"하긴, '위기는 신호를 보낸다.'라는 말이 있지."

"그러니……."

"그러니 뭐야, 자넨 두 갈래 수사선상에서 활동하자는 얘기 군."

"그렇습니다. 과장님, 우리가 프랑스 사람들에게 현혹되어 놀아날 수는 없지 않습니까. 칼라시니코프 소총을 쏜대서, 검은 차도르를 걸치고 나타났다고 해서, 다 팔레스타인 사람들의 짓은 아니죠. 하필이면 성능도 좋지 않은 총을 들고 오죠? 사일렌서가 달린 고성능 저격용 총도 많은데. 사미라가 바본가요? 우리들도 바보들만 모여 있는 게 아닙니다. 우린 어떻게 보면 첫 단추를 잘못 끼우고 있는 거 아닐까요?"

"흐음……."

과장은 신음 소리만을 흘렸다.

"무대장치도 너무 완벽하고, 연출 솜씨도 놀랍고요. 한 마디로 우릴 우습게 보는 겁니다. 오랜 역사가 보여 주듯 권력자의 적은 대중이 아니라 권력자의 측근에 있는 거 아닙니까."

"으음."

그런데 진작부터 끼어들었어야 할 백지영도 범 경감도 참견하려 하지 않았다. 분명히 그들이 걸어온 길과 다른 노선을 제시했는데도 말이다. 지금은 현명하게도 나와 각을 세우려한다는 비판을 받지 않으려 하는 것이다. 그들은 지금은 포커페이스인 채로 말없이 듣기만 했다.

"최 경위, 자네 말대로라면 알리바이가 아리송한 사람이 구스타브에, 이자벨, 두 사람인 게 분명한데, 굳이 경호실장만을 지목하는 게지? 남자에게 필이 꽂히기로서니, 여자는 왜 감싸려 하느냐고? 범죄의 뒤엔 으레 여자가 있다는 금언도 모르나?"

하영구 형사과장의 제법 날카로운 지적이다. 누구보다도 그는 수사에 한해서는 노련한 베테랑이었고 그래서 신뢰하기에 부족함이 없어, 그가 화제를 이끄는 것에 대해 뭐라 할 사람은 없었다.

"이자벨이 군용 소총을 다룰 수 있으리라곤 생각할 수 없기 때문입니다."

나는 여전히 차분한 어조로 조신하게 대꾸했다.

"과장님도 아시다시피 원래 칼라시니노프 소총은 소련이 돌격용 소총으로 개발한 무기 아닙니까. 군인들이나 다루는… 이자벨의 경력이라고 해봐야 고작 난민기구 출신으로 연약한 여성인데다가 순수 민간인입니다. 그러니 말씀요, 사격술이 능한 경호실 요원을 지목할 수밖에요. 거기에 경호실장이 군인 출신으로 역전의 용사라면요. 그리고, 시몬느는 이자벨에게 있어 황금알을 낳아주는 거위 같은 존잽니다. 그런데 그 목을 비틀 이유가 없지요. 무엇보다도 이자벨은 사랑하는 남편의 시신 앞에서 슬피 우는 아내에요."

나는 나의 설명이 이만하면 충분한 설득력을 지녔다고 생각했다. 모두가 머릴 끄덕이고 있었으나, 우리들의 하마와도 같은 인상의 과장만큼은 고개를 내저었다. 그는 심지어 히죽이 웃기까지 했다.

"여보게, 최 경위, 내 평생의 지론이 뭔지 자네 아나?"

과장이 물었으나 내가 알 길이 없다. 그래서 나는 과장이 연이어 뱉을 대사를 가다릴 수밖에 없었다.

"이봐, 그 상황에서 누군가가 총을 쏘았다면 그 사람은 바로 이자벨이라는 여자라고. 언제나 그러했지만 범죄의 무대에서 남편의 시신을 끌어 앉고 울부짖는 젊고 아름다운 여자가 있다면 그 여자야말로 남편의 가슴에 시퍼런 비수를 꽂은 진범이라고. 서양 여자들이 뭐랬는지 알아? 남편을 죽이는 것은 개를 죽이는 것과 마찬가지로 아무 죄도 없다는 게야. 동기? 동기야 언제나 하나지. 권태라고! 그러니 최 경위, 우린 여자의 거짓 눈물에 속으면 안 된다고."

살아오면서 늘 세상을 삐딱하게만 바라보아 온 하영구 경정다운 성차별을 곁들인 말. 일리가 있다. 결결이 모아진 경험의 소산이리라. 하지만 끔찍했다. 언제나 아름다움에 잔혹한 사나이. 아름다운 아내가 있고, 하마새끼와도 같은 귀엽기만 한 딸도 있는데, 헤아릴 수 없는 심리 상태다. 그리고 무엇보다도 앙리 크리스토프마저 표적으로 보는 것은, 그래서 그의 아내 이자벨을 저격범으로 지목하는 것은 지금으로서는 비약이다. 표적은 어디까지나 시몬느다. 그것을 깨달은 것일까, 과장은 한 마디 덧붙였다.

"아, 물론 남편이 표적인 경우에 말이야."

과장은 한 발 물러나긴 했지만, 그래도 어딘지 모르게 암시적이었다.

"무슨 말씀인지 알겠습니다. 섣부르게 이자벨을 허투루 대접하지는 않겠습니다. 예의 주시하죠."

나는 순순히 대꾸했다.

"아암, 그래야지. 그 여자가 올림픽에도 출전한 경험이 있는 출중한 사격 선수였는지 그것도 한 번 알아보고. 불륜에 대해서도."

아무래도 과장이 제사지내고 싶은 대상은 이자벨인 듯했다.

"그러죠."

과장은 매우 적절한 지시를 내렸다고 생각했는지 엄청 만족스러워하는 표정을 지었다. 그의 직업이 인간 사냥꾼인데, 오늘 좋은 사냥감을 찾았다고 할 수 있다.

"근데 말씀이야, 문제는 무엇 때문에 명색이 대통령의 경호실장이라는 사람이 대통령이 사랑하는 여인에게 방아쇠를 당겼어야 하는 게지?"

말하자면 과장은 경호실장의 살인동기에 대해 묻는다고 할 수 있는데, 어느새 아름다운 미망인의 가능성에 대해선 까맣게 잊어버리곤 의뭉스런 경호원을 겨냥해서 질문하고 있다.

"그건 지금으로선 모르죠. 홀쩍 떠나버렸으니, 데려다 닦달할수도 없고. 다만."

나는 애매모호하게 대꾸했다. 흔히 살인의 3대 동기로 알려진 돈이나 복수 그리고 질투심 같은 것을 나열할 수는 있지만 똑떨어진 동기를 찾기란 쉽지 않을 것이다.

"싫증 난 거죠."

맹달수 경위가 불쑥 심드렁하니 말했다.

"살짝 한 물 간 시몬느라는 여자가요. 경호실장이 어른의 심기를 헤아리고 알아서 처리하려 한 거 아닐까요?"

마치 나를 구원이라도 하려고 새로 부임한 맹 경위가 나선 것은 좋았으나, 너무 엉뚱했다. 아니 썰렁했다는 것이 옳았다. 사람들은 하도 어이가 없고 보니 나무라지도 못하고 웃기만 했다. 그러나 맹 경위는 그의 주장을 굽히려 하지 않았다.

"이런 말 들어 보셨어요. 서양 사람들 얘긴가 본데, 이발하면 하루가 즐겁고 승마를 하면 일주일이 즐겁다고 했습니다. 결혼하면 얼마 동안이나 즐거운지 아십니까? 한 달이라고 했습니다. 고작 한 달. 영국의 헨리 8세라는 왕 있잖아요. 어렵게 결혼한 왕비를 천 일이 지나자 단두대 위에서 목을 싹둑 자르더라고요. 천일이면 그래도 긴 편인가. 권태라는 위대한 질병! 제 말은 경호실장이 권태에 빠진 누군가를 위해 시몬느를 저격했을 거라는 이야깁니다. 그 누군가는 물론."

그러나 맹 경위는 더는 말을 잇지 못했다.

"그만하라고. 사람이 맹랑한데다가 덜렁댄다는 말은 들었지만, 싱겁기까지 하군. 싫어지면, 그냥 헤어지면 그만이지. 나, 원."

맹 경위에게 핀잔을 준 사람은 경비과장이었다. 여느 사람들은 그냥 빙글거리기만 했다. 비록 맹 경위가 싱거운 소리를 했는지 모르지만 동기라면 하나의 동기랄 수가 있다.

4팀장, 맹달수 경위. 새로 등장했기에, 새로운 무대에서 남다른 견해를 펼쳐 각광을 받으려 했는데, 너무 나댄 탓인지 아니면 텃세 탓인지 푼수 끼가 있다고 핀잔까지 받았다.

"자, 이제 마지막으로 프랑스 경감의 의견을 들어 볼까? 아름다운 시몬느를 쏜 게 프랑스 대통령 경호실장의 소행일 거라는 우리 최 경위의 견해에 대해서 말이야."

하영구 과장의 즐기는 듯한 말이다. 그는 언제나 그러했지만 그의 일을, 인간사냥이라는 그의 직업을 즐기는 사람이었다.

"어떻게 생각하세요? 경호실장의 낌새가 수상쩍다는 우리 최 경위의 생각에?"

과장은 삐딱한 품새로 젠체하며 귀 기울이는 도메네크 경감에게로 몸을 돌려 직설적으로 물었다.

"루테낭 최의 말은 아주 흥미롭게 들었습니다. 아주 놀랍네요."

도메네크 경감은 히죽이 웃으며 말문을 열었다. 그의 말과는 달리 지금은 전혀 놀란 표정이 아니었다. 손지아가 재빨리 그의 말을 동시통역했다.

"남다른 추리력에 뛰어난 통찰력을 지녔어요. 생각보다 재치도 번득이고 날카로우셔. 어떻게 3년 만에 경위로까지 초고속 승진했는지 짐작할 수 있겠네요. 고작 3년 만에요. 하지만."

그가 아첨 성 발언을 하긴 했으나 가시가 담겨 있는 것도 분명했다. 어눌하고 꺼벙한 모습으로 눈망울을 껌벅이고 있지만, 그 마스크 뒤엔 마음을 놓을 수 없는 사특함을 감추고 있을 것이었다. 형사 콜롬보처럼.

"영 듣기가 민망하네요. 어떻게 구스타브가 시몬느를 쏠 거라는 얼토당토 않는 발상을 다 했을까요. 그 친구가 나 모르게 살짝 돌기라도 했나 보죠? 이자벨은 더 말할 것도 없고요. 여러모로 추리해 보는 거야 뭐라 하겠습니까마는, 비약이 심해요. 아니면 유머감각이 뛰어난 건가."

도메네크 경감의 반격은 예상한 것이었으나 엄청 메마르고 신랄하다. 그리고 으스대는 표정도 역력하다.

"내가 듣기로는 구스타브는 대통령의 지시에 따라 심부름을 나간 걸로 알고 있고, 이자벨은 예전에 교환학생으로 서울에 머문 적이 있었는데, 그 당시의 하숙집 아줌마가 아프다고 해서 시몬느의 허락을 받고 잠깐 문병 간 걸로 알고 있어요. 그 짬을 이용해서 총을 쏘았다는 얘긴데, 물어보겠는데, 그걸 증명할 수 있겠어요? 지금 소설을 쓰시는가? 한 마디로 좀 황당하네요.”

　프랑스 경감이 그가 아는 정보를 나열하는 것은 누가 뭐라 할까마는 황당하다며 이죽거리기까지 한다. 아무래도 나를 한 수 아래로 보는 것이다.

　“적어도 한 번쯤은 알리바이라도 확인하고 나서 말씀하셔야 하는 거 아닙니까. 이건 수사의 초보지요, 초보. 지금 노리는 게 뭐죠?”

　영감은 이제 나한테 한 수 가르치려 했다. 그리고 그는 나한테 단단히 쐐기를 박았다고 여기는지 입을 닫으려했다. 그런데 그는 갑자기 생각이 떠올랐다는 모습으로 한 마디 더 첨가하는 것이었다.

　“내가 지금 누구와 협력을 해야 한다면 사미라를 추적하는데 진력하시는 분과 손을 잡고 싶네요. 합리적이고 명민하시고. 사미라 살라메를 쫓아야지 이 마당에 누굴 쫓습니까?”

　영감은 영리하게도 이 방에서 누가 실력자인지 일찌감치 간파한 듯했다. 그러니 백지영 편에 서려는 뉘앙스를 풍기고 있다. 그는 이제 할 말은 다 했다는 모습으로 오만스레 몸을 뒤로 제키며 마침내 말문을 닫는 것이었다.

　이젠 내가 반격할 차례다. 기대를 걸고 바라보는 사람이 있는가 하면 우려를 나타내는 사람도 있다. 지금은 바야흐로 프랑스 영감한테 스타일을 구겨서는 안 되는 절체절명의 순간이다.

　“난, 염소수염을 턱에 달고, 루프타이나 목에 걸고 다니는 저 영감이 처음부터 싫더라. 보세요. 나이 값도 못하고 채신머리없이 이간질을 다 하네요.”

　나의 반격도 신랄함을 잃지 않고 출발했다. 손지아가 제대로 통역을 할는지 의심스러웠으나, 아직은 입을 닫고 나의 다음 말을 기다리고 있다.

"그런 경감께선 수사의 초보를 지키셨나? 누구보다도 찬스를 지닌 두 사람의 알리바이에 대해서 알아보기나 했나요? 장담하시게. 이제 보니 사돈 남 말하시네."

나는 지체하지 않고 말을 이었고, 쏘아붙였다.

"아니, 총을 쏘는데 몇 시간이 걸려요? 단 몇 분이면 아니 몇 초면 끝나요. 내가 듣기로는 모사드는 암살 타깃이 숨어 있는 빌라에 들어가 암살하고 나오는데 13초가 걸렸다고 했어요. 연습할 때보다 9초를 앞당겼고요. 경감께선 그 사람들이 하루 내내 서울 시내를 싸돌아다니느라 단 13초도 시간을 낼 수가 없었다는 이야기잖아요. 말이 되나, 어디? 누가 황당한지 모르겠습니다."

나는 두 사람이 윗사람의 허락을 받고 나갔다손 치더라도 충분한 시간을 지녔음을 설파하려 했다. 그들은 따로 놀고 있었고, 그래서 누구보다도 주차타워에 올라갈 찬스를 지녔던 것이다.

"장담하는 데요, 저 영감님께선 지금 눈을 감고 싶던가, 처음부터 음모자의 한 사람이던가, 그럴 걸요. 짜고 치는 고스톱! 아니라면 내 성을 갈겠어요. 누구한테 피박을 뒤집어 씌워요, 씌우긴."

모두는 아직 말이 없다. 손지아도 입을 열지 않고 있다.

"그런데 아까 뭐라고 했습니까? 잘 하고 계십니다, 했어요. 저 영감, 우릴 도우려는 게 아니라 변죽이나 울리며 염탐이나 하려는 겁니다. 새까만 뱃속은 감추고요. 속일 사람 속여야지."

"흐음."

누군가에게서 신음소리 비슷한 것이 들렸다.

"나도 물어보겠는데, 그쪽이 노리는 게 뭐죠?"

"흐음."

"지금 여간 과민 반응을 보이는 거 아니거든요."

"으음."

"저 영감 도무지 마음에 들지 않은 게, 내가 총에 맞는 현장에 버젓이 있었고 지네 상관을 결사적으로 감싸는 나를 지켜본 어르신이에요. 근데 보세요. 소 닭 보듯 하잖아요. 사람이 방금 퇴원했는데, 눈길이라도 마주치며, 몸은 어떠냐며, 안부도 묻지 않은 거 있지요 기껏 복장 터지는 소리나하고. 사람이 기본도 안됐어요."

이젠 그건 차라리 인신공격이었다. 그러나 나는 상관하지 않았다. 더한 말도 했다.

"지네들이 총을 쏘고는 지네들이 훈장을 주는 거 있지요. 웃기잖아요. 엄마가 그 깡통조각 같은 것은 쓰레기통에나 버리라고 했어요. 아무래도 당장 그래야 할까 봐요."

그리고 나는 마지막 비수를 꽂듯 말했다.

"충고하는데, 뭐, 켕기는 게 있으면 은근슬쩍 눙치지 말고 재빨리 손을 쓰는 게 좋을 걸요. 공연히 남의 일 파토 낼 생각일랑 말고. 아니면 진득하니 입을 닫고 있던가. 차라리."

나는 어떻게 보면 멀리에서 찾아온 손님을 헐뜯고 있다고, 아니 매도한다고 할 수가 있었는데, 윗분들이 나를 만류하거나, 야단을 치지 않은 게 이상했다 그러나 손지아는 달랐다. 마침내 그녀가 폭발하려 했다.

"이 봐요, 최선실 씨. 내가 무례한데다가 여자의 히스테리 수준의 말을 곧이곧대로 통역해야 하나요?"

손지아가 잔뜩 화가 나있었다.

"아니, 여자의 히스테리라고? 어쩜, 기가 막혀."

나는 겉으로는 어이없어 했으나 속으론 빙긋했다. 상대 진영에서 반응을 보인 것이다.

"어떻게 그런 터무니없는 인신공격을. 그것도 먼데서 오신 손님을. 우리가 초대했는데."

"누가 먼저 빈정거렸는데, 입은 비뚤어져도 말은 바른대로 해야지. 남은 진지하게 말하는데, 쭈그렁 밤탱이가 다 된 영감이, 나이 살이나 먹고선. 아세요, 나는 받는 대로 갚는 사람이에요."

"최선실 씨, 당신 무슨 콤플렉스를 지닌 거 아녜요?"

"콤플렉스? 그걸 지니지 않은 사람 있음 어디 나와 보라고 해요. 그런 당신도 지금 팔딱거리는 걸 봐서는 누구 못지않을 것 같네."

"최선실 씨, 당신, 매사를 그런 식으로 비딱하게 바라봐요? 충고하는 데, 그거 좋은 버릇 아녜요."

손지아가 여간 녹녹하지가 않다. 야무지고 당돌하다. 그녀의 역할을 똑 부러지게 잘하고 있다. 얼굴도 여리 하고 몸도 가냘 퍼 보이는 데, 성깔은 꼬장꼬장하고 여간 아니다.

"당신이 억울한 건 인정하지만, 그런 식으로 분풀이하는 건 아니죠. 증거라곤 하나도 없고, 있는 거라곤 당신의 히스테리뿐이라고요. 고정하시라고요."

손지아가 이젠 제법 설득하려 했다. 그래서일까, 그것이 오히려 나의 마음을 상하게 했다.

"지아 씨, 잘 들어. 난 내가 아는 진실을 말하는 거야. 우리가 바보야? 당신은 당신 할 일이나 해. 난 내가 할 일을 할 테니까. 공연히 나서네."

"좋아요. 당신이 말한 걸 곧이곧대로 통역할 테니까. 당신 지금 실수하는 겁니다."

"실수라고?"

"암요. 얘기는 참 재미있지만."

"보아하니 상상력이 영 부족하군."

"그런 그쪽은 오버하고 있어요, 오버. 알아들어요? 과대망상증에 사로 잡혀 있다고요."

"어쩜, 그런 심한 말을?"

"누가 시작했는데……."

두 여인의 신랄한 설전을 모두는 좋은 구경거리인 양 바라보고만 있다. 누구도 어느 편을 두둔하지도 나무라지도 않고 지켜보고 있으나, 승패엔 관심이 크리라.

"누가 뭐래도, 나를 쏜 사람은 사미라가 아니라 구스타브고, 시몬느를 쫓는 사람도 구스타브예요."

나는 차분히 말을 이었다.

"그 사람, 코스 변경을 아는 최측근인 데다가 알리바이도 아리송합니다. 이 두 가지 조건을 완벽하게 갖춘 사람 달리 또 있음 나와 보라고 하세요."

나는 재삼 일깨웠다.

"잔혹하게도 앙리에겐 세 발이나 쏘았어요. 원수도 아니었을 텐데, 명색이 가장 친한 친구라고 했어요."

나는 길게 탄식하기까지 했다.

"근데, 나는 왜 쏘아요? 내가 지네들에게 무얼 잘못했는데?

나, 천국의 문 앞까지 갔었다고요. 베드로 사도가 환영사까지 하고. 난 반드시 보복할 거라고요. 나한테 방아쇠를 당긴 자에게 나도 방아쇠를 당길 거라고요. 그가 누구든지. 팔레스타인 사람이건 프랑스 사람이건. 아시죠? 화끈한 복수! 사람 잘못 건드렸어요."

나의 집요함은 더해 갔다. 뿔따구가 가라앉지를 않은 것이다.

"그나저나 시몬느, 그 여자, 조심해야 할 걸요. 이번엔 용케 살아남았지만, 다음엔 장담 못하죠. 저격수는 반듯이 제2의 찬스를 노린다고요. 누가 뭐래도 염소수염을 기른 저 어르신네는 이 음모의 진상을 엿보고 있는 사람이에요. 그 마스크는 어수룩한 체해도 말예요."

나는 모두에게는 결론 비슷하게 말했다.

"최선실 씨, 당신 무얼 모르는 게 있는데, 어지간한 당신도 들으면 놀랄 걸요."

손지아는 지칠 줄 모르고 반격하려 했다. 프랑스 사람들을 섬겨서가 아니라 나름대로 아는 진실이 있는 듯했다.

"모르긴 무얼 몰라요?"

"사건 현장에서나, 병원에서 모든 사태를 재빨리 수습한 사람이 누군지 알아요? 그 혼란 속에서도 프랑스 대통령 주치의를 불러내고, 당신의 수술을 마지막까지 지켜본 사람이요. 노심초사하면서 지극정성으로 보살핀 사람이, 앙리의 시신도 얼른 수습해서 합동에 있는 프랑스 대사관에 이송한 사람이, 나도 그 현장에서 모든 걸 지켜본 사람이에요."

"누군데요?"

이미 해답이 나와 있는 질문이었고, 손지아도 나의 맥 빠진 물음엔 굳이 대꾸하지 않았다.

손지아가 그 사이 우리 사이에서 펼쳐진 입씨름에 대해 도메네크 경감에게 열심히 설명해주고 있어 우리의 설전은 잠시 휴전상태로 접어들었다. 손지아가 뭐라 통역하고 있는지는 몰라도 영감의 표정엔 뚜렷한 변화를 읽을 수는 없었다. 우린 두 사람이 이야기를 끝내기를 조용히 기다렸다.

이윽고 손지아가 나한테 얼굴을 돌렸다.

"최선실 씨, 무엇 또 할 말이 있어요?"

손지아의 볼멘 말투였다.

"세 가지만 부탁할게요. 우선 두 사람의, 구스타브와 이자벨의 알리바이를 체크해 주세요. 분 단위로 쪼개서요. 그리고 두 사람이 타고 다녔던 차를 우리한테 넘기세요. 주차타워의 CCTV에 찍혀 있는지, 회수된 주차권에 지문이 묻어 있는지 조사하려고 해요. 타이어에 흰 페인트가 묻어 있는지도. 마지막으로 두 사람이 그날 걸쳤던 재킷이나 코트도요. 이른바 초연반응(硝煙反應)을 살피기 위해서죠. 당신들 말처럼 증거를 찾아야 할 거 아닙니까. 그러니 차를 인도하고 두 사람의 지문과 옷을 넘겨주세요. 쉽지요."

나도 사무적으로 대응했다.

"차는 청와대에서 지원 받은 것이니 그쪽에 넘겨 달라고 하라네요. 지문과 옷은 기꺼이 넘겨주겠다고 하시네요. 하지만 알리바이 조사는 최선실 씨더러 하라는 데요. 흰 눈처럼 깨끗하다고 하면 또 음모론을 주장할 거 아니냐면서요."

"꽁무니를 빼시네. 정 그렇다면 그렇게 하죠. 단언하건대, 두 사람 중에 한 사람은 범인이라는 증거가 나올걸요. 자부합니다."

"어련하시겠어요. 기대하죠."

"기대해도 좋을 걸요."

"최선실 씨, 당신이 갑자기 존경스럽네요."

"존경까지나."

"그런데 이걸 알아주었으면 해요."

손지아가 갑자기 생각이 난 듯 말했다.

"무얼 또요?"

"이자벨은 유고내전 당시, 코소보에서 사랑하는 남자를 잃은 경험이 있어요. 이름은 조녀선 호킹! 함께 UN 난민기구에서 활동한 미국남자예요. 그런데 이번에 또다시 사랑하는 사람을 잃었어요. 서울에서. 두 번씩이나 비극을 겪은 여인의 아픔을 기억해 주면 좋겠네요. 이건 어디까지나 내 개인 생각이에요."

손지아의 말에 모두가 숙연해지는 순간이었다. 그 여자 상습범이구면, 하고 핀잔을 줄 것 같은 우리 형사과장 조차 낯빛을 잃고 있다. 나도 물론 할 말을 잃었다.

그 사이 우리들의 대화는 비록 오순도순 진행한 것은 아니었으나 마침내 막을 내리게 되었다. 줄곧 의연한 자세로 회의 진행을 지켜보던 서장이 개입해서다.

"자, 좋아요. 오늘회의는 이만 끝내기로 하지. 아주 유익했다고 생각되는군. 그리고 아주 흥미로웠어요. 모두가 가슴을 열고 토의에 임해 주었고, 특히 에드와르 도메네크 경감에게 감사하오. 손지아 씨도 애썼어요."

서장은 도메네크 경감에겐 고개를 돌려 경의를 표했고, 도매네크 경감은 밝은 미소로 화답했다. 서장은 나름대로 오늘 회의에 대한 결론도 도출하려 했다.

"그러니 뭐요, 지금으로선 '누가 시몬느를 저격했는가?'에 모든 수사 초점을 맞추어야 할 것이오. 첫째로 두 말할 것도 없이 사미라 살라메, 우린 우선적으로 그 여자를 추적해야 할 것이오. 그 여자에겐 강력한 동기가 있으니까. 두 번째로 구스타브 클라비에 경호실장. 그에게는 기회가 있어 보이는군. 동기와 기회! 말하자면 두 사람 모두에게 충분한 가능성이 있다는 얘기지."

서장은 원탁 테이블에 둘러앉은 수사 베테랑들을 두루 바라보며 동의를 구하는 표정으로 말을 잇고 있었다. 더러는 고개를 끄덕이는 사람도 있다.

"이렇게 하는 게 좋겠군. 우린 수사를 두 갈래로 나누자고. 정석대로 사미라를 쫓는 일은 백지영 경감이 맡아서 하라고. 내 생각으론 그들이 다음으로 시도할 일이란 항공기 납치가 아닐까 싶구먼. 지금 발이 묶인 형국이고, 탈출을 시도해야 할 테니까. 아, 그리고 구스타브를 살피는 건 최선실 경위의 몫이고. 누가 탁월한 안목을 지녔는지 내가 두고 볼 참이라고. 아, 그리고 이걸 알아야해. 우리에겐 시간이 그다지 많지 않다고. 우릴 찾은 위험한 방문객들이 그들의 둥지를 찾아 금세 뿔뿔이 흩어질 테니까. 그러니 열심히 뛰라고!"

서장은 누구도 못 말리는 두 경쟁자에게 한껏 라이벌의식을 고취시켜 채찍질한다고 할 수가 있었다. 어떤 점에선 야멸차고 교활하다.

그나저나 수수께끼의 해답이 감추어진 '비밀의 문'을 여는 열쇠를 누가 찾게 될까?

백지영일까, 아니면 나, 최진실일까?

그리고 서장은 마지막으로 한마디를 덧붙였다. 당근도 제시하는 것이다.

"이번에 범인을 검거한 경찰관에겐 특진이 보장되어 있어. 간부도 물론이야. 모두 분발하라고."

13

어느새 시계바늘은 아침 11시를 가리키고 있었다.

모두가 잠시 한숨을 돌리며 회의실을 빠져 나갈려는 즈음해서 회의실 구석에 설치된 오래된 구식 전화기가 갑자기 요란스럽게 벨소리를 울렸다.

누가 저 벨소리를 잠재울 사람은 없는 걸까.

김서영이 달려가 수화기를 움켜잡았다. 그런데 그녀는 영어로 대화했는데, 제법 유창하다.

아메드 아야시!

일순 나의 뇌리를 스친 이름이었다. 다음 순간 서영이 나를 손짓해서 부르고 있었다.

"친구라는데요. 자기 이름은 아메드 아야시고요. 빨리 바꾸래요."

서영은 조금은 느물스런 모습으로 나한테 전화기를 넘겨주는 것이었다. 아무래도 이 아이, 아직은 위기의식이라는 게 별로 없다.

"여보세요."

나는 얼른 전화를 받았다.

"최선실 경위! 단도직입적으로 말하지. 내 말에 토를 달거나 절대로 끼어들지 말라고. 질문도 하지 말고. 시간이 없거든. 내 말 알아들어요?"

아메드 아야시는 어떤 점에서는 허둥댄다는 느낌을 주었다. 인사치례 같은 것은 아예 생략했고, 그 목소리는 메말랐다.

"알았어요."

나는 짧게 대꾸했다.

"사미라 살라메의 이름으로 말하는데, 당신들이 억류하고 있는 라니아 살레를 24시간 내에 석방하라고! 이제부터는 내 말대로 움직여야 해."

아메드 아야시의 전혀 예상 밖의 요청이었다. 아니 그것은 요구요, 명령이었다. 그리고 그는 그들의 사령관 사미라 살라메의 이름을 들먹였다. 하긴 신비의 베일에 가린 여인, 사미라 살라메라는 이름엔 알지 못할 마력이 있다. 일순 서늘한 오한이 스며왔다.

"라니아 살레? 그 사람이 누구예요?"

내가 재빨리 물었다.

"이런!"

"무얼 알아야 당신 말처럼 움직일 거 아녜요. 역정 내지 말고."

"아니, 라니아 살레를 모르다니. 파리에서 잡혀간 우리들의 코맨더요."

"오라, 지난 번 동시다발 테러에서 프랑스 대테러부대에 생포되어 질질 끌려가던 그 멍청스런 젊은 여자 테러리스트! 아이러니하게도 국제적으론 명성을 떨친다고 했었지. 근데 그 여자 석방을 왜 우리한테 요구해요? 프랑스에 요구해야지. 아니 시몬느 비올레에게 요구해야 하는 거 아녜요."

"무얼 모르는군. 지금 서울에 억류되어 있다니깐. 프랑스가 당신네 나라에 신병을 인도 했다고."

"왜요?"

"이런, 시간이 없다는 데도."

"우리가 거절한다면요?"

나는 그의 말에 아랑곳하지 않고 밀고 나갔다. 아직은 내가 이니시어티브를 쥐고 있다고 생각한 것이다. 잠시 뒤엔 그것이 한갓 환상일 수 있다고 해도 말이다.

"흐음, 일단은 그렇게 나와야겠지. 그래서 하는 말인데 우린 오늘 체첸 동지들이 러시아에서 그렇게 했듯이 당신네 지하철을 폭파할 거라고. 혹시 기억하는지 모르겠군. 1차 공격 당시는 41명이 죽고 240명이 부상했었지. 2차 공격에서는 36명이 주고 64명이 부상했었다고. 모스크바 지하철역에서. 내가 지금 당신네 지하철을 폭발하려고 서둘고 있거든, 그러니 내 말에 끼어들지 말라고!"

아메드 아야시의 엄청난 말.

"지하철을 폭파한다고요? 세상에, 우리가 언제 당신들 머리카락 하나라도 건드렸나?"

"거, 참, 이거 미치고 팔딱 뛰겠군. 최선실! 언제까지 꼬박꼬박

토를 달 거야? 누구 복장 터지는 거 보고 싶나?"

"아이 씨! 알았어요. 알았다고요. 어서 말해요."

나는 금세 꼬리를 내리고 숨을 죽였다.

"내가 지금 사당동이라는 데서 4호선 지하철을 타고 서울역 방향으로 출발하려는 참이거든. 배낭 하나를 달랑 메고. 물론 배낭 속엔 폭약을 가득 채우고. 20분 뒤엔 터질 거라고. 객차 하나를 통째로 날릴 수 있는 분량이지. 승객이 대충 50명 정도는 될까. 지금 시간은 11시10분! 그러니 11시 30분 정도가 되지 않을까. 객차와 함께 서울역이 폭파할거요."

"으음……."

나는 다만 무거운 신음소리만을 흘렸다. 지금 어떤 사태가 진행되고 있는지 대충 짐작하는 서장을 비롯한 여느 간부들도 말참견하지 않고 숨죽이며 엿듣고 있다.

"최선실 경위, 자살폭탄테러라는 말을 들어 보셨겠지? 내가 지금 C—4폭탄이 장착된 조끼까지 입고 있다고. 그러니 나를 덮치려는 생각은 아예 말라고. 자, 어서 객차를 멈추게 하고 사람들을 대피시키라고! 솔직히 말해서 나도 살고 싶거든."

"흐음."

나는 연이어 신음할 뿐 아무 대꾸도 하지 못했다. 배낭 속엔 폭약에다가, 폭탄 조끼까지라니!

"친구, 내가 이렇게 알려주는 것은 친구에 대한 처음이자 마지막 봉사라고 할 수 있지. 절대로 두 번을 기대하지 말라고. 허구, 폭약을 건드리려 하다간 그 순간에 폭발할거요. 아무래도 배낭은 선반에 올려놓고 내릴 것 같소. 출입문에 '이 칸은 4989호입니다' 라고 적혀 있다고 하는군. 서울에 사는 내 이슬람 친구 말이……."

그는 친절하게도 객실번호도 알려 주었다. 그리고 그는 마지막으로 덧붙이는 것이었다.

"무엇들 해! 아직도 사태의 심각성을 모르나. 냉큼 움직이지 않고."

그건 이젠 외침이었고, 질타였다. 그리고 그는 서둘러 전화를 끊었다.

나는 수화기를 내려놓고 재빨리 모두에게로 돌아섰다.

"내 말을 잘 들으세요. 절대로 끼어들지 말고요. 그들이 지하철을 폭파한답니다."

나는 무리들에게 아메드 아야시가 말한 대로 되돌려 주었다.

"사당에서 11시 10분에 출발한 4호선 열차! 폭약을 장착한 객차번호는 4989호! 정확하게 20분 뒤에 폭발한대요. 폭약은 절대로 건드리지 말라고 했어요."

그리고 나는 모든 사내들에게 아메드 아야시가 나에게 그렇게 했듯이 외쳤다.

"아니, 무엇들 해요. 빨리 움직이지 않고. 지금 당장 해야 할 일은 빨리 연락하고, 객차를 세우고 사람들을 대피시키고, 그래야 하는 거 아녜요. 사람들 살리려면 길길이 뛰어도 모자랄 시간이에요. 이건 장난이 아니고, 상대는 테러리스트예요!"

나는 서장을 비롯한 사내들을 질타하며 한없는 우월의식을 느껴야 했으나, 사태가 하도 심각하고 촉박하니, 그럴 마음의 여유는 없었다.

내 말이 떨어지기가 바쁘게 일시에 허둥대기 시작했다. 아마도 아수라장은 아니어도 혼돈의 극치를 나타낼 것이다.

이런 악몽은 따로 없을 거야.

일순 나의 머릿속을 휘젓는 생각이었다.

"웬 호들갑이야. 침착하라고!"

서장이 대뜸 호통을 쳤다.

"우선 형사과의 각 팀장들 잘 들으라고. 지하철 공사와 4호선
에 해당되는 지하철역들에 상호 분담해서 연락을 취하라고. 그건
자네들 책임이야."

모두는 점차 침착성을 회복하며 서장의 지시에 귀를 곤두세웠다.

"허구, 경비과장은 경찰기동대와 폭약제거팀 출동을 의뢰하시
오. 그리고 범 경감. 자넨 본청에 보고해서 용산경찰서를 비롯한
관할 경찰서로 하여금 현장에 출동시키게. 소방청에도 연락해서
구급차들도 출동시키라고. 그리고 뭐 빠진 거 없나? 난, 지휘계
통에 따라 윗분들에 보고하지. 청와대에도. 자, 정신 바짝 차리고
움직이자고!"

서장의 민첩하고도 체계적인 지시. 서장은 뭐가 달라도 달라
보였다. 그래서 모두는 맡은 바에 따라 움직이기 시작했다. 이때
보다 휴대폰이 위력을 발휘한 때도 없었으리라. 제각기 호주머
니에서 한꺼번에 휴대폰을 끄집어내서 외치고 고함치고 난리들
이다.

"언니."

서영이 나한테로 다가와 속삭이듯 말 붙였다.

"언니는 이 소란스런 파티장에서 퇴장해야 해. 남자들이 다 알
아서 할 테니까. 언니는 좀 쉬어야 해."

서영의 마음 씀씀이 보통이 아니다. 내가 아직은 정상이 아니

라고 보는 것이다. 그러지 않아도 나는 그럭저럭 버티곤 있었으
나 지금 피곤의 극치를 느끼고 있다.

"서영아, 고마워. 하지만 내가 이 자리를 어떻게 떠나니? 언제
전화가 올지도 모르는데."

"그럼, 눈을 감고 귀를 막고 의자에 푹 파묻혀 있어요. 보지도
말고 듣지도 마요."

"그럴게. 그렇게 하는 게 좋겠구나."

그리고 얼마나 시간이 흘렀을까.

10분도 채 안돼서 방안에 환성이 울려 퍼졌다. 월드컵 축구 경
기에서 마침내 승리했을 때만큼이나 큰 환성이었다.

"아 싸!"

"게임 오버!"

하고 외치는 소리들이 들렸다.

나는 눈을 뜨고 모두를 바라보았다. 환성을 지를 뿐만 아니라
박수까지 치고 있는데, 승리자와도 같은 기쁨을 나타내고 있다.
폭약이 설치된 객차를 동작대교 위에 세울 수가 있었고, 4989호
객차의 승객뿐만 아니라 동작역 플랫폼에서 서성이던 사람들도
모두 대피시켰다는 것이었다.

그나저나 10분도 채 안돼서 열차를 세울 수가 있었다니, 여간
기민한 게 아니다. 아니 그건 하나의 기적이었다.

"폭약은? 폭약은 어떻게 됐지?"

누군가가 다급한 목소리로 말했다.

"아, 그건 찾지도 말고 건드리지도 말라고 했어요. 아직은요."

재빨리 대꾸하는 사람도 있었다.

"좀 더 기다려 보자고. 적어도 20분은."

서장이 재단하듯 말했다. 이미 10분은 지났으니 10분만 더 기다리면 폭음이 들려올지 몰랐다. 아메드 아야시가 그의 말처럼 륙색을 선반 위에 올려놓고 내렸다면 말이다.

우리 모두는 초조한 마음으로 기다렸다. 10분이라는 시간이 아주 길게 느껴지는 순간이기도 했는데, 마치 경기 종료 휘슬이 울리기를 조마조마하게 기다리는 심정과 아주 흡사했다. 그리고 마침내 기다리던 소식이 전해왔다. 가히 지축을 흔드는 것 같은 엄청난 폭음과 함께 4989호 객차는 산산이 부서지며 하늘로 치솟았다는 것이 아닌가. 이 상황에서 확실히 말할 수 있는 것은 종로경찰서가 50명의 목숨을 살려냈다는 사실이었다.

그런데 자기 자리에 비스듬히 기대어 앉아 상황 전개를 지켜보고 있던 에드와르 도메네크 경감이 빙그레 웃음 짓고 있었다. 그게 사미라의 테러를 당해도 싸다는 냉소적인 웃음인지, 생각보다 제법 잘하고 있다는 웃음인지 영 알 수가 없다.

잠시의 시간이 흐르고 나서 언제나 불길한 소식을 전하기 마련인 검은 전화기가 그 시끄러운 벨소리를 울렸다. 김서영이 받아서 말없이 나한테 넘겨주었다. 아메드 아야시였다.

"최선실, 파티는 즐거우셨나?"

아메드의 첫 대사.

"잘하는 짓이네. 철딱서니 없게도 우리 뒤통수를 쳐서 무슨 재미를 볼 거라고 이런 짓을."

나는 대뜸 핀잔을 주기는 했으나 그가 인명을 손상하지 않은 것에 대해서는 고맙게 생각해야 했다.

"아주 놀랍군. 신통방통하게도 10분 만에 처리했어. 아니 10분도 채 걸리지 않았어. 끝내주는군. 나도 덕분에 목숨을 건졌는걸."

아메드는 칭송하는 걸 잊지 않았다. 그것도 극찬이라고 할 수 있었다. 그러나 그의 칭찬은 여기까지였다.

"이미 말했지만 라니아 살레를 내일 이 시간까지는 석방하라고! 내 말 알아듣겠지? 하루를 주지. 단 하루를. 다시는 경고를 하지 않을 것이며, 다시는 타깃을 알려 주지 않을 것이며, 어떤 희생을 치를 것도 불사할 것이오. 혹시 내일은 지하철 아닌 KAL 기를 폭파하게 될지라도. 이건 우리들의 사령관 사미라 살라메의 전갈이오."

그의 말은 단호했고 결의에 차 있었다.

"내가 알아보니, 대한항공이 B777—300 최신예 여객기 두 대를 새로 도입했더군. 객석이 376석이고, 대당가격이 1억 3천만 달러. 아, 그리고 내가 항공기 폭파 전문가라는 것을 말했던가. 요즈음은 폭탄 소포를 주로 제조하고 있다고. 그것도 고성능 PETN폭탄으로. 그리고 뭐야, 모스크바 도모데도보공항 입국터미널에서 체첸동지들의 자폭테러로 210명의 사상자가 발생했다는 아침 뉴스는 보셨는지 모르겠네."

아메드 아야시의 공갈은 이어졌는데, 비록 막다른 골목에 몰려 있는 처지인데도 눈앞의 사태를 즐기는 자의 목소리이기도 했다.

"정말 가지가지로 노시네."

"최선실 경위, 당신에 대한 보답은 이것으로 끝이오. 그대가 내 친구가 아니었으면 오늘과 같은 은총은 베풀지도 않았을 거요."

"저런! 그것도 은총이라고. 다정도 하셔라."

"제발 부탁인데, 우리의 인내심을 시험하는 일은 없기를 바라오. 그리고 날 추적할 생각일랑 하지 말라고. 우린 항상 당신들 머리 위에 있으니까. 이 휴대폰도 쓰레기통에서나 찾게 될 거요.

그럼 내일 아침 전화하리다."

아메드 아야시는 마지막으로 또랑또랑한 목소리로 덧붙였다. 그리곤 매정하게도 일방적으로 전화를 끊는 것이었다. 나는 아무 소리도 하지 못했다. 나는 수화기를 내려놓고 모두를 향해 전화 내용을 빼지도 보태지도 않고 알렸다.

"이젠 이건 윗선에서 알아서 처리할 문젭니다. 국정원과 협의 하든, 청와대와 협의하든. 범 경감께서 돌아가서 처리하시죠."

나는 결론 비슷하게 말했는데, 의당 서장이 할 말이었다.

"그게 좋겠군. 그 문제에 한해서는 우리손을 훌훌 터는 게 좋아. 우리까지 엮일 필요는 없겠지. 우린 우리일이나 하자고. 범 경감은 어서 돌아가게."

서장은 지체하지 않고 내 의견을 사실상 추인해 주었다.

"그러죠."

범 경감도 금세 자리를 떴다. 백지영이 홀로 그를 배웅했다.

프랑스 경감도 이제 별 볼 일 없다는 모습으로 손지아와 함께 회의실을 물러나고 있었는데, 퇴장의 대사를 시부렁거리지 않고 그냥 걸음을 옮길 영감이 아니었다.

"내가 뭐라 했나. 우리가 쫓아야할 저격범이 있다면 사미라 살라메고, 우리가 검거해야 할 테러범들이 있다면 팔레스티나 테러리스트 그룹이라고. 아니던가? 이 지경에 누굴 쫓는다는 게 요."

그리고 그는 마지막으로 마치 신탁처럼 떠벌였다. 그것도 우리 모두를 능멸하는 어조로.

"이걸 아셔야지. 우리 눈앞에 펼쳐지고 있는 것은 사미라 살라메와 시몬느 비올레, 두 적수로 대표되는 숙명적인 싸움이라는 것을. 사라센 군대와 십자군의 피 터지는 전쟁이라는 것을.
장구한 역사의 흐름 속에서 '네버 엔딩 레이스'라는 것도 모르
다니."

14

　정오의 정규 뉴스는 4호선 열차 폭파사건에 대해 집중적으로 보도하고 있었다. 팔레스타인 테러리스트 그룹의 소행이라는 것, 이 사실을 사전에 안 종로경찰서장의 민첩하고도 적절한 조처로, 엄청난 폭파에도 불구하고 인명 피해가 없었다는 것 하며, 앞으로 우리나라도 테러에 적절한 대비를 해야 한다는 내용들이었다. 테러범들의 요구사항은 그들로서는 아직은 알 수가 없다고 했다.

　잠시 후, 모두는 놀란 가슴을 쓸어내리며 뿔뿔이 흩어졌는데, 나는 서영이와 함께 강력 1팀 사무실로 걸음을 옮겼다.

　"우리 캡틴, 최고야, 최고!"

　사무실에 들어서자 서영이 잽싸게 뱉은 대사였다. 아니 외친 말이었다.

　"누가 뭐래도 우리 팀장이 주도권을 쥐고 있었다고요. 알아들어요?"

　서영이 세 명의 형사, 박, 전, 노 형사에게 알려주는 말이었다.

　"백지영 경감도, 아무도 아니에요. 백 경감하고는 따로 놀아
라, 하셨다고요. 그러니 서 경사님."

　서영은 뒤따라 들어서는 서 경사를 향해 돌아서고 있었다. 그
리고는 말을 잇는 것이었다.

　"우린 할 일이 많다고요. 우선적으로 구스타브 클라비에 경호
실장의 알리바이를 조사해야 해요. 차도 넘겨받아야 하고요. 우
린 현장 조사도 다시 해야 하는 거 아니에요? 밤을 꼴딱 새워도
시간이 없다고요. 빨리 움직여야지."

　서영은 알고 보면 그중 말단 형사인데, 이래라, 저래라, 다 한
다. 말은 틀리지 않아도 아직 나설 때를 가리지 못하고 있다. 아
니나 다를까, 서 경사가 대뜸 반응했다.

　"이봐, 김 형사. 씩씩한 건 좋은데, 천방지축 너무 나서는 게
아니지. 일엔 순서가 있고, 조직엔 아래 위가 있고."

　"그 무슨 말씀을! 완전히 맛이 간 처지에, 팀장 한 사람 제대로
지키지도 못한 주제에."

　서영의 반격이 여간 신랄하지가 않다. 사내들이 제대로 반격을
못하고 밀리고 있다.

　"어럽쇼, 이거 바람 잘 날이 없겠네."

　서 경사가 어이없어 했으나, 어쩌랴, 정곡을 찔렸으니 할 말이
없다.

　"우리가 벽창호들이나 모여 있는 게 아니라는 걸 프랑스 사람
들에게 보여 주어야죠. 이 사람들 지금 눈앞에 펼쳐진 상황을 교
묘히 이용하고 있다고요. 우리가 그들에게 휘둘릴 수만은 없잖아

요. 얼간인가, 우리가 어디……."

"알았어. 알았다고."

서 경사는 더는 서영이와 말을 섞으려 하지 않는다. 잃는 건 체면이고 얻을 건 하나도 없다고 보는 것이다.

"나, 이번에 저격범을 잡아 대령해서는 꼭 특진할거라고요. 서장님도 보장했거든요. 그럼 서 경사님하고 맞먹게 되고요. 한 번만 더 특진하면 어떻게 되는 줄 알아요? 서 경사님을 거느리게 된다고요. 내 말 알아들어요?"

서영이 꿈을 키워 보는 거야 무어라 할 수는 없지만, 하도 엄청난 말을 해서 서 경사를 기겁하게 했다.

"아이고, 이거, 나, 원, 오래 살아야하나?"

"그런 약한 소리 하지 마시라고요. '신은 모든 새에게 벌레를 주지만, 둥지 안까지는 던져 주지 않는다.'고 했거든요. 아시죠? 이 번 기회가 여간 좋은 건수가 아니라는 걸. 자, 그러니 한 번 꽁무니 빠지게 열심히 뛰어 진급하시라고요. 아니면 추월당하는 거 시간문제라고요. 그쪽 사내들도요."

"알았어. 그렇게 할게. 그럼 됐지?"

"좋았어요."

보아하니 누가 상급자고 누가 하급자인지 알 수가 없다. 한 가지 확실한 것은 서영이 보통내기가 아니라는 사실이다.

"어떤 녀석이 신랑감으로 걸려들지 몰라도 골치깨나 아프겠는걸."

"누군지는 몰라도 땡 잡는 거라고요."

그런데 서영이 사내들에 대한 군기는 잡았다고 보고, 나한테로 서서히 돌아서고 있다. 할 말이 있는 것이다. 나는 공연히 찔끔했다.

"팀장님은 오후엔 쉬어야 해요. 나하고 같이 병원에 들러 치료를 받고 집에 가서 쉬세요. 지금 너무 무리를 하고 있어요. 내 몸은 내가 챙겨야 해요."

"알았어. 그럴게. 그게 좋을 거야."

나는 서영이한테 야단맞기 전에 얼른 대꾸했다.

"병원 근처에 설렁탕을 잘하는 집이 있어요. 우리 거기 가서 점심을 먹어요."

"그러지, 뭐."

"우리 좀 쉬었다가 떠나요. 언니는 좀 쉬어야 해요."

"그럴까."

쉴 틈도 없이 기다렸다는 듯이 데스크의 전화벨이 울려 수화기를 집어 들자 낯익은 목소리가 들렸다.

"최선실 경위? 나, 크리스틴, 크리스틴 카라! CNN의… 벌써 잊었노라 곤 하지 않을 테지."

언제나 그러하지만 그녀의 말투는 상냥하지 않다. 상대방이 누군지도 의식하지 않는다. 직설적이고 사무적이다.

"알아요. 까칠한 당신을."

크리스틴이 별로 나를 좋아하지 않는걸 알고는 있어도 그녀에게 그다지 거부감은 없었다. 유별난 여자에 대한 일종의 호기심 탓일 게다. 게다가 여간 하이레벨의 여자가 아니다.

"단도직입적으로 묻겠는데, 그들이 무엇 때문에 당신네 지하철을 폭파한 게지? 여기가 파리라면 또 모를까."

"흐음, 그게……."

나는 일순 망설였다. 이 여자가 나발 불게 분명하다. 그게 생리
요, 직업이니까.

"내가 말할까?"

그녀가 물었다. 그건 일종의 다그침이기도 했다. 나는 금세 반
응하지 않았다.

"내가 말하지. 그들은 당신들이 억류하고 있는 팔레스티나 여
전사의 석방을 요구했을 거라고. 이름은 모르지만……."

"라니아 살레!"

알고 나오는데, 비싸게 굴 필요가 없다. 산전수전 다 겪은 피차
프로들이다.

"긴 말은 않겠어. 내 부탁을 잊지 않았으면 좋겠어. 물론 대가
는 지불해야겠지. 이 바닥에도 상도(商道)라는 게 있거든 상업상
지켜야할 룰! 엘리제궁에서만 훈장을 주는 게 아니라고. 그럼 전
화 끊자고."

그녀는 '안녕히'라는 인사도 없이 전화를 끊는 것이었다. 메말
랐다고 해야 하나, 매우 기능적이라고 해야 하나. 나도 슬며시 수
화기를 내려놓았다. 그러면서 독백하듯 말했다.

"누가 훈장에 게걸 들렸나."

얼마 동안이나 의자에 파묻혀 쉬었을까.

그러나 우린 길게 쉴 수도, 금세 서를 떠날 수도 없게 되었다.
다시금 수사회의가 소집된 것이다. 화급을 다투는 현안을 논의하
기 위해서라나. 시계바늘은 12시 30분을 가리키고 있다.

"무슨 일이죠?"

"글쎄 말이야."

서영이가 물었으나 나로서는 알 길이 없다. 지하철 사고가 수습된 지 한 시간 정도가 지났을까. 짚이는 게 별로 없다. 그러나 다음 순간 번개처럼 머리를 스치는 상념은 있었다.

'혹시 아메드 아야시가 하도 설치다 보니 꼬리를 잡힌 건 아닐까.'

지하철 4호선, 동작대교에서부터 그의 위치 정보를 수집할 수는 없을까 하는 생각을 하긴 했었다. 우리들의 컴퓨터 수사전문가들에겐 그건 식은 죽 먹기나 다름없다. 글쎄, 아직은 상황이 어떻게 돌아가는지 알 수 없는 일이다.

나는 서영과 팔짱을 끼고 재빨리 회의실로 걸음을 옮겼다. 회의실에 들어서보니, 서장을 비롯한 멤버들이 빠짐없이 벌써 참석하고 있다. 게다가 언제 유턴했는지 범 경감도 자리해 있고, 심지어 도메네크 경감조차 손지아와 함께 되돌아 와서는 얼굴을 내밀고 있다. 그러니 나한테는 맨 나중에 마지못해 연락을 취한 것이다. 나를 빼돌리곤 저희들 끼리끼리 놀려고 한 것일 게다. 그나저나 화급을 다투는 현안이 무언지가 궁금했다.

백지영 경감이 천천히 자리에서 일어났다. 그녀는 씽긋 웃음 지으며 모두를 차근차근 둘러보는 것이었다. 저 여유로움은 어디에서 나오는 것일까. 그녀가 우리 모두를 소집한 것이다. 그녀가 입을 떼었다.

"우린 마침내 그들의 은신처를 찾아냈습니다. 사미라 살라메와 그 여자의 전사들이 은밀하게 숨어 있는 곳을요."

그녀의 목소리는 마치 개선가를 울리 듯했다. 어김없이 노래 부르는 듯한 선율에, 빛나는 눈빛, 그리고 화사한 마스크. 그녀가 마침내 오늘의 무대에서 주역의 위치를 회복하는 순간이었다. 그래서일까, 기쁜 소식임에도 불구하고 나한테는 어쩐지 아이러니하게도 불길한 소식처럼 들려왔다.

"아시죠. '백운 호수'를. 서울과 인접된 수도권의 아름다운 호수의 하나. 경기도 의왕시에 있는… 그 호반의 숲속에 자리 잡은 고풍스런 별장에 그들이 숨어 있습니다. 우리가 펼쳐놓은 첩보망에 그들이 보기 좋게 걸려들었어요."

백지영은 차분하게 그리고 자신감 있게 말을 이어갔다. 그럴수록 나의 심장의 박동은 점차 높아갔다. 마치 라벨의 볼레로처럼.

"호수가 있는 경기도 의왕시의 이슬람 기도처에 우리와 협력해온 여인이 있습니다. 우리나라 남성과 혼인한 무슬림 여성으로, 조금 전에 저에게 직접 제보를 해주었습니다. 그들이 며칠 전부터 호반의 별장에 숨어든 것을요. 여자 한 명에 남자 대여섯 명이요. 언뜻 보아도 무슬림 친구들이라네요."

모두는 백지영의 말에 귀 기울이고 있었는데, 그들 모두가 깨달은 것은 백지영이 마침내 한 건 건져 올렸다는, 말하자면 그녀의 소임을 슬기롭게 그리고 완벽하게 수행했다는 사실이었다.

"제가 지금 시시콜콜 자세하게 말씀드릴 수가 없습니다. 왜냐고요? 우린 지금 당장 그들을 덮쳐야 하니까요. 그 별장이 5공 정권 당시의 실세의 한 사람인 허대포의 별장인데, 지금은 비어 있다든지, 제보자하고는 어떻게 알게 되었느냐 던지, 이런 얘기는 나중에 하죠. 우린 빨리 행동에 옮겨야 합니다. 꾸물댈 시간이 없어요."

백지영의 일리 있는 말. 모두가 고개를 크게 주억거리며 그녀의 말에 동의를 표했다. 특히 그녀의 기치 아래 몰려 있는 사내들이 서둘러 움직이려 했다.

"혹여 제 말을 미심쩍어하는 사람도 있을지 몰라서 하는 얘긴데요……."

백지영은 일순 말을 멈추었는데, 마치 나를 의식한, 나를 겨냥한 말투 같았다.

"시경의 과학수사기술팀에서도 그들의 은신처를 확인하고 있습니다. 컴퓨터 수사전문가들이 휴대기기와 소프트웨어로 위치정보를 추적해서요. 아메드 아야시 일행이 4호선 동작대교를 시발로 해서 사당동을 걸쳐 남태령을 넘어서 의왕시에 당도한 것을요. 아니 백운 호수로 진입한 것을요. 자세한 내용은 범 경감한테서 들으시죠."

바야흐로 백지영 범도일 컴비가 뜨는 순간이라고 할 수 있는데, 스포트라이트가, 아니 모두의 눈길이 그들을 향해 쏠려 있다.

아무래도 아메드 아야시가 덜렁대다가 무슨 실수를 저지른 게틀림없다. 그러니 백지영이 설치고 있는 것이다.

범 경감이 앉은 자리에서 조용히 입을 떼었다. 언제나처럼 의연했고 신중했다.

"제가 더 들일 말씀은 별로 없습니다만, 제보자의 제보에 위치추적의 성공, 이 이상 확실한 정보는 없을 것 같군요. 요행이라면 그들이 애플사의 스마트폰인 아이폰을 사용했다는 점이지요. 위치추적기능을 보다 쉽게 수사에 활용할 수 있게 되었으니까요. 우린 마침내 사미라의 은신처를 찾아냈다고 할 수 있습니다. 종로서의 역량으로. 쉬운 일은 아니지요. 자, 이제 행동할 단계입니다. 제가 앞장서지요."

범 경감의 말은 비록 간결했지만, 그의 아내 백지영을 돋보이게 하는 데엔 손색이 없었다. 그리고 의심할 여지없이 그들 두 사람은 사미라의 은신처를 찾아냈고, 이제 남은 일은 그녀 일행을 정중히 경찰서로 초빙하는 일만이 남은 것이다.

이젠 서장이 결단할 일만이 남았다. 그런데 모두가 시선을 나를 향해 돌리고 있었다. 이 지경에 할 말이 있으면 해보라는 그런 시늉들이었다. 철천지원수지간은 아니어도 세상에 못 말리는 라이벌 관계라는 것을 아는 처지라서, 내가 딴죽을 걸 것임을 짐작하고도 남을 것이다.

"이건 덫이에요, 덫! 우리가 그들 꼼수에 놀아나야 하나요? 그 친구들, 사람 되게 웃기고 있네."

내가 충동적으로 던진 첫 마디였다. 모두의 기대에 부응하려면 나는 뭔가 한 마디 대사를 읊어야 했다. 나의 한 마디에 모두가 어안이 벙벙해 했다. 좋은 일에 깻박치려했으니 아니 그러겠나. 실내엔 찬물을 끼얹었을 때와도 고요가 일순 지배했다.

"그리고요, 나선다면 왜 우리가 나서야 해요? 의당 의왕경찰서죠. 경기지방경찰청이던가. 백운 호수가 언제부터 우리 종로서 관할이 됐지요? 흥분하시게. 우습잖아요."

나는 모두에게 두 가지 사실을 지적했다고 할 수가 있다. 백운 호수가 우리 관할이 아니고, 따라서 우리가 서둘 일이 아니라는 말엔 모두가 수긍할 것이다. 그러나 덫이라고 한 마디로 뭉개 버리는 것은 납득할 수 없을 것이다. 그리고 웃긴다고까지 했으니 부아도 돋아 있어, 내가 제대로 해명하지 않으면 나를 사자 우리에라도 던져 넣을 마음의 준비가 되어 있을 것이다. 그들의 표정이 그러했다. 그런데 누가 나한테 채찍을 들지가 아리송했다.

보아하니 맹달수 경위가 나서려했다. 그는 알고 보면 열렬한 백지영 팬이었다. 단순한 팬이 아니라 숭배자요, 추종자였다. 그런 그가 언제부터인가 나한테로 전향한 것으로 기억하고 있다. 그런데 지금 선봉장으로 나서려 한다. 그럼 그건 위장전향이었을 게다.

"암요. 이건 덫입니다. 덫이라고요. 우리가 지금 멍청하게도 덫에 다가서려 하고 있어요. 이거 실수하는 겁니다."

뜻밖이라고 해야 할까, 놀랍게도 맹달수는 내 편에 서려했다. 그것도 감연히. 그런데 사람들의 눈엔 불신의 빛이 가득했다. 맹랑하기로, 덜렁대기로, 아니 촐랑대기로 알려진 맹달수다. 참을 수 없는 가벼움을 지닌 전형적인 인물! 그런 분위기를 의식해서인지 그가 재빨리 말을 이었다.

"기다렸다는 듯이 첩보원은 홀연히 등장하고, 타이밍을 놓칠세라 위치추적은 성공하고, 우리가 걸려들기에 너무나도 안성맞춤의 정보가 아니고 뭡니까. 너무나 잘 부합되고 있어요. 지나친 부합은 진실의 적이 될 수도 있다는 말도 있습니다."

맹달수, 문자까지 쓰며 설파했는데, 나를 감동시켰다. 무엇보다도 원형경기장과도 같은 이 방에 외로운 나를 지키려는 검투사가 있는 것이다.

"여보게, 맹 경위. 함부로 말하지 말게. 그게 어디 약발이 먹힐 소린가. 자네가 지금 누구 편에 서 있는 지는 잘 알겠지만. 어떻게 눈앞의 명백한 사실을 무시하려 하나?"

백지영 편에 서서 공박의 선봉에 선 사람은 변강진 경위였다. 그는 강력팀장 중에서 가장 연만하고 경험 또한 풍부한 처지다. 게다가 눈치 하나 빠르고 머리도 잘 돌아가고 아첨하는 재주도 능하다. 전형적인 공무원 타입. 벌써 진급도 해야 할 형편인데, 어쩐지 인맥이 없다. 나는 그가 백지영 편에 서려는 것을 십분 이해한다. 누구보다도 정글의 법칙을 입에 올리는 사람이다.

아무려나 지금은 맹달수와 변강진 경위가 우리들의 대리전을 펼치는 상황이라고 할 수가 있다. 그냥 입을 닫고 눈여겨보는 것이 현명하다.

"변 선배, 한 가지만 묻죠."

맹 경위가 반격에 나서려 했다. 그는 씽긋 미소까지 지었는데, 믿음직스럽기도 했고 위태하기도 했다.

"무슬림 여성이, 알라를 신으로 섬기는 여인이, 무슬림 형제들을 배신할 수 있다고 믿습니까? 한 마디로 허망한 꿈이죠."

맹달수의 결정적인 일격. 변 경위가 금세 반격을 시도하지 못하고 있다.

"무슬림의 그 여자가 우리 경찰에 정보를 제공했다면 허위정보이거나, 기만정보일 테지요. 사미라가 써준 각본대로요. 그 여잔 오래 전부터 사미라의 협력자이지 우리들의 협력자가 아니라는 얘깁니다. 이게 진상이 아닐까요."

"흐음."

변 경위는 아직은 신음소리만을 토했다.

"잘 아실 테지만, 지금 아이폰의 위치정보 서비스 때문에 난리도 아니에요. 과학수사당국이 위치추적기능을 수사에 활용한다는 기사도 신문에 대문짝만큼 나고요. 삼척동자도 이젠 다 알죠. 한 가지만 더 묻죠. 우리가 지금 아마추어를 상대하고 있습니까? 사미라, 그 여자가 아마추어냐고요?"

맹달수, 내 생각을, 내 처지를 착실하게 대변하고 있다. 언제나 지니는 의혹이지만 그는 무엇 때문에 내 편에 서려는 걸까. 내가 여자로서 마음에 들어서일까. 아니면 다수에 묻히기보다 나와 함께 튀는 것이 이득이라고 본 탓일까. 아무려나 자기 목소리를 내려 애쓴다. 우리 형사과장께서 맹달수를 중히 쓰는 데엔 그만한 이유가 있지 싶었다. 바야흐로 그에 대한 선입관념을 버릴 때다. 실력이 전혀 없는 게 아니다.

"허구, 그들이 아이폰을 들고 다닌 게 요행이라고 하셨지요. 그런 게 어디 있습니까. 다 치밀하게, 냉혹하게 계산을 끝낸 뒤의 행동이지. 사미라가 누굽니까."

맹 경위가 이번엔 범 경감을 겨냥했다. 그가 요행을 들먹여서 일 것이다. 운7 기3이라는 말도 있듯이 요행도 살아가는데 필요하다. 현명하게도 범 경감은 맹달수를 상대하려 하지 않았다. 구기는 건 체면이고 얻는 것은 없다고 생각했는지, 오직 침묵할 뿐이다. 아니 묵살하려 했다.

그나저나 아메드는 말로는 휴대폰을 쓰레기통에 버린다고 했었다. 그런데도 갖고 다닌다는 것은 그의 동선(動線)에 따라 우리더러 따라오라는 얘기다. 더구나 아이폰은 꺼놔도 위치 추적이 가능하다. 이래저래 맹달수의 주장은 일리가 있다.

"제 얘기는요……."

맹달수는 이제 그의 주장의 결론을 맺으려 했다.

"우리가 사미라의 은신처를 찾아낸 것이 아니라, 그 여자가 우릴 자기 별장에 초대하고 있다는 얘깁니다. 우릴 환대하기 위해서요. 넓은 정원과 집안엔 언제 어떻게 폭발할는지 알 수 없는 부비트랩을 거미줄처럼 까라놓고요. 제 말은 우릴 기다리는 것은 각종 폭약의 불꽃과 칼라시니코프 소총의 세례뿐이라는 얘깁니다. 그래도 가시겠습니까?"

맹 경위의 나를 대신한 설교가 끝나자, 모두는 아직은 입을 닫고 있다. 누군가가 나서서, 서장이라도, 의당 면박을 주고 핀잔을 주어야 했으나, 일리가 있고 보니 선뜻 입을 떼지 못하고 있다. 오늘의 주창자인 백지영과 범 경감조차도. 나는 그 사실에 크게 고무되었다.

하지만 백지영의 기치 아래에 누구보다도 먼저 달려간 변강진 경위마저 입을 닫고 있을 수는 없었다. 게다가 어쭙잖게 보아온 후배한테서 도전을 받고 있는 것이다.

"여보게, 맹 팀장, 자네 얘긴 아주 흥미 있게 들었네. 매우 치밀하고 논리적이었네. 하지만 지나치게 각색된 게 흠이라면 흠이구면.

변 경위도 그의 말에 신랄함을 잃지 않고 출발했다.

"나도 한 가지만 묻지. 사미라가 우릴 유인해서 일전을 펼치려는 속셈이 뭔가? 그 여자가 우리와 대적해서 얻을 게 뭐가 있냐고? 내가 알기론 사미라의 적수는 시몬느라는 여자로 알고 있거든. 그 사이 주적이 나도 모르게 바뀌었나."

변 경위의 이유 있는 반격.

"내가 이렇게 우습게 보여도 짬밥 먹은 세월이 한두 해가 아니거든. 내 말 들어보라고. 그 여잔 우릴 건드려서는 안 되지. 우리나라 경찰을. 환심을 사도 모자랄 판국인데, 하물며 우리에게 타격을 주어? 자네 무얼 몰라도 한 참 모르는군."

변 경위의 말에 대뜸 머리를 주억거리는 사람도 있다. 아무래도 경찰 밥을 오래 먹은 사람은 뭐가 달라도 다르지 싶다. 원숙하고 노련하다. 과연 누구의 말이 정답일까?

"그 여잔 우릴 초대할 이유라곤 하나도 없을 뿐이고, 우리가 그 여자의 은신처를 찾았을 뿐이고. 이게 바로 우리 눈앞에 펼쳐진 진상인 게지. 내 말 알아듣겠나?”

변 경위의 말은 이젠 핀잔에 가깝다. 맹 경위는 다만 희미하니 미소 지을 뿐 아직은 입을 닫고 있다.

“맹 팀장, 다시 한 번 묻겠는데, 사미라가 굳이 우릴 유인할만한 이유가 뭔가? 그럴만한 사연이 하나라도 있으면 내가 자네한테 기꺼이 굴복하지.”

변 경위는 이젠 그들 사이에 펼쳐진 말씨름을 마무리하려 했다. 실내의 분위기도 지금은 그걸 원하고 있었다. 논쟁의 종결을.

이젠 맹 경위가 나설 차례였다. 그는 여전히 미소 짓고 있었으나, 나의 마음은 오직 조마조마할 뿐이었다.

“혹시 동쪽에서 소리를 내고 서쪽에서 적을 친다는 말, 아시죠?”

맹달수가 불쑥 던진 말.

“알지. ‘성동격서’ 라는 말 아니든가.”

변 경위가 이맛살을 모으며 대꾸했다.

“선배, 사미라의 당면 과제가 뭐죠? 항공기 납치가 아닐까요. 한가하게 백운 호수에서 불놀이나 하는 게 아니라 서울에서의 탈출이라고 보는데, 어떻게 생각하세요?”

“흐음.”

“제 말은 우리가 눈길을 돌려야 할 곳은 백운 호수가 아니라 인천공항이라는 얘깁니다. 우리가 백운 호수로 가서 장고 치고 북 치는 사이 사미라는 그의 전사들과 함께 인천공항으로 가는 외곽순환도로를 질주하고 있을 걸요. 공항으로 가는 환상적인 드라이브 웨이!”

“으음.”

변 경위, 신음소리만을 토하고 있다.

"자, 이만하면 우릴 백운 호수로 유인할만한 이유가 될까요? 그곳에서 굿판을 벌리게 할 만한 꿍꿍이 속셈을. 이게 말하자면 성동격서의 논리죠."

"와우!"

뜻밖에도 구석진 자리에 앉아 말없이 경청해야 할 김서영이 던진 찬탄의 소리였다. 비록 낮게 뇌까린 말이었으나 모두의 귓전을 스쳤다.

"아침나절에 나뭇잎을 숨기려면 숲 속에 숨겨야 한다고 하시더니, 그 이치대로라면 으레 군중의 숲 속에 숨어야지, 외딴 호수가엔 왜 숨어요? 동네 아줌마도 다 알아 보게. 그 사이 사미라가 바보가 됐나."

서영이 주섬주섬 주워섬긴 말이다. 서영의 강점은 뭐라 해야 할까. 촌철살인(寸鐵殺人) 같은 말을 내뱉어서가 아니라, 그녀를 누구도 못 말린다는 사실일 게다. 지금도 모두가 씽긋 미소를 지을 뿐 나무라지 못하고 있다. 서장만이 오직 눈살을 찌푸리고 있을 뿐이다.

"제가 지금 누구한테 걸어야한다면 맹 팀장한테 걸겠습니다. 아무래도 시경에서 오신 분이 뭐가 달라도 다르네요. 종로 뒷골목에서나 어정대며 구라나 치시는 분하고는."

서영의 빈정거림. 그녀는 변 경위를 평가절하하고 나가서 백 경감도 평가절하 했다. 서영이 주제 파악도 못할 때도 있어, 사람을 아슬아슬하게도 하지만 틀린 말은 아니다.

"어, 흠."

서장이 헛기침을 크게 했다. 그는 이제 오늘의 사태를 마무리

하고 정리하려 했다. 모든 시선이 서장에게로 집중했다.

"자, 이젠 끝내지. 자명한 얘기를 무엇 때문에 길게 늘어놓느냐고. 결론은 뻔한데."

과연 서장이 누구 편을 들지가 궁금했다. 맹달수의 편을 들지, 변강진 경위의 편을 들지. 아니 내 편을 들지, 백지영의 편을 들지가 아리송하다.

"백 경감, 이렇게 하라고. 당장 우리가 수집한 정보를 소상하게 경기도경에 알려 주라고. 허구 지체하지 말고 덮치는 게 좋을 거라고 해. 어떻게 현실적이고 구체적인 정보를 깔아뭉개려 하느냐고? 우습잖아. 위험가능성의 판단은 그 사람들이 당연히 알아서 할 거 아니겠나. 우리가 주제넘게 그것까지 코치해야 하나. 거긴 허깨비들만 모였을까. 아니, 한 마디쯤 충고는 하는 게 좋겠지."

보아하니 서장은 백지영 편에 서 있다. 그것도 확실하게 편을 들고 있다.

"그 뭐야, 백 경감보다는 범 경감이 앞장서는 게 좋겠지. 시경에서 말이야. 종로서는 빠져. 무얼 알지도 못하면서 나서긴 나서."

서장의 맹달수에 대한 핀잔이다. 아니 나에 대한 나무람이다.

"어림도 없는 얘기죠. 현실적이고도 구체적인 정보를 나 몰라라 하다니요. 살짝 돌기라도 하기 전에야."

시종 말없이 경청하던 도메네크 경감도 한 마디 거들었다. 그런데 영감이 내 주장이라면 쌍심지를 켜고 나선다. 그뿐인가, 얄밉게도 인신공격까지 곁들인다.

"이왕에 말 나온 김에 한 마디만 더 첨가하죠."

도메네크 경감이 뭔가 조언하려 했다.

"그 뭡니까, 그 호반의 별장 말입니다, 아마 숲길에 몸을 숨기며 접근하실 테죠. 좋아요. 내가 하고 싶은 말은 그들의 도주로도 차단해야 한다는 얘깁니다. 아마 호반의 보트라도 타고 호수 방향으로 도주하지 않을까 싶은데, 그러니 호수 가에도 잠복해야 해요. 말하자면 앞뒤로 물샐틈없이 포위해서 박살내는 게 좋을 듯싶어요. 차제에 빗자루로 쓸어버리듯 쓸어내세요."

영감이 뭐 코치하는 거야 뭐랄 수는 없는데, 성미가 워낙 고약한지 집요한데다가 매우 냉혹하다. 장발장을 평생 뒤쫓던 자벨 경감도 아마 그러했을 것이었다.

"아무래도 우리 최 경위는 사미라 살라메를 과대평가하시는 것 같아. 초능력이라도 지녔을 거라고. 그렇게 생각했다면 그건 일종의 환상이지. 우린 그 여자의 일당을 샤를 드골 공항에서 완벽하게 작살냈어요. 허무하게 스러져가는 몰골들이라니. 정석대로 하셔야지. 웬 시비입니까? 이렇게 코드가 맞지 않을 수가. 공부 많이 하신 분이 뭐가 달라도 다르네요."

염소수염을 턱에 달고 다니는 영감이 결코 내 편을 들려하지 않는다. 멋스러운 백지영이 언제 봐도 마음에 들것이었다. 그런데 백지영에 대한 칭송은 그렇다 쳐도 나에 대한 폄하가 심해도 너무 심하다. 그러자 치고 빠지는 재주가 능한 서영이 고맙게도 한 마디 했다.

"정말 잘났어. 내 손은 놀고요? 엿장수 마음대로네. 사미라가 들으면 복장 터지겠어요."

서영이 끼어들자 언제나처럼 서장이 대뜸 이맛살을 모았다. 그리고 그는 훌훌 털고 일어나 재빨리 행동에 옮기려 했다.

"자, 이제 주사위는 던져졌어. 행동할 단계라고. 뭣들 해. 냉큼 움직이지 않고. 언제까지 굼벵이처럼 플레이할거냐고."

서장의 명령이 마침내 떨어졌다. 아니, 질타가. 그래서 모두가 자리를 뜨며 움직이기 시작했다. 바야흐로 백지영과 범 경감이 판전승을 하며 각광을 받는 순간이었고 내가 아작 깨지는 순간이었다.

나와 서영이도 회의실을 물러났다.

"언니, 언니는 서장께서 도통 우리 편은 안 들어주시고 백 경감 편만을 들고 있다고 생각하죠? 그 여자의 손을 들어주었다고요. 그래서 우리가 완벽하니 망가졌다고."

복도를 나란히 걸으며 서영이 속삭이듯 말했다.

"그럼, 아냐?"

나는 퉁명스럽게 반응했다. 슬며시 뿔따구가 나는 것이다.

"무얼 모르셔. 우리 종로서는 쑥 빠지고 시경과 경기도경에 몽땅 떠 넘기셨다고요. 위험부담은 클 것이고. 돌아올 공로는 없을 걸로 보신 거죠. 우린 아무도 다치는 사람 없다고요. 아시겠어요. 잔소리는 좀 하셨지만, 결과적으로 우리 의견을 좇으시었어요. 아니에요?"

"그렇게나 깊은 뜻이?"

"마음에 안들 테지만, 우린 굿이나 보고 떡이나 먹자고요."

"하지만 우릴 대신해서 경기도 경찰이 다치면 어쩌려고? 명목 없는 짓이지."

"거기도 똑똑한 사람, 한두 사람은 있을 테죠. 우린 우리 일에나 신경을 써요."

"그럴까. 하지만 위험할 거라는 메시지는 보내야 하는데……."

"위험신호를 보내라고 하셨으니 보낼 테죠."

우리가 말을 주고받으며 사무실에 들어서자 서 경사가 재빨리 다가왔다.

"무슨 일이에요?"

갑자기 비상소집을 한 사연이 궁금한 것이다.

"백지영 경감께서 사미라의 은신처를 찾아냈다 네요."

서영이 나를 대신해서 얼른 대꾸했다.

"에이, 설마."

서 경사는 엄청 못 미더워했다

"백운 호수, 알죠? 그곳 별장에요. 왕년의 실세 허대포라는 사람의 낡아빠진 별장에 숨어 있다 하네요. 사미라가."

"호! 한 건 했네."

"오늘 검거 작전을 펼칠 거예요. 시경과 경기도경이 힘을 합쳐서. 범 경감이 앞장서려나 봐요. 혹시 백지영도 따라가려나? 우린 빠져요."

"그거, 혹시 함정 아닌가?"

서 경사가 언뜻 나를 향해 물었다.

"글쎄요. 좀 당혹스럽네요. 선배가 작전 진행 상황을 파악해서 좀 알려 주세요. 우린 나가야 하니까, 병원에도 들리고."

나의 맥 빠진 목소리. 별로 흥이 일지가 않는다.

"그래야겠지. 하지만……."

우린 고개를 갸웃거리는 서 경사를 뒤로 하고 서를 뒤로 했다. 오후로 접어들면서 구름이 낮게 가라앉더니 가랑비가 내리기 시작했다. 올해 4월, 서울의 봄 날씨는 사람들을 우울하게 하기에 부족함이 없었다.

우린 잠시 후, 설렁탕집에서 때늦은 점심을 들고는 병원에서 상처 치료를 받았다. 많이 좋아지고 있다는 의사의 말에 마음을 놓았고, 서영의 권유에 따라 침대에 길게 누워 영양제 주사를 맞기도 했는데, 한 시간은 걸릴 거라고 했다.

"서영이 영어를 잘 하던데."

나는 문득 생각이 나서 입에 올렸다. 아메드 아야시의 전화가 걸려 왔을 때, 서영은 제법 영어를 구사했었다.

"잘 하긴요. 흉내나 좀 냈을 뿐이지."

서영은 대수롭지 않게 말했다.

"흉내 정도가 아냐. 어디서 제대로 배웠나보지?"

"실은 이모 한 분이 미국에서 슈퍼 하나를 운영하시는데, 방학 때가 되면 가서 좀 도와드렸어요. 요즈음 미국에 일가친척이 없는 사람 어디 있어요?"

"그냥 동네 슈퍼에서 배운 영어는 아냐. 서영은 좀 수상해. 여러모로."

"나, 참, 수상하긴."

서 경사한테서 전화가 온 것은 모든 치료가 끝나가고 있을 즈음이었다.

"어떻게 됐어요?"

나는 조바심마저 드러내며 물었다.

"한 마디로 함정에 초대받으셨더군. 부비트랩이 깔린 정원에, 폭약이 장착된 별장에. 손님을 맞을 아름다운 여주인이라곤 없고. 내 말 알아들어요? 딱 걸렸더라고. 설마 했는데, 역시 나더군."

서 경사의 냉소적인 대꾸가 금세 돌아왔다.

"남세스럽게도 시경에서는 정예 경찰특공대[KP—SWAT]를 동원했더군. 경기도경에서도 날쌘 친구들이 선봉에 서고. 앞뒤를 완벽하게 포위해서는 덮쳤어요. 아. 근데 이거 뭡니까, 빈집이잖아요. 헛물 켰지 뭐요. 나, 원 민망스러워서. 같잖은 투전에 돈만 잃은 꼴이지, 백지영 계장께서 어떻게 낯을 들고 다닐지 걱정이네."

"혹시 다친 사람 없어요?"

나는 무엇보다도 궁금한 일이어서 재빨리 물었다.

"왜 없겠어요. 공명심이 앞선 무뎃보한 돌진. 인계철선(引繼鐵線)에 걸릴 수밖에. 많은 사람이 다쳤지. 우리가 자랑하는 경찰전략대응팀원들이. 범 경감을 비롯해서 3팀장인 왕 경위도 다쳤어요. 우린 합류하지 말랬는데 온갖 오두방정을 떨며 현장에 달려갔었다는군. 왕 경위 그 화상이."

"아니, 범 경감도요? 많이 다쳤나요?"

나의 물음은 이젠 경황이 없었다. 누가 다쳤건 나의 관심은 애증을 함께 지닌 오직 범 경감뿐이다.

"다행이 경상이오. 모두가. 피 흘리며 병원에 실려 가긴 했어도. 알고 보니 폭약을 성능이 낮은 것을 선택했나 보더군. 짐작컨대, 우릴 크게 다치게 할 의도는 없었던 것 같아. 묵사발이 되긴 했지만, 그만하기가 다행이오. 궁금하네. 무슨 꿍꿍이 속셈으로 우릴 초대해서 융숭한 향연을 펼치려 했는지."

"아메드를 만나면 한 번 물어 볼게요."

"분명한 것은 우린 우롱 당했다는 점이오. 우리가 아니라 백지영에 범 경감인가. 한 건 올리려다 단단히 면목을 잃게 되었지,

뭐요. 장마다 꼴뚜긴가. 깔볼 걸 깔봤어야지. 그 풀죽은 화상이라니. 아마 이번에 학을 뗐을 걸."

"아, 네."

"어때요, 완벽한 헛스윙! 고소해요?"

"그 무슨 객쩍은 소릴. 사람들이 다쳤는데. 누가 들을 가 겁나네."

15

세 시경이 되었을까. 막 병원을 나서려는데 이번엔 박찬우한테서 전화가 걸려 왔다.

"나요."

이제 제법 임자처럼 박찬우의 목소리가 달라져 있었다.

"저에요."

나의 목소리도 나긋해진 것은 물론이다.

"시간 있어요?"

"네, 시간은 있어요."

당신을 위해서라면, 하는 말은 차마 입에 올리지 못했다.

"누가 그쪽을 만나보고 싶어 하는데, 괜찮겠소?"

"누가요?"

"라니아 살레! 우리가 지금 그 여인을 억류하고 있어요."

"오라! 샤를 드골 공항에서 생포되어 질질 끌려가던 그 여자 테러리스트! 근데 그 여자가 왜 나를 만나재요?"

"그쪽과 이야기를 나누고 싶어 해요."

"나를 안대요? 라니아가."

"잘 아나 봐요. 그쪽이 그곳에선 화제의 인물인가 보더군."

"세상에."

이 일을 기뻐해야 할지, 어쩔지 알 수가 없다. 허영심은 충족될는지 몰라도 이슬람 사람들의 입방아에 올라 있는 것은 마음에 내키지 않는다.

"난, 지금 삼청동 안전가옥에 있어요. 이쪽으로 오겠소? 아니면 내가 데리러 가던가."

아마도 삼청동에 국정원의 안가가 있는가 보다. 그곳에 오늘의 주인공이라 할 라니아 살레가 수용되어 있을 것이다. 내일은 모르긴 몰라도 제2의 다이너마이트 세례를 받지 않으려면 석방해야 하지 않을까.

"내가 갈게요. 내비게이션도 달려 있으니까."

그래서 나는 집에 가서 쉬는 것을 포기하고 서영이와 함께 삼청동으로 방향을 틀었다. 내비게이션 덕에 안가는 쉽게 찾았는데, 총리공관 반대 방향 골목으로 들어가니 2층 양옥 건물이 하나 있었다. 푸른 기와의 붉은 벽돌건물. 이젠 구식 건물이라는 느낌이 강했다. 높다란 담장에 둘러싸여 있었는데, 정문엔 경비하는 사내가 무장한 채 서성이고 있다. 그런데 현관에서 박찬우가 가랑비 속에 우산을 받쳐 들고 사랑하는 여인이 오길 벌써부터 기다리고 있다. 나는 달려가 매달리고 안기고 싶은 충동을 느꼈으나, 영화의 한 신도 아닐 바에야, 참아야 했다.

우린, 나와 서영은, 그의 안내에 따라 거실에 들어섰는데, 널찍했고, 두꺼운 커튼이 반쯤 가려져 있다. 그 커튼을 박찬우가 활짝 열어젖히자, 그 곳에 한 여인이 아련히 서 있었다. 라니아 살레! 놀랍게도 라니아는 팔레스타인 여인이 아니었다.

"어서 오세요. 최선실 씨!"

발음도 또렷한 우리 말. 그 모습은 또 어떠한가. 칠흑 같은 긴 머리는 늘어 틀이고, 짙은 눈썹에 검은 눈동자가 예지에 빛나고 있다. 햇볕에 그을린 걸까, 구리 빛을 들어내고는 있으나, 살갗은 곱다. 작은 키에 가냘픈 몸매. 언뜻 연상되는 여인은 홀리 헌터! 제인 캠피온 감독의 영화 '피아노'에서 작은 몸으로 열정적인 연기를 펼쳤던 여배우로 각인된 여인.

그런데 겉으로 보기엔 눈앞에 서 있는 여인에게서 사선을 넘나드는 전사다운 풍모를 찾기는 어렵다. 가슴 속에 담은 열정은 알 수 없으나, 어떻게 이 여인이 스콜피온 기관단총을 손에 들고 총탄이 빗발치는 드골 공항 터미널을 향해 뛰어들었다고 할 수 있겠는가. 그때, 그곳에서 참담한 모습으로 처절하게 울부짖던 여인의 모습은 지금은 말끔하게 감추어져 있다. 30대 초반은 되었을까. 나와는 동년배의 여인.

"반가워요. 라니아!"

내가 먼저 손을 내밀었고, 그녀가 마주 잡았다. 얼굴에선 화사한 웃음이 떠나지 않고 있다.

"세린이라고 불러주세요 장세린!"

팔레스타인에서의 이름은 라니아 살레. 서울에서의 이름은 장세린. 가볍게 폴로 티에 청바지를 걸치고 있다.

그나저나 언제 어떻게 해서 서울에서 팔레스타인으로 떠난 것일까?

우린 이윽고 거실 한가운데 놓인 큼직한 소파에 마주앉았다. 나는 장세린에게 김서영을 소개했다. 서영이 보인 반응은 나 이상으로 놀라움 그 자체였다. 지금 그녀의 머릿속을 지배하는 것은 무슨 생각일까? 어제까지는 흥행제조기 제리 브르크하이머 사단이 만들어낸 범죄시리즈에나 나오는 화려한 강력계 여형사의 초상이었을 테지만, 내일은 아마도 기관단총을 손에 들고 아스팔트 길을 도약하는 여전사의 모습일 것이다.

박찬우가 안가를 관리하는 여수사관들이 있음에도 불구하고 우리 모두를 위해서 손수 에스프레소 커피를 서브했다. 우린 잠시 말없이 커피를 즐겼다.

"나를 석방하세요!"

장세린이 커피 잔을 내려놓으며 던진 첫 마디였다. 그녀는 에두르지 않았고 직설적이었으며, 그 목소리는 낮았으나 단호했다.

"나를 석방하셔야 해요. 팔레스타인으로. 아니 베가 계곡으로!"

장세린은 되풀이 했다. 그녀는 몇 번인들 되풀이 할 듯이 보였다.

"사미라는 어떤 희생을 치르더라고 나를 석방시키려 할 겁니다. 우리나라가 팔레스타인을, 아니 이슬람 해방 전선을 적으로 돌릴 아무 이유가 없어요. 얻는 것은 없고 잃는 게 많아요."

나는 그녀의 말을 조용히 경청했다.

"보셨잖아요. 오늘은 지하철 열차를 폭파했어요. 내일은 KAL기를 폭파할는지 몰라요. 항공기들이 줄줄이 추락한다고요. 그러니 최선실 씨가 나서 주어야 해요."

장세린은 엄청난 이야기를 서슴지 않았다. 그런데 보아하니 그녀는 신문도, 텔레비전도 보는 자유가 보장되어 있어, 사태분석을 할 수가 있는 듯했다. 나도 장세린을 향해 입을 뗴었다.

"그걸 어떻게 나한테? 내가 무슨 권한이 있다고? 나야 그냥 말단 팀장일 뿐이에요. 아시잖아요."

"알아요. 하지만 최선실 씨, 당신이 이 무대에서 주역이라는 것도 내가 잘 알아요. 누구보다도 가장 설득력을 지닌 위치에 있어요."

"그건 한 마디로 과대평가에요, 과대평가. 나는 한갓 말단 경찰이라니까요."

"이걸 알아요? 지금 선실 씨야 말로 우리나라와 이슬람 해방전선을 연결하는 유일한 파이프라인이라는 것을요. 오전의 지하철 폭파도 사전에 예고되었어요. 결코 다른 데서는 없는 일이에요. 꿈도 못 꾸는 일이죠."

"으음."

나는 무거운 신음 소리만을 흘릴 뿐 할 말을 잃었다.

장세린이 다행스럽게도 더는 다그치지 않았다. 우리는 한동안 에스프레소를 홀짝이기만 했다.

잠시 후, 말문을 연 사람은 나였다. 장세린에게 서울에선 어디에서 자랐으며, 어떻게 해서 이슬람의 여전사가 되었는지, 그리고 어떻게 코맨더라는 지위까지 오르게 되었는지, 궁금한 것도 너무 많고, 그래서 물어볼게 너무나도 많은 처지였다.

"그냥 하나의 흥미로 물어보고 싶은데요."

내가 말문을 열자 장세린은 고개를 끄덕이며 빙긋했다. 그녀는 나의 질문을 벌써부터 기다리고 있었다는 표정이다. 나도 눈을 빛냈지만 서영이도 눈을 반짝였다. 박찬우는 멀찌감치 창가 자리에 다리를 꼬고 앉아 말없이 우릴 바라볼 뿐이다.

나는 머리에 떠오르는 대로 물어보기 시작했다.

"가장 궁금한 것은요, 세린 씨, 당신들의 사령관 사미라 살라메가 누구냐 하는 것이에요. 말해 줄 수 있어요?"

"암요. 선실 씨에게는요. 뭐라고 해야 할까. 사마라 살라매는 일종의 코드네임 같은 것이에요. 사미라라는 코드 네임을 최초로 사용한 사람이 시게노브 후사코에요. 71년 2월, 스물여섯 나이에 레바논으로 건너가 일본적군의 사령부를 설치해서 활동한 시게노브 후사코. '일본 적군의 사령부는 레바논에 설치되었다!' 이런 말이 온 세계에 유포 되었고요. 그 성분은 극좌파구요. 아시죠? 이스라엘 텔아비브 공항에 대한 치열한 총격전을 비롯한 일련의 화려한 투쟁사! 마침내 시게노부 후사코의 신화가 창조되기 시작했어요."

"네에."

나는 성실한 제자처럼 귀를 곤두세우고 한 마디라도 놓칠세라 경청했다.

"시게노브 후사코가 초대 사미라라고 한다면 지금 2대를 거쳐 3대 사미라가 그들의 뜻을 따라 투쟁하고 있어요. 굳이 사미라의 이름을 계승하는 것은 그 이름에 무서운 마력이 있기 때문이에요. 사미라 살라매! 살아있는 전설적인 인물. 그 이름만 들어도 사람들은 몸서리쳤어요. 전율했어요. 누구보다도 무자비하고 잔혹하니까요. 게다가 비열하기까지 하고요. 특히 3대는 상종하기 어려울걸요."

장세린이 말을 이었다. 아무리 강조해도 지나치지 않다는 듯이 말했는데, 지금까지의 이야기는 우리도 대충 짐작하는 이야기였다. 문제는 3대 사미라가 과연 누구냐 하는 것이다.

"그럼 3대 사미라는 누구죠? 본래의 그 이름은, 그 정체는요?"

나의 물음에 장세린은 손사래부터 쳤다.

"나도 몰라요 하도 비밀스런 장막에 가려 있어서요. 누구도 사미라의 맨 얼굴을 본 사람이 없어요. 그래서 '레이디 M'이라는 닉네임을 얻었나 봐요."

모르다니! 그건 새빨간 거짓말이다. 모를 리가 없는 것이다. 단지 그 신원을 밝히고 싶지 않을 뿐이다. 언제 눈앞에서 모사드를 비롯한 서방 비밀정보기관의 암살팀에 의해 암살될지도 모르는데, 그 지휘관의 정체를 드러내는 위험을 범하려 하겠는가. 나는 더는 캐묻지 않기로 했다.

그나저나 눈앞의 라니아는, 아니 장세린은 어떤 인물일까?

언뜻 보기엔 한갓 낭만적인 기질로 팔레스타인 독립운동에 투신하고 있는 것 같다. 로맨티시즘 시인 바이론이 그리스 독립전쟁에 참여했던 것처럼. 서른여섯 나이에 이역만리, 그리스에서 생을 마감했었다.

장세린은 겉으론 가냘픈 몸매에 유화하게 보였으나 모를 일이었다. 아마도 내면은 강한 이념으로 무장한 심지가 불타오르고 있을 것이었다.

"세린 씨, 어떻게 팔레스타인으로 건너가게 되었지요? 아니 그 전에 서울에선 어떻게 지내고요? 사신 데는요. 부모님은요?"

나는 화제를 바꾼 것은 좋았으나 질문은 갈팡질팡 두서가 없다. 장세린은 내가 질문의 화살을 바꾼 것만을 다행으로 생각해서인지 나의 물음들에 대해 금세 대꾸하기 시작했다.

"부모님은 서울에 사셔요. 동생들과 함께 성북동에. 자동차 부품회사를 하시는데, 중소기업이지만 해외에도 수출하고 짭짤한 편이에요. 팔레스타인으로 가기 전 까지는 난 서울문리대 불문과 3학년 학생이었어요. 파리에도 한 1년간 교환학생으로 갔어요. 그곳에서 여행사 가이드 일도 했었고. 그게 벌서 여러 해 전의 얘기네. 혹시 한총련이라고 아세요?"

장세린은 내가 호기심을 채울 수 있게끔 하나하나 조리 있게 말했다. 그런데 하나 거칠 게 없는 부잣집 딸에다가 명문대학 출신이다. 호강에 겨워 엉뚱한 길로 접어든 것일까. 그리고 형사한테 한총련을 아느냐고 묻다니. 음악도에게 브람스를 아느냐고 묻는 거나 같다.

"그러니 뭐에요. 한총련에 가입했었네."

"네, 대학에 들어가자마자."

"부서는요?"

나는 연이어 물었다.

"정책위요. 핵심부서죠."

장세린은 일순 그 얼굴에 자긍심을 드러냈다

"계열은? 민중민족주의 PD계열?"

"아녜요. NL계열."

"도시 게릴라 작전을 펴며, 미제를 축출하는 것이 사명인……."

"네."

"남쪽은 식민지, 북쪽은 낙원!"

"네에."

"아무래도 친구 따라 갔었나 보네. 아니면 사랑하는 남자를 따라 갔던가."

내 말에 장세린은 굳이 대꾸하지 않았고, 다만 심약한 미소를 흘릴 뿐이다. 그나저나 한총련이 전형적인 부르주아 계급의 여인을 용케도 받아주었다.

안가에서 장세린을 관리하는, 이를테면 감시도 하고, 신문도 하며 전향도 유도하는 일을 하는 듯싶은 여수사관이 망고를 비롯한 과일과 함께 블루베리 케이크도 큰 접시에 담아 권하는 것이었다. 나를 위한 것인지 장세린을 위한 것인지는 알 수 없었으나, 그녀는 삼청동 안가에선 귀빈인 듯했다.

"내가 어떻게 팔레스타인으로 갔느냐고 물어보셨지요. 난. 그전에 평양부터 갔어요. 전대협의 임수경 언니를 이어서."

장세린은 과일 한 쪽을 집어 들며 말을 이었다. 전대협이란 전국대학생대표자협의회 약칭이다. 예전에, 아니 1989년 6월에 통일의 꽃으로 불린 임수경도 지금의 장세린처럼 청바지와 티셔츠 차림으로 환호하는 평양 수십만 군중 앞에 섰다고 했었다. 북한 젊은이 사이에선 압도적인 선망의 대상이 되었고 말이다. 그 대가로 서울에 돌아와 3년 5개월간의 수감생활을 감수해야 했었다.

"네, 평양이요?"

그것은 나로서는 애당초 생각이 미치지 못했던 이야기였다. 하긴 한 시절 전대협을 비롯해서 한총련을 대표한 학생들의 평양행 러시가 유행했었다. 아마도 그녀의 인생 험로의 출발점이었으리라. 근데 그 사이 평양을 다녀온 주사파 대학생들이 10명은 된다고 하는데, 그 가운데 절반 이상이 황당한 실상에 실망한 나머지 그들이 겪은 일들을 모두 까발리고 손을 털었다고 했다.

"혼자서요? 어떻게요? 얼마 동안이나요?"

나의 조급함을 나타내는 물음은 이어졌다.

"한총련의 핵심멤버, 한준수와 함께요. 나를 한총련에 끌어들인 사내. 일단 독일로 가서, 쇤네펠트 공항에서 고려항공편으로 평양에 들어갔어요. 8.15 통일대축전에 참여했었고요."

그러니 한준수는 한 여인의 인생항로를 엉망진창으로 만든 장본인이다. 끝내는 악명 높은 비밀정보기관의 안전가옥에 사랑하는 여인이 수용되는 역정을 밟게 하고 있다. 비록 게슈타포와 마주앉아 있는 건 아니어도, 이곳이 나치수용소는 아니어도.

"두루두루 좋은 구경을 하셨겠네."

결코 우월한 위치에서 던진 이죽거림은 아니었다. 그녀는 북쪽을 칭찬도 하지 않았으나 비방하지도 않았다. 다만 북쪽에 관한 이야기는 회피하려는 몸짓을 나타냈다.

"임수경 씨는 금세 서울로 돌아왔는데, 세린 씨는 왜 돌아올 생각을 안했지요? 갑자기 팔레스타인으로 궤도를 수정했어요."

나는 화제를 바꾸려 했다. 장세린이 바라고 있을 화제로. 그리고 오늘의 주제로.

"난 서울에 그냥 돌아올 수는 없었어요. 좌절된 모습으로는. 어떻게 떠난 서울인데요. 그래서……."

장세린은 조금은 충동적으로 말했다.

"그래서요?"

나는 조용히 채근했다.

"나는 마지막으로 팔레스타인에 희망을 걸기로 했어요. 팔레스타인 해방운동에."

"한준수랑 함께요?"

"아뇨. 나 혼자서요."

일순 장세린의 입가에 수수께끼 같은 미소가 피어났다. 그것은 누군가를 측은해 하는 웃음 같기도 했고, 비웃는 웃음 같기도 했다. 그러나 그 웃음은 금세 마스크 저편으로 사라졌다. 그리곤 재빨리 말을 이어 갔다.

"난, 팔레스타인 해방을 위해 제2의 시게노부 후사코가 되려는 소망을 오래전부터 지녔어요. 비록 일본 적군자체는 지금은 역사의 한갓 유물에 지나지 않지만요."

"하지만 세린 씨, 어떤 계기라고 할까, 길잡이라고 할까, 그런 무언가가 있어야 하는 거 아녜요. 그 청춘을 아라비아 사막에서 불사르려는 이상은 이해하지만요."

진정으로 아랍을 사랑하고 아랍독립전쟁에 참여해서, '아라비아의 로렌스'라는 영웅적인 칭호를 받은 영국의 낭만적인 직업 군인, 토마스 로렌스! 누구나 한 번쯤 지녀볼만한 꿈이 아닌가. 그러나 나는 마주앉은 여인의 꿈이나 이상보다는 그녀의 구체적인 동선이랄까, 행로가 궁금했다. 그녀는 금세 나의 궁금증을 해소해 주려 했다.

"마침 평양에서 다미야 다카마로를 만날 수가 있었어요. 그 당시만 해도 그 사람 살아 있었어요. 다미야 다카마로! 아시죠? 여객기 하이잭의 신호탄을 울린 사람. 그게 70년의 3월 31일이라던가, 일본 항공기 요도호를 평양으로 하이잭 한 일본적군의 리더. 나는 그 사람한테서 그 사람의 꿈과 이상을, 신념과 이념을 전수받았어요. 그리고 팔레스타인에서의 일본적군의 화려한 투쟁사에 대해서도 소상히 듣고요. 그 사람 나더러 팔레스타인으로 가라고 했어요. 세계 젊은이들이 모여 독립투쟁을 펼치는 팔레스타인으로."

"네에."

"자기 아들도 지금 팔레스타인에 있다면서요. 정확하게는 남부 레바논에 있는 이슬람 해방 전선에요. 그 이름은 다미야 오사무! 아버지의 뜻에 따라 그곳에서 투쟁하고 있다나요. 그러면서 나한테 소개편지를 써 주었어요."

장세린은 다미야 오사무의 이름을 입에 오릴 땐 목이 메어 했다. 나는 대뜸 두 사람 사이에 무슨 깊은 사연이 있다는 것을 깨달았다. 하지만 CNN이 전한 바로는 그녀가 사랑한 사내의 이름은 아바시 살레다.

"나는 비로소 찾아 헤매던 희망봉을 찾은 것만 같아서, 단숨에 달려갔어요. 평양과는 달리 그 곳에서는 잃어버린 팔레스타인을 찾고, 아랍의 권리를 찾으려는 성전이 펼쳐지고 있었어요. 시온주의자들과 미 제국주의자들의 침략에 맞서서요."

나는 다만 고개만을 주억거려 보이며 그녀가 말을 잇기를 채근했다.

"우린 중동 지역의 역사를 바로 잡아야 해요. 이 시대의 지성들이 행동하지 않는 데서야."

"아, 네에."

"감히 말하는데, 난 팔레스타인 독립전쟁에 참여하고 있어요."

"이를 테면 앙드레 말로나 어니스트 헤밍웨이처럼요? 우린 자유를 위해서 스페인에 왔노라! 엄청 낭만적이라는 생각이 드네요."

나는 장세린의 열정에 찬물을 끼얹을 의도는 없었고 단지 나의 감상을 말했을 뿐이었으나 그녀는 얼마간 토라진 모습을 드러냈다.

"누가 뭐래도 난, 그곳에서 나의 이상을 펼쳤어요. 나름대로 정의도 실천했고요."

"그러니 그곳에서도 이상과 이상의 충돌이 있었겠네. 인류의 정의도 패배할 수 있다는 사실도 절감했고요."

"그럴 지도 모르죠."

장세린은 이해를 얻을 수 있다고 믿었던 사람한테서 동조도 얻지 못했을 때처럼 씁쓰레한 표정을 지었다. 나의 말에 혹시 가시가 담겨져 있었다면 그것은 나의 장세린을 향한 시기심 탓이었을 게다.

동시대를 사는 여인!

어떻게 사람이 살아가는 궤도가 이토록 다를 수가 있을까?

피차 겨우 서른 살을 갓 넘긴 나이인데. 한 사람은 이상을 추구하며 목숨을 던져 세계를 누빈다. 그런데 나는 무언가? 꿈이 어디 있으며, 이상이 어디 있는가. 그냥 연자 맷돌을 돌리는 당나귀처럼 영혼도 없이 따분하고 지루한 하루하루를 엄벙덤벙 살 뿐이다. 종로 뒷골목에서.

"혹시 중동에 가보셨어요?"

장세린이 화제를 바꾸려 했다. 이번엔 내가 구원받은 심정이었다.

"아뇨."

"사람들이 인류문명의 요람지라 할 중동 지역을 돌아보지 않고 어떻게 해외문물을 접했다고 말하는지 모르겠어요. 로마가 대수고 파리가 대순가요."

장세린은 다분히 열정을 담아 말했고 나는 끼어들지 않았다.

"근데 알고 보니, 그곳 모두가 오랜 분쟁지역이라는 사실이에요. 인류문명의 유산이 가차 없이 파괴되는 실상이라니. 도시들은 폐허가 되어가고, 가슴 아프게도 총탄의 흔적만을 남기고 있으니, 그것도 하나의 유산일까요?"

"글쎄, 그럴 지도 모르죠."

나는 건성으로 대꾸했다. 그 사이 깊이 성찰한 일도 없는 처지다.

"내가 마침내 이슬람 해방 전선을 찾아 레바논의 베카 계곡을 지날 때였어요. 랜드로버를 한 대 빌려 타고요. 베카 계곡으로 가려면 험준한 레바논산맥을 넘어야 해요. 선실 씨, 혹시 베카 계곡을 알아요?"

베카 계곡이라! 장세린은 내가 기다리는 화제의 핵심으로 나를 끌고 가려 했다. 지금까지는 팔레스타인으로 가게 된 계기에 대해서 말을 했다면 이젠 그곳에서 그녀의 이상을 펼친 활동상에 대해 구체적으로 말하려 했다.

"좀 알아요. 베카 계곡은요. 하산 나스랄라가 지도하는 중동지역 최대 테러리스트 조직인 헤즈볼라의 본거지이자, 당신네 이슬람 해방 전선을 비롯해서 과격단체들의 활동거점으로 세상에 널리 알려진 곳이죠."

나는 비로소 자신 있게 대꾸할 수 있었다. 그곳은 무릇 테러리스트들이 성전을 펼친다며 온 세계에서 모이는 그들만의 성지라고 할 수 있다. 그런데 베카 계곡을 무수한 군벌과 무장단체들의 놀이터라고 냉소적으로 평가 절하하는 사람들도 있다.

"어쩌면 아름다운 베카 계곡이 과격단체의 거점으로 세상에 더 알려져 있다니, 도무지 마음에 들지 않는 거 있지요. 그곳은 포도를 비롯한 여러 농산물을 재배하는데 천혜의 조건을 갖춘 비옥한 고원 지대에요. 얼마나 아름다우면 클레오파트라와 안토니우스가 사랑의 보금자리를 마련했겠어요. 그곳에요."

장세린은 잠시 숨을 가다듬고는 다음 말을 이으려 했다. 그러자 박찬우가 나서며 장세린 더러 커피 한 잔 더 들겠느냐며 권하는 것이었다. 원래 여자에겐 자상한 성미인가 보다.

"네, 한 잔 더 주세요. 듬뿍요."

장세린은 박찬우의 제의를 금세 반겼다. 박찬우는 나한테도 리필이 필요한지 눈으로 물었다.

"난, 괜찮아요."

나는 공연히 시샘 섞인 말투로 고개마저 내저었다. 박찬우는 장세린을 위해 커피를 서브하고는 그 자신도 한 잔 가득 따라 제자리로 걸음을 옮겼다. 아마도 그 자신이 더 들고 싶었던 것일 게다.

"내가 어디까지 말했었지요?"

장세린은 홀짝이던 커피 잔을 내려놓으며 물었다.

"아름다운 베카 계곡을 랜드로버로 달리고 있었다고 했어요."

내가 일깨웠다.

"그래요. 내가 춘설이 덮인 산맥을 넘어 베카 계곡의 평원을 종주하고 있을 때였어요. 그땐 이미 국제 이슬람 해방 전선의 캠프를 찾아 이리저리 헤매고 있었어요. 두 시간 정도 달렸을까, 헬리콥터 한 대가 요란스레 머리 위를 지나가는 소리가 들리더군요. 근데 그 날갯짓 소리가 이상하더라고요. 불규칙하다고나 할까, 숨이 금세 멎을 적에 내는 콜록거리는 소리처럼 들리는 거 있지요. 그래서 차를 세우고 바라보게 되었어요. 아니나 다를까, 연기를 길게 내뿜으며 헬기 한 대가 추락하는 게 아니겠어요. 눈앞의 평원에요."

"그래서요?"

"금세 달려가기야 했었지요."

"네에."

"그건 처음엔 사고처럼 보였어요. 기체결함으로 인한. 그날은 기상이변도 없었고요. 나중에 알고 보니, 조종사는 숙련되지 않았고, 기체는 낡을 대로 낡은 것이어서, 언제 사고가 나더라도 뭐랄 사람 없을 정도였어요."

"저런."

"현장에 당도해 보니, 조종사에 탑승자 모두가 엉망이더라고요. 조종사는 제 발로 기어 나오긴 했지만, 탑승자 두 사람은 그러지 못했어요. 언뜻 보아도 부상 정도가 깊다는 것을 알 수 있겠더라고요. 난 그 두 사람을 혼신의 힘을 다 해 기체의 잔해 속에서 끄집어냈는데, 그건 언제 어떻게 폭발할는지 알 수 없는 아슬아슬한 상황 속에서의 가히 필사적인 구출작업이었어요."

"어쩜."

"그때, 그곳에서 구조에 참여한 사람은 나 말고는 아무도 없었고요. 헬기는 이미 불타기 시작했고요."

장세린의 모험담은 이어졌는데, 그녀는 듣는 사람으로 하여금 흥미를 이끌어내는 재주가 있었다.

"내가 그곳에서 구출한 사람이 누구일 것 같아요?"

장세린은 나를 빤히 쳐다보며 물었는데, 입가엔 수수께끼에 찬 미소를 띠고 있다.

"이 시대의 가장 위험한 테러리스트, 당신들의 총사령관, 압둘 하산 살라메!"

나는 지체 없이 대꾸했다. 물론 이미 해답이 나와 있는 질문이긴 했으나, 나는 시원스러움을 느꼈다.

"그래요. 맞아요."

장세린도 대뜸 맞장구쳤다.

"하지만 세린 씨, 지금은 노쇠했다고 듣고 있고, 사미라 살라메가 실질적인 리더라고 듣고 있어요."

"네, 그것도 맞고요."

"그런데 헬기에서 구조한 또 한 사람은 누구죠?"

이번엔 내가 물었다. 그런데 두 번째 사람도 어쩐지 내가 아는 사람일거라는 예감이 들었다.

"소라야 안사리!"

장세린은 한숨마저 내쉬며 그 이름을 토했다. 그녀가 입에 올린 소라야 안사리에 대해서 애증을 함께 지니고 있다는 것을 쉽사리 느낄 수가 있었다.

"모가디슈의 영웅, 소라야 안사리! 86명의 승객을 태우고 프랑크프르트로 비행하는 루프트한 자. 여객기를 동료들과 함께 납치, 중간기착지인 소말리아 모가디슈에서 GSG9로 알려진 독일 대테러부대와 조우, 격돌했던 팔레스티나의 여전사! 77년의 그 해 나이 스물셋의 아름다운 처녀,"

"네에."

"소라야 안사리는 최 경위도 잘 아는 사람이죠."

장세린이 덧붙였다. 소라야 안사리에 대해선 나도 잘 알고 박찬우도 잘 안다.

"그런데 어느 날 사랑하는 남자 때문에 우릴 배신한 전설적인 여전사. 그토록 헌신적이었는데 아이러니를 느끼네요."

지난 해였었다. 소라야 안사리는 국제적인 무기상을 따라 서울
에 왔었다. 경호책으로. 그런데 이스라엘의 모사드가 무기거래상
을 암살하려 했었고, 모사드가 매수한 암살자가 바로 소라야 안
사리였다. 이스라엘 교도소에서 사형집행을 기다리는 사랑하는
남자의 목숨을 살려준다는 조건으로. 그래서 소라야 안사리는 그
녀가 경호해야 할 사나이의 심장에 한순간도 망설이지 않고 방아
쇠를 당겼던 것이다. 조국도 배반해야 하다니!

"그 당시 소라야 안사리는 우리 사령관이 가장 신임하는 수석
보좌관이었어요. 그리고 우리들이 가장 본받을 여전사였고요. 그
런데 서슴지 않고 배반의 입맞춤을 하더라고요."

장세린은 길게 탄식했다.

"난, 헬기조종사와 힘을 합쳐 부상한 두 사람을 내 차에 태워
병원으로 달려갔어요. 그러니 난 영락없는 그 사람들의 생명의
은인이지요."

장세린은 헬기가 추락한 사건현장으로 다시 화제를 돌렸다.

"아, 참, 내가 헬기조종사에 대해 말했던가요? 그 이름에, 정체
를요."

"아뇨."

"다미야 오사무. 남부 레바논의 베카 계곡에서 활동한다는 다
미야 다카마로의 아들. 내가 소개편지를 들고 찾아갈 일본적군의
후예. 엄청 젊고, 엄청 어설픈 거 있지요. 엄청 멀뚱하고요."

"네에."

"그건 참말이지, 다미야 오사무와의 운명적인 만남이었어요."

장세린은 다미야 오사무에 대해 이야기를 할 땐 감정의 기복이

심하다. 어떤 때는 밝아지는 가하면 몹시 어두워지기도 한다. 그 이름만 나와도 그리워하고 슬퍼하기도 하는 것이다.

"그러니 그 사고가 이슬람 해방 전선의 일원이 되는 계기가 되었다는 말씀이시네."

감정이라곤 실리지 않은 나의 대사. 나는 사무적으로 우리의 대화를 이끌어 가고 있었다. 그리고 보니 나는 언제부터인가 메마른 관료조직의 일원이었다.

"네, 그래요. 그 사람들, 날 만난 걸 천우신조로 생각하고 떠받드는 거 있지요. 구호 천사나 마찬가지니까요. 그 뒤로 난 그 사람들의 절대적인 신임을 받게 되고 신분이 수직상승하게 되었어요. 심지어 사령관은 날 딸처럼 생각해 주었고요. 승승장구할 수밖에요."

"그러게요."

"하지만 그 사람들 훈련은 철저하게 시키더라고요. 그들의 난민 캠프에 있는 코맨더 훈련 센터에서, 어떤 점에선 혹독하게요. 그게 내가 살 길이라나. 사격술을 비롯해서 소형권총에, 기관단총에, 자동소총에다가 심지어 로켓포에 이르기까지요. 덕분에 나는 완벽하게 단련된 여전사로 변신할 수가 있었어요. 누구 앞에 내놓아도 손색이 없을 정도로요. 특히 사격술은 뛰어난 능력을 지녔다는 평가를 받았어요. 오직 사미라만이 나를 능가한다고 했는데, 그 여잔 500야드 전방의 박카스병도 박살낼 수 있다고 했으니까. 그러니 결코 사미라하고는 적수로 만나지 않는 게 좋을 거예요."

장세린의 표정은 밝아지고 들뜨기조차 했다. 아마도 그 시기가 그녀로서는 신명이 나고 즐거웠던 시절인 것 같았다. 안 그렇겠는가. 서울 최첨단 청담동거리나 헤매었을 장세린이라는 이름의 신세대 여대생은 역사의 뒤안길로 물러나고, 모래바람이 휘몰아치는 사막의 땅 팔레스타인에 라니아 살레라는 이름의 여전사가 새로운 이상을 펴기 위해 탄생한 것이다.

"그 사람들이 가는 곳에 내가 갔고요, 내가 가는 곳에 그 사람들 그림자처럼 따라다니면서 지켜주었어요."

장세린은 그녀의 말을 이어갔다.

"그 사람들의 테러 현장에도?"

"네."

"그 사람들의 살육 현장에도요?"

"네에."

장세린은 나의 다그치는 듯한 물음에 굳이 부인하려 하지 않았다.

"우린, 소라야 안사리와 그리고 다미야 오사무와 함께 온 세계를 누볐어요. 때로는 에어 프랑스에 ,르푸트한자에다가 버진 애틀랜틱을 타고, 때로는 미제국주의자들의 대표적인 항공기 유나이티드 에어라인에 몸을 싣고요. 내가 즐겨 사용하는 스콜피온을 둘러메고요."

장세린은 일순 싱긋 미소 지었다. 총이야 어떻게 둘러 멜 수가 있었겠는가. 나도 덩달아 빙긋했다. 필경 어제까지는 여러 나라에서 화려한 테러활동에 동참했으리라. 그리고 오늘은 악명 높은 비밀정보기관의 안전가옥에 수용되는 몸이 된 것이다.

"그 사고는 단순한 사고였나요? 아니면 잘 계획된 사고였나요? 헬기추락사고 말예요."

나는 문득 생각이 나서 물었다.

"날카로우셔."

대꾸 대신에 먼저 찬사가 되돌아왔다.

"그럼?"

"알고 보니, 실지회복의 성전을 펼친다면서 권력투쟁이 끊이지 않더라고요. 강온파가 갈리고. 아라파트도 생전에 암살될 뻔했었지요. 그것도 동지의 손에요. 단지 노선이 다르다는 이유로."

"아, 네."

"압둘 하산 살라메! 그 사람 늘 강경노선을 걸어 온 사람이에요. 어떤 과격파 지도자보다 과격했고요. 히틀러만큼이나 광기를 지녔다고 했으니까."

"네에."

"그토록 우리 사령관은 누구도 못 말리는 위험인물이었어요. 그가 하는 일이란 시온주의자들에게 공포를, 악몽을 선사하는 것이었어요. 고독한 늑대가 압둘의 닉네임이에요."

장세린은 자신이 헌신하고 있는 이슬람 해방 전선의 과격성을 애써 강조하려 했다. 그렇다면 우린 이 세상에서 가장 위험하고 가장 과격한 테러단체와 직면해 있는 것이다. 아마도 이슬람 해방 전선은 실지를 회복할 때까진 결코 투쟁을 멈추지 않을 것이다. 이념은 세계 동시 혁명과 팔레스타인 전 지역의 해방. 투쟁은 극열한 자살테러 방법의 구사. 대상은 시온주의자들과 미제국주의자들. 그리고 그들의 동조자들.

그래서 5개국 동시다발테러도 계획한 것일까.

나는 일순 지금의 메마르고 삭막한 화제에서 도망치고 싶었다. 그래서 재빨리 새로운 질문을 던졌다.

"세린 씨, 세린 씨가 지금까지 사랑하는 사람에 대해서 한 마디도 안한 거 알아요? 심지어 샤를 드골 공항에선 목숨을 걸고 세린 씨를 지켜주었어요. 세린 씨가 라니아 살레라고 하면 그 남자는 아바시 살레라고 했어요. 그런데 아바시에 대해선 눈곱만큼도 언급을 안 하네요."

나는 몹시 나무라는 어조로 말했다.

"아, 네."

"세린 씨는 다미야 오사무에 대해선 길게 늘어놓았어요. 빈정대는 얘기는 아니지만, 외간 남자에 대해선 길게요. 오사무의 이름을 입에 오릴 땐 눈시울마저 뜨거워지더라고요. 아무리 오사무에 매료되었기로서니."

"선실 씨, 나, 장세린이 곧 라니아 살레라고 하면 다미야 오사무가 곧 아바시 살레에요."

장세린은 새어나오는 한숨마저 깨물며 나지막하니 말했다

"세상에나."

나는 다만 탄성을 흘릴 뿐 더는 말을 잇지 못했다.

"그때, 그곳, 샤를 드골 공항에서 프랑스 대테러부대는 내가 리더인 것을 알아서인지, 아니면 여자를 먼저 쏘라는 교훈 때문인지, 모두 나한테 총부리를 겨누었어요. 오사무는 물불을 가리지 않고 달려와서 나를 몸으로 지켜주었고, 수십 발의 총탄이 연이어 오사무를 갈기갈기 찢어놓았어요. 나이 스물아홉에요."

장세린이 지금까지는 용케도 잘 참아 왔지만 마침내 그 볼을 타고 눈물이 주르륵 흘러 내렸다. 나도 금세 눈시울이 뜨거워지는 것을 느꼈다. 그런데 옆에 앉아 줄곧 조용히 경청하던 서영이 훌쩍거리는 게 아닌가. 씩씩하게만 생각했는데, 남달리 감성도 풍부한 것이다. 언제나 그러했지만 리얼리티 액션 영화의 라스트 신에서는 으레 남자들은 사랑하는 여인이 지켜보는 앞에서 총 세 례를 받으며 천천히 쓰러진다. 여자가 할 수 있는 일이란 피 흘리며 숨을 거두는 사내를 부둥켜안고 울부짖는 역할이 기다릴 뿐이다.

우리 모두는 한동안 장세린이 슬픔의 아픔에서 치유되길 기다 릴 수밖에 없었다. 나처럼 방관하기도 하며, 서영이처럼 동참하 기도 하면서.

그렇게 얼마나 시간이 흘렀을까, 이윽고 가벼운 화제로 말문을 연 사람은 나였다.

"세린 씨, 프랑스 측에서 무엇 때문에 신병을 우리한테 넘겨주 었지요? 대충 짐작은 하지만요."

장세린은 내 물음에 차분하고 침착하게 대꾸하기 시작했다.

"서울은 내 고향이고, 서울엔 내 부모님이 사시고, 그래서 서 울에서 나를 전향시킬 수 있다고 본 것이지요. 하지만 지금은 베 카 계곡이 나의 삶의 터전이에요. 그곳에 내가 목숨보다도 더 사 랑하는 아들도 있어요. 지금 세 살이고, 이름은 아니스 살레! 가 장 예쁠 때에요."

"네에."

"선실 씨, 당신이면 전향할 수 있겠어요?"

나는 장세린의 물음에 아무 대꾸도 하지 못했다. 다만 조용히 그리고 완강하게 고개만을 내저었을 뿐이다.

"선실 씨, 어떤 시도도, 어떤 노력도 하지 않는 것이 피차에 덜 피곤할 거예요."

장세린은 다짐하듯 말했다.

"암요. 저쪽에 앉은 사내가 그걸 일치감치 깨달아야 할 텐데. 그렇게 멍청해 보이지는 않지만."

나는 박찬우를 턱으로 가리키며 목소리를 낮추어 말했다.

"멍청한 것 같지는 않더라고요."

장세린도 덩달아 속삭이듯 말하며 빙긋해서 나도 싱긋 웃음 지었다. 마치 공모자들처럼. 우리 대화는 다시금 순항을 시작하게 되었다고 할 수가 있어, 나는 장세린의 아픈 데를 다시 건드렸다.

"세린 씨도, 아시죠. 시몬느 비올레가 말예요, 샤를 드골 공항에서 외국의 귀빈을 맞이하듯 휘하의 요원들을 도열시키곤 세린 씨 일행이 도착하길 기다리며 환영준비를 하고 있었다는 사실을요. 내 말 알아듣죠?"

"알아듣고도 남아요."

일순 장세린의 얼굴 표정이 싸늘해졌다. 그 눈엔 핏발이 서고, 그 입술에선 핏기가 가셨다. 그녀의 또 다른 마스크. 분노에 지글거리고 있다.

"장담하건데, 그들은 미리 알고 대비했어요. 공격시점을 사전에 알고 있었고, 공격할 표적도 사전에 알고 있었고요. 세린 씨, 내 말은 이래요. 정보는 누설되고 작전은 이미 오래 전에 발각되었다, 고요."

"으음."

장세린은 신음 소리만을 토했다. 그녀도 뼈저리게 깨닫고 있는 사실이다. 새삼스레 그녀의 상처를 건드리는 내가 미우리라.

"세린 씨는 아니라고 부인하고 싶겠지만 당신네 내부에 또다시 배신자가 존재한다는 사실이에요. 제2의 소라야 안사리가. 얼굴엔 아름다움이란 가면을 쓴, 아니면 충성이란 탈을 쓴."

"흐음."

"부질없는 얘기지만, 세린 씨는 무엇보다도 먼저 그 배신자를 색출해야 해요. 프랑스 측에 일찌감치 정보를 살짝 귀띔한 그들의 시크릿 에이전트를."

장세린은 굳게 침묵했다. 믿을 수 없는 배신자의 존재. 그 배신자에 의해 농락당하는 현실. 참을 수 없는 분노를 느끼고 있을 것이다. 나는 또다시 그녀가 고통의 늪에서 헤어 나오길 기다려야 했다.

잠시 후, 숨을 고르고 나서 주섬주섬 말문을 연 사람은 장세린이었다.

"지난번에 내가 굳이 프랑스로 간 것은 내가 프랑스 말을 해서도 아니고, 프랑스 뒷골목을 잘 알아서도 아니에요. 언제부터인가 유별나게 프랑스에서 작전을 펼칠 때마다 정보가 소리 없이 누설되고 있다는 감을 잡았어요. 우리의 신경을 새의 깃털처럼 가냘프게 건드리는 의혹이었지만요. 우린 고개를 갸우뚱거릴 수만은 없었고, 그걸 확인하고 싶었어요. 아니나 다를 까, 잘 아시다시피 이번 작전에서 우린 너무나 많은 희생을 치렀어요. 나는 사랑하는 사람을 잃었고요. 선실 씨, 속 시원하게 해드리죠. 우리 내부에 프랑스 측이 심어 놓은 스파이가 있었던 거죠. 이른바 고정간첩이요. 흔히 우리 정보사회에선 '슬리퍼[휴면공작원(休眠工作員)]'에, '두더지'라고 표현하지만요."

장세린은 그녀가 품어왔던 의혹들을, 그리고 좀처럼 발설해서는 안 되는 정보들을 어떤 계산이 있는지는 몰라도 우리한테는 솔직하게 털어 놓는 것이었다.

"선실 씨의 말은 하나 틀리지 않아요. 그들은 우리의 방문을

미리 알고 있었고, 우릴 환영하기 위해 불꽃놀이마저 준비했어
요.”

장세린의 자포자기 한 말투. 알지 못할 애환을 느끼게 했다.

“알고 보면 너무 허무한 얘기죠. 멍청했던 것은 말할 것도 없
고. 우린 너무 많은 것을 잃었어요. 프랑스에서 뿐만 아니라 5개
국 모두에서요. 아시다시피 그들은 정보를 공유하거든요.”

회한의 빛이 장세린의 얼굴에 고스란히 묻어나 있다. 팔레스타
인 측으로선 얼마나 그 아픔이 깊었을까. ‘두더지’로 인해서 심
대한 타격을 입은 것이다.

“그렇다고 우리도 늘 손을 놓고 있었던 거 아니에요. 굳이 말
하는데, 우리도 그들의 심장부에 협력자를 심어놓고 있어요. 우
리들을 위해 봉사하는 동지를요. 피차 마찬가지지요.”

장세린의 실토는 정직하게 말해서 뜻밖이었다. 비록 비밀정보
기관 사이에서는 으레 통용되는 공식이라고 해도 말이다.

“우린 그 사이 ‘하야부사’를 통해서 꾸준히 알아보긴 했어요.”

장세린은 나의 염려는 아랑곳하지 않고 그녀가 뱉어내려는 말
을 서슴없이 이어갔다.

“아니, ‘하야부사’ 라니요? 그게 무슨 뜻이죠?”

내가 물었다.

“그게 일본 말이에요. 송골매를 뜻하나 봐요. 하필이면 일본
말이냐고 하실 테죠? 다미야 오사무가 포섭했고 그 사람이 쭉 관
리해 왔기 때문이에요. ‘하야부사’ 는 일본 사람들이 무척 좋아하
는 낱말인가 본데, 일본 최초의 소행선 탐사선에도 그 이름을 달
았고요. 오사무는 우리를 위해서 숨어서 헌신적으로 봉사하는 동
지에게 최고의 감사의 뜻을 담아 ‘하야부사’ 라는 이름을 선사했

어요.”

장세린은 그들의 숨겨진 동지에게 찬사를 아끼지 않았는데, 그
토록 비중이 높고, 활용가치가 높은 인물인 것이다.

“말하자면 프랑스 땅속 깊숙이 심어놓은 두더지의 암호명이네
요. 이른바 스파이들의 코드 네임.”

나는 평가절하 하듯 말했다. 아무려나 서로가 상대방을 겨냥해
서 은밀한 첩보전을 전개하기 마련이다. 그것도 고도의 스파이
활동을 통해서. 고정간첩일 수도 있고, 이중간첩일 수도 있을 것
이다.

모사드도 말했었다, 오늘날 아무리 과학이 발달했어도 아직은
인간중심의 정보활동이 더 비중이 높다고! 미 CIA요원도 말했었
다. ‘최악의 상황은 적 지도부 내부로 깊숙이 침투하는데 실패하
는 것’이라고! 그러니 수백 킬로 상공에 자동차 번호판을 읽을
수 있는 정찰위성을 띄울 수 있다고 해도 제임스 본드와도 같은
스파이 활동은 여전이 치열할 수밖에 없는 것이다.

“물론 세린 씨는 그 사람의 이름도 모를 뿐더러 그 정체는 더
욱 모를 테지요.”

나는 하나의 이죽거림으로 받아들여 지지 않기를 바라면서 말
을 이었다.

“네에, 그게 우리 정보사회의 규칙이죠. 프랑스 측은 ‘하야부
사’가 누구인지 알려고 필사적으로 노력할 것이고, 우린 목숨을
걸고 그를 지켜야 할 테니까요. 하지만 사미라는 알 테지요. 오사
무를 지휘한 사람이니까.”

언제나 그러했지만 마지막으로 등장하는 이름은 사미라 살라
메였다. 사미라 살라메! 언제쯤이면 그 여자와 대면할 수가 있

을까?

"세린 씨, 만에 하나 말예요, 어디까지나 만에 하나에요. 당신네들이 철석 같이 믿는 '하야부사'가 배신했을 가능성은 없을까요? 당신네들이 심어놓은 시크릿 에이전트가 프랑스를 위해 봉사하기로 마음을 바꿀 가능성은요. 그렇게 되면 그 어떤 경우보다도 치명적이죠."

나는 완곡한 표현으로 나의 마음속의 의혹을 털어놓았다. 그것도 하나의 가능성이라면 결코 부정할 수 없는 가능성이다.

"그 가능성은 제로에요!"

장세린은 한 마디로 부정했다. 그것도 강한 톤으로.

"아무도 장담은 못하지요. 소라야 안사리의 경우도 그 가능성은 제로였을 걸요. 누가 그 여자의 배신을 의심이나 했겠어요?"

"누가 뭐래도 그 가능성은 제로라니까요, 제로!"

장세린은 오직 되풀이할 뿐이었다. 그건 이젠 외침에 가까웠다. 그녀의 목소리가 크면 클수록 나에겐 왠지 공허하게 들렸다.

"발각되어 처형을 당했으면 당했지."

장세린은 더는 목소리를 높이지는 않았고, 지금은 중얼거리듯 말했다.

아무려나 나로서는 의혹의 씨앗을 장세린 가슴깊이 심었다고 할 수가 있었다. 그 씨앗은 자라고 그녀를 괴롭힐 것이다. 일단 마음에 품은 의혹은 성장하기 마련이다.

"근데요, 한 가지 믿기 어려운 게, 어떻게 베카 계곡에서 활동하는 전사가 이역만리 파리에 거주하는 프랑스 기관원을 포섭할 수 있지요? 좀 그렇잖아요. 아무리 놀라운 재주가 있기로서니."

나의 의혹 제기에 장세린은 빙긋했다

"그거요, 그렇게 되었어요."

"어떻게요?"

"유고 내전을 아시죠? 아마 역사적으로 장구한 세월 그토록 잔혹한 내전도 없었을 거예요. 유고연방이 무너지자, 1991년 6월 25일, 우리의 6, 25사변처럼 발칸반도에서 내전의 불씨가 터졌어요."

"네."

"가장 치열하게 치른 게, 25만 명이 죽은 보스니아 내전이 아닌가 싶어요. 그리고 코소보 전투요. 대규모 학살과 집단강간, 그리고 잔학한 인종청소. 도살장이 따로 없다고 했어요. 발칸의 '킬링필드'라는 말을 들을 정도로요. 그 내전에 오사무가 한 때 참여했어요. 특히 코소보 내전에요. 젊었을 적에."

유고내전! 어쩐지 이번 사건에 관련된 사람들이 유고내전과 밀접한 연관성이 있다. 특히 코소보 내전과. 우연일까?

장세린은 말을 이었다.

"그 내전의 성격을 한 마디로 정의 하긴 어렵지만요, 오래된 역사의 반목과, 세르비아계와 이슬람계 두 민족으로 대표되는 민족분쟁의 씨앗이 피를 부르게 되었어요. 분리 독립을 요구하는 코소보 주민과 세르비아정부군의 유혈 진압이 점철된 내전! 오사무는 이슬람 지하 무장단체인 코소보해방군[UCK]에서 활동했고요. 그 곳에 나토의 평화유지군이 파견된 것도 아시죠. 물론 프랑스군도 참여했어요. 그러니 접촉할 연결 고리가 생기게 된 거죠. 코소보에서."

장세린은 내가 이해하기 쉽게 적절하게 요약해서 말했다.

"그게 2000년의 3월 1일이라고 했어요."

장세린은 회상하듯 말을 이었다.

"세르비아 군대가 난민을 학살한다는 제보를 받았나 봐요. 오사무가 이끄는 해방군이 달려가 보니, 아, 글쎄, 여자들은 옷을 벗겨 춤추게 하고 남자들은 즉결처분하고, 심지어 어린 소녀들마저 강간하고요. 알고 보면 한 마디로 파렴치한 내전이었어요. 프랑스 평화유지군도 어느새 달려 왔었고요. 말하자면 손을 마주잡고 합동작전을 펼친 셈이지요. 그래서 프랑스 일선 지휘관하곤 가까워졌나 봐요."

그렇다면 그 당시, 코소보에 파견된 프랑스군 내부에 오사무가 포섭한 첩자가 있는 것이다. 지금쯤 출세도 많이 했을 것이고 요직에 배치되어 있으리라. 그리고 오늘 날엔 그 모든 사람들이 말끔히 서울에 왔었다. 프랑스 평화유지군의 지휘관이었던 올리비에 마르시아 대통령을 비롯해서, 경호실장 구스타브 클라비에, 이미 죽은 앙리 크리스토프, 그리고 여자들. 시몬느 비올레와, 이자벨 오떼유.

그나저나 '하야부사'라는 코드네임을 지닌 스파이는 과연 누구일까?

이 수수께끼의 열쇠는 코소보로 가는 길목에 있을 것이다. 어렴풋하게나마 나의 신경의 회로를 미풍처럼 건드리는 무언가가 있었다. 그가 누구인지 알 것만 같은 것이다. 그 실루엣이 나의 시야 저편에 서서히 모습을 드러내고 있었다.

"그냥 걱정이 돼서 물어 보는데요, 세린 씨, 어떻게 서울에서 탈출할 거죠? 아메드 아야시를 비롯한 동지들 말예요. 지금 서울은 완전 봉쇄되어 있거든요."

장세린은 화제가 바뀌자 안도의 한숨을 내쉬며 구제받은 것 같은 표정을 지었다.

"사미라가 다 알아서 할 거예요. 걱정을 안 하셔도."

장세린은 또다시 사미라의 이름을 입에 올린다. 사미라는 초능력이라도 지녔다는 것일까.

"세린 씨, 지금 애기가 세 살이라고 했죠?"

나는 그녀의 가족 이야기로 화제를 돌리려 했다. 우리들의 이야기도 마무리를 할 때가 되었다고 본 것이다.

"네."

장세린은 눈을 빛냈다.

"한참 귀여울 때죠. 근데 이름은요? 이름도 예쁠 것 같은데."

"히로시. 다미야 히로시. 팔레스타인 이름은 아니스 살레. 자기 아빠를 닮아서 씩씩해요."

장세린은 빙긋 웃으며 금세 대꾸했다. 그러나 그 웃음도 금세 그늘진 마스크 뒤편으로 사라지고 있었다.

"보고 싶지요? 아니 내가 말이라고 하나."

장세린은 대꾸하지 않았다. 단지 목이 메어 할 뿐이다. 그리고 눈가에 눈물 한 방울이 맺혀 있다.

"세린 씨, 성북동은 여기선 10분이면 달려 갈 수 있어요. 내 말은 지척에 부모님이 사시는데, 보아하니 만나보지 않은 것 같아요. 딸자식을 못 본 지가 벌써 여러 해가 되죠. 그죠? 지금도 어머님은 울고 계실 텐데. 이렇게 가까이 있는 것도 모르시고."

장세린은 여전히 대꾸가 없다. 눈가에 맺힌 눈물이 흘러 내렸을 뿐이다. 추측하건데, 부모를 만나는 순간, 모든 게 무너지리라 생각하는 것이다. 나는 더는 그녀를 가슴 아프게 하는 애기를 끄집어내지 않았다. 게다가 서영이 눈을 하얗게 치켜뜨고 나를 흘기고 있다.

나는 문득 나의 손목시계를 훔쳐보았다. 어느새 시계바늘은 오후 5시를 가리켰다.

"선실 씨, 이걸 아셔야 해요. 훈장은 공식적으론 팔레스타인에서 '하마스'가 수여하는 것이지만 실질적으론 우리가 드리는 거예요. 우린 오랜 세월 '하마스'와 밀접한 연대를 갖고 있는데, 그들의 도움을 많이 받고 있어요."

"아, 네."

"우리 모두가 선실 씨의 갸륵한 정성에 얼마나 고마워하는지 몰라요. 난민 구호. 당신이 가난하면 가난했지 어디 부잔가요? 그거 절대로 아무나 할 수 있는 일이 아니에요. 천사가 따로 없어요. 당신이 바로 천사에요."

장세린은 내가 자리를 뜰 채비를 하자 서둘러 말했다.

"선실 씨, 베카 계곡에서 당신을 가다릴 게요. 얼마나 아름다운 고장인지 몰라요. 저기 박 소령과 함께 여행을 오도록 해요."

장세린은 턱으로 박찬우를 가리키며 말했다. 그는 지금은 가랑비가 하염없이 내리는 창밖을 물끄러미 바라보고 있다. 저간의 사정을 숙지하고 있는 그는 참을성 있게 우리의 대화가 이어나가는 것을 관망하고 있을 뿐이다.

"팔레스타인은 우리가 안내할 테니, 훈장은 받으셔야 해요. 우리들 고마움의 표시니까요. 중동 지역도 두루 구경하고요."

장세린이 덧붙인 말.

"네에. 중동 지역 여행은 나의 평소의 꿈이에요. 꼭 가보고 싶어요. 하지만요, 내가 왜 저 멀뚱한 남자와 함께 중동을 여행해야 하죠?"

나는 비록 심드렁하니 말했지만 박찬우가 들을세라 짐짓 소리 죽였다.

"내 눈은 못 속여요. 선실 씨가 충격을 받았을 때의 허둥대는 모습이라니!"

"어머, 그랬어요?"

나는 기쁨이 솟구치는 것을 겨우 억제했다. 사랑하는 사람이 같은 공간에 머물러 있다는 것은 큰 기쁨이었고, 그래서 그것을 한껏 표현하고 싶었으나, 사랑하는 사람을 잃은 여인이 바로 지척에 있다.

"상처는 좀 어때요? 참 빨리도 물어보네."

장세린이 비로소 물었다. 아무 회한도 미안함도 담겨져 있지 않은 그저 그냥 형식적인 물음이었다. 그녀의 동지들이 한 짓으로 보지 않고 있는 것이다.

"괜찮아요. 많이 좋아졌어요."

나도 건성으로 대꾸했다.

"몸조리 잘 하세요."

"고마워요. 세린 씨도 몸조심하고요."

나는 우리 사이의 대화도 끝나고 인사도 끝났다고 보고 떠날 채비를 했다. 내가 자리에서 일어나자 장세린도 자리에서 일어났다. 우린 일순 마주 섰다. 한 여인은 문 밖으로 걸어 나갈 것이고 한 여인은 억류될 것이다. 같은 시대를 사는 여인의 삶의 행로가 이토록 다를 수가 있다니.

"선실 씨, 마지막으로 충고 하는 데요, 사미라 살라메를 결코 시험하지 마세요. 그 여잔 겉으론 누구 못지않게 아름답다고들 하지만, 워낙 참을성이 없는데다가 못 돼 먹었고, 비열하고 야멸친데다가 광기마저 지녔어요. 인간의 심장에 방아쇠를 당기는데 한순간도 망설이지 않을 걸요."

장세린은 메마른 어조로 마지막 대사를 뱉으려 했다. 그런데 그녀는 사미라를 미화하기보다는, 전설화하기보다는 전율스러운 여자로 부각시키려 했다. 조우하기도 겁나는 '검은 표범' 같은 인물로. 밤이 되면 일정한 행동권을 돌아다니며 사냥한다고 했던가. 몸은 유연하고 민첩하고. 사자나 호랑이보다 더 위험한 동물.

"어쩐지 협박처럼 들리네요."

"협박처럼 들렸나요? 그럼 내가 제대로 말했네요."

"내가 그 여자를 두려워해야 하나요?"

"그래야 할걸요."

장세린은 망설임이라곤 없다.

그나저나 사미라 살라메는 왜 아직도 모습을 한 번도 드러내지 않는 걸까? 진짜로 두려운 적은 눈에 보이는 적이 아니라 베일에 가려 눈에 보이지 않는 적이다. 아마도 그 역량을 헤아릴 수 없기 때문이리라.

장세린은 이윽고 선언하듯 말했다. 단호하고도 준열한 어조로.

"우린 얼마나 시간이 걸릴지 몰라도 시몬느에겐 보복합니다. 우리 내부의 배신자도 찾아내 반드시 처형합니다."

CHAPTER
16

　잠시 후, 나는 장세린과 현관에서 작별했다. 나는 언젠가 그녀를 대신해서 그녀의 부모를 찾아뵙고 싶었다. 따님은 비록 낯선 땅이지만 고매한 이상을 펼치며 지내고 있고, 귀엽기 그지없는 외손자도 잘 크고 있다고 말이다.

　비는 여전히 시름겹게 내렸고, 어둠도 보다 일찍 찾아왔다. 박찬우도 나를 위해 우산을 펼쳐 들었고, 김서영도 우산을 펼쳤다. 나는 서영의 우산 속으로 다가갔다.

　"마음에도 없으면서."

　서영은 주차장으로 걸음을 옮기며 대뜸 코웃음 쳤다. 그냥 넘어가면 오죽이나 좋을까.

　"알고 보니, 언니는 심보가 고약해. 어떻게 그 불쌍한 여자를 두 번씩이나 울려. 인정머리도 없이. 다정다감한 줄 알았더니……."

서영의 가시 돋친 말. 여간 뜨끔하지가 않다.

"그런 너는 사람 오금을 펴지 못하게 하는 취미가 있는 거 알아? 말끝마다 꼬투리 잡고 험담이더라."

"험담은 무슨. 바른 말이지."

"난, 네가 겁나. 트집이나 잡으려하니."

우리들의 가벼운 신경전은 주차장에 당도해서야 막을 내렸다.

"우리 저녁이나 같이하죠."

박찬우가 제의했다. 저녁때가 다 되었는데 여인네들을 그냥 돌려보낼 수는 없을 것이다. 그는 모처럼 좋은 기회를 만난 듯싶어, 기쁜 마음으로 우릴 초대하려 했다.

"네, 좋아요. 짜장면이나."

나는 얼른 박찬우의 제의를 수용했다. 막상 그냥 돌려보내면 어쩌나 했었다.

"그러죠, 뭐."

우직한 걸까, 멍청한 걸까, 진짜로 짜장면으로 때우려나 보다. 탕수육 하나쯤 곁들여서 말이다.

"자, 타시죠."

박찬우가 그의 차문을 열고 타기를 권했다. 그런데 그의 차가 시커먼 무쏘에서 기아의 날렵한 세단 K7으로 바뀌어 있다. 그것도 화사한 은회색이다. 소령 계급으론 어림도 없을 텐데, 그의 아버지가 보태준 걸까. 김서영의 아버지가 그러했던 것처럼. 갑자기 돌아가신 아버지가 그리워지는 순간이었다.

"서영아, 냉큼 타지 않고 뭘 해."

나는 날름 차에 오르며 어정쩡하니 서 있는 서영에게 채근했다.

"언니, 됐거든요. 내가 눈치코치 없나. 그 차에 타게. 나도 오늘 저녁엔 약속이 있는 몸이라고요."

서영은 재빨리 몸을 돌려 걸음을 옮기고 있어 더는 권유할 수도 없었다.

"우리끼리 가요."

나는 조수석으로 옮겨 타며 말했다. 이윽고 박찬우는 그의 세단을 발진시켰다. 바야흐로 꿈조차 꾸지 못했던 일이 눈앞에 펼쳐지려 한다는 생각에 나의 심장은 뛰기 시작했다. 나이 서른에서야 비로소 남자와 나란히 차에 타고 저녁 드라이브 길에 오르게 되다니! 그것도 장래를 약속한 운명적인 남자와 함께. 정선에서 올라오며 이런 날이 오리라고 생각이나 했을까.

그러나 우리들의 드라이브 길은 짧았다. 짧아도 너무 짧았다. 골목길을 빠져 나오자 금세 길가에 차를 세우는 게 아닌가. 그런데 짜장면 집은 눈을 비벼 봐도 없었고, '더 레스토랑'이라는 상호가 눈에 들어왔다. 삼청동의 '더 레스토랑'. 그 이름은 들은 기억이 난다. 우린 이윽고 시야가 탁 트인 2층 창가의 테이블에 마주하고 앉았다. 그의 얼굴에 그지없이 흐뭇해하는 모습이 떠올라 있어, 나는 말할 수 없는 충일감을 느꼈다.

"오늘 아무래도 과로한 듯싶은데 괜찮겠소?"

그는 나의 몸 걱정부터 했다.

"괜찮아요. 의사도 많이 좋아졌다고 했고요."

나는 조금은 피곤함을 느꼈지만 내색을 하지 않았다. 영원한 추억으로 간직할 첫 데이트가 아니던가. 그가 이윽고 주문한 것은 포도주를 곁들인 안심스테이크였다. 우린 포도주잔을 부딪치며 건배했는데, 뭐라 근사한 대사를 읊어야 했으나, 그냥 행복한 웃음을 짓는 것으로 대신했다. 나는 식사를 하면서도, 포도주는 향기로운지 어쩐지, 고기 맛은 좋은지 어떤지를 알지 못했다. 눈 앞의 사내를 쳐다보느라 정신이 없는 것이다. 벌써 눈이 삐었는지 잘 생기지 않은 데라곤 없다.

그나저나 어떤 부모님 밑에서 어떻게 자랐는지 가정사에 대해선 모르는 게 너무 많다, 아니 아는 거라곤 하나도 없다. 그런데 물어보는 것도 겁이 났다. 나의 삶과 동떨어지면 어쩌나 하는 두려움이 앞서는 것이다.

"저기요, 부모님은 무얼 하셔요? 어디서 사시고. 형제는요?"

그러나 나의 물음은 어느 순간 불쑥 튀어나왔다. 몰라도 너무 몰라서일까. 그런데 꼭 신문하는 방식이다.

"내가 말하지 않았던가. 우리 부모님은 비록 나이 드셨지만 선교사세요. 소망교회에서 파송한… 의사이시기도 하고. 아버지도 어머니도. 우린 대대로 독실한 기독교 집안이오."

박찬우는 마치 고해성사라도 하는 사람처럼 힘들게 입을 떼는 것이었다. 그러면서도 히죽이 웃음 짓고 있다.

"에구머니나!"

나는 나도 모르게 비명을 질렀다.

"너무 염려 마요. 지금 외국에서 활동하시니까. 아프리카 적도 바로 아래 케냐에서. 문명의 쓰나미가 닥치기 전의 풍광을 지녔다는 케냐의 카라레 마을에서. 서울엔 자주 못 오셔요."

박찬우가 금세 달래는 어조로 말했다. 내가 무엇을 염려하는지 알고 있는 사람과도 같았다. 막상 내 자신도 내가 무엇을 염려하는지 잘 알지는 못한다. 그러면서도 본능적으로 비명을 지른 것은 아마도 교회에 대한 나의 어정쩡하고 미지근한 자세 때문이리라.

"그리고 누나가 있어요. 서울에."

박찬우가 말을 이었다. 그는 여전이 빙글거리고 있다. 누나도 필경 수상스런 직업에 종사하고 있으리라.

"서울 누님은 무얼 하시는데?"

나는 호기심의 고삐를 늦추지 않았다.

"변호사. 매형도 함께."

"서울 법대라도 나왔나 보죠."

"아니."

"그럼?"

"예일 법학대학원 출신이오. 두 사람 다."

"저런, 무슨 집안이 그래요?"

"왜요?"

"왜라니요? 부모님은 적도 케냐 땅에서 성스러운 일에 봉사하시고, 딸 내외는 돈이나 밝히는 국제 변호사고, 하나 뿐인 아들은 비밀정보기관의 특무 깡패고."

"그 며느리 감은 강력계 형사고?"

듣고 보니 누굴 탓할 수도 없다. 그런데 이 사람 명색이 크리스천인데 식사기도를 하는 것도 보지 못했다. 보나마나 부모님 속깨나 썩히고 있을 게다. 며느리 감을 기껏 고르긴 했는데, 양가집 규수하고는 거리가 멀다.

"우리 누이가 한 번 그쪽을 만나보고 싶어 하던데. 뒤로 미룰까요?"

박찬우의 말에 나는 공연히 찔끔했다. 예일 출신을 만난대서 나한테 플러스가 될 게 무어가 있겠는가. 상처 말고는.

"미룰 수가 있다면, 영원히."

"누나가 그쪽을 많이 칭찬해요. 예쁜데다가, 용감하고, 게다가 슬기롭기까지 하다고."

"설령 그렇다고 해도, 미룰 수 있다면."

"알았소."

박찬우가 선선히 물러나주어 나는 찝찝한 기분을 달래며 안도의 한숨을 내쉬었다. 세상사가 간단치만은 않다는 것을 새삼스레 깨닫는 순간이었다.

그리고 얼마나 시간이 흘렀을까. 우린 '더 레스토랑'을 뒤로했다. 거리에 내려서니 가랑비가 우릴 적셨고, 싱그러운 밤이 우릴 감쌌다. 윌리암 아이리쉬의 말이 아니어도 밤은 젊었고 우리 또한 젊었다. 우린 우리의 젊음을 불사르는 비 내리는 밤거리를 향해 걸음을 옮길 수가 있었으나, 안타깝게도 내가 부상당한 몸이시다.

박찬우는 지체 없이 나의 보금자리인 내자아파트로 그의 은회색 세단을 발진시키는 것이었다. 지금 그의 머릿속엔 나의 휴식뿐일 것이다.

"이 차, 누님이 사 준 거죠?"

낭만이라곤 눈곱만큼도 없는 나의 현실적인 물음. 사내가 바래다주는 차속에서 모든 추억들이 만들어진다고 하는데 세속적인 이야기나 끄집어내다니.

"그래요 아름다운 숙녀를 위해 봉사하라며."

박찬우가 기다렸다는 듯이 대꾸했다. 갑자기 자상한 그의 누나를 만나고 싶다는 생각이 들었으나 꾹 참았다. 그는 무드라도 잡을 요량으로 CD플레이어를 작동시키는 것이었다. 금세 노르웨이

뉴에이지그룹 '시크릿 가든' 의 멜로디가 흘러 나왔다. 동양의 정서를 지닌 감상적인 선율 'Song from a secret garden' 이었다.

그러나 낭만을 쫓는 우리들의 드라이브 길은 채 10분도 지나지 않아 끝났다. 금세 종합청사 뒤편의 나의 아파트에 도착한 것이다. 서울엔 저 멀리 도심지대도 많은데 하필이면 턱밑 내자동이라니. 이때처럼 원망해 본 일도 없다.

무심한 사내는 나를 집까지 바래다주고는 현관 앞에서 돌아서려 했다.

"잠깐 들려서 커피라도 한 잔……."

밤에, 문 앞에서, 바래다 준 남자한테 여자가 던지는 이 말은 그대와 잠자리를 함께 할 용의가 있다는 말이라고 했다. 나의 뜻은 그게 아니었으나, 남자가 그렇게 받아들인다면 당할 수도 있는 것이고, 변명도 할 수가 없는 것이다. 나의 가슴은 어느새 쿵쾅거렸다. 물론 큰 기대를 한 것은 아니었으나 작은 기대는 있었다.

"자, 이제, 푹 쉬도록 해요. 오늘은 고단한 하루였어요."

사내는 여전히 나의 휴식만을 생각하고 있는 것이다.

"그래도 차 한 잔은……."

나의 원망 어린 목소리. 나는 사내의 소매라도 부여잡고 싶었다. 그때 그가 다가왔다. 그리고는 내가 다칠세라 살포시 포옹하는 게 아닌가. 그가 나의 허리를 감아, 나는 그의 목덜미를 살며시 감았다. 뺨과 뺨이 닿았고 가슴과 가슴이 닿았다. 나는 더 이상 바랄 것이 없다고 생각했다. 나의 사랑! 나의 피앙세! 이대로도 충분했다. 그런데 현관 앞 복도의 불은 너무 밝았고 아직은 밤 늦은 시간도 아니었다. 그래서 나는 사내를 해방시키려 했다. 나의 그런 낌새를 차린 것일까. 사내의 입술이 갑자기 다가왔다. 나는 물론 거역할 수도 그럴 생각도 없었다. 남자와의 첫 입맞춤! 조금은 길었다. 달콤하리라고, 실신 일보 직전일거라곤 상상했지만, 그 상상을 뛰어 넘었다.

정녕 산다는 것이 이토록 황홀한 것일까!

이튿날 4월10일 수요일 아침, 텔레비전을 켜 보니 프랑스 대통령 일행은 오늘부터 일본에서의 공식 일정이 진행될 것이고, 내일이면 아주순방을 마치고 프랑스로 돌아갈 거라고 했다. 우리의 수사 활동도 그들의 일정에 따라 마무리를 해야 했고 그러자면 서둘러야할 것이었다. 그런데 처리할 일이 한두 가지가 아니다.

그나저나 아침에 깨어나 보니 몸이 의외로 가뿐하다. 총에 맞았다고 해서 훈장까지 타고, 공연히 과대포장해서 떠들썩하게 군 것만 같다. 아니다. 방탄조끼만 입지 않았으면 총탄은 어김없이 심장을 파고들었을 것이다. 그걸 생각하면 가슴이 뛰고, 이를 뿌드득 갈게 된다. 그러니 상대가 사미라이건 경호실장이건 복수는 반드시 해야 한다.

나는 오늘도 서영이 자랑하는 현대 i30에 동승해서 출근했다.

"언니 고물차는 바꾸어야겠어."

서영이 불쑥 끄집어낸 화제.

"왜?"

나는 졸린 어조로 되물었다.

"왜라니. 그런 똥차를 몰고 앞으로 시댁 사람들을 만날 수 있겠어? 신랑 될 사람 체면도 있지."

시댁사람들이라는 말에 나는 정신이 번쩍 들었다. 한 남자와 만나 사랑의 보금자리를 마련한다는 것이 결코 예삿일이 아니라는 것을 새삼 깨닫는 순간이었다. 크리스틴 카라도 나더러 차를 바꾸라고 했었는데, 서영은 차원이 다르다.

"알뜰하다고 하실걸."

"알뜰은? 궁상이지."

나는 더는 대꾸하지 못했다. 아무래도 챙겨야 할 일이 한두 가지가 아닐 듯싶다. 함께 사랑을 나눌 집은 있으니, 그냥 같이 살면 안 되는 걸까. 정선의 엄마와 아빠처럼. 하긴 여긴 강원도 정선도 프랑스 파리도 아니다. 보통 스트레스가 쌓이는 일이 아닐 것이다.

"차를 바꾸어야 한다면 어떤 차로 바꾸어야 하지?"

나는 차 마니아로 자처하는 서영에게 불쑥 물었다. 서영의 말이 아니어도 차는 아무래도 바꾸어야 했다. 크리스틴도 충고하지 않던가.

"그랜드 체로키! 클라이슬러가 자랑하는 이 시대 최고의 지프차!"

한순간의 망설임도 없이 되돌아온 서영의 대꾸.

"그랜드 체로키라!"

아마도 서영이 손에 넣고 싶은 차이리라. 늘씬한 체구에도 어울릴 것이다. 하지만 엄청 비쌀 것이었다. 그걸 어떻게 감당한담.

다행스럽게도 우린 사무실에 당도해서 나는 밀려오는 스트레스에서 해방될 수가 있었다. 하지만 한 발짝만 내딛어도 보다 엄청 큰 쓰나미가 몰려 올 것이었다.

아침 9시 정각, 사무실에 들어서니, 그러지 않아도 서 경사가 또 어디서 폭음이라도 들렸는지 황급히 다가왔다. 그는 나를 구석진 곳으로 끌고 가기까지 했다.

"내말 좀 들어봐요. 이거 아무래도 빅뉴스지 싶은데."

서 경사가 숨이 차서 말했다 나도 덩달아 숨이 가빠왔다.

"뭔데요?"

나는 다그치듯 물었다.

"김서영 경장이, 아, 글쎄, 미국에서 공부하다 돌아왔다지 뭐요."

"어머, 그래요?"

유별난 소식이긴 하나 호들갑 떨 정도는 아니다.

"혹시 미국의 이화 여자대학이라는 스미스 여자대학을 아는지 모르겠네. 명문대학이라는데, 바바라 부시도 다녔다던가. 아, 글쎄, 김 경장이 3학년에 중퇴하고 돌아왔다네."

"어쩐지 좀 헷갈린다 싶긴 했는데. 뭐 아는 게 많고… 영어도 유창하고……."

아무려나 서영의 사생활이다. 나름대로 사연이 있을 것이다. 그나저나 서영의 남다른 이야기에 매달려 있을 수만은 없는 아침이다.

"뭐, 다른 일은 없었고요?"

"내 정신 좀 봐. 방금 국정원에서 전화가 왔는데, 라니아 살레의 석방 문제를 10시 전까지는 결론을 내겠다고 하더군. 어딜 가지 말고 전화를 기다리라네."

서 경사는 비로소 오늘 우리가 당면할 과제에 대해 입을 떼었다.

"결론? 결론은 뻔한데. 기다리죠, 뭐."

오늘도 모든 상황이 시간 단위로 쪼개져 진행 될 것만 같다. 나는 서영의 엉뚱한 인생항로 선택에 대한 생각에 잠긴 채 천천히 과장실로 걸음을 옮겼다.

서 경사 말처럼 아침마다 뵙고 아양이라도 떨어야 할 처지다. 과장은 맹 경위와 함께였다. 하영구와 맹달수. 오래도 붙어 다닌다. 이런 궁합에, 이런 명콤비도 없지 싶다. 한 사람은 풍부한 경험을 전수하고, 한 사람은 젊은 사람의 재치를 제공한다고 할 수 있다. 그러니 서로를 보완할 수가 있다. 그런데 맹달수라는 이 친구, 여러 가십거리를 수집해서 고자질이나 하는 인물일 게다. 첫인상이 나쁘면 끝까지 비딱하게 보기 마련일까. 하지만 그는 언제부터인가 나의 우군이라고 할 수가 있다. 착실하게 나를 응원하고 있지를 않은가.

나는 어제 국정원 안가에서 라니아 살레를 만난 사실부터 보고했다. 라니아가 알고 보니, 장세린이라는 이름의 우리나라 여성이라는 것, 그것도 성북동에 사는 부잣집 딸이라는 것 하며, 팔레스타인으로 간 동기에 그 경로를 두루 보고했다.

"어쩐지 아이러니를 느끼는 거 있지요. 부잣집 딸의 테러리스트라니!"

"흐음."

"뭐니 뭐니 해도, 우리나라 여대생이 팔레스타인 해방과 독립을 위해 투쟁하고 있다는 사실에 엄청 놀라고, 엄청 감동 받은 거 있지요. 동지이자 남편을 눈앞에서 잃었고요."

"으음."

"언뜻 보기엔 투철한 이념으로 무장한 전사라기보다는 한갓 낭만적 기질로 참여하고 있다는 그런 느낌을 받았어요. 지금은 사랑하는 사람을 잃은 복수심 때문에 맹목적으로 치닫고 있는 것 같았고요."

우리가 자기를 석방하면 파이프라인이 되어 줄 수 있다는 얘기도 했고, 사미라 살라메에 대해서도 들은 대로 보고 했다.

"절대로 그 여자하곤 상종 말라네요. 비열하고 사악하고, 종잡을 수 없다나. 그 지나친 강조가 마음에 걸렸지만요."

과장도 맹 경위도 내 말을 열심히 들어 주었다. 소파에 함께 앉으라고 권유도 했고 차도 대접했다. 어느새 나도 이들과 어울리고 있으니, 잘하면 형사과에 엽기적인 3인방이라도 탄생할 것 같다.

"과장님, 궁극적으론 잠입한 테러범 일당을 검거하는 게 목표일 테지만 오늘은 라니아 살레의 석방 문제와 씨름을 하셔야 할 것 같아요. 이따 10시에 전화한다고 했거든요. 국정원도, 아메드 아야시도."

"그럼 10시에 회의장에서 만날까."

과장은 고개를 크게 끄덕이며 말했다. 그는 애써 다정다감함을 표시하기도 했고, 맹 경위도 덩달아 호의를 표시하는 것을 잊지 않았다.

"네, 그러죠."

나는 원군을 착실히 확보하고 있다는 느낌을 지니며 과장실을 물러났다.

회의 시간 10시 10분 전에 나는 김서영 경장과 함께 회의실에 들어섰다. 그녀가 어쩐지 예사스럽게 보여 지지 않는 순간이었다.

서장을 비롯해서 도메네크 경감에다가 어제의 멤버들이 오늘도 빠짐없이 이미 자리하고 있었다. 나는 공연히 죄스러움을 느끼며 재빨리 내 자리를 찾았다. 방안에 긴장감이 감돌았는데, 오늘도 아메드 아야시를 상대해야 하는 것이다.

10시 정각, 회의실 구석진 곳에 놓인 전화기 벨이 울렸다. 누가 전화기를 신형으로 바꾼 걸까. 벨소리가 부드럽다. 그러나 고정관념 탓인지 여전히 불길하게 들려오고 있었는데, 새 전화기는 스피커폰이어서 모두 함께 들을 수도 있다.

언제나처럼 서영이 전화를 받았다.

"국정원이래요. 해외정보공작국의 유덕화 국장."

서영은 수화기를 손에 든 채 모두를 향해 말했다. 누구나 바싹 긴장했고, 누구나 숨을 죽였다. 누가 과연 저 전화를 처리해야 할 것인가?

"최선실 경위를 바꾸라네요."

서영이 이윽고 뱉은 말.

나는 지체하지 않고 걸음을 옮겨 수화기를 건네어 받았다. 스피커폰의 스위치는 아직은 누르지 않은 상태였다.

"최선실입니다."

"나, 유덕화요. 오랜만이오. 상처는 많이 좋아졌다고 들었는데."

"네, 국장님, 오랜만입니다."

"모든 걸 최선실 경위가 박 소령을 통해 꾸준히 건의한대로 하기로 했소. 누가 봐도 그게 현명하고 실속 있는 제안이오. 그대로 시행하시오. 물론 도쿄에 체재중인 비올레 국장하고도 방금 통화를 했어요, 미 CIA 서울책임자 존 케슬러하고도 협의하고. 모두가 동의하고 있군. 잘하면 CNN이 행운을 잡을 것 같소. 특히 크리스틴 카라가."

"알겠습니다. 국장님."

나는 수화기를 내려놓고 자리로 돌아와 서장을 위시한 모두에게로 향해 섰다. 우리가 나눈 대화 내용과 그 배경을 그들에게 알려주어야 했다. 내가 입을 떼려는 바로 그 순간 다시금 전화벨 소리가 울렸다. 그 전화벨 소리를 잠재운 사람은 여전히 서영이었다.

"이번엔 아메드 아야시라네요."

서영은 다시금 수화기를 움켜쥐고는 모두를 향했다. 그녀는 빙긋 웃기조차 했다. 그러자 모두의 눈길은 지체 없이 나를 향하는 것이었다. 그러니 이 무대의 여주인공은 여전히 최선실이라고 할 수 있었다. 서영이 긴 줄에 매달린 전화기를 통째로 내 테이블 위에 갖다놓았다. 그리고는 스피커폰의 스위치를 누르는가 하면 볼륨도 한껏 높였다. 모두가 잘 들을 수 있게 말이다.

나는 다시금 불길한 메시지를 전하기 마련인 전화기와 마주해야 했다. 실내의 모두가 나를 일제히 주시했는데, 나의 일거수일투족을 지켜보려 했다.

"나에요."

나는 전화기에 내장된 마이크를 향해 퉁명스럽게 입을 떼었다.

"여보게 친구, 어젯밤엔 잘 주무셨나?"

아메드 아야시의 목소리가 엄청 나긋하다.

"덕분에."

"다행이네."

일단 간단하지만 우리 사이에 인사치례는 끝났다. 그리고 스타트라인에 선 레이서들처럼 숨을 고르는 한순간이 찾아왔다. 먼저 말문을 연 사람은 나였다.

"미스터 아야시, 당신한테 우선 묻겠는데, 어제 우릴 백운 호수로 갑자기 초대한 사연이 뭐죠? 우리와 우의를 다지기 위해서가 아니라는 건 잘 알겠는데."

나는 궁금한 것부터 물었다. 하지만 돌아올 답변은 뻔할 것이었다.

"당신들이 우리 은신처를 알고 싶어 안달하는 것 같아서. 특히 백지영이라는 경감이… 우리 이슬람 여성을 통해서… 그럴 땐 어떤 대접을 톡톡히 받는지 확실하게 알려줄 필요가 있다고 생각했지."

아메드는 순순히 그들의 의도를 털어 놓았다.

"어머, 그런 남다른 계산이."

나는 의미 없는 탄성을 울렸다.

"그 여자, 좀 맹한 편인가? 백 아무개라는 여자 말이오. 그렇게 덥석 무는 게 아니지. 최선실과는 달리 영 맹추더군. 그 여자 가분수 아냐."

아메드가 백지영을 한 마디로 평가절하 하려 했다. 아니 모욕했다.

"그 무슨 그런 소릴. 당신이 무얼 안다고."

"내가 한 가지 아는 건 있지. 우리가 당신들 머리 위에 있다는 것을. 매우 총명하고 무자비한 집단이라는 것을. 우릴 열 받게 해봐야 기다리는 건 폭약 세례뿐이라고."

"그래서 그렇게 사람들을 많이 다치게 했어요?"

"무슨 소릴? 우리가 진짜로 본때를 보이려고 했다면 엄청난 희생자가 발생했을걸. 제대로 된 고성능 PETN 폭약도 갖고 있었다고. A18A1클레이모어 지뢰도. 가볍게 손봤을 뿐이라고."

"어휴, 고맙다고 해야 하나."

"우리 적은 어디까지나 시몬느요. 그러니 우릴 건드리지 말아요. 그것도 시원치 않은 사람이. 우리의 인내도 한계가 있으니까."

아메드의 속내는 대충 알 수가 있었다. 우리가 공연히 나서지 않는 한 그들도 우리하고는 대응하지 않겠다는 것이리라. 이슬람 사람들 사이의 깊은 연대감도 알 수가 있고, 그들의 적잖은 지원도 받고 있음을 짐작할 수가 있었다.

"아무리 큰 소리쳐도 당신들에게도 아킬레스의 뒤꿈치는 있다고요."

"뭐, 그럴 수도 있겠지."

"그나저나 당신들 어젠 무얼 했어요? 백운 호수에 폭약을 설치하곤."

내가 진즉부터 묻고 싶었던 질문의 핵심이었다.

"솔직하게 말하지. 인천 공항에 갔었다고."

우리의 예측과 조금도 빗나가지 않은 아메드의 대꾸.

"무엇 때문에? 드라이브하러 간 건 아닐 테고."

"외곽순환도로에 올림픽대로. 환상적인 드라이브 웨이더군. 영종대교의 아름다움이란! 그대와 함께라면 금상첨화였을걸."

"내가 약을 먹었나. 테러범과 드라이브하게."

"말하자면, 그렇다는 얘기지. 경관이 죽여주더라는."

"그래서 봄날에 드라이브나 즐겼다고 말할 건가?"

"정직하게 말해서 그건 아니지. 우리도 돌아가야 하니까, 어느 항공편의 원 웨이 티켓을 끊어야 하나, 하고 살펴봤지."

"어렵쇼! 티켓이라고?"

"아무래도 KAL이 새로 도입한 B777 최신 여객기가 마음에 들더군. 샴페인을 들며 길게 누워 갈 수가 있겠더라고. 아름다운 스튜어디스의 시중을 받으며. 그러자면 퍼스트 클래스 티켓을 끊어야겠지. 아, 참, A380도 도입했더군. 하늘을 나는 특급호텔. 대당 가격 3억 7500만 달러. 어느 게 좋을까?"

"어, 얼씨구!"

나는 더는 할 말을 잃었고, 아메드도 입을 닫았다. 일순 방안엔 바늘이 떨어져도 들릴 것 같은 고요가 감돌았다. 그들의 의도는 분명했다. 항공기 납치! 우리의 과제도 이제 명확했다. 우리가 놀아야 할 무대는 백운 호수가 아니라 인천 국제공항인 것이다. 보아하니 백지영은 고개를 떨어뜨리고 있다. 여러 사람을 다치게 했는데, 우리 모두를 우습게 만들었는데, 어떻게 낯을 들며 무슨 할 말이 있겠는가.

바야흐로 어제의 이야기는 끝내고 긴박하고 당면한 오늘의 주제로 접어들 타이밍이었다. 이번에도 내가 먼저 입을 떼었다.

"자, 이제, 전화를 한 용건이나 말씀하시지. 미스터 아야시, 당신과 길게 대화를 즐길 생각은 없거든요."

"좋았어요. 내가 어제 매력적인 제안을 하나 했었지. 자, 그럼, 오늘 어디서, 어떻게 인수해야 할까? 라니아 살레를."

아메드도 금세 오늘의 주제로 파고 들어왔는데, 조바심마저 드러내 보였다.

"어머, 그 무슨 맹랑한 소리에요? 난 하나도 기억에 없는 얘기네."

나는 느긋한 말투로 시침을 떼었다.

"최선실 경위, 내가 어제 오전 10시, 단 하루를 준 걸로 기억하는데. 단 하루를."

"단 하루라는 규칙은 누가 정하는데?"

"규칙? 그거야 언제나 내가 정하지."

"규칙이라는 게 깨지라고 있는 법이라던데?"

"난 아냐."

"아니라고 하실 테지. 근데, 내가 당신의 그 맹랑한 규칙을 따라야 하나? 우습잖아요. 미스터 아야시, 당신이 나의 상전도 아닐 바에야."

"당신이 슬기롭다면 따라야 할 걸. 피를 보지 않으려면. 해답은 이미 나와 있다고."

"그러고 보니 우리도 살아가면서 만든 슬기로운 규칙이 하나 있네. 공갈범의 공갈에 절대로 굴복하지 않는다는 불문율. 알아들어요?"

"이것 봐라, 머리는 잘 돌아가는 줄 알았는데, 이제 보니 우둔한데다가 간덩이가 엄청 부어 있네. 그러니 뭐야, 나하고 놀아보자는 얘긴가? 분명히 말하는데, 이건 장난 아냐."

아메드 아야시. 처음엔 목소리가 사근사근했으나, 어느새 메마르기 그지없다. 점차 늑대의 본성을 나타내려 했다.

"잘 들어요, 미스터 아야시. 당신이 뭐라 어르고 뺨을 치든, 나도 분명히 말하는데, 우리 정부는 당신들의 요구를 한 마디로 거절해요. 그것도 단호하게. 당신들에 무조건 굴복이란 없어요. 이게 엄정한 우리들 룰이에요. 룰."

나는 목소리를 높이진 않았으나 한껏 메마르게 대꾸했다. 지금은 의지의 싸움이다.

"최선실, 제법 비싸게 구시는데, 내 말이 우습나? 무슨 변을 당하려고 이러시나. 어제 눈으로 보시고도."

"협박할 입장이 아닐 텐데, 사정해도 무엇 할 텐데. 으름장을 놓으시다니."

"염병 할! 이제 보니 모든 기회를 날려 보내는군. 정신 나간 거 아냐! 그렇다면 우리 방식대로 처리할 수밖에."

이슬람의 폭파범이 으르렁거렸다.

"허풍떨지 마요."

"어라, 그렇게 들리시나?"

"왜 내가 당신한테 선심을 써야하지? 착각하지 말아요."

"착각? 그렇게 미련을 떨다간 크게 후회할걸."

"누군가는 후회하겠지. 하지만 난 아닐걸. 목마른 사람 누군데?"

"아무래도 따끔한 맛, 덜 봤나?"

"이봐요, 보아하니, 우릴 만만하게 보는 것 같은데, 우리하고 장난칠 생각 말아요. 어떤 나라의 정부기관이 당신들 말 한마디에, 네 그렇습니까, 하고 호락호락 알아서 기던가요? 말이 돼야지. 협박에 관한한 어떤 정부도 강경하게 대응한다고요. 지하철, 까짓것 또 폭파하고 싶으면 그렇게 해요. 오늘부터 운행을 중지하면 그만이지. KAL기, 그것도 쉬라고 하죠. 서울대병원? 당신들이 파시스트도 아닐 바에야. 그리고 이걸 알아야 해요. 우리나라에 지금 무슬림 15만이 살고 있다는 사실을. 우리 머리카락 하나만 건드려도 이슬람 혐오증은 고사하고, 그 사람들 운명이 달라진다는 사실을요. 그럼 쓰나?"

"관심 없어. 그 문제엔. 우린 어떤 희생도 불사할 거라고. '인샬라!' 그게 알라의 뜻이라면! 알라만이 가장 위대한 게요. 15만이 아니라 30만이라 해도."

무미건조하고 무채색의 섬뜩한 아메드의 대사. 완전히 무개념의 극치가 아닌가.

"제대로 미쳤군."

"나만 미쳤나? 외려 뚜껑 열리는 소리나 하고. 악역은 내 전문이라고. 무슨 짓인들 못할까. 비수로 멱을 따라고 한들."

"어쩜, 사람 완전히 개차반이네. 당신, 혹시 본색을 숨긴 사이코패스 아냐?"

"비슷하지."

"걱정되네."

"그쪽 걱정이나 하시지. 한 치 앞도 못 보는 주제에. 보아하니 나와 맞장 뜨려 하는군. 그렇담 제대로 본때를 보여 주지."

"나한테 으르렁거리지 마요. 이게 어디 내 뜻인가."

"흐음."

우리 사이에 잠시 침묵의 시간이 흘렀다 우린 어떻게 보면 치열한 기 싸움을 하고 있다고 할 수 있었는데, 지금까진 누가 승리했는지는 알 수가 없다. 다만 나는 밀리지는 않고 있다고 생각했다. 방안의 관중들도 알지 못하는 가운데서도 여전히 숨죽이고 바라보고 있다. 이윽고 말문을 연 사람은 아메드 아야시였다.

"이봐요, 친구. 제발 날 시험하려 하지 말라고. 그만 공갈치면 됐고, 내가 충분히 알아들었으니까. 당신들을 소홀하게 대접하진 않을 게요. 내 생각엔 당신들 무슨 속셈이 있는 것 같은데 내가 한 번 들어보리다."

아메드 아야시가 드디어 한 발 물러섰다. 걸쩍지근하기만 하던 말투도 상냥하게 바뀌고 있었다. 그토록 라니아 살레의, 아니 장세린의 석방은 그들에게 있어 중요하고도 화급을 다투는 지상과제인 것이다.

"나, 어제 안전가옥에서 라니아를 만났거든요. 내 마음 같아서는 라니아의 손이라도 잡고 그 집에서 나오고 싶더라고요. 근데. 윗분들의 뜻이 확고부동해요. 그러니 어쩌겠어요. 하지만."

나도 달래는 어조로 말했다. 이제 신경전은 끝내고, 구체적인 협상을 할 적절한 타이밍이었다.

"하지만?"

"미스터 아야시, 개인적인 충고인데, 당신들도 인질 한 사람을 석방해요. 그럼 우리도 석방하죠. 그래야 피차 얼굴이 서잖아요. 누이 좋고 매부 좋고."

나는 마침내 소매 속 깊숙이 감추었던 카드를 제시했다고 할 수가 있었다.

"오라, 그런 시답지 않은 속셈이 있었군. 잔 머릴 잘 굴리는 건 진즉 알았지만."

"속셈? 당연히 계산했어야지. '공짜 치즈는 쥐덫에만 놓여 있다.' 이런 러시아 속담도 못 들어 봤나? 세상에 공짜가 어디 있다고. 난 흐리멍덩하고, 어리바리한 사람 제일 싫더라. 객쩍은 공갈이나 일삼고. 남의 염장이나 지르고, 무조건 항복이라니, 그게 어디 약발이 먹히는 소린가. 거래를 해야지. 거래를. 이게 공정한 게임의 규칙이 아니던가. 그리고 말예요."

"또 뭐요?"

"우리에게도 체면이라는 게 있지. 프랑스 사람들이 호의로 보내준 사람을 기겁해서는 은근슬쩍 내준다면 얼마나 섭섭해 하겠어요. 우린 핀잔이나 받고, 무안만 당하고. 우리나라 사람들, 특히 체통을 중시한다는 사실을 기억해 주면 좋겠네. 체통에 살고 체통에 죽고. 그러니 아메드 아야시, 결론은 하나, 우리 제안을 받아들여요."

"그런데, 어쩌나. 우리한테는 석방할 인질이 하나도 없는데. 타이밍이 나쁘군."

"염려 마요. 당신 친구들이 억류하고 있으니까. 어서 펜을 꺼내 이름을 적어요. 부를 테니. 이름은 아이린 아이비, CNN의 아프가니스탄 특파원! 카불 북동쪽 카피사 지역에서 납치되었어요. 그 여기자를 당장 석방해요. 그 즉시 우리도 라니아를 석방하죠."

"나, 참."

"뭐가, 나, 참이에요? 꾸물대지 말고 친구들한테 연락해요. 이 일을 처리하는 방법은 단 하나 뿐, 어서 그 여자를 석방해요."

"이거, 낭패인걸. 그쪽엔 친구들이 없는걸."

"그 무슨 헛소릴! 같은 이스마일 후손이고, 피를 나눈 형제들이면서. 미스터 아야시, 당신에겐 불가능이란 없어."

"아무 라인도 없다니까. 이거 꼭지 돌아버리겠네."

"내가 알 바 아니에요. 내가 신경 쓸 일도 아니고. 라니아의 석방이 소망이라면. 그리고 당신이 멍청하지 않다면, 냉큼 움직여야지. 징징대지 말고. 이게 당신의 현실이라고. 선택의 여지도 없는 주제에, 뺑이나 치고. 당신 오늘 정말 짜증나는 거 알아?"

"누가 할 소리를."

"짜증난다니깐. 전화 끊어요."

나는 더는 지체하지 않았고 인정사정도 두지 않고 매정하니 전화를 끊었다. 내가 아메드 아야시한테서 마지막으로 들은 대사는 오직 한 마디였다.

"우라질!"

나는 통화를 끝내고는 영어를 잘 알아듣지 못하는 사람들을 위해 이른바 인질 교환의 경위와 배경, 그리고 방금 통화한 내용들에 대해 간략하게 설명했다. 정직하게 말해서 우리 종로경찰서하고는 하등 직접적인 관련이 없는 사안이다. 지금 형편으론 내가 팔레스타인 과격단체와의 유일한 파이프라인이어서 국정원과 DST, 나가서 미 CIA의 역할을 대신 했을 뿐이다.

"아시죠? 도메네크 경감님. 도쿄에 머물고 있는 당신네 상관, 시몬느 비올레 국장하고도 협의가 다 끝난 사안이라는 것을요. 저는 다만 전달자일 뿐이에요."

무얼 알까마는 영감은 고개만을 끄덕여 보였다.

"아, 글쎄, 아프가니스탄엔 친구가 없다고 길길이 뛰는 거 있지요. 알아서 용을 쓰라지요, 뭐."

나는 영감에게 상냥한 미소마저 지었다. 내가 나대고 있으니 속은 쓰리리라. 그런데 영감이 단수가 높았다. 나를 흘끔거리며 손지아한테 뭐라 속삭이고 있다. 그것을 손지아가 통역을 했다.

"이 양반이 하는 말씀이, 최 경위는 단순한 전달자가 아니라네요. 니고세이터! 알죠? 우리말로 하면 교섭자라고 하죠. 그깟 일, 뭐 대수며, 별거냐고 할 테지만, 보통 어려운 일이 아니고, 선실 씨의 솜씨가 죽인 다네요. 이건 칭찬이니 곧이곧대로 받아드리세요."

"알아주니 퍽이나 고맙네요."

질시의 대상. 나는 오늘도 어김없이 여인네들은 말 할 것도 없고, 뭇 사내들의 질시의 대상일 것이었다.

나는 자리에 앉으려다, 일순 비틀하며, 아니 휘청 이며 나무토막 쓰러지듯 쓰러지려 했다. 너무 신경을 써서일까, 문득 심한 현기증을 느꼈다.

"팀장님!"

서영이가 외치며 잽싸게 다가와 나를 부축했다. 나는 용케 자리에 앉긴 했으나 잠시 숨만 헐떡일 뿐 어쩌지 못했다. 필경 눈은 흰자위가 드러나고 뺨에선 핏기가 가셨으리라.

"내가 뭐랬어요. 너무 무리한다고. 이제 보니, 개념 없이 살고 있네. 총상을 다 입지 않나……."

서영의 나무람은 직설적이었고, 또한 신랄했다. 그러나 그 효과는 컸다. 모두가 나를 시샘하는 눈으로 보고 있었는데, 한순간에 희생자로서의 나의 위치를 서영은 부각시킨 것이다.

"팀장님은 아직은 병원에 있어야 해요. 주치의 선생님이 뭐랬어요. 누가 알아준다고 이러실까."

"서영아, 그만해. 이젠 괜찮아. 그냥 잠시."

나는 겸연쩍게 말했고, 어느새 방안엔 숙연한 분위기가 감돌았다. 연약한 여성을 향해 돌을 들었던 사내들이 슬며시 돌을 제자리에 내려놓는 순간이기도 했다.

잠시 후, 헛기침을 한 번 하고는 말문을 연 사람은 서장이었다.

"이젠 기다리는 도리밖엔 없을 것 같군. 공을 상대편에 넘겼으니. 잘 해결되었으면 해. 라니아는 불씨 같은 존재라고 할 수 있으니, 우리 시민이 다치지 않으려면, 한 시 바삐 치워야겠지."

서장의 결론 비슷한 말이었다. 그리고 그는 한 마디 덧붙였다. 아무 수식도 없는 간결한 한 마디였으나, 나는 서장의 말에 가슴 뭉클함을 느꼈다.

"최 경위가 수고하는군."

17

한 템포 쉬고, 숨을 돌리고 나서 벽시계를 쳐다보니, 아침 10시 30분.

많은 시간이 흘렀으리라 생각했는데, 그렇지가 않다. 현기증은 언제 그랬느냐 싶게 지금은 말짱하다. 이젠 어제의 수사결과와 오늘의 수사방향에 대해서 논의할 시간이다.

"제발, 아무 말도 하지 말고 앉아서 쉬어요."

언제나처럼 서영이 챙겨 주는 말이었다.

"알았어. 그렇게."

나의 대꾸도 언제나 같다

"오늘은 별 과제도 없을 것 같네요."

"글쎄."

강력 4팀장인 맹달수 경위가 보고할 것이 있는지, 헛기침을 하더니, 메모지를 뒤척이며 입을 떼려 했다. 그런 그의 제스처로 그에게로 시선이 쏠렸다.

"제가 먼저 보고 드리죠."

맹 경위의 얼굴에 긴장감이 감돌았다. 새로 진급했고, 새로 부임했고, 게다가 시경 강력계에서 내려 왔는데, 뭔가 보여주어야겠다는 강박관념이 있을 것이다. 그래서인지 사사건건 나대고 있다.

"우린 어제 오후 두 시에, 차 두 대와 두 사람의 지문과 옷을 건네받았습니다. 구스타브 클라비에 경호실장이 탑승했던 차는 삼성 르노의 SM7. 이자벨 오떼유 비서관의 승용차는 같은 차종의 SM5. 청와대에서 인수받았고요, 두 사람의 지문과 옷은 프랑스 대사관에서 보내주셨습니다. 주차타워 관리인한테서 그날 그 시간대의 주차권도 모두 인수했고. 물론 바닥에 칠했던 페인트 깡통두요. 저격이 있었던 5층에는 CCTV가 별로 없었습니다."

그는 차분하게 말을 이었다. 보아하니 쪼잔 하다는 말을 들을 정도로 엄청 치밀하다.

"우린 물론 한시도 지체하지 않고 그 모든 것을 국립과학수사연구원에 보냈습니다. 수상쩍은 흔적이 만에 하나라도 있으면 찾아 달라고요."

그는 어휘 선택도 신중했다. 하긴 먼데서 오신 손님들의 허물을 찾으려는 작업이다.

"그 친구들 민첩하게도 오늘 아침 일찍, 모든 분석결과를 보내왔습니다."

그런데 이 친구, 조근 조근 또박 또박, 실수하지 않으려 말하는 것은 좋았으나, 서론이 길다. 그리고 다분히 극적인 효과도 노리고 있다.

"우선 두 사람의 옷에선 초연반응이라곤 없었습니다. 순순히 화약 자국이 남았을 옷을 보내 줄 리는 없겠죠. 하지만 두 대의 차 가운데 한 대에서 용케도 저격 장소에 출입한 기록을 찾아냈습니다. 주차권을 살펴보니, 그날, 12시 35분에서 14시 35분 사이에 그 주차 빌딩을 다녀간 게 확인되었고요. 아시다시피 저격은 14시 30분에 이루어졌습니다. 그 차의 타이어엔 흰 페인트가 묻어 있었고요. 삼화페인트의 친환경 바이오 페인트가요. 바로 그날 12시경에 그 주차타워에 칠한 페인틉니다. 타이어 무늬도 선명해서 누가 타고 온 차인지도 금세 식별할 수 있었습니다."

모두는 잘 참고 그의 말에 귀를 기울였다.

"네에, 주차권에서 그의 지문이 발견된 것도 물론입니다. 그러니 뭡니까, 사건 뒤에는 반드시 흔적이 있는 법이지요."

지금쯤이면 누군가가 폭발해야 했다. 결론부터 말하라고. 그런 낌새를 그도 챘는지 재빨리 지문의 주인공의 이름을 밝혔다.

"구스타브 클라비에 경호실장! 페인트가 묻은 SM7의 탑승자고 지문의 임자입니다."

그는 한순간 말문을 닫고는 그의 말을 경청하는 사람들을 둘러보는 것이었다. 그가 던진 말의 파급효과를 가늠하려 하는 것이다.

"제가, 그날 시몬느의 벤츠를 몬 운전기사도 불러 물어 보았습니다. 몇 분 전에야 행선지 변경을 지시받았느냐고요."

그가 다시 입을 열더니 금세 닫았다. 매우 예리한 착안이고 물음이라고 해야 했으나, 짜증이 났다. 해답이 뻔 한 것이다.

"그는 10분 전이라고 했습니다. 고작 10분 전. 그러니 사미라의 가능성은 낮아지겠지요. 경호실장의 가능성은 높아지고요."

그러고 보니 맹 경위도 경호실장을 제사지내고 싶은가 보다. 그게 이성적인 결론인지 누구의, 아니 내 편을 들기 위해서인지는 알 수가 없다.

"아, 그리고 이자벨 오떼유의 SM5에선 아무 흔적도 찾아낸 게 없었습니다. 페인트도 지문도. 이자벨은 흰 눈처럼 깨끗했습니다."

맹달수 경위는 마침내 그의 보고를 마쳤다. 그의 입가에 보일 듯 말 듯 회심의 미소가 피었다가 사라졌다. 사람이 좀 가볍기는 한가 보다. 웃지나 말지. 그래도 큰 성과요, 큰 진전이라고 할 수 있다.

과연 도메네크 경감은 무어라 변명할까? 경호실장이 저격 시각에, 저격 장소에 있었던 것을. 나는 도메네크 경감을 쳐다보았고, 여느 사람들의 시선도 그에게로 쏠렸다. 우리 모두는 그가 입을 열기를 기다렸다. 그런데 뜻밖에도 입을 뗀 사람은 뒷좌석에 다소곳하니 앉아 있어야 할 김서영 경장이었다.

"글쎄요, 흰 눈처럼 깨끗하다니, 세상에 그런 사람 어디 있나. 아무리 이자벨이 예쁘기로서니. 그 시각에 검은 옷을 입은 수상한 여자가 어정댄 것을 목격한 제보자도 있는 처지에."

서영이 비록 나지막하게 중얼거리듯 말했으나 모든 사람들의 귀엔 뚜렷하니 들렸을 것이다. 서영의 이유 있는 핀잔에 모두가 씽긋 미소 지었으나 서장은 언제나처럼 대뜸 눈살을 찌푸렸다. 그래서 나는 서영을 뒤돌아보며 눈을 흘겼다. 서영은 다만 두 팔을 살짝 들어 보일 뿐이다.

그런데 맹 경위의 견해에 정면으로 반기를 들고 나선 사람이 있었는데, 언제나처럼 변강진 경위였다. 그는 누가 보아도 시종 일관 백지영 경감 편에 서 있는 사람이다. 슬기롭게도 백지영은 오늘도 결코 앞에 나서서 나와 대립하려 하지 않았다.

"저도 한 마디 하겠습니다. 저 같으면 현장에 차를 끌고 가지 않을 겁니다. 결과적으로 흔적을 남기지 않았습니까. 경호실장이 좀 멍청한 편인가. 그런 점에서 아무 흔적도 남기지 않은 이자벨이 더 현명할 수가 있지요. 그리고 좀 엉뚱하지 않습니까. 아무리 구미가 당겨도 일국의 경호실장을 쫓는다는 게."

변 경위가 이죽거렸다. 그는 말하자면 사미라를 쫓는 백지영을 옹호하고 경호실장을 쫓으려는 나를 비아냥거리고 있는 것이다. 설사 그가 지금 나를 헐뜯고 있다고 해도, 나는 변 경위의 말에 일리가 있다고 생각했다. 경호실장은 모든 게 밥상 차리 듯 지나치게 갖추어져 있다. 실장은 이자벨에 비해서 덜 똑똑한 걸까. 서영이 충고한대로 나는 입을 굳게 닫고 있었다.

"그리고요, 범인같이 보이는 사람은 범인이 아니라는 말도 있습니다."

변 경위는 한 수 가르치려 했다.

그러자 서영이가 또 나섰다.

"그거 우리더러 웃으라고 한 말이에요?"

"그냥 충고라고 할 수 있지."

"좋은 말씀이네요. 그럼 아무 흔적도 없는 차부터 조사해야겠네요. 서울 시내 차 한 대, 한 대 빠짐없이. 지금 대화가 얼마나 지독한 아이러니인지 아세요?"

서영이도 이죽거렸는데, 그녀는 권투로 치면 잽을 날리는 재간이 있다. 있을 정도가 아니라 보통을 넘는다. 잘못하면 피를 볼 수가 있어, 함부로 건드려서는 안 된다.

"갑자기 서울에 온 프랑스 사람이 하필이면 저격이 있었던 그 시각에, 그 장소에 차를 갖다 놓은 거 한갓 우연일까요?"

"……."

"이런 말 귀 아프게 들어 보셨겠네요. '세상만사 우연은 없다' 라는 말을요. 그리고요, '범행 현장 주변에 있었던 사람은 범행과 관련이 없다는 알리바이를 증명할 의무가 있다' 라는 대사를 요. 그러니 의당 체크해 봐야지요. 경호실장의 알리바이는."

"……."

"그런데도 별거 아니고, 그러니 신경 쓸 일이 아니라는 거네요. 누가 엉뚱한지 모르겠네."

서영의 잽은 이어졌고, 변 경위는 비틀했다.

"저를 우습게보실 테지만, 팀장님, 제 말 들어보세요. 적어도 경호실장의 가능성을 배제하려면요, 사미라가요, 10분 내에 주차타워로 달려 와서 총을 쏠 찬스가 있었다는 것을 증명할 수가 있어야 해요. 그 여자가 원더우먼이라는 것을요."

서영의 이유 있는 반격. 그러나 그녀의 반격은 더는 이어가지 못했다. 서장이 개입해서다.

"이봐, 김 형사. 이제 그만 끝내지. 여기 그만한 이치를 모를 사람 누가 있나?"

서장의 한 마디에 서영은 움찔하며 몸을 낮추었다. 그러면서도 한마디 덧붙이는 것이었다.

"그래도 모르는가 봐요. 시시콜콜 태클을 거는 걸 보면요. 난, 그냥 도움이 될까 싶어서."

서영이 감히 서장의 말에 토를 단다. 마침내 서장이 폭발했다.

"그만 입 다물래는 데도. 입 다무는 게 도와주는 게야. 주제파악도 못하고. 아무도 자네 생각엔 관심이 없어."

"죄송합니다. 제가 경솔했네요."

"그리고 내일부터 회의실엔 들락거리지 마."

"하지만요, 우리 팀장님, 아직 몸이 성하지 못한 걸요."

서영이 꼬박꼬박 대꾸한다.

"그럼 시중이나 들어. 참견 하지 말고. 개뿔도 모르는 주제에, 주제넘게……."

"네, 알겠습니다."

서장과 서영의 신경전도 길게 이어지지는 못했다. 갑자기 회의실 전화벨이 울려서다. 그런데 전화벨이 길게 울리는 데도 아무도 전화를 받지 않는다. 서영이조차도 뿔이 난 것이다.

"서영아."

내가 눈짓해서야 비로소 서영이 수화기를 집어 들더니 영어로 그것도 유창한 영어로 통화하는 것이었다.

"아메드 아야시에요."

서영은 나한테 전화기를 통째로 건네어 주었다. 나는 금세 수화기를 집어 들었다.

"그 멍청한 미국 여기자는 방금 석방되었소."

다짜고짜 던지는 아메드 아야시의 메마른 대사. 인사치레 따윈 애당초 없다.

"어머, 그렇게 빨리요. 놀랍네."

나는 내 손목시계부터 훔쳐보았다. 오전 11시였다. 그나저나 반시간도 채 안되어 처리하다니, 그들 무슬림의 형제애라는 것, 찬탄하고도 남음이 있었다.

"그 여자, 여기 서울 시간으로 오후 3시경엔 카불에 도착할거요. 아마 카불 인터콘티넨탈 호텔에서 기자회견이라도 할 테지.

확인하는 대로 라니아를 석방하도록 하시오. 이젠 군말이 없겠지?"

"군말은요. 지금 당장이라도 석방하죠. 알 자지라 방송을 보는 대로요. 근데 어디서 어떻게 당신과 접선하죠?"

"접선? 당신 꼴은 보기도 싫은 걸."

전화기 너머에서 대뜸 코웃음 치는 소리가 들렸다.

"시청 앞 광장에서 풀어주라고. 허름한 휴대폰 하나 주어서. 추적을 피하자면, 금세 쓰레기통에 버려야 하니까."

아메드는 심드렁하니 덧붙였다.

"그게 소원이라면. 하지만 내일이라도 라니아는 베이르투로 돌아가는 게 어때요? 남부 레바논으로. 국정원과 협의하면 비행기 티켓도 임시여권도 마련해 줄 수 있을 것 같아요."

나는 라니아 살레가, 아니 장세린이 이들 테러리스트 그룹과 합류하는 것이 싫었다. 하루라도 빨리 아들 히로시가 기다리는 곳으로 보내주고 싶은 것이다.

"그렇게까지나. 이제 보니 친구의 마음 씀씀이 남다르군."

"언제는?"

"친구, 염려 마요. 여권이라면 수도 없이 많으니까. 그것도 어디든지 무사통과할 수 있는 외교관 여권이……."

"어머, 어떻게?"

"식은 죽 먹기라고. 핵탄두를 손에 넣는 일이라고 해도. 친구도 말했었지. 우리한테 불가능이라곤 없다고."

"세상에."

나는 일순 할 말을 잃었다.

"나도 기꺼이 베이루트로 일찍 돌려보내 주고 싶군. 라니아는 상처 입은 몸이니까. 하지만 본인이 원한다면 함께 움직일 거요. 서울도 곧 떠날 거구. 내일, 모레라도. 여긴 이젠 별 볼일이 없으니까."

"어떻게요? 무슨 방법으로? 정말 걱정되네."

"걱정 마요. 공항에 나가 보니 파리로 가는 항공편은 수도 없이 많더군. 어제 우리 모두의 티켓을 끊었다고."

"그것도 말이라고. 지금 농담을 해요?"

"내가 재미없는 농담을 했나?"

"근데 파리는 왜 가요? 가면 당신들 둥지가 있는 베카 계곡 아니에요."

"시몬느도 파리로 돌아가고 있으니까. 그 여자의 남자도. 그러니 따라가야지."

"세상에!"

"우리 사령관 사미라 살라메가 선언했었지. 지구 끝까지 쫓는다고. 우리가 할 일이 뭐가 있겠나. 시몬느를 바싹 쫓는 일 말고. 이번엔 샹제리제 거리에서 군중들이 보는 앞에서 저격할 거요. 말하자면 공개처형이지. 나와 피를 나눈 형제들이 죽었소. 살인자에게는 죽음을! 이건 율법이오. 그런데 복수도 하지 않고 손가락이나 빨고 있을까. 천만의 말씀이지."

아메드 아야시, 프랑스에 대한 증오심을 그대로 들어내고 있다. 그러니 저주에 가까운 말을 내뱉고 있는 것이다. 이건 예사 일이 아니다. 그들의 광기가 그들을 치닫게 할 것이다.

"말이야 바른대로 해서 당시들이 먼저 공격을 했지, 시몬느가 먼저 공격을 했나? 그건 어디까지나 자위 수단이지. 미스터 아야시, 정당방위라는 말도 모르시나?"

"그런 그쪽은 과잉방위라는 말도 모르시나 보군. 그건 학살이었다고, 학살! 게다가 그들은 덫을 마련하고 우릴 기다리고 있었다고. 투항할 기회도 주지 않았어. 우린 당한 만큼 갚을 거라고. 그 이상도 그 이하도 아냐."

나는 더는 할 말을 잃은 채 수화기만을 움켜쥘 뿐이다.

"아, 그리고 최선실, 당신 이걸 알아야 해."

"무얼 또요?"

"당신, 엄청난 일을 한 거요. 미국 정부가 3년을 애썼어도 해결하지 못한 것을 단 하루 만에 해결했어요. 당신만이 그 여기자를 부모 품에 돌려보내게 되었다고요."

"어머, 그게 그렇게 대단해요?"

"대단하다니. 아니, 훌륭하다고."

"어쩜."

"예전엔 우리 형제들이 CNN 기자를 석방하면서 몸값으로 300만 달러를 받아낸 일이 있었지. 그 사이 그 기록이 깨어졌는지는 모르지만……."

"세상에, 300만 달러요?"

"이봐요, 당신이란 여자, 사람 목숨 하나 살렸을 뿐만 아니라 300만 달러도 챙겼다고. 꿩 먹고 알 먹고. 자, 그럼."

우린 비로소 대화를 끝냈다. 그 전에 서로의 휴대폰 전화번호를 교환 했다.

이번엔 내가 모두를 향해 개선가를 울리듯 말했다.

"CNN의 아이린 아이비 기자는 방금 석방되었고, 오후 3시엔 카불에 도착한답니다. 누가 알 자지라 방송을 켜보는 게 어때요?"

그리고 나는 연이어 마치 신탁처럼 덧붙였다. 특히 도메네크 경감을 향해서 떠벌렸다.

"사미라 살라메는 시몬느 비올레 국장을 파리까지 쫓을 거랍니다. 그리고 반듯이 저격할거라고 합니다. 그것도 샹젤리제 거리에서. 살인자에게는 죽음을! 그들의 선언입니다."

아침 회의를 끝내고 사무실에 돌아와서, 나는 자초지종을 박찬우에게 알렸다. 유 국장에게도 보고해 달라는 부탁도 했다.
"그들이 시몬느를 따라 파리로 간대요. 아메드 아야시가요. 세린 씨도 풀어주면 그들과 합류하게 되는 거 아녜요?"
나는 걱정이 앞섰다.
"어쩌겠어요? 풀어주기로 했는데. 내일 일은 모르는 거죠."
박찬우는 특무기관에 종사하는 사람의 생리 탓인지 예사롭게 말한다.
"하긴, 인간이 내일을 위해 곳간을 채우려 계획하면 하나님은 '어리석은 자여' 하며 비웃는다고 했으니까."
"그래서 오늘은 나의 시간. 내일은 신의 시간이라잖아요. 우린 잊기로 해요. 그 여자의 내일은."
"그러죠. 그럼, 두 시에 안가로 갈게요."
나는 자칫 새어나오는 한숨을 깨물며 말했다.
"그래요. 우리 두 시에 봐요. 너무 걱정 말고 . 이제 보니, 마음이 꽤 여리네."
"어디에!"
우린 금세 전화를 끊었다.
나는 서영을 손짓해서 불러, 내 카드를 내밀었다.
"백화점에 들려, 세 살짜리 남자아이 옷을 한 벌 사오도록 해. 캡과 운동화도. 예쁘장한 것으로."

"알았어요. 지금 갔다 올게요."

나는 눈썰미가 있는 서영을 심부름 보내곤 한동안 시름에 잠겼다. 아마도 장세린의 앞날이 걱정스러웠으리라. 총탄이 빗발치는 거리를 질주하는, 그리고는 끝내 차가운 아스팔트 길 위에 천천히 쓰러지는 그녀의 실루엣이 눈앞을 스치며, 나를 못 견디게 하는 것이다.

데스크의 전화벨이 울려 수화기를 집어 들었다. 이젠 귀에 익은 목소리.

"나, 크리스틴, 크리스틴 카라!"

한 번쯤 전화를 하리라고 예상한 인물의 전화. CNN의 서울특파원의 목소리는 오늘은 사뭇 리드미컬했다

"제법이야, 최선실. 내가 일전에 말했었지. 최선실이 우리한테 도움을 줄 거라고. 그것도 결정적인 도움을. 고마워. 가식 없이 말하는데, 정말 고마워."

아마도 아프카니스탄 특파원의 석방소식을 듣고 맨 먼저 전화했으리라.

"고맙긴? 나한테 그런 소리하지 말아요. 정세가 타이밍 죽이게 돌아갔을 뿐이지. 유리하게."

"겸손하군. 그렇게 나오면 주가가 더 올라가나?"

"주가는……."

"최선실, 오늘은 그대가 승리자라고. 그대들만의 레이스에서. 백지영은 죽을 쑤고, 그대의 주가는 상승하고. 하지만 내일은 모르지. 폭락할지."

"그래야 시원한가? 꼬투리를 붙여야."

"내가 당신한테 다시 한 번 충고 하지."

"나한테는 밤낮 충고네."

"잘 들어. 당신의 차, 고물 코란도 말이야, 언제 어느 길가에서 심장의 고동을 멈출지 몰라. 공연히 신경을 건드리네. 당장 폐차 시키라고. 오래 살고 싶어 하지 않는 건 알지만."

"충고, 고마워."

"한 번 만나."

"그러지, 뭐."

잠시 후, 서영이 백화점에서 돌아와, 우린 함께 점심을 먹고 병원에 들렸다가, 두 시에 맞추어 안가에 당도했다. 오늘도 현관에서 박찬우가 해맑은 웃음을 지으며 우릴 맞아 주었다.

"조금 전에 알 자지라 방송이 전하는 걸 보면, 여기자를 중간 지점에서 우리 측에 인계했다는군. 그러니 지금은 안전지대로 넘어 왔다는 얘기요."

박찬우가 전하는 새로운 소식이었다. 카다르의 수도 도하에 위치한 중동의 CNN이라 칭하는 알 자지라 방송은 우리한테도 매우 유익하다.

"그럼 지금 당장 석방해도 되겠네."

"그래요."

우린 함께 거실에 들어섰다. 그곳에 장세린이 우뚝 서 있다. 그녀가 다가서며 먼저 입을 떼었다.

"내가 뭐랬어요. 최선실 씨만이 눈앞의 사태를 주도할 수 있다고 말예요. 이 신세는 결코 잊지 못해요."

그녀는 나의 두 손을 마주잡기까지 했다.

"신세는요. 언젠가는 나도 질 날이 있겠지요. 그리고요 여건이 맞아떨어졌을 뿐이지, 난 한 일이 없어요."

"겸손도 하셔라. 미국은 3년씩이나 끌었는데."

우린 거실 소파에 마주 앉았고 서영이 선물도 건네었다.

"고마워요. 이렇게까지 신경을 써주시다니."

"뭘요."

우린 3시를 기다려야 했고, 그래서 박찬우가 서브하는 차를 들며 한동안 동네 아줌마들처럼 별 쓸데없는 화제로 이야기를 나누었다. 잠시 강력계 형사라는 것도 팔레스타인 테러리스트라는 것도 잊는 순간들이었다. 그러나 작별의 시간이 가까워질수록 나는 알지 못할 조바심을 느꼈다.

"세린 씨, 제발, 파리엔 따라가지 마요."

나는 가히 충동적으로 말했다.

"시몬느를 따라간대서 기다리는 건 총격전 말고 뭐가 있겠어요? 이젠 포기하고 집으로 돌아가세요. 아이가 기다리는 집으로요."

나는 간절히 호소하는 마음을 담아서 재삼 강조했다. 그러나 장세린의 표정은 석고상처럼 굳어질 뿐 대꾸가 없다. 나는 더는 다그치지 못한 채 침묵할 수밖에 없었다.

얼마 후, 장세린이 주섬주섬 말문을 열었다.

"나도 지금 당장 베이루트로 돌아가고 싶어요. 히로시가 목 빠지게 기다리는 베카계곡으로. 임시여권이라도 마련해 주신다면. 그 마음 간절해요. 하지만."

"하지만?"

"나는 사미라의 지시를 따라야 해요. 쫓으라면 쫓아야 하고, 저격하라면 저격해야 하고요. 그리고."

"그리고요?"

"사미라는 결코 포기하지 않아요. 시몬느를 사냥하는 일을요. 그 여자가 숨을 쉬고 있을 동안은 계속 쫓을 겁니다."

나는 다만 듣기만 했다.

"집에서 한 발짝만 나서도 그 여자를 기다리는 건 무수한 총구뿐일 걸요. 시몬느는 늘 방탄조끼를 입어야 하고, 방탄차를 타야 하고, 늘 철근 콘크리트 집에서 기거해야 해요. 경비병에 둘러싸여서. 감옥이 따로 없지. 아마 미칠걸요."

"흐음."

"우린 시몬느에게 공포를, 전율을, 그리고 악몽을 선물할 겁니다. 그 여자에겐 안전한 날이란 없을 걸요. 지상에서 영원으로 떠날 날까지."

"으음."

"그 여자가 악몽에서 탈출하는 유일한 방법은 있어요. 스스로 총구를 입에 물고 방아쇠를 당기면 됩니다."

장세린의, 아니 팔레스타인 여전사의 최후통첩과도 같은 말이었다.

"좀 섬뜩하네요."

나는 더는 말을 잇지 못했다. 할 말을 잃은 것이다. 그리고 보니 사미라 살라메가 광기를 지닌 것이 아니라 눈앞의 장세린이 광기를 지녔다는 인상을 나는 지울 수가 없었다. 나는 더는 이 문제에 대해 터치하지 않기로 했다.

사랑하는 사람을 잃은 아픔이 이토록 치명적인 걸까.

우린 3시 10분 전에 박찬우가 모는 K7에 몸을 싣고, 아메드 아야시가 기다리고 있을 시청 광장을 향해 출발했다. 만감이 교차해서일까, 누구도 입을 열지 않았고, 무거운 침묵만이 지배했다. 이윽고 우린 시청 출입문 앞에 섰다. 아직도 쌀쌀한 날씨. 스산한 바람마저 심란하게 광장을 휘젓고 있다. 광장에는 무슨 집회라도 있는 것일까, 많은 사람들이 피켓을 들고 이 날씨에 몰려와 있었다. 나는 말없이 장세린에게 휴대폰과 전화번호가 적힌 쪽지를 건네어 주었다.

오후 정각 3시. 이젠 작별의 시간이었다.

장세린은 박찬우에게로 다가가 손을 내밀어 악수를 청하고는, 서영에게로 돌아서서 가벼운 포옹을 하는 것이었다. 눈시울을 붉힌 사람은 물론 서영이었다. 마지막으로 그녀는 나를 감쌌다. 우리들의 포옹은 조금 길었다.

잠시 후, 장세린은 광장의 군중 속으로 긴 여운만을 남기곤 사라졌다. 싸늘한 바람에 넘실대는 긴 머리카락, 사람들 물결에 밀려 휘청이는 작고 가냘픈 몸매, 불안스럽게 옮기는 외로운 발걸음. 마치 자신의 운명을 조롱하며 삭풍이 휘몰아치는 시베리아 벌판으로 홀로 유배를 떠나는 여인의 형극의 길과도 같았다. 쓸쓸하고 삭막하기만 한 뒷모습. 그 잔상(殘像)은 오래도록 내 가슴속 깊이 각인될 것이었다.

그나저나 재회할 날이 있을까.

시게노부 후사코처럼 나이 들면 자식 손잡고 집으로 돌아오는 날이 있기나 할까.

'어제는 역사, 오늘은 선물, 내일은 미스터리'라고 했으니 모를 일이다.

그러나 분명한 것은 장세린은 지금 집으로 돌아가기보다는 제국주의자들과 싸우기 위해 가시밭길을 한 걸음, 한 걸음, 내딛고 있다는 사실이다.

"누가 무슨 말을 해도 할 일은 한다는 모습이네."

나와 함께 장세린이 사라지는 광경을 물끄러미 바라보던 서영이 뇌인 말이었다.

"언니, 중동에 이런 격언이 있거든."

서영이 말을 이었다.

"어떤?"

"개들이 짖어도 카라반[대상(隊商)]은 간다!"

CHAPTER

18

이튿날 아침. 그러니 4월 11일 목요일 아침. 프랑스 대통령 일행이 일본을 마지막으로 아주순방 길을 마치고 귀국하는 날이다.

오전 10시, 나는 아침회의에 참석했다. 서영은 입 다물고 뒷좌석에 가만히 앉아 있겠노라 다짐해서 함께 움직였다.

스윙도어를 밀고 회의실에 들어서서 자리 잡고 있으려니, 서장이 뜻밖에도 국정원의 해외공작을 담당한 유덕화 국장과 중동담당 팀장인 박찬우와 나란히 들어서고 있었다. 거기에 도메네크 경감과 손지아도 서장과 함께였다.

'오늘 무슨 일이 있는가 보다. 그것도 단단히.'

일순 나의 머릿속을 휘젓는 상념이었다.

서장은 좌정하자 이내 자못 엄숙한 모습으로 우리 모두를 향해 말문을 여는 것이었다.

"오늘은 프랑스 국토감시국과, 우리 국가정보원의 이야기를 듣자고. 우리도 한몫 거들어야 해."

서장이 던진 말에서 아무 힌트도 얻을 수가 없었다. 거들기는 무얼 거든다는 것일까. 다만 두 나라의 비밀정보기관이, 악명 높은 프랑스의 DST와 한국의 NIS가 무슨 음모를 꾸미고 있을 거라는 생각은 들었다. 그것도 질이 좋지 않은 음모를. 거기에 박찬우도 한몫 끼어 있을 것이다.

먼저 말문을 연 사람은 의뭉스런 DST의 도메네크 경감이었다.

"오랫동안 억류되어 왔던 서방측 여기자의 석방에 도움을 주신 종로경찰서 여러분에게 진심으로 감사를 드립니다."

언제나처럼 재능이 넘치는 손지아가 동시통역을 했다. 그래, 예의를 차릴 줄 아는 사람들이라면 의당 그 인사는 해야 할 것이다.

"오늘 그 동안 미루어 왔던 앙리 크리스토프의 장례를 치릅니다. 영결식은 대사관에서 간소하게 치르고요. 안장예배는 오후 두 시. 양화진의 외국인 묘역에서 치르게 됩니다. 시몬느 비올레 국장도 참석하고요. 구스타브 클라비에 경호실장도."

노회한 프랑스 영감이 인사치례를 끝내고 본론에 접어들려 하자, 방안에 긴장감이 감돌았다. 무엇보다도 시몬느가 일본에서 돌아온다는 사실은 사람을 놀라게 하는 뉴스였다. 그녀를 쫓는 이슬람 테러리스트 그룹이, 아니 그들의 악명 높은 사령관 사미라 살라메가 이를 갈며 아직도 엄연히 서울에 도사리고 있는 처지다.

"우리 시몬느 비올레 국장은 어떤 위협에도 굴하지 않고, 어떤 위기상황도 회피하지 않을 것입니다. 하물며 한 줌도 안 되는 테러범 잔당들의 공갈쯤이야, 정면으로 대처해요. 그래서 차제에 본때를 보여 주려합니다."

보아하니 지금의 상황을 타개하기 위해서 프랑스 방첩기관인 국토감시국은 우리나라 정보기관과 머리를 맞대고 하나의 계략을 마련했음에 틀림없다.

과연 어떤 계략을 세웠을까?

"우린 비올레 국장의 서울 도착을 일부 매스컴을 통해 알리려고 합니다. 양화진 묘역에 행차한다는 것도요. 그들도 알게 될 테지요. 아마 십중팔구 접근을 시도할 겁니다. 다시없는 좋은 찬스니까요. 어차피 일전을 펼쳐야 한다면 우리들한테도 좋은 기회죠."

말하자면 시몬느를 미끼로 사용한다는 것이다. 지금 백지영의 방식으로 이슬람 주민 속에 깊숙이 파묻혀 있을 테러범들의 은신처를 찾아내려 오만 군데를 여기저기 뒤지는 일은 부지하세월(不知何歲月)이다. 말인즉 사미라와 그녀의 일당을 그들의 은신처에서 기어 나오도록 유인공작을 펼쳐 일거에 섬멸하려는 계책이라는 것이다. 지난번에는 사미라가 유인책을 썼다면 이번엔 DST가 유인책을 구사하려 한다. 보다 담대하고 보다 정교하리라. 영감이 제대로 꾀를 냈다고 볼 수가 있고, 성공의 확률도 높을 것이었다.

"그래서 우리들이 자랑하는 특수부대 지젠느[GIGN]도 불렀습니다."

영감은 말을 이었다.

"물론 잔느 지루도 함께 왔습니다."

일순 영감의 입가에 회심의 미소가 피어났다. 마치 집안에 대대로 전해 내려오는, 이를테면 전가의 보도를 끄집어내는 사람과도 같았다.

"잔느 지루? 누구죠?"

잔느 지루. 나는 그 여자에 대한 기억이 있다. 지젠느의 악명 높은 저격수. 그러나 나는 모른 체 물었다. 영감은 이 물음을 기대하고 있을 것이었다.

"헌병 중위, 잔느 지루! 지젠느의 여신이지요."

"네에."

"바로 샤를 드골 공항의 저격수예요. 그 여자가 드골 공항에서 이슬람 테러범 7명 중에 6명을 사살했어요. 테러범이나, 인질범이 출현하는 곳엔 그 여잔 어김없이 등장합니다. 누가 그랬었지요, 그 여자가 저격수가 되지 않았다면 틀림없이 편집광적인 연쇄살인범이 되었을 거라고요. 이번에 사미라 살라메를 착실하게 작살낼 겁니다."

지젠느의 전설적인 여전사에 대한, 아니 몸서리치는 저격수에 대한 영감의 소개는 끝났다. 나는 잠시 영감이 사디스트가 아닌가 하는 생각을 했다. 보아하니, 영감이 지금 즐기고 있다.

"차제에 그들을 일시에 일망타진하려 합니다. 우린 결코 테러 집단과 두더지 게임을 하지 않아요."

그는 쐐기를 박듯 말했다. 한 마리를 잡으면 곧이어 다른 두더지가 튀어나오는 두더지 게임을 하지 않으려는 것이다. 완벽한 분쇄! 그들의 소망이다.

그나저나 프랑스 보안기관의 평판이 별로 좋지가 않다. 비록 그 유능한 활동은 세상이 다 아는 얘기지만, 고문 등으로 악명이 높은 국토감시국이라는 이름의 비밀경찰 DST는 물론이거니와 군 방첩기관은 또 어떠했던가. 그들은 식민지 시절의 베트남에서 나 알제리에서 비밀 군사재판을 통해 처형을 일삼은 탓으로 잔혹하기로 소문이 나있다.

프랑스 경감은 발언 기회를 한국 측에 넘기려 했다. 국정원의 유덕화 국장이 지체하지 않고 말문을 열었다. 언제나처럼 학자풍의 외모를 드러내고 있다.

"이번 작전의 주체는 두 말할 것도 없이 종로경찰서고, 지휘자도 물론 서장님이십니다. 우리가 누굽니까. 이 나라의 안전을 책무로 하는 사람들 아닙니까. 그런데 어떻게 테러범들이 활개 치는 것에 나 몰라라 할 수 있겠습니까. 우리가 어디 간도 쓸개도 없습니까. 그래서 그들을 소탕하기로 했고, 종로서가 앞장서기로 했습니다."

외유내강 타입의 전형적인 인물. 그의 마스크는 유화해 보여도 그의 말엔 힘이 배어 있다. 그런데 보아하니 우리 경찰을 앞장세워 뒤에서 조종하려 하고 있다. 그 사특한 점에서는 NIS는 DST와 뭐 다를 게 없다.

그 뒤의 구체적인 이야기는 박찬우 중동담당 팀장의 몫이었다.

"국정원의 박찬우 소령입니다."

박찬우는 여느 사람들과는 달리 자리에서 성큼 일어났다.

"사미라 살라메가 과연 우리들 유인책에 걸려들까 하는 의구심이 드시겠지만, 장담하건대 백 프로 걸려듭니다. 비록 이게 유인책이라는 것을 알았다고 해도 그 여잔 호기로 생각하고 미친 듯이 공격을 시도할 겁니다. 어떤 대가를 치르더라도요. 과감하게 베팅하는 담력과 순발력! 알아줘야 합니다."

박찬우의 브리핑은 간결했고 핵심을 찔렀다.

"아시다시피 인간은 습관의 동물입니다 그들은 그들의 패턴을 되풀이 할 겁니다. 그리고 아메드 아야시가 누굽니까? 악명 높은 폭파전문가에요. 백운 호수에서도 경험하셨듯이 결코 만만히 봐선 안 됩니다. 큰 코 다쳐요."

박찬우는 경각심도 일깨웠다. 그의 말에 모두는 숨죽이며 경청했다.

"실제 총격전이 벌어지게 되면 도메네크 경감도 언급했지만 프랑스의 대테러리스트 특공대가 투입됩니다. GIGN으로 세계에 알려진 프랑스의 특수부대 지젠느가요. 1973년에 창설된 이후로 지금까지 단 한 번도 작전에서 실패한 사례가 없어요. 1994년, 알제리공항에서 펼쳐진 에어 프랑스 구출작전을 기억하는지 모르겠습니다. 현장에서 납치범들을 모조리 사살하고 인질 170명을 17분 만에 성공적으로 구출했어요. 17분간 사용된 총탄은 모두 1500발! 지금은 테러리스트 그룹의 신화는 사라지고 대테러부대 전설이 새로이 탄생하는 시기라고 할 수 있습니다. 어제 저녁에 GIGN의 1개 타격대가 서울에 도착했습니다. 잔느 지루와 함께요."

박찬우가 전하는 말에 압도되어서인지 회의장을 지배하는 것은 숨죽인 고요뿐이었다. 믿음직하게도 박찬우가 회의 분위기를 리드하고 있는 것이다

"어제까지는 어땠는지 몰라도 오늘은 프랑스 특수부대와 팔레스타인 테러리스트 그룹 사이에 펼쳐지는 싸움입니다. 시몬느와 사미라로 상징되는 두 적수의 숙명적인 싸움인 거죠."

박찬우의 핵심을 벗어나지 않는 말이다.

이젠 해답은 나왔다. 겉으론 명색이 국내 치안을 담당한 우리나라 경찰이 나서지만, 실제론 프랑스 국민전선 정부와 이슬람 해방 전선의 서울에서의 싸움인 것이다. 그렇다면 우린 겁먹을 이유가 없다. 어떻게 보면 관전자일 수도 있으니까. 그러나 오늘의 싸움은 어제의 백운 호수 기습 작전과는 차원이 다르다. 달라도 한참 다르다. 국제적으로 그 명성이 알려진 대테러 특수부대와 테러리스트 그룹 사이의 격돌인 것이다. 바야흐로 명실상부한 총격전이 서울에서 펼쳐지려 하는 것이다.

"우린 그들을 강변 북로로 유도하려고 합니다. 시몬느가 쉐라톤 그랜드 워커 힐 호텔에 묵을 거라는 것도 암시하고요. 말하자면 시몬느가 양화진으로 오고가는 동선을 알려 주려는 겁니다."

박찬우기 말을 이었다.

"제 생각 같아서는 우리 경찰은 1개 분대, 9명 정도만 차출하면 될 것 같습니다. 만약을 대비해서 작전하는데 필요한 최소단위 인원입니다. 우리라고 해서 손을 놓을 수는 없지요."

박찬우의 결론 비슷한 말이었다. 그리고는 그는 자리에 앉았다.

"뭐, 그거, 쉽네요."

서영이 가볍게 던진 말이었다.

"저도 참여할 겁니다. 그러니 너무 걱정 마세요. 간만에 스릴 넘치는 총격전 신을 보게 되었지 뭐예요."

서영은 간도 크다. 그녀의 연이은 말에 서장은 혀를 찼으나, 여느 사람들은 그래도 그녀의 말에 용기를 얻는 것 같았다. 나부터가 활기가 되살아나고 있는 것이다.

서장은 상황진전에 따른 모든 책무를 조인걸 경비과장에게 맡겼다. 그러니 우리 형사과는 오늘은 한 발 물러나 있어도 되는 것이다.

"내 생각 같아서는……."

서장은 모두에게 당부의 말을 하려했다.

"만약 총격전이 펼쳐진다면 양화진에서 한남대교 사이의 강변 북로에서 전개될 것 같군. 무엇보다도 시민이 피해를 보는 일이 절대로 없어야 해. 그러자면 철저한 교통통제를 해야겠지. 그것도 절묘한 타이밍에. 그리고 여러 지역에 119구조대도 대기시키고 말이야. 이건 시경에서 알아서 조처하라고."

서장은 배석한 시경의 범 경감에게 다짐했다.

"알겠습니다. 절묘한 타이밍에, 완벽하게."

범 경감도 절묘한 타이밍을 입에 올렸으나 그게 쉽지는 않을 것이다.

"우리 경찰 행동대원을 뽑는 건 지원제로 하라고. 일단 유사시엔 총격전에 참여해야 해. 어떻게 손가락만 빨며 구경만 하겠나. 교전에 참여하게 되면 누구를 막론하고 내가 특진을 보장하지."

서장은 말끝마다 특진을 보장한다고 하지만 거의 모두가 처자식이 있는 꼰대들이고 보니 총격전이 펼쳐질 곳에 지원하는 사람은 별로 없을 것이다. 서장이 모두를 둘러보며 뭐, 더 할 말은 없느냐는 제스처를 지었다.

"제가요, 대사관의 영결식엔 참여하지는 못해도, 양화진 묘역에서 안장하는 마지막 길목은 지켜보고 싶습니다. 앙리 크리스토프는 알고 보면 제 생명의 은인이거든요."

내가 입을 떼자 서장은 순순히 수긍하는 낯빛을 지었다.

도메네크 경감이 할 말이 남았는지, 살짝 손을 들어 보이더니 말문을 여는 것이었다.

"파리의 유력 신문과 방송들이 말씀에요, 르 피가로지를 비롯한 3대일간지에, 관영매체인 프랑스텔레비전2[TF2]가 연일 시몬느에 대한 저격을 한국 경찰이 사미라의 짓으로 보지 않고 경호실장의 소행으로 본다는 뉴스를 내보내고 있어요. 일종의 궁정 암살극으로 본다는 것이죠. 비록 고전적인 시나리오지만, 그게 일리가 있다며 지금 난리도 아닙니다. 그 사람들한테 그걸 누가 살짝 귀띔했는지, 나, 원."

도메네크 경감이 혀까지 차서, 내가 뭐라 반격하려 하는데, 우리 하영구 형사과장이 대신 나서고 있다.

"그런 말 마세요. 뭐가 구린 것이 없다면야, 딱 한 마디로 알리바이를 제시하면 만사가 명명백백하게 끝나는 것을. 의붓아비 제삿날 미루듯 질질 끌면서, 남 탓을 하십니까."

형사과장은 별일도 아니라는 듯이 말했다.

"제가 약속하죠. 장례식이 끝나는 대로 구스타브와 이자벨을 과장님 앞에 대령하겠습니다."

"뭐, 그러시던가."

두 나라 베테랑들의 가벼운 신경전을 끝으로 아침회의는 끝나고, 오후의 총격전이라는 중압감을 안고 모두는 뿔뿔이 흩어졌다.

잠시 후, 나는 박찬우와 함께 주차장으로 나란히 걸음을 옮겼다. 별 뜻이 담긴 움직임도 아닌데 그지없이 충일감을 느끼게 하는 순간이었다. 그가 먼저 입을 떼었다.

"양화진이라고 해서 안심할 수는 없어요. 이따 나와 함께 가요. 내가 늦어도 한 시 반까진 이리 올 테니 나와 함께 움직여요."

"어머, 그래도 돼요?"

나는 나도 모르게 환성을 질렀다. 나는 바야흐로 미드 마니아들이 즐겨 본 첩보 판타지 드라마 '앨리어스'의 두 주인공, 시드니와 본처럼 사랑하는 사람들끼리 함께 움직이게 된 것이다. 오늘은 비록 주역은 아닐지라도.

"내가 최선실이라는 여인을 지킨다고 약속했어요. 앞으로는."

"알아요."

바로 안기고 싶고 매달리고 싶은 순간이었으나 여긴 경찰서 앞마당이다. 그가 차에 오르려는 것을 나는 돌려 세웠다. 그리고는 충동적으로 말했다.

"그쪽 누나를 만날게요."

인연의 사슬을 칭칭 동여매려는 생각이 퍼뜩 드는 것이다.

"괜찮아요. 아직은."

"괜찮긴요. 만나자고 하셨는데."

"그럼 내가 날짜를 잡을게요. 언제가 좋을까?"

"언제든지요. 하루라도 빨리."

"알았어요."

그는 싱긋 미소 지으며 차에 올랐고 나는 그를 배웅했다.

사무실에 돌아와 보니, 오전 11시 30분.

때마침 CNN은 앙리 크리스토프의 장례식을 예고하고 있었다. 오후 2시, 양화진에 매장할 거라는 소식과 함께. 그리고 친절하게도 워커힐에 머물고 있는 시몬느 비올레도 참석할 거라는 정보도 전하고 있었다. 나는 마침내 주사위는 던져졌다는 느낌을 받았다.

경찰의 행동대원 9명을 뽑는 일은 비록 서장이 특진을 보장한다고 해도 내가 예상한 대로 지원자가 별로 없었다. 경비과의 강동빈 경사와 2명의 특전사 출신은 자동 차출되었고, 한심하게도 겁이라고는 모르는 김서영 경장이 꼽사리 끼듯 이들 삼총사와 합류한 유일한 지원자라고 할 수 있었다. 그래도 모두 합해 4명으로 아직은 턱없이 부족했다. 그런데 전혀 뜻밖에도 서 경사가 자신의 육중한 베라크루즈를 몰고 무리들 앞에 횡하니 나서는 게 아닌가. 실로 눈물겨운 장면이었다.

"내가 진급이라도 바라고 나섰다면 내 손에 장을 지진다고. 아무도 나서지 않으니 어쩌겠어. 이 늙은 말을 채찍질 할 수밖에."

모두가 서 경사를 반겼는데, 누구보다도 김서영이 반겼다.

"좋았어요. 왕후장상(王侯將相)의 씨가 어디 따로 있나요. 서 경사님 앞장서서 우리 모두를 질타하세요. 우리가 따를 테니까요."

그런 서영은 이미 방탄조끼도 차려 입었고 경찰용 권총으로 널리 사용되는 스미스 앤드 웨슨 M19 357 매그넘을 허리춤에 차고 있다. 어디 액션 드라마에 출연해도 하나 손색이 없을 것이었다. '프린지'의 FBI특수요원 올리비아 더넘 뺨칠 만큼 늘씬한 체구에 아름다운 마스크의 새로운 여전사가 눈앞에 등장하는 순간이었다. 찰랑거리는 긴 생머리, 수수한 롱 재킷차림, 유일한 장식은 또래 여자애들처럼 목에 건 심플한 펜던트.

"김서영 경장은 안 돼. 빠져!"

나는 무리들 속의 서영에게 다가가며 외치듯 말했다.

"왜 안돼요. 잊으셨나. 본데 나도 엄연히 경찰관이고, 지원할 자격이 있다고요. 날 말릴 생각은 꿈에도 하지 마요."

서영이도 덩달아 외쳤다. 절대로 물러날 기세가 아니다.

"우리가 지킬게요."

완전무장한 강동빈 경사가 한 발 나서며 말했다. 그래서 나는 한 발 물러났다. 그러자 그녀는 검은 머리를 휘날리며 냉큼 베라크루즈에 몸을 싣는 것이었다.

"어이구, 철딱서니! 환장하겠네."

나는 한동안 씨근덕거리기만 했다. 서장에게도 잘 돌보겠다고 약속까지 했는데, 나중에 큰 회한이라도 남기지 않을까, 큰 걱정이다. 물론 우리 경찰은 교전에 참여하지 않는다. 하지만 도무지 마음에 놓이질 않았다.

그런데 강력 1팀의 박, 전, 노, 세 명의 형사도 불쑥 모습을 드러냈다.

"우릴 빼돌리려고요? 어림도 없지. 우린 모두가 알아주는 강력 1팀의 삼총사라고요."

그들도 무장하고 나타났는데, 서 경사의 뒤를 따르려 했다.

"좋았어!"

환성을 지른 사람은 서 경사다. 자신을 따르려는 무리들이 있는 것이다. 이래저래 병력이 얼추 1개 분대는 될 것 같았다.

"이만하면 사냥준비는 된 것 같군. 우리가 먼저 양화진으로 가 있을게요."

서 경사의 말이 떨어지기가 바쁘게 서 경사의 베라크루즈와 강 경사의 스포티지가 지체 없이 발진했다. 차는 화살이 시위에서 떠나가듯 순식간에 내 눈 앞에서 멀어져 갔다.

나는 기계적으로 시계를 보았다. 오후 정각 1시. 나는 일단 사무실로 걸음을 옮겨 텔레비전부터 켰고, CNN에 채널을 고착시켰다. 세계적인 굵직한 뉴스에 이어 앙리 크리스토프의 장례식 소식을 전하고 있다. 그것도 신부가 집전하는 대사관저에서의 장지로 떠나기 직전의 영결식 장면을 우선 보여주고 있었다. 처음엔 학처럼 춤추는 모양이라는 아름다운 프랑스 대사관의 전경을 보여주더니, 카메라는 이내 대사관 내부에 마련된 영결식장으로 옮겨져, 참석한 사람들의 면면을 보여주기 시작했다. 누구보다도 먼저 검은 수의에 감사인 아름다운 미망인 이자벨 오떼유가 앙리와 마지막 작별을 하는 가슴 아픈 장면을 드러내 보이더니, 이어서 시몬느 비올레의 데스마스크와도 같은 차갑고 무표정한 얼굴에다가, 언제나 느끼는 것으로, 암살자 타입이란 따로 없을 테지만, 비수를 소매 속에 감추었을 것 같은 구스타브 클라비에 경호실장의 모습을 차례로 부각시키고 있었다.

그리고 마지막으로 카메라는 앙리 크리스토프의 얼굴 모습도 클로즈업시켜 보여주었다. 다만 관 속에 반듯하게 누워 있는 모습을. 아직은 관 두껑은 닫혀 있지 않았다. 떠나는 사람의 얼굴을 곱게 치장하는 메이크업을 한 탓인지, 너무나 생전의 모습 그대로다.

언제나 그러했지만 미스터리 드라마의 라스트 신에선 으레 관 속의 시신은 아무 일도 없었다는 듯이 훌훌 털고 일어나곤 했었다. 일종의 위장 장례식이다.

'그래, 어서 기어 나오라고요. 앙리, 무엇해! 냉큼 기어 나오지 않고. 관 뚜껑에 못질하기 전에. 지금 말고는 기회가 없다고요.'

나는 속으로 소리 질렀다. 그러나 앙리는 남이 애간장 타는 것도 모른 체 심장이 뛰지 않는 마네킹처럼 반듯하게 누워서 꼼작하지 않는다.

"세상에 돌아버리겠네."

나는 한편으론 개탄했고,

'혹여 저게 진짜 마네킹에, 밀랍 인형이라면, 이자벨도 슬피 울지 않아도 될 것을.'

한편으론 안타까워했다.

그러나 곧이어 관 두껑은 인정사정없이 닫히고 잠겼으며, 어디에선가 트럼펫으로 연주하는 '어메이징 그레이스'가 애잔하게 울려오는 가운데. 관 뚜껑은 인정사정없이 닫히고 잠겼다. 앙리가 모든 기회를 상실하는 순간이었다.

그런데 언제부터인가 시신이야 상식적으로 병원 영안실에 안치했어야 하는 거 아니냐는 생각을 나는 했었다. 물론 대사관에도 냉동고가 있을 것이고 아니면 냉동 트럭도 있을 것이다. 하지만 고개가 갸웃거려지곤 했었다.

영결식은 신부의 기도와 꽃장식 속에, 그리고 아름다운 여인들의 애도 속에 조촐하게 진행되었다. 이만하면 한 인생의 괜찮은 영결식인 걸까. 그나저나 너무 허무했다. 누군가가 '사람의 한 평생은 기러기가 눈 쌓인 진흙 밭에 잠깐 내려 앉아 발자국을 남기는 것과 같다'고 했지만 말이다.

어느덧 CNN도 화면을 바꾸고 다른 세계의, 다른 사람들의 운명을 전하려 했다.

박찬우가 다시 모습을 나타낸 것은 오후 1시 30분.

나는 그사이 모든 준비를 갖추고 현관에서 그를 기다렸다. 날씨는 드물게 청명했으나, 아직도 꽃샘추위가 이어지고 있어 쌀쌀했다. 나는 선글라스를 끄집어내 끼었고, 장지에도 어울릴 검은색 코트를 걸쳤다. 코트 속에 방탄조끼도 착용했고, 허리춤엔 38구경 권총도 챙겼다. 완벽을 기해서 나쁠 게 하나 없다.

우린 지체 없이 기아의 K7에 몸을 싣고 양화진을 향해 출발했다.

"무얼 입어도 폼이 나네."

질주하는 차 속에서 불쑥 던지는 박찬우의 말. 사람을 칭찬할 줄 아는 사람이다.

"그쪽도요."

나도 화답했다. 그도 장지에 어울리는 검은색 정장 차림이다.

길은 비교적 한산했다. 그런 탓으로 오후 2시의 안장식 시간에 이르지도 늦지도 않게 합정동 양화진의 외국인 전용 묘원에 당도했다. 당산철교와 강변북로 사이, 시끄러운 도로가에 이미 서 경사의 베라크루즈와 강 경사의 스포티지가 와 있다.

작고 조용한 정문에 들어서서, 선교기념관 쪽으로 걸음을 옮기니 의외로 넓은 풀밭이 한가롭게 펼쳐져 있다. 그리고 주로 선교사들 것으로 보이는 결코 적지 않은 비석들이 세워져 있는 것이 눈에 들어왔다. 너무나도 분위기가 고즈넉하다.

감리교 선교사 호머 헐버트의 묘비명이라고 했던가.

'나는 웨스트민스터 사원에 묻히기보다 한국에 묻히기를 원한다.'

나는 일순 숙연해지며 고개를 떨어뜨렸다.

온 세상의 그 숱한 묘비명 중에서도 나의 마음을 사로잡은 묘비명은 아일랜드 시인 예이츠가 묻힌 고향무덤의 묘비명이다.

'삶과 죽음에 차가운 눈길을 던져라. 마부여, 지나가라.'

우린 그의 말에 따라 여러 무덤을 재빨리 지나, 묘원 구석진 곳에 사람들이 몰려 있는 곳으로 걸음을 옮겼다. 검은 상복을 걸친 이자벨과 시몬느에 구스타브가 빠짐없이 장지에 와 있었고, 대사관 사람들로 보이는 사람들도 눈에 들어왔다. 이미 수목들 사이에 무덤자리도 마련되어 있었는데, 우리나라 일꾼들로 보이는 사람들이 하관 준비를 서둘고 있었다.

슬픔 때문일까, 꽃샘추위 탓일까, 이자벨은 오들오들 떨고 있다. 코트라도 걸치고 올 것이지. 여자의 팔자가 기구해도 너무 기구하다. 두 번의 장례를 치르고 있다. 사랑했던 두 남자의 장례를. 코소보에선 조나단 호킹을 장사지냈고, 서울에서 앙리 크리스토프를 제사지내고 있다. 이런 비극적인 여인의 삶이라니! 신이 그 아름다움을 시샘이라도 하는 것일 게다.

나는 성큼 이자벨에게로 다가가 그녀를 따뜻하게 포옹했다. 그녀의 떨림이 고스란히 나에게로 전해왔다. 그 순간 나의 몸도 떨렸다. 가슴 저미는 연민의 정으로. 나는 망설임 없이 나의 코트를 벗어 그녀의 어깨 위에 걸쳐 주었다.

"앙리는 나의 생명의 은인이에요."

이승에 사랑하는 여인을 두고 저격수의 총탄에 쓰러지는 남자의 마지막 심정은 어떠할까.

이자벨은 입술을 짓씹고 있을 뿐 눈물을 보이지 않았으나, 나의 볼을 타고 한줄기 눈물이 주르륵 흘렀다.

나는 이윽고 시몬느와도 포옹을 했는데, 그녀는 살갑게 나의 등을 쓰다듬었다. 시몬느는 그 의상이 왕년의 가브리엘 샤넬이 디자인 했을 법한 검은 색조 일색인 데다가 창이 넓은 모자에 긴 스카프로 목을 감고 있어, 먼데서도 그녀를 한눈에 알아볼 수 있을 것 같았다. 내가 이윽고 마주 선 사람은 구스타브 클라비에 경호실장이었다. 친구의 피를 손에 묻힌 자가, 친구의 무덤에 와 있다는 생각밖에 없었다.

"살인자에게는 죽음을. 제가 반듯이 친구를 죽인 범인을 찾아내겠습니다."

내가 뱉은 대사에 구스타브는 아무 반응도 보이지 않았다. 오직 얼음장 같은 마스크를 드러낼 뿐이다.

하관작업은 신부의 기도 속에 일사천리로 진행 되었다. 일꾼들은 삽질하기 시작했고 어느새 흙은 수북이 쌓여갔다. 마침내 앙리가 땅속 깊숙이 파묻히는 순간이다. 이자벨이 비로소 눈물을 흘리고 있었다. 그러자 추모의 노래, '천의 바람이 되어'가 들려왔는데, 그 노랫말이 나의 가슴을 파고들었다.

내 무덤 앞에서 울지 마세요.
나는 거기 없습니다.
나는 잠들지 않습니다.
나는 천의 바람, 천의 숨결로 흩날립니다.

너무나도 애절하고 아름다운 추모곡이라는 느낌을 나는 지우지 못했다. 앙리도 무덤 속에서 잠들지 않기를, 그리고 천의 바람이 되어 흩날리기를 오직 바랄 뿐이었다.

잠시 후, 경호실장이 이자벨을 돌려세워, 묘지에서 벗어나게 하려 했다. 절친한 친구의 홀로된 아내의 보살핌은 그의 몫이었다. 이윽고 두 사람은 나란히 걸음을 옮겼고, 나의 시야에서 사라졌다. 갑자기 그토록 찾으려 애쓰던 구스타브의 살인동기가 머릿속에 떠올랐다.

혹시 친구의 아름다운 아내가 탐이 나서 친구의 심장에 방아쇠를 당긴 건 아닐까?

다윗왕도 아름다운 이웃집 여인 밧세바가 탐이 나서, 그녀의 남편 우리야를 전선으로 보내 죽게끔 했었다. 남성이 선호하는 여인의 첫 순위는 두 말할 것도 없이 남의 아내다. 그렇다면 그 저격은 앙리를 쏘는 게 목적이었을까?

시몬느도 무덤을 떠나 그녀의 차에 오르려 했다. 차는 벤츠 리무진이었다. 마피아의 보스들이 위세를 부리느라 즐겨 탄다는 검은 리무진. 물론 교황도, 대통령들도 의전용으로 타긴 한다. 유리창은 검게 틴팅[선팅]을 해서 내부가 전혀 보이지 않는다. 이 모든 광경을 CNN이 생생하게 카메라에 담아 생중계하고 있었다. 크리스틴 카라가 마이크를 잡고 떠벌리는 모습도 눈에 들어왔는데, 어디에든 꼼사리끼지 않는 데가 없는 여자다. 우리나라 YTN도 늦을 세라 달려 왔는데 제법 극성이었다. 그들은 주로 이자벨에게 카메라의 앵글을 맞추었고, 나에게도 덤으로 맞추긴 했으나, 시몬느를 포착하는 것을 잊지 않았다.

그나저나 이 모든 동영상을 사미라 살라메는 보고 있을까?

그리고 시몬느의 유인책에, DST의 덫에, 슬기로운 그녀가 과연 걸려들까?

어느 때보다도 심장박동이 높아지는 순간이었다. 나와 박찬우도 재빨리 앙리의 무덤에서 벗어났다. 그리고 나는 어느새 서 경사의 베라크루즈로 걸음을 재촉했다.

"내가 비록 나약하고 겁쟁이지만, 저 사람들과 함께 행동해야겠어요."

나는 걸음을 옮기며 충동적으로, 그리고 결연하게 말했다. 나는 다시금 빗발치는 총격전 한 가운데 서려 했다.

"보세요. 지휘하는 경찰간부가 한 사람도 없어요. 이게 말이

돼요? 내 말 이해하죠?"

말하자면 군대로 치면 위험한 작전지역에 사병과 하사관만 보내고 지휘할 장교가 없는 것이다. 현역군인 신분인 박찬우가 이 이치를 모를 리가 없다. 그에게서 한순간도 망설임 없는 믿음직한 대꾸가 되돌아 왔다.

"좋아요. 함께 갑시다."

우린 양화진에 우리들 세단을 팽개치고 서 경사의 베라크루즈에 합세했다. 그러니 이제부터는 현장 지휘자는 바로 나였다. 모두가 반겼는데, 누구보다도 김서영이 반긴 것은 물론이다.

"올 라잇! 자, 이제부턴 저, 리무진을 따라가요. 무얼 꾸물대요? 어서 움직이지 않고. 쇼 타임이라고요."

서영이 시몬느가 탑승했을 것으로 보이는 검은 리무진을 가리키며 서 경사에게 외쳤다. 그건 이젠 질타요, 명령이었다. 그래서 우리 일행 9명은, 아니 박찬우를 포함해서 10명은 두 대의 차에 분승해서 용감하게 싸움터로 치닫게 되었다.

우린 강변북로를 따라 한남대교 방향으로 달리고 있었는데, 동작대교를 눈앞에 둘 때까지도 아무 특별한 징후를 찾을 수가 없었다. 차량의 흐름이 비교적 한산했는데, 벌써부터 교통 통제를 하고 있는가 보다. 그런데 동작대교로 진출하는 길목에 두 대의 밴이 비상등을 켠 채 주요 차선을 가로막고는 삐딱하니 엉켜 있었다. 삼각대마저 놓여 있는걸 봐서는 접촉 사고라도 일으킨 것 같다. 뒤차는 9인승 밴, 기아의 카니발이었는데 언뜻 보아도 한참 고물이었고, 앞차도 카니발이었으나 11인승 그랜드 카니발로 신차였다. 그런데 노란색으로 말끔하게 칠해져 있는 걸로 봐서는 어린 학생들을 실어 나르는 차인 것 같다. 그러지 않아도 '블루버드 무용학원'이라는 표지가 우리말과 영어로 나란히 씌어 있다. 그리고 으레 볼 수 있는 운전기사들이 삿대질하며 실랑이를 하는 장면도 어김없이 연출되고 있다.

그런데 하필이면 이 시점에, 이 장소인 걸까.

그리고 밴만큼 납치나 테러에 자주 등장하는 차도 드물다. 비록 낯익은 전형적인 접촉사고 광경이지만, 나의 신경의 회로가 문득 경고신호를 울리는 순간이었다.

"차 속도를 줄여요! 리무진을 따라가지 말고. 저기, 저 고물 카니발이 아무래도 수상해요."

내가 외치자, 서 경사는 얼른 차를 서행시켰고, 강 경사도 뒤따랐다. 우리가 멈칫하는 순간, 리무진도 표적을 눈앞에 두었을 때처럼 움찔하니 멈칫하는 것이었다.

바로 그때, 뒤쪽 고물 카니발의 차문이 스르르 열리더니 적어도 4개의 총신이 불쑥 나타나는 게 아닌가. 그리곤 시몬느가 탑승했을 리무진을 향해 일제히 무차별 총격을 시작하는 것이었다. 바야흐로 이슬람 테러리스트들이 극적으로 등장하는 순간이었다. 그리고 총격전이 펼쳐지는 순간이기도 했다. 그러니 선수를 친 것은 테러리스트들이었는데, 그들은 리무진을 작살내려 했다. 우린 카니발 후방 30미터쯤 되는 곳에 차를 세우고 관전했다.

그런데 리무진은 움직이려 하지 않았다.

"줄행랑쳐야지. 뭘 꾸물대!"

서 경사가 외쳤다. 그런데 시몬느의 차는 여전히 주춤했다. 아니 어느새 멈추어 있다.

무엇 때문에 주춤하며, 멈추어서는 걸까?

밴의 문이 활짝 열리더니 이슬람 여전사임을 강조하기 위해서일까, 검은 차도르를 걸친, 그리고 짙은 선글라스를 낀 여인이 불쑥 모습을 드러냈다. 머리만 가리는 것은 히잡. 얼굴만 보이게 온몸을 가리는 것은 차도르. 얼굴까지 가리는 것은 부르카!

검은 차도르를 걸친 여인! 그녀는 지체하지 않고 외치기 시작했다. 아니 절규하고 있다는 것이 옳을 것이었다.

"나, 살라메, 사미라 살라메! 너희들을 오늘 응징한다."

그녀는 프랑스말로 부르짖었고, 프랑스에서 주재무관 근무를 한 경력이 있는 박찬우가 통역해 주었다.

마침내 그 사이 신비의 베일에 가려 있던 알라의 여전사, 사미라 살라메가 손에 총을 들고 극적으로 모습을 드러내는 순간이었다. 어김없는 '레이디 M'의 출현! 나는 그 순간 온몸이 긴장으로 수축되는 것을 느꼈다. 전율도 등줄기를 타고 발끝을 향해 치닫는 것을 느끼기도 했다. 그토록 사미라의 출현은 나에겐 하나의 경이요. 충격이었다. 한 줌도 안 되는 세력이 팔레스타인 해방과 독립을 위해 초강대국에 총부리를 겨누다니! 팔레스티나의 잔 다르크! 나는 다만 경외에 가까운 시선으로 숙명적인 싸움에 몸을 던진 이슬람의 여전사, 사미라를 바라볼 뿐이다. 그런데 그녀만큼은 스콜피언 기관단총을 손에 들고 있었다. 그게 간편하리라. 그 사이에도 그녀의 수하들은 소총을 난사하고 있었다. 단발 아닌 연발로. 필경 칼라시니코프 돌격용 소총일 것이다.

그런데 눈앞의 리무진은 꿈쩍도 안한다. 벌집이 되는 줄 알았는데 그렇지도 않다.

완벽한 방탄차! 차체는 군용장갑차에 사용하는 특수재질을 사용한다고 했고, 기관총의 총알도 뚫지 못하는 20미리가 넘는 방탄유리 창문에, 심지어 총탄을 맞아도 시속 60킬로 이상으로 정상 주행이 가능한 타이어를 장착한다고 했다.

1초, 2초, 3초쯤 흘렀을까?

벤츠 리무진의 차창들도 배꼼 하게 열리더니 총신들이 나타나기 시작했고, 총구가 불을 뿜기 시작했다. 보다 리드미컬 했고, 보다 현란했다. 그러자 사미라를 비롯한 테러리스트들은 어느새 재빨리 카니발 속으로 자취를 감추고 있었다. 바야흐로 벌집이 되기 시작한 것은 오히려 고물 카니발이었다. 그리고 찰나적인 한순간이 지나서 라고나 할까, 오프로드의 롤스로이스로 불리는 랜드로버 디스커버리4 두 대가 가히 질풍처럼 검은 모습을 드러내더니, 고물 카니발을 포위하고 총 세례를 퍼붓고 있었다. 프랑스의 GIGN에 의해 카니발이 여지없이 묵사발이 되는 순간이었다.

국제적으로 그 명성을 떨치는 프랑스 대테러 특공대와 감히 대적하다니, 그것이 덫인 줄 뻔히 알면서도 성큼 다가서다니, 바위에 계란치기다.

사미라가 그렇게 했듯이 벤츠 리무진에서도 한 여인이 차문을 열고 차에서 성큼 내렸다. 그녀도 선글라스를 끼었고 목엔 화려한 색조의 스카프를 두르고 있다. 그 스카프가 깃발처럼 바람에 펄럭였다. 나는 처음엔 그 여인을 시몬느라고 생각했다. 하지만 시몬느가 아니었다. 그녀는 종류를 알 수 없는 장총을 손에 들고 있다.

"잘 들어! 나, 잔느 지루야! 내 이름을 기억해주면 좋겠어. 오늘 너희들 마지막을 장식할 사람이거든. 긴 고통은 주지 않을 거라고. 자, 그럼, 친구들 지옥에서 보자고."

잔느 지루도 외쳤는데, 그 목소리는 고왔고 또한 탄력이 있었다. 그러나 그렇게 오싹할 수가 없었다. 그녀는 더는 긴 말을 늘어놓지 않고 카니발을 향해 총을 쏘기 시작하는 것이었다. 그것은 연발이 아니었고 단발이었다. 난사하는 게 아니고 한 발, 한 발, 정확하게 조준해서 사격을 했다. 케네디 암살에 사용된 카르카노 M38카빈 저격소총! 잔느 지루가 애용한다고 했었다. 그녀는 고물 카니발의 타이어 하나하나를 우선 작살내고 있었는데, 차는 순식간에 폭삭 주저앉고 마는 것이었다.

다음 순간, 랜드로버를 몰고 온 지젠느 요원들이 차문을 활짝 열어젖히고 아스팔트 길 위로 모습을 드러냈다. 손엔 종류를 알 수 없는 총을 들고 있고, 얼굴을 마이크 장치가 장착된 복면으로 감싸고 있는 것이 특이하다면 특이했다. 그들은 지체 없이 그들의 총을 난사하기 시작하는 것이었다. 예전에 알제리 공항에서 그러했던 것처럼.

시가지 총격전의 백미, 마이클 만의 '히트'만큼은 멋스럽지도 화려하지도 않았지만, 발 킬머의 연발소총을 쏘는 모습만큼 일품은 아니었지만, 강변북로의 총격전은 보다 참혹했고, 보다 리얼했다. 이 모든 광경을 양화진에서 뒤따라온 CNN을 비롯한 방송사 차들이 경쟁적으로 카메라에 담고 있었다. 어느 방송국인지는 몰라도 하늘에 헬기마저 띄우고 있다. 아마도 텔레비전 화면을 통해서도, DMB에 스마트폰을 통해서도 많은 사람들이 관전하고 있으리라. 이라크 전쟁을 안방에서 관전했듯이.

그런데 교통통제는 어느새 이루어지고 있긴 했으나, 멋모르고 달려온 일반시민의 차가 여남은 대는 있었는데, 더러는 총알택시처럼 지나치기도 했으나, 몇 대는 차를 팽개치고 줄행랑치듯 하는 운전기사들도 있었다. 그러나 그들이 피해를 보는 일은 없어 보였다. 표적이 피차 명료했으므로. 그리고 모두가 세련된 프로들이었으므로. 그러나 여간 조마조마한 게 아니었다.

보아하니, 카니발은 지금은 차문을 굳게 닫고 응사도 하지 못하고 웅크리고 있다.

"뭘 해? 냅다 줄행랑치지 않고. 죽으려고 환장했나?"

서 경사가 사미라가 탔을 카니발을 향해서 외쳤으나, 막상 도주해야 할, 그것도 가히 필사적으로 도주해야 할 카니발인데도, 타이어가 모조리 펑크나 주저앉았으니, 도주할 수도 없다. 옴짝달싹할 수 없는 신세!

어느새 잔느 지루는 소총의 총구에 총류탄(銃榴彈)을 날려 보낼 수 있는 발사기가 장착된 장총을 건네어 받고 있었다. 이젠 그녀는 소형폭탄이라 할 총류탄으로 카니발을 완벽하게 부셔버리려 했다. 전차라고 한들 능히 파괴할 수 있는 바주카포도 있을 것이었으나 총류탄으로 족하다고 본 것이다.

한 발, 두 발, 세 발, 총류탄은 연이어 고물 카니발을 향해 날아갔고, 폭음을 일으키며 폭발했다. 불이 난 것도 물론이다.

나는 오늘 프랑스 대테러부대 GIGN의 신화가 재연되는 것을 구경하게 되는 것일까. 그리고 끝내 서울의 찬바람 부는 아스팔트 위에서 사미라의 종말을 눈앞에서 똑똑히 보게 되는 것일까.

바로 그때 반대편 도로의 1차선에 시커먼 고물 무쏘 한 대가 느닷없이 들이닥쳤다. 차를 멈추는가 싶더니, 건장한 청년 두 명이 성큼 내리고 있었다. 특전사 요원들처럼 검은 베레모를 눌러 썼고, 검은 색안경을 낀데다 가 얼룩무늬 전투복차림에 검은 워커슈즈를 신고 있다. 그들은 여간 늠름해 보이는 게 아니었다. 그런데 한 사내는 포신 같은 것을 어깨에 둘러메고 있고, 또 한 사내는 포탄을 담았을 배낭을 메고 있다. 그들은 지체 없이 공격 자세를 취하고 있었다.

"저건 로켓발사기잖아!"

이번엔 서영이 외쳤다. 외쳤다기보다는 찬탄의 소리를 냈다는 것이 옳을 것이다. 한 사내는 둘러멘 로켓포의 방아쇠를 당기려 했고, 한 사내는 포탄을 연이어 장전하려 했다. 바로 2인 1조의 로켓포 공격팀이었다.

그나저나 그들이 누구 편인지 얼른 알 수가 없었다.

시몬느가 불러들인 요원일 수도 있고, 요즘 아라비아반도의 알카에다가 즐겨 사용하는 러시아제 휴대용 RPG 대전차 로켓이라면 그들은 사미라의 일원일 수도 있었다.

혹시 시경의 범 경감이 보낸 우리 경찰기동대원들은 아닐까?

그들의 정체는 금세 판명되었다.

그들은 세 대의 차, 프랑스 측이 끌고 온 리무진과 두 대의 랜드로버를 표적으로 삼고 있었다. 그러니 그들은 어김없이 사미라와 함께 움직이고 있을 테러리스트들이었다. 그들은 한순간도 망설이지 않고 연달아 세 발의 포탄을 차례차례 그리고 침착하게 세 대의 차들을 향해 날렸는데, 로켓탄은 어김없이 포물선을 그으며 날아가 명중하는 것이었다. 세 대의 차는 순식간에 나뒹굴었고, 폭음은 지축을 흔들었다. 잠시 후엔 세 대의 차는 화염을 일으킬 것이었다. 그리고 폭발할 것이었다.

잔느 지루가 충류탄을 준비했다면 사미라는 요즘 테러리스트들이 애용하는 로켓포마저 들고 나온 것이다. 승패의 결과는 금세 판명되었다.

아스팔트길에 진출한 지젠느 요원들이 납작 엎드렸고, 벤츠에 남아 있던 요원들도 필사적으로 뒤집힌 차에서 기어 나오기 시작했다. 그와 동시에 앞에 멈추어 서 있던 노랗게 도색된 그랜드 카니발 차문이 서서히 열리기 시작했다. 문이 열리자 검은 차도르를 걸친 사미라 살라메를 포함해서 5명의 팔레스타인 전사들이 모습을 드러냈다. 모두가 한결같이 검은 전투복 차림이다. 그래서 이들을 '블랙 캐츠'라고 하는 것일까! 그러니 이들은 이슬람 해방 전선에서 엄선된 정예요원들이다.

그들은 일찌감치 고물 카니발에서 황색 카니발로 옮겨 탄 듯했다. 묵사발이 될 게 뻔한 차에서 상처 하나 없는 차로. 그래서 모두가 무사했다. 용의주도하게도 그들은 두 대의 차를 끌고 온 것이다. 그들은, 이른바 '안사르 알 무자헤딘[전사의 추종자들]'은 차에서 내려, 아스팔트 길 위에 한 줄로 나란히 서더니, 길에 널브러져 있거나, 엉거주춤 기어 나오는 프랑스 특수부대원들을 향해 일제히 돌격용 소총을 난사하기 시작했다. 지젠느 요원들이 그러했던 것처럼. 그건 이미 총격전이 아니었고, 손이 묶인 자들에 대한 총살대원들의 일종의 처형이었다. 군복을 차려 입은 로켓포 팀의 두 청년도 어느새 기관단총을 끄집어내 총격전에 가세하고 있었는데, 이제 포위당한 것은 오히려 프랑스 측이었다.

절체절명의 순간!

일순 사미라 살라메가 갑자기 외치기 시작했다.

"이에는 이! 눈에는 눈! 그대들이 샤를 드골 공항에서 대접한 대로 대접할 것이다. 한 사람도 남기지 않고 처형한다."

바야흐로 덫에 걸린 사람은 사미라 살라메가 아니고 오히려 시몬느 비올레였다. 그리고 잔느 지루였다. 바로 역전의 순간이었다. 비정하게도 사미라는 원초적인 증오심을 드러낸 채 수렁에 떨어져 바동거리는 적들을, 부상자들마저 모조리 살육하려 했고 도살하려 했다.

"이 육시랄! 뒈지라고 뒈져!"

사미라는 완전히 이성을 잃고 있었다. 그건 차라리 발악이었다. 이게 바로 솟구치는 아드레날린으로 인한 인간의 본능적인 반응인걸까. 바야흐로 이슬람 전사들의 무차별 사냥이 시작된 것이다. 광기의 굿판! 광기의 살육 신!

그렇다면 난 오늘 사미라의 종말이 아니라 시몬느의 종말을 보게 될 것이다. 프랑스의 아름다운 여신의 종말을. 바야흐로 지젠느의 신화가, 전설이 눈앞에서 무너지는 순간이었다.

"안 돼!"

나는 감상에 젖어 있을 수만은 없었다. 나는 충동적으로 외쳤다. 레닌의 말이 아니어도 이 상황에서 감상은 범죄다. 오늘의 나는 공격할 표적을 눈앞에 둔 아스팔트의 전사일 뿐이다.

"안 돼! 저들을 격퇴해야 해!"

나는 다시금 외쳤다. 그리고 나는 가히 반사적으로 차에서 뛰어 내리며, 맹목적으로, 본능이 채찍질하는 대로 카니발을 향해 치달았다. 아니 알라의 전사들을 향해 돌진했다. 서 경사를 비롯한 무리들도 잽싸게 내 뒤를 따라 주었다.

"저들의 유린을 보고만 있을 수는 없어. 저들을 가차 없이 사격해요. 쏘라고, 쏴!"

나는 달려가며 한순간의 망설임도 없이 단호하게 일제사격을 명령했다. 프로는 순간을 추구하고 생각하며, 아마추어는 생각하고 순간을 추구한다고 했다. 나는 지금은 명실상부한 작전지역의 최선봉에 선 전투 지휘관이었고, 아마추어가 아닌 누구나 인정하는 프로다. 모두는 나의 명령에 일사불란하게 따랐다.

그들만의 투쟁이라고, 우리는 단지 지원팀이라고, 몸을 사릴 수는 없다. 경찰인 우리가 어떻게 테러범들의 우리 영토에서의 총질을 방관할 수 있겠는가. 이 자리에 선 것은 피할 수 없는 하나의 숙명이다. 살아도 죽어도.

이제부터는 나, 최선실의 전사들과 사미라 전사들 사이의 격돌이었다.

그렇게 긴 시간은 아니었으나, 우리 사이에 치열한 백병전이 전개되었다. 특히 경비과 특전사 출신의 두 명의 전사가 중동전쟁에서 그 명성을 떨친, 그래서 군대도 경찰도 심지어 테러리스트들도 애용하는 '우지 기관단총'을 난사하며 용감하게 대시했고, 놀랍게도 김서영이 그들을 따랐다. 심지어 나마저 허리춤에서 38구경 리볼버 권총을 끄집어내 사격에 가세했다. 그리고 박찬우도 콜트 코브라 권총을 집어 들고 합세했고, 박, 전, 노, 세 명의 삼총사도 용감하게 돌진했다. 강 경사도 서 경사도 총격전에 가담해서 단연 우리들의 화력이 우세했다. 우린 테러범들의 프랑스 특공대원들에 대한 공격을 우선 잠재웠다. 길에 팽개쳐진 차들이 우리들의 공격을 방해하기도 했으나 우리 몸을 커버도 해주었다. 박찬우가 나를 지켰다면, 특전사출신들이 서영을 호위했다.

두 명의 테러리스트들이 비명을 지르며 차례차례 쓰러지는 모습이 우선 눈에 들어 왔다. 우리 측에서도 누군가가 비명을 질렀다.

다행스럽게도 아니 현명하게도, 사미라는 우리마저 대적하려 하지 않았다. 그녀는 사냥은 끝나고 지금이 퇴각할 타이밍이라고 생각했는지, 재빨리 철수하려 했다. 그들은 서둘러 부상자들을 챙겨, 또 한 대의 차, 황색의 그랜드 카니발에 몸을 싣고는 동작 대교 방향으로 차를 틀더니 현장에서 신속하게 벗어나는 것이었다. 로켓포 공격팀도 이미 자취를 감추고 없었다.

나는 그들을 쫓지는 않았다. 그들을 추격하며 현란한 총격전을 펼치는 것은 멋스러울지 모르겠으나, 사미라와 그녀의 테러리스트들을 검거해서 명성을 떨치는 것도 나쁘지 않지 싶었으나, 나는 우리의 부상자부터 챙겨야 했다. 보아하니, 서 경사가 어깨죽지에 총상을 입은 듯했다. 그리고 하나의 기적이라고 해야 할까, 나를 위시해서 그밖의 모두가 무사했다. 행운의 여신이 지난번엔 샐쭉하니 등을 돌리더니, 이번엔 무슨 바람이 불었는지 나한테 미소를 지은 듯했다. 자기도 염치가 있지, 번개도 두 번 다시 같은 곳을 치지 않는다고 했는데, 어떻게 또다시 총상을 입히겠는가.

그나저나 나한테는 언제부터인가 하나의 믿음이 있었다. 누군가가 늘 나와 동행하고 있다는 어렴풋한 믿음이! 그것은 전에 총상을 입고 요단강을 넘나들 때부터였다. 혹시 이 이야기를 엄마한테 하면 믿어주실까? 휴대폰 GPS 성능이 향상되어서인지 위치 추적으로 나한테 정확하게 다가서고 있다고 하면.

박찬우가 다가와서 나의 어깨를 말없이 토닥여 주었다.

사미라의 도주를 확인하며 나는 다시금 외쳤다.

“서 선배부터 후송해야 해! 구급차부터 부르라고!”

그러지 않아도 벌써 여러 대의 구급차가 사이렌 소리도 요란스럽게 달려오고 있었다.

"우선 시몬느를 구출하자고. 어서 서둘러! 인명구조가 급선무야."

나는 다시금 명령했다. 우린 불타기 시작한 리무진에서 우선적으로 시몬느를 구조하려 했는데, 다행스럽게도 그녀는 그 속에 없었다. 아마도 시몬느는 양화진에서 다른 차에 옮겨 탄 듯했다. 나는 그 사실에 안도 했는데, 무엇보다도 안도 한 것은 서영의 상처 하나 입지 않은 무사함이었다. 나는 충동적으로 눈앞의 서영을 두들겨 팼다.

"언니, 왜 이래?"

서영이 나의 뜻밖의 행동에 비명을 질렀다.

"말을 안 들으니까, 그렇지. 넌, 꼴도 보기 싫어. 너 인마 백 번 매를 맞아도 싸! 간 떨어질 번했잖아."

나도 덩달아 외쳤다.

"너, 몰라? 죽을 수도 있었다고. 운수가 사나우면."

그리고 나는 스티브 잡스가 마지막을 했다는 말을 덧붙였다.

"죽음은 딸깍 누르면 꺼지는 거라고, 했어."

"죽지 않았잖아요."

서영이 잽싸게 내 앞에서 물러나 우리들의 촌극은 금세 막을 내렸다.

의외로 프랑스 측 피해가 컸다. 이번 작전에 참여한 12명의 특공대원 중에서 절반에 해당하는 6명의 중경상자가 발생했는데, 그중에서도 잔느 지루의 부상이 깊은 듯했다. 그녀는 아스팔트 길 위에 길게 쓰러져 있었다. 탄우(彈雨) 속을 습관적으로 헤매다 보면 언젠가 종당엔 큰 벼락을 맞는 법이다. 그러니 불사조(不死

鳥)란 없다. 여러모로 남다른 감회가 일었지만 감상에 젖을 시간이 없었다. 뜻밖에도 삼성의료원에선 응급의료 전용 헬리콥터를 잽싸게 보내주어 잔느 지루를 얼른 후송할 수가 있었다.

우린 용감하게 달려온 구급차 요원들과도 힘을 합쳐 부상자 모두를 가까운 병원에 긴급 후송하도록 했다. 서 경사도 큰 부상은 아니지 싶었으나, 구급차에 실려 김서영과 함께 현장을 떠났다. 백병전에 앞장 선 것보다는 인명구조에 앞장 선 사실이 나는 더 흐뭇했다.

일단 교전현장에 팽개치다시피 했던 일반 시민들의 몇 안 되는 차들도 아무 탈 없이 현장을 떠나게 된 것도 다행이라면 다행이었다. 그들 운전기사들도 우릴 헌신적으로 도와주었고, 무엇보다도 그들의 차가 우리에게 다시없는 방패막이 역할을 해주었다. 그나저나 무엇보다도 아쉬웠던 것은 우리가 작전을 주도적으로 펼칠 거면 경찰 헬리콥터라도 띄웠어야 했다. 여러모로 작전하는 데 편리했을 것이다.

일단 다급한 상황들이 수습되자, 우리들만 남게 되었는데, 한순간 믿을 수 없는 고요가 강변북로를 지배했다. 아직은 교통 통제가 해제되지 않은 탓일까, 차 없는 한적한 거리의 적막함이라니!

그러나 그것도 잠시였다. 사람들이 득달 같이 달려오기 시작했다. 맨 먼저 달려온 사람은 서장이었는데, 경비과장과 함께였다. 두 사람 다 늠름하기로 치면 둘째가라면 서러워 할 사람들이다.

"서영은?"

현장을 일별하던 서장이 대뜸 나한테 던진 말이었다. 그건 순전이 사적인 물음이었다.

"병원에요."

나는 짧게 대꾸했다.

"뭐라고? 병원이라고?"

서장의 낯빛 변하며 으르렁거렸다.

"아니에요. 서영이 다쳐서가 아니고, 서 경사가 다쳐서 함께 간 겁니다. 서영은 말짱해요."

나는 다급하게 상황을 설명했다.

"고얀 놈!"

서장은 내 말에 안도했을 것이었으나, 얼굴은 여전히 붉으락푸르락했다. 아마 서영이 옆에 있었으면 매깨나 맞았을 성싶다.

연이어 형사과장을 비롯한 서의 간부들이 달려왔고, 서울청과 본청에서도 높은 사람들이 줄줄이 모습을 나타냈다. 그런가하면 국내 유수의 신문과 방송사에서도 기자들이 몰려들어, 금세 장터만큼이나 어수선해졌는데, 범 경감과 백지영 경감 커플도 늦을세라 달려왔다.

그나저나 지금까지 어디에 꽁꽁 숨어 있다 이제야 나타나는 것일까.

CNN의 서울특파원, 크리스틴 카라를 비롯한 기자들이 나한테로 다가왔다. 그러자 경비과장이 나를 감싸며 다급하게 말했다.

"자네들은 이젠 퇴장하는 게 좋겠군. 쇼는 막을 내렸다고."

"알겠습니다. 그럼."

나는 더는 지체하지 않고 나의 전사들과 함께 북새통을 이루기 시작한 강변북로를 뒤로했다. 두려움과 불안, 그리고 초조함과 긴장감이 뒤범벅이 된 모든 중압감에서 일시에 해방되는 순간이었다. 나는 일순 모진 한숨을 토했다.

"우선 한강 성심 병원으로 가죠. 서 선배가 그리로 실려 갔거든요."

운전대를 잡은 강 경사가 말했다.

"그러죠."

나는 금세 동의했다.

"이번에 단단히 작심했나 봅니다."

"그런가 봐요."

"근데, 손에 장을 지진다고 했는데."

"설마."

우리들의 가벼운 대화는 나의 휴대폰의 벨이 울려 중단되었다. 또 무슨 운명의 화살이 날아오려는 것일까.

"여보세요?"

나는 갑자기 심한 피로감이 몰려오는 것을 느끼며 전화를 받았다.

"친구, 나요."

아메드 아야시였다.

"아직 살아 있네."

이번에도 상처 하나 입지 않고 살아남은 것을 보면 그는 아무래도 불사신인 듯싶다.

"실망이 큰가 보네."

"실망? 어디 한두 번인가?"

나는 시큰둥하니 반응했다.

"부상자들을 강남 성모병원에 내려놓았거든. 우리가 타고 간 차도 그 곳에 놔두었는데, 그게 신차요. 그걸 병원에 기증하겠소. 그 뭐요, 추적을 피하기 위해서가 아니고. 그러니 친구, 잘 부탁

379

하오."

"당신 같은 친구를 둔 기억이 없는걸. 어제도 오늘도. 성가시게 개개네."

"오늘만큼은 그대의 생명의 은인인걸."

"그 무슨 잠꼬대를."

"오늘 우리가 제대로 대응사격을 했다면, 최선실 경위, 지금쯤 그대가 어떻게 되었을 것 같아? 함부로 선봉에 서는 게 아니지. 영웅행세를 하고 싶어 안달하는 마음은 잘 아는데. 사람이 영 젬병이더군."

"시끄러워!"

"친구, 누구보다도 우리들 사령관, 사미라 살라메에게 감사해야 할 걸. 세상이 다 알아주는 특등사수라고. 알아들어? 500야드 전방의 박카스병도."

"주접떨지 마. 시끄럽대도!"

19

 나는 얼마 후 성심 병원에도 성모 병원에도 들려, 세 사람의, 서 경사와 두 명의 테러범의 부상 상태와 치료 상태를 두루 살폈다. 모두가 다행히 경상이어서 조만간 퇴원 할 수 있을 거라고 했다. 나는 특히 성모 병원의 의료진에 테러범들을 잘 보살펴 달라고 당부했다. 부상한 프랑스 특공대원들은 영동 세브란스 병원과 삼성 서울병원으로 실려 갔는데, 목숨은 건질 거라는 소식이었다.

 나는 어깻죽지에 붕대를 칭칭 감고 누워있는 서 경사에게로 다가가 그의 손을 가만히 움켜잡았다. 그리곤 빙글거리며 말했다.

 "보기 좋네. 어느 영화에선가, 그게 '킬리만자로의 눈'이던가, 부상당한 미남배우 그레고리 펙을 떠올려서 하는 말이에요. 근데, 선배님의 아름다운 연인은 왜 보이질 않지요? 그 여인의 이름이 아마 수전 헤이워드죠."

"남은 아파서 죽겠는데, 농담은."

서 경사는 심약하게 미소 지으며 대꾸했다.

"엄살은. 진통제를 덜 맞았나?"

"됐으니 어서 돌아가서 일 봐요. 그들의 탈출 루트도 추적해야 할 텐데."

"그럴게요. 까짓것 한 번 제대로 추적해 보죠."

그래서 나는 병원을 벗어나, 사무실로 돌아와 소란스런 파티장과도 같은 어수선한 시간을 보내곤 밤늦게 귀가했다.

'오늘은 잊지 못할 하루가 되겠는걸.'

나는 집으로 돌아와 침대에 들기 전에 심야 뉴스를 잠시 훑었다. 오늘의 메인 뉴스는 이미 다 끝났고, 며칠 전부터 시청 앞 플라자 호텔에 묵고 있는 사우디아라비아 경제 거물이자 왕족의 동정을 흥미위주로 전하고 있었다. 특히 왕족의 아내와 딸의 동정이었다. 그들은 오늘은 창덕궁과 삼성 리움 미술관을 찾아 한국의 전통과 아름다움을 두루 체험했으며, 총리 부인이 동행했었다고 했다. 관활 경찰과 경호원들이 그들을 호위했는데 동영상에서 보는 아랍 여인들의 모습이 인상적이었다.

"어쩜, 저렇게 아름다울 수가 있을까!"

저절로 탄성이 터져 나올 정도로 왕족의 부인이라는 여인은 아름답기도 했으나, 마치 천일야화의 '세헤라자데'가 그러했을 거라는 느낌으로 다가왔는데, 매우 이국적이고 환상적이었다. '사막의 장미'라는 별명도 있다고 했다. 열일곱 살 정도는 되었을까, 그 딸은 또 얼마나 고운가. 에드거 앨런 포가 지은 시, '이즈

라펠'을 닮았다고 해야 할까. 코란에 나오는 목소리가 아름다운 천사 말이다.

두 아랍 모녀는 나한테 강렬한 인상을 심어 주었다.

나는 그 영상을 가슴에 안고 어느새 깊은 잠속에 빠졌다.

이튿날, 내가 저격을 당한 지 꼭 1주일이 되는 4월 12일의 금요일 아침에 출근해 보니, 어제의 양화진 교전이 단연 화제였다. 매스컴의 반응이 좋았다고 했고, 특히 외신의 반응이 좋다는 것이었다. 이슬람 테러리스트들의 잔혹한 총질을 잠재웠을 뿐만 아니라 한국 경찰의 눈부신 인명구조 활동은 인상적이라고까지 칭송했다는 것이다.

서장이 약속한대로 교전에 참여한 경찰관은 훈장이 수여될 뿐만 아니라 특진할 거라고 했다. 나만은 제외하고 말이다. 부하를 사지로 몰아넣은 지휘관에게 특진은 뭐며 훈장은 뭐냐고 서장이 길길이 뛴다고 했다. 그리고 지휘관이란 명예를 얻으면 그만이라는 것이었다. 명예라! 나는 그것으로 족했다.

서 경사가 어깨에 붕대를 칭칭 감고 나타나, 모두의 환영을 받았다. 나는 그 광경을 보며, 그 어느 때보다도 가슴 뭉클함을 느꼈다.

"아니 벌써 퇴원하다니, 무리하시는 거 아니에요?"

서영이 그에게 다가서며 물었다.

"훈장을 준다는데, 어떻게 병원에 죽치고 있어. 아무리 힘들어도……."

서 경사는 창백한 얼굴에 애써 웃음 지어 보였다.

"정말이지, 모험 없으면 무얼 얻겠어요. 인생은 한 방이라는 말이 실감나네. 오늘 특진도 할 거예요.”

“그건 바라지도 않아.”

“하긴 잘못하면 손에 장을 지져야 하니까.”

무슨 말을 나누어도 즐거운 하루아침의 시작이었다.

아침 10시, 훈장수여식이 있다고 해서 모두 강당에 집합하라는 지시가 내렸다. 그래서 나도 강당으로 걸음을 옮겼다. 그래도 남은 특진을 하는데, 섭섭하지 않게 훈장 하나쯤은 줄는지 모르니 정장을 하고 참석하라는 전갈이었다.

나와 나의 전사들은 맨 앞줄에 나란히 앉았다. 박찬우 소령만을 제외하고. 소속이 다르고, 음지에서 일하는 몸이시다. 경찰 총수도 오셨고, 서울 청장도 참석했고, 심지어 도메네크 경감도 배석했다. 그런데 10시가 지났는데도 식을 진행하지 않고 있다.

누구 또 높은 사람이 오는 것일까? 장관이나, 아니면 총리나.

얼마나 시간이 흘렀을까.

불쑥 청와대 비서실장이 모습을 나타냈다. 나도 잘 아는 허수경 변호사로 청와대에 입성한 것이다. 웬일인가 싶었는데, 또다시 전혀 생각지도 않은 사람이 경호원들의 인도를 받으며 연이어 모습을 드러내고 있다. 바로 이 나라 최고 통치자인 김시민 대통령이다. 50대 초반의 언제 보아도 맵시 있는 로맨티스트라는 인상인데, 오바마 대통령이 하버드 출신이라면 김시민 대통령은 예일 출신이다. 우리나라도 언제부터인가 아이비리그 출신이어야 하는 걸까. 예상하지 않은 대통령의 출현에 모두가 기겁해서는 자리에서 일어났다. 연달아 청와대 출입 기자들이 카메라를 들쳐 메고 따라 들어서고 있다.

“내가 좀 늦었지요.”

대통령은 그를 반기는 고위 경찰간부들과 그리고 도메네크 경감과도 일일이 악수를 나누는 것이었다. 대통령은 밝게 웃음 짓고 있었는데, 오늘의 행사에 참여하게 되어 기쁘기 그지없다는 표정을 지었다. 몸소 훈장을 수여하기 위해 일선 경찰서를 방문하는 것은 대통령 나름대로 현장 위주의 특유의 통치스타일 수도 있지만 어제의 총격전을 높이 평가한 탓이지 싶었다. 아니면 나를 만나보고 싶었던가.

식은 지체 없이 진행되었다.

먼저 호명된 사람은 특전사출신의 두 명의 용사와 박, 전, 노, 세 형사였다. 대통령이 손수 훈장을 수여했고, 계급장도 새로 달아주었는데, 경찰청장이 거들었다. 모두가 아낌없는 박수를 보냈다.

다음으로 호명 된 사람은 김서영이었다. 그녀는 홀로 호명되어 무리들 앞에서 훈장을 가슴에 달았을 뿐만 아니라 경장으로 진급한 지 10여 일 만에 경사 계급장을 달았다. 아마도 이 기록을 깰 사람은 없을 것이었다. 젊은 동료 형사들이, 이곳이 록페스티벌이 열리는 우드스틱 공연장도 아닌데, 떠나갈 듯이 환호성을 질렀다. 바야흐로 새로운 슈퍼스타가 출현하는 순간이었다. 서영은 그녀를 추종하는 무리들을 향해 손을 번쩍 들어 화답하기도 했다. 이만하면 위험의 대가는 받은 것일까. 서장은 보아하니 잔뜩 미간을 찌푸리고 있다.

강 경사와 서 경사도 훈장도 받고 경위로 특진했다. 부상한 서 경사를 대통령은 잠시 감싸 안기도 했다. 환호성은 없었으나 누구보다도 많은 박수를 받았다. 눈시울이 뜨거워지는 순간이었다. 서 경사를 비롯해서 강력 1팀 모두가 나 때문에 늘 찬 밥 신세였는데, 오늘에서야 비로소 빛을 보게 된 것이다. 오늘은 누가 뭐래도 강력계 제1팀이 싹쓸이하는 날이었다. 나는 다시금 이 이상 바랄 수 없을 정도로 이것으로 족하다고 생각했다.

나의 이름도 잇달아 호명 되었는데, 보국훈장 하나쯤은 달아준다고 했으니, 그런가 보다하고 나는 어정쩡하니 앞으로 나섰고, 훈장 하나를 달아주기에 달랑 달고 돌아서려는데, 그냥 서 있으라고 해서 영문도 모른 채 서 있었다. 그런데 대통령이 서장을 손짓해서 부르고 있었다.

"서장께서 약속하셨지요. 교전에 참여한 사람은 누구를 막론하고 특진시킨다고요. 우리 그 약속을 이행하지요."

뜻밖에도 대통령은 나도 특진시키려 했다. 대통령은 의전 비서관이 건네어준 경감 계급장을 내 어깨에 달아주는 것이 아닌가. 서장도 물론 거들었다.

모든 것이 사전에 짜인 각본인지 어쩐지는 알 수 없었으나 나를 놀라게 했다. 아니 모두를 놀라게 했다. 5프로나 가능하다는 경감 특진이었다. 일순 아무도 허물 수 없을 것 같은 고요가 방안 가득히 스며들었다. 그러나 다음 순간 우렛소리 같은 박수가 터졌다. 나는 훈장보다도, 특진보다도, 나의 동료들의 가식 없는 박수 소리에 감동했다. 늘 질시의 대상이었는데, 아니 미움의 대상이었는데, 이렇듯 환호하다니!

대통령은 나를 포옹하다시피 감싸곤 속삭이듯 말하는 것이었다.

"최선실, 이제야 빚을 좀 갚는 것 같군. 늘 잊지 않고 있어."

"무슨 말씀을요. 제가 해야 할 일이었는걸요."

한 나라 통치자와의 포옹!

그깟 일 뭐 대수냐 할 테지만, 나는 오늘에야 나의 인생의 절정에 서 있다는 생각을 지울 수가 없었다. 나의 마음속에서 회오리 친 말은 오직 하나였다.

'더 이상의 최선실은 없다.'

시상식이 끝나자 언제나처럼 회의실에 프랑스 팀과 함께 수사실무책임자들이 모였다.

"최선실, 자네가 어제 김서영을 두들겨 팼다며?"

서장이 자리 잡고 앉으며 내뱉은 제 일성이었다. 서영은 오늘따라 회의실에 함께 들어서지 않았다.

"죄송합니다. 저 그게 말이죠……."

나는 경황없이 변명하려 했다.

"자네가 어저께 강변북로에서 굳이 잘한 것이 하나 있다면, 그 것 뿐이야."

서장의 말투는 퉁명스러웠다. 그냥 조크인지, 뿔이 나서 하는 말인지는 알 수 없으나, 실내 분위기를 누그려 트리는 효과가 있었다.

"그리고 자네, 대통령과는 어떤 사이야?"

"어떤 사이라니요? 그건 무슨 뜻이죠?"

"무슨 뜻이라니? 자네가 더 잘 알 텐데."

"그냥 그저……."

나는 우물거리기만 했다.

"그냥 그저 라니? 처음 나와 면담했을 때는 아무 관계도 아니라고 딱 잡아떼질 않았나? 그런데 오늘 보니 이물 없이 대하시더군."

"후보 시절에 그 어떤 몹쓸 사건에 휘말릴 뻔했는데, 스캔들에 요. 한 때 잘 나가던 영화배우와의… 잘못하면 선거에 치명적일 수도 있는… 그게 우리 관할이어서 깨끗하게 해결해 준 일이 있습니다. 근데, 그걸 큰 은공으로 생각하시더라고요. 늘 청와대에서 함께 일하자시며. 사양했죠. 별 대단한 수고도 아닌데."

"흐흥, 별 수고도 아니라고. 그런데 무엇 때문에 그 어른이 자네한테 시시콜콜 신경을 쓰나?"

서장은 코웃음을 쳤고, 나는 입을 닫았다. 모두는 어안이 벙벙한 모습으로 나를 쳐다볼 뿐이었다. 늘 화제를 몰고 다니는 여자이긴 하지만 현직 대통령하고도 연계되어 있다니, 믿을 수 없다는 그런 모습이었다.

"별일이네. 신경까지나."

나는 중얼거리듯 말했다.

"대통령이 떠나면서 뭐랬는지 아나? 진급도 시켰으니 합당한 보직을 주라고 신신 당부하시더군. 그것도 본인이 원하는 자리에. 가급적이면 이라는 단서를 달기는 했지만. 이봐, 최진실, 자네가 바라는 자리가 어디야?"

서장의 볼멘 목소리. 여러모로 서장은 나한테 지금 뿔이 나있다. 투정인지 심술인지 구박하지 못해 안달이다. 그 사연이 아직은 명확하지가 않지만, 아무래도 서영을 총격전에 끌어들인 탓인 듯했다. 아니면 대통령이 너무 나선 탓이던가.

"자리는요. 제가 이 이상 무얼 더 바라겠습니까. 괘념치 마세요."

나는 여전히 음전한 자세에 다소곳하니 말했다.

"어때? 차제에 파리에라도 가면… 그곳 경찰파견관으로. 그 사이 프랑스 사람들하고도 친해졌나 보던데. 아니면 요즘 각광을 받는 베이징에라도."

"싫습니다."

"싫어? 모두가 가고 싶어 안달인데, 싫다고?"

"제 소망은 언제나 한결같습니다. 종로서에 남아 일을 하는 것입니다. 존경하는 서장님 모시고요. 제가 둥지를 틀 곳은 이곳 말고는 달리 없습니다."

나는 막상 '지금은 웃을지 몰라도 제 꿈은 언젠가는 종로경찰서장으로 화려하게 컴백하는 것입니다. 서장님께서도 긴장하시는 게 좋을걸요.' 하고 말하고 싶었으나 참았다.

"흐흥, 입은 살아갖곤."

서장은 시큰둥하니 반응했다.

"전 막상 아버님처럼 생각하는 걸요. 서장님을요. 서영이 그렇게 하듯."

"점점."

서장은 이젠 할 말을 잃는 듯했다. 내가 하도 저자세로 나가는 데다가, 아첨성의 발언도 겻들이니, 아녀자하고 실랑이하는 것도 한계가 있다.

그렇게 얼마간 시간이 흘렀다.

"먼저 저에게 말씀드릴 기회를 주신다면."

도메네크 경감이 우선적으로 발언권을 얻으려 했다. 여느 때와는 달리 아주 겸손한 자세에 나긋한 목소리였는데, 오히려 불길하다. 서장이 말없이 끄덕이며 동의를 표했다.

"어제 한국 경찰이 우리 기동타격대 열두 명의 목숨을 구조해 주었습니다. 그것도 총탄이 빗발치는 가운데, 백병전을 통해서요. 오직 경탄할 뿐입니다. 우린 지금 어떻게 한국 경찰에, 아니 종로경찰서장님께 감사해야 할지 그 방법을 모르고 있습니다."

노회한 영감이 제법 미사여구를 늘어놓고 있는데, 가식만은 아닌 듯했다. 그리고 그 혼자만의 마음만은 아니지 싶었다. 손지아도 공세적이 아닌 공손한 자세로 통역을 하고 있다.

"어제 저녁에 우리 프랑스 대통령께서 직접 청와대에 감사의 전화를 드린 걸로 압니다만, 그래서 대통령께서도 오늘 몸소 훈장수여식에 참석한 걸로 짐작합니다만."

영감은 이 일로 두 나라 정상의 관계가 보다 돈독해 질 거라는 암시도 했다. 죽이 잘 맞을 것이라나.

"무엇보다도 서장님 따님께서 앞장섰다는 말에 놀라움을 보이고 있습니다. 우리 파리 시민들이요. 총격전도 마다하지 않고 솔선해서 지원했을 뿐만 아니라 최선봉에 선 것에요. 요즘 세태가 그게 아니잖습니까."

영감의 아첨하는 재주라니! 여느 때 같으면 핀잔이라도 주고 싶었으나, 꽤나 진지해서 그럴 수도 없다. 바야흐로 김서영이 국내외에 널리 뜨는 순간이다.

"그리고 부상한 지 채 1주일도 안 되는 최선실 경감의 헌신에도 감사하고요."

영감이 마지못해 나에 대해서도 한 마디 했다.

그나저나 이 영감, 내가 보기엔 단연 문책감이다. 꾀를 내도 제 죽을 꾀를 낸 것이다. 뭐니 뭐니 해도 사미라를 너무 얕잡아보고 업신여긴 죄가 크다. 여러 사람을 다치게 하지 않았는가. 그리고 사미라의 성가는 높았고, 시몬느의 체면을 단단히 구겼다. 미스 캐스트 된 배역. 이젠 무대에서 퇴장시켜야 했다. 영감의 인사치례가 그런대로 잘 끝나자, 다시금 서장이 말문을 열었다.

"우리에게 남은 일은 이제 잔당을 찾아내 검거하는 일이오."

하긴 우리로서는 마지막 과제일 것이다.

"보아 하니, 교전 현장 카니발에 다섯 명, 지프차에 두 명, 모두 일곱 명인 것 같아. 그들 중에 두 명은 성모 병원에 있다니까, 나머진 다섯 명! 우린 그들을 찾아내야 해. 은신처를 찾아내는 일이 쉽지 않다는 건 알아. 하지만 그게 당면한 급선무라고 할 수 있지."

바야흐로 백지영이 쥐구멍이라도 있으면 들어가야 할 형편이었다. 은신처를 찾아내는 일은 그녀의 소임이었으므로. 그녀는 지금은 넋을 놓은 채 멍청하게 앉아 있다. 바람을 일으키며 등장했는데, 그래서 명성도 얻고, 선망을 한 몸에 받으려 했는데, 지금은 내가 왜 여기 왔을까, 하고 내심 통탄하고 있을 것이었다. 무엇보다도 지휘자로서 '나를 따르라![Follow me!]' 하는 솔선수범하는 자세가 되어 있지 않다. 앞장서기는커녕 비겁하게 꽁무니를 뺀다. 주역은커녕 조역도 아니다. 실세는커녕 허세일 뿐이다. 그 풀죽은 화상이라니!

'그래, 누구에게나 미래가 장밋빛만은 아닌 게야.'

나는 고소함보다는 측은함이 앞섰다.

김서영이 갑자기 회의실에 허둥대는 모습으로 들어섰다. 그리고는 구석진 곳에 놓인 대형 텔레비전을 재빨리 켜는 것이었다.

"사미라 살라메가 성명서를 발표한답니다. KBS에 영상 메시지를 보내 왔나 봐요. 들어보세요."

금세 대형 화면에 사미라의 모습이 클로즈 업 되어 다가왔다. 오늘은 무슬림 여성들의 전통복식의 하나인 머리에서부터 발목까지 덮어쓰는 부르카를 착용하고 있다. 눈 주변만을 망사로 시야를 확보하고 있을 뿐이다. 프랑스 정부가 무슬림의 거센 반발에도 불구하고 여성 굴종의 상징물이라며, 공공장소에서 착용을 금지한 바로 그 통옷이다. 그러니 그녀의 얼굴 모양은 알 수가 없다.

베일에 가린 그녀, 천천히 입을 떼었다.

"우린 내일이면 무슬림 친구들과 함께 서울을 떠납니다. 잘 아시는 것처럼 우린 한 번도 서울 시민을 향해 총부리를 겨눈 일이 없습니다. 오늘날의 팔레스타인은 한 마디로 눈물의 땅입니다. 2천년 동안 살았던 땅을 잃었으니까요. 여러분들의 조상이 그렇게 했듯이 오직 조국 팔레스티나 해방을 위해 투쟁할 뿐입니다. 우리더러 총을 들지 말라고 할 사람이 누가 있겠습니까. 우린 시몬느를 쫓는 일을 결코 멈추지 않을 것입니다. 내일도 모레도 그 여자를 따라 갑니다. 무엇보다도 우리 부상자를 따뜻한 마음으로 치료해 주신 성모병원의 의료진에 심심한 감사를 드립니다. 부디 평강하시기를. 알라신의 이름으로. '알라흐 아크바르!' [알라는 위대하다]"

그녀의 성명은 간결했고 명료했다. 프랑스 말을 사용했고, 방송국에서 밑에 자막을 깔고 있었다. 그녀의 성명을 듣는 회의실의 분위기는 약자에 대한 동정심 탓인지, 숙연한 분위기마저 감돌았다. 어떻게 보면 사미라는 심리전에서도 뛰어난 면모를 보여주고 있었다. 어제까지는 일본 적군의 리더, 시게노부 후사코를 숭배했다면 오늘부터는 팔레스타인 해방을 위해 외롭게 투쟁하는 사미라 살라메를 숭배해야 하지 않을까.

그나저나 언제쯤이면 그녀의 얼굴에서 베일을 벗길 수가 있을까?

"어떻게 해서든지 우린 사미라를 검거해야 해. 그 여잔 어디까지나 범법자고 테러리스트라고. 알겠나? 이건 우리 종로서의 책무야. 그러니 모두 분발하라고!"

서장은 방안의 미묘하게 돌아가는 이상기류를 감지하고는 쐐기를 박는 말을 잊지 않았다. 하긴 치안을 책임진 사람으로서는 백 번 지당한 말씀이시다

"허니, 이렇게 하는 게 좋겠군."

서장은 퍼뜩 묘안이라도 찾아낸 사람처럼 말을 이었다.

"똑똑한데다가 늘 행운의 여신이 미소 짓는 최선실 경감을 오늘 당장 투입하라고. 사미라를 검거하는 실질적인 수사책임자로. 누가 알아. 이번에도 미소 지을지. 그 사이 죽을 쑨 백지영 경감은 대기발령을 내라고."

여전히 비아냥거림이 담긴 서장의 말. 그런데 이건 뜻밖이었다. 그리고 잔인했다. 백지영을 하루아침에 쪽박을 차게 하다니. 그리고 죽을 쑤었다고 모욕까지 하다니. 아무리 정글의 법칙이기로서니, 이건 너무 야멸치다.

"그러실 수는 없습니다. 이건 아니죠."

나는 황급히 말했다. 그것도 두둔하는 어조로. 그리고 힐난하는 말투로.

"상관 말라고. 백 경감은 미국으로 갈 거니까. 애당초 본인의 희망사항이야. 크게 쓰일 사람은 큰물에서 놀아야지. 자넨 자네 일이나 염려해."

"아, 네, 그렇게나 깊은 배려가."

"최선실! 자네에게 하루의 말미를 주지. 사미라의 은신처를 찾

아내라고. 단 하루야."

어이가 없었다. 언제부터 경찰에도 단 하루라는 규칙이 생긴 걸까. 서장의 말투가 야멸친데다가 꼭 아메드 아야시를 닮아가고 있다. 그런데 못 말리는 서영이 끼어들었다. 그녀는 아직 회의실에 남아 있었다.

"희한한 일이네. 누구에겐 몇 날 몇 밤을 주고, 누구에겐 단 하루라니요."

서영이 구시렁거렸다.

"입 다물고, 조용히 해!"

"아무리 오야 마음대로라고 하지만 이건 누가 봐도 공평한 규칙이 아닌 걸요."

서영이 연이어 시부렁거렸다. 그녀, 겁도 없이 서장과 맞장 뜨려 했다.

"입 다물라는데도. 내일이면 그들이 서울을 떠난다잖아. 개뿔도 모르면서."

"그래도요."

"이봐, 최선실."

서장은 더는 서영을 상대하려 하지 않았다.

"공로가 있으면 오늘처럼 포상을 받을 거고 실책이 있으면 내일은 문책을 받는 법이야. 24시간 안에 사미라를 찾아내라고. 자넨 오늘부터 모든 수사팀을 지휘하는 실질적인 지휘관이야."

서장의 심보는 분명했다. 나를 사다리 위에 올려놓고 흔들려는 것이다. 아니 걷어차려고 하는 지도 몰랐다. 분명히 말해 나는 도전받고 있다는 생각을 지울 수가 없었다. 서장뿐만 아니다. 이 방에 있는 모든 사내들이 조금 전에야 박수갈채를 보냈을지 몰라도 지금은 나에 대한 시기심으로 가득 차 있을 것이었다. 그들의 유일한 소망은 나의 추락이다. 아마도 내일이면 스포트라이트는 꺼지고 무대에서 쓸쓸히 퇴장하는 나를 보게 되길 바랄 것이었다.

"알겠습니다. 24시간 내에 사미라를 찾아내도록 하죠. 못 찾으면 사표를 쓰겠습니다. 각서를 쓰라면 쓰고요. 손에 장을 지지라면 지지고요."

나는 한껏 오기가 발동되어 충동적으로 대꾸했다. 물론 모든 사내들을 향해 우아한 미소를 띠는 것을 잊지 않았다. 내일은 몰라도 오늘은 나의 날이니까. 그런데 그중 신중하고 의연함을 잃지 않는 조인걸 경비과장이 서장을 대신해서 선뜻 개입하고 나섰다.

"어럽쇼, 이제 보니, 최선실, 그 사이 엄청 간이 부었네. 무서울 게 하나 없나 본데, 그러다간 큰 코 다치지. 백 경감이 허구한 날, 밤낮을 가리지 않고 전국의 경찰을 총동원하다시피 해서 샅샅이 수색을 했는데 은신처는커녕 단서 하나도 찾질 못했어. 백운 호수에서는 변을 당하고. 백 경감이 죽을 쑤고 싶어 쑤었겠나. 그게 엿장수 마음대로 되는 게 아니지. 내 말 알아들어? 자네, 지금 엄청 비약하는 거라고. 엊그제만 하더라도 병원 침대 신세를 지고 있었던 자네가 무슨 수로 찾아내? 죽었다 깨어나도 못 찾을걸. 그런데 손에 장을 지져? 그게 요즘 유행인가."

경비과장이 직설적으로 나를 나무랐는데, 나를 염려하고 아끼는 마음이 앞서는 것 같았다. 나는 지금은 어떻게 보면 이리떼 앞에 놓인 신세다. 우리 심술궂은 형사과장께선 내가 직속부하이고 보니 두둔하지도 나무라지도 못하고 있다.

죽을 쑨다는 말을 벌써 두 번씩이나 듣는 백지영. 석고상처럼 무표정하다. 시종 포커페이스를 견지한 채 무반응으로 일관하고 있는데, 그게 그녀의 유일한 반응이라면 반응이었다. 하지만 스타일을 완전히 구겼으니 속은 쓰리고 아프리라. 그런데 지금 남의 걱정을 할 때가 결코 아니다. 내 코가 석자다.

"과장님."

나는 갑자기 미워지기 시작한 서장보다는 나를 염려하는 경비과장을 향해 말문을 열려했다.

"과장님, 생뚱맞게 들릴지 모르지만요, 비약하는 게 아닙니다. 감히 말씀드리는데, 제가 사미라의 은신처를 알고 있다고 자부하고 있습니다. 그 여자와 그 여자의 전사들이 숨어 있는 곳을요. 그러니 24시간도 필요가 없지요. 아무 근거도 없이 이러는 게 아닙니다. 이 자리가 어떤 자린데요. 이 자리에서 지금 당장 밝힐까요?"

나는 가히 충동적으로 확신에 찬 어조로 말했다.

"자네가 밝힐 수 있다면……."

경비과장은 처음엔 놀라움을 드러내 보였으나, 이내 불신의 빛이 그 얼굴에 번지고 있었다. 그리고 점차 염려하는 빛으로. 방안 모두의 반응도 그러했다. 서장에 서영이도. 백지영에 범 경감도. 심지어 도메네크 경감조차도.

"그 여자가 말씀에요, 사미라 살라메가요, 지금 우리들도 잘 아는 서울시내 초특급호텔에 숨어 있습니다. 아니 투숙하고 있어요. 그것도 VIP 특실에 묵고 있어요. 아라비아 거상(巨商)들처럼요. 제가 그럴만한 사유를 세 가지만 말씀드리지요."

나는 더는 망설이지도 않았고, 지체하지도 않았다. 나의 호언(豪言)장담(壯談)을. 모두는 다만 어안이 벙벙한 모습으로 눈망울만 껌

벅거리며 숨을 죽이고 있을 뿐이다. 아니 그러겠는가. 상상의 한
계를 벗어난 이야기인 것을.

"과장님, 우리가 그 사이 사미라를 찾기 위해 온 나라를 밤낮
을 가리지 않고 샅샅이 훑었잖아요. 하지만 언제 신라호텔을 검
문 검색한 일이 있나요? 한 번이라도. 인터콘티넨탈 호텔에, 워
커힐 호텔은요? 그리고 보니 초특급호텔은 늘 검문 대상에서 배
제하기 마련이더라고요. 그들이 특급호텔에 투숙하고 있으리라
곤 상상조차 못하는 거죠. 이건 우리들이 흔히 지니기 마련인 고
정관념이라고 할 수 있어요. 우린 그 고정관념의 틀에서 벗어나
야 해요. 그래서 첫 번째로 드리는 말씀인데, 우리 오늘 당장 신
라호텔을 덮치자고요. 인터콘티넨탈 호텔에, 워커힐 호텔을요.
이태원 이슬람거리를 헤매기보다는. 백운 호수를 뒤지기보다는.
그 친구들, 늘 우리 머리 위에 있노라고 큰 소리쳤어요. 몹시 신
중하기도하지만 보통 영특한 게 아니에요. 아마 그 사이 신라 호
텔에서 상어지느러미 찜이나, 어쩌면 소동파가 즐겨 먹었다는 동
파육을 들며, 그들이 그걸 좋아하는지는 모르지만, 밤낮을 보냈
을걸요."

내가 연이어 떠벌렸어도 모두는 아직 침묵을 고수했다.

"흐음."

경비과장은 내 말에 아직은 미심쩍어 했다. 물론 여느 사람들
도 그러했다.

"그리고요, 믿지 못하시겠지만, 사미라는 늘 우리들 눈에 쉽사
리 띄는 도심에 버젓이 있었다는 사실입니다. 백운 호수 숲 속이
아니라. 에드거 앨런 포의 '도적맞은 편지' 아시죠? 역설적인 얘
기지만, 무엇을 감추려고 할 때, 깊이 숨기기보다는 쉽사리 사람

들 눈에 띄는 곳에 두는 게 오히려 낫다는 얘기요. 설마 눈앞에 있을까, 하는 심리적인 맹점을 이용하는 거죠. 두 번째로 제가 드리고 싶은 말은 멀리에서 찾지 말고 바로 우리 눈앞에서 찾아야 했었다는 얘기예요. 그러니 롯데 호텔도 조선호텔도 일찌감치 덮쳐야 했고요. 물론 플라자 호텔도요. 우리 경찰과 너무 가까이에 있다고 방심했어요."

"으음."

과장은 여전히 뜨악한 표정에 신음 소리만을 흘릴 뿐이다. 다만 맹 경위가, 덜렁대기로 소문난 맹달수 경위가 무언가 짚이는 것이 있는지 눈을 빛내고 있다. 그리고 또 한사람 변강진 경위도 눈을 빛내고 있다. 어제까지는 백지영 편에서 활동한 변 경위가. 그는 사미라를 찾는 것을 책무로 하는 입장에 서 있어, 자칫 잘못해서 사미라가 새처럼 날아간다면 그도 질책당할 입장에 놓여 있다. 그들이 눈을 빛내는 걸 보며 나는 용기가 샘솟는 것을 느꼈다.

"남산에 우뚝 솟은 하얏트 호텔에, 힐튼 호텔도 검색해야 했어요."

하고 말한 사람은 맹달수 경위였고,

"하지만 그 많은 특급호텔 중에서 어느 호텔을 찾아야 한다는 게지? 결정적인 단서가 없네."

하고 의문을 던진 사람은 변 경위였다. 그는 이미 나의 말에 절반은 동의한 사람이었다. 단지 한 가닥 의혹이 남아 있을 뿐이다. 그래서 나는 세 번째 카드를 내밀었다. 나의 마지막 카드를.

"결정적인 단서가 있어요. 아시죠? 지금 서울에 사우디아라비아의 왕족인지, 거물 경제 관료인지 귀한 손님이 머물고 있다는 사실을요. 가족들과 함께. 수행원과 경호원들을 대동하고요. 우리나라 해운 조선분야 투자를 위해서요. 그런데 경호상의 이유에서인지 호텔을 비밀에 부치려 애쓰더라고요. 하지만 그게 어디비밀에 부쳐지나요. 방송에서도 나발을 불던데."

"흠, 그래서요."

채근한 사람은 변 경위였다. 그에게서 알지 못할 조바심 같은 것을 느낄 수가 있었다.

"초록이 동색이라는 말이 있지요?"

나는 나의 말을 이어갔다. 나의 말을 경청하는 사람들을 위해.

"이 경우에 해당되는 말이 될는지 모르지만, 아랍 사람들이 투숙한 호텔에 함께 뭉쳐 숙박하는 겁니다. 그런 곳에 그들이 숨어있다면 얼마나 안성맞춤이겠어요. 그저 동행이려니 하죠."

"암요. 동행이려니 하지요. 사우디아라비아의 리야드에서부터."

금세 맞장구를 친 사람은 맹달수였다. 절대로 호기를 놓치는친구가 아니다.

"아라비아 왕족들이 자가용 비행기를 타고 온 것도 아시죠. 그런데 내일이면 떠난다고 했어요. 신문에 난 걸 보니."

"사미라도 내일 떠난다고 했어요. 무슬림 친구들과 함께요."

여전히 맹 경위가 맞장구치듯 말했다. 그는 이미 내가 설파하려는 말을 완벽하게 이해한 사람이었다.

"그러니, 뭐야, 사미라의 은신처가 서울 시내 초특급 호텔에다가, 우리들 시야 가까이에 있고, 아랍 왕족들이 투숙한 호텔, 이세 가지 조건들이 합치되는 곳이란 말이지?"

경비과장이 서둘러 물었다.

"그렇습니다. 특히 아랍 왕족들이 묵고 있는 호텔에요. 개나 소나 다 왕족이라곤 하지만요."

"그게 어디지?"

"우리와 가장 가까이에 있는 호텔, 그리고 아름답게, 새롭게 단장한 호텔. 바로 시청 앞 플라자 호텔입니다."

나는 사슬이라도 끊듯이 거침없이 말했다. 그리곤 흥분을 떨치고 차분하게 말을 이었다.

"아마 지금쯤 아랍 왕족들은 인질로 잡혀 있을 거구요. 특히 아름다운 부인과 딸이요. 그들의 자가용 비행기, 봄바디어 BD—700 글로벌 익스프레스 말예요. 벌써 테러범들에 의해 점거되고 있을 겁니다. 그러니 내일 떠난다고 감히 장담하죠. 그들이 무슨 수로 장담하겠습니까."

"흐음."

"우리가 백운 호수를 덮칠 때 그들은 플라자 호텔에 잠입했을 것이고, 자가용 비행기도 점거했을 겁니다. 공연히 인천공항에 드라이브하러 간 게 아니죠. 바로 이게 성동격서의 수법이 아닐까 싶네요. 우린 그들에게 놀아난 겁니다."

"으음"

"게다가 며칠 전에 우리 경찰이 경호경비 때문에 쫙 깔려 있었던 호텔에 그들이 잠입했어요. 얼마나 지혜롭고 담대합니까. 자, 이제, 누구든지 더 좋은 생각 있으면 말해 보세요."

나는 마지막으로 쐐기를 박듯 말했으나, 별로 유쾌하지는 않았다. 백지영으로 하여금 끝내 두 손을 들게 한 것이다.

"그러니 뭐야, 그 사이 백 경감이 죽을힘을 다해 찾지 못한 걸 자네가 식은 죽 먹기로 찾아낸 것 같군. 알고 보면 조금만 발상을 전환하면 되는 것을."

경비과장이 길게 탄식하며 뱉은 말이다.

"아직은 모르죠. 그저 그럴 거라는 얘기죠."

나는 우물쩍하니 한 발짝 살짝 물러나며 겸손하게 대꾸했다.

"아니지요. 지금으로선 그게 유일한 가능성이고 해답이에요. 우리가 오늘 한 번 덮쳐 보죠."

강력 5팀장인 변강진 경위가 선 듯 나서며 말했다. 그는 잘하면 한 건 건질 수 있다는 믿음을 그 얼굴 가득히 드러내고 있다. 그리고 여느 팀장들도 늦을세라 동조하고 나섰다. 어제까지는 백지영의 기치 아래 몰려 있던 친구들이 내 편에 서려 하는 것이다. 행운의 여신 편에.

"우리 잘 해보자고. 그 친구들이 줄행랑치기 전에. 하지만 기술적으로 해야 할 거야. 잽싸게, 소리 나지 않게 덮치자고."

늘 선임자 행세를 하는 변 경위가 앞장서려 했다. 어디 이런 기회가 자주 찾아오던가.

"그럼, 그들의 은신처로 달려가서 요절내는 일은 여러분께서 매듭지으세요. 먹튀 일삼는 치구들이니까, 재빨리요. 서장님께서도 일찍이 약속하셨거든요. 사미라와 그 일당을 검거하면 특진시킨다고요."

나는 한껏 미덕을 발휘하려 했다. 그러나 어쩐지 찜찜했다. 나의 신경회로가 진즉 위험을 경고하고 있다.

"그건 안 되지. 현명한 방법이 못 돼. 그들이 혹시라도 아랍사람들이 투숙하고 있는 플라자 호텔에 숨어 있다면, 더욱 안 된다고. 무슨 말인지 알겠어?"

아니나 다를까. 대뜸 제동을 걸고 나선 사람은 시종 말없이 경청해 주던 서장이었다.

"그건 서장님 말씀처럼 현명한 방법이 아닌 것 같군요. 일선 형사 진이 관여하는 것은요. 대테러기관이라면 또 모를까."

도메네크 경감도 서장의 말에 동조하고 나섰다.

"이건 우리가 할 일이 아냐. 시경에서 할 일이라고. 그것도 경찰기동타격대가. 공연히 수선떨지 말고 우린 빠져."

서장의 말에서 적어도 두 가지는 확인하는 느낌이었다. 하나는 나의 은신처에 대한 의견을 전적으로 받아들이는 점이었고, 또 하나는 우리 형사 진을 다치게 하지 않으려는 배려다.

"알겠습니다. 윗선에 몽땅 넘기도록 하죠. 시경이나 국정원에. 아랍 왕족을 다치게 할 수는 없잖습니까. 잘못하면 호텔이 폭삭 주저앉을 수도 있고요. 그들은 알고 보면 폭파전문가들이 아닙니까. 손가락만 빨며 앉아 있을 친구들도 아니고요."

우리 형사과장도 거들었는데, 꽁무니를 빼는 것도 능하신 분이다.

"그러니, 신중에 신중을 기해야 해. 형사과는 빠지고 경비과에서 주관해서 알아서 조처하라고. 상부와 협의해서. 아무래도 국정원에도 알리고, 청와대에도 보고해야 하지 않을까 싶군."

마지막으로 재단하듯 말한 사람은 서장이었다. 그렇다. 탐색하는 일이야 우리가 해도 누가 뭐랄까 마는 전격적으로 검거작전을 펼치는 일이야 이젠 기동타격대의 몫이다. 나는 슬며시 마음이 놓였다. 모두는 서장의 말에 공감을 표시하긴 했으나 일말의 아쉬움을 드러내고는 있었다. 뭐나 뭐니 해도 나는 오늘의 위기를 넘겼다는, 서장이 모처럼 쳐놓은 덫에서 용케도 벗어났다는 사실에 안도했다. 그런데 서장이 할 말이 남은 듯했다.

"아, 그리고 소식 하나 전할 게 있어. 별로 좋은 소식은 아냐. 청와대에서 여기 모인 수사실무진과 오늘 포상을 받은 사람들에게 저녁 한 끼를 거창하게 낸다고 했어. 따로 날을 잡아서. 누구 덕인 줄은 알지."

어딘지 모르게 삐딱한 서장의 말투. 그 말투가 마음에 안 들었는지 어디 거추장스러울 게 없는 서영이 날름 토를 달았다.

"그다지 나쁜 이벤트도 아니지 싶네요. 비록 들러리를 서기로서니. 청와대가 밥맛이 없기로서니, 저녁 한 끼 때우는 게, 그게 어딘데요."

회의실을 물러나려는 즈음해서 도메네크 경감이 나한테 다가왔다.

"오늘 두 사람을 만나시오. 경호실장과 이자벨을. 이거, 만날 시간과 장소요."

그는 나한테 메모지를 건네어주며 사무적으로 말하는 것이었다.

"좋습니다. 우리 오늘 중에 결말을 내죠."

메모지를 일별하곤 나도 사무적으로 말했다.

내가 이윽고 발길을 옮긴 곳은 나의 직속상관이라 할 하영구 경정의 집무실이었다. 그곳에 맹달수 경위도 어느새 자리하고 있었다.

"최선실, 이번에도 멋있게 해냈어. 대단해."

과장은 탄성을 발하며 나한테 다가와 두 팔을 벌려 감싸 안기까지 했다. 그로서는 보기 드문 제스처였다

"이 모든 게 과장님 보살핌 덕분입니다."

나는 다소곳하니 고개 숙이며 화답했다.

"난, 자네가 고속 승진할 때마다 여간 아슬아슬하지 않고, 조마조마하지가 않아. 물불을 가리지 않으니 말이야."

보아하니, 과장은 나한테 충고하려 했다.

"제가 이 세상 것 길을 산데다가 가방끈이 짧아서 그런가 봐요. 늘 어깨엔 힘이 들어가고, 패배를 인정하지 못했어요. 못난 싸움닭처럼요."

나로서도 나의 심리상태 저 밑바닥을 들여다 볼 수 있을 것만 같았다. 강원도 정선의 촌년이 칼바람 부는 서울에 홀로 올라와 할 수 있는 게 무엇이 있겠는가. 경주마처럼 좌우를 돌아보지 않고, 치닫는 일 말고 말이다.

"내가 선배로서 충고를 하지. 요즘 유행하는 느림의 미학을 배우라고. 고요와 평화, 여백을 즐길 줄도 알고."

"명심하겠습니다. 과장님."

"자네가 실수하길 기다리는 사람들도 많아. 그러니 섣불리 행동하지도 말고. 알아들어? 인생은 간단치가 않아."

하긴 이 세상에 누굴 믿을 수 있겠는가. 너무나도 실감나는 말.

영국의 속담이라던가.

'별을 바라보며 걷는 사람은 늘 발밑의 웅덩이를 조심해야 한다.' 고.

"허구, '내 자신이 나의 가장 고약한 적' 이라는 말도 있거든. 너무 아등바등 살지 말고. 자, 이젠 내공을 쌓을 때도 됐구먼."

과장은 결론 비슷하게 말했다. '내 삶의 가장 큰 악마는 나 자신' 이라고 말한 사람은 휘트니 휴스턴! 공감이 가는 말들이다.

"네. 그럴게요."

과장이 살갑게 다독이는 말들에 나는 공손히 대꾸했다.

그러니 내가 이제부터 할 일은 발밑을 조심하며 내공을 쌓는 일이다.

"아무려나 축하는 해야겠지. 한 번 우리 집에 초대하고 싶군, 집사람의 성화도 있고."

언제나 나한테는 심술궂었던 영감. 오늘 같은 날도 있는 걸까. 나는 가슴 뭉클함을 느꼈다.

"자, 어서 이리 앉으라고."

우리 세 사람은 이윽고 마주 앉아 과장이 손수 서브하는 허브 차를 나누었다. 그러니 형사과의 엽기적인 3인 방이 다시 뭉쳤다고 할 수 있다.

"오늘 두 사람을 만납니다. 경호실장과 이자벨을요. 두 사람 중에 한 사람이 총을 쏜 게 분명하고요."

나는 차를 들며 오늘 할 일에 대해 보고했다.

"내가 누군가에 걸어야 한다면, 경호실장에게 걸 겁니다. 그 친구가 시몬느를 쏘았어요."

맹 경위가 확신에 차서 말했다. 그의 변함없는 일관된 소신이다.

"흐음, 난 이자벨이 마음에 걸려. 여자가 더 영악하거든."

과장의 평소의 생각이다. 아니 평생의 지론이다. 그냥 그저 심술궂어 하는 말이라기보다는 오랜 경륜이 말해주는 것이리라. 나도 언제부터인가 가능성이라는 점에서 이자벨이 그 확률이 높을 거라는 의혹이 스멀스멀 자라고 있었다. 경호실장이 실성하기 전에야, 무엇 때문에 대통령의 연인을 쏠 건가. 그리고 변강진 경위의 말마따나 멍청이가 아닐 바에야 무엇 때문에 차를 사건현장에 끌고 가겠는가. 결국 많은 흔적을 남기지 않았는가. 그는 너무나도 구색이 갖추어져 있다. 그런 점에선 이자벨이 영특하다. 아니 과장의 말처럼 영악하다.

'그래, 경호실장보다는 이자벨을 닦달해야 해.'

우린 잠시 서로의 생각에 잠겨 있어, 방안엔 한동안 고즈넉한 정적이 감돌았다. 그런데 지금 내 머리를 지배하는 우선순위 넘버원은 이자벨이 아니라 아무래도 사미라의 은신처를 최종적으로 확인하는 절차다. 서장이 약을 올려서 충동적으로 큰 소리 치긴 했으나 추리로 끝낼 일이 아니다.

"과장님, 사미라를 검거하는 일을 비록 윗선에 넘긴다고 해도 우리가 한 번 탐색해야 하는 거 아닐까요. 그 소재를 우리 눈으로 확인은 해야. 좀 찜찜하네요."

"그래요. 나도 그 생각을 했어요. 추측만으로 안 되죠. 확인을 해야⋯⋯."

맹 경위가 금세 동조하고 나섰다.

"아무래도 그래야겠지. 서장은 말리셨지만."

과장도 고개를 끄덕였다.

"제가 한 번 알아보죠. 기술적으로 소리 나지 않게요. 우선 투숙객 명단부터."

맹 경위가 서둘러 말했다.

"그래, 기술적으로 소리 나지 않게."

과장이 선선히 동의해서, 맹 경위가 신명이 나했다. 잘하면 건수 하나를 올리게 되리라. 물론 과장도.

나는 자리를 뜨려했다. 오늘은 피차 할 일이 많은 날이어서 언제까지 우의를 다지며 노닥거릴 시간이 없다. 내가 돌아서려는데, 과장이 불러 세웠다.

"최선실, 알지. 서장께서 말했듯이 자네가 강력계장을 맡을 걸세. 1팀은 서림에게 물려주고 말이야."

혹시나 했는데 이렇듯 빨리 결정되리라곤 미처 생각하지 못한 일이었다. 촌년이 천신만고 끝에 또다시 한 계단 올라선 것이다. 기뻐해야 할 텐데 오늘은 그렇지가 않다. 무엇보다도 백지영을 그 자리에서 쫓아냈으니, 이 이상 통쾌한 복수도 없을 것이었다. 그래서 나는 환성이라도 질러야 했으나, 정선에 사시는 어머니의 잔뜩 화난 얼굴이 떠오르며 나를 못 견디게 했다. 이젠 나를 기다리는 것은 크리스틴 카라가 일깨웠듯이 슈만처럼 뛰어내리는 일밖에 없을 것만 같은 것이다.

나는 과장에게 깊이 고개 숙여 고마움을 표시하고는 돌아섰다.

우린 금세 뿔뿔이 흩어졌다.

20

나는 잠시 후 서영을 데리고 오늘의 첫 번째 손님, 경호실장을 만나기 위해 서를 뒤로 했다. 나는 오늘 시몬느를 저격하고, 앙리를 사살하고, 나마저 쏜 살인범을 찾아내야 했다. 그건 콜롬보 형사처럼 내 전문이다. 필경 교활한 살인범과의 머리 싸움이 되리라.

경호실장을 만날 시간은 12시 30분. 장소는 종로 인사동 뒷골목에 있는 한정식 집 '후원(後苑)'. 프랑스 사람이 하필이면 한정식 집이라니. 잘 납득이 가지 않았으나, 그가 그곳에서 만나길 원하니 어쩔 수가 없다.

"내가 '후원'을 잘 알아요. 몇 번 가봤는데, 음식이 맛깔스럽더라고요."

서영이 차를 발진시키며 들뜬 목소리로 말했다. 그리고 차를

저격 장소였던 종로 네거리의 주차타워에 세워놓고 옆 골목길을 걸어가면 편리할 거라고 했다

"흠, 그래."

나는 건성으로 대꾸했는데, 어쩌면 경호실장의 알리바이가 입증될 것 같은 예감이 들었다. 우릴 저격 장소 인근으로 인도하고 있는 것이다. 다시금 그는 무죄라고 교활한 신호가 울려오고 있었다.

"근데요, 언니, 내가 입수한 정본데요, 백지영 경감이 내일 모레면 워싱턴에 간다나 봐요. 대사관의 경찰 주재관으로. 애당초 그곳으로 가야 하는 거 아녜요?"

서영이 느닷없이 입에 올린 화제.

"아빠가 그러시든?"

나는 서영을 빤히 쳐다보며 물었다.

"아빠라뇨?"

"소문으로는 너희 아빠가 서장이라며?"

"소문을 믿으세요?"

"소문에도 진실이 좀 있는 법이라던데……."

"글쎄요, 굳이 아니라고 할 것도 없지 싶어 입 다물고 있네요."

"그 소문 덕 보겠네. 좋겠다."

"좋긴요. 하나도 도움이 안돼요."

"퍽이나 그럴까."

"제동이나 걸지 말지."

"흠, 근데 말이야."

"뭔데요?"

"무엇 때문에 나한테 까칠하게 구시는지 그 속내를 모르겠네.

어느 날 갑자기. 서장님 말이야. 공연히 어깃장만 놓고 시비야. 구박이나 하고. 정나미 떨어지게."

나는 문득 생각이 나서 말했다. 여간 신경을 건드리는 게 아니다.

"한 마디로 변덕스러워."

"변덕은 아닐 테고, 질투가 나서 그러나 봐요."

서영은 대수롭지 않게 대꾸했다.

"질투?"

"여자가 잘나가는 걸 못 보는 거죠. 남자들이란."

"에이, 설마."

"아니면 오기던가. 나한테는 없는 백그라운드가 있다니까."

"서장님이? 통이 크신 어른이신데."

"열 받게 하고 채찍질하는 수법을 쓰시는 건가?"

"그것도 아냐."

"그럼, 편애한다는 인상을 주지 않으려는 계산이 있었을 걸요. 밴댕이 소갈머리 사내들 많잖아요. 겉으로는 갈채를 보내지만 속으론 배 아파하는."

"그럴까?"

"하나의 관심의 표시니까, 그렇게 아세요. 일종의 애정의 표현."

"애정의 표현? 아이쿠! 두 번 되풀이 했다간 사람 뒤집어지겠네."

"그런 언니도 사람 뒤집어지게 하는 재간 있는 거 알아요? 보통 잔머리 굴리는 게 아니더라고요."

서영의 뜻하지 않은 말. 그녀는 심지어 눈을 흘기기까지 했다.

"내가 언제?"

"알고 보니 중요한 정보를 호주머니 속 깊숙이 꿍쳐두었다가 결정적인 타이밍을 기다리고 있더라고요, 효과 만점의 절묘한 타이밍을. 오늘도 그렇잖아요. 그러니 사내들 뽀로통하죠."

"확신이 서지 않으니까, 때를 기다리는 거지. 억울해."

"억울하긴. 다 치밀하게 계산하면서."

"아니라니깐."

"아니긴."

우리가 가벼운 화제를 입에 올리고 있는 사이에 차는 어느덧 주차타워에 도착했고, 서영은 저격이 있었던 5층 창가에 차를 주차시키는 것이었다. 우린 차에서 내려 남다른 감회로 잠시 주변을 두리번거렸다. 무엇보다도 길 건너편까지의 거리가 200미터 남짓하다는 것과 표적이 한눈에 들어올 거라는 사실이었다. 어지간한 사격수라면 실수를 하지 않을 것이다.

우린 이윽고 골목길을 따라 걸음을 옮겼고, '후원'이라는 이름의 아담한 한옥을 노크했다. 우리가 안내된 곳은 안채의 별실이었고, 식탁 테이블에 의자가 갖추어져 있다. 그러니 한옥의 양실이라고 해야 했다. 블랙 슈트를 말끔하니 차려입은 구스타브 클라비에 경호실장이 홀로 이미 와 있었고, 시간은 정확하게 12시 30분.

경호실장이 자리에서 일어나며, 손을 내밀어 나는 그의 손을 마주 잡았다. 냉혈한 치고는 손이 따뜻했다.

"몸은 어때요?"

방아쇠를 당겼을지도 모를 사내가 물었다.

"나, 거뜬해요."

차마 유감스럽게도 라는 말은 덧붙이지 않았다.

"흠, 눈이 아름다우시군."

그는 아첨성의 발언을 하는 것도 잊지 않았다.

"난생 처음 듣는 말이지만, 고마워요."

나는 그에게 서영을 소개했고, 우리 세 사람은 마주 앉았다.

"내가 3년 전에 주재무관으로 서울에 잠시 머문 적이 있어요. 그것도 자원해서 왔어요. 서울의 밤 주막거리, 재미도 제법 쏠쏠했었지. 그걸 말한 적이 있었는지 모르겠네."

경호실장이 먼저 말문을 열었고, 얼굴엔 잔잔한 미소마저 띠우고 있다. 나는 다만 고개만을 끄덕였는데, 병실에서 한 번 얼핏 들은 듯했다. 밤거리 주막얘기는 빼고. 나도 애써 화사한 미소를 띠우는 것을 잊지 않았다. 그런데 어쩐지 선수를 빼앗기고 있다는 느낌이 들었다.

"오늘은 내가 점심을 대접하죠. 프랑스가 당신에게 감사할 일이 어디 한두 가지라야 말이지. 당신의 진급도 축하할 겸 해서."

"아닙니다. 먼데서 오신 손님, 우리가 대접합니다."

"아무려나. 근데, 나한테 뭘 원하시지?"

"진실이요."

"좋아요. 내가 당신이 소원하는 진실을 기꺼이 밝히리다. 하지만 우리들의 별로 유쾌하지 않을 대화는 식사 후에나 하죠. 밥맛을 잃으면 안 되니까."

경호실장이 매너도 좋고 리드를 잘한다. 게다가 영어도 제법 유창하게 구사하고 있다. 그래서 우린 점심부터 들기로 했다.

"이 집엔 나도 한두 번 와 봤거든요. 여러 단계 코스 요리가 있는데, 맨 아래단계 바로 위 단계가 좋더라고요. 우리 그걸 들기로

하죠."

서영이 메뉴 선택권은 자신에게 있다는 듯이 말참견했다. 하긴 그녀가 따라온 소임을 다하자면 뭔가 거들어야 할 것이었다. 우리들의 대화에 술이 없을 수가 없어, 요즘 유행하는 막걸리도 시켰다.

한식 메뉴가 으레 그러하듯 검은 깨죽부터 나오는 코스 요리였는데, 어딜 가나 요즘 한정식엔 샐러드가 빠지지 않는다. '후원'도 신선한 야채샐러드를 내놓았는데, 샐러드 소스가 프렌치드레싱이다. 구절판에다가 모듬전에 신선로도 나왔지만, 갈비찜도 나와, 서양 사람들 구미에도 맞을 성 싶었다. 경호실장의 젓가락은 주로 생선전에, 갈비찜에 가고 있었다. 막걸리도 잘 마신다. 후식으론 과일과 우리의 전통적인 두텁떡도 내놓고 있다.

그런데 무엇보다도 인상적인 것은 여주인인 듯싶은 여인의 말없이 시중드는 모습이었다. 황토색의 간편한 개량 한복을 차려입고 있었는데, 전형적인 이조시대의 음전한 여인의 초상을 연상케 했다. 조신하고 나서려고 하지 않는 자세, 저절로 교양미가 드러나 보였다.

"자, 이제 슬슬 우리들의 별로 유쾌하지 않은 이야기를 시작해볼까요. 누가 손에 피를 묻혔는지를."

경호실장은 재치 있게도 우리들이 손쉽게 오늘의 주제로 말문을 열 수 있게 인도해 주었다. 그는 뭔가 즐거운지 싱글벙글하기조차 했다. 하긴 보아하니 오늘 아름다운 여인들에 둘러싸여 있다.

"그렇죠, 뭐. 별로 유쾌하지는 않을 테지만 흥미는 있을 걸요. 가슴 뛰는 얘기니까."

나도 금세 장단을 맞추었다. 막걸리 맛이 좋아 여러 잔을 비웠는데도 맨송맨송하다.

"최선실 경감, 한 가지만 묻죠. 역사적으로 권력자의 적은 대중이 아니라 권력자의 측근에 있다며, 내가 시몬느 비올레 국장을 저격했을 걸로 보는 것 같은데, 그럴만한 구체적인 동기가 뭐요? 경호실장인 내가 대통령의 연인을 살해할 만한 사연 말이오."

경호실장은 곧바로 본론으로 파고 들어왔다. 그는 그의 비장의 카드를 내민 것이다.

"잠시 정신이 헷가닥했을 거라는 말은 빼고… 그래, 어디?"

경호실장은 빙글거리며 채근했다. 에이스를 모두 손아귀에 쥐고 있는 자의 여유로움이었다. 그러지 않아도 우린 전문 갬블러의 마주함과 다름이 없었다.

"나도 우선 한 가지 묻죠. 당신, '하야부사'를 알아요?"

나도 그 사이 숨겨놓은 나의 카드를 내밀었다. 그것도 가히 기습적으로 말이다.

"아니 '하야부사'라니? 그게 뭐요?"

경호실장은 뜬구름 잡는 이야기를 접했을 때만큼이나 의아스러워할 뿐, 실망스럽게도 그 반응이 영 썰렁하다.

"이른바 '기욤사건'이라는 걸 모른다곤 하지 않을 테지요. 아시죠?"

나는 숨 돌릴 겨를도 없이 질문을 이어갔다.

"아, 그거야 잘 알죠. 서독 브란트 수상의 최측근 비서가 알고 보니 동독 측이 심어놓은 스파이였다는 얘기 아니오. 그 친구 이름이 군터 기욤이라고 했었지. 그래서요?"

경호실장은 연이은 나의 질문 공세에 찔끔해 하기는커녕 표정의 변화조차 없다.

"당신도 마르시아 대통령의 최측근이라고 할 수 있지요? 군터 기욤처럼요."

"뭐, 그렇게 말할 수 있을게요. 근데?"

"라니아 살레의 진술에 따르면, 당신들이 우리한테 보내준 팔레스타인의 여전사 말예요, 안전가옥에서 만나 보았는데, 그 여자의 말에 따르면 유고 내전당시, 그것도 2000년 3월의 코소보 전투에 참여한 프랑스 군인 중에서 일선 지휘관 한 사람을 그들이 포섭하는데 성공했다고 하더라고요. 근데 그 군인이 지금은 프랑스 정부 수뇌부에서 버젓이 활동한다지 뭡니까. 그 고정간첩이 말예요. '하야부사'라는 코드네임을 지닌 스파이가요."

"호! 그래요?"

경호실장은 비로소 얼마간의 흥미와 호기심을 그 얼굴에 드러냈는데, 그 이상도 그이하도 아니었다.

"나는요, 2000년 3월의 코소보 전투에 참여한 사람으로서, 마르시아 대통령을 따라 서울에 왔을 법한 '하야부사'는 앙리 크리스토프와 구스타브 클라비에, 두 사람 중에 한 사람이라고 보는데, 어떻게 생각하세요?"

"흐음."

실장은 다만 신음소리만을 토했다.

"그런데, 앙리는 죽었고. 당신만이 남았네요."

"으음"

"그런데 시몬느 비올레 국토감시국 국장이 이 비밀을 감지하기 시작했다면, '하야부사'는 어떤 조치를 취해야 하죠?"

"재빨리 손을 써야겠지요. 줄행랑치던가, 있잖아요, 36계! 최 경감, 혹시 킴 필비라고 아시던가?"

"당연이 알죠. 미술학도가 피카소를 알듯이."

실장이 킴 필비의 이름을 입에 올리다니! 이중간첩의 의혹을 받고 있는 사람이 20세기 첩보세계의 전설적인 이중간첩의 이름을 들먹이고 있는 것이다. 이 여유로움은 어디에서 나오는 것일까.

킴 필비! 케인브리지 대학 출신의 엘리트이자, 전형적인 부르주아다. 그는 영국 해외정보국[MI6]의 방첩 작전부장의 자리에까지 오르는 오랜 세월을, 그게 30년간이라고 했던가, 조국을 배반하고 지능적인 스파이 활동을 통해 소련을 위해 헌신한 인물이다. 그래서 대표적인 이중간첩이라고 하는 것이다. 과찬일 테지만, 심지어 역 스파이전선의 코페르니쿠스 같은 인물이라나.

"그럼 최 경감도 잘 알겠네. 그 친구, 정체가 들어나려 하자 소련으로 잽싸게 달아난 것을. 모스크바에 정착하고 KGB 대령까지 승진한 것도. 그러니 36계가 최고가 아닌가."

"하지만 그 말로가 비참했어요. 이번엔 소련을 배신할는지 모른다는 의혹에 시달렸으니까. 갑갑증을 견디지 못하고 끝내 죽음 맞이했어요. 잘 아시겠지만요."

"그렇다면 차라리 시몬느를 제거하는 게 좋은 방책일 수도 있지. 살인은 내 취향이 아니지만."

"잘 짚으셨네. 그러니, 실장께서 혹시나 '하야부사'라고 한다면 아름다운 시몬느를 저격할 만한 동기가 하나쯤 있는 거 아니겠어요."

"듣고 보니 그러네. 그러니 뭐야, 내 알리바이를 재빨리 제시하지 않으면 난 스파이활동을 한 혐의로 국가 반역자가 될 수도 있다는 얘기가 아니오."

경호실장은 과장된 제스처에, 과장된 탄성을 질렀는데, 다분히 지금의 상황을 즐기는 사람의 모습이었다. 그와의 대결에서 패배할 거라는 교활한 신호가 다시금 울려왔다.

"아암요. 이해가 빠르셔."

나는 차분하게 말했다. 나중에야 삼수갑산에 가는 한이 있어도 지금은 밀어 붙여야 했다.

"누가 말하데요. 당신이 누군가를 위해 한물간 시몬느에게 방아쇠를 당길 수도 있다고요. 그 누군가는 물론 당신이 모시는 어른이시죠."

"흐음, 꽤나 독특한 착상을 하셨군.

"이자벨이 몹시 아름답더라고요. 당신도 남잔데, 친구의 아내가. 탐나지 않던가요? 당신이 친구의 무덤에서 홀로된 미망인을 에스코트할 때 영감이 떠오르더라고요. 언제나 그러하지만 적은 먼 곳에 있는 것이 아니라 가깝게 있지요."

"으음, 민감한 부문을 건드리시네. 이제 보니 이래저래 꼼짝없이 걸려들었는걸. 이거 어떻게 빠져나간다지."

옴쭉 달싹 없이 외통수에 몰린 사람치고는 입가에 띠운 미소도 여전하다.

"현실을 바로 보세요. 모든 정황이 실장을 겨냥하고 있어요. 아시겠어요, 막다른 골목에 몰려 있으시다 고요. 하지만 실장께서 빠져나갈 수 있는 한 가지 길만은 언제나 열려 있어요. 알려 드릴까요?"

나는 실장과의 냉전을 이젠 마무리하고 싶었고, 지혜의 게임도 끝내고 싶었다.

"그게 뭐죠?"

"간단해요. 자, 이제 그만 뻐기시고 당신의 그 알량한 알리바이를 제시하시죠. 그럼 단숨에 만사가 끝나는 것을. 누굴 보호하려고 이러는 거죠? 마치 독배를 드는 한이 있어도 비밀을 지켜야겠다는 자세네."

"좋아요. 당신이 나를 완벽한 궁지로 몰아넣는군. 자, 이쯤에서 고해성사를 해야겠네."

"진작 그러셔야지. 별다른 좋은 수가 없을 바에야. 자, 어서."

나와 서영은 경호실장의 입만을 주시하며 그가 진솔하게 뱉을 말을 기다리고 있었다. 심지어 '후원'의 여주인마저 아직도 자리를 뜨지 않고 시립하듯 서 있다. 이윽고 경호실장은 천천히 말문을 열기 시작했다.

"난 그날 어떤 여자 분과 이곳에서 만나 점심을 나누었소. 물론 프랑스 여인이오. 이곳에 도착한 것이 오늘처럼 얼추 12시 30분경. 이곳을 떠나기 위해 그 여인과 함께 이 집 대문 문턱을 넘은 것이 정확하게 오후 2시 30분! 그때는 이미 누군가에 의해 저격이 감행된 시간이오. 유감스럽게도 내가 한 발 늦었소. 나보다 훨씬 날쌘 친구가 있었다는 얘기구면."

경호실장은 그다지 많지 않은 관객을 둘러보며 말했다. 아니 떠벌렸다는 것이 옳을 것이다. 모두가 이미 예측한 것이어서 큰 반응을 그는 기대할 수가 없었다. 그가 말을 이었다.

"그날 저격이 있었던 주차타워에 차를 세운 건 사실이오. 이곳으로 오기 위해선 안성맞춤의 주차시설이었소. 내가 암살자라면 좀 더 현명하게 행동하지 않았을까."

그의 말에 굳이 장단을 맞추는 사람은 없었다.

"모두가 내 말을 신임한다고 믿지만, 그래도 입증해 줄 사람이 있어야 할 것이오. 여러분에게 여류시인이자, '후원'의 여주인을 소개하리다. 바로 이순희 씨요."

그래서 여류시인 이순희가 우리 앞에 정식으로 등장하게 되었고, 경호실장의 알리바이를 완벽하게 증언하게 되었다.

"실장님은 지난번에 처음 오셨지만, 동행하신 여자 분께선 자주 들려 주셨어요. 오래 전부터요. 서울에 들리실 때마다. 우리로선 큰 영광이었습니다."

그리고 그녀는 덧붙였다.

"실장님 말씀처럼, 두 분은 12시 반에 오셨고 2시 반에 이곳을 떠나셨어요. 두 분이 함께요."

여주인의 증언까지 있으니, 가장 유력한 용의자가 이제 내 손에서 새처럼 날아갈 것이었다. 오늘 같은 날이 올 거라는 예상은 진작부터 했지만 그래도 허망했다. 내가 장사지내고 싶은 사람이 있었다면 불쌍한 이자벨이 아니고 단연 밉상인 경호실장이었다. 멀쩡한 인간을 줄기차게 쫓고 있었다니, 이성적이라기보다는 감성이 앞섰던 것이다. 나의 이성은 어느새 이자벨을 점치고 있었지만 말이다.

"그날 실장님과 점심을 함께 나눈 우아한 부인은 누구시죠?"

나는 그냥 의례적으로 물었다.

"좋은 질문이군. 근데 어쩌나?"

그가 씽긋 미소 지었다. 얄밉게, 아니 교활하게.

"유감스럽게도 나와 함께 점심을 든 여인의 신분을 밝힐 수가 없군. 궁금증을 해소해 드리고 싶은 마음은 굴뚝같지만."

그는 내가 지닐법한 호기심을 아예 봉쇄하려 했다.

"괜찮아요. 실은 난, 다 알고 있거든요. 그날 실장께서 함께 점심을 나눈 우아한 여인을요."

나도 살래살래 눈웃음 지으며 차분하게 말했다.

"그 무슨?"

그의 얼굴에 번지는 것은 오직 불신의 빛이었다.

"프랑스와즈 세나!"

나는 한시도 지체하지 않고 여인의 이름을 밝혔다. 호기심을 채워주는 건 오히려 내 쪽이었다. 실장은 폭음소리를 들었을 때만큼이나 놀라워했다.

"세상에!"

실장은 오직 경탄할 뿐이었다.

"올리비에 마르시아 현 대통령의 전 부인!"

"……"

"대통령과의 재결합문제 때문에 두 분은 이곳에서 만났어요. 그쪽은 물론 대통령의 대리인이고요."

"……"

"아닌가요?"

"……"

경호실장은 한동안 아무 대꾸도 하지 못한 채 멍청하니 앉아 있기만 했다. 그가 반응을 보일 차례여서 나도 입을 닫았다. 이윽고 그의 얼굴에 번진 것은 오직 불신의 빛과 함께 감탄의 빛이었다. 나를 따르는 서영은 말할 것도 없었고.

"그것 참, 당신 혹시 점쟁이가 아니오?"

잠시 후 그가 어이없어 하며 뱉은 말은 이 말 뿐이었다.

"점쟁이는 아니지만, 대충 때려 맞추었지요?"

"아니, 완벽하게 맞추었소. 그것도 족집게 점쟁이처럼. 그나저나 어떻게?"

그는 못 미더워 하는 낯빛을 구태여 감추려하지 않았고, 내가 무슨 수로 알았는지 알고 싶어 했다. 그 사이 누구에게도 발설하지 않고 꽁꽁 숨겨온 처지다.

"수수께끼란 원래 해답을 들으면 싱거워요."

나는 굳이 감출 일도 아니어서 금세 해답을 제시하려 했다.

"오래 전에 여성지에서 프랑스 대통령 전 부인이 무기판매 로비스트로 서울에 자주 드나든다는 기사를 읽은 적이 있어요. 이름은 프랑스와즈 사강과 비슷해서 기억한 것 같고요. 내가 사전에 아는 지식은 이것뿐이지만, 근데."

"근데요?"

"이순희 씨께서 그 여인에 대해 몹시 존칭을 사용하더라고요. 그래서 신분이 높은 여인이라는 생각이 들었고요. 마침 프랑스 대통령이 서울에 오신데다가, 대통령 경호실장과 대통령 전 부인, 연결 고리가 있지 싶었고요. 매스컴에 노출 될까 봐, 몹시 신경을 쓰는 걸 봐서는 재결합 문제가 아닐까, 했고요. 충분히 가십 거리니까요. 어때요, 대단한 퍼즐 맞추기도 아니죠."

"아니오. 셜록 홈즈, 뺨치겠는걸."

"뭘, 그렇게까지 나."

"솔직히 고백하는데, 당신에겐 정말 감탄하고 있소. 아니, 질렸소."

"과찬이시네. 자, 이제, 우리 일어나죠."

시계를 훔쳐보니 오후 2시 반. 지난 토요일 저격이 있었던 바로 그 시각이다.

"최선실 경감! 이젠 당신 손에서 나를 해방시켜주는 게요?"

경호실장은 자리에서 일어나며 과장스런 말투로 물었다. 이럴 때 '아니, 당신은 체포되는 겁니다!' 하는 상투적인 대사를 시원스레 내뱉을 수 있으면 얼마나 좋을까. 상대가 일국의 경호실장이니, 아드레날린이 치솟을 게 아닌가.

"암요. 완벽한 알리바이가 있으니까요. 아쉽지만 어쩌겠어요? 가세요."

나는 경호실장 앞에서 두 손을 들 수밖에 없었다.

"아, 그리고 마지막으로 할 말이 있는데, 내가 코소보 전투에 참여한 것은 맞지만 일선 지휘관을 한 일이 없어요. 나는 당시 마르시아 사령관의 전속 부관이었소. 자, 그럼 난 이젠 하얀 눈처럼 결백한 건가."

나는 그가 문지방을 넘어서며 시부렁거리는 그의 마지막 대사를 들으며, 속으로 우물거렸다.

'그럼 앙리 크리스토프가 '하야부사' 란 말인가!'

그렇다. 결론은 이제 분명하다. 앙리가 어느 날 '하야부사' 로 변신했던 것이다. 나는 비로소 하나의 수수께끼가 풀리고 있다는 느낌을 받았다. 두 사람 중에 코소보 전투에서 일선 지휘관을 한 사람은 앙리 말고는 달리 없다. 장세린은 '하야부사' 는 일선 지휘관의 한 사람이라고 했었다. 그러니 경호실장은 알리바이가 성립됨으로 저격범도 아니고, 일선 지휘관도 아니었으니 '하야부사' 도 아니다. 기가 막혔다.

그렇다면 '하야부사' 는 이 세상에서 사라졌다는 것일까?

21

"자, 이제 우리 샹그릴라[Shangri—La]로 떠나자고."

나와 서영은 다음 표적을 사냥하기 위해 남산 중턱의 샹그릴라 호텔로 향해 출발했다. 이자벨이 그곳 '로스트 호라이즌[잃어버린 지평선]'이라는 이름의 바에서 우리를 기다리고 있었으므로.

"우리들의 지상 낙원, 샹그릴라! 그거 뻥이라던데."

운전대를 잡은 서영이 아른 체했다.

"그렇게 말하면 섭하지. 그건 사람들의 꿈을 허무는 얘기잖아."

나는 서영을 나무랐다.

"그런가?"

"아암"

우린 금세 종로 네거리를 뒤로 했다. 저격이 있었던 거리를. 남다른 감회로 해서 우리들의 대화는 잠시 끊겼다.

"이제 희망을 걸어야 한다면 이자벨 뿐이네."

서영이 불쑥 말했다.

"정말 골 때리는 얘기네. 오늘은 허망한 시도를 하고 있다는 생각뿐야."

그 불쌍한 여자를 타깃으로 삼아 닦달해야 하다니. 경호 책임자를 암살범으로 제사지내고 싶었는데, 여간 맥 빠지는 게 아니다. 짙은 안개 속의 미로. 이번에도 실패 할 거라는 느낌이 들었다. 차는 어느새 시청광장을 벗어나 남산을 향해 달리고 있었다.

"내가 한 가지 정보를 전해 드릴 게요. 그러니 기운을 내세요."

늘 유익한 정보를 어디선가 주워오고 있는, 말하자면 정보통의 서영이 무얼 또 전하려나 보다.

"그래, 뭔데?"

"내가 인터넷을 뒤져서, 특히 UN 난민기구를 뒤져서 이자벨에 대해서 알아보았거든요. 아, 그랬더니."

"그랬더니?"

"이자벨의 이력이 쫙 나오더라고요. 이자벨의 프로필 소개가요. 내가 무엇을 발견했을 것 같아요?"

"글쎄, 무얼 발견했을까?"

"내 말 한 번 들어 보세요. 이자벨이 한 때는 프랑스 올림픽 대표선수였다지 뭐예요. 그것도 소총 분야 사격선수요. 올림픽에서 은메달을 땄다고 했어요. 어떠세요? 구미에 딱 들어맞죠?"

"아니, 그걸 왜 이제야 말해? 넌 좀 더 맞아야 할까봐."

"아이고 내 팔자야. 밤낮 좋은 일하고도 매를 버는 신세네."

아무려나 새로운 뉴스고 유익한 정보다. 풍랑 속을 헤매다가 갑자기 저 멀리 희미하나마 등대 불 하나를 발견한 심정이다. 이자벨이 소총 분야의 메달리스트라니!

우린 어느새 샹그릴라 호텔에 당도 했고 지하주차장으로 진입했다. 바야흐로 가슴에 비수를 품었을 아름다운 용의자와 직면하게 될 것이었다.

우린 금세 아래층 구석진 곳에 있는, 바 '로스트 호라이즌'을 찾아 스윙 도어를 밀고 들어섰다.

하필이면 대낮부터 호텔 바를 노크해야 하다니.

실내에 들어서니 간접조명 탓일까 조금은 어두침침했고. 라운드 테이블에 이자벨이 홀로 앉아, 우릴 기다리고 있었다.

"어디 대화를 나눌만한 아늑한 곳이 없어 이곳으로 정했어요."

이자벨은 변명부터 했다. 그리곤 얼른 다가와 포옹을 하는 것이었다. 정겨움을 느끼게 하는 제스처로, 어떻게 용의자와 수사관의 만남이라고 하겠는가. 나는 그녀의 어깨를 토닥이며 위로하려 했다. 우리 세 사람은 이윽고 라운드 테이블에 마주하고 앉았다.

시각은 오후 3시.

바엔 여느 손님은 없었다.

화려한 꽃무늬 원피스를 입은 바의 여인이 다가와 인사를 했다. 한 마디로 죽여주는 몸매를 지닌 여인으로 검은 머릿결도 어깨 위에서 넘실댄다. 요즈음 어딜 가나 패션모델이 넘쳐나는 세상이라는 느낌을 지울 수가 없다.

"어쩌지요? 난 홍차를 들고 싶은데."

나는 애써 화사한 웃음을 지었고, 여인은 보다 화려한 미소로 화답했다.

　"네, 얼마든지요."

　"저도요."

　서영도 홍차를 청했다.

　"난, '데킬라 선라이즈'로요."

　이자벨도 청했는데, '데킬라 선라이즈'는 나도 토막 상식으로 아는 칵테일이지만, 비록 맛은 있어도 독하다. 하긴 남편을 잃은 여인에겐 낮이건 밤이건 독한 술이 필요할 것이었다.

　"어제 빌려준 코트에요. 얼마나 고마웠는지. 실상 무척 떨었거든요."

　이자벨이 나한테 큼직한 쇼핑백을 건네며 말했다.

　"그리고 이건 나의 작은 선물이에요. 에르메스 스카프. 서영 씨에게도. 서영 씨는 지금 파리에선 인기가 최고에요. 최고!"

　"어머, 고마우셔라. 나한테까지."

　감동한 나머지 탄성까지 지른 사람은 물론 서영이었다. 이렇게 되고 보니, 오후 한 때, 여자들이 모여, 술이나 들며 수다나 떨면서 시간을 죽이기에 안성맞춤의 분위기다. 그런데 바의 스피커에선 통곡과 절규 어린 감정을 녹아내린다고 하는 '아랑후에즈' 2악장이 나직하니 흘러나오고 있다. 오늘의 이자벨의 심정을 대변하듯 심금을 울리는 가락. 나는 애수 어린 그 가락에 잠시 귀 기울였다. 아니, 우리 모두가. 바의 분위기는 신비롭고 비현실적이라는 느낌으로 다가왔다.

　그렇게 얼마나 시간이 흘렀을까. 이자벨은 이윽고 자세를 고쳐 앉으며 주섬주섬 말문을 열기 시작했다. 아마도 내가 물을만한 것을 아예 자진해서 말하려나 보다.

"우리 할아버지가 6.25 참전 용사였어요. 양평 지평리 전투의 영웅이라며 늘 자랑하셨는데, 그래서 한국에 대해선 일찍부터 알게 되었고요. 양평에선가, 무슨 로맨스가 있었나 봐요. 할아버지가. 그런 탓인지 늘 그리워하셨어요. 내가 이화여대에 교환 학생으로 오게 된 것도 할아버지 영향을 받아서인가 봐요. 난 그 당시파리 5대학의 사회학 학생이었어요."

파리 5대학이라면 의과대학 명문도가 세계1위라고 했었다. 대학의 연구시설도.

"하숙집을 가회동에 정한 것은 그 집이 아름다운 한옥이라서가 아니라 여주인이 양평 출신이라는 이유였어요. 할아버지의 연인이라고 하기엔 세대차가 있었지만요."

이자벨은 우선 서울에 교환학생으로 오게 된 계기와 하숙집 아줌마와의 인연에 대해서 말하려 했다.

"아, 네."

"그런데 그 아줌마가 지금 좀 아파요. 갑상선에 생긴 혹을 수술하기 위해서 입원하고 있거든요. 그래서 비올레 국장을 수행하지 않고 서울대학 병원을 방문하게 되었어요. 12시부터 1시 사이에요."

"네에."

"그리고는 서울 시내를 두루 떠돌아다녔어요. 대학로에, 홍대앞에, 이태원을요. 그리고 방배동의 서래마을도요. 옛 추억을 더듬어서요. 그 연락이 올 때까지요."

이자벨은 말하자면 자신의 알리바이를 나름대로 정직하게 밝혔다고 할 수가 있다. 그런데 결론적으로 말해서 저격이 있었던

2시 반 전후의 알리바이를 입증해 줄 사람은 없는 것이다. 그 시각엔 서울 시내를 홀로 추억에 젖어 배회했다는 것인데, 그렇다고 해서 이자벨을 유죄라고 단정할 수는 없다. 그냥 그저 허술하고도 애매모호한 알리바이. 그 뿐이다.

이자벨은 긴 한숨을 몰아쉬더니, 비로소 술잔을 들고 있었다. 맛있게 음미하는 모습을 보며 나도 술을 시킬 걸, 하는 생각을 했다. 마티니를. 올리브를 띄운 마티니를.

"혹여나 내 알리바이가 아리송하다고 해서, 내가 시몬느 비올레 국장을 쏘았을는지 모른다고 생각하는 사람들이 미워요."

이자벨은 지금은 자신에게 살의가 없었음을 설파하려 했다. 나는 공연히 찔끔했다.

"내가 어떻게 그 어른을 쏘아요? 나한테는 어머니 같은 분인데. 게다가 그분은 속된 말로, 나한테는 황금알을 낳아주는 거위 같은 존재에요. 미련스럽게 목을 비틀어요? 지금으로선 유일한 돈줄인데. 내가 실성했나?"

그래, 시몬느는 앙리나 이자벨에게 있어 황금알을 낳아주는 거위일 수가 있을 것이다. 나도 그것을 십분 인정한다. 하지만 그날의 표적이 시몬느가 아니라면, 과장이 설파한대로 남편인 앙리라면 이야기는 달라진다. 불륜이 동기라면… 나는 이자벨과 논쟁할 생각이 없어, 입을 다물고 귀를 기울였다.

"우리 모두의 인연은 유고내전에서 비롯되었어요. 특히 코소보 전투에서… 그곳에서 앙리를 만나게 되었고요."

이자벨은 어쩌면 내가 관심을 지닐만한 사항들에 대해 말을 이어 갔다. 그렇다. 모든 이야기의 시발점도 중심축도 코소보일 것이다.

"마르시아 대통령은 당시 나토 평화유지군의 프랑스 파견군 사령관이었고요. 클라비에 경호실장은 그의 전속부관. 앙리는 일선 지휘관의 한 사람. 시몬느 비올레 국장은 작가로 취재차 코소보에 왔고요. 나는 아시다시피 UN난민기구 요원으로 참여했고요. 우린 어떻게 보면 한 전장에서 만났어요. 그리고 그게 인연이 되어 한 가족이나 다름없이 지냈어요. 누굴 해치며, 누굴 쏜다는 거예요? 이건 누가 뭐래도 그 여자의 짓이에요. 사미라 살라메의……."

이자벨은 나름대로 자기가 하고자 하는 말을 다 한 듯했다. 알리바이도 미흡하나마 곧이곧대로 말했고, 동기가 있으려야 있을 수 없음을 설파했다. 이제 그녀가 할 일이란 남은 술잔을 비울 일밖에 없었다. 눈앞의 여인의 모습은 너무나 초췌하다. 머리는 빗질하지 않아서인지 헝클어진 대로다. 눈엔 핏발이 서 있고, 볼은 파였고 간혹 잔기침을 한다.

이자벨은 이윽고 나를 쳐다보며 뭐 물을 것 없느냐는 제스처를 지어 보였다. 나도 마냥 입을 닫고 있을 수만은 없었다.

"앙리하고는 코소보에서 만났다고 했는데, 어떤 계기로?"

나는 남의 사랑이야기에나 관심이 있는 실없는 여인네처럼 물었다.

"아, 네, 그게, 이야기하자면 길지만……."

이자벨은 내가 끄집어낸 화제에 별로 싫지 않은 낯빛을 지어 나는 마음을 놓았다.

"그날을 잊지도 않아요. 2000년 3월 1일! 우린 알바니아계 코소보 난민들을 안전지대인 적십자 캠프로 이송하고 있었어요. 그런데 중간지점에 이르렀을 때 세르비아군의 기습공격을 받았어요. 그들이 몰고 온 차량번호는 지금도 생생하게 기억해요. 'BG[베오그라드]—419—516! 그들이 하는 짓이란 뻔해요. 남자들은 학살하고 여자들은 겁탈해요. 심지어 어린 소녀들까지. 그뿐인가요. 겁탈하곤 죽여 버려요. 세르비아계의 인종 청소. 그들은 한 마디로 도살자들이었어요, 발칸의 도살자! 그때 다행스럽게도."

"다행스럽게도?"

"평화유지군이 달려와 주었어요. 그것도 앙리가 이끄는. 어떻게 보면 멜로드라마의 정석대로죠."

"그가 목숨을 구해주었을 뿐만 아니라 헌신적으로 돌본 건 물론이고요?"

"암요."

"그리고 사랑은 싹트고?"

영화 '모로코'에서처럼 외인부대원과의 사랑 이야기는 많다. 이자벨은 나의 물음에 다만 심약한 미소를 띠울 뿐이다. 그나저나 참다운 표적이 시몬느가 아닌 앙리라고 가정한대도 이자벨이 어떻게 사랑하는 사람의. 아니 생명의 은인의 심장에 방아쇠를 당길 수 있다는 것일까. 그건 상상하기가 어렵다.

"저기요, 앙리의 반생이 사뭇 드라마틱했다고 듣고 있거든요. 아프리카 용병 생활을 비롯해서……."

나는 문득 앙리의 과거가, 특히 이슬람을 버리고 프랑스를 선택한 계기가 궁금했다.

"하긴 드라마틱하다고 해야겠지요. 일찌감치 알제리 집을 뛰쳐나와 아프리카 분쟁 지역을 휩쓸었나 봐요. 전쟁사냥꾼이라는 용병이 되어서요. 앙골라와 시에라리온 내전에서 결정적 역할을 했고요. 보스니아와 체첸공화국에 고용되어 싸우기도 하고요. 그게 돈벌이가 쏠쏠하다 네요."

이자벨은 내가 선택한 화제에 순순히 따라주었다.

"그러니 아프리카뿐만 아니라 발칸반도 분쟁지역도 휘젓고 다녔네."

"알고 보니, 분쟁 지역을 옮겨 다니며 반생을 모험의 길을 걸어 왔나 봐요."

이자벨의 얼굴에 일순 자긍심 같은 것이 번졌다. 위험에 도전하는 이 시대의 진정한 용병들의 이야기도 많다. 군인은 이상을 따르고, 용병은 돈을 따른다고 해서, 겉으로 보면 더러운 일에 종사하는 것이라지만, 오늘 날 한 번쯤 추구할만한 사나이다운 멋스런 모험이다.

"마침내는 프랑스 외인부대에 투신하고, 5년이 지나자 시민권을 획득했고, 프랑스 여인과의 결혼과 개종. 그때 이미 무슬림을 떠난 사람이네."

나는 내가 궁금한 핵심으로 화제를 이끌었다.

"그 사람에겐 국적도 종교도 관심이 없었어요. 있는 거라곤 오직 모험심뿐이었어요."

"그리고 사랑이요."

"네에, 사랑이요."

"사랑의 위대함이란!"

나는 다만 찬탄할 뿐이었다.

"이슬람 사람들로서는 앙리가 싫었을 수도 있었겠네요. 아니 미울 수도. 국적은 버렸지, 개종 했지, 이름까지 바꾸고 프랑스 여자와 결혼까지 했지, 게다가 프랑스 방첩기관에 몸을 담았고요. 이럴 경우 배신자로 낙인찍어 테러대상으로 삼는다는 말을 언뜻 듣긴 했었는데."

나는 홀리듯 말을 이었다. 시몬느 뿐만 아니라 앙리마저도 이슬람의 표적이 될 가능성이 열려 있는 것이다.

"글쎄, 이번 경우엔 어떨지요."

이자벨의 대꾸는 애매모호했고, 목소리엔 기운이 없다. 이젠 지금의 화제에서 도망치고 싶어 했다. 그래서 나는 준비했던 다음 질문을 던졌다.

"그 당시, 세르비아군의 기습 공격을 받았을 때 말예요, 코소보 해방군도 달려온 걸로 아는데요."

"네에, 그들도 알맞게 달려 와 주었어요. 코소보 해방군도."

이자벨은 나의 물음에 순순히 대꾸했다.

"혹시 그 지도자는요?"

"알빈 쿠르티! 그렇게 기억되네요."

"그들은 이슬람 사람들이라면서요?"

"그곳엔 이슬람 사람들이 넘쳐나요. 그리스정교를 믿는 세르비아계는 고작 8프로, 90프로가 알바니아계 무슬림이에요. 장구한 세월에 걸쳐서. 오랜 민족분쟁에다가 피의 복수극이 점철된 곳이에요. 한 마디로 말해서, 코소보는."

피의 복수극으로 점철된 코소보. 난민으로 넘쳐 나는 전쟁터. 인간은 어떤 형태로든 난민과 같다고 했었다.

우리들 사이에 잠시 침전된 침묵의 시간이 흘렀다. 나는 식은 차를 마저 홀짝였고 이자벨은 추가로 주문한 술잔을 기울였다. 그녀의 얼굴엔 한결 피곤이 묻어나고 있었다.

"혹시 '하야부샤' 라고 알아요?"

나는 무거운 침묵을 허물며 가히 기습적으로 질문을 던졌다. 오늘 이자벨에게 던져야 할 질문이 있다면 이 질문 말고는 달리 없었다. 그래서 가장 궁금한 반응도 이 반응밖엔 없었다.

"아뇨. 몰라요."

이자벨의 대꾸는 간결했고 또한 명확했다. 그녀는 시침을 떼는 데 한순간의 망설임도 보이지 않았다. 똑같은 물음에 경호실장은 그게 무슨 소린가 하는 낯빛을 지었고, 기대했던 반응을 보이질 않았었다. 긍정의 반응도 거부의 반응도. 그냥 무덤덤했었다. 말하자면 이자벨은 실장과는 달리 예상하고 있던 질문에 즉각적으로 반응을 보였고, 준비된 답변을 토했다는 사실이었다. 분명한 것은 이자벨은 '하야부사'의 존재를 알 뿐만 아니라 그가 누구인지도 안다는 사실이었다. 지금의 그녀의 포커페이스가 그걸 입증한다.

이제 한 가지 사실만은 분명하다.

한때 코소보 해방군에 참여한 다미야 오사무가 코소보에서 접촉할 수 있었던 사람은 무슬림 출신의 앙리 말고는 달리 없었다. 앙리는 그 당시만 해도 이슬람 형제들을 위해 헌신하고 봉사하려 했던 것이다.

"다른 질문 있으세요?"

이자벨은 화제를 바꾸고 싶어 했다.

"조너선 호킹의 이야기를 듣고 싶어요."

나는 그녀의 뜻에 따라 화제를 돌렸는데, 이자벨의 첫 번째 남자에 대해서 늘 궁금증을 지녔었다.

"조너선은 입에 올리고 싶지 않았는데 묻는군요."

이자벨의 얼굴에 일순 피어난 것은, 이를테면 누군가의 운명을 비웃는 듯한 웃음이었다. 아니 그녀자신의 운명을. 언제나 그녀에게 돌아온 배역은 어두운 히로인의 역할이었다.

"어머, 미안해요. 나는 다만 아름다운 사랑이야기라고 들어서."

나는 서둘러 변명했다. 하지만 최악의 질문도 아니지 싶었다. 그들의 사랑이야기는 '코소보로 가는 길'의 핵심 테마이기도 한 것이다.

"아니에요. 나로선 그리운 사람의 이야기에요. 조나단은."

이자벨은 금세 먼 옛날을 회상하는 모습으로 다시금 말문을 열기 시작했다.

"뉴욕대, 알죠? NYU. 그 대학에서 영화를 공부하던 학생이었어요. 조너선의 고향은 뉴멕시코 주의 산타페였고요."

"어머, 산타페라고요? 나도 가봤어요. 덴버에서 차로 콜로라도를 걸쳐서."

나는 산타페라는 말만 듣고도 공연히 떠들썩하게 굴었다. 모두가 소망하는 산타페에로의 길을 답사한 탓이었을 게다. 대자연의 남녘에 자리 잡은 원시적인 고장, 미국의 샹그릴라!

"그래서요?"

나는 얼른 말을 잇기를 권했다.

"아시겠지만 우린 UN난민기구에서 만났어요."

이자벨은 그녀의 이야기를 계속했다. 슬픈 러브 스토리를.

"조너선은 처음엔 영화소재를 찾아 앙골라에 소말리아에, 보스니아와 코소보를 두루 헤매었어요. 나중엔 5천만이나 된다는 지구상의 난민구호활동에, 비록 밀알만큼이나 작은 힘이었지만 보탰고요."

"안젤리나 졸리처럼요?"

"안젤리나 졸리. 유엔 난민 고등 판무관[UNHCR] 친선대사. 그 여잔 대단하죠."

"아, 네."

나는 조용히 고개를 주억거렸다.

"우린 여러 해를 함께 활동하면서 사랑을 키웠어요. 물론 장래도 약속했고요. 알고 보면 평범한 사랑이야기지요. 그가 코소보의 중심도시 프리슈티나 거리에서 나를 지키려다 세르비아 저격병의 총탄에 맞아 죽기 전까지는요."

"어쩜."

나는 뭐라 장단을 맞추는 말을 찾지 못한 채 우물거리기만 했다.

사랑하는 여인을 저격병의 총구에서 지키려 코소보의 낯선 거리에서 목숨을 잃은 미국청년 조너선 호킹. 그리고 샤를 드골 공항에서 편집광적 저격병 잔느 지루의 총탄에서 사랑하는 아내 라니아를, 아니 우리나라 여대생 장세린을 지킨 일본청년 다미야 오사무. 이 무슨 인연이람. 그리고 사랑의 힘이라니!

그나저나 장세린은 아들 히로시가 기다리는 베카 밸리로 돌아가기나 한 걸까?

"유고 내전의 저격수들! 가장 무서운 존재가 세르비아 저격병이었어요. 사라예보 길거리에서의 이야긴데요. 그들은 다섯 살짜리 아이도 저격하더라고요. 시몬느 비올레 국장도 취재를 하다가 저격당할 뻔했고요. 그때도 앙리가 경호를 했었지만."

아자벨은 나의 감상적인 상념엔 둔감한 듯이 그녀의 말을 이어갔다. 그러니 앙리는 코소보 내전 당시부터 줄곧 시몬느를 경호해오다가 끝내는 서울에서 목숨을 잃은 것이다.

"내일 떠난다고 들었는데, 파리로 바로 돌아갈 거죠?"

나는 이제 이자벨과의 회견을 마무리 지으려 했다. 두 번씩이나 사랑하는 사람의 장례를 치른 여인에게 옛 상처를 들추어내며 무얼 꼬치꼬치 캐묻는 일만큼 잔인한 일도 없을 것이다. 지금도 소리 없는 오열을 가슴 속에 삼키고 있을 것이었다.

"파리엔 돌아가지 않아요. DST엔 사표를 냈어요."

"어머, 그래요?"

"내일 오후 2시 30분, 에어 차이나 편으로, 티베트로 가려고 해요. 영원한 행복을 누릴 수 있는 유토피아, 샹그릴라를 찾아서요. 중국정부가 관광 목적으로 샹그릴라로 명명(命名)한 윈난성(雲南省) 산골 오지의 짝퉁 낙원이 아니라 제임스 힐턴이 그의 소설 '잃어버린 지평선'에서 꿈꾼 샹그릴라를 찾아서요. 시건방진 얘기지만, 세상은 그지없이 덧없는데, 그곳에서 이러구러 한 세월 보내려 해요."

이자벨은 달관한 사람처럼 담담한 어조로 말했다.

"어머, 그것 참 멋있는 얘기네. 그 환상적인 탐험, 누구랑 함께 가죠?"

나는 나도 모르게 찬탄의 소리를 냈는데, 나도 기꺼이 동행하고 싶었다.

"누구랑은요? 혼자지요. 가노라면 누굴 만날지는 모르지만요."

그게 김소월의 산문에서 소개된 노래라던가. 갓 스무 살 기생이 부른 노래.

'첫날에 길동무 만나기 쉬운가. 가다가 만나서 길동무 되지요.'

그 가련하고 기구한 사연들. 이자벨의 어기찬 처지와 뭐 다를

게 없다.

나는 자리에서 일어나 이자벨에게로 다가갔다. 그리고 그녀를 감쌌다.

"부디 뜻 있는 여행이 되길 빌어요. 지금까지의 인생은 잊어버리고요."

그리고 나는 포옹을 풀며 덧붙였다.

"거듭 말하지만, 앙리는 나의 생명의 은인이에요. 약속해요. 살인범을 반드시 찾아냅니다."

나는 이자벨에게 다짐하듯 말했다 그러자 이자벨은 서서히 고개를 내저었다.

"다 부질없는 일이에요. 최선실 씨, 제발 남의 운명을 쫓는 발걸음을 이젠 멈추어요. 안식을 얻으셔야지."

"그럴까요?"

우리가 작별의 악수까지 나누고 서로의 길을 향해 걸음을 옮기려는데, 이자벨이 나를 불러 세웠다.

"잠깐만요."

그녀는 내일이면 서울을 떠나는 시몬느 비올레 국장이 마지막으로 나를 만나기를 소원한다고 했다. 가능하면 서영이도 함께. 시몬느도 오늘은 샹그릴라 호텔에 묵고 있으며, 20층의 프레지덴셜 스위트 룸 2004호라고 했다.

어제는 워커 힐! 오늘은 남산 중턱의 샹글리라!

보신을 위해 자주 거처를 옮겨야할 것이었다.

나는 굳이 마다할 이유도 없어 순순히 승낙했다.

"지금 올라가도 될까요?"

나의 손목시계는 오후 4시를 알려주고 있었다.

"암요. 벌서부터 기다리고 있을 걸요. 지금쯤 지루해 하고 있을지도 모르겠네."

이자벨은 나한테 마지막 미소를 띠더니 등을 돌렸다.

CHAPTER

22

이자벨과 작별한 우린 호텔 로비를 가로질러 엘리베이터를 찾아 걸음을 옮기는데, 숨 가쁘게 걸려온 한 통의 전화를 받았다. 전화의 주인공은 아메드 아야시였다.

"친구, 우리 부상자들을 돌봐 준 은공을 갚기 위해 전활했소."

아메드의 목소리가 마치 모든 짐을 진 사람처럼 별로 밝지가 않다. 하긴 그도 지금은 초상집 개처럼 이리저리 헤매다 보니 많이 지쳐있을 것이다.

"제법 예의도 차릴 줄 아시네. 걱정 말아요. 당신이 내 친구면, 그들도 내 친구니까."

나는 일단 로비 구석진 곳으로 걸음을 옮기며, 애써 밝은 목소리로 대응했다.

"말만이라도 고맙군."

"언제는?"

"그래서 하는 말인데, 당신들이 우리 은신처를 찾는 수고를 덜어 주지. 우린 지금……."

"당신들이 지금 어디에 꽁꽁 숨어 있는지 맞추어 볼까요? 시청 앞에 새로 단장한 플라자 호텔. 그곳에 투숙하고 있을 걸. 오늘쯤 덮치려 하는데."

"당신이란 여자 정말 못 말리겠군. 머리가 좋은 건가, 아니면 점쟁이라도 된 건가."

"어머, 내가 맞추었네. 그러지 않아도 요즘 점쟁이가 다 됐다는 말을 자주 듣거든요. 나중에 개업이나 할까."

내가 생각하기에도 나한테 남다른 직관력이 있던가, 통찰력이 있는 것 같다. 배운 바탕이 없는 데도 오늘의 자리에 오른걸 보면 아무래도 신통력 같은 것이 있는가 보다

"우린 내일이면 사우디아라비아 왕족들과 함께, 원래 그다지 친한 처지는 아니지만, 그들의 자가용 비행기로 서울을 떠날 거요. 지금은 우리가 그들의 경호원이오. 그래서 체코제 Vz61 기관단총을 들고 다니지. 알고 있는지 모르겠네. 흔히 스콜피온으로 불리는 기관단총."

아메드가 떠벌렸다.

"알아요. 서방측이 가장 두려워하는 게릴라용 서브 머신 건. 테러리스트 집단도 즐겨 사용하죠. 특히 당신의 보스 사미라도 애용하고."

스콜피온은 수많은 영화에다가 비디오 게임에도 등장하기에 어지간한 사람은 다 안다. 그러니 안다고 자랑할 게 하나 없다.

"그리고 말이요, 폭약을 가득 채운 샘소나이트 가방을 호텔 구

석구석에 숨겨 놓았다고. 물론 항공기 기장실에도. 버튼 한 번 누르면 만사가 끝나지. 깨끗하게. 내 말 알아들어요?"

"그러니 뭐예요, 당신 말은 봄바디오 익스프레스는 이미 당신들이 차지하고, 아라비아 왕족들은 이제 당신들이 모셔야 할 VIP라는 얘기네. 이건 말도 안 돼."

"이 세상에 말이 되는 거 있던가?"

"김새는 소릴 하시네."

"그러니 우리 머리카락 하나 건드릴 생각일랑 말아요. 그날이 그들의 제삿날이오. 특히 아름다운 부인과 딸의 제삿날. 물론 나의 제삿날도 되겠지. 플라자 호텔은 폭삭 내려앉을 거고. 투숙객도 백여 명은 될 걸. 인도 뭄바이 호텔 테러사건을 기억해주면 좋겠군. 무고한 시민 166명이 죽은⋯ 그러니 뭐야, 우린 혼돈의 시대에 살고 있는 건가."

"나, 참, 말은 언제나 뻔지르르하시네."

"우릴 눈감아요. 우리가 당신들에게 무슨 해코지를 했나? 도움을 준 것도 없지만. 우린 조용히 사라질 거요."

"하긴, 뾰족한 수가 없네."

"부디 당신의 상관들이 사태의 심각성을 알고 슬기롭게 처신하길 바라오. 친구, 당신만큼이나."

아메드 아야시는 더는 긴 말을 늘어놓지 않고 일방적으로 전화를 끊는 것이었다. 그의 목소리엔 일말의 고달픔도 깃들어 있었지만 단호함도 배어 있었다.

나는 한순간도 지체하지 않고 하영구 과장에게 아메드한테서 들은 대로 보고했다

"흐음, 맹 경위한테서도 방금 보고가 들어 왔는데, 낌새가 수

상하다고 하더라고. 아, 글쎄, 투숙객 명단을 살펴보니 며칠 전부터 아랍 상인을 자처하는 친구들이 여럿 묵고 있다지 뭔가. 좋아. 이제부터는 윗선에서 알아서 처리하도록 하지."

"네, 과장님."

나는 과장과의 통화를 끝내며 일종의 해방감을 느꼈다. 나의 추리는 적중했고, 노련한 영감이 잘 알아서 처리할 것이다.

나는 박찬우에게도 알렸다. 전화를 할 구실이 생겼는데, 망설일 이유가 없다.

"알았어요. 이건 아무래도 국정원에서 대책을 세워야 할 것 같네. 관계기관 대책회의라도 열어서. 일선 경찰은 손을 떼는 게 좋을걸."

박찬우의 무덤덤한 말이다.

"그럴 게요. 잘 해보세요."

하지만 국정원이라고 한들 무슨 뾰족한 수가 있을까. 잠자코 고이 돌려보낼 수밖에. 아랍 왕족들을 다치게 할 수는 없는 것이다.

"이따 저녁에 좀 만날 수 없어요? 할 이야기가 많은데."

전화를 끊으려는 박찬우에게 난 매달리다시피 말했다. 빌어먹을. 내가 언제나 다가서야 하는 걸까.

"그렇게 해요. 내가 다시 전화할게요. 그럼."

이 양반, 아직은 쫄자라서 이리 뛰고 저리 뛸 일이 많은가 보다. 언제나 서둘고 있다. 하필이면 허구 많은 직종 중에서 비밀정보기관원을 신랑감으로 골랐으니, 앞으로 감당할 일이 어디 한두 가지일까.

우린 이윽고 20층의 이른바 프레지덴셜 스위트 룸 앞에 섰다.

문 앞에 경호원이 서성거리고 있었는데, 나를 반겼다. 저격이 있었던 날에 청담사 골목길 앞에서 본 일이 있는 젊고 유별나게 핸섬한 친구다. 그는 나한테 싱긋 미소 지으며 문을 열어주는 것이었다.

한 발 들어서니 널찍한 응접실이었고, 그곳에 뜻밖에도 대사관의 통역원 손지아가 함박웃음 지으며 서 있다.

"나, 이자벨을 대신해서 파리로 가요. 시몬느의 수행비서로요."

손지아가 자신의 현재의 처지를 재빨리 그리고 명료하게 설명해 주었다.

"어머, 축하해요. 지아 씨라면 못할 일 없죠."

나는 손을 내밀어 진심으로 그녀의 손을 잡았다.

"고마워요. 자, 이리 앉으세요. 모시고 나올게요."

우린 궁전 내부만큼이나 화려하게 장식된 응접실을 둘러보며 소파에 나란히 앉았다. 벽에 덩그러니 걸린 그림은 단풍나무가 흐드러지게 핀 폭포수 계곡을 그린 것이었다.

숨죽이며 얼마나 기다렸을까.

시몬느가 밝게 웃음 지으며 내실에서 모습을 나타냈다. 그녀는 로열블루의 앞이 파인 원피스를 걸쳤는데 아래층 바의 여주인보다 더 화려해 보였다. 모닥불도 마지막 순간이 더 황홀하다고 했었다. 아무려나 시몬느는 붉게 타오르는 사르비아 꽃만큼이나 아름다웠다. 거기에 공쿠르 상까지 거머쥔 작가라니. 신비의 베일에 가린 비밀정보기관의 수장에, 현직 대통령의 연인! 여자로서 이제 또 무엇을 누리길 바라겠는가.

우린 자리에서 얼른 일어나 그녀를 마중했다.

"최선실, 진급 축하해."

시몬느는 나한테는 손을 내밀었고, 서영은 감싸 안았다.

"당신, 정말 멋져."

시몬느는 서영의 등을 어루만지며 토닥거리기도 했다. 어제라면 내가 들었을 대사를 오늘은 서영이 듣고 있다. 샐쭉할 일은 아니었으나 일말의 서운함은 있었다.

우리 모두가 자리에 마주앉기가 바쁘게 룸서비스가 카트를 밀고 방에 들어섰다.

"아무래도 축하부터 해야 할 것 같아서."

손지아가 시몬느를 대신해서 말했다. 언제나 사무적이기만 하던 그녀의 얼굴에도 미소가 떠나지 않는다. 룸서비스는 샴페인병과 네 잔의 크리스털 글라스부터 내려놓고 있었다. 샴페인은 왕년의 국제적인 무기상 아드난 카쇼기가 즐겼다는 프랑스제 돔 페리뇽. 그리고 훈제연어에 까맹베르 치즈, 브리와 고다 치즈, 말로만 듣던 철갑상어 캐비아에 이름도 알 수 없는 음식이 쟁반에 담겨 상 위에 차려지고 있다.

우린 이윽고 돔 페리뇽 샴페인으로 건배했고 시몬느로부터 축하의 말을 들었다.

"진심을 담아, 오늘의 새로운 별들을 위해서. 그리고 우리들의 영원한 우정을 위해서!"

나는 고맙다는 인사로 화답했다. 하지만 영원한 우정이라니. 냉엄한 정보사회에선 오늘의 우정이 내일이면 손바닥 뒤집듯 손쉽게 적의로 변할 수 있다는 사실을 잊을 수는 없었다.

시몬느는 나한테는 진주목걸이를 서영에게는 숄더백을 선물했다.

"선실 씨를 위해선 엊그제 일본을 방문 했을 때, 딸의 결혼선물을 준비하는 마음으로 일본이 자랑하는 미끼모도 진주를 골랐고요. 서영 씨를 위해서는 요즘 젊은 여성이면 무엇을 가장 갖고 싶어 할까 하는 관점에서 지아 씨가 오늘 백화점에서 에르메스의 콘스탄스 백을 선택했어요. 마음에 들었으면 싶네."

시몬느의 마음 씀씀이가 여간 섬세하지가 않다. 그리고 여간 세련된 매너가 아니다.

"어머, 너무 멋져요. 고맙습니다."

우린 탄성과 함께 다만 머리를 조아릴 뿐이다.

"우리가 진 신세를 생각한다면야. 당신들은 헌신적으로 우리 특수부대원들의 목숨을 구해주었어요. 어떻게 그 고마움을 표시해야 할지 모르겠네. 더구나 최 경감은 내 목숨을 구해주었어요. 그게 임무라고 할 테지만."

시몬느는 더는 말을 잇지 못했다. 우린 한동안 샴페인 글라스를 기울였고 치즈를 집어 들기도 했다.

"잔느 지루가 위험한 고비를 넘겼다고 들었어요."

나는 뭔가 화제를 골라야 했고, 그래서 잔느 지루의 안부부터 전했다. 시몬느도 이미 알고 있을 것이었다. 복부 관통! 다섯 시간이라는 긴 수술 끝에 용케도 생명의 불씨를 되살렸다고 듣고 있다. 지금까지 얼마나 많은 사람을 저격했다고 했던가. 앞으로도 그녀의 일을, 인간의 심장에 방아쇠를 당기는 그녀의 직업을 이어나갈까?

"모두가 여러분들 덕분이죠."

시몬느는 우리에게 고마움을 표시했으나, 잔느 지루를 화제로 삼는 것을 별로 내켜하지 않았다.

"오늘 경호실장도 만나고 이자벨도 만난 걸로 아는데, 누가 범인상으로 떠오르던가요? 심심했는데, 우리 그 얘기나 해요. 어땠어요?"

시몬느가 빙긋하며 물었다. 오늘 굳이 우릴 초대한 참다운 속셈인 듯했다.

"아마 흥미 있으실 거예요. 기대하셔도."

나도 일순 빙긋했다.

"아암. 오싹한 살인이야기인걸."

살인 이야기에 남다른 관심을 지니다니, 시몬느도 어지간히 추리마니아인가 보다.

"그래, 누가 나를 저격했을 것 같아요? 나, 시몬느 비올레를. 지난 4월 6일, 토요일 오후 2시 30분에."

시몬느가 숨 가쁘게 물었다. 오늘은 4월 12일의 금요일. 그러니 꼭 1주일이 지난 것이다.

"지금 '누가 시몬느를 쏘았느냐?'고 물으시는 거죠? 그 해답은 알고 보면 쉽더라고요."

나는 다시금 빙긋했다.

"어머, 그래애?"

시몬느의 얼굴에 불신의 빛이 스쳤다.

"국장님, 사람들이 요즈음 나더러 점쟁이가 다 됐다고들 하거든요. 그래서인지 누가 주범(主犯)이고 누가 종범(從犯)인지 이젠 점칠 수가 있겠더라고요. 국장님께서도 벌써 짐작하고 계시죠? 우리 한 번 맞추어 볼까요?"

"좋았어요. 그렇담 당신이 생각하는 범인은 누구죠?"

"솔직히 말씀 드려야 하나? 좋아요. 에둘러 말하진 않겠어요.

나는요, 비올레 국장님, 이번 저격사건을 프랑스 국토감시국의 암살극으로 보거든요. 이 놀라운 암살극을 계획한 사람은 바로 국제사회에 그 명성을 떨치는 프랑스 국토감시국의 보스, 시몬느 비올레 국장이고요, 그 집행자는 물론 국장님의 심복의 한 사람이고요. 한 마디로 프랑스 DST가 서울에서 펼친 암살극! 어때요? 그럴듯하죠?"

내 딴엔 한껏 우아한 미소를 띠우며 상냥하게 말했다.

"어머, 그 무슨 맹랑한 소리에요? 내가 잘못 들었나."

시몬느는 질이 나쁜 조크라도 들었을 때와도 같은 표정을 지었을 뿐 놀라지는 않았다. 심지어 누군가를 비웃는 듯한 미소마저 띠우고 있다. 지금 놀란 표정을 짓는 사람은 손지아와 김서영이었다. 그들은 손에 들었던 술잔을 슬며시 탁자 위에 내려놓고 있었다.

"잘못 듣긴요? 국장님이 설계한 작품인 걸요. 그것도 천재만이 만들 수 있는 작품. 국장님은 천재에요, 천재!"

"흐음, 이건 칭찬인가, 비난인가? 얘기가 어쩐지 재미나게 돌아가네."

시몬느는 비로소 신음 소리를 토했다. 내가 그녀를 이 비열한 살인사건의 주범으로 몰고 있다는 것을 분명하게 깨닫기 시작한 것이다. 일순 방안에 이상 기류가 감돌기 시작했다. 술을 드는 사람도 치즈를 집어 드는 사람도 없다. 고르지 못한 숨소리만이 귓전을 스칠 뿐이다.

"내가 나설 입장은 아니지만."

손지아가 시몬느를 대신해 나서려 했다. 시몬느를 구차한 논쟁에 휘말리게 하고 싶지 않은 것이다.

"좀 혼란스럽네요. 지난 토요일, 국장님은 엄연히 저격을 당했고, 죽을 뻔했어요. 누구보다도 그걸 잘 아는 사람이 그런 말을. 나도 현장에 있었어요."

나는 손지아의 말에 씽긋 미소 지었다.

"실은요, 전문가로서 말하는데."

이번엔 나는 손지아를 상대해야 했다.

"믿기 어렵겠지만, 미스터리 세계엔 죽을 뻔했던 사람이 실은 그 사건의 진범이었다는 공식이 있거든요. 피해자가 알고 보니 가해자라는, 쫓기는 자와 쫓는 자가 실은 공모자라는 공식에다가. 알고 보면 고전적인 수법이에요. 이젠 진부한 얘기라고 할 테지만 여전히 그 유혹을 물리칠 수 없는 매력적인 책략이죠. 눈앞에서 죽었다고 믿어지는 사람이, 더구나 장례까지 치른 친구가 어느 날 버젓이 모습을 드러낸다든가. 이 세상, 믿을 사람 하나 없는 거죠."

손지아가 제법 미스터리적인 수법에 조예가 있다면 내 말을 금세 알아들을 것이다. 로버트 러들럼의 '파시발의 모자이크'를 읽었더라면, 그레엄 그린의 '제3의 사나이'를 보았더라면 말이다. 그러나 그녀는 여전히 불신의 눈빛으로 나를 바라보고 있다. 그녀가 주춤하자 시몬느가 이내 나섰다.

"좋아요. 자, 이제 우리 본론으로 들어갈까. 나더러 이 놀라운 범죄의 설계자라고 했는데……. 최 경감, 구체적으로 그 이유를 들을 수 있을까? 살짝 맛이 가기 전에야, 아무 근거도 없이 이런 말을 할 수는 없겠지. 자, 어서."

시몬느가 다시 입을 떼긴 했어도, 조금은 가시가 담겨있어도, 여전히 흥미 있어 하는 표정이지 그다지 심각하지가 않다. 아마도 나를 어쭙잖게 보는 것일 게다.

"암요. 제법 드라마틱하니까, 국장님을 실망시키지는 않을 거예요."

나도 애써 재미있어 하는 표정을 지었을 뿐 고발 자와도 같은 자세는 취하지 않았다.

"아시죠?"

나는 일순 빙글거렸다.

"무얼?"

시몬느도 덩달아 웃음지어 보였다.

"링컨 대통령도, 케네디 대통령도 암살범의 첫 번째 총탄에 목숨을 잃은 사실을요. 레이건 대통령의 경우에도 저격범 존 힝클리 2세의 첫 발이 그의 폐를 관통시켰어요. 내 말은 저격범의 첫 발은 실수를 할 확률이 높지 않다는 얘기에요."

"그래서요?"

"아시다시피 우리들의 저격범은 아름다운 표적에 대한 첫 발을 실패했어요. 그러나 앙리에 대해선 세 발 모두를 정확하게 명중시켰지요. 비올레 국장님은 움직이지 않는 표적이었고, 앙리의 경우에는 움직이는, 아니 도약하는 표적이었어요. 그때부터 하나의 의혹이 싹트기 시작하더라고요. 음모의 징후가요."

"흐음……."

"빗나간 첫 발! 그 우연한 실수를 뭐라 설명해야 할까요? 그 해답은 이래요. 비올레 국장님은 애당초 저격범의 참다운 표적이 아니었다는 얘기에요. 처음부터 저격할 의도가 없었던 거죠. 스친 자국 하나 없잖아요. 다만 사미라가 이끄는 테러리스트들의 표적으로 보이게 하려 했을 뿐이에요. 그래서 칼라시니코프 소총이 등장했고요. 그들이 뒤쫓아 오기도 했었으니까. 그들의 소행으로 위장하는 거 아주 쉽지요. 아니에요?"

"으음."

"이게 사미라의 짓이라면 그 여잔 결코 첫 발을 놓치지 않아요. 라니아 살레의 말에 따르면 사미라는 500야드 전방의 박카스병도 능히 박살낸다고 했어요. 그런데 청담사 앞길의 사거리는 고작 200미터! 총탄은 이미 장전되었고, 소총은 거치된다가 조준도 끝내고 대기하고 있었을 사미라, 솜씨 끝내준다는 그 여자가 실패할까요? 어림없는 소리죠."

"원숭이도 나무에서 떨어 질 때가 있고, 성자도 아차 싶을 때가 있어요. 사미라라고 한들⋯⋯."

손지아가 다시금 끼어들었다. 그녀는 아무래도 시몬느에게 각별하게 좋게 보일 필요가 있는 듯했다. 아니면 그녀의 이성이 그렇게 일깨우던가.

"뭐, 그럴 수도 있겠죠. 근데 지아 씨, 난, 그날의 표적이 우리 비올레 국장이 아니라 앙리 크리스토프가 참다운 표적이라는 것을 말하고 싶은 거예요. 지금 무덤 속에 묻혀 있는 앙리 크리스토프가. 왜냐고요? 그가 '하야부사'이기 때문이에요. '하야부사'를 알아요?"

나는 지금 손지아를 바라보고 말하고는 있었으나, 실상은 시몬느를 상대해서 묻는다고 할 수 있었다.

"어머, '하야부사'라고요? 그게 뭔데요?"

손지아는 그냥 의아스러워했다.

"아주 좋은 질문을 하셨는데, 그게 뭐냐면, 이슬람 해방 전선이 프랑스 국토감시국 내부 깊숙이 심은 스파이의 코트 네임이에요. 암호명. 아시겠어요? 비올레 국장님의 수석경호원인 앙리 크리스토프가 이슬람의 스파이였다는 얘기죠. 브란트 서독 전수상의 비서 군터 기욤이 동독의 스파이였던 것처럼요."

나는 손지아에게 쐐기를 박듯 말했다. 아니 시몬느에게 말이다. '하야부사'에 대해 아네, 모르네, 군말 없게 말이다. 시몬느는 아직 입을 굳게 닫고 있었는데, 그녀의 침묵은 일종의 묵시적인 동의와 다름없다.

"앙리는 나토 평화유지군의 일선 지휘관으로 코소보전투에 참여했어요. 그 당시 이슬람계열의 코소보해방군과 협력해 왔고요. 그리고 그곳에서 포섭되었고요. 하지만 영원한 비밀이란 없죠. 앙리도 군터처럼 그 정체가 탄로 났고 DST로선 그를 개종시키느냐, 죽음을 선사할 것이냐의 기로에 서게 되었겠지요. 결국 '스파이에게는 죽음을!' 선택한 것이지요. 그러고 보니 이건 암살이라기보다는 일종의 처형이네, 처형!"

"법정에 세워 처리할 수도 있었을 텐데요. 굳이 암살극을 펼치지 않고요."

여전히 손지아의 반론이다. 물론 시몬느가 하고자 하는 말일 것이다.

"법정에 세워요? 세상이 깔깔대며 웃을 텐데요. 특히 우리 비올레 국장님을 찬미하던 뭇 사내들이 말예요. 자신들의 우상이라 할 아름다운 DST 수장이, 언제부턴가 측근에 둔 핸섬한 수석경호원이 알고 보니 이슬람 테러리스트 그룹의 스파이였다니요."

나는 나의 제스처나 말이 과장된 연기처럼 보이지 않도록 애썼다. 그러지 않아도 사람들은 능히 알아들을 것이었다.

손지아는 이젠 할 말을 잃은 듯 했다. 서영은 고맙게도 손지아처럼 끼어들지 않고, 시종 다소곳한 자세를 취하고 있다. 나는 그게 보기 좋았다.

"그러니 말예요, 지아 씨, 한 번 상상해 봐요. 법정에 세우기보다는, 총살대 앞에 세우기보다는, 달리 처리하는 게 좋지 않겠어요?. 사미라의 짓으로. 테러리스트의 소행으로. 교묘하게 지능적으로 위장하는 게. 머릴 굴릴 만하잖아요."

모두는 나의 말을 경청해 주었는데 그 자세들이 마음에 들었다. 그래서 나의 열변은 이어졌다.

"아시겠어요? 비올레 국장님에 대한 저격, 그건 쇼였어요, 쇼! 비올레 국장의 설계에 따른 비올레 국장을 겨냥한 저격! 국장님은 국장님 자신을 쏘게 했어요. 세상에 저격대상으로 보여야 했으니까. 이게 그 저격사건의 참다운 모습이죠."

"……."

"국장님은 위장된 표적. 앙리는 참다운 표적. 그러니 첫 발을 빗나가게 한 것은 의도적이었고요. 세 발은 앙리의 처형이 목적. 아시겠어요. 앙리는 처음부터 DST의 완벽한 타깃이었어요. 그러니 이제 모든 게 설명이 되죠."

"……."

"앙리는요, 사람들에겐 테러범들의 저격에서 자신의 여왕을 지키려다 목숨을 잃은 용감한 기사로 미화되고요. 자, 이제, 결과는 어떻게 되었지요? 다행스럽게도 깨끗하게 마무리 되었지 뭐예요. 가히 예술적인 살인극! 내부의 두더지도 제거하고, 명성도 유지하고요. 이럴 때 양수겸장이라고 하나. 아마도 이것이 내가 엿본 진상이 아닐까 싶네요. 어때요? 대충 때려 맞추었나요?"

나는 지금은 시몬느를 향해 말했다. 여전히 상냥한 말씨와 웃음을 잃지 않고 말이다.

"브라보! 아주 훌륭해!"

시몬느가 찬탄의 소리를 냈다. 그게 이죽거림인지 아닌지는 알 수가 없다. 하지만 속으로는 적잖이 놀라고 있을 것이었다. 정곡을 찔렀으므로.

손지아가 우리들의 빈 술잔에 술을 따라 주어 나는 목을 축일 수가 있었다. 시몬느도 술잔을 들었다. 그리곤 말을 잇는 것이었다.

"참, 멋진 추리로군."

"그 이상일 걸요."

"아암. 줄거리도 좋았고 각색도 좋았어. 좀 우쭐댈 만하네. 하지만 좀 황당한 게 흠이군. 아무려나 나머지 에피소드를 마저 들어 볼 수가 있을까? 그날의 저격범은 누구라는 게지? 실제 사형 집행관은."

시몬느의 이죽거리는 말투나 표정으로 보아 나의 이야기를 백 프로 받아들이지 않는 게 분명했다. 아니면 받아드려서는 아니 되던가. 아마 그게 진상일 게다. 나는 비로소 도전을 받았다는 느낌을 받았다. 시몬느한테서 황당하다는 말까지 들어야 하다니.

"이번엔 누가 실제로 앙리를 처형했느냐고 물어 보시는 거죠? 그 해답도 아주 간단해요."

나는 일순 숨을 고르고 나서 나의 생각을 서슴없이 쏟아냈다.

"이자벨! 올림픽 소총 분야의 메달리스트, 이자벨 오떼유! 비정하게도 그 책무를 이자벨에게 맡기시다니."

"어머, 이자벨이라고요?"

뜻밖이었을까, 아니면 예상했던 대로였을까, 시몬느는 의미 없는 탄성을 터트렸다.

"이자벨이 홀로 서울 시내를 배회하고 있었대서가 아니에요. 알리바이치곤 빈약한 알리바이를 입증해 주는 사람이 한 사람도 없어서도 아니에요. 모든 불가능성을 하나씩 지워갔을 때, 마지막으로 남은 것이 아무리 불가능해 보일지라도, 그것이 진상임에 틀림없다는, 포의 소거법(消去法)을 믿기 때문이에요. 내 말 알아들으시죠?"

나는 어떻게 보면 추리마니아로서의 식견을 시몬느 앞에 피력했다고 할 수가 있었다. 시몬느도 능히 알아들을 것이었다. 그녀도 필경 추리애호가일 것이므로.

"아, 에드거 앨런 포의 그 소거법!"

시몬느가 금세 장단을 맞추었다.

"나는요, 경호실장이 내 구미에 딱 들어맞았거든요. 처음부터 필에 꽂히는 거 있지요. 그 냉혈한이요. 하지만 어쩌겠어요. 완벽한 알리바이가 있는 걸요. 그날 우아한 프랑스 여인과 오찬의 한때를 즐겼다지 뭐예요. 프랑스와즈 세나. 마르시아 대통령의 전부인. 말인즉 재결합 문제가 주된 화제였다고 하데요."

"아, 네, 그랬어요?"

내가 아는 대로 까발렸어도 시몬느는 별로 가렵지도 따갑지도 않다는 표정이다. 흥미를 잃은 관객과도 같은 모습. 그 뿐이었다.

"사미라의 가능성은요?"

손지아가 불쑥 물었다.

"제로에요, 제로. 비록 파리에서부터 쫓고 있었다고 해도, 당신들이 그날, 그 시간에 그 절에 가는 걸 그 여자는 알 수 없었으

454

니까. 갑작스러운 코스 변경을. 알라의 계시가 있었다면 또 모를까."

나는 딱 잘라 말했다. 내가 사미라의 팬이어서가 아니라, 그건 사미라라고 한들 불가능한 것은 불가능하다. 현장 경호책임자인 나도 몰랐었다. 그러니 이제 남은 사람은 이자벨 뿐이고, 따라서 이자벨만이 앙리의 심장을 겨냥해 방아쇠를 당길 수가 있었던 것이다. 포의 소거법을 굳이 들먹이지 않더라도 자명하다.

"케네디도 코스를 변경했지만 저격을 당했어요. 어떻게 불가능하다고만… 너무 유난떠는 게 아녜요?"

손지아가 마지막 안간힘이라도 쓰듯 말했다.

"유난 떠는 게 아냐. 지금까지도 음모설이 나돌고 있거든. 케네디의 암살엔."

"그렇긴 해도…….""

"들어봐요. 얼마 전에도 음모의 배후인물 이름이 거론되더라고. 하지만 모르지. 누가 거짓말을 하고 있는 지는. 가끔은 좋은 거짓말이 잔인한 진상보다는 낫다, 라는 말도 있으니, 좋은 게 좋은 건가."

"글쎄, 어떨지."

"코스를 변경했는데도 국장님이 저격당했을 때 말예요. 아하! 여기에도 음모가 있구나. 나의 육감이 일깨우더라고요."

"네에…….""

"아시겠어요? 단언하건데, 사미라는 한 발 늦었고, 이자벨은 한 발 앞섰던 거죠."

나는 이제 나의 말을 매듭지으려 했다.

"그렇게 아름다울 수가 없는데 그토록 잔혹한 일면이 숨어 있었다니! 하긴 여자의 마스크 뒤의 또 하나의 마스크를 누가 짐작이나 할까."

"……."

"오랜 역사 속에서 혹은 비소라는 이름의 하얀 가루로, 혹은 도끼를 휘둘러서 여자들은 남편들을 살해해 왔어요. 요즈음 같아서는 아름답게 디자인 된 프랑스제 22구경 '미크로스' 소형 권총도 나쁘지 않겠네. 내가 지금 공자 앞에서 문자를 썼나?"

"……."

모두는, 시몬느조차도 내가 뭐래도 굳게 입을 닫고 있다. 나도 마침내 입을 닫았다. 지나치면 건방지다는 인상을 준다. 나는 다시 술잔을 들었고, 치즈도 집어 들었다. 그리고 그 명성에 어울리는 캐비아도 입에 털어 넣었다. 그런 나의 모습을 그들은 다만 지켜볼 뿐이다.

그렇게 얼마나 시간이 흘렀을까.

"최 경감!"

마침내 시몬느가 입을 떼려 했다. 나는 다만 그녀를 반듯하게 쳐다보며, 눈으로 말을 잇기를 채근했다. 이제부터는 최고 승부사들끼리의 본격적인 대결이다.

"최 경감도 잔느 지루를 잘 알죠? 저격수가 되지 않았으면 암살범이 되었을 그 여자를."

"네. 이젠 잘 알죠."

나는 시몬느의 말에 싱긋 미소 지으며 장단을 맞추었다. 보아하니 그녀는 결정적인 반격을 시도하려 했다.

"설사 선실 씨의 말을 인정한다고 쳐요. 다 짜고 치는 고스톱이 아는 얘기. 하지만 하필이면 이자벨이죠? 내가 이자벨더러 앙리를 쏘라고 명령할 수가 있을까? 이자벨인들 내 말을 들을까? 목숨보다 사랑하는 남편인데, 거기에 생명을 구해준 은인인데, 아무리 여자가 비정하기로서니. 잔느 지루라면 또 모를까. 인간 사냥이 취미인 그 미치광이 여자라면."

"흐음."

나는 신음 소리만을 흘렸는데, 시몬느는 나의 아킬레스건과도 같은 결정적인 약점을 건드리려 했다. 그렇게 해서 나의 주장을 일거에 무너트리려 하는 것이다.

"우리 프로답게 이야기하죠. 잔느 지루를 몰래 불러 들여 쏘라고 하면 만사가 끝나는 것을. 그 여자라면 카르카노 M38 카빈 저격소총을 둘러메고 즐거운 마음으로 임무를 수행할 텐데, 하필이면 이자벨이죠? 하필이면. 아무리 이자벨이 구미가 당겨도 우리들의 충직한 살인 병기, 잔느만 할까."

"으음."

"그리고 이걸 알아야 해요. 앙리 크리스토프는 나에게도 생명의 은인이라는 사실을. 개종시켰으면 개종시켰지, 왜 처형해요? 스파이를 찾아내면 우린 원칙적으로 전향시켜서 활용해요. 누이 좋고 매부 좋고. 최 경감이 생각하는 만큼 우린 바보가 아니에요. 그리고 그렇게 비정하지도 않아요. 생명의 은인을 도살할 만큼. 비록 더티한 비즈니스라고 하는 정보 업무에 종사한다고 해도."

하긴 그렇다. 처형하기 보다는 전향시키는 게 나을 수도 있다. 허위 정보를 흘릴 수도 있고, 유용한 정보를 입수할 수도 있다. 그리고 무엇보다도 이자벨을 저격수로 쓰기보다는 저격을 직업으로 하는 잔느를 활용하는 것이 백 번 낫다. 이것이 앙리를 처형하려는 시몬느의 책략이라면 말이다.

무엇 때문에 나는 이자벨이 쏘았을 거라는 생각하나에 꽂혀 한 치도 벗어나지 못하는 것일까? 맹목적으로 이자벨에게 올인 하려 하다니. 나 혼자만의 착각일까?

내가 벼랑 끝에 몰린 사람처럼 주춤하는 기색을 보이자, 시몬느가 한 발짝 더 밀고 나왔다.

"최 경감은 무엇 때문에 사미라의 가능성을 처음부터 배제하죠? 그것도 고집스럽게. 파리에서부터 줄곧 나를 쫓아왔는데, 그날도 내가 숙소를 떠날 때부터 바싹 따라 붙었을 텐데, 왜 불가능하다고만 하지? 사미라가 설사 불가능해 보여도 그게 진실일 수도 있지 않을까?"

나는 입을 닫고는 시몬느의 말을 경청했다. 일리 있는 말이었으므로.

"환상을 깨서 미안하지만, 단언하건대 이 암살극은 사미라의 짓이라고. 그 여자는 복수심에 불타고 있었고, 기회도 포착할 수가 있었다고. 무엇보다도 그 여자는 드골 공항에서 동지를 잃은 복수심에 불타고 있었다고."

시몬느는 아무리 강조해도 지나치지 않다는 듯이 말했다. 그녀가 우리를 어디로 끌고 가고 싶어 하는 지는 분명했다.

"알고 보면 최 경감도 청담사까지 나를 따라왔잖아요."

시몬느는 마지막 카드를 내밀 듯 말했다.

"사미라, 그 여자, 나의 적이지만 칭찬할만하다고. 잔혹하지만 슬기로운 여자라고. 고양이처럼 그 감각은 사냥에 맞추어져 있고. 고도로 발달된 청력과 시력, 그리고 미각과 촉감. 극도로 예민한 감지기능을 지녔다고 보는데 괜히 그들을 '블랙 캐츠' 라고

들 할까.”

“아, 네.”

“어때요? 내 말 이 더 논리적이지 않아요? 무엇한 말이지만, 선실 씨의 말은 논리적으로 해답이 되지 않아요. 당신이 똑똑한 줄은 알지만, 이번엔 번지수를 잘못 찾았어. 보아하니 딴 길로 새고 있다고. 이렇게 말하긴 싫지만 오늘 그대에겐 좀 실망인걸.”

시몬느도 이젠 그녀의 말을 맺으려 했다. 내가 어지간히 설복되었다고 보는 것일 게다. 외통수에 몰렸다고. 그러나 나의 머리를 지배하는 것은 오직 하나였다. 그것은 잔느가 있음에도 불구하고 무엇 때문에 이자벨에게 저격을 맡겼느냐 하는 것이었다. 나는 이 수수께끼를 풀어야 했다. 내일 오후 2시 30분, 이자벨이 서울을 떠나기 전까지는. 내가 확신하는 저격범은 어디까지나 이자벨이었다

“비올레 국장님, 이런 말이 있어요.”

나는 천천히 그리고 차분하게 말문을 열었다.

“코난 도일이 한 말인데요, 위대한 탐정 셜록 홈즈를 창조한. ‘어떤 것이 논리적으로 해답이 되지 않을 때, 비논리적인 것이 해답이다.’ 라고요. 일리가 있다고 보거든요.”

“이제 보니 최 경감은 에드거 앨런 포와 코넌 도일의 열렬한 신봉자시네.”

시몬느는 찬탄의 소리를 냈지만 내 말엔 설득 당하려 하지 않았다.

“우리 한 번 내기할까?”

시몬느가 빙긋했다.

"내기요? 글쎄요, 국장님이 지실 걸요."

나도 덩달아 빙긋했다.

나는 비록 큰 소리를 치긴 했으나 일순 참다운 고수 앞에 섰을 때와도 같은 낭패감을 물리칠 수가 없었다. 올인 베팅할 찬스도 아니었고, 더구나 블러핑할 상대도 아니었다. 더 이상 아등바등할 게 아니라 이젠 시몬느와의 숨바꼭질을 마무리 짓고, 작별할 적절한 타이밍이라고 생각했다. 그래서 퇴장의 대사를 준비해야 했다.

"국장님, 이렇게 뵐 시간을 내주신 것, 결코 흔한 일은 아니죠. 큰 영광으로 생각해요. 선물까지 신경 써주신 것 너무 고맙고요. 오랜 추억으로 간직할거구요. 사람들에게 자랑도 할 겁니다. 근데, 오늘 국장님을 많이 실망시켰네요."

나는 반듯하게 마무리 멘트를 했다. 시몬느와 이렇게 술잔을 나누며 오손도손 시간을 보낼 수 있었다니, 누가 뭐래도 큰 환대임에 틀림없다.

시몬느도 뭐라 화답하려 했다.

"선실 씨, 당신은 마음씨 곱고, 예쁘기만 한 줄 알았는데, 누가 오염시켰는지 아주 고약해. 서울에서 당신처럼 무서운 적수를 만날 줄 미처 몰랐네. 다시는 마주하고 싶지 않은 걸. 당신의 얼토당토않은 얘기에 거의 쓰러질 뻔했잖아. 하지만 오늘 얘기 즐거웠어요."

프랑스 여자의 매력은 누구보다 자신을 사랑하고, 누구보다 열정적인 삶을 살아가는 그녀들의 자의식이라고 했었다. 자신에 대한 사랑과 열정적이 삶! 나는 오늘 그것을 프랑스의 지성, 시몬느 비올레한테서 직접 전수받고 있다는 느낌을 받았다. 오래도록 가슴속 깊이 간직하리라.

　"아, 그리고 당신을 파리에서 기다리겠어요. 엘리제궁에서. 어쩌겠어요, 당신과 벌써 약속을 한 걸."

CHAPTER

23

나와 서영은 샹그릴라를 뒤로하고 남산 순환 도로를 따라 사무
실로의 길을 재촉했다.

"언니, 언니는 잔느 지루가 있음에도 불구하고, '무엇 때문에
이자벨이 저격수가 될 수밖에 없었을까?' 이 수수께끼를 풀어야
해. 데드라인은 내일 오후 2시 30분!"

서영이 차를 몰며 주섬주섬 말했다.

"그러게 말이야."

나는 맥없이 대꾸했다. 출구가 없는 미로. 풀 수 없는 족쇄에
묶인 상황. 나는 심한 피로감을 느끼며, 잠시만이라도 눈을 감고
시트에 깊숙이 파묻혀 쉬고 싶었다. 그런데 서영이 나를 쉬게 내
버려 두지 않았다.

"언니. 유감스럽게도 우리에겐 결정적인 한 조각이 없어요.

지금."

"한 조각?"

"우린 우리를 일깨우는 여러 단편적인 징후들을 포착해서, 그 조각들을 조립하여 하나의 모자이크를 완성하잖아요. 알죠?"

"알지. 근데?"

"근데, 그 마지막 한 조각이 없네요. 수수께끼를 풀 키워드가."

"어쩌면……."

"언니, '마타하리'라고 알죠?"

서영의 뜻밖의 물음. 아무래도 서영이 뭔가 수수께끼를 풀 수 있는 하나의 단서를 찾은 듯했다. 우리가 맞추지 못한 마지막 조각 하나를.

"알고말고. 마타하리는 20세기의 신화적인 여자 스파이라고 할 수 있지. 그 여자의 전신(前身)은 무랑루즈의 매혹적인 댄서. 마흔한 살의 나이에 프랑스 정보기관에 체포되어 총살대 앞에서 꽃처럼 스러진 여인. 몇 번인가 영화로 만들어졌는데, 뭇 남성의 구원의 연인이라 할 그레타 가르보도 그 여자의 역할을 했었지. 아름답게, 그리고 가슴 아프게."

나는 대충 아는 대로 주워섬겼다. 그런데 서영은 갑자기 마타하리를 입에 올리는 걸까.

"근데 마타하리는 왜?"

내가 재우쳐 물었다.

"내 말은요, 그러니까, 마타하리가 20세기의 전설적인 여자 스파이였다면, 이자벨이 21세기의 마타하리일 수는 없을까요? 아름다운 이자벨이."

"어쭈, 설마."

"설마가 사람 잡는다고요."

"그렇긴 해도."

"내가 좀 생뚱맞죠?"

"좀 그러네."

나는 여전히 맥없이 대꾸했다.

"그 당시 코소보에서 오사무가 포섭한 사람이 앙리가 아닌 이 자벨이라면요. 이자벨을 구출한 사람이 앙리가 아니고, 한 발 앞서 달려왔을 지도 모를 오사무였다면요. 오사무가 생명의 은인이고, 그래서 이자벨이 이슬람의 스파이로 포섭되었다면요. 만에 하나 그렇다면 이자벨에겐 저격수가 될 동기가 생기는 거죠. 시몬느를 저격할만한 충분한 동기가."

"흐음, 흥미로운 발상이네. 하지만."

"이자벨이 그날 칼라시니코프 소총을 들고 주차타워로 올라가 누군가를 저격했다면, 이건 하나의 가능성이에요. 이것밖엔 해답이 없다고요."

"그러니 뭐야, 서영은 우리들이 짊어진 이번 사건의 라스트 신을 아름다운 이자벨의 총살형 집행으로 막을 내리고 싶은가보네. 마타하리처럼."

"있잖아요, 아름다운 이자벨의 눈은 검은 천으로 가리고, 가슴팍엔 검은 천의 네모난 표지를 달고. 총살대원들을 일렬로 세우고. 거총! 그리고 발사! 이 시나리오, 시시하죠?"

"글쎄……."

"이건 아니죠?"

"아무래도 아니지. 비록 드라마틱한 얘기지만. 잊었나본데, 장세린이 한 말을. 그 당시 코소보에 파견된 프랑스군의 일선 지휘관을 동지로 포섭했다고 했어. 바로 앙리 크리스토프인 게지. 하야부사는 어디까지나 이슬람 출신의 앙리일 뿐이야. 혹시 내가 모처럼의 추리에 찬물을 끼얹었나?"

"그렇다면 해답이 없잖아요. 이자벨이 저격했을 거라는 언니의 지론에 대한 해답이요."

"그 해답을 찾아야지. 내일 오후까지는."

그때 마침 나를 구원이라도 하려는 듯이 나의 휴대폰의 벨이 울렸다. 전화를 받아보니, 나의 직속상관 하영구 과장한테 서다.

"절대로 건드리지 말라는 대통령의 엄명이야. 원격 감시만 할 뿐. 알아들었지?"

이미 예상했던 과장의 전갈.

"네, 알아들었습니다. 과장님."

나도 얼른 대꾸했고, 과장도 금세 전화를 끊었다. 사미라 일행을 건드리지 말라는 대통령의 엄명이 내린 것이다. 누군들 어떻게 하랴. 아라비아 왕족의 목숨이 걸린 일인 것이다.

나는 속으로 다행이라고 생각했다. 내일이면 모두가 자신들의 둥지를 찾아 새처럼 날아갈 것이고 모든 상황은 끝날 것이다. 그다지 누이 좋고 매부 좋게 마무리 짓는 게 아니라고 해도 말이다. 내가 다시금 시트에 깊숙이 파묻히려는데, 전화벨이 울렸다.

"나요."

박찬우의 주인다운 굵은 목소리.

"저예요."

음전한 여인으로 재빨리 변신한 나긋한 나의 목소리.

"이따 6시 경에 일단 삼청동 안가에서 쪼인 했으면 싶은데."

나의 손목시계는 5시를 가리키고 있어, 한 시간의 여유는 있다.

"네, 좋아요. 6시, 퇴근 무렵에 글루 갈게요."

"그럼."

나의 입가에 나도 모르게 행복한 웃음이 번졌는지, 대뜸 서영의 핀잔이 날아왔다.

"닭살 돋네."

"얘는."

서장이 우릴 찾는다고 해서 우린 서둘러 우리들 둥지로의 귀환 길에 올랐다. 서에 도착해 보니, 낯선 차 한 대가 주차장에 주차해 있다

"누가 왔나?"

길 위의 그랜드 슬램이라며 선전에 열을 올리는 블랙베리 펄의 지프! 그것도 모두가 손에 넣고 싶어 안달하는 크라이슬러가 자랑하는 고품격 프리미엄 SUV 신형 그랜드 체로키! 우리 눈앞에 전시되다시피 놓여있다.

"어머, 근사하다."

나와 서영은 합창하듯 탄성을 쏟아냈다.

그러나 우린 그랜드 체로키를 길게 눈여겨 볼 시간이 없었다. 우린 지체하지 않고 서장실로 직행했다. 별로 반가운 소식도 없으리라. 까탈스러워진 서장과는 당분간 상종하지 않는 게 좋을 것이었다. 하지만 호출하는 데에야.

서장실에 한 발짝 들어서 보니, 보기 드물게도 서장은 세 명의 여자들에 둘러싸여 화기애애한 분위기 속에 담소를 나누고 있다.

백지영 경감과 그녀의 버클리 친구인 CNN의 크리스틴 카라. 그리고 또 한 여인. 어디에선가 본 듯한 마스크.

'그래, 맞아. 어제 카불의 인터콘티넨탈 호텔에서 기자회견을 했었지.'

미국의 팝가수 비욘세처럼 흑인 여성이었고, 비욘세만큼이나 아름다워 보였다. 이 여인의 이름은 아이린 아이비. 탈레반에 억류되었던 CNN의 아프카니스탄 특파원. 지금쯤 미국행 비행기에 몸을 싣고 있어야 하는 거 아닐까.

이들 세 여인의 조합에서 그 어떤 해답을 얻는 것은 그다지 어렵지가 않았다. 크리스틴과 친한 백지영이 서장과의 미팅을 주선하고 이끌고 있는 듯했다.

"이리 와서 앉으라고."

서장은 우리더러 창가의 소파세트에 합석하길 권했다. 그래서 나와 서영은 말석을 향해 걸음을 옮겼다. 그러자 아이린 아이비가 자리에서 성큼 일어나 나한테로 다가왔다. 그리고 가히 충동적으로 나를 감싸는 것이었다.

"당신을 보지 않고 그냥 미국으로 돌아갈 수는 없었어요. 당신 정말 놀라워."

아이린의 감격 어린 말에 나는 아무 대꾸도 못했다.

"총구 앞에서 하루하루를 보내는 생활, 누구도 짐작 못해요. 그걸 3년이나 견뎠어요. 근데 어느 날 누가 손을 내밀어 나를 그 지옥의 구렁텅이에서 건져내는 거 있지요. 바로 당신이에요. 그 손길을 얼마나 목마르게 기다렸는데……."

아이린의 감정이 점차 복받쳐 오르고 있었다. 나는 여전히 꿀먹은 벙어리인 양 뭐라 입을 떼지 못한 채 그녀의 등을 토닥일 뿐이다. 백지영이 서장을 위해 통역 역할을 했다.

그렇게 얼마나 시간이 흘렀을까.

나는 그녀를 소파로 인도해 자리에 앉혔다. 그리고 우리도 함께 자리했다. 그녀의 눈에선 한줄기 눈물이 흘러내렸으나, 그 입은 함박웃음을 짓고 있었다. 만감이 교차하고 있는 것이다.

"아이린, 난 아무 공로도 없어요. 오늘의 여러 상황이 당신을 살렸어요. 나는요, 이런 환대를 받을 자격 없어요."

나는 제법 고상하게 굴었는데, 서장을 의식해서라기보다는 백지영을 의식해서다. 따지고 보면 하나 틀리지 않은 얘기다.

"알아요. 다 알아요."

다행히 아이린은 더는 긴 말을 늘어놓지 않아 나는 마음을 놓았다. 상관 앞에서의 칭송은 면구스러울 수밖에 없었다.

"하지만……."

까칠한 크리스틴이 우리들 대화에 끼어들려 했다.

"최선실. 당신이 그 알토랑 같은 돈을 팔레스타인 난민들에게 보내지 않았다면, 그래서 그들과의 사이에 파이프라인이 만들어지지 않았다면, 오늘의 결과를 쉽사리 예측할 수는 없지. 말은 바른대로 말해서 당신의 공로가 적다고 할 순 없어. 근데 궁금하네. 그 돈이 얼마였지?"

이 여기자가 오늘은 무슨 심보로 나를 치켜세우려 하는지 알 수 없다. 엊그제만 하더라도 황새 아닌 뱁새로 깎아내리지 않았던가. 어쩐지 바늘방석에 앉은 느낌이다.

"음, 그게."

나는 다만 우물거리기만 했다.

"30만 불!"

나를 대신해서 시원스레 대구한 사람은 서영이었다.

"흠, 거금이라면 거금이네. 보아하니 선한 사마리아 사람도 아닌 것 같은데, 좀 엉뚱하군."

칭찬인지, 이죽거림인지 알 수 없는 크리스틴의 대사.

"거저 받은 것이니, 거저 준 것 뿐이에요."

나의 겸손을 가장한 짧은 대사.

아무려나 나는 지금의 화제에서 도망치고 싶었다. 그래서 나는 화제를 바꾸려 했다.

"어떻게 아프카니스탄에? 그 무서운 곳에… 생각만 해도 몸서리치네."

나는 아이린의 용기를 칭송하려 했다.

그러자 일순 아이린이 빙긋했다.

"난 뉴욕 할렘 출신이에요. 어딘들 못 가겠어요. 찬 밥 더운 밥 못 가리죠. 비록 뉴요커로 자부해도요"

그래, 나도 정선에서 올라와 물불을 가리지 않았다. 총구 앞에도 섰다. 아이린을 보며 나의 초상을 보는 심정이어서 그녀에 대한 측은지심이 밀려왔다. 우린 믿음의 여인으로 알려진 페르시아의 아름다운 왕비, 에스더처럼 '죽으면 죽으리이다' 할 처지다.

"서장님."

크리스틴이 서장을 바라보며 씽긋 미소 지었다. 그녀는 오늘의 회견을 주도하려 했다.

"우리 CNN은 결코 종로경찰서가 보여주신 도움을 잊지 않을 겁니다. 특히 서장님의 깊은 배려와 전폭적인 지원을요. 우리 보스가 어떻게 보답해야 하느냐고 나보고 지금 성화네요."

"아, 네."

서장은 뜻밖의 칭송에 그냥 애매모호하게 반응했다.

"저기요. 우리 보스가 우선 서장님을 미국으로 초청하고 싶다고 하시네요. 최선실 경감과 김서영 형사도 함께요. 서장님의 따님이신⋯⋯."

크리스틴은 좋은 메신저 역할을 하게 되어 기쁘다는 표정을 지었다. 그러나 서장은 대뜸 미간을 모았다.

"엘리제궁에서만 훈장을 주는 게 아니죠. 백악관도⋯⋯."

이 여자, 걸핏하면 훈장 타령이다. 누가 여기 훈장에 목을 매단 사람이 있나.

서장은 뭐라 가타부타 대꾸를 해야 했다.

"이거 고맙군요. 그만한 일로 초청까지 해주시다니. 하지만 지금은 하도 바빠서 어렵겠네요. 언젠가 틈이 나면 한 번 고려해 보던가 허구요, 난 이런 못난 딸을 둔 기억이 없어요."

서장의 완곡한 거절의 표시. 그리고 김서영과의 관계에 대한 항간의 풍설에 대한 부인. 근데 그게 일종의 비비꼬아서 하는 반어법(反語法) 같아서 여전히 아리송하다. 그러자 민감하게 반응한 사람은 크리스틴 아닌 서영이었다. 그녀가 궁시렁거렸다.

"서장님, 바쁘신 건 알겠지만 우리까지 덤으로 끼울 건 없잖아요? 좀 그러네."

"허허."

여느 때 같으면 야단쳤을 서장도 오늘은 손님들이 있고 보니 웃기만 했다.

"서장님, 이걸 하나 허락해 주셔요. 뭐냐면 우리 CNN이 한국 경찰의 활약상을 특집으로 다루려고 하거든요. 이미 단편적이나마 적지 않은 내용을 카메라에 담고 있어요. 최 경감이 저격을 당

470

한 순간부터요. 종로경찰서의 눈부신 수사 활동에다가, 충격전신에⋯⋯."

"뭐, 그렇게 하시던가."

서장은 마지못해 허락했다. 눈부신 활동보다는 죽을 쑨 일도 많고 보니, 별로 내키지 않는 것이다.

"최선실!"

크리스틴이 마지막으로 나한테 뭔가 일깨우려 했다.

"진급한 것은 축하해야겠지만, 이번에도 죽을 자리에 앞장서시더군. 왜 그랬지?"

"대답은 간단해. 내가 그 자리에 있었으니까."

"아냐. 당신에겐 병적인 기질이 있어. 아니면 좀 모자라던가. 그래서 다시금 일깨우는데 정신과에⋯⋯."

"알았어. 알았다고. 내일이라도 다닐게."

나는 재빨리 크리스틴의 입에서 튀어 나올 다음 말을 막았다.

"좋았어."

크리스틴은 이젠 그녀의 소임을 다 했다고 보고 자리에서 일어나 퇴장하려 했다.

"서장님, 에누리 없이 말씀드리는데, 정말 멋있으세요. 오늘은 우선 인사나 드리고 갑니다."

"아, 네."

서장도 자리에서 일어났으나. 뭐라 근사한 답사가 없다. 이럴 때 유머가 담긴 마무리 멘트가 있어야 하거늘. 하긴 누굴 나무라겠는가. 유머 감각이 지지리도 없는 우리 속성인 것을.

우린 서장실을 물러나, 잠시 후 주차장에서 작별했다. 나와 아이린 아이비는 긴 포옹을 나누었고, 크리스틴 카라와는 짧게 손을 잡았다. 크리스틴은 그녀가 몰고 온 토요타의 랜드 크루져를 발진시키려다 말고, 멈칫하는 것이었다.

"아, 참, 내 정신 좀 봐. 깜박 잊을 번했네."

그녀는 차창을 내리며 황급히 말했다.

"최선실, 이거 좀 받아줄래. 그랜드 체로키의 열쇠야."

그녀가 불쑥 내민 것은 늘 탐이 났던 지프의 열쇠.

"웬걸!"

하면서도 나는 얼떨결에 받아 쥐었다.

"최선실, CNN의 작은 선물이야."

내가 뭐라 더 말을 붙이기도 전에 크리스틴의 랜드 크루져는 맵시 있게 주차장을 빠져나갔다.

잠시 후 백지영이 나의 소매를 잡고 이끌어 그녀의 방으로 함께 걸음을 옮겼다. 나의 영원한 적수라 할 백지영과 나는 일순 강력계장실에서 마주섰다.

"최선실, 나, 내일이면 서울을 떠나, 미국으로 가."

백지영의 첫 마디였다. 그녀는 애써 밝은 미소를 지었다. 티 없는 순진무구한 미소. 보기가 좋았다.

"여러모로 힘들게 한 거 미안해.

백지영은 역시 쿨 한 지성인다웠다. 다만 나하고는 좋은 인연이 아니었을 뿐이다.

"그 무슨 말을. 큰물에서 놀게 된 걸 부러워."

나도 문득 미국에 가고 싶었다. 그것도 눈부시게 아름다운 미시간 호반의 시카고에. 막상 그곳밖엔 아는 데라곤 없다.

"그럼 잘 해봐."

"고마워."

짧은 대화와 긴 이별.

우린 손을 마주잡고는 '내일이라고 하는 날'에 대한 기약 없는 작별을 했다.

이래저래 6시가 다가오자 나는 구석진 곳에 놓인 나의 고물차를 몰고 삼청동으로 향했다.

엎어지면 코 닿는 거리여서 금세 삼청동 안가에 도착했는데, 언제나처럼 박찬우는 현관에서 나를 기다리고 있다. 믿음직스런 사내. 내가 차에서 내려 다가서자 대뜸 내 손을 움켜잡는다. 우람한 손. 오늘따라 힘이 배어있고 나를 납치하다시피 집안으로 끌고 들어가고 있다. 그러더니 다짜고짜 온몸으로 나를 벽으로 밀어 붙이는 게 아닌가. 그의 얼굴이 다가오며 서슴없이 나의 입술을 덮치고 있었다.

'이젠 임자라는 걸까. 막무가내로 다루네.'

별 수 없이 당하고 있다는 반항적인 생각이 뇌리를 스친 것은 한순간이었고, 등줄기를 타고 전율이 흐르는 것을 느끼며 어느새 눈을 감고는 그의 목을 휘어 감고 있다. 그리고 이젠 내가 그를 놓지 않으려 했다. 그나저나 무장경비원이 지키는 붉은 벽돌의 국가정보원의 안전가옥에서 비밀정보기관원과 은밀한 사랑을 나누어야 하다니. 한 줌의 낭만도 없다. 이 무슨 팔자람. 하지만 지금은 오직 설렘의 순간일 뿐이다. 그러나 다음 순간 나는 그를 후다닥 밀쳤다.

"아뿔싸! 이자벨에게 깜박 속을 뻔했네."

나는 숨 가쁘게 말했다.

"내가요, 이자벨을 제대로 닦달하지 못했어요. 단지 오필리아처럼 비극적인 여인이라는 이유로."

나는 거듭 숨 가쁘게 말했다.

"난 비록 '비밀의 문' 앞에 서긴 했지만요, 그 문을 여는 열쇠를 찾지 못했어요. 결정적인 열쇠를. 그 열쇠를 이자벨이 쥐고 있다고요. 찬우 씨, 내말 알아듣죠?"

"세상에, 사랑을 나누면서도 일 생각이나 하다니. 정말 못 말리는 여자 분이시군."

박찬우는 일순 빙글거리며 어이없어했다.

"저기, 잠깐만요. 무드를 깨서 미안하지만, 나는 이 사람을 사랑한다, 이 사람을 위해서라면 능히 목숨도 던질 것이다, 이런 생각을 했다고요. 그랬더니 대뜸 섬광처럼 떠오르는 거 있지요. 수수께끼에 대한 해답이⋯⋯."

나는 밀려오는 흥분을 감추지 못한 채 말을 이었다. 나는 불현듯 숨겨진 진상을 엿본 듯만 싶은 것이다.

"알아들어요? 지금껏 헤매기만 했는데, 갑자기 터널 끝에 반딧불만한 빛이 보이기 시작하더라고요. 내 말은."

"일루 와요."

박찬우는 비로소 소파로 나를 에스코트하는 것이었다. 무드는 이미 깨어졌고, 열기는 냉각되었고, 내 이야기나 들어볼 심산인 듯했다.

"찬우 씨도 알다시피 우린 하나의 모자이크를 완성해야 했어요. 우리 앞에 흩어져있는 퍼즐의 조각들을 모아서. 그런데 마지막 한 조각이 없는 거 있지요. 그 한 조각을 찾아 헤맸는데. 그 한 조각을 이자벨이 쥐고 있을 거라는 것이 내 생각이에요."

나는 자리에 엉거주춤 앉으면서 오직 반복할 뿐이었다.

"이거 나 원 정신 사납네. 흥분하지 말고 좀 냉정해요."

박찬우는 자리에서 일어나 나에게 냉수 한 컵을 따라 건네어 주었다. 나는 냉수를 들이키며 나의 조바심을 달랬다. 그리고는 길게 심호흡을 하며 숨을 가다듬기도 했고, 잠시 내 생각을 정리하기도 했다. 이윽고 나는 주섬주섬 입을 떼었다.

"내 말을 좀 들어봐요. 백 프로 확신이 서는 건 아니지만요. 어쩌면 황당할 수도 있지만요."

어느새 나의 말엔 그다지 자신감이 배어 있지 않았다. 자칫 잘못하면 칭찬 대신에 핀잔이 돌아올 수도 있었다. 엉뚱하다고. 오버하는 거라고. 그러나 나는 나의 남다른 착상을 그에게 차근차근 일러바치듯 말했다. 그대만이 내 말을 이해해 줄 거라는 기대감을 얼굴 가득히 드러내고 말이다.

나는 짧게 요령 있게 내 생각을 피력했다. 이번 일엔 누구보다도 바싹 통달하고 있는 사람이다.

"놀랍군, 놀라워."

내 말을 다 듣고 난 박찬우는 일단은 찬탄하는 말을 잊지 않았다. 그러나 이내 덧붙이는 것이었다.

"하지만 정직하게 말해서 절반의 가능성이라는 느낌을 지울 수가 없군. 그냥 하나의 가설이라고 할 수 있는데. 그걸 우리 눈으로 확인한 적도 없는데. 장담하기엔 이르다는 얘기요."

"알아요. 나도 절반의 가능성이라는 점엔 전적으로 동감이에요. 지금 시점에선. 그럼 이젠 어쩌지요?"

나는 박찬우의 칭찬을 받고는 있어도 아직도 한 고비를 넘어야 한다는 부담감을 지울 수가 없었다. 잘못하면 한갓 추리로 끝날 수가 있다.

"어쩌긴. 이자벨에 초점을 맞추고 다시 살펴봐야겠지."

"그래야겠지요?"

"내일이 좋을 것 같군. 인천공항에서 항공기에 탑승하는 시간 대에."

"정말, 그게 좋겠어요. 오후 2시 30분 전후로 해서요"

"최선실, 당신 혹시 천재 끼가 있는 거 아니오. 이 시점에서 확실히 말할 수 있는 것은 아무도 탐지하지 못한 '비밀의 문'을 그대가 맨 처음 노크했다는 사실이오. 천재 끼가 없고서야. 우린 미로를 헤매기만 했는데."

잠시의 시간이 흐르고 나서 박찬우가 느닷없이 던지는 과찬의 말. 적절한 타이밍에 남을 칭찬할 줄 아는 사람이다.

"에이, 그 무슨 천재까지나……."

"갑자기 우리 누나 말이 생각나는걸."

박찬우가 일순 뜻 모를 미소를 띠웠다.

"뭔데요?"

나는 미간을 모으며 되물었다.

"똑똑한 여자와 살면 피곤할 거라고 하더군."

그건 나한테는 분명 칭찬하는 말일 테지만 어쩐지 흠을 잡는 말로 들렸다. 언제부터인지 기세고 대찬 여자들이 엄청 활개를 치는 세상이 되어가고 있다.

"그 얘기가 왜 갑자기 나와야 해요? 그것도 조크예요?"

나는 잠시 그를 째려보기만 했다.

"이런 말 들어 보셨던가. 예쁜 아내를 만나면 3년, 착한 아내를 만나면 30년, 지혜로운 아내를 만나면 3대가 행복하다고 했어요. 근데, 그쪽은 그 모두를 갖추었네. 게다가 유머 감각도 있고.”

국면 전환이라도 하려는 것일까. 그가 서둘러 늘어놓는 말이다.

“아부하는 재주라니.”

“자, 이제, 우리 저녁 먹으러 가요. 이자벨의 운명은 내일 다루기로 하고요.”

박찬우는 자리를 뜨며 말했다

“그러죠, 뭐.”

나도 자리에서 일어났다.

“알죠. 사미라도 내일이면 서울을 떠난다는 사실을. 아랍 왕족들과 함께. 우린 눈을 감기로 한 사실도요. 우린 그 여자를, 그 여자의 운명의 여신에게 맡기기로 했어요. 파리로 가든, 베이루트로 가든.”

박찬우가 생각난 듯이 말했다.

“알아요.”

나도 선뜻 대꾸했다.

박찬우는 나한테로 다가와 이번엔 살그머니 손을 잡는 것이었다. 그리고는 길고 긴 밤으로의 여정에 오르려 했다. 나는 안전가옥을 떠나며 한 번 뒤돌아보았다. 공허한 공간. 문득 장세린의 실루엣이 눈앞에 떠올랐다. 빗질하지 않은 생머리가 삭풍에 휘날리던, 시청광장의 군중 속으로 외로이 걸음을 옮기던, 그때 그 모습의 장세린이 아니고, 아들 히로시의 손을 잡고 베카 계곡의 양지바른 초원에서 뛰노는 평화스런 정경이 영상처럼 펼쳐지는 것이었다. 아마도 그것은 나의 희망사항일 것이다.

뜰에 나와 보니 밤안개가 자욱하게 흐르고 있었다. 마치 멜로드라마의 라스트 신에나 어울릴 법한 밤의 분위기가 눈앞에 깔려 있다. 무교동의 그 바의 이름이 '시바의 여왕'이었던가. 이 밤에 나는 박찬우와 단 둘이서 바의 아름다운 여주인이 시중드는 칵테일 잔이나 기울이고 싶었다. 희미한 불빛 아래서, 소음도 심지어 노랫소리도 없는 공간에서. 세속을 떠나서 말이다.

"어딜 가죠?"

나는 차에 오르며 물었다.

"웨스틴조선호텔! 그곳 양식당, '나인스 게이트'에."

박찬우가 무덤덤하니 말했다.

"어머, '나인스 게이트'라고 했어요? 방금?"

나는 일순 당혹감이 밀려오는 것을 느꼈다. 꿈결 같은 세계에서 세속의 세계로 급선회해서가 아니다. '나인스 게이트' 그릴이 육군 소령 계급으로 감당키나 한 곳인가. 그나저나 이 사람 좀 모자란 사람인 걸까. 잡은 고기는 먹이를 주지 않는다는데, 거한데 모시려하다니.

"누나가 톡톡히 낸대요. 그쪽 진급도 축하하고. 결혼 준비도 상의하고."

"저런!"

결혼 준비라니. 나는 귀가 번쩍 뜨였다. 지금 뭐 하나 손에 쥐고 있는 게 없는 것이다. 나는 지금까지 잊고 있었던 나의 삭막한 혹성으로 귀환한 것을 깨달아야 했다.

"계절의 여왕이라 할 5월에 예식을 올리라는군. 미룰 것도 없지 싶다면서. 오늘 저녁에 얘기해 보자고 하네."

나는 살아오면서 이때보다 다급함을 느껴본 적이 없다. 늘

남의 일로만 여겼는데, 눈앞에 위기라면 위기가 바싹 다가서고 있다.

"어쩌지요? 5월에 결혼하는 건 좋은데요. 백 번 찬성하는데……."

나는 마침내 모란이 피는 5월이면 한 남자와 결합한다는 사실에, 그렇게 벅차오를 수가 없었다. 분명 감동의 한순간이었으나 걱정거리도 왕창 밀려오고 있다. 요즘 세태가 구박덩어리가 되지 않으려면 여전히 바리바리 싸가지고 가야한다고들 했다. 그러니 비용도 꽤 들 것이다.

"너무 걱정 말아요. 금반지 하나씩 하고, 내자동의 그쪽 아파트에 들어가 살면 안 될까? 신혼여행만큼은 베카 계곡으로 가고요. 장세린 씨도 오라고 했으니까. 그리고 나의 오랜 숙제, 제2의 김현희도 만나야 하거든."

"예전에도 그 여자 이야기하시데. 그 여자 팔레스티나에 숨겨놓은 여자 아녜요?"

"그래요. 맞아요. 오래 전부터."

"좋아요. 나도 한 번 만나보죠."

"근데, 우리 지금 무슨 얘기를 했었지요?"

"우리들 결혼 이야기."

"그래요, 우리들 결혼 이야기. 예식도 아무나 올 수 없는 저 멀리 산골짜기 시골교회에서 하면 어떨까 싶구면. 강남 신사동의 소망교회 대신에 어머님께서 사시는 정선에서. 사람들이 정선은 진경산수(眞景山水)의 땅이라고도 하고, 꿈이나 상상이 아니라 손으로 만질 수 있는 그런 비경의 땅이라고 하잖아요. 샹그릴라가 어디 따로 있을까. 어때요? 우리 그렇게 하면……."

"어쩜, 고마우셔라! 정선에 사시는 우리 엄마가 들으면 얼마나 기뻐하실까."

"자. 이제 우리 떠나요"

"그래요. 어서 떠나요."

우린 바로 출발했다. 신비스런 느낌으로 다가오는 '나인스 게이트' 로.

에필로그

저격은 4월 6일의 지난주 토요일 오후. 오늘은 4월 13일의 토요일 아침.

잠 못 이루는 밤은 이제 다 지나가고, 그지없이 맑고 상쾌한 아침이 밝아왔다. 바야흐로 봄이 나와 함께 제 얼굴을 찾고 있었다.

나는 나의 허름한 코란도를 몰고 오늘따라 싱그러운 아침햇살을 가르며 출근했다. 그리고 나의 새로운 성채, 강력계장실로 입성했다. 나는 여러모로 감회가 새로웠다. 누가보아도 가방끈도 짧은 촌년이, 운수가 좋다 보니 성공의 사다리를 타고 고속 승진한 것이다. 경감으로의 특진도 그렇다. 5프로만이 특진이 가능하다는 좁은 문을 통과해서 승진한 것이다. 정선에 사시는 홀어머니에겐 아직도 소식을 전하지 못했는데, 달관했다고 할까, 그런 어머니가 보시기엔 너무나 부질없고도 하찮은 성취일 것이다. 하

481

지만 실로 눈물겨운 고난의 가시밭길을 걸었다. 가장 참을 수 없었던 것은 업신여김이었고 자기모멸의 감정이었다. 그걸 어렵사리 버티어 온 세월들. 무엇보다도 나를 덮친 것은 외로움이었다. 나는 언제나 솔로였다. 고독한 사냥꾼!

오늘의 성취에 교만하지 말고 낮은 자세로 살아야한다는 다짐도 했다. 태풍에 풀잎은 쓰러지지 않지만 나무는 쓰러진다고 했으니, 초원의 풀잎처럼 살아야할 것이다. 잠시 가슴 뭉클하고 눈시울이 뜨거워져 오는 순간들이 나를 감쌌다.

그러나 나를 오래도록 감상의 늪에서 허우적거리게 내버려 두지 않았다. 노크 소리가 나더니, 서영이 여러 꽃들이 흐드러지게 핀 꽃병 하나를 들고 들어서고 있었다. 4월의 꽃이라 할 개나리, 진달래에 철쭉들.

"서장실에서 빌려 왔어요. 앞으로도 쏠락쏠락 다 갖고 올 거예요."

"넌!"

"염려 마요. 이거 다 내가 사다 놓은 거예요."

"하지만."

"나도 준비할 게 많아요. 우리 공항에 나가야 하잖아요."

서영은 금세 방을 나서려 해다.

"잠깐. 이 차 키, 서영이 간수할래."

나는 크리스틴 카라한테서 선물 받은 그랜드 체로키의 키를 서영에게 건네었다.

"그러죠, 뭐. 오늘 한 번 시승할까 부다."

"그러던가."

나는 차 키를 건네며 공연히 홀가분함을 느꼈다.

서영이 물러가자 나는 서둘러 박찬우한테 연락을 취했다.

　"찬우 씨, 우리 공항에서 만나요. 알죠? 시몬느도 이자벨도 그리고 사미라도, 모두가 오늘 서울을 떠난다는 사실을요. 시몬느는 에어 프랑스 편으로, 이자벨은 에어 차이나 편으로, 사미라는 봄바디어 BD─700 글로벌 익스프레스 편으로 지구촌에 흩어진다는 것을요."

　"알지. '위험한 방문객들'이 모두 그들의 행성으로 귀환한다는 사실을. 무사 귀환하기를 빌어야겠지."

　박찬우의 무덤덤한 대꾸.

　"우린 누구보다도 이자벨을 만나봐야 해요. 그 여자가 비행기에 오르기 전에. 잘하면 인천공항에서 드라마틱한 라스트 신을 보게 되는 거 아니에요? 그렇지요?"

　"아암, 놓치고 싶지 않은 라스트 신인걸."

　"그럼, 이따 뵈어요."

　나는 오전 11시 30분경에, 출국장 로비에서 박찬우와 만나기로 일단 약속했다.

　"좋았어."

　우리들 무대에서 주역들이 극적으로 퇴장하려는 마지막 장면을 구경할 수 있을 뿐만 아니라 잘하면 사랑하는 사람과 주말의 오후를 인천 국제공항에서 낭만을 즐길 수 있다. 많은 청춘남녀가 꿈을 안고, 나래를 펴기 위해 발걸음을 재촉하는 미항(美港)이 아니던가. 7년 연속 세계 1위 공항. 하루 출국인원 5만 명!

　내가 두 번째로 확인한 것은 사우디아라비아 왕족의 공항 출발 상황이었다. 그들을 담당한 맹달수 경위의 말로는, 아침 10시 30분을 전후로 해서 리무진 세 대로 플라자 호텔을 출발할 예정으로, 왕족들과 테러범들이 합승해서는 오순도순 대화를 나누며 인천공항으로 떠날 것이라고 했다. 그러니 공연히 건들일 생각일랑 하지 말라는 지엄한 명령이 내렸다는 것이었다. 다만 공항경비대가 완전무장하고 대기할 가라고 했다. 이륙시간은 대충 12시 반 전후.

"무엇한 말이지만 손아귀 속에서 새처럼 날아갈 걸요. 무슨 뾰족한 수가 있나요?"

맹 경위의 결론 비슷한 말이었다.

"그럴 테지요."

나도 이젠 공항에 나갈 채비를 서둘러야겠다고 생각했다. 오늘은 화사한 아이보리 색 반코트를 걸친데다가, 어제 이자벨한테서 선물로 받은 화려한 에르메스 스카프도 서슴없이 목에 감았고, 백화점에선 698만원을 호가한다는 샤넬의 핸드백도 손에 들었다. 물론 내가 든 것은 우리나라에서 가장 많이 만들어진다는 짝퉁 샤넬 핸드백. 나의 유일한 사치스런 악세사리, 세린느의 다크 블루의 선글라스도 끄집어냈고, 아스팔트의 여전사들처럼 말총머리 형태로 질끈 묶은 머리도 풀어헤쳐 어깨 위에서 넘실대게 했다. 겉으로야 청담동 여인이 어디 따로 있을까. 그러고 보니, 나는 엄마의 말마따나 머리에 든 것도 없이 폼에 살고 폼에 죽는 이를테면 폼생폼사하는 전형적인 속물인가 보다.

서영은 청바지에 워커슈즈를 신었고, 카키색의 야전 파카를 걸치고 있다. 전형적인 밀리터리 룩! 거기에 소형 리볼버 권총이라도 챙겼을 룩색까지 둘러메고 있다. 나와는 대조적으로 날렵한 여전사다운 풍모였다.

나와 서영이도 10시 30분에 공항을 향해 출발했다. 그런데 서영은 마초 역할이나 잘 할 것 같은 경비 과의 특전사 출신 두 청년도 차에 태우고 있다. 아무래도 공항에서 일전이라도 펼칠 기색이다.

"언니, 오늘 맵시 죽이네. 럭셔리 브랜드로 치장한 걸 보니, 아침나절부터 데이트가 있나?"

나의 모습을 훑으며 조잘대는 김서영.

"그런 너는 어제 오늘 부쩍 총각들을 꾀어 차고 다니더라."

우린 요즘 부딪쳤다 하면 티격타격 실랑이다

서영은 날렵한 블랙베리 펄의 그랜드 체로키를 신명나게 모는 것이었다. 그래, 이 차는 서영이한테 어울려. 우린 '레이디 가가'가 긴 머리를 휘날리며 부른 노래 Born This Way를 들으며 11시를 좀 지나서 인천 국제공항에 도착했다. 제 2터미널의 출발 라운지엔 이미 박찬우가 와 있었는데, 볼륨포켓 트래블 재킷을 아무렇게나 걸치고 있다. 그는 무엇을 입어도 옷걸이가 좋아서인지 멋스러웠다.

"일찍 나왔네."

"아니, 방금."

박찬우는 국정원 요원으로 보이는 젊은 친구와 함께였다. 검은 슈트차림으로, 그도 선글라스를 끼고 있었는데, 모던하고 섹시한 느낌과 함께 기관원으로서의 색채를 말끔하니 드러내고 있었다.

"공항분실의 나의 동료요."

박찬우가 NIS의 그의 동료를 나한테 소개했다. 아마도 만약의 사태에 대비해서 불러낸 듯했다.

"반갑습니다. 이민호라고 합니다."

젊은 기관원은 입가에 아리송한 웃음을 띠며 자기소개를 했다.

"아, 네, 반가워요."

두루 인사치례가 끝나자 나는 모두를 둘러보며 말했다.

"어쩐지, 한결같이 티가 나거든. 촌스럽기도 하고. 그러니 나하곤 따로 놀면 좋겠어. 특히 당신!"

내가 가리킨 사람은 박찬우였다. 그는 히죽이 웃으며 한 발 물러났다. 그의 동료 이민호도. 서영이 데리고 온 두 명의 청년들도.

나와 서영은 에어 차이나의 티켓부스를 찾아 걸음을 옮겼다. 항공기에 탑승할 사람이면 으레 맨 먼저 발걸음을 옮겨야 하는 곳으로, 단체 여행객들에겐 2시간 내지 3시간 전엔 나오라고들 한다. 남정네들도 멀찌감치 뒤따랐다.

"서영아, 너, 놀라지마. 이자벨이 이곳에서 누구랑 접선할 것 같거든."

나는 누가 들을세라 나직막하니 서영에게 일러 주었다.

"누구랑요?"

서영이 되묻는 소리가 크다.

"아직은 확실하지가 않아. 근데 그 사람이 이 사건을 푸는 열쇠를 쥐고 있을 거야."

"어쩜, 언니는 수수께끼의 해답을 찾은 거 아냐?"

나는 더는 아무 말도 하지 않았다.

에어 차이나의 체크 인 카운터엔 이미 적지 않은 여행객들이 몰려와 있었다. 그리고 그 사람들 속에 이자벨도 일찌감치 와서 깊숙이 파묻혀 있다. 슬기롭고 민첩하다는 생각이 들었다. 그녀가 이윽고 선 자리는 비즈니스클래스 창구였다. 그녀는 아직은 홀로였다. 우린 몇 발짝 뒤에서 지켜보기만 했다. 이자벨도 나처럼 반 코트 차림이었으나, 그 색조가 연한 베이지 색이어서 쉽게 눈에 띄지 않는다. 머리에도 스카프를 감았는데, 수수한 아이보리 색이다. 자신을 여러모로 드러내려 하지 않았다.

이자벨은 이윽고 한 손엔 여권과 항공티켓을 다른 한 손엔 핸드 캐리 가방 하나를 달랑 끌고 걸음을 옮기기 시작했다. 누구나 꿈결 같은 여정에로의 첫 발을 내딛으며 가슴 두근거리는 순간이다. 동반자와 함께라면 금상첨화(錦上添花)다.

그런데 이자벨은 보안검색구역으로 들어가는 관문을 홀로 통과하고 있다. 기대했던 그녀와 접선할 인물이 아직도 출발라운지에 그 모습을 나타내지 않고 있는 것이다.

'내가 잘못 짚은 걸까? 그렇다면 이 살인방정식엔 해답이라곤 없지를 않은가.'

일순 상실감이 온몸을 휘감았다.

"언니, 따라가지 않고 뭘 해? 탑승할 게이트 앞에서 접선할지 누가 알아요."

내가 당황하는 기색을 재빨리 감지한 서영이 얼른 채근했다.

그래, 그럴지도 모른다. 그게 사람들 눈에 덜 띄고 안전할 것이다.

"게이트 넘버는 13번! 우리 '13번 게이트'로 가요. 오후 2시 반 출발, 에어 차이나 편의 게이트로."

서영이 재치 있게도 재빨리 게이트 넘버를 챙기고 있다. 13번 게이트! 그러니 샹그릴라로 가려면 맨 먼저 통과해야 할 관문이다.

"아암. 그럴 수밖에."

나는 잠시 혼미했던 정신을 수습하곤 얼른 걸음을 옮겼다. 아니, 우리 모두가.

"제가 안내하죠."

국가정보원의 공항담당 요원, 이민호가 성큼 앞장서고 있다. 그것은 그의 소임이었다.

우린 이민호의 안내로 외교관 전용 통로를 이용해 에어 차이나 전용 게이트로 향하는 이자벨을 따라잡을 수가 있었다. 그리고 다음 순간 우린 13번 게이트 앞에 섰다. 천하의 비경(秘境)으로 들어가는 첫 번째 게이트 앞에.

이른 시간 탓일까, 여행객은 별로 없었다. 이자벨은 여전히 홀로다.

혹시 중간에 거치는 베이징의 사우드(首都) 공항에서라도 접선하려는 것은 아닐까. 가장 안전하고 확실한 접선 방법이다. 그럼 낭패다. 그런데 이자벨이 두리번거리며 서성이고 있었다. 그것은 그녀가 누굴 기다리고 있다는 증표였다. 아니나 다를까, 잠시 후, 한 사나이가 슬며시 나타나더니 이자벨과 나란히 서는 게 아닌가. 심지어 이자벨한테서 핸드 캐리 가방을 건네어 받곤 팔짱을 끼고 있다.

티베트에로의 낭만적인 여정을 함께 할 길동무. 그러지 않아도 두 사람은 마냥 행복한 표정을 짓고 있다. 그리곤 남은 시간을 메우기 위해 걸음을 옮기려 했다. 사람들이 웅성거리고 있는 즐비한 면세점들을 향해. 아니면 에어 차이나의 비즈니스 라운지를 찾아서. 두 사람이 걸음을 떼자 나는 그들을 따랐다.

"이자벨 오떼유! 홀로 길을 떠나는 줄 알았는데, 벌써 길동무를 만났네."

나는 이자벨의 뒷모습을 향해 나지막하게 말을 던졌다. 나는 언제나처럼 영어로 말했다. 우리들의 유일한 공통어였으므로. 일순 그들은 걸음을 멈추었다. 그들이 감전이라도 된 사람들처럼 전율하는 모습을 나는 볼 수가 있었다. 다음 순간 그들이 서서히 돌아섰다. 이자벨과 그녀와 동행할 사나이가.

사나이는 하루 이틀 수염을 깎지 않은 탓인지 덥수룩한 모습을 드러냈다. 왕년의 영화배우들이 중후한 멋과 우수를 드러내기 위해 라스트신에 즐겨 입었다는 트렌치코트를 걸쳤고, 지적인 느낌을 주는 스틸프레임의 안경, 그리고 댄디한 스타일의 헌팅캡을 눌러 쓰고 있다.

"앙리 크리스토프, 오랜만이네."

살짝 변신을 시도해도 어지간한 사람은 알아보긴 힘들 것이었으나, 그는 어김없이 살아있는 앙리 크리스토프였다. 오마 샤리프 뺨치게 잘생긴 앙리 크리스토프!

이미 장례를 치른 사내가 눈앞에 서 있는 것이다.

"혹시나 했는데, 설마 했는데, 앙리, 살아 있었네."

나는 그들에게로 한 발짝 다가섰다. 아마도 그들에게 나는 그들의 마지막 여행을 가로막는 저승의 차사(差使) 쯤으로 비쳐지고 있을 것이었다. 새로운 인생을 설계하고 막 한 발짝을 내디뎠는데, 그것도 영원한 이상향 샹그릴라를 찾아 첫 걸음을 떼었는데, 그 첫 번째 게이트를 넘어서기도 전에 훼방을 놓으려 하는 것이다.

두 사람은 얼어붙은 채 말이 없다.

"섬광처럼 번득인 적도 있었지만, 그래서 절반의 가능성도 점치고 있었지만, 이 순간까지도 살아있는 당신을 다시 만나리라곤 생각 못했어. 바로 내 옆에서 총 세례를 당했는데… 장례식도 지켜본 처지에… 트럼펫으로 연주하는 '어메이징 그레이스'의 구슬픈 가락도 들었는데…….."

"……."

"이미 죽었다고 믿었던 사람이 살아있다니! 게다가 아름다운 국제공항의 눈부신 라운지에서 만날 수가 있다니! 사랑하는 여인과 손을 잡고 샹그릴라로 떠나려는 사람을."

"……."

"앙리, 나한테 말해줄 수 있어요? 이 시나리오가 무엇 때문에 당신들한테 필요했는지."

내가 뭐래도 두 사람은 꿀 먹은 벙어리처럼 말이 없다. 석고상처럼 움직임도 없다.

"내가 말을 할까?"

그들은 여전히 아무 대꾸가 없다. 그래서 나는 그들에게 떠벌려야 했다.

"앙리, 당신도 알다시피, 사미라는 시몬느를 쫓아 서울에 왔어요. 첫 번째 표적이 시몬느라면, 두 번째 표적은 당연 '하야부사'인 앙리, 당신이었어요. 당신이 전향했다고 본 것이지요. 배신했다고. 당신은 끝내는 죽음이냐, 개종이냐의 기로에서 개종을 선택했던 거죠. 사랑하는 아내 때문이었을 테지만. 샤를 드골 공항에서의 학살! 그건 '하야부사'가 고자질했기에, 당신이 사전에 정보를 제공했기에 가능했어요. 시몬느보다 앙리, 당신이 더 미웠을걸요. 같은 무슬림인데, 그래서 얼마나 믿었는데, 단언하는데요, 사미라는 시몬느보다 앙리, 당신을 처형하기 위해 서울로 달려 왔어요. 아니라고 할 수 있어요?"

앙리는 여전히 무표정에, 무반응이었다. 그는 끝까지 그렇게

490

할 듯이 보였다. 그래서 나는 이자벨에게로 천천히 눈길을 돌렸다. 창백하게 질려있는 이자벨에게로. 그녀의 눈길은 어둡게 빛나고 있었다.

"이자벨, 당신과 시몬느, 두 사람의 공통점이 뭐에요? 바로 앙리가 생명의 은인이라는 점이 아니겠어요. 유고내전 당시, 저격병의 총구에서 당신들 목숨을 헌신적으로 구해준 이 세상에 둘도 없는 은인!"

"……"

"그러니 당신들은 다급한 처지에 몰리게 되었어요. 이번엔 사미라의 총구에서 앙리를 지켜야 할 절박한 처지에. 그래서 마침내 당신들 머리에서 탄생한 것이 그 위장 암살극이에요. 사미라의 처형을 피하기 위해 선수를 친 거지요."

"……"

"위장 암살극! 이게 바로 완성된 퍼즐의 참다운 모습이죠."

"……"

"이자벨, 당신은 용감하게도 칼라시니코프 소총을 들고선 주차타워로 올라갔어요. 그리곤 시몬느를 겨냥해 저격했어요. 사미라의 짓으로 보여야 했으니까. 물론 빗나가게요. 차창만을 부수기로 하고요. 오지랖 넓게도 내가 끼어들어 나만 다쳤지만요. 나야말로 잘못 캐스팅된 스타! 그리고는 앙리를 향해 세 발씩이나 쏘았어요. 처음 두 발은 실탄이었지만, 나머지 세발이야 물론 공포탄이지요. 그럼에도 불구하고 앙리는 우리 눈앞에 피투성인 채로 쓰러졌어요. 앙리의 죽음은 하나의 쇼였어요, 쇼! 앙리의 연기도 훌륭했고요. 당신들 제법 거창한 쇼를 준비했더라고요. 그러니 이자벨, 당신이 등장해야지, 누가 등장해야 해요? 조금의 틈

새라도 없으려면요. 그 뒤의 빈틈없는 연극적인 솜씨까지 미주알
고주알 말해야 하나?"

"……."

"알고 보니, 엄청 치밀하게 준비했더라고. 몸에도, 차 속에도,
흰 시트커버에도 피를 흩뿌렸고요. 피 묻은 탄알도 미리 준비하
고요. 이걸 알아요?시몬느의 경호원 말고는 아무도 앙리에게 접
근하지 못했어요. 심지어 병원에서도요. 우리나라 사람들은 누구
든지 노터치! 세상에, 그렇게 알맞은 타이밍에 프랑스 주치의가
모습을 드러낼 수가 있었다니. 앙리의 죽음을 선언하고 재빨리
대사관으로 이송했어요. 병원 영안실이 있는데도 말예요. 우린
다만 엑스트라였어요. 꼭두각시처럼 이리 뛰고 저리 뛰고."

"……."

"거기에 영결식 장면까지 생중계하다니. 어쩐지 관 속의 앙리
모습이 마네킹처럼 멀끔해 보이더라고요. 뭐니 뭐니 해도 이자
벨, 당신의 슬픈 아내 역할은 일품이었어요."

"……."

"늘 나를 경고했었는데, 그 복잡한 연출이 마음에 걸렸는데,
그 우연들이 신경에 거슬렸는데. 그 공들인 연극을 간파하지 못
했었다니! 앙리는 무덤엔 없었고, 무덤에서 잠들지도 않았고요.
물론 '천의 바람이 되어' 흩날리지도 않았고요. 아마 그 사이 대
사관의 안전가옥에서 숨죽이고 있었을 걸요."

"……."

"그러니 말예요, 이 사건의 핵심은 시몬느를 쏘게 한 사람은
시몬느 자신이었고, 앙리를 쏜 사람은 앙리가 가장 믿을 수 있는
사람, 이자벨, 당신이었다는 얘기죠."

"……."

"이 세상에서 앙리를 감쪽같이 사라지게 하려는 위장 암살극! 십중팔구 프랑스 방첩기관의 보스, 시몬느가 설계한 작품일 테지요. 시몬느는 연출자. 이자벨, 당신은 연기자. 시몬느, 그 여잔 천재에요, 천재."

나는 마침내 내가 준비한 대사를 끝냈다. 어제 저녁 안가에서 박찬우에게도 들려주었던 그 대사들을. 오늘은 어제와는 달리 절반의 가능성이 아니다. 눈앞에 입증할 인물들이 엄연히 존재한다. 그들은 시종 나의 말을 경청했다고 할 수가 있었는데, 긍정도 거부의 반응도 보이지 않았다. 막상 정곡을 찔렀는데, 뭐라 하겠는가. 그러나 언제까지나 입을 떼지 않고 침묵할 수는 없을 것이었다. 그것이 항변이든 아니든지.

앙리는 얼어붙은 채 꿈쩍도 안하는데, 마침내 이자벨이 한 발 앞으로 나섰다.

"선실 씨, 눈 감아 줘. 제발, 우릴 고이 보내 줘!"

이자벨은 대뜸 부탁했다. 아니 간절히 호소했다는 것이 옳았다. 지나간 일에 가타부타할 게제가 아닌 것이다. 눈앞에 닥친 위기의 타개만이 그들의 당면 과제였다.

"이자벨, 한 가지만 물어 봐도 될까. 나한테 왜 그랬지? 당신은 실탄으로 나를 쏘았어. 원수진 일도 없는데. 모든 걸 다 눈 감는다 해도, 그걸 어떻게 눈감으라고 하고, 고이 돌려보내달라고 하지? 나는 죽을 뻔했어. 염치도 없네."

나는 가시도 이죽거림도 담지 않으려 애쓰며 차분하게 말했다.

"당신을 쏜 거 입이 열 개라도 할 말은 없지만, 당신이 그 시간에, 그 자리에 끼어들리라곤 누가 상상이나 했겠어? 신이라고 한들. 그건 우연한 사고였어. 한갓 우연한 사고!"

사람 눈을 찌르곤 '남이 우산을 펴는데, 왜 거기 서 있어요?' 하는 식의 말과 뭐 다를 게 없지만, 일리 있는 말이기도 하다. 내가 재수 없게도 아니 오지랖 넓게도 끼어들지 않았다면 그런 사고는 애당초 생기지 않았을 것이다. 아마 죽음의 천사도 아차, 했을 것이었다. 하지만 모를 일이다. 누군가가 희생자가 생기면 암살극은 보다 진실에 다가서고 한결 긴박감을 띄게 될 것이다. 그러니 실수가 아닌 고의일 수도 있다.

"무릎이라도 꿇을까? 그럼 날 용서해 줄 수 있어?"

내가 일순 주춤하자 이자벨은 무릎을 꿇으려 했다. 나는 걸핏하면 무릎을 꿇으려는 이런 신이 가장 싫다. 무릎을 꿇는다고 다 해결된다면 무슨 문제가 있겠는가.

"그러지 마요. 꼴불견이야."

나는 재빨리 그녀를 만류했다. 그러자 이자벨은 다시금 열정을 담아 그녀의 말을 이었다.

"한 번도 진정으로 사과하지 못했어. 선실 씨, 미안해. 정말 미안해."

그리고 그녀는 덧붙였다.

"당신이라면 우릴 눈감아 줄 수 있다고 생각해. 당신에게도 사랑하는 사람이 있잖아. 목숨을 걸고 총 세례 속에 당신을 지켜준 사람이. 엊그제만 하더라도."

그리고 그녀는 한 템포 멈추었다가 말했다. 강력하게 항변하는 어조로.

"당신인들 무얼 못하겠어요!"

나는 어떤 미사여구보다도 이자벨의 마지막 이 한 마디에 성큼 한 발 물러났다. 그건 하나의 충동적인 몸놀림이었다. 비록 고의일 수 있다고 해도, 그녀를 용서하기로 한 것이다. 상처를 입긴 했으나, 용서는 나의 몫이었으므로. 나라고 한들 무얼 못하겠는가!

"좋아요. 그 자리에 선 건 단지 운수가 나빴을 뿐, 눈을 감죠. 무엇보다도 당신들의 절절한 사랑을 알기에! 어서 가요, 어서요. 내 마음이 바뀌기 전에."

나는 선한 사마리아 여인도 아니면서, 오히려 조바심마저 일으키며 그들을 채근했다. 이자벨이 다가서며 나를 포옹하려 해서, 내가 도리어 한 발짝 뒤로 물러섰다.

"잠깐!"

그때, 누군가가 등 뒤에서 목소리를 높였다. 흠칫 놀라며 뒤돌아보니 검은 색조의 망토를 걸친 여자가 우리한테로 성큼 다가서고 있었다. 검은 후드는 눌러썼고, 눈엔 까만색의 빅 라운드의 색안경을 끼고 있었는데, 심지어 목에도 검은 스카프를 두르고 있다. 목에 둘렀다고 하기 보다는 얼굴을 감싸고 있다는 것이 옳을 것이다. 바지도 검은색. 그런데 고스 족처럼 올 블랙패션을 연출해서일까, 어쩌면 현란한 패셔니스타처럼 멋스럽고 세련된, 이른바 모던하고 시크한 스타일을 드러내고 있다.

"잠깐! 그럼 안 되지. 난, 눈을 감을 수가 없는 걸. 고이 보낼 수는 더더욱 없고. 왜냐하면 우린 파리에서부터 당신들을 쫓아왔거든."

나는 새로운 여주인공의 등장을 본능적으로 깨닫고 내가 선 자리에서 한 발짝 물러났다. 그러자 얼굴을 가린 여자가 성큼 무대 정면으로 나섰다. 여자도 우리의 공통 언어 영어를 유창하게 구사했다. 그녀는 놀랍게도 어느새 소음기가 장착된 권총을 숄더

홀스터에서 끄집어내 손에 들고 있었다. IRA의 킬러들이 즐겨 사용했다는 벨기에 제 브라우닝 하이파워! 어느새 죽음의 집행인이 내 눈 앞에 서 있는 것이다.

"당신, 누구야?"

경황없이 외친 사람은 이자벨이었다. 그녀도 본능적으로 죽음의 함정에 다가선 것을 깨닫는 듯했다.

"흥미 있나? 나, 살라메! 사미라 살라메!"

13번 게이트에 홀연히 나타난 검은 망토의 여자는 한순간도 지체하지 않고 말했다. 이 순간을 얼마나 오랫동안 목마르게 기다려 왔는지를 알 수 있는 말씨였는데, 그녀의 대사엔 저절로 리드미컬한 선율이 흐르고 있다.

나는 사미라 살라메의 갑작스러운 등장에 적잖이 놀랐다. 아니 충격을 받았다는 것이 옳을 것이다. 이렇듯 바로 눈앞에서 사미라를 만날 수 있을 줄이야! 언젠가는 이런 날이 올 줄 알았지만, 막상 뜻밖이었다. 그리고 사미라 바로 옆엔 나에게도 낯이 익은 아메드 아야시가 호위무관처럼 시립하듯 서 있다. 세상에 팔레스타인의 냉혹한 도살자로 알려진 아메드 아야시! 날카롭고 고독한 눈매의 까맣게 얼굴이 탄 사내. 근데 오늘은 정장 차림이다. 국제공항에 드나들어도 하나 손색없을 랄프 로렌이 디자인 했을 법한 블랙 라벨의 검은 슈트! 그런데 그 짤딱만 한 키라니. 이 친구, 필경 나폴레옹 콤플렉스라도 지녔으리라. 그러니 제 딴엔 우월의식을 드러내려 사생결단하고 세상을 휘젓고 다니고 있을 게다. 폭약이라도 담겼을 아타셰케이스 하나를 달랑 들고 있었는데, 그 속엔 스콜피온 숏 건도 숨겨져 있을 것이었다.

"당신 누구야? 당신이 사미라 살라메라는 것은 알겠어. 근데,

당신 누구냐고?"

이자벨이 그게 그렇게나 당면하고도 중요한 일이기 나 하듯 다시금 사미라를 향해 외쳤다.

"그 소원, 못 들어 줄 것도 없지."

사미라는 천천히 스카프를 풀기 시작했는데, 얼굴 윤곽이 드러났다. 후드도 벗었고, 선글라스도 벗어 손에 들었다. 검은 머릿결에, 검게 빛나는 새까만 눈동자. 그 사이 '신비스런 베일에 가려 있었던 여인', 사미라 살라메가 마침내 그 가면을 벗는 순간이었다.

"라니아 살레!"

라고 부르짖은 사람은 이자벨이었고,

"장세린 씨!"

하고 외친 사람은 나였다.

일찍이 여대생의 몸으로 팔레스타나로 건너간 장세린이 제 3대 사미라였다니! 국정원의 안전가옥 벽돌건물에 수감되어 있었던, 지금쯤 베카 계곡에 돌아가 있을 줄 알았던 장세린이 사미라의 이름으로 이 자리에 총을 들고 나타날 줄이야!

"이자벨, 그 사이 당신들이 펼친 쇼는 나도 잘 즐겼지. 시몬느가 연출했었나? 하지만 연기 과잉에다가 연출 과잉이었어. 무슨 말인지 알아들어? 너무 화려하게 보이려고 오버하더라고. 기분 나쁠 테지만 아주 졸작이야."

장세린은 서슴없이 평가절하 하는 것이었다. 그녀의 얼굴에 피어난 것은 오직 조롱의 빛뿐이었다. 하긴 나도 앙리의 위장 암살극을 간파했는데 장세린이라고 한들 간파하지 못할까. 명색이 팔레스타인 테러리스트 그룹의 수석 코맨더다.

"쉽게 말해. 그게 무슨 말이야?"

"제기랄! 무슨 말인지 잘 알고 있잖아."

"우리가 어디서 실수했지?"

"말했잖아. 너무 오버했었다고. 가증스럽게도 장례식 장면까지 연출하다니. 삼류 드라마가 따로 없더군. 그런 고리타분한 시나리오에 내가 놀아날 성싶었나?"

"제발, 우릴 용서해 주어."

"미안하군. 난, 용서하는 법을 배우지 못했어."

"제에발!"

이자벨은 사냥당하는 자의 공포심을 드러내며 이미 패닉 상태에 빠졌고, 장세린은 그런 그녀를 무시하고 동지 아닌 적으로 변신한 '하야부사' 라는 암호명을 지닌 앙리 크리스토프를 향해 돌아 서는 것이었다.

"앙리! 기억해요? 실망스럽게도, 샤를 드골 공항에서 우리 동지들을 팔았더군. 어쩜, 당신이 형제들의 등에 칼을 꽂기 위해 소매 속에 비수를 숨겨 왔었다니. 왜 그랬지? 아름다운 이자벨 때문이었나?"

장세린은 앙리를 향해 차분하니 말문을 여는 것이었다. 그 말투는 마치 냇물의 흐름과도 같았다. 감정의 기복도 드러내지 않았고, 애증도 초월한 듯이 보였다.

"앙리, 이런 말을 하고 싶지 않았지만, 정직하게 말해서 나만은 마지막 순간까지, 이 자리에 서는 순간까지도 당신을 신뢰하고 싶었어. 그날의 저격은 시몬느의 처형이라고. 우릴 위해 헌신하려다 당신은 목숨을 잃은 것이라고. 왜냐고? 당신이 무슬림 출신이어서가 아냐. 당신은 이 시대의 진정한 보헤미안이고, 로맨티시스트였거든. 우린 당신을 사랑했었다고. 당신을 처음 만났을 때 키스했던 기억도 나는군. 근데 이 무슨 악몽이람."

장세린의 말에 앙리는 오직 입을 굳게 닫고 있을 뿐이었다. 표정엔 변화가 없었고 미동도 하지 않았다. 마치 창백한 석고상과도 같았다.

장세린은 아니 사미라 살라메는 더는 수사(修辭)를 늘어놓으려 하지 않았다. 그리고 시간을 허비하려 하지 않았다. 어느새 그녀의 얼굴엔 조바심마저 나타내고 있다.

"앙리, 심은 대로 거두어야 하지 않을까. 이건 우리가 선택하려 한 길이 아니었어. 앙리, 당신 자신이 선택한 숙명이라고. 그러니 이번엔 당신 차례네. 인천공항에서 당신은 끝나는가. 기도할 시간을 줄 수 없는 게 유감이군. 자, 이 제 눈을 감지. 나의 마지막 자비야."

앙리에게 던지는 장세린의 한 맺힌 대사. 기나긴 그리고 끈질긴 싸움은 마침내 막을 내리려 했다.

그녀는 천천히 느린 동작으로 소음기가 부착된 총을 들었고, 두 팔을 수평으로 뻗어 총구를 앙리의 미간을 향해 겨냥했다. 그 메시지는 분명했다. 배신자에 대한 처형! 숨이 막혀오는 긴장감이 밀려오는 일순간이었다. 그녀는 지체하지도 않았고 더는 망설이지도 않았다. 그녀가 방아쇠를 당겼다. 현란한 불꽃이 피어올랐고, 둔탁한 소음기 권총의 소리도 울렸다. 미간을 겨냥한 탓인지, 이마에 '카인의 낙인'과도 같은 표지(標識)가 선명이 드러났고, 앙리는 사랑하는 여인 앞에서 모래성이 무너지듯 무너지는 것이었다. 마침내 시크릿 에이전트, '하야부사'가 추락하는 순간이었다.

그는 결코 13번 게이트를 넘을 수가 없었다. 13번 게이트! 앙리와 이자벨에겐 13번 게이트는 포비든 게이트, 바로 금지된 관문이었다.

그 사이 앙리는 아무 변명도 하지 않았고 아무 말도 남기지 않았다.

장세린의 배신한 동지에 대한 처형은 순식간에 끝났다.

'어떻게 저토록 과단성이 있는 걸까. 어떻게 저토록 무자비할 수 있는 것일까.'

아마도 목숨 보다 더 사랑했던 남자를, 그것도 스물아홉의 나이로, 낯선 공항의 차가운 콘크리트 바닥에서 잃은 모진 한 때문일 게다.'

악몽의 한순간!

나는 믿을 수 없는 그 모든 광경을 오직 바라 볼 뿐이었다. 이자벨은 쓰러진 앙리에게 매달렸고, 그 모습을 일별하며 장세린은 매몰찬 대사를 내뱉는 것이었다.

"이자벨, 제발 먼 훗날까지 오래 살아야 해. 그것도 형벌이거든."

장세린은 이자벨이 멀쩡한 앙리를 부추기고 꼬드겨서 배반의 칼을 집어 들게 했다고 보는 것이다. 그리고 끝내는 죽음의 길로 인도했다고. 레이디 맥베스가 그러했던 것처럼.

장세린은 이윽고 몸을 돌려 나와 마주서는 것이었다. 일순 우리 사이에 숨이 막혀오는 고요가 감돌았다. 온갖 감회가 교차하며 가슴은 뛰었다. 울컥 껴안고 싶기도 했고, 밀쳐내고 싶기도 했다.

이 여인은 동지인 걸까, 적인 걸까. 먼저 입을 뗀 사람은 나였다.

"세린 씨, 여긴 공항경비대가 쫙 깔려 있어. 어서 돌아가요. 당신들의 자가용 비행기로."

눈앞에 우뚝 선 장세린에게 뭐라 근사한 작별의 대사를 건네고 싶었으나, 나는 조바심이 일었다. 그녀를 챙기려는 마음이 앞서고 있는 것이다.

"선실 씨, 이번에도 큰 신세를 지네. 하지만 감히 말하는데, 다시는 우리 전사들의 발길을 멈추게 하지 마요."

장세린은, 아니 사미라 살라메는 나와는 달리 메마르게 말하는 것이었다. 엊그제 NIS의 안전가옥에서 '아름다운 수인(囚人)'의 모습으로 만났던 음전한 여인의 이미지는 사라지고, 오늘은 팔레스타인 해방을 위한 고난의 투쟁에 과감하게 투신한 매몰찬 여전사의 모습이었다. 눈발은 서늘했고, 그 마스크는 조각의 상처럼 싸늘했다. 방금 한 인간을 자신의 손으로 처형하지 않았는가. 나는 일순 외경에 가까운 마음으로 그녀를 바라볼 뿐이었다.

"선실 씨, 당신을 베카 계곡에서 기다릴 게요. 박찬우 소령과 함께. 꼭 와야 해요, 꼭!"

그녀는 금세 정겨운 목소리에 온화한 표정으로 바뀌며 덧붙였다. 두 개의 얼굴! 그녀의 모습이 지금 그러했다. 그녀는 재빨리 돌아서는 서둘러 뛰기 시작했다. 그들이 탑승할 항공기가 기다리는 게이트를 찾아서. 칠흑 같은 머리카락이 휘날렸다.

장세린! 정녕 다시 만날 날이 있을까.

늘 내 머릿속 한 구석을 차지하는 생각이다.

아메드가 그녀를 바싹 뒤따르고 있었다.

"아메드 아야시!"

나는 아무 생각 없이 베이루트의 도살자의 이름을 소리쳐 불렀다.

"최선실! 내가 진정 그대를 내 가슴 속에 오래도록 기억하리다."

아메드의 상투적인 대사인 걸까, 그는 일순 뒤돌아보더니 손을 흔들며 뛰어 갔다. 다음 순간 그들은 나의 시야에서 사라졌다. 마치 잠시 나타났다가 사라지는 환영 같기만 했다.

그런데 어느새 김서영이 경비과의 두 젊은 마초들과 함께 그들의 뒤를 쫓고 있다.

"서영아, 쫓지 마! 쫓지 말라는 데도."

잘못하면 자가용 비행기가 폭발할 수도 있다. 그래서 머리카락 하나 건드리지 말라는 엄명이 내리고 있다. 그래서라기보다는 장세린을 고이 베카 계곡으로 돌려보내고 싶은 마음이다. 누굴 또 다치게 할 것인가.

"언니는 무얼 몰라. 쫓는 시늉이라도 해야지. 멍청하게 구경만 할 거야."

하긴 시늉이라도 해야겠지. 슬기로운 김서영 경사, 그래 잘 해 보라고. 무턱대고 공명심에 날뛰지는 않을 것이다. 서영이 오히려 장세린을 보호하는 역할을 하지 않을까. 이민호도 서영의 뒤를 따르고 있었다.

나는 이자벨한테 눈길을 돌렸다. 그토록 보호하려고 안간힘을 썼건만, 그토록 새로운 운명을 헤쳐 나가려 몸부림쳤건만, 그녀는 남편의 시신을 부여안고 오늘은 오열이 아니라 하늘을 우러러 울부짖고 있었다. 어젠 샤를 드골 공항 제 2터미널에서 장세린이 울부짖었다면 오늘은 인천공항 제 2터미널에서 이자벨이 통곡하고 있다.

이자벨과 장세린!

두 여인의 아픔의 깊이를 내가 어찌 알겠는가. 그 운명이, 그 시련이 너무나 가혹하다. 그 처연하고 측은한 모습을 박찬우도 내 옆에서 가만히 지켜보고 있다. 나는 그 자리에 내가 있지 않음을 오직 다행으로 생각할 뿐이었다.

나는 사랑하는 사람의 손을 더듬어 난파선에 매달린 사람처럼 그의 손을 꼭 움켜잡았다. 그리고는 속으로 우물거렸다.

'이건 아냐! 이럴 수는 없어. 하지만 한탄한들 무슨 소용이 있으랴. 오죽하면 인생무상(人生無常)이라 하겠는가. 삶이란 속절없는 것이다.'

「사미라에게 장미를」 END.